영성 수행으로서의 시읽기와 시쓰기

영성 수행으로서의
시읽기와 시쓰기

초판 1쇄 인쇄 · 2024년 1월 20일
초판 1쇄 발행 · 2024년 1월 25일

지은이 · 정효구
펴낸이 · 한봉숙
펴낸곳 · 푸른사상사

주간 · 맹문재 | 편집 · 지순이 | 교정 · 김수란, 노현정 | 마케팅 · 한정규
등록 · 1999년 7월 8일 제2−2876호
주소 · 경기도 파주시 회동길 337−16(서패동 470−6)
대표전화 · 031) 955−9111~2 | 팩시밀리 · 031) 955−9114
이메일 · prun21c@hanmail.net
홈페이지 · http://www.prun21c.com

ⓒ 정효구, 2024

ISBN 979−11−308−2131−3   93800
값 43,000원

학술총서 63

Poetry as Spiritual Practice

영성 수행으로서의
시읽기와 시쓰기

정효구

'호모 데우스' 되기에서 '호모 스피리투스' 되기로, '전륜성왕' 되기에서 '법륜성왕' 되기로

인류사의 전개 과정 속에서 이른바 '근대'는 하나의 '혁명'이 이루어진 시기이다. 신 혹은 신정으로부터의 해방과, 왕 혹은 왕정으로부터의 해방을 성취함으로써 일체의 인간들이 각각 주체인 개인으로서 자기 자신의 삶을 개성적으로 '핸들링'할 수 있는 세계관과 인간관이 구축되었기 때문이다.

그러나 '근대'의 주체적인 개인들의 마음속 깊은 심연을 들여다보면 그들은 그들이 떠나보내고자 했던 신이 되고자 하였고, 또 왕이 되고자 하는 모순을 안고 있었다. 유발 하라리식으로 표현한다면 그들은 '호모 데우스(Homo Deus)'가 되고자 하였던 것이고, 불교적인 어법을 빌려서 말해본다면 그들은 '전륜성왕(轉輪聖王)'이 되고자 하였던 것이다. 그리고 보면 일체의 사람들이 데우스가 되고 전륜성왕이 되고자 총력으로 질주한 시대, 그리하여 그 누구도 데우스가 되지 못하고 전륜성왕이 될 수 없었던 시대, 그 시대가 '근대'이고 그런 사람들이 '근대인'이라고 할 수 있다.

우리 근현대시사를 돌이켜보면 시인들은 탁월한 '신'이자 '왕'으로서 그들만의 집을 짓는 데 앞장섰다. 그 속엔 그들의 개성이 있었고, 그들의 욕망이 있었으며, 그들의 꿈과 자유와 상상력이 깃들어 있었다. '창조자'의 자격을 부여받은 예술가로서의 그들은 특별히 공인된 예술가로서 화려한 사원과 궁전을 거침없이 건설하였다. 우리 시는 이들로 인하여 찬란했고, 볼 만한 세계들로 가득했다.

그러나 호모 데우스의 길과 전륜성왕의 길은 그것이 어떠한 것이든 한계가 있다. 그들은 그들의 작품을 통하여 감탄에 이르도록 하는 것이 최대치일 뿐, 감동으로 이어지는 길을 열기가 어렵다. 감탄이 한 인간이 타자에게 보낼 수 있는 최대치의 놀라움이자 존중감이라면 감동은 한 인간이 전 존재를 열어서 나와 너가 소멸하고 마침내 세계에 일심의 장이 형성되는 신비의 시간이자 중생(重生)의 사건이다.

시와 학문과 진리를 동일시하며 한 치의 의심도 없이 이들 앞에서 순교할 것 같은 마음으로 나의 20대의 시 공부와 학문 연구와 진리 탐구는 시작되었다. 그로부터 이제 많은 세월이 지난 지금, 나는 60대 중반의 자리에서 시를 공부하고 학문을 탐구하고 진리를 지향하고 있다. 더구나 이제 나는 대학에서의 40여 년의 연구와 교육을 마치고 퇴임을 준비할 시점에 이르게 되었다.

이런 나의 그간의 시와 학문과 진리 탐구의 과정은 크게 두 부분으로 나누어볼 수 있다. 다소 비자각적인 가운데서 근대와 근대 넘어서기의 공부를 함께 해오던 전기(2005년경까지)와 자각적인 차원에서 근대 넘어서기의 공부에 전념해온 지금까지의 후기가 그것이다. 전기에서의 나의 공부는 첫 저서『존재의 전환을 위하여』(1987)로부터『시 읽는 기쁨 3』(2006)을 출간하는 데로까지 이어졌다. 그리고 후기에서의 나의 공부는『정진규의 시와 시론 연구ㅡ

中과 和의 시학』(2006)에서 그 싹을 틔우기 시작하여『한국 현대시와 平人의 사상』,『일심의 시학, 도심의 미학』,『한용운의『님의 침묵』, 전편 다시 읽기』,『붓다와 함께 쓰는 시론 : 근대시론을 넘어서기 위하여』,『불교시학의 발견과 모색』등등을 거치면서 현재에 이르렀다.

나는 이 두 시기를 거치고 스스로를 정리해보는 이 시점에서 후기의 과업을 더욱더 발전시키고 확장시키는 일에 매진하고자 하는 의지와 의무감을 느끼고 있다. 바야흐로 새로운 시대가 도래했음을 더 깊이 실감하면서, 그리고 근대와 근대시의 효용성과 유효기간이 만료되어가고 있음을 절감하면서, 나는 새로운 인간관과 세계관 그리고 새로운 시형태의 모색과 출현을 위하여 힘써보고자 하는 것이다. 이런 나의 모색은 근대와 근대인이 욕망하며 질주했던 '호모 데우스' 되기와 '전륜성왕' 되기에서의 대전환을 통하여 '호모 스피리투스(Homo Spiritus)' 되기와 '법륜성왕(法輪聖王)' 되기를 전면에 세우고 성장, 성숙시켜 나아가는 것을 지향한다. 이런 대전환은 이전의 근대가 하나의 혁명이었듯이 또 하나의 혁명을 인류사 속에 등장시키는 일대 사건이다.

'호모 스피리투스' 되기와 '법륜성왕' 되기라는 말로 표상될 수 있는, 이른바 우주적 진실과 그 우주적 진실을 증득한 토대 위에서의 인간적 진실의 구현을 기대하면서 나는 그간 다소 고독한 자리에서 많은 저서들을 출간하였다. 앞에서 후기의 저서들로 언급한 것들 이외에도『마당 이야기』(2008),『맑은 행복을 위한 345장의 불교적 명상』(2010),『신월인천강지곡』(2016),『님의 말씀』(2016),『다르마의 축복』(2018),『바다에 관한 115장의 명상』(2019),『파라미타의 행복』(2021),『사막 수업 82장』(2022) 등의 저서를 출간하였다. 그리고 이번의 저서『영성 수행으로서의 시읽기와 시쓰기』를 준비하였다.

나는 분명하게 말하고자 한다. 인류사의 근대와 근대인들은 엄청난 문명과 정신세계를 구축하였지만 '호모 데우스'가 아닌 '호모 스피리투스'가 될 때에, '전륜성왕'이 아닌 '법륜성왕'이 될 때에 근대는 물론 지금까지의 인류사가 만들어낸 성과를 계승하면서 그 속에 드리운 그림자와 모순을 해결하고 진정 인간으로서의 고처(高處)에 도달할 수 있다고 말이다.

최근 작고하신 길희성 선생께서 출간하신 역저 『영적 휴머니즘』을 공감 속에서 만나보았다. 기독교와 근대 학문에서 시작한 종교학자로서 긴 고뇌 끝에 내놓은 최종적인 사유와 언어가 여기에 있기 때문이다. 휴머니즘이 요구된다면 그것은 영적 휴머니즘이어야 한다는 것이 선생의 견해이다. 나는 이런 선생의 견해에 뜻을 같이하면서, 그동안 내가 탐구해온 결실물로서 우주적 진실의 다른 이름으로 선생이 쓴 '영성'이라는 말을 '편의상' 함께 사용하면서 '영성 개인주의' '영성 자유주의' '영성 사회주의' '영성 시장주의' '영성 인간주의' 등의 말을 제시해본다. 나는 한동안 한용운 선사이자 시인이 1931년 『삼천리』 기자와의 대담에서 인간사의 이상적 형태로 언급한 '불교 사회주의'에 대해 깊은 사유를 해왔다. 그것은 사회주의 이전에 '불교'가 선행된 것으로서 '영성 사회주의'로 번역하여 보아도 크게 문제될 것이 없다. 이 모든 것을 불교계의 고승인 성철스님의 말로 한꺼번에 아울러서 표현한다면 우주적 실재인 '절대 무한'의 세계 속에서 중생적 현상인 '상대 유한'의 세계를 재위치시켜야 하는 것이다.

영성! 수행! 우주적 진실과 실상! 이들을 염두에 두지 않는 인간중심주의(anthropocentrism)와 개아중심주의의 모든 것들은 한계 속의 효용성을 지닐 뿐이다. 이들은 분별과 대립, 갈등과 불화, 중심과 주변, 호승심과 지배욕 등을 한가운데에 두고 있는 생명체의 생존 욕구를 위한 도구이자 방편의 성격을

영성 수행으로서의 시읽기와 시쓰기

지닐 뿐인 것이다. 인간들은 언제, 어떻게 이런 '고해(苦海)'의 장으로부터 벗어날 수 있을 것인가? 지금, 우리의 현 시단도 이제 통제가 불가능할 정도로 '고해'의 다른 이름인 엔트로피가 너무 높아져서 재생 가능성을 따지기가 어려운 형편이 되었다. 이런 우리 시단의 현실은 새로운 시대와 새로운 시를 요청하고 기다리는 하나의 강력한 신호이다.

나는 학술서인 『불교시학의 발견과 모색』(2018)을 출간한 이후, 평론이나 논문 등과 같은 2차 텍스트를 생산하는 것보다 산문집, 명상 에세이 등과 같은 1차 텍스트를 창조하는 데 더 많은 힘을 쏟았다. 그것은 의도적이라기보다 자연발생적인 것이었고, 내가 그동안 추구했던 '영성의 언어'들을 매개 없이 직접 드러내고자 하는 내적 충동의 소산이었다. 이런 가운데서 나는 틈틈이 기회가 될 때마다 평론, 논문 등과 같은 2차 텍스트도 조금씩 생산하였다. 그들을 한자리에 모아서 앉히게 된 것이 이번의 저서 『영성 수행으로서의 시 읽기와 시쓰기』이다.

학문도 인생도 하나의 주제가 있고 그것은 '미션'의 성격을 띠고 있다는 생각이 든다. 또한 그렇게 다가온 주제는 일종의 유기체로서 싹을 틔우고 꽃을 피우고 열매를 맺고 그 열매를 회향하는 어떤 단계와 길을 거친다는 생각이 든다. 내게 있어서 '우주적 진실'과의 만남은 이런 주제이자 미션이었고 그 여정 속에서 나의 학자로서의 길과 인간 된 자로서의 생이 전개되었다고 여겨진다.

영성! 우주적 진실! 도심! 절대무한! 그리고 공성! 공심! 일심! 법성! 등과 같은 말들은 언제 들어도 가슴이 뛰고 심연으로부터 끝간 데 없이 환한 에너지를 밀어올리는 세계이다. 나는 이들을 조견(照見)하고 증득해야만 인간사의 그 어떤 것도 인간을 인간답게 만드는 길로 이어진다고 생각한다.

'소아(small I)'를 붙들고 전 생애에 걸쳐 동어반복의 몸부림을 치는 삶과 인간사는 이제 넘어서야 한다. 근대가 가르쳐준 주체로서의 개인은 '우주적 진실'을 품에 안음으로써 진정 대아(big I)로서의 주체 형성의 길을 열어가야 한다. 우리 시는 물론 우리 시대의 모든 것이 이런 과제 앞에 직면해 있다고 생각한다.

이번 책엔 여러 가지 형태의 글들이 모여 있다. 그러나 그 핵심은 우주적 진실과 만나면서 '영성 수행'의 장을 가꾸어 나아가는 내용들이다. 새로운 시대의 도래를 직감하면서, 그 시대를 준비하고 열어가려는 마음으로 이런 목소리를 세상에 내놓는다.

이번에도 푸른사상사에서 책을 출간하게 되었다. 나의 학문 연구와 진리 탐구의 제2기에 해당하는, 약 20년에 가까운 시간이 푸른사상사와의 동행 속에서 무르익어갔다. 출판사와 저자의 동행이 얼마나 뜻깊고 소중한 인연인지를 새삼 절감하며 어느 때보다도 특별한 감회에 젖는다. 한봉숙 사장님께, 그리고 출판사 여러분들께 말로 다할 수 없는 감사의 마음을 드린다.

2023년 11월
정효구

제1부

'환지본처'의 상상력과 영성 수행의 길

제2부
'호모 스피리투스'의 상상력과 무유정법의 길

제3부
'철목개화'의 상상력과 회향의 미학

영성 수행으로서의 시읽기와 시쓰기

제1부

'환지본처'의 상상력과 영성 수행의 길

조종현의 연작시조 「백팔공덕가」의
'공덕행' 담론과 그 미학

1. 문제 제기

철운(鐵雲) 조종현(趙宗玄, 1906~1989)은 불교계의 승려이자 문학계의 시조 시인이다. 우리 근현대문학사 속에서 이런 두 가지 요건을 갖춘 대표적인 문인이자 시인(시조시인)으로는 만해(萬海) 한용운을 비롯하여 석전(石顚) 박한영, 월하(月下) 김달진, 무산(霧山) 조오현, 법산(法山) 김용태 등을 들 수 있을 것이다. 실로 불교 승려에게 문학 언어로 구축된 시나 시조를 쓰는 일이란 그들의 본분사라고 여겨지지 않는다. 문학 언어를 포함한 일체의 언어는 근본적으로 인간들의 욕망이 만들어낸 인간사의 특수한 도구로서 불교 승려가 추구하는 법, 실상, 실재, 진리, 도심 등을 표현하기엔 부족할 뿐만 아니라 오히려 장애가 될 때도 많기 때문이다.

그럼에도 불구하고 시와 시조라는 문학 장르이자 양식은 승려와 승단을 중심으로 구축되고 전개된 불교 문화적 전통 속에서 어느 다른 장르나 양식보다도 불도(佛道)와 불심(佛心)을 표현하고 전달하는 데 애용되고 선용된 양식이다. 불교사의 수많은 경전들 속에서 불도와 불심을 드러내는 수사적 방편이자 표현 방식으로 사용된 '게송(偈頌)' 형태가 그 대표적 실례이거니와 고승대덕들의 오도송(悟道頌)과 열반송(涅槃頌)을 비롯한 전법가(傳法歌) 등의 형태도 주목하여 살펴볼 만한 실례이다.

그렇다면 이런 불도와 불심은 시와 시가 양식의 핵심 자리에 놓여서 작용하고 있는 이른바 시혼(詩魂) 및 시심(詩心)과 어떤 관계에 있는 것일까. 이른바 시승(詩僧)이라고 부를 수 있는 승려시인들에 의하여 이 문제가 심각하게 논의되고 제시된 전거가 여럿 있다. 그 가운데 석전 박한영 시승이 '시선일규론(詩禪一揆論)'을 제시하며 시와 선이 그 외형적 차이에도 불구하고 다같이 '비로자나'의 현현으로 불이(不二)의 존재가 될 수 있는 가능성을 역설한 것과,[1] 무산 조오현 시승이 '시선불이론(詩禪不二論)'을 통하여 시와 선이 하나도 아니지만 둘도 아니라는 중도적 시론을 경험적 사유 속에서 전개한 것은 특기할 만하다.[2] 이렇게 볼 때 시가 양식 및 시 양식은 불교 문화의 전통과 맥락 속에서 불교적 세계와 매우 친근하고 지향점이 유사하거나 동일한 것으로 인식되고 활용된 특수한 양식이라고 볼 수 있다.

---

1 "지극한 도는 말로 형용할 수 없어 전표(詮表:표현)에 묶이지 않으나 먹물에 실려 말로 드러내게 되면 출세자(出世者:승려)는 그것을 '선게(禪偈)'라 하고 세상 사람들은 '시가(詩歌)'라 한다. 그러나 시가 상승(上乘)에 이르게 되면 하나의 궤철(軌轍:궤적)과 다름없게 된다.", 『석전문초(石顚文抄)』; 종걸(宗杰)·혜봉(慧峰), 『석전 박한영』, 신아출판사, 2016, 740쪽에서 재인용.
   "그러나 예로부터 시인의 품성은 달라서 어떤 이는 신운(神韻)으로 표일(飄逸)함을 드러내고, 어떤 이는 정공(精工)으로 심묘(深妙)함을 드러냈는데 그 바라밀에 이르러서는 오히려 물가의 난초나 울타리의 국화가 저마다 절로 향기를 내는 것과 같다. 당송(唐宋)과 같은 경우로 미루어보면 이백(李白)과 소식(蘇軾)은 천행(天行)이 승하였고 두보(杜甫)와 황정견(黃庭堅)은 인력이 뛰어났는데 그들의 공력이 이루어져 원대로 된 것이면 어느 것인들 비로자나가 아니겠는가?" 위의 책, 741쪽에서 재인용.
2 내 평생 찾아다닌/것은/선의 바닥줄/시의 바닥줄이었다//오늘 얻은 결론은/시는 나무의 점박이결이요/선은 나무의 곧은결이었다(권영민 편, 『조오현 전집 : 적멸을 위하여』, 문학사상, 2012)
   선(禪)은 다섯줄의 향비파(鄉琵琶)요/시(詩)는 넉 줄의 당비파(唐琵琶)(조오현, 「무제(無題)」, 『유심』 23, 2005, 겨울호)

본고의 대상인 철운 조종현의 시조 쓰기도 이런 맥락에서 이해하고 살펴볼 수 있다. 더욱이 그 자신도 짤막한 글 속에서 시심과 불심이 어떤 관계에 있는지를 확신에 찬 절실한 어조로 피력한 바가 있다.[3]

조종현은 1922년에 출가하여 1989년에 입적할 때까지 승려로서의 삶을 살았다. 그는 1929년에 잡지 『불교』에 첫 시조 「정유화(庭有花)」를 발표한 이래 『자정의 지구』(1969), 『의상대 해돋이』(1978), 『거 누가 날 찾아』(1986), 『나그네 길』(1988) 등의 시조집을 출간하면서 우리 시조사의 발전에 상당한 기여를 하였다. 특별히 1960년에 이태극 시조시인과 『시조문학』을 창간하여 시조문학의 발전에 기여한 점은 따로 언급될 필요가 있다.

이런 조종현 시조시인에 대한 연구는 위와 같은 사실과 행적에 기반하여 어느 정도 이루어진 셈이다. 이들 연구는 양적으로 결코 많은 수라고 할 수 없지만 조종현 시조시인의 삶과 시조가 지닌 개괄적이며 사적인 의미를 밝히고 있다. 하지만 그에 대한 연구는 시대사, 불교사, 문학사 등을 두루 연관시키면서 좀 더 종합적으로 이루어질 필요가 있다.[4]

실제로 조종현은 문학인 혹은 시조시인의 면모도 중요하지만 불교계에서의 역할이 더 비중 있고 의미가 있다. 이런 가운데 2015년에 조선대학교의

---

3 제2시조집 『의상대 해돋이』, 한진출판사, 1978의 '끝에 적음'이라는 후기에서 조종현은 이 점을 정리하여 밝히고 있다. 곧 불심(佛心)이 아니면 시심(詩心)을 가질 수 없고 시심이 아니면 불심에 접할 수 없다는 것이다. 그리고 신앙과 시가 둘일 수 없으며 시를 새롭게 꾸준히 쓸 수 있는 활력소는 청순한 신앙의 원천을 확보함으로써 가능하다는 것이다.

4 대표적인 연구를 소개해보기로 한다. 이동순, 「철운 조종현의 삶과 문학(전집 해제)」, 『조종현 전집 1』, 소명출판, 2015, 632~665쪽; 이동순, 「조종현 동요의 특징 연구」, 『현대문학이론연구』 65, 2016, 237~254쪽; 장영우, 「철운 조종현의 시세계」, 『비평문학』 58, 2015, 207~229쪽; 남길순, 「시조시인 조종현의 삶과 문학」, 『남도문화연구』 10, 2004, 135~162쪽; 한춘섭, 「철운 조종현 시인의 생애와 시조시」, 『시조문학』, 1989년 11월호.

이동순(李東順)에 의하여 『조종현 전집 1 : 아동문학/시조편』과 『조종현 전집 2 : 산문편』이 출간됨에 따라 그의 글들이 총망라되어 세상에 나타나게 됨으로써 조종현에 대한 관심은 자료와 연구의 양면에서 이전보다 크게 확대된 셈이다. 그런데 전집이 발간되면서 한 가지 흥미로운 사실이 발견되고 있는 바, 그것은 바로 본고의 대상 작품이 된 「백팔공덕가」라는 연작시조가 육필 원고의 상태로 이 전집을 통하여 처음으로 공개되고 수록되었다는 것이다.

「백팔공덕가」는 실제로는 100편이지만 상징적으로는 불가의 번뇌의 은유인 '백팔(108)'이라는 숫자를 동원하여 제목이 만들어진 연작시조이자 '불교시조'이다. 각 시편은 전통시조 형식을 따랐으면서도 그 내적 언어 수사에 있어서는 현대적 기법이 유연하게 원용되고 있다. 요컨대 「백팔공덕가」는 불교의 세계와 시조문학의 특성을 잘 결합시키고 드러낸 불교적 언술의 일종이자 현대성이 내재된 본격 시조문학의 한 양태이다.

이 작품은 아직까지 논의된 바가 없어서 필자에 의하여 처음으로 주목을 받는 가운데 학술적 탐구가 이루어지고 있는 터이다. 바로 앞 문단에서 언급했듯이 이 작품은 조종현 시조시인이 그의 삶과 생애의 근간을 이루는 두 가지 세계, 곧 수행하는 불교 승려로서의 삶과 창작하는 시조시인으로서 삶을 한자리에서 잘 융합시켜 상생의 세계로 들어 올린 문제작이다.

이 작품은 총 100편이나 되는 연작시조로서의 구성과 그 양적인 측면에서도 그러하거니와 불교적 내용의 깊이와 표현미학에 있어서도 관심을 두고 진지하게 논의할 만한 가치를 가지고 있다. 본고에서는 이런 인식 위에서 이 작품의 핵심 테마인 '공덕행'에 이르는 길을 시인이 어떻게 안내하고 제시하고 있는지를 살펴보고 그 미학에 대해서도 논의해보기로 한다. 부연하면, 이 작품은 '백팔 번뇌'를 '백팔 공덕'으로 바꾸는 방안의 안내이자 문학화인데 그 양상과 의미를 찾아보고자 하는 것이다.

2. 비법(非法) 혹은 외도(外道)에 대한 경계

「백팔공덕가」에서 본고의 주제인 '공덕행'에 이르는 길을 염두에 두고 논의를 진행하고자 할 때 가장 먼저 언급할 것은 시인이 비법 혹은 외도라고 생각하는 것들에 대한 자신의 비판적 견해를 경계와 계몽의 마음을 담아서 전달하고 있다는 것이다. 물론 비법에 상대되는 정법, 외도에 상대되는 정도가 무엇인지에 대해서는 다양한 차원에서 논의가 이루어져야 한다. 그러나 여기선 불교 승려인 조종현 시인이 승려로 살고 있는 불교적 관점에서의 비법과 정법, 외도와 정도의 입장을 기준으로 그가 지적하고 경계하는 실제에 대해 논의하고자 한다. 실로 조종현 시인뿐만 아니라 불교 일반에서 공덕행의 길을 가고자 하는 사람에게 가장 먼저 인식시켜야 할 것은 비법과 정법, 외도와 정도를 구분함으로써 해야 할 일과 가야 할 길을 선명하게 하는 일이라고 여겨진다.[5]

연작 시조 「백팔공덕가」에서 조종현 시인이 지적하며 경계하고 계몽한 비법과 외도의 실상으로는 다음과 같은 것이 등장한다.

첫째, 바른 신심(信心)이 무엇인 줄을 모르는 것이다. 정신(正信)이라고 할 수 있는 바른 신심은 진리가 무엇인지를 모르는 데서부터 출발한다. 그러나 실제로 진리가 무엇인지를 알고 그에 따라 삶을 살아가는 데까지는 엄청난 지력과 노력이 필요하다. 조종현 시인은 이 진리를 전하면서도 그와 더불어 진리가 아닌 것을 지적하며 알리고 있다.

---

5 '불법'의 근간에 대해서는 다음과 같은 책이 도움을 줄 것이다. 대한불교조계종 포교원, 『불교입문 : 입문』, 조계종출판사, 2004; 대한불교조계종 포교원, 『불교의 이해와 신행 : 교리』, 조계종출판사, 2004; 대한불교조계종 포교원, 『불교사의 이해 : 역사』, 조계종출판사, 2004.

① 믿는다 믿는다 하니 덮어놓고 믿을것가
　믿을줄 바로 알고 믿어야 옳을것이
　관세음 관세음보살 믿고살아 갑시다

　　　　　　　　　　　　　　　　— 「백팔공덕가 19」 전문[6]

② 가능 선음도 바로부처 아니고요
　삼십이상 팔십종호 그도 부쳐 아니고요
　그대로 장육금신이 부쳐인줄 알라네

　　　　　　　　　　　　　　　　— 「백팔공덕가 17」 전문

　인용시 ①은 바른 사유를 하지 않고 무지와 안일함 속에서 믿어서는 안 될 것에 신심을 내는 중생들의 어리석음을 지적하는 내용이다. 그것에 대한 대안으로 위 시는 관세음보살 신앙을 제시하고 있다.[7] 그러나 이 문제에 대해서는 다음 장인 제3장에서 본격적으로 논의하고자 한다.

　인류사를 보면 인간들은 지성과 영성의 수준이 향상됨에 따라 진리와 진실에 눈을 뜨게 되고 그에 걸맞은 삶을 살거나 추구하게 된다. 불교에서 강조하는 바도 이런 인간적 능력의 향상에 의한 진리와 진실의 터득이고 그에 의한 믿음체계의 형성이다. 그런 점에서 인용시 ①의 범부 혹은 중생들이 보여주는 소박하고 비지성적인 믿음의 현실은 조종현 시인에게 큰 걱정거리이며 개선되어야 할 문제거리이다.

6　이번의 경우는 물론 앞으로 인용될 「백팔공덕가」의 각편은 이동순이 편찬한 『조종현 전집 1』에 의거한 것이다. 그리고 각 시편 뒤에 붙은 번호는 필자가 논의의 편의를 위해 임의로 붙인 것임을 알려둔다. 참고로 밝히면 100편으로 구성된 연작시조 「백팔공덕가」는 이동순이 편한 『조종현 전집 1 : 아동문학/시조편』(소명출판사, 2015), 611~625쪽에 수록돼 있다.

7　조종현의 「백팔공덕가」에서 관세음보살을 등장시킨 시편은 아주 많다. 관음신앙이 그 저변에 놓여 있는 까닭이다. 조종현은 1965년에 「관음경」을 번역하여 동국출판사에서 출간한 바 있다.

다시 앞의 인용시 ②를 보면 이곳에선 외형에 이끌리어 신심을 내는 인간들의 어리석음이 지적되고 있다. 목소리가 아름답다는 가릉빈가처럼 부처의 목소리에 이끌리어 부처를 숭앙하고 믿는다든지, 32상 80종호로 표상되는 부처의 잘생긴 외양에 이끌리어 부처를 믿고 숭상한다면 그것은 옳지 않다는 것이다. 가릉빈가 같은 목소리나 32상 80종호 같은 외모는 불가에서 경계하는 외적 형상에 불과할 뿐 그것이 진리 그 자체, 진실 그 자체는 아니라는 것이다.

둘째, 인간의 약점인 욕망과 두려움을 다스리기 위하여 반성적 사유나 진정한 깨침 없이 어떤 대상을 숭배하며 복을 기원하는 것이다. 조종현 시인은 이런 기복신앙의 문제점을 직시하고 그 현실을 계몽하며 알린다.

① 조왕이 무엇이냐 이제보니 웃읍구나
   산신은 말도마소 알고보니 실없구나
   더구나 칠성을믿어 명과복을 빌것가

— 「백팔공덕가 3」 전문

② 앞못본 소경에게 앞길물어 점을 치고
   푸닥거리 무당앞에 명복을 빌어서야
   너무나 가엾지않소 관음보살 믿읍시다

— 「백팔공덕가 18」 전문

인용시 ①을 보면 조왕신, 산신, 칠성신 등과 같은 전근대적인 사회에서 신앙하던 민속신들이 등장한다. 시인에게는 상상과 망념 그리고 관습과 인습의 산물인 이런 존재들에게 생의 근본인 명과 복을 빌며 인생사를 의탁하는 일반인들의 삶이 너무나도 안타깝게만 여겨졌던 것이다.

다시 인용시 ②를 보면 특이한 부류의 인간들을 믿으며 기복적인 삶을 사는 일반인들의 현실이 등장한다. 앞을 못 보는 소경, 푸닥거리를 하는 무당

등에게 미래의 길을 묻고 명과 복을 비는 행태를 지적하고 있는 것이다. 이역시 본질이 아닌 주변적인 것들을 우상화하면서 기복과 의존심으로 인생의문제를 해결해 나아가고자 하는 사람들의 미망과 미혹에 대한 지적이다.

끝으로 한 가지 더 언급하자면 조종현의 「백팔공덕가」에선 장수, 권력, 재산, 자녀 등과 같은 현세적 생존 욕구의 확장에 집착하는 인간적 욕망의 현실을 지적하고 있다. "호로같은 우리인생 어찌백년 기약할가/백년을 산다해도 한바탕 꿈이로다/꿈같은 우리인생이 속절없이 살것가"(「백팔공덕가 9」)에서처럼 인간의 유한성과 그 유한성이 지닌 무상성을 언급하며 진정 제대로 사는 것이 중요하다는 전언 아래, "백년두고 모은재산 하루아침 티끌이요/사흘간 닦은공덕 천추의 보배로다"(「백팔공덕가 10」)와 같이 수많은 재산의 부질없음과 공덕행의 가치를 대비시키고 "처자 권속이 삼대같이 늘어서고/금은보배가 장에가득 할지라도/숨한번 지는마당엔 혼만동동 떠가라"(「백팔공덕가 11」)와 같이 가족을 비롯한 인맥과 금은보배의 힘이 지닌 허망함을 알려주고있다.

요컨대 비법과 외도라고 말할 수 있는 것들에 기반하거나 의지하여 생을살아간다는 것은 잘못된 길을 가는 것이요 미망의 삶을 사는 일에 지나지 않는다는 것이다. 이런 점을 한 편의 시로 요약한 것이 「백팔공덕가 12」이다. 분석과 논의는 하지 않고 예시로 제시하기만 한다.

> 날마다 홍진속을 부질없이 헤매었다
> 내할일 내못하고 내갈길 내못갔네
> 애달프다 헤매는 것이 우리인생 아닐까
>
> —「백팔공덕가 12」 전문

3. 방편(方便)과 방편행(方便行)의 선용

불교 가운데서도 대승불교는 특별히 방편과 방편행이라는 특수한 중생 구제의 방법을 탐구하고 정론화하는 한편 이에 토대를 둔 무수한 방안들을 개발하면서 선용하고 있다. 방편과 방편행이란 불교가 말하는 바 진리를 깨치고 그 진리를 구현하도록 이끄는, 각 개인과 각 시대 및 사회에 알맞은 방법을 가리킨다. 이때 중요한 것은 진리를 보고 진리를 증득하였을 때 비로소 원만하고 효율적인 방편과 방편행을 쓸 수가 있다는 것이다. 그러니까 본처를 아는 자가 그 자리에 이를 수 있는 무한의 방편과 방편행을 자재롭게 활용할 수 있다는 것이다.[8]

불교에서 말하는 인간의 업(業)인 카르마와 그 카르마에 의한 업식(業識)은 너무나도 견고하고 오래된 것이어서 이들과 단박에 결별하고 진리인 다르마와 진리의 성품인 공성(空性)을 보는 일은 쉽지 않다. 더욱이 공성을 보았다 하더라도 이를 바라밀행으로 전변시켜 자비의 회향을 하며 대승적 삶을 사는 일은 너무나도 어렵다. 그러나 불교는 무한이라는 시간관을 갖고 있고 누구나 부처가 될 수 있다는 불성 사상 혹은 여래장 사상을 갖고 있기 때문에 이 어려운 일들을 긍정적인 마음으로 받아들이고 수행의 길을 나서는 특징이 있다.[9]

이런 수행의 길 가운데 방편과 방편행을 쓰거나 행하는 일이 존재하며, 본

---

8 '방편'에 대한 일반적인 이해는 고려대장경연구소의 신상환 연구자에 의하여 2016년도에 집필된 『한국민족문화대백과사전』(한국학중앙연구원)을 참고하는 것이 좋을 것이다. 그리고 다음과 같은 두 편의 논문도 도움을 줄 것이다. 조윤경, 「삼론교학에 나타난 방편(方便)의 의미」, 『선문화연구』 19권 19호, 2015, 7~41쪽/ 배관성, 「대승불교의 방편사상 연구」, 동국대 대학원 석사학위 논문, 2002.

9 시모다 마사히로 외, 『여래장과 불성』, 김성철 역, 씨아이알, 2015 참조.
경서원 편집부, 『여래장 사상』, 경서원, 1996 참조.

논문의 대상인 연작시조 「백팔공덕가」의 중심 내용과 같은 공덕과 공덕행의 중요성이 대두된다.

조종현 시인은 「백팔공덕가」에서 이와 같은 방편과 방편행을 여럿 제시하고 강조하고 있다.

그 첫 번째가 관세음보살을 믿는 관음신앙이다. 관세음보살은 석가모니 붓다보다 먼저 부처가 되었으나 대자대비의 원력보살로 이 세상에 나온 분이다. 지장보살이 이 땅에 지옥중생이 한 사람도 남지 않도록 서원을 세운 지옥구제의 보살이라면 관세음보살은 중생들의 현세적 고통을 모두 듣고 위로하고 해결해주기 위한 대자대비의 현세적이며 모성적인 보살이다.

이와 같은 관세음보살을 믿고 따르는 관음신앙은 대승불교권에 널리 퍼져 있다. 보기에 따라 관음신앙은 방편이나 방편행이 아니라 본격신앙 그 자체라고 말하는 경우도 있을 수 있으나 넓게 보면 이는 고차원의 방편이자 방편행이라고 규정하는 게 적절하다. 관세음보살을 부르고 염(念)함으로써, 아니 관세음보살과 같은 마음을 내고 행동함으로써 당면한 고통스런 삶을 위로받거나 해결하고 관세음보살과 같은 공덕행을 닦아 본성자리에 들어감으로써 구도인 혹은 각자(覺者)의 삶으로 전변될 수 있기 때문이다.[10]

> ① 어머니 어진마음 어린애 달래시듯
> 　　관음 보살님 우리를 사랑하사
> 　　물인듯 불인듯하여 자비손길 펴시다
>
> 　　　　　　　　　　　　　　　　　　　　　— 「백팔공덕가 7」 전문
>
> ② 관음보살 공덕이야 두말인들 하오리까

---

10 김현준, 『관음신앙 관음기도법』, 효림출판, 2015 참조.
　　한정섭, 『세계의 관음신앙』, 불교통신 교육원, 2006 참조.

거룩하신 서원이 바다보다 깊으시고
천억불 섬기시오매 무량수겁을 닦으셨네

—「백팔공덕가 76」 전문

인용시 ①에서 볼 수 있듯이 관음보살은 어머니가 어진 마음으로 어린아이를 달래듯이 중생들을 돌보고 사랑하며 자비의 손길을 펴는 사랑의 보살이다. 이 보살을 믿고 받아들이며 그를 닮고자 한다는 것은 방편과 방편행 중의 최상급이다. 다시 인용시 ②에서 볼 수 있는 바와 같이 관세음보살의 중생에 대한 사랑의 원력은 상상을 넘어선 경지에 있기 때문에 이를 의지하는 것은 그것이 비록 방편과 방편행일지라도 현실성이 있는 신앙이고 신행이다.

조종현의 「백팔공덕가」엔 관세음보살에 대한 시편이 이들 이외에도 상당히 많이 존재한다. 특별히 「백팔공덕가 76」부터 「백팔공덕가 82」까지에서 관세음보살을 그려 보인 시편들이 연속적으로 이어지는데 여기서 시인은 관세음보살을 신앙하며 신행 생활을 한다는 것은 추상적이고 거창한 어떤 것이 아니라 서로를 사랑하고 평화세계를 이루는 일, 부지런하며 고운 마음으로 집안부터 밝고 평화로운 가정으로 만드는 일, 속임수가 없는 마음으로 정직한 존재가 되는 일, 이기적 우월감을 버리고 세상에 평등심을 전하는 일, 거창하게 생각하지 말고 가정과 직장 같은 생활처소에서 제 마음을 바르게 쓰는 일 등과 같은 것을 우리들의 나날의 삶 속에서 이루어가는 행위임을 역설하고 있다. 그러니까 관음신앙에 대한 신비화, 우상화, 관념화 등을 경계하며 그것을 '지금, 이곳'에서의 우리들의 삶에 그대로 적용하도록 이끌고 있는 것이다.

조종현의 「백팔공덕가」에서 방편과 방편행으로 제시하고 있는 두 번째 것은 석가모니 부처님과 경전들이다. 이를 방편과 방편행으로 이해하는 데는 상당한 수준의 불교적 지성이 필요할 것이다. 그러나 실제로 이들 역시 관세음보살과 마찬가지로 고급한 방편과 방편행이고 조종현은 이런 관점에서

「백팔공덕가」를 지어 보이고 있는 것이다.

석가모니 부처님은 우리에게 불법을 알려주기 위해 오신 화신불(化身佛)이다. 따라서 그의 일생과 더불어 그의 언어가 담긴 경전은 방편과 방편행 가운데 최고봉이며 중심이다. 말하자면 석가모니 붓다를 무조건 믿거나 불경을 그대로 믿는다고 하여 견성이라는 오도와 성불이라는 붓다행이 가능해지는 것이 아니라 그것을 텍스트로 삼아 본인 스스로 견성과 성불을 이루어내야 하는 것이다.

조종현의 「백팔공덕가」에서 석가모니 붓다와 경전은 이런 관점에서 빈번하게, 그리고 비중 있게 등장한다.

> ① 도솔천 내원궁에 거룩하신 호명보살
> 우리중생 제도하려 백아상을 타시옵고
> 정반왕 마야궁중에 서기광명 놓으시다
>
> — 「백팔공덕가 13」 전문

> ② 귀의불 양족존 부처님을 믿읍시다
> 귀의법 이욕존 지성으로 법문듣고
> 귀의승 거룩한법사 믿고따라 갑시다
>
> — 「백팔공덕가 21」 전문

인용시 ①은 「백팔공덕가」에서 석가모니 붓다의 탄생과 오도 그리고 전법과 열반의 과정을 노래한 일련의 연속 작품들 가운데 한 편이다. 여기서 보면 도솔천 내원궁에서 본래 호명보살의 지위를 가지고 있었던 석가모니 붓다가 지구별의 한 나라인 카필라 왕국에 정반왕의 아들로 탄생한 것은 중생 제도의 목적이 있기 때문인 것으로 되어 있다. 그런 점에서 이 왕자인 석가모니 붓다의 출생과 일생은 중생들을 깨우치게 하는 중대한 방편이자 방편행의 역할을 하고 있다. 이런 점은 위의 인용시 ②에 이어지면서 좀 더 구체화되고 있다. 석가모니 붓다의 탄생과 일생이 '불/법/승'으로 체계화되면서 '법신/보신/화신' 혹은 '본체/형상/작용'의 실제가 방편 및 방편행의 대상으로 실감을 더해가고 있기 때문이다.

앞의 인용시 ②에서 시인은 '불법승' 삼보를 믿고 따르자고 역설하며 권유한다. 이때 진리의 몸인 석가모니 붓다와 그 언어인 법어(경전), 그리고 그 행위를 맡고 있는 법사로서의 승려는 모두 진리에 도달하는 것을 도와주는 방편 혹은 방편행이다.

이런 점과 더불어 불교경전을 방편과 방편행의 중요한 대상으로 노래한 경우는 조금 자리를 달리하여 살펴볼 필요가 있다. 조종현 시인은 「백팔공덕가」에서 『법화경』, 「반야심경」, 『화엄경』, 『금강경』, 『열반경』 등을 언급하며 이들이 지닌 방편과 방편행의 성격을 강조하고 있다. 「백팔공덕가 71」에서 「백팔공덕가 75」에 이르는 작품이 모두 방편과 방편행으로서의 경전에 대한 언급인데 흥미로운 점은 이들 경전이 모두 대승경전이라는 점이다. 짐작건대 이것은 공덕과 공덕행의 바라밀 정신을 담고 있는 것이 대승경전이기 때문인 듯하다.

그러나 이런 경전들을 방편과 방편행, 그리고 공덕과 공덕행의 안내자로 열성적으로 제시하면서도 시인은 한 가지 점을 잊지 않는다. 그것은 아무리 훌륭한 방편과 방편행, 공덕과 공덕행의 길이 주어진다 하여도 궁극적으로는 본인의 자각과 정진에 의하여 견성과 성불이라는 본처에 도달할 수밖에 없다는 점이다.

> 경을본다 저마다 진리를 다알거나
> 글자세기 부질없다 눈먼소경 독경일다
> 제눈이 바로뜨는날 정말경을 보오리
>
> ― 「백팔공덕가 90」 전문

위의 인용시에서 보듯이 불경을 본다고 해서 그것 자체만으로 진리에 도달하는 것이 아니라는 점이다. 관념으로 글자를 해독하는 일은 눈이 먼 소경이 경전을 읽는 것과 같으므로 심안을 밝게 뜨고 경전을 보아야 하며 경전을 바로 봄으로써 심안이 열려야 한다는 것이다.

이런 조종현의 「백팔공덕가」에서는 참선과 고승대덕 그리고 명찰(名刹)들도 훌륭한 방편과 방편행의 대상으로 제시된다. 그러나 참선이라는 수행 방식과 관련해서도, 고승대덕의 삶과 명찰의 훌륭함 앞에서도, 시인은 앞에서 보았듯이 궁극적인 오도와 성불은 자신의 몫임을 강조하고 있다.

「백팔공덕가」 중에서 고승대덕과 명찰들을 찾아가는 내용의 시편들은 제5장에서 본격적으로 다룰 것이다. 이때엔 그것이 방편과 방편행의 일종으로 노래되고 있다는 점도 유의하지만 그보다도 흥미로운 불교시조의 특성을 문학적으로 드러내고 있는 점에 대하여 비중 있게 논의할 것이다.

따라서 본장에서는 참선의 문제에 대해서만 간략히 살펴보기로 한다. 선불교의 수행 방식으로 중요하게 여겨지고 탐구돼온 참선에 대하여 조종현은 그의 작품에서 다음과 같은 견해를 담아내고 있다.

① 칠불 앗자선방 한번만 앉아봐도
　삼악도 면한단말 두고두고 전해온다
　더구나 삼매정진은 두말할 것 있는가

— 「백팔공덕가 96」 전문

② 참선을 한다해도 말뚝장승 방불하다
　흉내내는 방할이 여호선 아니던가
　앵무선 말도말자 본지풍광 알아야지

— 「백팔공덕가 91」 전문

인용시 ①은 참선의 중요성을 역설한 것이다. 참선의 명소로 널리 알려진 지리산의 고찰이자 명찰인 칠불사의 아자방을 찾아가서 한 번만이라도 참다운 참선의 시간을 가지면 삼악도에 떨어지는 것을 면할 수 있다는 말이 있을 정도이니, 참선이든 다른 무슨 방식이든 자신에게 맞는 수행 방식으로 삼매정진에 든다면 그 공덕의 정도를 무엇으로 표현할 수가 있겠느냐는 것이다.

하지만 시인은 이렇게 이름 좋은 참선이라 할지라도 그것이 바른 참선이 아닌 여호선이나 앵무선 같은 사이비 참선이라면 무용지물에 지나지 않는다고 경고한다. 그러면서 그는 진리와 진심의 다른 이름인 '본지풍광'에 들어야만 그 참선이 참다운 참선이라 할 수 있다고 안내한다.

방편과 방편행에 대한 글이 장황하게 연속되었다. 한마디로 말한다면 조종현 시인은 「백팔공덕가」에서 매우 수준 높은 방편과 방편행들을 거론하고 있다. 그러면서 그것에 집착하지 않고 진정한 오도와 성불에 이를 것을 간곡한 심정으로 알려주고 있다. 이런 그의 방편과 방편행 가운데 기억할 만큼 특징적인 것이 있다면 그것은 관세음보살 신앙이 주종을 이루고 있으며 대승불교에 입각한 경전과 보살행이 그의 관심을 받고 있다는 점이다. 그리고 여기에 한 가지 덧붙인다면 역사 속의 고승대덕과 명찰들에 대한 관심이 아주 크게 구체적으로 나타나고 있다는 점이다.

4. 본성(本性)의 조견(照見)과 자비의 원력행

모든 고등한 종교나 경전은 우주의 본성과 가시적인 현상계의 객관적 이치를 밝혀내는 데 그 뜻을 두고 있다. 불교도 예외가 아니어서 우주의 실제, 성품, 도리, 본지풍광, 법성 등과 같은 이름을 사용하며 그 실상을 밝히고자 혼신의 힘을 기울였고 그 결과물들은 팔만사천 대장경이라고 불리는 무수한 숫자의 경전에 담아 전달하고 있다. 그리고 이를 현상계에서 어떻게 쓸 것인가에 대하여 가르치고 있다.

단순하게 요약하여 말한다면 불교의 핵심은 우주의 본성품을 보고, 그 성품에 계합하는 삶을 살아가는 데 있다. 그러나 그 본성품을 보는 일은 어려운 것이고, 비록 그 성품을 보았다 하더라도 그에 계합하는 삶을 사는 일은 또한 난제인 까닭에 이를 위한 수행의 여정이 길고 치열하다.

조종현의 「백팔공덕가」의 공덕행도 이 두 가지를 위한 것이다. 다시 말하면 본성품을 보는 일과 그 본성품에 계합된 삶을 온전히 살아내는 데 이르는 일이다. 불교에서 본성품을 보는 일은 소위 연기공성을 보는 견성의 일이다. 그리고 그에 걸맞은 삶을 현실적으로 사는 것은 바라밀행의 삶이다. 이를 가리켜 불교는 지혜와 자비 혹은 지혜행과 자비행이라는 두 가지 핵심어로 표현한다. 그러니까 지혜와 자비, 지혜행과 자비행, 이 두 가지가 불교의 전체이자 양대 축을 이루는 내용이다.

조종현은 「백팔공덕가」에서 이 두 가지를 잘 깨치고 행하는 것을 작품의 한 가운데에 배치하고 있다. 이것이야말로 참다운 불교로 가는 길이며 참다운 불교를 행하는 일이기 때문이다.

> ① 이공양 저공양해도 법공양이 최상이라
> 　　불보살 법문말씀 한귀절만 전해주어도
> 　　이공덕 거룩한인연 서로다 불이되네
>
> 　　　　　　　　　　　　　　　　　— 「백팔공덕가 77」 전문

> ② 불교란 무엇이뇨 무엇을 가르쳤나
> 　　제손으로 밥떠먹고 제발로 걸어가고
> 　　제할일 제가하도록 제가제를 알도록
>
> 　　　　　　　　　　　　　　　　　— 「백팔공덕가 86」 전문

위의 인용시 ①은 법과 법문 그리고 법공양의 중요성을 역설하고 있다. 누

군가를 살릴 수 있는 최고의 선물이 있다면 그것은 바로 '법'이라는 우주적 진실상을 깨치게 하는 데 있다는 것이다. 진리를 선물한다는 것, 그것 이상의 다른 선물을 상상할 수 없다는 것이 위 작품의 본뜻이다.

이런 불교의 법(진리)이란 어떤 것인가. 「백팔공덕가」 전체에서 그것을 직설적으로, 개념화된 언어로 표현한 경우는 거의 없다. 불교의 교과서나 학술서들은 이런 방법으로 불교의 본질과 특성에 대하여 설명하겠지만 「백팔공덕가」의 제시 방식은 선적이거나 문학적이다. 부연하면 언어와 개념으로 드러낼 수 없는 것이 불교적 진리의 세계라는 통찰 아래 불교에서는 「백팔공덕가」 이외의 텍스트들에서도 언어와 개념을 사용하지만 실제로는 이들을 넘어서려고 노력한다.[11]

이와 같은 점은 앞의 인용시 ②에서 잘 드러난다. 불교란 무엇이냐라는 큰 질문 앞에서 시인은 언어와 개념을 넘어선 선적이며 시적인 표현을 동원하고 있다. "제손으로 밥떠먹고 제발로 걸어가고/제할일 제가하도록 제가제를 알도록" 하는 것이 불교라는 것이다. 이것은 매우 어려운 답일 수 있다. 그러나 여기서 '제'가 가르치는 의미를 이해하거나 체득할 수 있다면 이는 결코 어렵지 않다. 그러니까 불교는 자기 자신이 불성, 곧 우주적 진리 그 자체라는 것을 알고 쓸데없는 식심(識心)의 환영과 장애로부터 벗어나 청정한 상태에서 일상생활을 하고 자신의 임무를 다하면 된다고 가르치는 것이다. 이때 가장 중요한 것은 종장 후반의 "제가제를 알도록"이라는 말처럼 자기 자신이 본래 식심의 산물이 아니라 불성인 지심(智心)의 존재라는 사실을 아는 것이다.[12]

조종현 시인은 「백팔공덕가」에서 다시 불교의 진실인 불성을 조견하고 그

---

11 윤희조, 『불교의 언어관』, 씨아이알, 2012 참조.
12 한자경, 『유식무경(唯識無境)』, 예문서원, 2000 참조.

것이 '지금 여기'에 그대로 있다는 점을 말함으로써 식심의 망념에 가리어져 자신과 세계의 진실을 못 보는 것을 넘어서도록 안내하고 있다.

> ① 불법대의가 무엇이냐 묻거들랑
> 　꽃피고 새가울고 제비는 날아들고
> 　꾀꼬리 제쌍쌍으로 노래한다 하여라
>
> 　　　　　　　　　　　　　　　　— 「백팔공덕가 83」 전문

> ② 소를언제 잃었관대 소찾는다 말을하노
> 　찾을소 있다하면 잃은소 있으렷다
> 　여보게 잃고찾을것 어디있단 말인가
>
> 　　　　　　　　　　　　　　　　— 「백팔공덕가 88」 전문

인용시 ①은 불법의 대의를 묻는 질문에 불법의 대의가 따로 어디에 있는 것이 아니라 식심(업식)을 거둬내고 보면 지금 여기서 꽃이 피고 새가 울고 제비가 날아들고 꾀꼬리가 제각기 쌍쌍으로 노래하는 것과 같은 현상계 그 자체가 불법의 참모습임을 말하고 있다.

이런 불법의 대의에 대한 관점은 인용시 ②에서 보다 본질적인 지적으로 이어진다. '심우도(尋牛圖)' 모티프를 가지고 있는 이 시에서 시인은 '소'로 표상되는 진리를 실제로 우리는 한 번도 잃은 바가 없이 항상 지니고 있으므로 (다만 그것을 보지 못하고 있을 뿐이므로) '소'를 찾는다느니 잃어버렸다느니 잃은 것을 찾는다느니 하는 말은 괜한 소동에 불과하다는 것이다.

그렇다면 불교는 이와 같은 불법의 대의를 알고 불법을 보고 행함으로써 우리가 어떤 세계에 도달하게 된다고 믿는 것일까? 그것은 소위 이고득락(離苦得樂)이 구현된 정토세계, 극락세계와 같은 곳이다. 일체의 '고(苦)'가 없는 자유와 평화와 행복의 세계, 그런 세계가 정토세계이고 극락세계이다.

조종현 시인은 「백팔공덕가」의 첫 작품과 마지막 작품에 이 점을 상호 조응

시키며 배치하고 있다. 첫 작품인 「백팔공덕가 1」에서 그는 "극락이 어디메냐
사바가 여기로다/아미타불 따로있나 내가바로 아니런가/밤마다 고요히앉아
내가나를 부르네"라고 읊고 있다. 해석하면 우리들이 살고 있는 이 사바세계
(현실세계)가 깨친 안목으로 보기만 하면 그대로 극락정토이고, 극락정토를 주
관하는 아미타불이 따로 있는 게 아니라 역시 깨친 혜안으로 보면 우리들 각
자가 아미타불이라는 것이다. 그러므로 염불을 하느니, 독경을 하느니, 수행
을 하느니 하는 것은 실제로 자기 자신이 자기 자신을 부르는 것에 지나지 않
는다는 것이다.

　이렇게 될 때 인간들은 '해탈'과 '안락'에 이른다는 것이 불교의 기본 관점
이다. 조종현 시인은 「백팔공덕가」의 마지막 작품 「백팔공덕가 100」에서 이
를 아주 시적으로 표현하고 있다.

　　　철모르는 이자식이 언제콜콜 잠이들가
　　　따스한 엄마품에 언제안겨 잠이들가
　　　어머니 무릎위에 나비처럼 춤을출가

　　　　　　　　　　　　　　　　　　　　　　— 「백팔공덕가 100」 전문

　위 시에서 철모르는 자식은 불법의 대의를 알지 못하는 범부들이다. 이런
범부들이 불법의 대의를 제대로 알았을 때 그들은 아무 걱정 없는 무사한인
(無事閑人)이 되어 '꿈 없는 잠'을 평안히 자게 된다는 것이다. 그것은 마치 엄
마의 품에 안기듯 진리의 품에 안겨 잠이 든 최상의 안락행이며 어머니 무릎
위에서 춤을 추듯 진리의 무대 위에서 본성의 춤을 추는 자유행과 같다.

　조종현의 「백팔공덕가」는 이와 같이 본성자리, 본성품, 붓다의 성품, 도의
자리를 찾았을 때 이것이 중생 구제의 원력행 혹은 자비의 원력행으로 이어
진다는 '원력 사상'을 강조하고 있다. 특별히 대승불교에서 원력은 깨친 자가
현실세계에서 참여와 회향의 방식으로 행할 수 있는 최고의 삶으로 여겨지

거니와「백팔공덕가」에도 이 점이 그대로 담겨 있다.[13]

　　① 불법이 무엇이뇨 아는것이 부질없다
　　　　아는 그것보다 원력이 제일이요
　　　　원력도 원력이러니 실천함이 불법이다

　　　　　　　　　　　　　　　　　　　　　　—「백팔공덕가 64」 전문

　　② 보현보살 십대행원 그것이 화엄이요
　　　　관음보살 삼십이응신 그대로 법화경을
　　　　제발로 제걸어가기 불법이 마련이다

　　　　　　　　　　　　　　　　　　　　　　—「백팔공덕가 65」 전문

　　인용시 ①은 불교에 대한 지식과 지해(知解)보다 원력이 으뜸임을 강조한다. 그러나 이 시는 여기서 그치지 않고 원력보다 더 중요한 것이 실천이라는 점을 역설한다. 실천은 불교가 기본틀로 설정하고 있는 인간 행위의 세 가지 행인 '의행(意行), 구행(口行), 신행(身行)' 가운데 신행에 속한다. 뜻의 일에서 시작하여 언어의 일을 거쳐 몸의 실천으로 이어지는 소위 '신구의(身口意) 삼행(三行)'에서의 신행과 같은 것이다.

　　이런 관점에서 조종현 시인은 인용시 ②에서『화엄경』의 핵심인 보현보살의 십대행원이 바로 화엄의 궁극이며,『법화경』의 중심인 관세음보살의 삼십이응신이 법화의 최고 단계라고 말하는 것이다.

　　앞서 언급했듯이 조종현의「백팔공덕가」엔 대승불교가 중심이자 근본을 이루고 있다. 여기서 원력행을 이토록 중시하고 역설하는 것은 바로 이런 점과 연관된다.

---

13 김성철,『대승불교의 보살』, 씨아이알, 2008 참조.
　　김성철,『김성철 교수의 불교하는 사람은······』, 불교시대사, 2012 참조.

5. 만행, 고승대덕과 불교문화의 순례

조종현의 「백팔공덕가」가 가진 불교사상에 대해서는 앞의 여러 장에서 언급하고 논의한 내용들을 통하여 기본적인 점이 드러났다고 판단된다. 이와 같은 점은 「백팔공덕가」가 공덕행에 이르는 길을 어떻게 제시하고 있는지, 그 근본 정신을 이해하는 데 도움이 된다. 그런데 불교에 어느 정도 관심이 있는 사람들은 다 알겠지만 위와 같은 공덕행의 길은 몇 가지 점을 제외하면 매우 일반적인 것에 해당한다.

이런 점과 비교해볼 때 본장에서 논의하고자 하는 내용은 조종현의 「백팔공덕가」가 지닌 상당히 특수하며 흥미로운 모습을 보여준다. 실제로 본장에서 논의할 내용들로 인하여 조종현의 「백팔공덕가」는 그 변별성과 더불어 문학적 위상도 높아지고 있다.

조종현의 「백팔공덕가」는 「백팔공덕가 23」에서부터 「백팔공덕가 62」에 이르기까지 무려 40편 정도의 작품을 통하여 수많은 고승대덕과 명산을 비롯한 명승지 및 명찰들을 답사하듯 탐방하고 기억하면서 만행의 길을 가는 시인의 모습을 담아내고 있다. 그는 이 땅의 불교사와 불교 현장에서 보고 만날 수 있는 성인과 성소를 찬탄하고 이에 감동하면서 그 공덕행이 얼마나 대단한 것이었는가를 음미하며 알려준다.

먼저 앞서 언급한 40편의 작품 속에 등장하는 고승대덕으로는 화정국사(和靜國師) 원효(元曉), 의상대사(義湘大師), 이차돈(異次頓), 서산대사(西山大師), 사명당(四溟堂), 경운(擎雲)스님, 학명선사(鶴鳴禪師), 환응(幻應)스님, 석상(石霜)스님, 제산(霽山)스님, 혜월(慧月)스님, 환월대사(幻月大師), 만공선사(滿空禪師), 한영(漢永)스님, 한용운(韓龍雲)스님, 금명(錦溟)스님, 영규(靈圭)스님, 뇌묵(雷默)스님, 청호선사(晴湖禪師), 월초(月初)스님, 대연(大蓮)스님, 편양(鞭羊)스님, 대각국사(大覺國師), 용성(龍城)스님, 동선(東宣)스님, 진묵대사(眞默大師),

유마거사(維摩居士), 방거사(龐居士), 부설거사(浮雪居士)를 열거할 수 있다. 시인은 이 스님들 혹은 거사들 한 분 한 분마다에 담긴 깊은 공덕행을 자신의 만행으로 내면화하면서 시로 표현한다.

① 정삼품 솔을보고 속리법주 들어서니
　　석상스님 염불소리 환희심이 절로난다
　　구름에 물과새소리 이아니 선경인가

— 「백팔공덕가 35」 전문

② 금정산 만세루 대들보가 으근으근
　　금강경 설하시는 혜월스님 놀랐어라
　　더구나 이마에육계 글성글성 구성지고

— 「백팔공덕가 37」 전문

인용시 ①에서 시인은 속리산 법주사를 방문하며 석상스님의 염불 소리가 들려오는 것을 듣고 환희심에 젖는다. 그리고 이 염불 소리와 어우러진 구름과 물과 새소리가 빚어내는 풍경이야말로 '선경'과 같음을 찬탄한다.

인용시 ②를 보면 시인은 부산 금정산의 만세루에서『금강경』을 설하는 혜월스님의 탁월함 앞에서 놀라고 있다. 금정산 만세루 대들보가 삐그덕삐그덕할 정도로 부실하였지만『금강경』을 설하는 혜월스님의 이마 정수리가 글썽글썽할 정도로 설법의 현장이 감동적이었다는 것이다.

앞서 언급했듯이 조종현의「백팔공덕가」에서는 고승대덕들을 만나고 그들의 수행과 공덕행을 만나는 일이 시인에게 큰 기쁨이며 보람이 되고, 그런 시간과 경험 자체가 그의 수행을 돕는 일이요 공덕행을 증장시키는 일이 된다.

다음으로 명산을 비롯한 명승지 및 명찰은 다음과 같다. 동해, 양양 낙산사, 이차돈의 성지, 오대산 적멸궁, 가야산 홍류동 팔만장경각, 양산 영축산 통도사, 경주(서라벌) 석굴암, 금강산 일만이천봉, 내장산 내장사와 운문암,

속리산 법주사, 황벽산 직지사, 금정산 범어사, 팔공산 거조암, 금강산 건봉사, 묘향산 표충사, 구월산 패엽사, 계룡산 갑사와 마곡사, 구례 지리산 화엄사, 순천 조계산 송광사, 하동 지리산 쌍계사, 해남 두륜산 대흥사, 금구 모악산 금산사, 금강산 정양사와 유점사와 마하연, 남한산성, 봉은사, 봉선사, 수원 용주사, 원산 설봉산의 석왕사와 내원암, 평양 금수산 영명사, 의성 등운산 고운사, 문경 운달산 김룡사, 영천 팔공산 은해사, 영주 봉황산 부석사, 순천 선암사, 금강산 유점사 등이 그 실례이다. 그는 명산, 명승지, 명찰이 함께 어우러진 곳들을 순례하듯 찾아다니며 그곳에서 불법의 진실이 어떻게 구현되고 전달되며 살아 숨쉬고 있는지를 만나고 있다. 그의 이런 길은 일종의 순례의 길이자 만행의 길이다. 그런 점에서 이와 같은 그의 시편들은 불교기행시조, 불교만행시조, 불교순례시조, 불교구법시조 등과 같은 이름으로 불릴 수 있을 것이다.

참고로 한두 편의 작품을 만나보기로 한다.

① 구월산 패엽사는 가을철이 더욱좋다
　불붙은 단풍잎이 저녁놀에 날리는데
　삼년을 법화경읽던 환월대사 눈이활짝

— 「백팔공덕가 41」 전문

② 금구 금산사 미륵전에 예배하고
　미삼차 구수하다 보석사 찾아들제
　임진때 승병대장의 영규뇌묵 우러러라

— 「백팔공덕가 49」 전문

인용시 ①의 구월산은 황해도 신천군의 명산이다. 패엽사는 이 구월산에 있는 고찰이자 명찰로서 통일신라 시대에 창건되었다. 사전에 의하면 패엽사는 일제강점기 31본산 중 하나로 7개군 34개 사찰을 관장하였던 대본산이였다고 한다. 시인은 이 구월산 패엽사를 방문한다. 여기서 그는 가을 단풍과 저녁노을이 어울린 절경을 본다. 그러나 시인의 마음은 이런 절경과 더불어 이곳에서 삼 년간 『법화경』을 읽던 환월대사가 혜안이 열려 진리의 본원상을 보는 대사건이 일어났다는 사실에 가 있다. 구월산과 패엽사, 가을 단풍과 저녁노을, 환월대사와 『법화경』 읽기, 시인의 방문과 이런 세계와의 만남은 무엇이 먼저라고 말할 수 없는 경지에서 하나로 어우러져 이른바 '도량'을 창조한다.

인용시 ②의 경우도 흥미롭다. 여기서 시인은 금구 모악산의 금산사를 찾아가 미륵전에 예배를 드린다. 금산사는 미륵신앙이 살아 있는 명찰로서 지금까지도 그 역사성을 간직하고 있다. 다시 시인은 미삼차가 구수하다고 알려진 보석사를 찾아간다. 그러나 그는 거기에서 미삼차의 구수함 이전에 임진왜란 때 승병대장으로 활약한 영규스님과 뇌묵스님을 숭앙하며 찬탄하는 시간 속으로 들어간다. 미륵신앙의 미래에 대한 희망, 승병대장으로 전란 때 앞장섰던 현실 구원의 길, 이런 것은 위 시에서 명산과 명찰을 살아 있는 현실도량으로 만든다.

소위 성인과 도인, 영지와 성지를 찾아 떠나는 만행은 수행과 공덕행의 일로 오랜 전통을 가진 일이다. 조종현은 이런 만행을 의욕과 기쁨, 원력과 보람 속에서 행하고 있다. 이런 점이 그의 연작시조 「백팔공덕가」에서 주류의 한 영역을 차지하고 있거니와 이것은 「백팔공덕가」의 현장성과 문학성을 더해주는 중요한 점이다.

불법에 의한 인생과 불법에 의하여 구축된 세계는 불교문화이다. 이와 같은 불교문화는 만행과 수행의 결과물이면서 동시에 만행과 수행을 이끌고 후원하는 현실세계이다. 조종현의 「백팔공덕가」에선 이런 불교문화가 효과적으로 원용되고 있다.

제1부 '환지본처'의 상상력과 영성 수행의 길

6. 게송(偈頌)으로서의 종교성과 미학성

조종현의 연작시조 「백팔공덕가」는 불교문학사나 불교경전사에서 볼 때 '게송'의 일종에 해당된다. 게송은 불법의 대의를 시가 형태로 표현하여 읊거나 노래하기 좋은 성격을 활용한 것이다. 조종현의 「백팔공덕가」가 고전 시조의 대표적 양식인 정형시조의 형태를 취한 것은 이런 불교사의 게송의 성격을 염두에 두고 창작된 것이 아닌가 생각된다. 주지하다시피 고전 정형시조는 창으로 불리는 구연 양식의 일종이다. 그런 점에서 고전 정형시조 형태를 띤 「백팔공덕가」는 창으로 불릴 가능성을 지니고 있고, 본격적인 창으로 불리는 데까지 나아가지는 않는다 하더라도 암송이나 독송, 낭송이나 낭독과 같은 구연방식을 염두에 둔 것이라 볼 수 있다.[14]

구연 행위는 다음과 같은 장점을 지니고 있다. 그 첫째는 창자나 청자 모두 외우기에 좋다는 것이다. 둘째, 외형적으로는 짧지만 내용상으로는 깊이와 울림을 입체적으로 살릴 수 있다는 것이다. 셋째, 흥을 불러일으킴으로써 신명을 돋우고 시가에 몰입할 수 있게 한다는 점이다. 넷째는 불교의 경우 만트라처럼 압축적이고 짧은 문구를 반복하여 읊조림으로써 창자가 곧 청자가 되는 말하기와 듣기의 일체화를 이룩할 수 있다는 것이다.

조종현의 「백팔공덕가」를 구성하는 100편의 시조는 각편으로 분리시켜 이런 기능을 수행할 수 있게 할 뿐만 아니라 이들을 때에 따라 연속적으로 또는 상황에 맞게 취합하여 연작시조를 구성함으로써 이와 같은 효과를 발할 수 있도록 응용하는 것도 가능하다.

조종현의 「백팔공덕가」가 지닌 게송으로서의 종교성은 위와 같은 구연 방식을 통하여 불법의 대의를 더욱 잘 터득하고 익히도록 하며, 공덕행에 이르

---

14 이종찬, 『한국의 게송·가송』, 동국대 출판부, 2018 참조.

는 길을 보다 심도 있게 자각하고 실천하도록 하는 것이다. 사실 불교의 모든 것은 이 두 가지로 압축된다. 그것이 사찰과 같은 건물이든, 불경과 같은 언어이든, 의례와 같은 형식이든, 참선이나 염불과 같은 수련이든, 승가와 같은 삶의 방식이든, 일체가 불법의 대의를 포착하고 공덕행을 행하며 사는 삶에 본뜻이 있는 것이다.

조종현의 「백팔공덕가」는 이와 같은 불교와 불심에 토대를 두고 있으면서 그것이 문학의 한 형태로 창조되고 연구될 수 있다는 특수성을 지닌다. 전자가 내용이라면 후자가 형식일 터인데 이런 내용과 형식이 어우러짐으로써 불교문학, 불교시가, 불교시조와 같은 이름을 부여받을 수 있다. 조종현의 「백팔공덕가」가 지닌 이런 점은 매우 중요하다. 따라서 본장에서는 「백팔공덕가」가 지닌 게송으로서의 종교성과 더불어 그 미학성을 잠시 살펴보기로 한다.

첫째, 「백팔공덕가」는 외형으로 보면 조선시대 정형시조의 형태를 그대로 취하고 있지만 그 내적 표현이나 텍스트화 과정을 보면 현대시조의 성격이 살아 있다는 것이다. 전자의 경우 3장 6구의 기본 틀에다 제3장의 앞 두 구를 3자와 5자로 구성하는 방식이다. 조종현의 「백팔공덕가」의 모든 시편은 이런 형태로 구성돼 있다. 이에 반해 후자의 경우는 그 이전의 정형시조가 지닌 관습적 언어나 모티프를 벗어나서 아주 자유분방한 현대어들을 동원하고 있다는 점이다. 그러니까 외형상으로는 조선시대 정형시조의 문학적 관습을 따르고 있지만 내적으로는 자유분방한 현대시조의 양태를 구현하고 있는 것이 「백팔공덕가」의 특징이다.

둘째, 「백팔공덕가」의 일부분은 경전에 의거하여 그것을 구연하기 좋게 시조화하고 있지만, 특별히 앞의 제5장에서 다룬 만행시편들을 비롯한 몇 편들은 개인의 체험과 지식 및 기억에 근거하여 아주 참신한 내용과 언어로 시조화되고 있다는 점이 언급될 필요가 있다. 여기서 시인은 승려 시조시인이 아니면 할 수 없는 창작 불교시조를 만들어내고 있거니와 그것은 불교적 참신성에서도, 문학적 참신성에서도 모두 만족할 만한 결과를 내고 있다.

① 삼방약수 휘휘돌아 석왕사 접어들면
　　산수도 좋거니와 범종소리 그윽하이
　　내원암 산취나물을 어이그냥 두고갈가

—「백팔공덕가 55」 전문

② 구름이 흐르는 듯 아니물이 떨어지는 듯
　　돌바람 설법이야 달이따라 춤을춘다
　　금강산 만이천봉이 영산회상 아닌가

—「백팔공덕가 32」 전문

　인용한 두 편의 시조 모두 겉으로 보면 전통적인 정형시조의 외형을 그대로 갖추고 있다. 그런데 그 내부로 들어와 보면 인용시 ①의 경우에 나타난 경물의 묘사와 사찰 내의 불교적 풍경은 말할 것도 없고 제3장에서 보여주는 "내원암 산취나물을 어이그냥 두고갈가"에서 보이는 바와 같은 내적 정서의 표현은 매우 매력적이고 현대적이다. 이런 점은 인용시 ②에서도 그대로 드러난다. 외형이 지닌 고전시조의 정형성과 내면에 담긴 표현의 자유분방함과 현대성이 돋보이는 것이다. 금강산의 풍경을 묘사하면서 구름이 흐르는 듯하기도 하고 물이 떨어지는 듯하기도 하며, 돌에 스치는 바람이 신묘한 설법을 하는 터에 하늘의 달이 덩달아 춤을 춘다고 표현하는 것도 그러하거니와 이런 금강산 만이천봉을 『법화경』이 최초로 설해진 인도 영축산의 영산회상으로 읽어낸 것도 탁월하다.
　요컨대 「백팔공덕가」는 불교와 불심을 증득한 승려이자 현대시조시인으로 일가를 이루고 있는 이른바 불교시조시인만이 쓸 수 있는 종교성과 미학성이 잘 어우러진 수준 높은 불교문학이다.

셋째, 「백팔공덕가」에 담긴 시조미학으로서 섬세한 언어 감각과 리듬 감각이 따로 언급될 필요가 있다. 「백팔공덕가」를 읽어가다 보면 이 언어 감각과 리듬 감각이 주는 기쁨을 적잖게 느낄 수 있다. 이것은 게송으로 구연하는 데도 큰 장점이 될 것이라 생각한다.

① 고운사 보고지고 김룡사 살고지고
　영천 은해사 하룻밤 쉬고지고
　부석사 무량수전에 의상조사 뵙고지고

— 「백팔공덕가 57」 전문

② 그립다 그리워요 묘향산이 그리워요
　서산 대사의 표충사도 거룩하고
　단군님 신화전설이 날로새로 빛나라

— 「백팔공덕가 40」 전문

인용시 ①에서 '보고지고', '살고지고', '쉬고지고', '뵙고지고'와 같은 언어 활용 방식은 작품을 아주 리드미컬하게 만들고 있다. 작품에 등장하는 사찰 네 곳에 대한 시인의 마음을 이런 언어 감각으로 표현한 것은 작품의 미학성을 높이는 데 기여하고 있다.

인용시 ②의 경우도 리듬감을 살린 언어 감각이 이채롭다. 특히 제1장의 '그립다'와 '그리워요'의 반복 및 변주는 리듬감을 살리는 데 기여하고 있다.

끝으로 한 가지만 더 언급하고 본장의 논의를 마치기로 한다. 조종현의 「백팔공덕가」에서 미학성을 살리는 데 기여하는 또 다른 중요한 점은 작품을 이끌어가는 화자의 태도이다. 화자의 태도는 작품 전체의 성격을 규정 짓는 데 중요한 요소가 된다. 이런 점에서 볼 때 승려 시조시인이 창작한 「백팔공덕가」는 그 내용과 성격에서부터 계몽과 구법 및 전법의 성격을 지니고 있으므로 소위 '화자우월주의'의 문제점을 드러내기가 쉽다. 그런데 이 작품에선 이런 문제점이 거의 드러나지 않는다. 간혹 작품에 따라서는 화자가 윗자리에서 가르치는 태도를 취하고 있는 것 같기도 하나 그것이 거부감을 주지는 않는다. 전체적으로 이 작품 속에서 화자의 태도는 간절하고 진지하며 독자와의 일체감 속에서 하나가 된 마음을 담고 있다.

여기서 이런 점과 관련하여 한 가지 언급할 점이 있다. 그것은 조종현 시인이 「백팔공덕가」를 쓴 것이 계몽의 성격을 지닌다 하더라도 승려로서 중생들에 대해 가진 자비의 마음에 기초해 있다는 점이다. 이것은 대립하는 상대적 관점에서 우월한 자아중심주의에 토대를 두고 계몽이 이루어지는 일반적인 경우와 그 마음바탕이 다르다.

7. 결어

지금까지 조종현 시인의 연작시조 「백팔공덕가」를 '공덕행' 담론과 그 미학이라는 관점에서 살펴보았다. 이 작품은 본고의 시작 부분에서 언급한 바와 같이 이동순에 의하여 『조종현 전집』이 발간되면서 처음으로 공개된 육필원고이다. 그런 점과 연관되어 이 작품에 대한 연구는 아직 이루어진 바가 없다.

조종현의 「백팔공덕가」는 불교문학, 불교시가, 불교시조 등과 같은 말로 명명될 수 있는 양식으로서 작품 제목에서도 나타나듯이 불교적 의미에서의 '공덕행'에 이르는 길을 밝히고 안내하는 글이다. 전체가 전통적인 정형시조의 형태를 취하고 있으면서 소위 '공덕행 담론'을 여러 가지 차원에서 제시하고 있는 것이 특징적이다.

첫째로 이 작품은 비법과 외도에 대한 지적과 경계를 하고 있다. 비법과 외도야말로 공덕행을 방해하는 첫째 요인이라고 생각하기 때문이다.

둘째로 이 작품은 공덕행에 이르는 방편과 방편행을 선용하며 적극적으로 권유하고 있다. 여기서 흥미로운 것은 그가 제시하는 방편과 방편행이 범속한 것들이 아니라 불교의 전통성과 정통성을 지닌 보살, 부처, 경전, 고승대덕, 참선, 기도 등과 같은 것이라는 점이다. 이런 가운데서도 관세음보살을 향한 관음신앙의 역설과 대승불교의 관점을 채택하고 있는 점은 특기할 필요가 있다.

셋째로 불법의 대의를 조견하고 증득하는 일에 대한 강조와 이를 자비의 원력행으로 바꾸어 회향하는 일에 대한 역설이 작품의 중심을 이루고 있다. 사실 이 점은 불교의 모든 것이라고 보아도 지나침이 없는데 「백팔공덕가」에서도 이 점이 중심이자 근본을 이루며 작품 전체를 이끌고 있다.

넷째로 고승대덕과 불교성지 및 불교문화를 만행하는 순례자의 마음으로 탐방하고 답사하며 시인 자신이 공덕행을 닦을 뿐만 아니라 공덕행의 모범을 만나고 찬탄하며 독자들에게 전달하고 있다. 이는 현장성을 띨 뿐만 아니라 작품 속에서 상당한 비중을 차지하며 작품의 개성을 드높이는 데 기여하고 있다. 실제로 이 부분이 있음으로써 「백팔공덕가」는 단순한 경전의 내용과 불법의 핵심을 형상화하거나 전달하는 계몽의 노래로 그치지 않고 시인의 개성을 담고 있는 창작품으로 자리 잡을 수 있게 되었다.

다섯째로 「백팔공덕가」는 게송의 일종으로 그 종교성과 더불어 미학성을 지니고 있다. 게송으로서의 시조 혹은 시조로서의 게송의 성격을 지닌 「백팔공덕가」는 게송과 고전시조가 지닌 구연의 특성을 다각도로 활용하고 있으며, 시조미학이 지닌 문학성을 또한 효과적으로 살려내고 있다. 그런 점에서 「백팔공덕가」는 종교적 감동과 문학적 감흥을 함께 경험할 수 있게 해주는 텍스트이다. 전자의 경우 독자(중생)에 대한 화자(승려 시인)의 대아적(大我的) 사랑과 자비가 전제이자 토대라는 점이 구별된다. 그리고 후자의 경우 문학적 언어와 수사적 힘이 다른 많은 불교적 공덕가나 게송들과 구별되는 특수한 점이다.

이런「백팔공덕가」는 작품 자체로 읽어도 의미가 있지만 불교적 수행처와 의례 행위 속에서 다양한 방식으로 활용되어 바른 신심을 증장시키고 공덕행을 넓혀가는 텍스트가 되기에도 적절하다. 본격적인 경전에 비한다면 부차적인 텍스트가 되겠지만 그런 원전으로서의 경전에 바로 직입하기 어렵거나 경전의 방대한 분량이 부담스러울 때 이런 창작품의 성격을 지닌 2차 텍스트의 활용은 적잖은 효용성과 의미를 가질 수 있을 것이다.

정진규 시에 나타난 '귀가'의 상상력
― 상상력의 성장과 진화를 중심으로

1. 문제 제기

이 논문은 근 60년에 이르는 정진규 시인의 시세계 전체[1]를 관통하는 근본
적인 상상력이자 근간을 이루는 중심 상상력 가운데 하나가 '귀가(歸家)'의 상
상력[2]이라는 전제 아래 쓰여지는 글이다. 이런 전제이자 가설은 먼저 총 18

---

1 정진규(1939~2017)는 1960년 『동아일보』 신춘문예로 등단한 이후 2017년에 작고할 때
까지 쉬지 않고 작품 활동을 하였다. 그간 그는 『마른 수수깡의 平和』, 『有限의 빗장』,
『들판의 비인 집이로다』, 『매달려 있음의 세상』, 『비어 있음의 충만을 위하여』, 『연필로
쓰기』, 『뼈에 대하여』, 『별들의 바탕은 어둠이 마땅하다』, 『몸詩』, 『알詩』, 『도둑이 다녀
가셨다』, 『本色』, 『껍질』, 『공기는 내 사랑』, 『律呂集 : 사물들의 큰언니』, 『무작정』, 『우주
한 분이 하얗게 걸리셨어요』, 『모르는 귀』 등 총18권의 창작시집을 출간하였다.

2 '귀가의 상상력'에서 '귀가'는 근본적인 곳(것), 본질적인 곳(것), 본처, 본성자리, 본심자
리, 진리, 실상, 실제 등과 같은 곳으로 돌아가고자 하는 것을 뜻한다. 일반적으로 인
간사의 자리에서 보면 '가(家)'는 현상적인 세계에서의 '집단(group)'이나 '무리(swarm)'들
의 물리적인 거처 혹은 생활사적인 공간을 의미하는 용어이지만, 지혜사와 우주사적
인 맥락에서 보면 진리 혹은 진리의 세계를 뜻한다. 경전들은 이런 진리 혹은 진리의
세계를 가리키는 환유로 '가'나 '향(鄕)'을 쓴다. 이를테면 기독교에서는 '본향'을 설정
하고 그곳을 회복하는 것을 목적으로 하고 있으며, 불교에서는 불성의 자리를 '본가'
라 칭하며 그곳의 조견(照見)을 지향한다. 그런가 하면 『노자 도덕경』에서는 무위자연의
다른 말인 무극(無極)을 설정하고 그곳으로의 복귀를 꿈꾼다. 기독교 성경 「히브리서」

권에 달하는 그의 시집과 그 속의 작품 전체를 선입견 없이 앞에 놓고 분석할 때 귀납적으로 추출된 내용이며 동시에 한 인간의 전생애를 지배하는 근본적인 상상력이란 대체로 하나의 강력한 '핵심감정'[3]에 닿아 있다는 정신분석학적 이론에 토대를 두고 이루어진 것이기도 하다. 한편 이는 상상력 가운데서 비중이 있는 소위 원형 상상력을 논의하는 관점에서 볼 때 한 인간 존재의 상상력이란 본처(本處) 혹은 본래(本來)의 자리라고 불리는 곳으로 돌아가고자 하는 성향과 그 자리로부터 벗어나 이탈하거나 분화하고자 하는 성향으로 구분될 수 있다는 입장에 의거한 것이다.[4]

일반적으로 상상력이라고 부르든 마음작용이라고 부르든 이것은 한 인간의 생래적 특성과 탄생 이후의 포괄적인 외부 환경 및 경험 요인에 의하여 구성되는 것이라 할 수 있는데, 흥미로운 것은 이와 같이 한 인간을 지배하고 추동하는 상상력과 마음작용이란 매우 복잡하고 다양한 것처럼 보이나 실은 몇 개의 간선도로와 같은 근본적인 상상력과 여러 가지 지선 같은 부차적인 상상력으로 형성돼 있다는 점이다. 따라서 한 인간은 물론 어떤 시인을 이해

11:13~16 참조; 불교의 「법성게(法性偈)」 가운데 한 구절인 "귀가수분득자량(歸家隨分得資糧)" 및 「십우도(十牛圖)」의 제6단계인 '기우귀가(騎牛歸家)' 참조; 『노자 도덕경』 제28장의 "복귀어무극(復歸於無極)" 참조.

3 정진규 시인에게 '무의식적 동기로서의 핵심감정(nuclear emotional force)'은 본성자리이자 본처로부터의 소외와 거리가 가져다주는 '객수(客愁)'와 같은 고통이다. 이런 '핵심감정'론을 그 전제이자 중심자리에 '도(道)'의 차원을 설정하고 깊이 있게 전개한 이동식의 '도정신치료'는 이 점을 이해하는 데 길잡이가 된다. 이동식의 견해와 이론을 한 권의 저술로 집대성한 『도정신치료입문(道精神治療入門)』(한강수, 2008)을 참고하면 많은 도움이 될 것이다.

4 상상력의 이와 같은 두 가지 성향은 '온마음(whole consciousness)'을 자아 아이덴티티의 본자리로 인식하는 소위 '영성론자'들에 의하여 'universe'를 향하는 마음과 'diverse'를 향하는 마음으로 이해된다. 이것을 상상력 이론이라고 명명하지는 않았지만 이런 마음길이야말로 상상력의 원천이라고 할 수 있다. 디팩 초프라, 『메타휴먼』, 김윤종 역, 불광출판사, 2020 참조.

하고자 할 때는 그의 내면을 구성하고 있는 근본 상상력이자 마음작용이 무엇인가를 먼저 찾아내는 것이 매우 중요하고 의미 깊다. 이와 같은 상상력의 형성 과정은 따로 논의해야 할 만큼 복잡하고 중대한 테마이다. 따라서 이곳에서는 방금 앞서 언급한 바와 같은 상상력의 성격을 밝히는 것으로 그치고자 한다.

정진규 시인에겐, 그 근간의 상상력 가운데서도 무엇보다 강력하고 본격적인 상상력이 본 논문의 주제인 '귀가의 상상력'이다. 그는 존재와 세계의 첫 자리로 돌아가고자 하는 꿈을 첫 시집『마른 수수깡의 평화』(1966)에서부터 마지막 시집『모르는 귀』(2017)에 이르기까지 지속적으로 작동시키며 구사하고 있다. 더욱이 그는 이 상상력에 자신의 전 존재를 접속시키면서 그 상상력을 성장, 발전, 진화시키는 양상을 보이고 있는데 이것은 그의 시뿐만 아니라 삶을 성장, 발전, 진화시키는 일과 닿아 있다.

여기서 아주 흥미로운 점을 발견하게 된다. 상당히 복합적인 이유에 의하여, 한 인간이자 시인을 지배하는 상상력은 그것을 고양시키고 향상시켜 나아가면 그에 비례하여 한 인간의 삶과 시인의 시가 발전하고 성장돼 나아간다는 사실이다. 따라서 상상력은 단순히 이미지를 만들어내는 인간 능력의 한 특별한 요소만이 아니라 시적 성장과 인간 성장의 서사 및 여정을 탐색해 나아갈 수 있는 중요한 능력이자 요인이라고 볼 수 있다.

정진규 시인의 귀가의 상상력은 시인의 이런 성장과 향상의 측면을 고스란히 담고 드러낸다. 이를 통해 독자들은 한 시인의 내적, 정신적 발전과 성장의 궤적을 만나볼 수 있다. 요컨대 저도 모르게, 그러나 절실하게 발아된 하나의 상상력의 씨앗이 사계절을 거치면서 이파리가 나고 꽃이 피고 열매가 달리고 그 열매가 떨어져 저장되는 생명체처럼 성장과 성숙의 발전 과정을 드러내게 되는 것을 볼 수 있는 바이다.

정진규 시인에 대한 그간의 논의는 그렇게 많다고 할 수 없다. 시인마다 시대와의 만남이라는 관계의 장 속에서 뜻하지 않게 적극적으로 호명되거나 배제되는 어떤 성격을 갖고 있다고 할 때 정진규 시인은 그의 시가 지닌 수준과 가치에 비하여 시대와의 만남을 통해 걸맞는 호명을 받았다고 하기 어렵다.[5] 더욱이 본 논문의 주제인 '귀가'의 문제에 대해서는 체계적으로 글이 쓰여진 바 없다. 다만 정진규 시를 논하는 자리에서 '절대의 지대',[6] '근원의 감각',[7] '육탈의 평화와 육화의 생명감',[8] '중(中)과 화(和)'[9] 같은 표현으로 '귀가'의 어떤 측면을 지적한 경우가 종종 있다.

본고에서는 이런 지적들을 수용하고 유념하면서 그의 시에 나타난 '귀가의 상상력'을 체계적으로 논의해보고자 한다. 이런 논의는 정진규 시인의 시세계가 지닌 일정한 가치를 발견하는 일이면서 귀가의 상상력이 지닌 특성을 밝히는 일이기도 할 것이다.

정진규 시인의 시를 관통하며 흐르고 있는 '귀가의 상상력'은 우리 시학계가 그간 탐구해온 '근대 넘어서기'를 논의할 때에도 상당히 유익하다. 그리고 한 인간이자 시인이 지닌 귀가의 본성 혹은 원형이 그의 성장을 어떻게 지속적으로 이룩해낼 수 있는지를 살펴보는 데에도 매우 적절하다. 귀가의 상상

---

5 지금까지 나온 정진규 시에 대한 대표적인 연구물로는 다음과 같은 것을 들 수 있다. 허만하 외 36인, 『정진규 시 읽기 : 본색』, 동학사, 2013; 정효구, 『정진규의 시와 시론 연구 : 中과 和의 시학』, 푸른사상사, 2005; 하린, 『정진규 산문시 연구』, 국학자료원, 2015.

6 송기한, 「절대경험의 현상을 위한 마음 다스리기」, 『1960년대 시인 연구』, 역락, 2007, 305~328쪽. 송기한이 정진규의 초기시에서 '재도지기(載道之器)', '진리', '구원' 등의 문제를 포착한 것은 특기할 만하다.

7 유성호, 「해설 : 형이상학적 충동과 근원의 감각」, 정진규, 『공기는 내 사랑』, 책만드는 집, 2009, 98~109쪽.

8 정진규·임의 질문자, 「자술담론 : 산문체·몸詩·알詩·律呂」, 『정진규 시 읽기 : 본색』, 동학사, 2013, 498~499쪽. 이 대담은 본래 『유심』 2011년도 9월호에 수록된 것이다.

9 정효구, 앞의 책. '中과 和의 시학'이 이 책의 부제이다.

력은 세속사의 관점에서 볼 때 역류의 상상력이다. 또한 근대문명사의 인간 중심적이고 직선적인 에너지의 방향과 전망에 비추어볼 때에도 역시 주변부의 상상력이자 소수자의 상상력이다. 그러나 이 이탈과 역류의 상상력은 본래자리를 그리워하는 인간 본성의 원형이며 우리가 표면적으로는 이 자리를 비켜서 있는 것 같지만 결국 그 자리로 돌아가게 되는 순환의 보편적 상상력이다.

정진규의 이런 상상력은 우리 근현대시사의 주류 정신과 동행하기에 부적절한 것이기도 하였다. 하지만 그는 이 상상력의 내적 충동과 매력으로부터 벗어날 수 없었거니와 결국은 이런 독자성으로 인하여 우리 근현대시사가 스치거나 놓치고 지나간 영역을 보완해주는 중요한 역할을 하였다.

아래에서는 정진규 시인의 이와 같은 '귀가의 상상력'이 전개되는 과정을 크게 세 단계로 구분하여 상호 유기적 관계 속에서 살펴보기로 한다. 그리고 그것이 지닌 다층적 의미를 검토하기로 한다.

2. '귀가 1' : 무의식적 이끌림과 애호의 단계

'귀가 1'이라고 부를 수 있는 첫 단계에서 정진규 시인은 심층에서 작동하는 귀가의 상상력에 이끌리고 있기는 하지만 그 사실을 시인 자신이 분명하게 자각하며 글을 쓰고 있는 상태는 아니다. 그는 이 '귀가의 상상력'이 마치 구조주의 언어학에서 칭하는 심층의 굳은 '시니피에'처럼 그도 모르는 가운데 깊이 박혀 있는 하나의 존재로 그를 추동하는 원인이자 원천이 되고 있지만 그것을 모르는 상태에서 다양한 시니피앙들이자 기표들을 생산해내는 사람과 같다.

이는 서양의 정신분석학에서 볼 때는 무의식의 일이기도 하며, 동양 심리학의 대표적 형태의 하나인 유식학(唯識學)의 관점에서 보면 '아뢰야식'의 일이기도 하다.

정진규 시인에게 '귀가 1'의 단계에 해당되는 시집은 제1시집 『마른 수수깡의 평화』에서부터 제7시집 『뼈에 대하여』까지이다. 이 기간의 시집들을 통하여 그는 무수하게 '귀가의 상상력'을 다채로운 언어들로 표출함으로써 그렇게 드러난 다양한 기표이자 언어들이 하나의 거대한 계열체를 구성하는 가운데 그의 시세계를 구조화하도록 한다. 필자는 앞에서 '귀가 1'의 단계에 해당되는 시집의 첫 시집과 마지막 시집을 언급하였는데 이 단계에 속하는 기간은 그의 시적 여정 속에서 매우 길다. 그러니까 그의 등단(1960)으로부터 계산하면 26년이 되고, 첫 시집의 출간(1966)부터 헤아리면 20년이 된다. 참고로 밝히면 이 단계가 마무리될 때의 정진규 시인의 생물학적 연령은 50세에 근접하고 있다.[10]

다시 말하면 정진규 시인은 이 기간 동안 참으로 간절했지만 그의 상상력과 마음작용의 실체와 구조 그리고 심층과 심연을 온전히 관찰하고 직시하지 못하였다. 하지만 그의 무의식은 끊임없이 귀가의 상상력과 그 마음작용이자 마음길의 존재를 알리면서 그를 충동하고 자신의 존재를 강하게 전달하였다.

여기서 우리는 정진규 시인의 귀가의 상상력과 마음작용에 연관된 그의 무의식의 두께가 대단히 두터웠으며 또한 그 두께를 뚫고 나오고자 하는 무의식의 충동도 그에 못지않게 아주 강력하고 절실하였다는 생각을 할 수 있다. 결론부터 말하자면 정진규 시인은 '귀가 1'이라고 하는 이 길고 먼 단계를 거침으로써 비로소 이후에 이 무의식의 비자각적인 충동의 실체를 더 분명하

---

10 한 가지 특이한 점은 이 시기의 경우 정진규 시인이 새 시집을 출간할 때마다 이전 시집 속의 작품들을 상당 부분 재수록하곤 했다는 것이다. 이것은 심리적인 문제이기도 하고 창작사적인 문제이기도 할 터인데 필자로서는 그 뜻을 정확히 알기 어렵다. 다만 개인적으로 읽는 과정에서 불편한 느낌이 든다는 것은 말할 수 있다.

게 알아내고 그것을 자각적으로 발전시키는 단계를 열어 나아갈 수 있었다.

정진규 시인이 이 '귀가 1'의 기간 동안 드러낸 귀가의 상상력과 마음작용의 표상물들을 그의 시집 순서에 따라 구체적으로 열거해보면 다음과 같다.

우선 첫 시집『마른 수수깡의 평화』에서 그는 시집 제목이기도 하고 작품 제목이기도 한 '마른 수수깡의 평화'를 중심에 두고 여러 가지 계열체에 속하는 기표들을 드러낸다. 그가 '마른 수수깡의 평화'라는 기호적 표현을 중심으로 삼아 알리고자 했던 것은 귀가의 자리에 놓여 있는 본질적이면서도 온전한 평화의 상태이다. 그러나 그의 이 평화는 정치적 평화라든가 시대적, 사회적 평화와 같은 것이 아니다. 그보다는 삶과 존재 자체 속에 내재된 실존적이며 존재론적인 평화 혹은 영원과 같은 것이다. 이런 가운데 그의 첫 시집엔 귀가의 상상력에 뿌리를 두고 나타난 표현들이 적지 않게 나타나 있다. 이를 눈에 띄는 대로 열거해보면 순수, 집중, 자유, 정체, 맨발, 영혼, 내류하는 은어, 나의 무한, 꽃들의 귀가, 착륙, 근원의 키 등등이다.

이어서 제2시집인『유한의 빗장』을 보면 그곳에서 가장 대표적이고 반복적이며 비중이 있는 '귀가의 상상력'의 언어적 표현은 "유한의 빗장을 열고"이다. 즉 '유한'의 다른 이름인 '빗장'을 열고 본처를 만나고 싶다는 것이다. 그리고 이런 것들의 계열체로서 자유, 인양중(引揚中), 집약, 여섯 살 적, 얼굴 없는 맨몸의 바다, 적중 등과 같은 언어들을 애용하고 있다. 이 두 번째 시집에서 정진규 시인은 첫 번째 시집과 유사한 상태에 놓여 있다. 말하자면 그는 '귀가의 상상력'의 강한 부름을 받고 있으나 그 실체를 분명히 파악하지 못한 채 그 충동의 언어를 계속하여 발하고 있다.

세 번째 시집『들판의 비인 집이로다』로 오면 정진규 시인의 귀가의 상상력과 마음작용은 이 두터운 무의식의 두께를 이전보다 조금 더 얇게 하고 그 강고함을 부드럽게 하는 데 이른다. 등단 이후 시인 생활 17년을 지낸 그는 이때에 이르러 자신의 무의식이 무엇을 원하는지에 대한 그간의 간절한 탐구의 결실을 얼마간 거두고 있는 것이다. 이 시집에서 시집의 제목이면서 대표작인 「들판의 비인 집이로다」 속에는 그의 귀가의 상상력과 마음작용의 수준과 발전상이 집약적으로 표면화되어 있다. 그는 여기서 자기 자신을 '들판의 비인 집'으로 규정하고 남다른 성찰의 시간 속에서 미래의 길을 다짐한다. 요컨대 재산이 전혀 없는 허허로운 들판의 비어 있는 집과 같은 것이 자기 자신의 현실이라는 아픈 진단 속에서 그는 자신이 갈 길을 의지와 의욕 속에서 모색하고 있는 것이다. 이에 해당하는 부분을 옮겨보기로 한다.

> 어쩌랴, 나는 없어라. 그리운 물, 설설설 끓이고 싶은 한 가마솥의 뜨거운 물, 우리네 아궁이에 지피어지던 어머니의 불, 그 잘 마른 삭정이들, 불의 살점들. 하나도 없이 오, 어쩌랴, 또 다시 나 차가운 한 잔의 술로 더불어 혼자일 따름이로다. 全財産이로다, 비인 집이로다, 들판의 비인 집이로다. 하늘 가득 머리 풀어 빗줄기만 울고울도다.
>
> — 「들판의 비인 집이로다」 부분[11]

여기서 시인의 현실은 '들판의 비인 집'과 같은 처지이다. 그는 그가 그토록 심저에서 그리워했던 '귀가'의 길을 제대로 가꾸지 못했다는 아쉬움 속에 있다. 그렇다면 그가 가꾸고 싶었던 귀가의 길이란 어떤 것일까? 이 점이 위시 속에 상징의 형태로 드러나 있다. 즉, '설설설 끓이고 싶은 한 가마솥의 뜨거운 물' 같은 것, '우리네 아궁이에 지펴지던 어머니의 불, 그 마른 삭정이들, 불의 살점들'과 같은 것이다. 요약하면 온전한 물과 같은 것, 온전한 불과 같은 것이 그가 가꾸어 만나고 싶은 귀가의 길이다. 이것을 본처, 본심, 본성, 본가와 같은 것의 무의식적 경험이요 이미지라고 불러도 좋을 것이다.

이런 내용을 담고 있는 정진규의 제3시집 『들판의 비인 집이로다』에는 이

---

11 정진규, 『들판의 비인 집이로다』, 교학사, 1977, 10~11쪽.

와 동렬에 놓이면서 귀가의 세계를 풍성하게 구축하는 여러 표상들이 있다. 한 줄기 빛살, 개벽의 푸른 하늘, 공자의 얼굴, 예수의 눈물, 맨발의 싯다르타, 두이노성의 릴케, 장작을 패는 링컨, 초록빛 평화, 달통한 여자, 생장의 법, 침묵의 법, 바다의 출렁임, 하나님의 우유, 절대의 양식, 고향집의 따뜻한 달걀, 진솔 속곳, 조율, 고요의 살결, 순수의 바다, 영원의 바다, 견자, 잠의 바다, 경건, 경외, 모국어, 순금의 두레박, 꽃의 깊이, 가을꽃 두 송이가 받들고 있는 하늘의 무게, 설명하지 않는 힘, 순결, 은어, 유년의 내 운문, 생각의 겨울 뜨락, 정직한 햇살, 신의 수염 등등이 모두 그것이다.

정진규 시인은 이와 같은 표상들의 작용에 의하여 세 번째 시집에 이르러 이전의 두 시집에서보다 더욱더 간절하고 비장하며 자성적인 목소리로 자신이 가고자 하는 귀가의 길을 넓히고 닦으며 다져 나아가고 있다. 따라서 그의 세 번째 시집은 정진규 시인의 귀가의 길에 대한 진정성과 절실성과 탐구의 결실을 호소력 있게 전달하는 문제적인 위상을 갖는다.

이렇게 다져진 정진규 시인의 귀가의 길과 상상력은 제4시집 『매달려 있음의 세상』에 이르게 되면 마침내 '사랑의 인력'을 말하는 데까지 나아간다. 시집 제목이자 작품 제목인 「매달려 있음의 세상」이란 이 '사랑의 인력'으로 만들어진 세계이자 우주이다. 그는 이런 사실을 발견하고 '오세요, 오세요'라며 세상을 적극적으로 초대하고 부르는 적극적인 부름의 언어를 발음하고 주체적인 세상 구축의 힘을 키운다. 그리고 주도적으로 한 채의 세계이자 우주인 집을 새롭게 태어나게 할 수 있을 만큼의 포용력과 화해의 능력을 강화한다. 또한 자연 속에서 영글어 떨어지는 알밤들과 같은 '전량(全量)의 삶'을 보며 '진짜'의 세계를 다짐하고 역설하는 주체가 된다.

이 제4시집에서 '귀가의 상상력'은 대상을 부르는 데서 그치지 않고 대상을 맞이하여 그 대상을 창조적으로 재탄생시키는 데로까지 발전하여 나아간다. 그러니까 정진규 시인은 여기서 외형상으론 자신이 여전히 귀가의 언저리나

'빈자(貧者)'의 심정으로 세상을 서성대는 형편이라고 겸허하게 말하고 있지만, 실제로는 귀가의 상상력을 중심에서 창조할 수 있는 주체적 능력과 안목을 얼마간 길러서 지니고 있는 터이다.

요컨대 제4시집 『매달려 있음의 세상』에서 정진규 시인의 귀가의 상상력은 이전 시집에서보다 적잖게 성장한다. 방금 위 단락에서 언급했듯이 그는 미미하지만 귀가의 세계를 발견하는 데서 귀가의 세계를 창조하는 주체의 능력을 느끼고, 기르고, 키우기 시작한 것이다. 이런 단계에서 정진규 시인은 단순히 귀가의 표상물들을 겉으로 드러내는 것에서 그치지 않고 이들을 내면화하며 '돌려주기' '다시 돌려주기' '절대의 저울' '내어주기' '머물러 있기' '썩을 줄 알기' 등과 같은 추상의 세계를 만든다. 그러니까 구상의 세계만으로 이루어진 표상물에서 추상의 세계로 도약하며 지적인 작용이 더해졌다는 것, 이것은 그의 귀가의 길에 나타난 새로운 면모이다.

일반적으로 어떤 시인이 구체어로 마음을 표현하다가 추상어로 그것을 말하기 시작했다는 것은 그 자신의 삶과 내면에 대한 지적 접근을 하기 시작했다는 뜻이다. 마치 그림에서 구상화가 추상화로 넘어가는 과정과 같다. 그런 점에서 정진규 시인은 제4시집을 통해 아주 자각적인 것은 아니지만 그가 그리워해온 귀가의 현실과 세계에 대한 지적 접근을 시작한 것이다.

다음으로 정진규 시인은 제5시집 『비어 있음의 충만을 위하여』와 제6시집 『연필로 쓰기』에 이르러 이런 지성화 작용을 좀 더 깊이 있게 진전시킨다. 그때 중요한 사실로 나타난 한 양상은 이 시인이 아직 불완전하기는 하지만 자기 시론을 정립시키기 위해 몇 편의 시론을 쓰는 데에 이르렀다는 것이다.[12] 시론이란 구상적 행위의 추상화적 변환이 이루어진 것과 같은 것이어서 누

---

12 정진규, 『한국현대시산고(韓國現代詩散攷)』, 민족문화사, 1983. 이 시론집은 1969년도에 쓰인 「시의 애매함에 대하여」와 「시의 정직함에 대하여」를 시작으로 하여 그 이후에 쓰인 모든 시론들을 담고 있다.

군가가 시론을 쓰기 시작했다는 것은 의미 있는 사건이다. 이런 정진규 시인이 제5시집과 제6시집에서 보여준 추상화 작업이자 지성화 작업은 다음과 같은 역설을 동반한 시구이자 담론을 탄생시킨다.

① 비어 있음은 비어 있음이 아닙니다
비어 있음은 비어 있음이 아닙니다[13]

② 처절하게 아름다울 수 있으면 속되게 아름다운 쪽에도 자리를 함께 할 수 있습니다[14]

③ 뿌리는 언제나 밝은 쪽으로 내려 있음을 믿는다[15]

④ 해묵어 세월 흐르면 반짝이는 별이 되는 보석이 되는 原石들이 바로 그들임을 어이하여 모르실까[16]

위 인용문들에서 보이는 비어 있음, 아름다움, 뿌리다움, 연금술적 비밀 등에 대한 사색은 지적이고 다소 철학적이기도 하다. 하지만 여전히 제5시집과 제6시집의 주종을 이루는 것은 지성화 이전의 구체적 표상물이자 그 출현물들이다.

지금까지 논의한 정진규 시인의 '귀가 1'의 단계에 해당되는 '귀가의 상상력'에서 한 시대를 마감하는 맨 끝의 시집에 해당되는 것이 제7시집인 『뼈에 대하여』이다. 정진규 시인의 제7시집인 『뼈에 대하여』에서 시집의 제목이자

---

13 정진규, 「비어 있음에 대하여」, 『비어 있음의 충만을 위하여』, 민족문화사, 1983, 29쪽.
14 정진규, 「파탄으로 빨리 달리기」, 『연필로 쓰기』, 영언문화사, 1984, 64쪽.
15 정진규, 「철쭉꽃 지던 날」, 위의 책, 31쪽.
16 정진규, 「原石」, 위의 책, 12쪽.

제1부 '환지본처'의 상상력과 영성 수행의 길

시정신의 중핵을 담당하는 지배적 표현으로서의 '뼈'는 많은 의미를 함축한다. 그는 일체의 부차적인 것들을 제거한 핵심이자 본질적인 것의 표상으로서 이 '뼈'라는 말을 사용한다. 그런데 흥미로운 것은 이 시집에서 '뼈'는 구체어이자 추상어로서의 이중성을 지닌다는 점이다. 이 점에서 그것은 제7시집 이후 그의 시가 '귀가 2'에 해당되는 다음 단계의 '귀가의 상상력'을 구축하고 그로 도약하며 전환되는 매개물과 같은 성격을 갖는다.

다시 '뼈'에 대하여 질문해보기로 한다. '뼈'란 한 생명체의 근간이자 구경이고 궁극이다. 정진규 시인은 '귀가 1'의 단계에서 그의 근본 상상력인 '귀가의 상상력'을 구사하고 탐구하면서 자신의 지금까지의 모든 시를 수렴하고 확산시키며 이끄는 존재로서 '뼈'를 만난다. 정진규 시인의 제7시집은 말할 것도 없거니와 그의 이때까지의 시 전체에서 이 '뼈'는 '귀가'의 최종적인 표상물이다. 이와 같은 '뼈'에 대한 시인의 생각이 잘 드러난 작품을 만나보기로 한다.

사람의 뼈 나무의 뼈 흙의 뼈 이별의 뼈 슬픔의 뼈 바람의 뼈 컴퓨터의 뼈 뼈에 당도하기 뼈에 이르기 그걸 하고 있다 내 가장 사랑하는 여자도 뼈일 뿐이다 뼈로만 남아 있다 내가 여자의 살을 다 발라먹은 탓이다 사랑은 살일까 아니다 아니다 살의 숲을 헤치고 뼈를 찾아내기 살을 버리기 마침내 뼈로만 남아 있기다 서로가 하얗게 하얗게 뼈로만 남아 있기다 빛의 뼈, 서로가 하얗게 하얗게 별들로만 빛나기다 어젯밤 나의 꿈 나의 물푸기 내 유년이 고기를 잡고 있었다 마지막 바닥엔 뼈들만 소복하게 남아 있었다 빛의 뼈, 별들만 소복하게 남아 있었다 아프게 살을 버린 사람들 그들의 것이라 하였다 어젯밤 나의 꿈 나의 물푸기 아, 그것은 물푸기가 아니라 살푸기 누가 살버리기라 하였다 어머니 당신도 지금 그렇게 계시지요 확실히 보였다

— 「뼈에 대하여」 전문[17]

17 정진규, 『뼈에 대하여』, 정음사, 1986, 15~16쪽.

위에서 보듯이 정진규 시인의 '뼈'는 구체어와 추상어의 결합물이다. 그는 이를 통하여 귀가의 최종 자리를 보고 만지고 읽고 싶은 것이다. 실로 뼈는 몸의 귀가처이며 그런 몸의 정신적 환유물이다. 그러니까 정진규 시인의 귀가의 상상력은 제1단계에서 여기까지 전개 혹은 발전해온 셈인데 이 긴 과정의 누적이 '뼈'라는 키워드이자 화두와 같은 말로 마무리가 되는 것이다. 그러나 그 마무리는 이후 단계를 준비하는 토대이다.

시집 『뼈에 대하여』에서 '뼈'의 변주물이자 계열체에 해당되는 것들은 다음과 같은 모습을 하면서 그 '뼈'의 의미를 확장시키고 심화시켜 나아간다. 그것은 '만개' '하얀 쌀 두어 됫박' '흑백' '무명' '영혼' '빈 사발' '진정한 집 한 채' '소나무의 차디찬 냄새' '맨발' '흐르는 물소리' '바닷물' 등과 같은 것들이다. 그런데 그 가운데서 특별히 관심을 갖고 살펴볼 만한 것이 한 가지 있거니와 그것은 바로 '하얀 쌀 두어 됫박'이다. 정진규 시인은 이 말에 상당한 비중을 두면서 이를 따로 '따뜻한 상징'이라고 명명하여 그의 시선집의 대표 제목으로 삼은 바 있다.[18] 그러니까 '하얀 쌀 두어 됫박'은 '뼈'의 다른 이름이면서 등가물이고 구체성과 추상성을 함께 지닌 정진규 시인의 '귀가 1' 단계가 수렴되는 중요한 표상물이다.

> 어떤 밤에 혼자 깨어 있다 보면 이 땅의 사람들이 지금 따뜻하게 그것보다는, 그들이 그리워하는 따뜻하게 그것만큼씩 춥게 잠들어 있다는 사실이 왜 그렇게 눈물겨워지는지 모르겠다 조금씩 발이 시리기 때문에 깊게 잠들고 있지 못하다는 사실이 왜 그렇게 눈물겨워지는지 모르겠다 그들의 꿈에도 소름이 조금씩 돋고 있는 것이 보이고 추운 혈관들도 보이고 그들의 부엌 항아리 속에서는 길어다 놓은 이 땅의 물들이 조금씩 살얼음이 잡히고 있는 것이 보인다 요즈음 추위는 그런 것 때문이 아니라고 하지만, 요즈음 추위는 그런 것 때문이 아니라고

---

18 정진규 편, 『따뜻한 상징』, 나남, 1987.

하지만, 그들의 문전마다 쌀 두어 됫박쯤씩 말없이 남몰래 팔아다 놓으면서 밤거리를 돌아다니고 싶다 그렇게 밤을 건너가고 싶다 가장 따뜻한 상징, 하이얀 쌀 두어 됫박이 우리에겐 아직도 가장 따뜻한 상징이다

— 「따뜻한 상징」 전문[19]

위 시에서 따뜻함은 추위와 대비된다. '춥게', '발이 시린', '돋은 소름', '추운 혈관', '잡힌 살얼음' 등과 같은 추위를 설명하는 여러 표현들을 통하여 시인은 '따뜻한', '온전한' 세계에서 살아가지 못하는 사람들과 그들의 삶을 읽어낸다. 그러면서 그는 이들을 '따뜻한', '온전한' 세계에서 살게 하고 그 세계로 돌아가게 하는 가장 본질적인 구상물이자 상징어가 '쌀 두어 됫박'이라고 생각한다. 위 인용시에서 추운 자들의 대문 앞에 놓인 '쌀 두어 됫박'은 그가 지금까지 찾아낸 어떤 상징보다 귀가의 길에 깊이 닿아 있는 '따뜻한' 상징이다.

정진규 시인이 '귀가 1'의 단계에서 도달한 이와 같은 상징물은 매우 심각하고 의미심장하다. 그것은 그의 '귀가'를 향한 무의식적 이끌림 혹은 애호가 상당히 정리되고 예각화된 한 표현이자 표상물로 수렴되었을 뿐만 아니라 이를 통하여 구체화와 추상화를 넘나들며 융합할 수 있는 이른바 상상력의 입체화가 이루어졌기 때문이다.

지금까지 다소 장황하게 살펴본 바와 같이 정진규 시인은 총 7권의 시집과 등단 이후 26년이라는 기간의 시인 생활을 통하여 여기까지 이르렀다. 그 길은 길고 험난했으나 일정한 성과를 만들면서 그의 '귀가의 상상력'의 토대를 마련한 여정이었다. 그는 이와 같은 첫 단계의 결실이자 마무리 지점을 통과하면서 다음 단계의 길을 열어가고 있다.[20] 이 사실에 대해서는 다음 절에서

---

19 위의 책, 214쪽.

20 흥미로운 것은 그의 제7시집까지에 해당되는 '귀가 1'의 단계가 정진규 시인이 교사생활 및 회사원 생활을 시작한 데서부터 그것을 마치는 시점까지에 해당된다는 것이다. 정진규 시인은 1988년에 월간 시 전문지 『현대시학』의 주간이 되는데 이는 그의 개인

살펴보기로 한다.

3. '귀가 2' : 의식적인 자각과 발견 그리고 탐구의 단계

정진규 시인은 제8시집 『별들의 바탕은 어둠이 마땅하다』(1990)에서부터 이전 단계와 다른 시정신을 보여주게 된다. 무엇이 그 동기와 연유가 되었는지 쉽게 찾기 어려우나 그는 이 시집에 와서 무의식의 두께를 뚫고 의식의 어느 지점까지 존재를 알리며 성장하기 시작한 '귀가'의 상상적 에너지를 뚜렷하게 느끼며 자각하기 시작한다. 그 자각이 제8시집 『별들의 바탕은 어둠이 마땅하다』에서 '밥'과 '몸'과 '별'이라는 새로운 차원의 화두와 같은 상징을 불러내고 탐구하는 데로 나아가게 한다. 이런 점에서 정진규 시인의 제8시집은 매우 중요한 의미를 갖는다. 여기서 그의 귀가의 상상력은 '귀가 1'의 단계와 매우 다른 질적 향상을 본격적으로 드러내며 차원 변이를 이룩하기 때문이다.

정진규 시인의 '귀가 2'의 단계에 해당되는 시집은 위에서 언급한 제8시집 『별들의 바탕은 어둠이 마땅하다』에서부터 제9시집 『몸詩』(1994), 제10시집 『알詩』(1997), 제11시집 『도둑이 다녀가셨다』(2000), 제12시집 『本色』(2004)에 이르기까지이다. 약 10년이 조금 넘는 이 기간에 해당되는 그의 '귀가 2'의 단계는 그의 시력 30년을 넘어 45년을 맞이하기까지의 시점이며 생물학적 연령으로는 50대 초에서 65세에 이르는 인생의 원숙기이다. 그는 이 단계에 이르러 '밥' '몸' '별'로부터 시작된 '귀가'의 새 차원에서 다시 '몸'을 더욱 밀도 있게 탐구하는가 하면 마침내 이를 보다 심화시키고 정련시킨 '알'이라

사뿐만 아니라 시인 생활, 그리고 '귀가의 상상력'을 탐구하는 자리에서도 매우 중요한 기점이자 전환점이다. 다음 장에서 논의하겠지만 정진규 시인의 제8시집 『별들의 바탕은 어둠이 마땅하다』(1990)는 그의 시와 '귀가의 상상력'을 이전 시와 다르게 구별하며 도약시키는 중요한 출발점에 해당하는 시집이다.

제1부 '환지본처'의 상상력과 영성 수행의 길

는 상징물을 만나는 데로 나아가면서 '귀가'의 새 영역을 개척하고 있다. 그가 이런 과정을 통하여 이룩해낸 귀가의 세계는 매우 깊고 넓고 그 수준이 높다. 앞질러 말한다면 그의 '귀가 2'의 단계는 정진규 개인의 시적 역정에서만이 아니라 우리 시사 전반의 발전에도 상당한 기여를 하고 있다.

'귀가 1'의 단계와 '귀가 2'의 단계를 부드럽게 연계시키기 위하여 다소 부연 설명을 한다면 정진규 시인은 제8시집『별들의 바탕은 어둠이 마땅하다』에서 이전 단계인 '귀가 1' 단계의 중심 표상물인 '두어 됫박의 쌀'의 상징성을 '밥'으로, 그리고 '뼈'를 '몸'으로, '진짜(생짜)'를 '별'로 발전적인 전환을 시키며 귀가의 세계를 견고하면서도 심오하게 만들고 있다. 말하자면 평면적이고 산발적인 느낌까지 주었던 이전 단계의 '귀가'의 표상물들과 달리 정진규 시인은 이 단계에 이르러서 '밥'과 '몸'과 '별'이라는 집중된 몇 개의 상징에 일체의 것을 수렴시켜 탐구할 수 있는 능력을 갖게 되었던 것이다. 그리고 앞서도 잠시 언급했듯이 이들을 바탕으로 '몸'의 상징을 더욱 치열하게 탐구한 후, 마침내 '알'이라는 무위의 상징을 발견하고 탐구하는 데로까지 나아가게 된 것이다.

정진규 시인의 제8시집인『별들의 바탕은 어둠이 마땅하다』의 서문에 해당되는 '시인의 말'을 잠시 들어보기로 한다. 이 서문이 앞의 논의를 명료하게 하는 데 기여할 것이다.

> 요즈음 내 사유의 세계를 집약할 수 있는 말 가운데 '몸'이라는 것이 있다.
> 몸은 가시적인 육신이면서 불가시적인 또하나의 육신이다. 그것은 그릇이 아니다. 그것 자체이다. 시간 속의 우리 존재와 영원 속의 우리 존재를 함께 지니고 있는 실체를 나는 '몸'이라는 말로 만나고 있다. 시는 바로 '몸'이다.
> ―「시인의 말:詩는 몸이다」 부분 [21]

---

21 정진규,『별들의 바탕은 어둠이 마땅하다』, 문학세계사, 1990, 3쪽.

여기서 우리는 시인이 '몸'에 대해서 가지고 있는 생각을 들어볼 수 있다. 그러면서 그의 시에서 '몸'이 전면적으로 등장하고 집중적인 탐구의 대상이 된 것이 어떤 의미인지를 깊이 이해할 수 있다. 위 인용문을 통하여 보면 정진규 시인은 '몸'이란 '가시적인 육신이면서 불가시적인 또하나의 육신이다', '시간 속의 우리 존재와 영원 속의 우리 존재를 함께 지니고 있는 실체다'라고 한다. 부연하면 현상과 본질, 시간과 영원, 인간적 기호로서의 기표와 그 너머의 본체로서의 기의가 함께 공존하며 더 나아가 일체화된 존재의 상징이 '몸'이라는 것이다.

이처럼 정진규 시인이 '몸'에서 두 차원을 함께 보고 융합하여 일체화시킴으로써 그의 귀가의 상상력은 일대 발전적인 상승궤도로 접어드는 전기를 획득한 것이다. 그런데 정진규 시인은 '자서'를 통하여 '몸'을 두고 그 심각한 뜻을 피력하고 역설하지만, 실로 이 '몸'이란 그의 시집 『별들의 바탕은 어둠이 마땅하다』 속의 또 다른 지배적 상징인 '밥'과 '별'을 기저로 삼고 있으면서 그것들과 넓은 의미의 등가를 이루는 것이기도 하다.[22] 그러나 이후 정진규 시인은 '밥'과 '별'에 상징성을 부여하였던 것에 비하여 그 정도를 비교할 수 없을 만큼 '몸'에 큰 비중을 두고 이를 지속적이며 강도 있게 집중 탐구한다.

하지만 정진규 시인의 이와 같은 '몸'은 제9시집인 『몸詩』에 이르러 시집 제목으로까지 표면화되면서 본격적으로 탐구되고 무르익는다. 이 시집의 제목이 '몸詩'이듯이 이 시집 속의 모든 작품이 '몸詩'라는 제목을 달고 있다. 시인은 여기서 '몸'을 일체의 근거이자 시금석으로 삼는다. 이와 같은 그의 '몸'의 탐구와 '몸詩' 연작은 이후 제9시집인 『알詩』로 연속되면서 그곳을 통하여 '알'로 전변되는 가운데 이전의 '몸'이나 '몸詩'보다 한층 귀가의 길로 깊숙이

---

22 시집 『별들의 바탕은 어둠이 마땅하다』에서 '몸' 연작이 14편, '밥' 연작이 9편, '별' 연작이 9편이다.

접어든 한 세계를 탐구하는 데로 이어진다.

　말할 것도 없이 정진규 시인의 '귀가 2'의 단계에서 가장 장력이 대단하고 치열하며 집중된 가운데 귀가의 길을 연 시집은 앞서 언급한 제9시집으로서의 『몸詩』와 제10시집으로서의 『알詩』이다. 시집 전체가 각각 '몸'과 '알'을 상징으로 부각시키며 '몸시' '알시'라는 이름 아래 긴 연작 형태를 구성하고 있는 이 시집에서 정진규 시인은 그의 첫 시집부터 무의식적으로 드러낸 '귀가의 길'을 한 정점에 올려놓는다. 그는 이 두 시집의 '몸'과 '알', 그리고 '몸시'와 '알시'로 인하여 '귀가의 상상력'에서는 물론이거니와 그의 개인적 시사에서 비로소 독자적인 시정신과 시세계를 구축했다고 할 만큼 이 시집들은 중요하다.

　정진규 시인이 '몸'과 '알'을 통하여 '귀가의 상상력'을 도약시킬 무렵, 때마침 우리 학계를 비롯한 지성계는 시대적인 주요 담론의 테마로 '몸'을 발견하여 논의하고 있었다. 이에 정진규 시인이 '몸'과 '알'의 내포와 심연을 발전시키는 데 큰 기여를 했다고 생각된다. 그러니까 그는 이미 '몸'과 '알'이라는 상징을 발견하고 탐구하여 귀가의 상상력을 기표와 기의가 어디서나 일체가 된 듯이 자재하게 구사하고 있었던 터인데 때마침 학계와 지성계의 '몸 담론'이 이를 보완하고 심화시키도록 도왔던 것이다. 이른바 '줄탁동시'의 시간을 맞이했다고 해도 과언이 아니다. 이런 사실을 반영한 정진규 시인의 '몸시론'이 있다.

　　정화열 교수의 '신체화/탈신체화(embodiment/deembodiment)'를 분석한 김홍우 교수의 글을 읽으며 '신체화된 자유'에 관련된 주석 부분을 흥분에 들떠 그대로 옮겨 놓았던 것이다. 이 밖에도 그 무렵 김형효 교수의 이율곡에 관한 논의, 김용옥 교수의 '몸'을 '기(氣)의 집합'으로 보는 견해 등은 나의 '몸詩'를 괴롭혔고 황홀케 했으며, 내 '몸詩'를 직접 다룬 김상환 교수의 지적도 역시 그러했었다. 나의 '몸공부'가 어지간하다고 생각했는데 그게 아니었다. 최근 나의 '몸'이라는 것이 그토록 지독한 반란을 일으키고 말았다. 나의 존재론(存在論)이라는 것이 그 꼴에 지나지 않았다. 이제 그 상처의 자리에서, 너무도 선명한 그 봉인(封印)의 자리에서 다시 시작할 수밖에 없다. 나는 아직도 데카르트의 애독자에 지나지 않는다. 극복해야 한다.

— 「몸의 말」 부분[23]

위의 인용문에 등장하는 정화열 교수, 김홍우 교수, 김형효 교수, 김용옥 교수는 모두 당시 '몸 담론'을 앞서서 진지하게 펼친 학자들이다. 소위 해체주의의 시대 혹은 포스트모더니즘의 시대를 맞이하여 그동안 소외되었던 신체와 몸을 다시 발견하고 그로부터 세계 인식과 진실의 척도를 재해석해 나아갔던 학자들이 있었거니와 위에 열거된 사람들이 그 대표적인 경우이다. 정진규 시인은 그가 오랫동안 모색하며 걸어왔던 '귀가의 상상력'의 길에서 이들을 만남으로 인하여 자신이 자생적으로 창조하고 탐구해왔던 '몸과 더불어 '알'의 상상과 상징을 보다 철저하게 점검하며 견고하게 만들어 나아갈 수 있었던 것이다.

정진규 시인이 당시의 '몸 담론'을 통하여 점검하고 보완한 '몸'의 의미는 크게 두 가지 측면에서 해석해볼 수 있다. 그 첫째는 생물학적 토대에 대한 재발견과 의미 구축이다. 그는 앞의 인용문에서 스스로의 현실을 진단하는 도중, 마지막 구절을 통하여 데카르트의 이분법과 관념주의를 온전히 넘어서지 못했음을 자책하고 있다. 이것은 역으로 이분법의 작위성과 문제를 넘어선 자리에 그의 '몸'이 원융하게 일체화된 존재임을 말하는 것이다. '생물학적인 몸'이란 이성의 개입이 있기 이전의 '무위의 몸'이다. 여기서 '무위'란 이성 이전의 것이지만 그 이후의 것이기도 하다.

둘째, 우주적 창조물로서의 '몸'의 발견이다. 이것은 생물학적인 몸 속에서

---

23 정진규, 『질문과 과녁』, 동학사, 2003, 29쪽.

제1부 '환지본처'의 상상력과 영성 수행의 길

우주적 의미를 읽는 일이다. '몸'이라는 용어는 분명 생물학적 영역을 반영하고 있지만 그것은 정진규 시인의 시에서 우주적 실체이자 작용체이다.

정진규 시인의 이와 같은 '몸'이 다시 '알'로 발전해 나아가면서 성숙과 심화의 과정을 거친 것은 앞서 언급한 바 있다. 정진규 시인의 제10시집『알詩』에서 '알'은 '몸'의 원천이며 '몸'의 완숙한 생성물을 뜻한다. 그러니까 '알'은 '몸'을 생장(生長)시키는 원천이며 '몸'을 수장(收藏)시키는 결실이다.

① 길이 열릴 때 보면 밝음이 늘 어둠 안쪽에서 몸을 키워 키를 키워 밤을 새워 어둠 밖으로 길을 내놓던데, 엄지발가락 하나가 상해 있던데, 어렵게 거미줄 뽑듯 시작하던데, 오늘은 그렇게 보이지가 않았다 直方으로 왔다 길이 밝음 그대로 몸이 되어 덩어리로 그냥 걸어나왔다 낙산 의상대 가서 바다에서 뜨는 해를 새롭게 만났다 어둠과 이미 한평생 잘 살고 나온, 한 살림 차렸던 흔적이 역력한, 이미 싸움을 끝낸, 피냄새가 나지 않는 해를 새로 보았다

—「몸詩 86 – 낙산 의상대 가서」전문[24]

② 눈물이야말로 알 중의 알이라고 비로소 내가 말한다 눈물은 젖은 슬픔의 몸이 아니다 무지는 몸이 아니다 가장 슬플 때 사람의 몸은 가장 둥글게 열린다 가장 처음의 자리로 돌아간다 알로 돌아간다 젖은 핵이다 가장 둥글다 눈물은

새들도 마찬가지다 새들은 모두 알에서 나왔기에 더욱 그러하다 그들의 노래를 울고 있다고 새들이 울고 있다고 말한 우리 말은 아주 뛰어난 나의 母國語다 노래는 울음이다 눈물이다 최초의 말이다 둥근 알이다 사람들도 마찬가지다 처음 태어났을 때 우리는 누구나 울었다 최초로

거기 있거라 둥글다를 이 최초를 들고 오늘 내가 너에게 간다

—「눈물 – 알 16」의 전문[25]

---

24 정진규,『몸詩』, 세계사, 1994, 11쪽.
25 정진규,『알詩』, 세계사, 1997, 28쪽.

잠시 앞의 인용문 속에 있는 두 작품을 분석해보면 인용시 ①은 '몸'의 완성에 이르는 상태를 보여준다. 어둠의 시간과 싸움의 시간을 거치고 나타났던 길의 밝은 몸이 이런 시간을 이미 마무리하고 '직방'으로 곧장 '밝은 길의 몸'이 되어 나타난 변화가 여기에 있다. 이렇게 변화된 '몸'은 인용시 ②에 가서 '알'의 상태로 전변하며 비약한다. 여기서 '알'은 둥글게 열린 몸이 처음의 자리로 돌아간 상태이다. 이런 처음의 자리를 정진규 시인은 이 시에서 '젖은 핵', '최초의 말', '둥글다'와 같은 표현을 통하여 부연한다.

이미 '알'에 대한 상당한 이해가 선행되었지만 정진규 시인이 직접 자신의 시집 『알詩』의 '자서' 란을 통하여 밝히는 '알'에 관한 말을 듣는 것은 유의미하다.

> '알'은 알몸을 가둔 알몸이다. 순수생명의 실체이며 그 표상이다. 흔히 말하는 부화를 기다리는 그런 미완으로서의 존재가 아니라 그것 자체가 완성이며 원형이다. 하나의 小宇宙이다. 이 소우주에는 어디 은밀히 봉합된 자리가 있을 터인데 그런 흔적이 전혀 없다. 無縫이다, 절묘한 신의 솜씨! 알, 실로 둥글다. 소리와 뜻이 한몸을 이루고 있는, 몸으로 경계를 지워낸 이 절대 순수생명체에 기대어 나는 지금 이 어두운 통로를 어렵게 헤쳐나가고 있다.
> ― 「자서」 부분[26]

위의 인용문으로부터 몇 가지 의미를 도출해본다. 그 첫째는 '알'의 참뜻이 순수생명의 표상이라는 것이다. 그 둘째는 소리와 뜻이 한몸을 이루고 있는 경계 너머의 세계라는 것이다. 그리고 셋째는 상대가 지워진 절대의 세계라는 것이다. 이와 같은 '자서'의 문장을 통해 볼 때, '알'은 안과 바깥, 표층과 심층의 거리와 경계가 지워진 순수 그 자체이자 절대의 존재이다.

---

26 위의 책, 5쪽.

정진규 시인의 '귀가 2' 단계에서 귀가의 상상력은 여기까지 진전하였다. 그는 이제 분리, 구별, 경계, 투쟁 등으로 인한 귀가의 방해물들을 분명하게 인식한 바탕 위에서 삶과 세계를 다른 차원에서 자각적으로 통찰하고 창조할 수 있게 된 것이다. 이런 자각과 창조로 인하여 그의 귀가의 상상력은 분명한 도착 지점과 그에 이르는 방법을 아는 시인의 창작 여정을 가능하게 하였다.

이렇게 정진규 시인이 화두를 타파하듯이 '몸'과 '알'이라는 두 개의 상징이자 세계를 통과함으로써 굳이 작품 제목이나 작품 본문에 이전 시집들에서처럼 하나씩 표면에 언표화하지 않고서도 이들 세계의 참모습을 보여준 시집이 제11시집인 『도둑이 다녀가셨다』와 제12시집 『本色』이다. 두 시집에서 정진규 시인은 다양한 언어들을 통하여 '귀가의 길'을 만나고 그 길에 들어서게 한다.

먼저 제11시집인 『도둑이 다녀가셨다』에서 발견되는 언어들을 찾아본다. 가을밤, 풀밭, 풍천, 남새밭, 앵두꽃, 토란밭, 신생아, 야생, 입동, 새벽시간, 관음소심(觀音素心), 수월관음도(水月觀音圖), 배롱나무떼, 살결, 모슬포 바람, 영산포 가는 길, 방울토마토, 할머니 은테안경, 전각, 숯가마, 만어사, 허공, 아버지의 정미소, 혜산(兮山) 선생의 새벽 기침소리 등이 그것들이다. 그리고 시집 『本色』 속의 것들을 찾아보면 청렬(淸冽), 입춘(立春), 봄비, 춘궁(春窮), 춘니(春泥), 춘효(春曉), 순천 청매화, 소쇄원, 참두릅, 자정향(紫丁香), 수덕사 거문고, 백양사, 되새떼, 놋수저, 철원 들판, 의상대, 옛날 국수가게, 실솔, 틀니, 내장산 단풍, 바지랑대, 폭설의 밤, 나무와 새 등등이 그들이다. 정진규 시인은 이와 같은 대상이자 존재들 속에서 그가 그토록 집중했던 '몸'과 '알'의 구체성을 자유분방하게 만나며 스스로 자생하는 감흥과 감격에 젖어들고 있다.

이렇게 하여 정진규 시인이 '몸'과 '알'을 체감하고 통찰하며 확장해 나아가는 능력은 한층 원숙해진 셈이다. 그는 이 두 시집을 통하여 '몸'과 '알'의 세계를 불교 수행자들이 하는 수행의 일종인, 이른바 '보림(保任)'을 하듯 무르익히는 과정을 거치고 있는 것이다. 그럼으로써 그는 더 넓은 곳에서, 더 깊이 '귀가의 길'을 만나고 열어나아가고 있다. 이것이 정진규 시인이 '귀가 2'의 단계에서 걸어온 길이다.

4. '귀가 3' : 수행자적인 정진과 증득의 단계

'귀가 3'에 해당되는 정진규 시인의 '귀가의 상상력'은 제13시집인 『껍질』로부터 제18시집인 『모르는 귀』에 이르기까지 지속된다. 이 단계에서 그의 '귀가의 상상력'은 이전과 다른 의미의 새 차원을 다시 열어간다. 그것은 그의 '귀가의 상상력'이 상당한 정도의 수행자적인 정진과 증득의 모습을 갖추게 된다는 것이다. 참고로 밝히면 정진규 시인의 제13시집 『껍질』(2007)과 제18시집 『모르는 귀』(2017) 사이엔 『공기는 내 사랑』(2009), 『律呂集 : 사물들의 큰언니』(2011), 『무작정』(2014), 『우주 한 분이 하얗게 걸리셨어요』(2015)라는 시집이 있다. 이때 그는 외적으로 보면 서울 생활 혹은 '수유리 생활'이라고 부를 수 있는 서울에서의 삶을 마감하고 탄생지이자 고향인 안성의 생가터(안성시 미양면 보체리)로 귀가하여 소위 '안성 생활'을 펼치게 된다. 구체적으로 그는 자신이 태어난 생가터에 '석가헌(夕佳軒)'이라는 당호의 거처를 마련하고 '귀향인'이자 '귀가인'의 삶을 본격적으로 살기 시작하였다.

그의 '귀가의 상상력'을 말할 때, 그가 이와 같이 고향이자 생가(터)인 안성으로 돌아와 살게 되었다는 것은 우선 물리적인 차원에서의 '귀가'를 감행한 일이 된다. 물리적인 귀가는 매우 쉬운 것같이 보일 수 있지만 실로 이 시대의 도회인에게 그것은 심리적인 귀가보다 어려운 일일 수 있다. 이처럼 안성으로 귀가한 해에 정진규 시인은 그의 제13시집인 『껍질』을 출간하였다. 그리고 이것은 그의 '귀가 3'의 단계를 여는 일이 되었다.

그런데 정진규 시인의 안성으로의 '귀가'를 말할 때에는 그의 '귀향'이자 '귀가'가 지닌 특별한 한 측면을 언급하고 넘어가야 한다. 그것은 그의 안성으로의 물리적인 귀가가 단순한 개인적 차원의 귀가가 아니라 그의 선대 분들의 묘지원인 '기유원(己有園)'[27]의 소임과 관련이 있다는 점이다. 또 여기서 특기해야 할 점은 그에게 내재된 '기유원'의 의미는 단순한 조상 혹은 선대의 묘지로서의 그것이 아니라 그가 지금까지 탐구해온 '몸' 혹은 '알'의 세계와 깊이 닿아 있다는 것이다. 그러니까 정진규 시인이 '기유원'의 '묘지기'의 소임을 자처하면서 고향과 생가터로 귀환한 것은 시간이 누적된 '몸'이자 공간이 일체화된 '몸', 시간의 첫 지점인 '알'이자 공간의 첫 자리인 우주적인 '알'과의 만남이 이룩된 것이다. 요컨대 그에게 '기유원'과 함께 이루어진 귀향과 귀가는 '몸'과 '알'로의 순역(順逆)을 함께 하는 회귀이자 귀가이다.

　이런 문학 외적 맥락과 더불어 정진규 시인이 시집 『껍질』의 서문에서 들려주는 다음과 같은 말엔 그의 문학 내적 귀가의 실제가 담겨 있다.

　　從心之年을 한 해 앞두고 내는 시집이어서 조심스러우면서도 감회가 남다르지 않을 수 없다. 과연 從心으로 내 시와 삶이 마음먹은 바대로 어긋남이 없을 것인가.
　　다만 緣起本性의 生命律을 근간 들숨날숨으로 몸짓하고 있어 부끄러운 대로 자유롭다. 여기 묶는 시편들을 쓰는 동안 내 정신의 운용과 쓰기의 운필이 그러하였다고 감히 느낀다.

—「자서」 전문 [28]

---

27 '기유원(己有園)'은 '몸이 계시는 동산'이란 뜻이다. 이 '기유원'을 지키는 시묘자의 터가 지금의 정진규 시인의 생가터이다. 그 생가터가 '시묘자'의 거주 공간일 때 그곳 이름은 '기유재(己有齋)'였다. 봉원학 기자, 「다시 찾은 우리 동네 우리 마을 (212) : 미양면 보체리」, 『자치안성신문』 2014년 6월 15일자 참조.
28 정진규, 『껍질』, 세계사, 2007, 5쪽.

그러니까 정진규 시인은 70세라는 '종심지년(從心之年)'을 앞두고 고향이자 생가터로의 귀가이자 회귀를 감행한 것이며 시집 『껍질』을 출간하면서 이에 특별한 의미를 둔 것이다. 인용문으로 제시한 '자서'에서 특별히 관심을 갖고 살펴볼 만한 것은 '종심'과 '연기본성의 생명률'이란 말의 함의이다. '종심'은 공자의 인생론이자 수행론에 전거를 두고 있는 표현이며, '연기본성의 생명률'은 불가(佛家)의 공성 연기론과 노장(老莊)의 무위자연의 이치를 전거로 둔 표현이다. 이렇게 볼 때 그의 귀가와 회귀는 문학 내외적으로 동일하게 '도리(道理)'와 수행을 중심에 둔 동양적 사유 일반과 연결된다.

이런 점에 유의하면서 필자는 정진규 시인의 제13시집 『껍질』에서 '번외(番外)'라는 말의 새로운 등장과 그 의미의 질적 향상에 무엇보다 큰 관심을 두고자 한다. 이 시집 속의 '번외'라는 말은 역시 이 시집 속에 수록된 작품 「番外—가신 김춘수 선생께」에서 전경화된 형식으로 강조되는데 이 '번외'의 세계를 정진규 시인이 발견하게 된 일이야말로 그의 '귀가의 상상력'을 새로운 차원으로 열게 하면서 동시에 이후 시의 중심지점이 되기도 한다.

'번외'는 말 그대로 풀이할 때 순번 이외의 것이다. 말하자면 인간적, 언어적 질서 바깥의 자유지대이자 시원의 세계이다. 여기서 앞의 '귀가 1'과 '귀가 2'를 논의하는 데 원용하곤 했던 구조주의 언어학의 개념인 시니피앙과 시니피에의 관계를 동원해보면 정진규 시인은 이 단계에 이르러 시니피앙과 시니피에라는 말 자체를 필요로 하지 않는 세계 인식에 도달한 것이다. 요컨대 시니피앙도, 시니피에도 버린 언어적 질서 바깥 혹은 인간적 이원성의 분별 바깥에 있는 무언(無言)의 지대를 보고 그것을 체화해 나아가게 되었던 것이다.

大餘 선생은 番外라는 말을 쓰셨다 쥐오줌풀이나 달개비꽃, 어릴 때 본 참빗, 약과를 같은 그런 것들이 선생의 番外다 혼자서 등 보이고 앉아 있는, 어깨

가 좀 시린 그런 番外들, 等外라는 말은 아마 멀리해 하셨을 것이다 함부로 순서에 들지 않은 것이란 말, 番外에는 無量 자유가 있으나 순서에도 들지 못한다는 말, 等外에는 너무 아픈 폄하가 있다 불쌍하다 동짓날 番外로 혼자서 높게! 길 나선 기러기의 하늘, 아득한 順番!

—「番外—가신 김춘수 선생께」 전문[29]

위 시를 통하여 '번외'의 상징성과 그 뜻이 파악되었으리라 생각한다. '번외'는 아예 인간적 사유의 질서, 언어적 관념, 차별의 인간사적 해석 등을 자발적으로 무화시키고 해체시킨 '무량한 자유'의 인식 영역이다. 이런 자리에서는 앞 단락에서 말했듯이 인간의 관념과 언어를 설명하는 개념이자 도구나 인위적 사유와 구조는 무력화된다. 이렇게 시작된 정진규 시의 '귀가 3'에서의 '귀가의 상상력'은 마지막 시집인 제18시집 『모르는 귀』에 이르기까지 상당한 정도의 질적 수준을 드높이면서 의미 깊게 전개된다. 아래에서 이 과정을 만나보기로 한다.

다시 한번 반복하자면 정진규 시인은 제13시집 『껍질』에서 '번외'라는 말이자 세계를 발견하는 것으로부터 '귀가 3'의 단계를 열어간다. 이는 제14시집인 『공기는 내 사랑』에서 한층 확장되고 심화된다. 특별히 그가 실제로 고향이자 생가터로 귀환한 이후의 작품들로만 구성된 이 시집에서 '번외'의 '귀가적 상상력'은 실감 있는 리얼리티를 수준 높게 구축한다.[30]

앞서 언급했듯이 정진규 시인의 고향이자 생가터로의 귀가는 일면 선대의 묘지원인 '기유원'에 닿아 있다. 하지만 그것은 그에 머무르지 않고 정진규 시인이 자신의 생가터에 지은 거처를 '석가헌(夕佳軒)'이라고 명명하고, 이 '석

---

29 위의 책, 67쪽.

30 제13시집 『껍질』은 정진규 시인이 안성으로 귀향한 2007년도에 출간되었으나 많은 작품들은 그 이전에 쓰인 것들이다. 이에 비하여 『공기는 내 사랑』 속의 작품들은 거의 대부분이 귀향한 안성 시절에 쓰여진 것이다.

가헌'의 주인으로서 독자적인 삶과 시인 생활을 해 나아가는 것과 중첩된다. '석가헌'이란, 말 그대로 '저녁이 아름다운 집'이란 뜻을 가지고 있지만 이것은 은유적 표현이라고 보아야 한다. 그 은유적 표현 속엔 수행자적 면모를 통한 '미의 발견'이라는 뜻이 있다. 이 '석가헌'을 정진규 시인은 제14시집인『공기는 내 사랑』의 발신지로 삼고 있다. 그리고 거기서 '귀가의 상상력'의 고처(高處)인 '율려(律呂)'를 발견하고 있다.[31] '율려'의 발견은 '번외'의 발견과 더불어 정진규 시인의 '귀가 3' 단계를 추동하고 이끌고 만개시키는 중핵의 세계이다. 그런 중핵적 세계를 정진규 시인은 제14시집인『공기는 내 사랑』에서 발견하여 발전시켜 나아가고 있다.

> 자연의 제 당길심이 무섭도록 크고 그 內奧의 세계에 흐르는 生命의 律呂가 주는 황홀은 더더욱 깊다는 것을 從心之年이 넘어서야 눈치채게 되었다. 이곳 生家 夕佳軒에 寓居를 정하고 나서 거기 기대고만 있는 나를 추스르다 보니 4년 터울의 내 시집이 2년 만에 나오게 되었다.
> ─「자서」부분[32]

인용문은 시집『공기는 내 사랑』의 '자서'의 한 부분이다. 정진규 시인은 여기서 '자연'과 '생명의 율려'를 발견하고 있는데 그것은 그가 본격적인 귀가인으로서 '석가헌'의 주인이 되었기에 가능한 일이다. 정진규의 시엔 초기부터 언제나 자연이 자주 등장한다. 하지만 그것은 인용문이 보여주는 바와 같이 귀가처인 석가헌에서 발견한 자연과 내적 깊이가 다르다. 정진규 시의 경우 '생명의 율려'는 이전 시집에서 '연기본성의 생명률'이라는 말로 표현되기

---

31 우리 시단에서 '율려'를 먼저 발견하고 탐구하며 시대적 대안으로 내놓은 사람은 김지하이다. 김지하의 율려와 정진규의 율려를 함께 비교하며 연관지어서 살펴보는 것은 매우 의미 깊다.
32 정진규,『공기는 내 사랑』, 책만드는집, 2009, 5쪽.

제1부 '환지본처'의 상상력과 영성 수행의 길

도 하였지만 통찰에 의한 형이상학으로서의 '율려'라는 말의 위와 같은 출현
은 역시 이전의 것과 차원이 좀 다르다.

요컨대 정진규 시인은 제13시집『껍질』과 제14시집『공기는 내 사랑』을 통
하여 '변위'의 귀가적 상상력과 '율려'의 귀가적 상상력을 천착해 나아간 것이
다. 그러면서 그의 시는 수행자적 면모를 띠게 되는데 이 수행자적 면모 위
에서의 '귀가의 상상력'이란 오랜 인류 지혜사의 전통 속에 놓여 있다. 여기
서 필요한 것은 수행의 자세이자 목적인 귀가의 본래자리를 위한 '정진'과 그
것의 '증득'이다. 정진규 시인에게 이후의 시쓰기는 이와 같은 정진의 일이며
그가 '종심'의 상징적 경지를 체득하고자 하는 것은 증득의 결실이다.[33]

이런 토대 위에서 정진규 시인은 제15시집『律呂集 : 사물들의 큰언니』를
출간하는 데로 나아간다. 이 시집의 제목이 그대로 명료하게 드러내주듯이
정진규 시인은 이전 시집에서 발견한 '생명의 율려'를 아예 한 권의 시집의
제목이자 모든 작품의 제목으로 삼아 화두처럼 탐구한다. 여기서 그에게 '율
려'는 '사물들의 큰언니'와 같은 의미를 지닌다. 즉 율려로 인하여 사물들이
탄생하고 성장하고 유지되고 순환한다는 것이다.

이쯤해서 언급할 내용이 있다. 그것은 정진규 시인이 자신의 집 당호인 '석
가헌' 이외에 '율려정사(律呂精舍)'라는 '서고(書庫)'를 개관식과 더불어 공식화
하였다는 것이다.[34] 이는 그의 '귀가의 상상력'의 정신적 모색과 탐구 과정에

---

33 유성호가 이 시집의 해설인 「형이상학적 충동과 근원의 감각」에서 '형이상성'과 '근원
의 감각'을 강조하며 이를 하이데거의 '존재'와 연결시킨 것도 이런 맥락과 연결되어
유익한 시사점을 제공한다.

34 여기서 '서고'라 함은 정진규 시인의 문학 관련 자료는 물론 그가 25년간 운영해온 월간
『현대시학』 관련 자료들이 모여 있는 '석가헌' 내의 공간이다. 정진규 시인은 이 서고의
이름을 '율려정사'라 짓고 그 개관식을 가졌다. 이때가 2014년 3월 9일이다. 첨언하면
이날 정진규 시인은 그의 제16시집『무작정』의 출판기념회도 함께 가졌다. 이렇게 볼 때
정진규 시인의 '율려정사' 개관식은 그의 시작품 속에서 '율려정신'이 본격적으로 탐구되
기 시작한 이후의 어떤 지점에서 이루어진 것이라고 볼 수 있다.

서 나타난 하나의 발전 양상이라고 볼 수 있는데 그는 이로 인하여 '석가헌'의 주인은 물론 '율려정사'의 주인장이 된 것이다. 그러나 실제로 이 지점에서 정진규 시인의 정신적 거점은 넓은 의미의 '석가헌'보다 초점화된 '율려정사'에 머물러 있다고 볼 수 있다. 이처럼 그가 '석가헌'의 주인에서 더 나아가 '율려정사'의 주인장이 되었다고 할 때 여기엔 단순히 '석가헌'의 주인이던 시절과 다르게 정신적 '사제(司祭)'의 기운이 배어 있다.

그런 점에서 제15시집 『律呂集 : 사물들의 큰언니』는 정진규 시인의 '귀가 3'의 단계를 또다시 새 차원으로 전변시키고 고양시키기 시작한 본격적인 텍스트이다. 그는 이제 '귀가의 상상력'을 주도하고 이끄는 '사제'와 같이 귀가의 세계를 만나고 창조하고 있기 때문이다.

이 시집에 이르러 정진규 시인은 세상과 존재를 '율려'의 본상인 '리듬'이자 '음(音)'으로 읽는다. 이것은 형태로 보던 세상을 우주의 이법으로 보는 일이다. 유가 식으로 말한다면 '이기(理氣)'를 보는 일이며, 불가식으로 말한다면 '공성(空性)'을 보는 일이고, 노장식으로 말한다면 '무위자연'을 보는 일이다. 이렇듯 정진규 시인이 형태의 심층이자 심연을 직관하였거나 그렇게 하고자 하는 일은 앞서 논의한 '번외'의 장이 구현되는 일이다.

이렇게 하여 정진규 시인의 '귀가 3'의 단계에서 '번외'의 '귀가적 상상력'과 '율려'의 '귀가적 상상력'은 서로 상통한다. '번외'의 내적 질서가 '율려'이며 '율려'의 외적 생성이 '번외'인 까닭이다.

정진규의 시집 『律呂集 : 사물들의 큰언니』 속의 총 75편의 율려 연작 가운데 맨 앞에 수록된 「율려집 1 : 조선 채송화 한 송이」를 분석하면서 앞서 언급한 내용들을 실제로 만나보기로 한다.

소리의 속살들이 보인다 날아가는 화살들만이 아니라 되돌아 다시 오는 화살 떼들이 보인다 한 몸으로 보인다 너와 나의 운동엔 순서가 따로 없다 사랑의 운행엔 시간이 따로 없어서 거기 다 있다 그러나 비만(肥滿)이 아니라는 사실이 우리를 놀라게 한다 너와 나 사이를 빼곡빼곡 다져쟁이는 빛의 초속(超速)들, 긋고 간 흔적이 없다 빛은 세상에서 가장 날렵하다 '쇠도끼 갈고 갈아 담금질 얼음 담금질 살로 빚은 금강(金剛)', 제 혼자서도 날아가는 날아오는 빛의 도둑 떼들이여, 햇살들이여, 해 뜨는 이 아침 자옥하구나 명적(鳴鏑)을 듣는다 살 섞는 소리를 듣는다 마악 피어난 작은 조선 채송화 한 송이가 찰나라고 일러야 하느냐 언제 제 혼자 피어 저리 세상에 빼곡빼곡 쟁여 있느냐

— 「律呂集 1 : 조선 채송화 한 송이」의 전문[35]

시인은 위 작품에서 세상을 빛과 소리로 보고, 그 빛과 소리 속의 율려를 읽으면서 이들이 만유의 실제이자 만유의 생성원임을 말한다. 이렇듯 율려가 깃들고 활동하는 세계는 시인에게 어디에나 "빼곡빼곡 쟁여 있"는 것으로 보인다. 그에게 이런 율려의 세계는 귀가의 본처이자 실상이다. 그런 자리에선 더 이상 인간적 기호와 관념의 인공적 작동은 필요하지 않다. 정진규 시인의 이와 같은 점을 물리학의 '초끈 이론(superstring theory)'으로 분석하면서 이 시집 뒤에 해설의 글을 쓴 엄경희의 견해는 매우 시사적이고 설득력이 있다.[36]

이후 정진규 시인은 이런 긴장감 넘치는 탐구의 결실을 제16시집『무작정』과 제17시집『우주 한 분이 하얗게 걸리셨어요』를 통해 앞의 '귀가 2' 단계에서도 그랬듯이 무르익히는 종교적 시간과 같은 '보림(保任)'의 시간을 갖는다. 우선 정진규 시인은 한자로는 '無作定'이나 '無作亭'이라고 써야 적절한 제16시집『무작정』속에서 '작위(作爲)'가 없는 무위와 실제의 세계를 한없이 상찬하고 아끼며 형상화한다. 그는 왜곡되기 쉽고 주관적인 '나'의 눈을 초탈하여 세계를 있는 그대로 봄으로써 '나'가 개입되지 않는 자리의 '무작정'의 세계가 이 세계의 본처로 존재함을 보는 것이다. 그러면서 자신의 '귀가의 상상

---

35 정진규,『律呂集 : 사물들의 큰언니』, 책만드는집, 2011, 11쪽.
36 엄경희,「해설 : 우주의 가락을 觀하는 초끈 상상력」, 위의 책, 76~92쪽.

력'의 극지이자 궁극을 보다 간절하게 찾아가는 것이다.

또 한 권의 시집인 제17시집 『우주 한 분이 하얗게 걸리셨어요』에서도 정진규 시인은 '율려'와 '번외'의 표상들을 자유로운 영혼으로 곳곳에서 본다. 그리하여 율려의 미학인 '터무늬'가, 번외의 시방에 걸친 '천수천안(千手千眼)'의 표정이 읽힌다. 또한 무수한 '그림자 놀이'를 보고 시도한다.

정진규 시인의 이와 같은 '율려'의 '귀가적 상상력'과 '번외'의 '귀가적 상상력'은 동행하며 상통한다. 이런 가운데 그의 '번외'의 '귀가적 상상력'은 특별히 제18시집이자 그의 마지막 시집인 『모르는 귀』에서 한층 밀도를 더하며 풍요롭게 발전해 나아가고 있는 점이 특기할 만하다. 그는 여기서 '번외'의 세계를 '귀가'의 문제와 연관시키는 것은 물론 자신의 시론으로서 '번외의 시론'을 정립한다. 시란 결국 '번외의 꽃'이라는 것이 그 핵심이자 결론이다.[37]

이렇게 보면 제13시집 『껍질』에서 시작된 '번외'의 '귀가적 도정'은 꽤 긴 시간을 거치면서 마침내 마지막 시집인 『모르는 귀』에 이르러 일정한 경지를 개척한 셈이다. 그에게 '번외'는 '자유로운 평등' 혹은 '평등한 자유'의 세계를 보게 하였고 이것은 그를 '무량한 자유'로 이끌게 하는 원천이었다. 이 시집의 해설을 쓴 이숭원이 '번외'라는 말을 글의 제목에 포함시키고 이를 통해 이 시집의 본령을 드러내려고 한 것은 공감을 자아낸다.[38] 그러나 이런 접근과 더불어 '번외'의 세계를 그의 근본 상상력이자 마음작용인 '귀가의 상상력'과 연관시켜 논의하는 일을 더하고자 한다.

정진규 시인은 이전부터 '언총(言塚)'[39]이라는 제목의 시를 쓰며 그 말에 특

---

37 정진규, 「시인의 말 : 번외(番外)의 꽃」, 『모르는 귀』, 세상의 모든 시집, 2017, 4쪽.

38 이숭원, 「해설 : 환멸의 습지에 핀 번외의 꽃」, 위의 책, 95~109쪽.

39 '언총'은 경상북도 예천군 지보면 대죽리에 실제로 있는 문화재이다. 약 500여 년 전 말로 인한 마을의 불화를 막기 위해 만든 '말무덤'이다. 정진규 시인의 대표적인 '언총' 관련 작품은 「言塚 1」과 「言塚 2」이다. 이 두 작품은 모두 제14시집인 『공기는 내 사랑』(책만드는집, 2009)에 들어 있다. 정진규 시인의 이런 언어관은 그의 두 번째 시론집인 『질

별한 비중을 두곤 했다. 이것은 그의 시가 인간적 언어와 관념들을 '언총'의 일로 파악했다는 뜻이며 '번외'의 지대를 본령으로 지향하면서 시적, 정신적 탐구를 해왔다는 증거이다. 정진규 시인은 이와 같이 언어와 관념으로 표상되는 인간적 질서를 넘어서고자 함으로써 초월적 예술가들이나 수행자들이 가는 길인 '출가–귀가–재출가'의 정신적 여정의 패러다임을 내면화하였고 그 여정 위에서 시와 인생을 발전시킨 시인이다.

거칠지만 이런 패러다임 위에서 정진규 시인의 '귀가적 상상력'의 단계이자 도정의 세 차원을 분석해보면 본 논문의 제2장에 해당되는 '귀가 1'의 세계는 이른바 '심출가(心出家)'의 충동 과정이라고 볼 수 있다. 그리고 제3장에 해당되는 '귀가 2'의 단계는 이 '심출가'의 확신 과정이라고 할 수 있다. 그리고 제4장에 해당되는 '귀가 3'의 단계는 '심출가'뿐만 아니라 '신출가(身出家)'가 함께 이루어진 과정이라고 볼 수 있다. 그는 '귀가 3'에 해당되는 이 단계에서 고향이자 생가터로의 신출가와 더불어 '율려'와 '번외'의 세계로 대변되는 '심출가'를 심화시킨 것이다. 이 '귀가 3'의 단계에서 정진규 시인은 현상계로서의 '몸', '알', '자연', '현실' 등과 더불어 실재계로서의 '몸' '알' '율려' '번외' 등을 함께 아우름으로써 일차적인 '출가'와 '귀가' 이후의 '재출가'와 같은 수준 높은 귀가의 길과 상상력을 열어보이고 있다.

이런 점에서 정진규 시의 '귀가의 여정' 전체는 물론 '귀가 3'의 단계가 가진 의미와 위치는 매우 중요하고 가치가 있다. 그는 약 60년의 시인 생활을 통하여, 그리고 고향이자 생가터로의 귀환을 통하여 그를 시작의 초창기부터 지속적으로 추동하고 불러내며 이끌었던 '귀가의 마음길'을 도리의 차원으로

『문과 과녁』(동학사, 2003) 속의 여러 시론들 속에서 주조음을 이룬다. 특별히 이 시론집의 맨 앞에 수록된 시론이면서 정진규 시인이 매우 아끼는 시론인 「**시**는 시를 기다리지 않는다」가 이와 관련해서 주목할 만하다. 여기서 앞의 '**시**'는 '귀가의 본체'이며 뒤의 '시'는 언어적 산물로서의 예술이자 시작품이다.

까지 승화시키고 발전시키는 수행자적 면모를 보인 것이다.

5. 결어

지금까지 정진규 시인의 시인 생활 약 60년간 창작되고 구성되어 시집으로 출간된 총 18권 분량의 작품을 대상으로 이들 전체를 관통하며 지배하는 주도적이며 중심적인 상상력이 '귀가의 상상력'이라는 전제 아래 그 실제를 단계적으로 살펴보았다.

정진규 시의 '귀가의 상상력'은 총 3단계로 구분되었으며 그 단계의 전개 과정은 단순한 변화 과정에 그치는 것이 아니라 시적, 정신적 성장과 발전을 이루는 여정이었다.

정진규 시인의 이와 같은 '귀가의 상상력'과 그 전개 과정이 지닌 의미는 다음과 같은 몇 가지로 제시될 수 있다.

첫째는, '귀가의 상상력'이자 그 마음작용은 그에게서 결코 사라지지 않는 마음속 심층의 소외, 결핍, 어긋남, 겉돎, 방황, 대립, 상실 등과 같은 말로 표현할 수밖에 없는 어떤 감정 및 심리 상태의 호소와 연관돼 있다는 것이다. 그는 이런 상태를 극복하고 치유하기 위하여 '귀가'의 자리를 회복하고 그 자리로 돌아가고자 일념으로 자신의 심연을 들여다보고 청취하였다. 그의 이러한 자기 진단과 노력은 깊은 무의식 속에서 들려오는 '귀가의 충동'을 느끼는 것으로 이어졌고 그는 그것을 시로써 표현하는 데 이르렀다. 정진규 시인의 이와 같은 모습은 본처, 본심자리, 본향 등으로 불리는 곳으로부터 떨어져 나온 인간들의 현실과 무의식의 소리를 대변해준다는 점에서 보편적 의미도 상당히 갖고 있다.

둘째로, 그의 '귀가의 상상력'이자 그 마음작용은 시인의 자아 진단과 귀가의 자리에 대한 열망과 노력이 커지면 그러할수록 새 단계로 발전하며 심층

　제1부 '환지본처'의 상상력과 영성 수행의 길

의 소외, 결핍, 어긋남, 겉돎, 방황, 대립, 상실 등과 같은 말로 표현할 수밖에 없다고 앞서 기술한 어떤 감정 및 심리 상태를 보살피게 하면서 보다 확실하고 전체적인 귀가의 자리를 포착하여 탐구하는 데로 나아가게 하였다. 정진규 시인은 귀가의 제2단계에 이르러 귀가의 자리와 현실을 거의 하나로 통합할 수 있는 말이자 화두를 발견하게 되고, 그는 이것을 본격적으로 탐구하여 무의식적 요청과 현실 사이의 거리를 거의 사라지게 한다. '몸'과 '알'이 그 대표적인 것인바, 정진규 시인이 이 단계에서 보여준 '귀가의 상상력'은 인간적 언어와 관념이 만들어내는 소위 언어적 기표와 심층적 의미 사이의 일체화를 구현한다.

셋째, 정진규 시인의 '귀가의 상상력'과 그 마음작용은 심신(心身)이 함께 '귀가'하는 일로 이어지면서 인간적 언어와 관념의 한계를 해체하고 그로부터 해방된다. 정진규 시인의 '귀가의 총량'과 그 '귀가의 질적 수준'은 해방의 총량, 자유의 총량, 자발성의 총량과 비례한다. 이른바 '안성 시절'로 명명할 수 있는 고향이자 생가터로의 귀환은 그가 이러한 해방과 자유와 자생의 총량을 한껏 증가시킨 사건이다. 정진규 시인의 '안성 시절'의 이와 같은 성취는 하나의 뜻깊은 상상력에 집중함으로써 '수행자적 정진과 증득'이 가능하다는 것을 알려준다. 여기서 정진규 시인의 상상력은 '율려'로 표상되는 우주의 이치, '번외'로 지칭되는 우주의 평등심으로 이어진다.

넷째, 정진규 시인의 '귀가의 상상력'과 그 마음작용이 걸어온 길과 그 성취는 인간중심주의와 이성중심주의에 과도하게 지배당해온 근대적 사유와 삶의 한계를 극복하고 미래를 열어 나아가는 데 하나의 시사점을 제공해준다. '귀가의 자리'를 돌본다는 것은 인간중심주의와 이성중심주의의 틀로는 소홀히 하기 쉬운 일인데 정진규 시인은 이 일을 시인 생활 전 기간을 통하여 정신세계의 지속적인 향상과 더불어 평생의 과제로 계속하여 상당한 성취를 이룩하였다. 물론 '귀가의 자리'가 수구적이고 보수적인 일방적 자리여서는 곤란하다. 이 자리는 돌아감으로써 나아갈 수 있는 '출가와 재출가'의 자리여야 한다. 정진규 시인에게서 이런 귀가의 순역성(順逆性)과 중첩성은 상당한 정도까지 구현되었다. 특히 그의 '안성 시절'을 통하여 창작된 작품들은 '출가와 재출가'의 두 길을 한자리에 포용하고 있다.

다섯째, 정진규 시인이 보여준 '귀가의 상상력'과 그 마음작용은 감정의 문제, 심리의 문제 등을 해결하는 기제로 기능하기도 하지만, 이에서 더 나아가 이 세계의 진실상을 깨치고 닦고 본래의 자리로 되돌려놓는 수행이자 수도의 기능도 하고 있다는 점이다. 인간의식의 발전 과정은 감정과 심리의 문제에서부터 시작하여 깨침과 각성의 단계로까지 향상될 때 전 존재의 자아실현은 물론 인격 형성의 고처(高處)를 바라다보게 되고 그것은 시가 소박한 의미에서의 '문학'이 아니라 '지혜의 텍스트'가 되는 것까지 가능하게 한다. 정진규 시인의 '귀가의 상상력'과 그 마음작용의 여정이자 긴 탐구의 과정은 이 점을 공감하고 공부하게 한다.

총 18권이나 되는 시집을 제한된 소논문의 형식 안에서 한꺼번에 다루다 보니 논의가 거친 부분이 있다. 그러나 이 글을 통하여 한 인간이자 시인의 중핵적인 상상력의 의미와 정진규 시인에게 깃들였던 '귀가의 상상력'과 그 마음작용이 보여준 실상 및 그 발전의 의미가 한계 속에서나마 전달되었을 것이라 기대한다. 이를 보충하는 글은 후고를 기약한다.

정진규 시의 '정원'과 생태인문학

— 영성적 생태학을 기다리며

1. 문제 제기

정진규 시인의 시와 삶의 저변에는 자연과 생명과 농사를 기반으로 구축된 근대 이전 혹은 도시 이전의 감각이 두텁게 내재해 있다. 1939년, 경기도 안성시 미양면 보체리 12번지에서 태어난 그는 이런 자연/생명/농사 중심의 마을에서 성장하였고 그것은 마침내 자연/생명/농사를 교육의 장으로 발전시킨 안성농림학교를 다니는 일로 이어졌다. 이후 그는 1958년도에 서울의 고려대학교 문과대학 국어국문학과에 진학하여 상경을 하게 되는데 이것은 그에게 하나의 '사건(historical event)'이라고 볼 수 있다. 말하자면 그는 이전의 자연/생명/농사로 구성된 삶의 토대를 떠나 근대 도회이자 대도시로의 공간 이동 혹은 삶의 이동을 감행한 것이기 때문이다. 그러나 이것은 하나의 외적인 이동이고 변화상일 뿐 그의 삶과 시 속에는 이미 두텁게 구축된 자연/생명/농사의 원체험이 살아 있고 그것은 이후에도 강력하고도 지속적인 내적 영토이자 '세계'가 되어 그의 삶과 시를 추동하며 이끌어왔다.

정진규 시인은 우리 시단에서 드물게 자신의 전 생애를 이른바 단독주택이라고 불리는 주거 양식에서 산 현대시인 가운데 한 사람이다. 탄생과 성장 시절의 거주지였던 안성에서의 삶은 말할 것도 없거니와 상경 이후 결혼과 더불어 시작된 서울 북쪽의 수유리를 중심으로 하여 이루어진 30여 년간의 삶, 그리고 자신의 생가터인 안성으로 다시 귀향(2007)하여 작고(2017)할 때까지 산 삶 전체가 단독주택을 거주 공간으로 삼고 이루어진 것이다.

이와 같은 정진규의 삶과 인생 속에서 '정원'[1]은 항상 거처와 더불어 한몸이 되어 공생하듯 살아 존재하는 물리적 공간이자 정서적인 세계이고 정신적인 지대가 되었다. 그리고 이와 같은 정원은 근 60년에 걸친 그의 시 전체에서[2] 아주 중요한 공간이자 장소이며 세계이다. 이런 정진규 시인의 정원을 중심에 두고 이루어진 삶과 시는 한 번쯤 주목하여 그 의미를 진지하게 탐구해볼 가치가 있을 만큼 중요하다.

본고에서 필자는 그의 이런 정원과 더불어 전개된 시세계를 그가 상경 후 수십 년간을 지낸 소위 '서울 시절' 혹은 '수유리 시절'과 그 서울 시절 혹은 수유리 시절을 마감하고 고향이자 생가터인 안성으로 귀환하여 지낸 '안성 시절'로 나누어 살펴보기로 한다. 그것은 이 두 시절이 그의 삶과 시를 지배

---

1 여기서 '정원(庭園)'은 비실용적, 탈실용적, 초실용적인 취향과 정서 그리고 심리와 정신, 철학과 미학의 장소를 뜻한다. 그러니까 '의식주'라는 생존의 직접성과 절박성으로부터 조금 벗어난 '인간적'이며 '자연적'인 공간을 말한다. 한국의 전통적 '정원'은 '별서(別墅)' '원림(園林)' 등과 같은 이름 아래 주거 공간과 분리된 특별한 장소였다. 하지만 이 글에서의 '정원'은 이와 같은 특수 공간으로서의 정원이 아닌 일상의 거주지에 소속된 '뜨락' '화단' '마당' 등과 같은 의미의 주거의 한 지대를 뜻한다.

2 정진규 시인에겐 총 18권의 창작시집이 있다. 그것을 제시하면 다음과 같다. 『마른 수수깡의 平和』, 모음사, 1966; 『有限의 빗장』, 예술세계사, 1971; 『들판의 비인 집이로다』, 교학사, 1977; 『매달려 있음의 세상』, 문화예술사, 1979; 『비어 있음의 충만을 위하여』, 민족문화사, 1983; 『연필로 쓰기』, 영언문화사, 1984; 『뼈에 대하여』, 정음사, 1986; 『별들의 바탕은 어둠이 마땅하다』, 문학세계사, 1990; 『몸詩』, 세계사, 1994; 『알詩』, 세계사, 1997; 『도둑이 다녀가셨다』, 세계사, 2000; 『本色』, 천년의 시작, 2004; 『껍질』, 세계사, 2007; 『공기는 내 사랑』, 책만드는집, 2009; 『律呂集: 사물들의 큰언니』, 책만드는집, 2011; 『무작정』, 시로여는세상, 2014; 『우주 한 분이 하얗게 걸리셨어요』, 문예중앙, 2015; 『모르는 귀』, 세상의 모든 시집, 2017.

　　　　　제1부 '환지본처'의 상상력과 영성 수행의 길

하는 외형상의 구분을 일차적으로 가능하게 하는 지점이라는 사실과 함께 '안성–서울–안성'으로 순환하듯 연계되며 이동하는 그의 공간 이동이 단순한 공간적 이동을 넘어서서 시적 변화상을 구분 짓게 하는 심층적 근거가 되기 때문이다.

그런데 여기서 먼저 언급하고 넘어가야 할 것은 이 두 시절에 나타난 외적 형태와 내적 세계는 구분되어 논의될 만큼 상이하지만, 그럼에도 불구하고 동일한 것은 이 두 시절의 그의 삶과 시의 저변에는 이 글의 첫머리에서 언급한 소위 원체험이라고 부를 수 있는 '자연/생명/농사'의 감각이 넓고 깊게 저류에 흐르고 있다는 사실이다. 이것은 그의 어떤 시절의 '정원'을 말하더라도 그 근저에서 작동하는 시적 원천이자 삶의 원천으로서 일종의 체화된 생태 감각이다.

그러나 본 논문은 그의 시와 삶의 생태 감각을 탐구하는 데에만 목적이 있는 게 아니다. 그의 시는 이와 같은 생태 감각을 저변에 지니고 있으면서 그것이 정서적, 정신적, 우주적 이치로 전변되고 일체화되는 인문 정신이자 인간 정신의 창조와 발전상을 뚜렷이 보여주고 있기 때문이다. 이런 점에서 그의 생태학은 인문학적 생태학이자 생태학적 인문학의 성격을 띤다.[3]

이와 같은 정진규 시의 정원과 관련된 학술적 논의나 연구는 아직 본격적으로 이루어진 바 없다. 다만 그의 시에 내재된 자연과 자연성, 생명과 생태성 등은 얼마간 지적되었으며 그의 시적 감수성과 의식의 구조 및 효용성 등이 논의된 바 있다.[4] 하지만 이것은 특별히 그의 시의 지배적 장소이자 문제

3　정진규 시가 초기부터 지속적으로 생명에 대한 관심을 표명해왔음에도 불구하고 생태 시의 계몽성에 빠지지 않았다고 언급한 이경수의 논의는 정진규 시가 단순한 생태시가 아님을 생각하는 데 도움이 된다. 이경수, 「목숨과 몸과 밥, 시의 본색」, 『정진규 시 읽기 : 本色』, 동학사, 2013, 308~309쪽.

4　김정란, 「신성함과 소통하는 몸 – 정진규 시집 『알詩』」, 『작가세계』 9권 4호, 1997.11, 450~457쪽; 정효구, 「정진규 시의 자연과 자연성」, 『개신어문연구』 15집, 1998,

적 세계인 '정원'의 문제를 앞에 두고 이를 집중적으로 탐구한 경우와 구분된다.[5]

실제로 우리 근현대시사에서 정원은 그 소재나 대상으로서 그렇게 익숙한 관심 대상이 아니다. 정원이란 전통적인 농경사회에서의 마당과 좀 다른 것으로서 근대 서구문명과 결합되어 나타난 근대적 공간이다. 따라서 이런 정원이 우리의 삶은 물론 시작품을 통하여 저변으로부터 자생하는 친숙한 소재, 대상, 세계 등이 되기엔 맥락상의 어려움이 있다고 볼 수 있다.[6]

하지만 약간의 첨언을 하자면 대략 2000년대가 가까워지면서부터 우리 사회에서 정원은 현대 도시의 제반 모순과 탈도시화 현상, 에콜로지의 인식과 그 중요성의 자각 등과 더불어 서서히 대중들과 시인들의 관심을 받기 시작

803~862쪽; 정효구, 「정진규 시의 '몸'과 치유의 생태학」, 『한국현대문학연구』 15집, 2004, 68~ 97쪽; 엄경희, 「생태학적 존재론」, 『전통시학의 근대적 변용과 미적 경향』, 인터북스, 2011, 240~253쪽.

5 정진규의 시에 대한 논의에서 '수유리 시절의 마당'을 언급하며 그것을 정진규 시의 원천과 성장의 세계라고 해석한 유일한 예는 격월간 『유심(惟心)』지에서 마련한 시인과 독자들과의 대화에서 나타난 어떤 질문자의 질문 속에서이다. 이 대화에서 어떤 독자는 아주 정확하게 지적하며 질문을 하고 있는데 정진규 시인은 질문의 요지를 좀 벗어나서 '수유리 마당'이 아닌 '수유리 집'에 대하여 설명하고 있다. 이 대화는 「자술담론 : 산문체·몸詩·알詩·율려」라는 제목으로 정리되어 있다. 『유심』 2010년 9/10월호; 허만하 외 39인, 『정진규 시 읽기 : 本色』, 동학사, 2013, 502쪽.

6 우리 출판계와 학계에 나와 있는 '정원' 관련 도서나 논문들은 실제의 정원에 관한 것이 대부분이다. 건축학, 조경학, 산림학, 원예학 등의 관점에서 쓰여진 글들은 말할 것도 없거니와 산문 혹은 수필의 형식을 빌려서 쓰여진 '정원' 관련 글들도 마찬가지이다. 다만 고전문학 연구의 경우 '원림' '별서' '고택 정원' 등이 문학과의 연관 속에서 연구되기도 하나 이들 정원은 상류층의 '특수 공간'이라는 제한성을 지닌다. 요컨대 한국 근현대문학사 속에서 주거지의 생활 속에 깃든 '정원'은 시인들의 관심을 받지 못했으며, 그런 시가 적다는 이유가 우선이겠지만 근현대시인들의 시 속에 깃든 '정원'에 대한 연구는 거의 없는 것으로 판단된다. 그런 점에서 정진규의 시 전체 속에 '정원'이 중요한 공간이자 세계로 들어와 있고, 이의 생태적 측면이 인문학적인 측면과 깊이 결합하며 상호 성장의 길을 만들어가고 있다는 점은 매우 특징적이며 또한 연구될 만한 의의를 갖는다.

한 감이 있다. 소위 전원주택이라는 주거 양태가 등장하고 자연이 재발견되면서 정원 또한 생태적인 생존 공간의 의미뿐만 아니라 그것을 넘어서는 정서적이며 문화적인 공간으로 재발견되고 재해석되기 시작하였던 것이다.

정진규의 시에서 이와 같은 정원은 때로 '뜨락'이나 '마당'과 동의어이거나 그것들과 혼용 및 공용되기도 한다. 여기서 기억해야 할 것은 그가 '정원'이라는 말 대신 '뜨락'이나 '마당'이라는 말을 사용하고 있지만 그것은 실용적인 농경사회 속의 생존 공간이나 생활 공간이 아니라 취향과 정서와 정신의 고양을 위한 비실용적이며 인문학적인 공간이라는 점이다. 이렇게 본다면 정진규 시의 탄생과 성장사 속에서 익힌 '자연/생명/농사'를 기반으로 한 생태 감각 역시 그에겐 지식인, 근대인, 도회인의 그것으로 수용되고 변용된 것이라 할 수 있다.

서론이 장황해진 바 있다. 일반적으로 이와 같은 정원은 동서양을 막론하고 인간들의 주거사에 수용되고 발견되며 활용된 매우 특수한 거주 공간이자 장소이다. 정진규의 시에서 이와 같은 정원은 그의 초기에서부터 마지막 시집에 이르기까지 지속적으로 폭넓게 큰 비중을 가지고 나타나며 그의 삶과 시세계의 내적 특성과 지향성을 단계적으로 읽어내게 하는 텍스트이다. 그런 점에서 정진규 시의 '정원'을 통하여 '정원인문학' 혹은 '생태인문학'을 논의하는 것은 유용성이 크다. 그것은 그의 '정원'이 단순한 생태적 측면은 말할 것도 없고 정서적이며 심리적이며 우주적 이치를 담은 인문학, 더 나아가 영성적 세계를 탐구한 텍스트가 되었기 때문이다.

2. '수유리 시절'의 '뜨락'과 생태인문의 생장(生長)

정진규의 시에서 '정원'이 분명한 이름을 가지고 하나의 중심 키워드가 되어 지속적으로 작품 속의 중심 공간이자 세계를 형성하면서 나타나기 시작한 것은 '수유리 시절'의 그의 거처에 깃든 이른바 정원의 한 양태인 '뜨락'을 통해서이다.

'뜨락'은 본격적인 정원이라고 하기에도 어색하고 농경사회적 의미에서의 '마당'이라고 하기에도 적합하지 않은 주택의 한 부분인 '뜰'의 한 양태이다. 그러나 이 작은 '뜰' 혹은 '뜨락'이 정진규의 시 속에선 아주 중요한 역할을 담당하고 있다. 그에게 '뜨락'은 주택이자 거처를 구성하는 물리적 건축 공간을 넘어서서 정서적, 정신적, 예술적 사유를 가능하게 하는 인문학적인 공간인 것이다.

이른바 '수유리 시절'에 해당되는 정진규의 시집은 첫 시집 『마른 수수깡의 평화』(1966)에서부터 제11시집 『本色』(2004)에 이르기까지이다. 매우 긴 시간이기도 하지만 적잖은 분량의 시집이 이 시절 속에서 탄생되었다. 이는 그가 얼마간의 준비 기간을 거쳐 2007년도에 고향이자 생가터인 안성으로 귀환하기 이전까지의 기간에 해당되는데 여기에선 '뜨락'이 생활 공간 이상의 뜻깊은 시적 공간이자 정신적 공간으로 그를 이끌고 위로하며 동행한다.

그러나 이런 수유리 시절의 시를 구분하자면 정진규의 시에서 첫 시집 『마른 수수깡의 평화』로부터 제8시집 『별들의 바탕은 어둠이 마땅하다』에 이르는 동안까지의 '뜨락'은 비교적 무의식적이고 비자각적인 수준의 주목을 받은 것이라고 할 수 있다. 하지만 그렇다고 이 '뜨락'의 중요성이 떨어지는 것은 아니다. 시인의 눈길은 무의식적이고 비자각적이었지만 그의 눈길은 이 '뜨락'에 자주 가서 머물러 있으며 그는 이로부터 시적 창조의 계기를 얻음은 물론 정서적이며 예술적인 상상과 사유를 키워간다.

정진규 시의 이 문제적인 공간인 '뜨락'은 그의 시에서 다음과 같은 모습을 띠고 나타난다.

① 뜰의

石榴나무 아래서
湯藥을 대리던 할머니의 손
다섯 개의 손가락 끝에
다섯 개의 意思의 꽃을 달고
五感으로 따뜻이 뎁히던
더운 이마를 解決할 수도 있었던
無限의 손가락들이

—「的中」부분7

② 그리고 내 <u>뜨락</u>엔 좋은 수질의 우물도 하나 파두었으며 내 주거엔 어울리잖
게 큰 삼년생, 한 마리 세퍼트를 놓아 먹인다 그렇다 비상을 걸어두었다

—「詩法」부분8

③ 어쩌랴, 하늘 가득 머리 풀어 울고우는 빗줄기, 뜨락에 와 가득히 당도하는
저녁나절의 저 음험한 비애의 어깨들. 오, 어쩌랴 나 차가운 한 잔의 술로 더불
어 혼자일 따름이로다. <u>뜨락</u>엔 작은 나무椅子 하나, 깊이 젖고 있을 따름이로다.
全財産이로다.

—「들판의 비인 집이로다」부분9

④ 한 통의 연서도 없이
이 봄을 그저 그대로 보내기란
참으로 죄스럽다는 생각이었기에
오늘은 동네 꽃집으로 갔다
한 그루의 목련을 흥정했다
"더 큰 집을 지으셔야지요."

---

7 『마른 수수깡의 평화』, 88쪽. 본 인용문에서의 밑줄은 물론 앞으로의 인용시 혹은 인용
  문에 표기한 밑줄은 글의 이해와 논의의 편의를 위해 필자가 표시한 것이다.
8 『들판의 비인 집이로다』, 8~9쪽.
9 위의 책, 10~11쪽.

정진규 시의 '정원'과 생태인문학

좁다란 내 뜨락을 알고 계신
꽃집 주인의 안분지족의 말씀을 넘어
왜 그렇게 내 가슴은 부끄러웠을까
삼년생,
한 그루의 목련마저
허락받지 못하는 내 쓸쓸한 공간

— 「봄밤」 부분[10]

　우선 위의 네 개의 인용문을 통하여 정진규 시에 '뜨락'이 나타나는 출발 지점이자 그 일면을 살펴보기로 한다. 인용시 ①의 경우는 정진규가 처음으로 '뜨락'이라는 말을 시 속에 사용한 실례에 해당된다. 여기서 뜨락은 시인의 실제 거처 안에 있는 물리적 뜨락이라기보다 기억과 상상 속의 뜨락이다. 그는 이 '뜨락'에서 석류나무를 보고, 탕약을 내리던 할머니의 손을 보고, 더운 이마를 해결해주는 탕약과 할머니의 행위 속에 깃든 무한의 기운을 본다. 뜨락을 중심에 두고 석류나무와 할머니와 탕약이 이루어낸 건강한 생명의 세계는 단순한 생명적 의미뿐만이 아니라 치유와 인간애와 무한의 감각과 영혼을 환기시킨다.

　인용시 ②는 그의 시쓰기가 '수동적 창조'에서 '능동적 창조'로 전변된 자가진단의 기쁨을 전달하는 시이다. 시의 앞부분에서 이와 같은 내용을 표출한 시인은 그것을 자신의 생활 현실 속에서 입증이라도 하려는 듯 인용 부분에서 보이는 바와 같이 자신의 '뜨락'과 주거의 표정을 활기찬 것으로 소개한다. 이런 그의 뜨락엔 좋은 수질의 우물이 하나 마련돼 있다. 그리고 그 주거지에는 덩치가 꽤 큰 3년생의 셰퍼드도 한 마리 살고 있다. 수질 좋은 우물과 셰퍼드로 구성된 '뜨락'과 '주거지'의 생명적 풍경이자 생태적 풍경은 시인의

---

10 위의 책, 66~67쪽.

자신감과 만족감 그리고 생에 대한 활달한 의욕을 담고 있다.

  그런데 이런 시인의 내적 풍경은 일시적이다. 실로 정진규 시인의 초기시에서 그의 자기 규정은 인용시 ③의 제목이자 제3시집 제목인 '들판의 비인 집이로다' 속의 핵심 표현인 '들판의 비인 집'이 표상하고 있는 것과 같은 모습이다. 그가 이처럼 자신을 '들판의 비인 집'과 같은 처지로 진단하고 규정하는 가운데서 그의 '뜨락' 역시 '작은 나무 의자 하나가 깊이 젖고 있는' 모습을 하고 있다. 여기서 뜨락은 시인과 동일시된 형태이다.

  이처럼 시인과 동일시된 '뜨락'은 ④에서와 같은 모습을 드러내기도 한다. 여기서 시인은 봄을 맞이하여 자신의 뜨락을 가꾸기 위해 목련 한 그루를 심고자 한다. 그러나 시인의 뜨락 형편을 알고 있는 꽃집 주인은 목련 심을 공간이 마땅치 않은 점을 걱정한다. 더 큰 집을 짓고 더 큰 뜨락을 마련해야만 꽃나무를 더 심을 수 있지 않겠느냐는 것이 꽃집 주인의 충고이다. 시인은 이런 꽃집 주인의 말을 듣고 부끄러워한다. 3년생 목련나무 한 그루조차 더 허락받지 못할 만큼 좁은 자신의 뜨락에 대한 자괴감이다. 뜨락과 시인 자신의 동일시, 이로 인해 정진규 시인의 뜨락이 지닌 생태적 건강성과 그 정서적, 심리적, 정신적 의미는 시인의 그것과 동행하는 일체가 된다.

  그의 초기시의 이런 '뜨락'에 대하여 논의할 때 작품 「달빛」은 따로 논의할 만하다. 이 작품은 그가 '수유리 시절'의 '뜨락'을 마감하고 이후 먼 미래에라도 '안성 시절'을 열 수밖에 없는 하나의 숨은 정신적 맹아가 되기 때문이다. 이 작품에서 시인은 다음과 같이 쓰고 있다.

  내 生家의 겨울 뜨락
  내리던 달빛
  수척한
  내 비애의 장신처럼
  한 그루 감나무도 아직 그렇게 있을까.

지금은
여기 와 있네
수유리 종점 화계사 입구
십년을 견딘 변두리
<u>내 주거의 이 좁은 뜨락을</u>
싸늘한 달빛 내리고 있네

한밤에 혼자 일어
그대를 다시 만나고 있네.

— 「달빛」 전문11

위 시에서 등장한 '생가의 뜨락'은 이후 정진규 시인을 계속하여 따라다니며 마침내 그를 '수유리 뜨락'으로부터 그곳으로 귀환하게 하는 원천이다. 그의 '뜨락'은 이처럼 두 곳의 뜨락을 드나들고 있거니와 이들 두 뜨락이 중첩되면서 시인의 뜨락은 계속하여 발전적으로 변모, 구축되어 나아간다.

정진규 시인의 제4시집 『매달려 있음의 세상』에서도 여전히 뜨락은 중요한 공간으로 등장한다. 여기서 그의 뜨락은 한층 생태적으로나 정신적으로 건강해지고 풍성해지며 윤기가 흐른다. 짐작한다면 그만큼 시인의 현실적, 정신적 성장이 가능해진 것이라 할 수 있다.

이리로 이사와 살면서, 화계사 절 밑 동네, 맑은 시냇가에 이사와 살면서 내 몸엔 자주 물기가 오르곤 합니다. 시인은 아무래도 자연 속에 있어야겠더라는 당신의 말씀을 그 동안 밀어내고 밀어내곤 하던 나의 돌담은 결국 튼튼치 못한 것이었습니다. 허세였습니다. 말씀의 초록 풀밭을 달리는 내 작은 영혼들의 영양이 사뭇 좋습니다. 살결 부드럽고 혈색 좋아 감사하고 감사합니다. (중략) 여

---

11 위의 책, 64~65쪽.

제1부 '환지본처'의 상상력과 영성 수행의 길

보셔요. 햇빛 좋고 밝은 날이면 내 몸 어디서라도 한 가지 꺾어 비틀어 보셔요.
호드기가 되어집니다. 필릴리리 호드기가 되어집니다. 낭만주의의 부활입니다.
웃긴다고요. 그러나 얼마나 귀하고 귀합니까. 떠날 수 없습니다. 떠날 수 없어
요. 명당입니다.(하략)

—「요즘 세상에 이게 어딥니까」 부분[12]

정진규 시인이 살았던 수유리의 거주지는 구체적으로 '수유동 291번지'이
다.[13] 그는 이곳을 중심으로 수유리 화계사 절 밑 동네 전체를 자신의 '뜨락'
의 확장으로 느끼면서 그곳에서의 달라진 삶을 전한다. 이 전달 속엔 얼마간
의 낯섦, 민망함 같은 것이 스며 있지만, 그는 이곳에서 비로소 자신의 심신
에 봄날의 버드나무처럼 생기가 오르는 것을 보았다고 말한다. 그는 그것을
가리켜 '낭만주의의 부활'과 같은 것이라고 은유화하기도 하고 그런 곳을 '명
당'이라고 최고의 찬사로 해석하기도 한다.

이렇게 '뜨락'은 정진규의 시에서 그가 뚜렷한 자각을 하고 있는 것은 아닐
지라도 그의 시와 삶에 깊은 영향을 미친다. 그리고 때로는 이 '뜨락'이 시인
과 동일시되기도 한다.

이처럼 시작된 정진규 시의 '뜨락'은 제6시집 『연필로 쓰기』와 제7시집 『뼈
에 대하여』에 이르기까지도 앞서와 유사한 상태에 머문다. 그러던 그의 뜨락
은 제8시집 『별들의 바탕은 어둠이 마땅하다』에서 그 변화된 징후를 보이기
시작하다가 제9시집 『몸詩』와 제10시집 『알詩』에 이르면서 비약적인 차원 변
이를 이룩한다. 그야말로 가볍게 혹은 무의식적으로 스치며 그의 정신세계
를 창조하고 때로 동행하던 뜨락이 그의 시적 화두이자 인생론적 화두가 되

---

12 『매달려 있음의 세상』, 30~31쪽.
13 이 점은 그의 시작품 「설명하지 않는 힘」 속에 드러나 있다. 『들판의 비인 집이로다』,
40~41쪽.

면서 자각적이고 의식적인 대상이 되는 것이다. 여기서 '뜨락'은 그의 시와 정신의 중심 장소가 된다.

먼저 그 도약을 내재한 변화의 징후를 드러냈던 제8시집 『별들의 바탕은 어둠이 마땅하다』 속의 달라진 '뜨락'의 모습을 만나보기로 한다. 그는 이 시집 속의 작품 「밥詩 6」에서 '뜨락'을 하나의 심오한 인생론이 담긴 깨침의 생태공간으로 읽는다. "나는 죽을 쑤진 않겠다 죽을 쑤고 있는 나무와 밥을 짓고 있는 나무는 외양부터가 다르다 <u>우리집 뜨락</u>의 감나무는 올해도 죽을 쑤었고 이 가을에도 열매 하나 없이 홀앗이로 서 있고 <u>우리집 뜨락</u>의 대추나무는 단단한 대추나무는 실한 열매들을 두어 말이나 거두게 했다 거두게 한다는 건 되돌려 준다는 것 훌륭하다! 두어 말 대추로 대추나무는 스스로를 말끔하게 비웠다"[14]와 같이 시작되는 이 작품에서 '뜨락'은 앞서 말한 것처럼 인생론과 생명의 고차원적인 이치가 담긴 생태적이며 인문학적인 세계이다.

정진규의 이와 같은 '뜨락'은 이 시집 속의 또다른 작품 「개복숭아 : 만개한 扁桃花 나뭇가지 빈센트 반 고흐」에서도 아주 의미 깊게 등장하는데 그것은 그가 이후에 안성 시절을 열어가게 될 또 하나의 강력한 암시와도 같은 역할을 한다. 여기서 그는 "누구나 가장 잘 그리고 싶다/그의 고향 뜨락을/해마다 가득 채우던 만개한 扁桃花 나뭇가지/누구나 그 향기 가득한 걸 그리고 싶다/(중략)/내 고향 뜨락에도/개복숭아 한 그루가 서 있었다/꽃이 더 아름다웠다"[15]라고 말하고 있다. '그림-고향-뜨락-개복숭아'로 이어지는 그의 상상력은 그의 이후의 '안성 시절'의 '뜨락'을 예비하고 암시하는 하나의 원형이자 구조인 것이다.

---

14 『별들의 바탕은 어둠이 마땅하다』, 34쪽.
15 위의 책, 67쪽.

정진규 시의 일반적인 전개 과정에서도 그러하지만, '정원'의 문제를 논의할 때도 시집『몸詩』와『알詩』는 특별하고 중요하다. 그는 이 시집 속의 정원의 한 양태인 '뜨락'에서 이전에 볼 수 없었던 세계를 자각적으로 인식하고 그 인식 속에서 자신의 시세계를 크게 도약시켜 나아간다. 이른바 '몸'과 '알'로 표상되는 온전함의 세계[16]를 정진규 시인은 '뜨락'과 더불어 함께 사유하면서 구체화시켜 나아가고 있는 것이다.

　　① 지난 가을 따지 않고 놓아 둔 <u>내 뜨락의</u> 겨울 산수유 빨간 열매가 눈 속에서
　　더욱 點點 빨갛다 吉日이다 오늘은 내 생일이자 첫 손자의 백일 되는 날, 緣이
　　다!

　　　　　　　　　　　　　　　　　　　　　　　　　— 「몸詩 59 − 吉日」 부분[17]

　　② 이른 새벽마다
　　　나의 뜨락엔
　　　한 마리씩의 새들이
　　　어김없이 날아와 앉는다

　　　(중략)

16　'몸'과 '알'의 의미에 대하여 시인은 다음과 같이 말하고 있다
　　① "'몸'은 가시적인 육신이면서 불가시적인 또 하나의 육신이라고 믿고 있다. 그것은
　그릇이 아니다. 그것 자체이다. 시간 속의 우리 존재와 영원 속의 우리 존재를 함께 지
　니고 있는 실체를 나는 '몸'이란 말로 만나고 있다. 시는 바로 몸이다." 정진규,「자서」,
　『몸詩』, 세계사, 1993, 3쪽.
　　② "'알'은 알몸을 가둔 알몸이다. 순수생명의 실체이며 그 표상이다. 흔히 부화를 기다
　리는 그런 미완으로서의 존재가 아니라, 그것 자체가 완성이며 원형이다. 하나의 小宇
　宙이다. 이 소우주에는 어디 은밀히 봉합된 자리가 있을 터인데 그런 흔적이 전혀 없
　다. 無縫이다. 절묘한 신의 솜씨! 알, 실로 둥글다. 소리와 뜻이 한몸을 이루고 있는, 몸
　으로 경계를 지워낸 이 절대 순수생명체에 기대어 나는 지금 이 어두운 통로를 어렵게
　헤쳐나가고 있다." 정진규,「자서」,『알詩』, 세계사, 1997, 5쪽.
17　『몸詩』, 23쪽.

성자 거지 프란치스코가
새들과 이야기할 수 있었던 것은
그가 살아 죽어서, 죽어서 살아!
새가 될 수 있었기 때문이다
한몸이 되었기 때문이다

—「몸詩 52 – 새가 되는 길」부분[18]

위의 두 시에서 '뜨락'은 '몸'을 가진 존재이다. 인용시 ①의 '뜨락'은 따지 않고 그대로 둔 겨울 산수유 열매가 흰 눈 속에서 시인 자신의 생일이자 어린 손자의 백일과 어울려 붉게 빛나는 '길알'의 뜨락이고, 인용시 ②의 '뜨락'은 이른 새벽마다 한 마리씩의 새들이 어김없이 날아와 앉는 '새와 나무'의 일체화가 이루어진 뜨락이다. 정진규 시인이 본 이 두 시작품의 '뜨락'은 '몸'이 지닌 생태적 온전성과 더불어 정신적, 우주적 '온전성'을 전달한다. 어느 곳 하나 어긋남이 없는 순정의 하나됨과 완전함의 모습, 그것이 바로 이들이 보여주는 '몸'을 가진 뜨락이다. 그 가운데서도 인용시 ②의 뜨락은 성 프란치스코의 뜨락과 연결되면서 시인의 정신과 마음이 성 프란치스코의 그것에 닿아 있고자 함을 보여준다.

정진규 시인의 시집 『몸詩』와 『알詩』에서 '뜨락'은 점점 더 고차원의 '몸'과 '알'의 세계를 구현하는 내적 공간으로 발전한다. 하나의 단순한 공간인 '뜨락'이 이곳에 이르러서는 '몸'과 '알'의 세계가 깃들고 창조되고 만개하는 '의미의 장'이 되는 것이다.

정진규 시인은 시집 『몸詩』와 『알詩』의 '몸'과 '알'이라는 고난도의 시적 화두를 타파함으로써 시인으로서의 시격을 한층 향상시킨다. 이것은 이미 두루 알려진 바이거니와 그의 이런 '몸詩'와 '알詩'에서의 수련은 다음 시집인

---

18 위의 책, 51~53쪽.

제1부 '환지본처'의 상상력과 영성 수행의 길

제11시집 『도둑이 다녀가셨다』와 제12시집 『本色』에 이르러 지극한 발효와 숙성의 시간을 맞이한다. 여기서 그의 '뜨락' 역시 동일한 발효와 숙성의 모습을 보여준다.

① 오늘은 그저 꽃피우고 열매 맺을 뿐, 그늘을 드리울 뿐 아무것도 섞여 있지 않는 나무들이 나는 부러웠다 이 몸의 사랑은 어떠한가 <u>우리집 뜨락</u>에 겨우 석류 나무 한 그루를 나는 새로 심었다 그리로 갈 수도 없는 나는

—「日常」부분[19]

② 이 大雪 중에 <u>운문사 뜨락</u> 그 소나무는 어쩌고 있을까 가지 끝까지 닿아내린 하늘 활짝 펴들고 있는, 고요히 팽팽한 그 소나무는 지금 어쩌고 있을까 버팅기지 않고 積雪의 무게 고스란히 몸으로 받아 안고 있으리라

—「부드러운 빠듯함」부분[20]

③ 산수유와 앵두꽃 사이 목련이 피고 목련과 넝쿨장미 사이 수수꽃다리가 피어난다 수수꽃다리와 무슨 꽃 사이엔 어떤 꽃이 또 피어날까 그래도 그게 <u>우리 집 뜨락</u>의 봄 풍경이다 그걸 차례대로 기다리다 보면 또 한세월이다 어느새 푸른 바다로 떠나고 싶다 무엇이나 사이에 있다

—「사이가 살림이다」부분[21]

인용시 ①에서 시인은 아무런 인위나 작위가 스며 있지 않은 나무들의 생을 부러워한다. 그저 꽃 피우고 열매 맺고 그늘을 드리울 뿐, '생각'이 없는 '자연'의 생, 그것을 시인은 닮고 싶은 것이다. 하지만 그가 할 수 있는 일은 자신의 뜨락에 석류나무 한 그루를 심는 것일 뿐, 그는 온전히 그 '나무들의

---

19 『도둑이 다녀가셨다』, 58쪽.
20 『本色』, 49쪽.
21 위의 책, 93쪽.

세계'로 갈 수 없는 것이 그의 사랑의 정도라고 고백한다. 하지만 여기서 시인의 뜨락은 온전한 생명의 '몸'과 '알', 온전한 정신의 '몸'과 '알'이 깃들고 움트는 곳이다.

다시 인용시 ②를 본다. 시인의 마음은 자신의 집 뜨락에서 청도 운문사의 '뜨락'으로 이동한다. 그는 이 운문사 '뜨락'에서 소나무를 본다. 운문사 소나무는 하나의 우주목과 같은 모습을 하고 있는 신령한 존재라는 것을 일반인들도 알고 있다. 정진규 시인은 이 운문사의 신령한 소나무를 떠올리면서 그 소나무가 대설의 한가운데서도 적설조차 온몸으로 고스란히 받아안고 아무렇지도 않게 자연스러운 모습으로 서 있을 것을 상상한다. 그에게 이런 소나무가 서 있는 운문사 뜨락은 '몸'과 '알'의 상징성이 고도로 구현된 장소이다.

인용시 ③은 '사이가 살림이다'라는 생태인문학의 본질을 담고 있는 작품이다. 시인은 이 작품에서 그의 집 '뜨락'의 봄꽃들이 차례대로 '사이'를 두고 피는 질서와 이치를 발견한다. 꽃들의 질서와 이치, 이것을 '화서(花序)'라고 한다면 인용시 ③의 뜨락은 화서의 정신이 내면화된 공간이다.

이렇게 '뜨락'의 상상력이자 '뜨락'의 생태인문학을 전개해온 정진규의 시에서 흥미로운 한 가지 점은 그가 제11시집 『도둑이 다녀가셨다』와 제12시집 『本色』에서부터 이후에 열어갈 '안성 시절'의 '생가' 혹은 '생가터'를 '뜨락'의 변용물로 찾아가 만나고 있다는 것이다. 작품 「길」에서 그는 생가터의 풀밭을 자신이 한 보름 동안 들락거리며 밟고 다녔더니 밟고 다닌 자리마다 '맨땅의 길'이 되어 싹이 돋지 않았다는 자신의 무지를 알리고, 「도둑같다 잡초들」에선 오히려 생가터를 방치한 채 늦여름이 되어서나 자물쇠를 따고 들어갔더니 자물쇠로 가둘 수 없었던 잡초들, 햇빛들, 바람들, 빗줄기들이 마음 놓고 드나들며 '順番 없는 자유의 땅'을 스스로 일궈내고 있다는 '무위의 소식'을 전하고 있다.

정진규 시인은 이런 과정을 거쳐 '서울 시절'이자 '수유리 시절'을 마감하고

2007년도에 고향이자 생가터로 완전히 귀환한다. 그 귀환은 물리적, 생물학적 귀환이자 정신적, 내적 귀환으로서, 그의 '정원'을 중심으로 한 삶과 시를 이전보다 몇 차원 더 점진적으로 발전시켜 나아가는 진화의 장이 된다.

3. 안성 시절의 '석가헌/마당'과 생태인문의 숙성

'안성 시절'을 열어가면서 정진규의 시세계엔 '뜨락'이라는 말 대신 '마당'이라는 말이 들어선다. 그리고 '경산서실(絅山書室)'이었던 수유리 시절의 당호 대신 '석가헌(夕佳軒)'이라는 당호가 새롭게 사용된다. 이런 수유리 시절의 '경산서실'과 '뜨락', 그리고 안성 시절의 '석가헌'과 '마당'을 이어주는 한 그루의 나무가 있다. 그것이 바로 바로 '수유리 시절'의 집과 뜨락에서 30년 동안 동거하다 '안성 시절'의 '석가헌' 마당으로 옮겨 심게 된 산수유이다. 아래의 인용시는 이와 같은 정진규 시인의 '정원'의 변화와 연속성을 이해할 수 있게 하는 문제 시편이다.

> 수유리 30년을 데리고 나 떠난다 얼컥 이는 호끈한 내음 가슴 안고 나 떠난다 두고 갈 수 없었다 산수유 한 그루, 꽃 피면 떼로 날아들던 꿀벌들의 몸즙 향기, 얼컥 이는 호끈한 내음, 純粹히 그걸로 길 찾아들었다 예까지 왔다 산수유 30년을 데리고 나 떠난다 山茱萸 別辭를 따로 쓰지 않아도 되게 되었다 산수유 꽃 피는 올봄에도 꿀벌들 새집 찾아들게 되었다 나도 새집 찾아들게 되었다 산수유 30년, 새집 마당에 얼컥 이는 호끈한 내음! 純粹히 옮겨 심게 되었다
> ─「수유리를 떠나며」 전문[22]

여기서 보듯이 정진규 시인의 안성으로의 귀환은 단순한 공간의 이동이 아

---

22 『공기는 내 사랑』, 27쪽.

니라 '정원'으로 상징되는 세계의 이동이자 귀환이다. 그것을 상징하는 한 그
루 나무이자 존재가 있거니와 그것이 바로 수유리 시절에 30여 년간 동거했
던 '산수유나무'이다. 정진규 시인은 이 산수유나무를 수유리에서 안성으로
옮겨 심음으로써 수유리 시절의 '정원'과 삶, 안성 시절의 '정원'과 삶을 구별
하면서도 연속시키고 있다. 외적으로 보면 그 산수유나무는 이제 대도시인
서울의 '수유리' '뜨락'에서 여전히 농촌(시골)의 전형성을 지니고 있는 안성의
'보체리' '마당'으로 이주한 것이다.

여기서부터 정진규의 '정원'은 새로운 차원을 창조하며 도약의 길을 열어
나아간다. 그는 안성 시절의 '정원'을 통하여 그간 다소 관념적으로 탐구했던
'수유리 시절'의 생태적 인문정원을 구체적인 '자연-농촌-텃밭-마당'으로
구성된 대지적 토대 위에서 생생하게 새로이 탐구해 나아간 것이다.

그에게 안성 시절의 석가헌 '정원'은 석가헌이라는 집에 딸린 부수적 공간
이 아니라 석가헌 전체를 주도하고 받쳐주는 중심 공간이자 토대로서의 공
간이다. 그러니까 여기서 '정원'은 '석가헌'이라는 당호를 가능케 하는 중심
지점이자 근거 지점이다.

정진규 시인은 이와 같은 안성 시절의 '정원'을 여러 편의 '석가헌 시편'을
통하여 그려 보이고 있다. 작품 「풀 뽑다 말고－석가헌 시편」에선[23] 그의 '뒷
마당'에서의 생활을 형상화하며 여름이 끝나가고 있는 지점에서 가을이 다
가오는 '초록 없는 뒷마당'을 어떻게 견딜 것인가에 대해 이야기하고 있으며,
「엽서－석가헌 시편」[24]에선 '수유리 시절' 30년을 동거한 산수유나무를 석가
헌 마당으로 옮겨 심은 이후의 소식을 전하고 있다. 시인은 이 작품에서 산
수유나무에게 거름은 물론 우주적 생기로서의 바람이며 달빛이며 강물 소리

---

23 위의 책, 82~83쪽.
24 위의 책, 84쪽.

같은 것을 '생약(生藥)'으로 전하면서 그의 소생을 축원한다. 또 다른 석가헌 시편 「딱따구리 1 − 석가헌 시편」[25]에선 늙은 밤나무에 깃들여 살며 아침마다 생명의 음률을 전하는 딱따구리를, 「딱따구리 2 − 석가헌 시편」[26]에선 그 딱따구리로 인하여 삭정이뿐인 늙은 밤나무가 신목(神木)처럼 모심을 받을 수밖에 없는 신비를 전하고 있다.

이처럼 시작된 '안성 시절'의 석가헌 '정원'은 제15시집 『律呂集 : 사물들의 큰언니』에 이르러 본격적인 발전을 한다. 여기서의 발전이란 생물학적, 생태적 공간으로서의 발전과 더불어 정서적, 정신적 공간으로서의 발전을 의미한다. 정진규 시인은 이 시집의 제목에서도 드러나듯이 '율려'라는 심오한 우주적 세계를 이 시집에서 그려 보이고 있으며 이와 같은 '율려들'의 모음집이라는 점에서 이 시집 이름을 '율려집'이라고 정하고 있다. 여기서 '정원'은 이와 같은 '율려들'이 실체로 모여 있는 공간이며 '율려들'이 발견되고 탄생되는 공간이다.

트기 시작한 우리 집 마당 산수유 꽃눈들 조금 만지고 지나간 봄비의 손톱 밑이 노오랗다 뒷마당 우물 속에 떨어진 봄비는 노오란 색깔로 여는 상징의 소리를 낸다 井間譜여, 상징의 실물들은 아무래도 실한 큰언니들 봄날의 젖무덤들, 한참 젖몸살을 앓고 있는 신음이다 지난 겨울은 참혹했다 젖은 제 몸을 눕히지 않는 곳이 없는 봄비의 저 부드러운 진폭은 실로 무서운 보복이다 상징의 소리가 당도하기도 전 햇살들의 손목에 끌려 서둘러 떠난 겨울, 미처 同行을 놓친 흰 눈의 뒤꿈치가 내 가슴팍에 눌려 있다 네가 남긴 상처, 슬픈 낙관마저 적시고 있다 젖몸살 앓는 소리 깊게 소곤거리니 받아 적는 글씨도 빼곡하게 잘다 틈새마저 젖는 무서운 보복의 書體여 律呂여

— 「律呂集 17 : 宮」 전문[27]

25 위의 책, 60쪽.
26 위의 책, 61쪽.
27 「律呂集 17 − 宮」, 이 시엔 주석이 달려 있다. 그 주석은 다음과 같다. 律呂本元(『律呂新

위 인용시의 마당은 '봄비'의 마당이다. 시인은 겨울을 지나고 자신의 마당에 찾아온 '봄비'의 모습을 그려 보인다. 그 봄비는 마당의 산수유 꽃눈들을 조금 스쳤고, 그리하여 손톱밑이 노랗고, 우물 속에 떨어지면서 노란색 소리로 봄을 연다. 시인은 이런 봄비에서 고전시가의 악보인 '정간보(井間譜)'를 읽는다. 마당을 찾아온 봄비는 아무렇게나 내리는 것이 아니라 '정간보'와 같은 '율'과 '화음'을 담고 내린다는 것이다. 이렇게 내리는 봄비에서 시인은 다시 그 '봄비'의 놀라운 활동을 본다. 그것은 봄비가 자신의 몸을 눕히지 않는 곳이 없도록 마당 전체를 넓은 진폭으로 온전히 적신다는 것이다. 이런 봄비의 대담하며 틈 없는 활동을 시인은 '겨울에 대한 보복'이라고 읽는다. 그러나 그 보복은 잘 조율되고 질서화된 화음 속의 우주율이어서 인용시의 마지막 부분에서 나타나는 바와 같이 '보복의 서체'와 '보복의 율려'라는 놀라운 세계를 창조한다. 이로써 보면 시인의 마당은 봄비가 '보복의 아름다운 서체'를 공연하는 곳이다. 그리고 '율려'가 살아 움직이게 하는 장소이다. 인용시의 제목을 빌려 표현한다면 '궁'의 소리를 시연하는 곳이다.

마당에서 이처럼 심오한 '궁'의 서체와 율려를 본 시인의 마당은 점점 더 심오해진다. 그 마당에서 생태적 세계와 인문학적 세계는 동시에 상생하며 질적 상승을 이룬다.

> 산다는 게 이리 축복이라는 걸 알게 되었다 해보니까 확실히 그렇다 나를 가꾸는 게 꽃이기도 하거니와 내가 그런 꽃들을 가꾸는 사람이라니! 축복이다 꽃으로 내가 날로 가꾸어지고 있다니! 날 버리고 간 사람아, 다시 돌아오시게나 가꾸는 힘을 내가 꽃들에게 주고 있다니! 그대에게도 진정 이젠 드리고 싶네 나

書). "모든 소리는 陽이다. 아래서부터 올라가서 그 半에 미치지 못하면 陰에 속하며 통달하지 못하므로 쓸 수가 없다. 올라가서 半에 미친 연후에 陽에 속하며 비로소 화창함으로 그 처음에 써서 宮이 되니." 後生五聲, 宮 商 角 緻 羽 : 『율려집 : 사물들의 큰 언니』, 31쪽.

제1부 '환지본처'의 상상력과 영성 수행의 길

도 그대에게 밥을 멕이고 싶네 흘리지 않고 멕이고 싶네 꽃들에겐 이음새가 있
다네 수선화 제가 다 못 멕이면 앵초에게 앵초는 달맞이꽃에게 이내 손잡아 건
네는 어머니 손, 멕이는 손, 연이어 핀다네 꽃을 가꾸어보아야 저승까지 보인다
네 저승까지 당겨서 보게 된다네 어머니가 보인다네 저승까지 당겨서 꽃밥 멕
이는

— 「律呂集 45 : 꽃을 가꾸며」 전문[28]

위 인용시엔 '마당'이란 말이 따로 등장하지 않는다. 그러나 이 작품의 토
대이자 배경이 '마당'임은 작품 속에 말 없는 말로 드러나 있다. 시 속의 화자
이자 정진규 시인은 위 작품에서 '꽃을 가꾼다는 것'에 대하여 사유하고 그
의미를 터득하고 있다. '꽃을 가꾼다는 것'은 축복이요, '가꾸는 힘'을 누군가
에게(무엇인가에게) 줄 수 있다는 것이요, 그것은 어머니의 '멕이는 힘'과 같다
는 것이다. 이 시에서 정진규 시인은 단순히 꽃을 관찰하거나 감상하는 사람
의 자리에서 더 나아가 꽃을 가꾸는 사람이 되고 있다. 그럼으로써 그는 큰
깨침에 이르고 있거니와 그것은 마당의 꽃들을 비롯한 만유가 서로 '가꾸는
힘'을 주고받으며 살고 있다는 사실과 그 자신도 이 엄청난 놀라운 질서에 감
격하며 동참하게 되었다는 것이다.

정진규 시인이 이와 같은 사실에서 발견한 것은 '율려'의 본원상이다. '율
려'는 마당과 세상의 모든 존재들을 생태적 생명의 장으로 살아가게 하고 있
는 원천이며 삶을 '축복의 장'으로 전변시키는 힘이다. 이처럼 정진규 시인의
'정원'은 점점 지혜와 철학의 장으로 상승된다. 그곳은 단순한 생명들이 살아
가는 생물학적 세계가 아니라 지혜와 철학이 담긴 정신의 처소이다.

정진규 시인의 '석가헌/마당'을 논하는 자리에서 가장 수준 높고 밀도 있
는 모습으로 이 세계를 표현한 문제작으로 지목할 만한 것은 「律呂集 38 : 석

---

28 위의 책, 66쪽.

가헌」이다. 이 작품을 통하여 '석가헌/마당'의 진경을 만나볼 수 있다.

> 석가헌에는 황공하옵게도 석가가 여러 분 숨어 사신다 어제오늘은 막 피어나기 시작한 접시꽃 수다스런 접시꽃들 입 다물게 하시느라고 접시꽃 꽃접시마다 가부좌로 눌러앉아 졸고 계시다 꽃 피는 아침마다 손을 모으면 黙黙不答이시다가 해 질 녘이면 다가서거라 한 마디씩 귓속말로 일러주신다 그래서 저녁 夕 아름다울 佳, 夕佳軒이다 시간이 가만히 멈추는 고요를 꽃접시 가득가득 담아주신다 해 지면 입 다무는 꽃들의 입술로 나도 입을 다물었다 벼락이다 고요라니! 귀머거리가 될 때까지 그러실 것이다
>
> — 「律呂集 38 : 석가헌」 전문[29]

위 인용시의 '석가헌'은 실로 '정원'과 이음동의어이다. 석가헌의 주된 존재는 건물이라기보다 '마당' 혹은 '정원'이기 때문이다. 이 '정원'이자 '마당'인 석가헌에서 시인은 '석가모니 붓다'를 본다. 그의 정원엔 '붓다'가 살고 있다는 것이다. 시인은 이런 사실을 막 피어난 접시꽃을 보며 발견한다. 접시꽃은 키가 크고 시인이 '수다스럽다'고 해학을 담아 표현하는 꽃이다. 그는 이런 꽃에 '붓다'가 가부좌로 눌러앉아서 그 수다의 어리석음을 깨우쳐주는 것을 본다. '붓다'가 접시꽃에게 깨우치게 하며 깃들게 한 세계는 '고요'이다. 여기서 '고요'는 언어 이전의 본처이다. 시인은 이런 사실을 보고 자신을 돌아본다. 그도 언어를 넘어서 '고요'의 자리에 깃들고 싶기 때문이다.

정진규 시인은 제15시집 『율려집 : 사물들의 큰언니』에서 '정원'을 여기까지 가꾸어낸다. 이제 그의 정원은 '붓다'가 사는 세계이다. 이것은 그가 탐구한 '율려'의 다른 형상이다. 그러나 '율려'가 '붓다'로 변주되고, 그것이 '고요'로 심화되는 일은 특기할 만하다. 왜냐하면 정진규 시인은 이로 인하여 '율려'를 입문자처럼 공부하는 학인의 자리에서 더 나아가 '율려'를 온전한 자유의 지

---

29 위의 책, 57쪽.

대로 해방시키고 회통시키는 새로운 차원의 주체가 되고 있기 때문이다.

정진규 시인의 이와 같은 변모이자 발전은 다음 시집『무작정』에서부터 본 모습을 드러내기 시작한다. 따라서 본 논문은 시집『무작정』에서부터 나타나는 '정원'을 이전의 것과 구분하면서 다른 장을 할애하여 논의하고자 한다.

'석가헌/마당'으로 명명된 제3장은 이 정도에서 마무리가 된다. 그리고 제 4장으로 나아가서는 '율려정사/마당'이라는 제목하에 그의 '정원' 속에 깊게 들어오기 시작한 '영성'의 문제를 다루기로 한다. 필자는 영성을 인문학의 한 형태로 보고 있지만 관점에 따라서는 그것이 인문학의 영역을 넘어서는 세계로 인식되기도 한다. 특히 근대학문의 관점에서 볼 때 '영성'은 난처한 대상이기도 하다.

하지만 영성은 그 개념이 분명하게 탐구되고 규정된다면 인문학의 고차원에 속하면서 근대정신을 넘어설 수 있는 한 세계이기도 하다.[30] 따라서 다음 장에선 이 영성에 대한 개념규정을 나름대로 제시하고 정진규 시의 '정원' 문제를 논의해 나아가기로 한다.

4. 안성 시절의 '율려정사(律呂精舍)/마당'과 생태영성의 탄생

정진규 시인은 2014년 3월, 그의 석가헌 내에 '율려정사'를 만들고 개관식을 갖는다. 율려정사란 정진규 시인의 개인적인 문학적 자료와 그가 25년간 주간으로서 심혈을 기울여 운영해온 월간『현대시학』의 자료가 모여 있는 '서

---

30 영국의 현대소설가 올더스 헉슬리가『멋진 신세계』를 쓰던 젊은 시절과 달리 작가 생활의 후반부에 이르러 동서고금의 고급한 '영성'의 텍스트를 한 권의 책으로 엮어 '인류의 길'을 제시한 점은 여기서 언급할 만하다. 올더스 헉슬리,『영원의 철학』, 조옥경 역, 김영사, 2012 참조.

고'에 붙여진 명칭이다.[31]

정진규 시인의 '정원'인 '석가헌/마당'은 이로 인하여 그 중심축이 '율려정사'로 옮겨진다. 외형상으론 '율려정사'가 '석가헌' 내에 있지만 '율려정사'는 석가헌과 '석가헌 마당'의 정신적 거점이 됨으로써 이들의 실질적 구심점이자 정신적 주인이라는 자리를 갖게 된다.

앞의 제3장 후반부에서 언급했듯이 정진규 시인의 제15시집이 『율려집 : 사물들의 큰언니』이다. 정진규 시인은 여기서 시집 제목에서 드러나는 바와 같은 '율려'에 대해 깊이 천착하였고 이 시집 전체를 '율려집'이라는 제목하의 연작으로 구성하였다. 이 시집은 명실공히 '율려'의 탐구집이다. 정진규 시인은 이로써 '안성 시절'의 '석가헌/마당'에 철학성과 형이상성을 부여하였다.

그러나 이 시집은 '율려'라는 한 이치를 이론적으로 탐구하고 그 실질을 공부하는 시도와 모험의 차원에 머무를 뿐, 실로 정진규 시인의 '율려'가 무르익은 상태로 '몸'을 갖고 제자리를 자연스러우면서도 두텁게 구축해 나아가는 것은 제16시집 『무작정』에서부터라고 하는 게 적절하다. 정진규 시인의 '율려' 공부는 이전 시집에서 이론과 시도의 단계를 마무리한 다음 이 시집에 오면서 실제적인 체화와 운용의 단계를 열어가고 있는 것이다.

바로 이 시집이 출간되는 시점에 정진규 시인은 '율려정사'라는 현판을 달고 '서고'의 개관식을 가졌다. 여기서부터 정진규 시인의 정원은 '율려정사/정원' 혹은 '율려정사/마당'이라고 부르는 것이 타당하다.

'율려정사'가 개관됨으로써 정진규 시인의 '정원'도 '율려'가 성장하고 성숙하는 '정원'이 된다. 그의 '정원'엔 '율려'라는 정원수가 성장하고 성숙하는 '율려정원'이 창조된다. 이와 같은 단계의 정진규의 정원을 영성적 생태학 혹은

---

31 정진규 시인은 전봉건 시인이 운영하던 월간 『현대시학』을 1988년에 인수하여 2013년까지 운영했다.

생태학적 영성이 살아서 약동하는 정원이라고 부를 수 있을 것이다.

이쯤에 와서 정진규 시인은 정원을 가꾸고 정원에 대하여 말하는 화자의 자리를 넘어선다. 정원은 '무작정'의 함의처럼 스스로 가꾸어지는 '무작위'의 세계이고 그는 이 정원의 말을 받아 적기나 하는 '청자'의 자리로 이동한다. 이제 그는 정원의 의도적인 주인이 아니라 정원의 동행자이자 하심(下心)을 지닌 손님이다.

시인이 동행자이자 하심을 지닌 손님의 자리로 이동하면서 그의 '율려정사/정원' 혹은 '율려정사/마당'은 새 차원을 열어간다. 그것은 다음과 같은 모습으로 등장한다.

① 우리 집 뒷마당 우물 곁에 흰꽃씀바귀 뿌리째 삶아 말리는 무쇠솥 하나 걸려 있다

　우리 집 마당에만 초가을까지 흰꽃씀바귀 지천으로 피어난다

　지천이여, 지천(至賤)이 곧 비방 중의 비방이다

― 「흰꽃씀바귀」 전문[32]

② 시골집 뒷마당에 빨래를 거둬 안고 들어오며 서울 며느리, 아까워라 햇빛 냄새! 빨랫줄 허공에 혼자 남아 있겠네 빨래 아름에 얼굴 깊게 묻었다

　향기로운 단내, 햇빛 냄새!

― 「햇빛 냄새」 전문[33]

---

32 『무작정』, 39쪽.
33 위의 책, 40쪽.

인용시 ①의 '율려정사/마당'에선 가꾸지 않는 '흰꽃 민들레'가 저 혼자 스스로 '무작정'의 정원을 만들어내고 있다. 시인은 이 흰꽃씀바귀가 만든 '무작정'의 정원에서 '지천의 비방'을 읽는다. '지천'이란 지극히 흔하여 값이 나가지 않는 것, 아예 값이 부재하는 것이다. 시인은 정원의 흰꽃씀바귀에 깃든 무심한 '무아(無我)'의 상(相)을 발견하고 그도 그 세계로 편입한다.

인용시 ②도 '율려정사/마당'의 '무작정'한 표정을 훌륭하게 드러낸다. 인용시를 보면 시인의 석가헌 뒷마당엔 빨랫줄이 있고, 서울에서 내려온 며느리는 그 줄의 마른 빨래를 거둬 안고 방으로 들어오며 빨래 아름에 얼굴을 깊게 묻는다. 그리고 감탄사를 내놓는다. '햇빛 냄새!'라고 말이다. 또한 그는 이어서 '허공에 빨랫줄이 혼자 남아 있겠네'라고 고차원의 세계상을 전한다. 시인은 서울 며느리의 이와 같은 모습을 보고 그 말을 들으면서 '무작정'의 정원에 담긴 '율려'의 묘용에 속 깊이 감탄한다.

이처럼 정진규 시인의 '율려정사/마당'은 시인을 깨어나게 하고 하심하게 하는 자발적이며 자율적인 생명과 우주의 '무작정'한 공간이다. 그는 정원의 주인이라기보다 정원을 지키는 자요, 정원에서 받아 적는 학습자이다.

그런 과정 속에서 정진규 시인이 보여준 '율려정사/마당'의 최고 작품은 「해마다 피는 꽃, 우리 집 마당 10品들」이다. 이 작품은 정신적으로나 미학적으로나 정진규 시인이 그간 일궈낸 '정원'의 최고봉을 드러낸다.

　　1品 산수유, 입춘날 우리 집 대문 앞에서 노오랗게 탁발하는 반야바라밀다심경

　　2品 느티, 초록 금강 이불 들치고 기지개 켜는 봄날 새벽 활시위 일제히 떠나는 눈엽(嫩葉) 화살떼, 명적(鳴鏑)이여! 율려(律呂)여!

　　3品 수선화, 춘설난분분 헤치고 당도한 노오란 연서, 부끄러워 다시 오무린

4品 수련, 고요의 잠수부 어김없이 입 다무는 정오, 적멸을 각(覺)하는 시간
이다 고요를 꽃피우는 꽃

5品 수수꽃다리, 라일락이란 이름으로 창씨개명(創氏改名)한 여자, 바람 불러
향기로 동행, 요새는 보랏빛 꿈을 한 가방씩 들고 다닌다

6品 영산홍, 미당(未堂)의 소실댁을 이겨 보려고 올해도 몸부림 부림하였으나
오줌 지리느라고 놋요강만 파랗게 녹슬었습니다

7品 접시꽃, 꽃 피기 시작하면 끝내게 수다스럽다 수다로 담 넘는 키, 시의
절제를 우습게 한다

8品 흰 민들레, 우리 집 마당에만 이른 봄부터 초가을까지 흰 민들레 지천이
다 노란 민들레는 범접을 못 한다 지천(至賤)이여, 궁극의 시학이다 비방 중의
비방이다

9品 들국, 들국엔 산비알이 있다 나이 든 여자가 혼자서 엎드려 노오란 들국
을 꺾고 있다 나이 든 여자의 굽은 허리여, 슬픈 맨살이 햇살에 드러나 보인다
나이든 여자의 산비알이여

10品 풀꽃들, 이름이 없는 것들은 어둠 속에서 더 어둡다 지워지면 어쩌나
아침에 눈뜨면 그것들부터 살폈다 고맙다 오늘 아침에도 꽃이 피어 있구나 내
일 아침엔 이름 달고 서 있거라
　　　　　　　　　　　　　　　　　　—「해마다 피는 꽃, 우리 집 마당 10品들」전문[34]

---

34 위의 책, 18~19쪽. 조선시대의 2대 원예서로 손꼽히는 강희안(姜希顔)의『양화소록(養花
小錄)』과 유박(柳璞)의『화암수록(花菴隨錄)』에 나타난 '화목(花木) 9등(等)' 혹은 '화목 9등품'
을 참조하면 위 시가 더욱 깊이 있게 읽힐 것이다.

위 작품을 보면 시인은 그의 마당의 꽃들에게 품계를 헌상하며 그들 앞에서 한껏 하심한다. 그가 그렇게 품계를 헌상한 위 인용시 속의 꽃들은 모두 '무작정'의 삶을 살아낸 '율려'의 상급 세계상이다. 그가 일일이 품계를 헌상하며 언급한 산수유, 느티, 수련, 수수꽃다리, 영산홍, 접시꽃, 흰 민들레, 들국, 풀꽃들은 일체가 인간적 인위에 앞서 있는 '율려의 현현'이다. 시인은 이와 같은 세계를 그의 '율려정사/마당'에서 발견한다. 그 발견은 심오한 것이어서 시인의 마당은 이로 인하여 아연 고차원의 수준으로 비약한다. 특히 위 작품에서 시인이 제10품으로 품계를 헌상한 이름 없는 '풀꽃들'의 발견은 이 작품의 율려적 공간상을 몇 단계나 상승시킨다.

정진규 시인의 이와 같은 '율려정사/마당'은 이내 다음과 같은 작품을 탄생키는 데로 이어진다.

공책과 연필을 챙겨들고 마당으로 나갔다 앉아서 적다 보니 빠트린 것이 너무 많았다 적어가다 보니 첫째 이렇게 많아진 우리 집 마당 나무와 풀들이 나와 한 식솔로 살고 있다는 사실에 너무 놀랐고, 그렇게 뽑고 뽑았어도 제자리를 지키고 있는 잡초들의 그 제자리 지키기에 숙연했으며, 우리 집 꽃밭이 저절로 사철 꽃밭이 되어 있다는 사실에 또한 놀랐다 꽃들은 꽃이 없이는 못 견디는 외로움을 꽃으로 채우다 보니 사철 꽃밭이 되어 있었다 한 계절만 살고 떠나는 꽃들의 단명을 다른 꽃들이 이어서 이어서 접속하는 걸 보았다 서로의 꽃이 되어 주고 있었다 그래서 꽃이 되고 있었다 자아 우리 집 마당 나무와 풀들의 民籍을 읽어가 보자 無順이다 이들이 한 번도 사고를 낸 적이 없다 그래서 무순이 유순인 걸 나는 공부하고 있다 이분이 최고 어른이시다 삼백 년 느티나무, 그리고 소나무 회화나무 뽕나무 은행나무 감나무 단풍나무 탱자나무 목련 석류 라일락 오가피 박태기 무궁화 쥐똥나무 영산홍 진달래 남천 꽃사과 앵두 매실 철쭉 살구나무 산수유 향나무 찔레 배롱나무 수양매화 블루베리 산벚나무 참좁쌀나무 미스김라일락 낙생홍 복분자 지팡나무 …(중략)… 쇠뜨기 클로버 애기똥풀 비단풀 노란 민들레 흰 민들레 이 대목에서 더 많이 빠졌을 게 틀림없는 것은 이름

모를 풀꽃이란 말이 있지 않느냐 어쨌든 참 많기도 하다 이들은 하늘의 별들을
하나씩 각각 짝으로 삼고 있다는 말도 있다 풀꽃들은 밤새 그래서 멀리멀리 눈
떠 있단다 짚어 보니 내가 옮겨 심은 것들보다 自生의 것들이 훨씬 더 많았다
이들도 자생이란 말의 막강함으로 서로 살아가고 있었다 터득하고 있었다 씩씩
했다 우리 집 마당의 나무와 풀들의 民籍 공책은 그래서 날로 주민등록이 늘어
날 것이다 사철 꽃밭이다 서로 멕여 살리는 식솔들이다 그들이 수런거리는 고
요의 틈서리까지 나도 드나들고 있다 눈치채고 있다 이제 겨울이다 월동 준비
도 다 끝내었다 아무 걱정이 없다 막강이다 이어서 이어서 접속하고 있다 사철
꽃밭이다

  —「꽃이 없이는 못 견디는 외로움을 꽃으로 채우다 보니 꽃들은」 부분[35]

 인용시에서 시인은 마당의 꽃들을 일일이 받아 적기 시작한다. 그는 가장
오래된 '느티나무'를 맨 앞에 적고 '무순'으로 꽃들의 이름을 적는다. 소나무
에서 시작하여 지팡나무를 거쳐 흰 민들레에 이르기까지 그의 꽃나무 이름
적기는 끝이 없다. 그 끝에서 시인은 고백한다. 이름 모를 풀꽃들이 너무나
많다고 말이다. 그러면서 그는 이 '정원'으로부터 몇 가지 깨달음을 얻는다.
그것은 그에게 학습자로서의 '공부' 내용이다. 그 공부의 내용은 다음과 같
다. 첫째는 나무와 풀과 자신이 하나의 '식솔'로 살아가고 있다는 것이다. 둘
째는 '제자리'를 지키는 잡초들의 본심을 보면서 숙연해지고 말았다는 것이
다. 셋째는 '정원'이 사철 꽃밭이더라는 것이다. 여기엔 다소의 설명이 더해
져야 하는데 그것은 꽃들이 서로서로 이어서 접속하며 정원을 사철 내내 꽃
밭으로 만들고 있다는 것이다. 그리고 한두 가지 더 언급하자면 이들은 모
두 하늘의 별들을 짝으로 삼고 있는 우주적인 존재들이며 시인이 심은 것보
다 자생의 꽃과 나무와 풀들이 훨씬 많고 의젓하더라는 것이다. 이와 같은 시

---

35 위의 책, 54~56쪽.

인의 정원 공부는 그 정원이 아예 '율려정사'임을 보여준다. 이제 율려정사와 정원이 따로 있는 것이 아니라 정원이 '율려정사'인 것이다.

이렇게 정진규 시인은 앞에서 다룬 인용시 「해마다 피는 꽃, 우리 집 마당 10品들」과 방금 위에서 다룬 「꽃이 없이는 못 견디는 외로움을 꽃으로 채우다 보니 꽃들은」을 통하여 '정원'의 진경을 그려 보인다. 자유와 평등심, 자율과 자생성, 자연과 무순의 길로 이어지는 정진규 시인의 '정원'은 그가 탐구해온 '율려'가 한 채의 멋진 집을 스스로 짓는 '무작정의 율려정사'로 중생(重生)하게 된 것이다.

스스로 짓는 '무작정의 율려정사'는 더 이상 사람의 도움이나 간섭을 기다리지 않는다. 정진규 시인의 시에서 이와 같은 정원은 영성을 짙게 드리운다. 영성의 개념을 '전체성의 이치를 선행시키는 일'이라고 규정한다면 정진규 시인은 이런 전체성의 이치가 선행되는 가운데 자신의 마음과 삶을 이에 일치시키고자 하였던 것이다. 그런 점에서 앞의 두 인용시는 '화엄의 깊이'까지도 지닌다. 모든 꽃과 나무와 풀들이 순서와 이름을 넘어서서 하나로 어우러져 있는 '종교적 풍경'이다.

이로써 정원은 언제나, 모든 곳에 '율려'가 살아 움직이는 우주적이고 영성적인 장이 된다. 여기서 시인은 이들과 더불어 우주적이고 영성적인 장의 일원으로 산다. 이것은 생태적으로도, 인문학적으로도, 정신적으로도 아주 높은 경지의 세계이다.

이렇게 진전된 그의 '정원'은 제17시집과 마지막 시집이 된 제18시집에서 그 자체로 하나의 우주이자 영성적 공간임을 자재하게 보여준다. 이제 시인은 더 이상 정원을 가꾸는 정원사가 아니라 정원이 스스로 정원을 만들어내는 차원변이의 묘용체임을 본다.

① 내가 심은 우리 집 마당의 나무들은 온통 모방이다 인격적(人格的)이다 움직

여본 적이 없는 나무래야 신격(神格)이 열린다 들어서는 가을이 다르다
— 「가을행(行) 10 – 신격(神格)」 전문³⁶

② 안성에 와서 '터무늬'가 읽혔어요 터무니없다가 아니어요 터무니없다는 맞춤
법이 틀렸어요 내 나이 일흔이 넘어버려서야 맞춤법을, 문리를 터득했어요 터가
제대로 잡힌 집 한 채 지니게 되었어요 여인네 하나 들어앉혔어요 터는 무덤이
지요 묘지기가 소임이 되자 '터무늬'가 보였어요 살 만큼 살아냈다는 뜻이겠지
요 터무니없다는 맞춤법이 틀렸어요
— 「그림자 놀이 3」 전문³⁷

  인용시 ①에서 시인은 자신의 집 마당의 나무를 두 가지 종류로 구분한다.
하나는 그가 주인이 되어 의도적으로 옮겨 심은 나무이고, 다른 하나는 스스
로 자생하여 자라난 나무이다. 전자가 주인의 의도성과 선택적 호오에 따라
뿌리와 장소를 옮긴 것들이라면 후자는 스스로가 주인이 되어 자의와 자력
으로 평생 제자리에서 자라고 성장한 나무들이다. 시인은 이 중 전자의 나무
를 '인격적'인 나무로, 후자의 나무를 '신격이 열린' 나무로 본다. 그의 나무와
정원에 인격보다 신격이 들어서기를 바라는 시인, 여기서 '신격'은 영성이며
우주적 아우라이다.
  다시 인용시 ②를 보면 여기서 시인은 '터무늬'에 대하여 말한다. 안성에
와서, 좁혀 말한다면 '석가헌/마당', 아니 '율려정사/마당'에 와서 그는 '터무
늬'를 보게 되었다는 것이다. '터무늬'는 터가 스스로 만든 율려의 무늬이자
리듬이다. 거기엔 신성과 우주성 그리고 영성이 깃들여 있을 뿐만 아니라 그
들에 의하여 만들어진 시간의 누적과 인연의 공간성이 배어 있다.
  이쯤해서 이와 같은 정진규 시인의 '정원'과 안목의 성장을 그의 제17시집

36 『우주 한 분이 하얗게 걸리셨어요』, 33쪽.
37 위의 책, 17쪽.

제목을 빌려서 표현해볼 수 있을 것이다. 제17시집의 제목인 '우주 한 분이 하얗게 걸리셨어요'에서 볼 수 있듯이 이 자리까지 도달한 그의 '정원'엔 '우주 한 분'으로 상징되는 우주성과 영성이 살아 있을 뿐, 시인과 범속한 욕망은 '무아'처럼 사라져 있다.

우주와 영성만이 살아 있는 정진규 시인의 '정원'에서 시인은 마지막 시집인 제18시집을 통하여 이런 정원을 다음과 같이 무한으로 승화시킨다.

> 우리 집 마당 율려정사(律呂精舍) 앞에 파초 한 그루를 심고 길을 냈습니다 사람이 오를 수 없는 키로 하늘 지붕 높이까지만 갔습니다 더는 넘보지 않았습니다 율려(律呂)의 정체(正體)를 보이셨습니다 은유의 실체를 보이셨습니다 우리 집 마당 관음(觀音)의 세 번째 자제이십니다
>
> ── 「파초」 전문[38]

인용시는 자신의 집 마당 '율려정사' 앞의 파초가 보여준 '율려의 실체'를 감탄 속에서 읽어낸 작품이다. 그가 이 작품에서 읽어낸 파초가 지닌 율려의 실체는 어느 한계 이상을 넘보지 않는 자족과 지족, 절제와 자율의 세계이다. 이것은 우주적 이치와 영성의 다른 이름인 전체성의 음률을 수용할 때 가능한 일이다. 시인은 이런 파초를 가리켜 '우리 집 마당 관음(觀音)의 세 번째 자제'라고 일컬음으로써 '우주적 본원상'을 꿰뚫어 본 관음의 계보를 불러들인다.

실제로 정진규 시인의 제18시집에서 가장 빛나는 '정원'의 모습은 「큰 나무 방석」과 「돌담에 소색이는 햇발같이」에 들어 있다. 앞의 작품에서 시인은 그의 정원의 가장 오래된 수령 300년의 느티나무가 하늘과 땅을 오르내리는 새들의 거처이자 자신의 방석이 되는 모습을 그려 보이고 있다. 시인의 눈에 이

---

[38] 『모르는 귀』, 56쪽.

느티나무는 아주 큰 그늘의 비어 있는 공간을 창조하여 '우주적 고요'를 키워내고 시인을 들어앉혀 덥히는 '영성적 사랑의 체온'을 지니고 있다. 그 느티나무 속에서 새들을 비롯한 온갖 생명들은 걱정 없이 하늘과 땅 사이를 자유롭게 오고 가고, 시인은 차가운 몸을 그의 품안 온기로 덥히면서 살아난다. 여기서 느티나무는 우주목(宇宙木)이자 신목(神木)이고 의왕(醫王)이다.

위에서 언급한 또 한 편의 작품 「돌담에 소색이는 햇발같이」는 이 시집의 맨 앞에 수록되었다는 위치상의 의미를 지닐 만큼 내용도 미적 장치도 우수하다. 이 작품에서 '돌담'은 '석가헌'의 일부이자 '율려정사/마당'의 일원이다. 시인은 이 돌담을 쌓으면서 '마당'이자 '정원'이 우주적 연기의 장으로서 어떻게 하나가 되면서 '일체'이자 '일심'의 미를 창조하는 터전이 되는지에 대하여 쓰고 있다. 그야말로 '전일성의 묘용'과 '전일성의 창조성'을 '정원'의 공부를 통하여 전달하고 있는 것이다.

말년이다 돌담을 쌓는다 서로 다른 돌들이 서로 만나 서로 든든하다 비인 틈을 용케 닮은 것들이 서로를 채운다 더군다나 소색인다 햇발이 소색이는 게 아니라 서로 다른 돌들이 소색인다 속삭인다가 아니라 소색인다 더 은근하고 부드럽다 소리로 서로 만진다 여러 곳에서 발품 팔아 주워 온 강돌들이다 쌓는 정성도 정성이었지만 여러 강물로 씻긴 것들이어서 소색이는 물소리가 다르다 흐르는 굽이가 서로 다르다 빛깔도 다르다 이 소리들로 이 굽이들로 이 빛깔들로 나는 한 소식 할 작정이다 연주회를 열 작정이다 서로 다른 것들이 한 소리를 내고 있으니 실체의 발견(發見)이다 아직 덜 받아 적었다 열심히 받아 적고 있다 햇살 속에서 내는 한 소리만 영랑께서는 결로 보이며 햇발같이 적어 주셨지만 한밤의 소리를 받아 적노라면 밤을 꼬박 새워도 몸이 가볍다 새벽 먼동으로 몸이 트인다 촉촉하게 담을 넘는다 젖어 있는 햇발을 새벽에 보았다 촉끼라는 말씀을 비로소 만졌다 보은 송찬호네 대추 마을 앞 강물 것도 있고 이성선이 밟으며 떠난 설악 계곡의 것들도 있고 담양 소쇄원 앞 강물에서 댓잎 바람 소리로 씻기던 것들도 있으며 내 생가(生家) 마을 보체리 앞 개울, 한겨울에도 맨발 벗고 건너던 막돌들도 있다 당신의 꿈결을 흐르던 강물에서 건져온 것들도 있다 태(胎) 끊고 맨몸으로 태어난 것들도 있다 다만 나의 돌담 안에 모옥(茅屋) 세 칸 반 들이고 내 신발 한 켤레 댓돌 위에 벗어 두었다

— 「돌담에 소색이는 햇발같이」 전문[39]

만유가 함께 모여 인연의 장으로 쌓아올려진 돌담, 그 돌담에서 세계를 일원상으로 보는 시인의 눈, 그리고 돌담에 깃든 무한의 소리를 그 소리 그대로 듣는 시인의 귀, 그와 같은 우주적 돌담 안에 최소한의 거처와 댓돌 위에 자신을 기대게 한 시인의 마음, 이런 것들이 위 시를 이끌고 있다. 이 작품에서 그런 세계 속의 돌담은 '소색인다'. 여기서 '소색임'은 단순한 소리가 아니라 '율려'의 활동이다. 그리고 이런 율려의 활동은 이 장의 첫 부분에서부터 강조하고 역설해온 것처럼 영성적이며 우주적이다.

이렇게 하여 정진규 시인의 '정원'은 '영성적이고 우주적인 율려'의 활동이 점점 활발하고 성숙하게 '향상일로(向上一路)'를 가는 고차원의 생태적 장이자 정신적 세계가 된다. 필자는 이런 정진규 시인의 정원의 특성을 단계적으로 드러내기 위하여 본장의 '정원'을 이전의 두 단계의 정원과 구분하여 '율려정사/마당'으로 칭하며 그것을 '영성적 생태학의 장'으로 읽어보았다.

이제 본장의 글을 마무리할 때가 되었다. 정진규 시인이 제16시집부터 보여준 '율려정사/정원'은 생태적 감각과 영성적 감각이 어떻게 서로 만나면서 고차원의 생태적 세계와 정신적 세계를 창조하는지, 이 양자간의 상호 관련성을 밀도 있게 드러낸다. 요컨대 생태적 감각의 성장이 정신적 세계를 성장시키는 원천이며, 정신적 수준의 높이가 생태적 감각을 드높이는 원천인 것이다.

---

39 위의 책, 13~14쪽.

어떤 존재도 그러하듯이 '정원'도 그것을 경작하기에 따라 시적 성장은 물론 한 인간의 내적 성장을 최고 수준까지 이끌어준다. 그야말로 이 세계는 우리 스스로가 다듬고 경작하기에 따라 '무한의 길'을 열어가고 만나게 하는 진실의 고처를 숨긴 가능태의 장이다. 이것을 우리는 정진규 시의 정원에서 여실하게 만나볼 수 있다.

5. 결어

지금까지 정진규 시인의 시집 총 18권을 대상으로 삼아 그의 첫 시집부터 마지막 시집에 이르기까지 일관되게 나타나면서 시의 물리적 공간이자 정신적 공간으로 작용한 '정원'의 문제에 대하여 탐구해보았다.

정진규 시인은 탄생과 성장 과정을 통하여 '생태적 감각'을 원체험처럼 익힌 드문 시인이며 그가 평생 동안 살아온 소위 '단독주택'의 '정원'을 시와 삶속에 매우 깊이 체화하고 승화시킨 시인이다.

그의 시에서 이와 같은 '정원'은 세 단계를 거치면서 생태적 세계와 인문학적 세계를 상호 성장시키고 고양시키는 발전의 장이 된다. 그 첫째 단계는 소위 '서울 시절' 혹은 '수유리 시절'이라고 칭할 수 있는 1960년대 중반부터 2000년대 초반까지의 '뜨락'을 통한 정원의 발견과 생장(生長)의 시기이다. 여기서 정진규 시인은 그의 거주지의 작은 '뜨락'에 의지하여 생태적 감각과 인문학적 감성 및 정신세계를 키우고 지켜 나아간다. 여기서 그 '뜨락'은 공간적으로 매우 협소하다. 그러나 그 '뜨락'은 시인의 내면세계와 시세계 속에서 점점 더 그 질적 크기와 강도 및 탐구 수준을 높여감으로써 마침내 시집 『몸詩』와 『알詩』, 『도둑이 다녀가셨다』와 『본색』에 이르게 되면 그의 시적 전개 과정이 생장해가는 과정의 전환점에서 발견된 '몸'과 '알'의 상징성을 온전히 구현하고 그것이 살아 움직이는 '놀라운 장'으로 변모한다.

정진규 시인의 '정원'은 이와 같은 과정을 거치고 나서 마침내 고향이자 생가터인 '안성'으로의 회귀가 이루어진 이후에 본격적이며 비약적인 발전상을 드러낸다. 그가 회귀한 고향이자 생가터에서 그는 '석가헌'이라는 당호의 집을 짓고 새 차원의 '정원'을 가꾼다. 이 석가헌에서 가장 큰 비중을 갖는 것은 석가헌을 구성하는 건물로서의 집이 아니라 그 전체를 아우르며 토대와 중심이 되어주는 '마당' 혹은 '정원'이다. 이 '안성 시절'의 '석가헌/마당'의 '정원'은 그의 시 속의 정원의 역사에서 '숙성'의 과정을 거친다. 요컨대 그는 이 정원에서 생태적 감각은 말할 것도 없고 인문학적 사유의 이상인 발효를 가능하게 한다.

그리고 정진규의 안성 시절의 이 '석가헌/마당'은 마침내 '율려정사/마당'이라고 부를 수 있는 또다른 차원으로 도약한다. 이 마당 혹은 정원에서 정진규 시인은 영성적 생태학 또는 생태적 영성학이라고 부를 수 있는 근대적 의미의 인문학 너머의 세계를 창조한다. 이 단계에서 시인은 정원을 가꾸는 사람으로서의 우월적이며 의도적인 인위성을 버리고 '율려'가 스스로 작동하는 평등하며 자생적이고 우주적인 정원의 청취자가 된다. 그는 여기서 더 이상 정원사가 아니다. 정원이 스스로 정원을 만들어가는 정원의 청지기이자 정원을 받아 적는 필사자이다.

정진규의 이와 같은 단계의 정원은 일종의 통합적인 '화엄세계'를 이룩한다. 생태적 화엄세계와 영성적 화엄세계가 함께 생성되고 창조되는 이 장에서 정진규 시의 정원은 '무명(無名)'의 역설적 세계와 '지천(至賤)'의 역설적 세계 그리고 '무순(無順)'의 역설적 세계를 보여주는 우주적 현장이 된다. 요컨대 만유가 스스로 어울려서, 스스로 살아가는 '율려'의 생태 정원과 인문 정원 그리고 더 나아가 영성 정원이 창조되는 장이 된 것이다.

정진규 시인의 시작 생활 전체를 통하여 나타난 '정원'과의 동행, '정원'에 대한 탐구, '정원'을 통한 공부는 생태 감각을 원체험으로 지닌 시인이 아주 작은 '뜨락'에서부터 보다 큰 '마당'과 정원으로 물리적인 확대를 이루어 나아가는 길과 더불어 그 크기와 무관하게 '정원'의 심층과 본질을 내적으로 만나면서 마침내 인문정신의 고처(高處)와 영성적 세계를 읽고 향유하며 전달하는 한 시인정신의 아름다운 결실을 보게 한다. 여기서 '정원'은 생태적 공간이면서 정신적 공간이고 이 둘은 서로 어떻게 융합하며 한 인간의 물리적, 정신적 거처를 건강하고도 심오하게 만드는지를 보여준다. 요컨대 생태 감각의 수준과 의식 수준의 높이는 상호 간의 성장을 가능케 하는 인연으로서의 원천임을 알려준다.

서정주 시집『질마재 신화』의 마을서사와 승화의 메커니즘

1. 문제 제기

서정주는 자신의 육성으로, 그가 등단 이후 탐구해온 시세계의 정수가 제5시집『동천(冬天)』(1968)에 깃들여 있다고 했다.[1] 많은 연구자들이 이 견해에 동의할 것이다. 그러나 필자가 생각하기에 서정주의 시적 정수는 제5시집인 『동천』과 더불어 제6시집인『질마재 신화(神話)』(1975)를 함께 거론할 때 그 온전한 모습이 드러난다고 여겨진다.

부연하자면 서정주는 제5시집인『동천』에서 상상적 · 관념적 수준에서의 시적 정수를 드러내었으며, 이어서『질마재 신화』에 이르러 실제적 · 현실적 수준에서의 시적 정수를 보여주었다. 그러니까 서정주는 이 두 시집의 창작과 출간을 통하여 소위 관념적 이치와 실제적 현실의 양면에서 그의 시적 정수를 구현한 셈이다.

이 글은 서정주의 시집『질마재 신화』가 그의 시적 정수를 논하는 자리에서

---

1 「영상으로 보는 한국의 시인들 1 : 魂의 시인 서정주」, 현대시, 1998.

언급될 수 있는 중요한 요인이 '마을서사'의 특수성과 '승화 메커니즘'[2]이 지닌 탁월함에 기인한다는 판단 아래 그 실상을 살펴보는 데 뜻을 두고 있다. 시집 『질마재 신화』는 서정주가 탄생한 물리적인 근거지이면서 동시에 탈출지이기도 한 '질마재'로의 온전한 회귀이자 재귀이고 그것과의 화해이자 그를 통한 재탄생의 모습을 담은 시집이다. 이 시집은 우연일 수도 있겠으나 인

---

2 승화(昇華, sublimation)는 화학에서 어떤 물질이 액체의 과정을 거치지 않고 고체에서 기체로, 또는 기체에서 고체로 변하는 위상전이(phase transition) 현상을 말한다. 그리고 심리학과 정신분석학에서는 방어기제(defense mechanism)의 하나로서 인간들이 자신의 부정적 특성 또는 욕구나 충동을 사회적으로 용인되는 방식으로 해결하려는 작용을 말한다. 여기서 화학의 영역은 시사하는 바가 많으나 논외로 하고, 심리학 및 정신분석학의 영역에서 쓰이는 개념을 놓고 볼 때 이는 매우 협소하다. 무엇보다 승화를 방어기제의 한 방식으로 제한하는 것이 그러하고, 사회적 울타리 속에서 의미화하는 것이 또한 그러하다.

이보다 확대된 개념을 염두에 두고 보면 승화의 개념은 동물적 본능과 에고중심주의를 넘어서고자 하는 인간의 정신적 성장과 성숙, 해결과 중생의 과정 전 영역을 가리킨다. 그것을 『의식혁명』의 저자인 데이비드 호킨스의 견해와 그가 만든 의식지수를 빌려서 표현해본다면 동물적 본능과 에고중심주의의 기준점인 의식지수 200 이상을 구현하는 정신성과 의식의 전 영역이 승화의 일에 속한다. 호킨스에게서 인간의 의식지수는 1에서 1000까지로 수치화되는데 구체적으로 1에서 200에 이르는 과정을 동물적 본능과 에고중심주의, 200에서 500에 이르는 과정을 지성에 기반한 객관주의와 이성주의, 500에서 1000에 이르는 길을 영성에 토대를 둔 전일적인 일심과 사랑의 영혼으로 구분한다. 이에 의지하여 승화의 개념을 확대된 의미로 다시 설명해보면, 승화란 의식지수 200 이후부터 1000에 이르는 거대한 영역 전체를 가리키고 그런 만큼 승화의 수준과 경지도 다양하다.

본 논문에서 승화의 개념은 이와 같이 확대된 의미로 사용하고자 한다. 부연하면 동물적 본능과 에고중심주의를 넘어서는 정신세계와 의식세계 그리고 마음과 세계관 일체를 가리키는 것으로 사용한다. 따라서 승화의 정도가 높아질수록 정신과 의식, 마음과 세계관의 수준도 높다고 말할 수 있다. 『질마재 신화』에서 이 승화의 수준은 다른 어떤 시인이나 시집의 경우보다 높다.

이러한 개념을 설정하는 데 참고한 대표적인 저서를 소개한다. 이무석, 『정신분석에로의 초대』, 이유, 2006; 켄 윌버, 『의식의 스펙트럼』, 박정숙 역, 범양사, 2006; 이동식, 『도정신치료입문』, 한강수, 2008; 데이비드 호킨스, 『의식혁명』, 백영미 역, 판미동, 2011; 배철현, 『승화 : 더 높은 차원의 삶을 위하여』, 21세기북스, 2020.

생사의 완성이라는 상징적 의미를 갖고 있는 갑년, 곧 그의 회갑이 되던 60세 때에 출간된 것으로서 그에 걸맞은 한 인간의 '탄생—탈출—성장—성숙—귀가—재탄생'으로 이어지는 순환의 창조적 여정을 그대로 담고 있다.

　서정주의 시집『질마재 신화』속에 들어 있는 대부분의 작품들은 산문시이자 이야기시의 형태를 취하고 있다. 그만큼 이 시집에선 산문성과 서사성이 주된 기조를 형성하며 작품을 특징 짓는다. 구체적으로 이 시집 속의 작품들이 지닌 산문성과 서사성은 질마재라는 한 마을을 문맥이자 배경이자 장소로 삼으면서 그 속에서 일어난 사건들과 그 사건의 인물들을 통하여 이른바 '마을서사'를 구축하고 있다.

　마을서사는 서사적 전통 속에서 볼 때 매우 익숙한 형태이자 서사적 원형을 담고 있는 보고이다. 그만큼 마을서사는 인간사에 편재한 오래된 이야기이다.[3] 지금까지 서정주의 시집『질마재 신화』에 대해서는 형태적 특성,[4] 신화성,[5]

3　마을은 인간 생존사와 진화사 속에서 만들어진 하나의 '인간무리(human swarm)'이다. 따라서 마을서사는 이 점을 반영할 수밖에 없다. 마크 모펫,『인간무리 : 인간은 왜 무리 지어 사는가』, 김성훈 역, 김영사, 2020.
　그러나 그 마을서사를 다루는 창작자의 시선과 수준 그리고 안목에 따라 마을서사의 구조적 특성은 물론 그 의미와 환기력은 매우 다르게 나타난다. 이런 점에서 볼 때 시집『질마재 신화』속의 마을서사는 성숙한 시선과 안목 그리고 높은 수준을 갖추었다고 판단된다. 그 까닭은 마을이라는 한 세계에 대한 깊은 인식과 의식이 근저에 담겨 있기 때문이다. 서정주의『질마재 신화』에서 시인은 마을 인식의 근간을 형성하는 생존의 차원과 승화의 차원을 모두 심도 있게 포착하여 구조화하고 있다. 말하자면 생존이라는 절박한 현실적 실제와 승화라는 정신적이며 형이상학적인 세계가 동시에 철저하게 탐구되어 서사를 구성하고 있다.
4　형태적 특성에 대해서는『질마재 신화』의 발문을 쓴 박재삼 시인이 가장 먼저 언급하며 그 형식미를 강조하였다. 실제로 이 시집의 제1부는 시집의 대부분을 차지하는 산문시 형태로 구성돼 있지만 제2부는 비중은 적을지라도 '노래'를 염두에 둔 정형시로 이루어져 있다. 이 두 가지 형태 모두 서정주가 '형식미'를 의식한 결과로 나타난 것임을 박재삼은 강조하고 있다. 박재삼,「跋」, 서정주,『질마재 신화』, 일지사, 1975, 83~85쪽.
5　신화성은 이 시집의 제목이『질마재 신화』라고 되어 있는 점과 이 시집에 내재된 초월

공동체 의식,[6] 신라정신 및 영원성과의 연관성[7] 등의 문제가 가장 많이 논의
되었다.[8] 그 가운데서도 최근에는 신화성과 공동체 의식이 반영하고 있는 근
대 이전의 감각과 근대 이후의 감각이 매우 강조되었다. 이러한 논의들은 우
리가 처한 근대에 대하여 일정한 거리를 두고 그것에 대한 지적, 정서적 사
유를 더하면서 반성적 깊이를 갖추는 데 크게 기여하였다.[9]

하지만 이 시집은 위와 같은 의미를 만나게 하는 것으로 그치지 않고 마치
'고전'을 읽는 데서 오는 것 같은 보편적 공감의 힘[10]을 지니고 있다는 점이
중요한 특징이다. 그것은 이 시집 속의 여러 가지 요인에 근거를 두고 있겠지
만 그 가운데 하나는 시집 전체를 관통하는 마을서사가 지닌 높은 수준에 기

성을 드러내고 논의하는 데서 비롯되었다. 그러나 제목에서의 '신화'는 본격적인 의미
에서의 신화와 그 함의가 다르기 때문에 주로 '초월성'을 드러내는 방식으로 논의되었
다고 보는 것이 더 적절하다.

6 무리와 집단은 '사회'나 '공동체'라는 것과 그 개념을 달리한다. 전자가 동물적인 생존
행태 일반에 해당된다면 후자는 법과 인간 윤리를 중심에 두고 있는 인간들의 문명화
된 문화적 삶의 한 모습이다. 『질마재 신화』 속의 공동체 의식의 의미를 강조한 대표적
인 논문으로는 김수이의 것이 있다. 김수이, 「『질마재 신화』에 나타난 공동체의 상상력
-민간신앙을 경유하여」, 『한국문학연구』 48, 2015, 181~218쪽.

7 대표적인 논문을 제시해본다. 남기혁, 「신라정신의 번안으로서의 『질마재 신화』」, 『한
국문학이론과 비평』 65, 2014, 101~132쪽; 윤재웅, 「서정주 『질마재 신화』에 미친 『삼
국유사』의 영향에 대하여」, 『한국시학연구』 62, 2020, 135~163쪽.

8 본 논문의 주제와 연관된 '서사' 문제를 다룬 것으로는 고형진의 글이 있으나 그 분석
방식에서 궤를 달리한다. 고형진, 『현대시의 서사 지향성과 미적 구조』, 시와시학사,
2003, 154~192쪽.

9 대표적인 논문으로 다음과 같은 것을 들 수 있다. 송기한, 「근대성과 '소통'의 공간으로
서의 『질마재 신화』」, 『한민족어문학』 61, 2012, 553~584쪽; 김봉재, 「『질마재 신화』에
나타난 탈근대적 특성-70년대 미당의 유년기 자서전과 상호텍스트성을 중심으로」,
『한국문학연구』 52, 2016, 41~79쪽.

10 김수이가 그의 논문을 통하여 온갖 비난 속에서도 서정주 시에 대해 독자들이 느끼는
'매혹과 감동'의 원인을 밝히고자 한 것도 이와 맥을 같이한다. 김수이는 이야기적 동
일성과 타자의 윤리에서 그 원인을 찾고 있다. 김수이, 「서정주 시에 나타난 공동체와
이야기」, 『한국시학연구』 43, 2015, 9~39쪽.

인하는 것으로 볼 수 있다. 여기서 말하는 '높은 수준'이란 마을의 생존을 한 가운데 두고 있는 현실성과 그 생존을 넘어서는 정신적 승화의 힘이 구조적으로나 미학적으로 잘 결합되었다는 점을 뜻한다. 요컨대 서정주의 시집『질마재 신화』는 생존의 리얼리티와 정신적 승화의 기제라는 양면이 함께 높은 수준을 이루면서 한자리에서 잘 구조화된 시집이라고 할 수 있다. 서정주가 여기서 생존의 리얼리티를 깊이 있게 포착하고 승화의 기제를 탁월하게 구사한 것은 이전 시집『동천』에 이르기까지 그가 탐구해온 시적 정수로서의 생의 문제와 정신세계의 탐구가 그대로 연속되어 내면화되었기 때문이라 생각된다.

아래의 본론에서는 이와 같은 시집『질마재 신화』속의 마을서사의 양상과 그 핵심에 놓여 있는 생존의 리얼리티와 승화의 정신적 실제를 구체적으로 분석하며 그 의미를 읽어보기로 한다.

2. 마을서사의 양상과 그 구조적 특성

1) 장애서사와 질병서사

서정주가『질마재 신화』의 마을서사에서 주목한 것들 가운데 맨 앞자리에서 논의할 만한 것으로는 신체적 안녕이라는 인간 존재의 직접적이며 근본적인 생존 욕구와 그 현실적 조건에 관련된 것으로서 이른바 장애서사와 질병서사라고 부를 만한 것이 있다. 장애와 질병은 인간이라는 생명체가 감당하고 극복해야 할 가장 절박하고 항시적인 생사와 생명 유지의 문제이다. 따라서 이 문제는 어느 분야의 서사이든 간에 서사 전개의 핵심 모티베이션을 이루는 경우가 대부분이다. 이 점은 서정주의『질마재 신화』에서도 동일하다.

그런데 서정주의『질마재 신화』에서 이 유형의 서사에 해당되는 작품들이 양적으로 가장 많은 것은 아니다. 그럼에도 불구하고 이 서사를 맨 앞자리에서 논의하는 까닭은 한 생명체의 생존 욕구와 그 유지라는 문제와 그것의 수월성을 확보하기 위하여 만들어진 마을이라는 인간무리이자 집단, 더 나아가 공동체의 측면에서 볼 때 이 문제만큼 운명적이면서 신체적 감각을 동반하는 것이 달리 없기 때문이다. 더 나아가 이 점의 승화가 이루어져야만 비로소 개인, 가족 그리고 마을의 고통과 난제가 덜어지거나 해결되어 그다음의 일이 진행될 수 있기 때문이다.『질마재 신화』에서「神仙 在坤이」「石女 한물宅의 한숨」「내가 여름 학질에 여러 직 앓아 영 못 쓰게 되면」「꽃」「눈들 영감의 마른 명태」 등이 이에 속하는 대표 작품들이다.

본장의 테마인 장애서사와 질병서사 가운데서 먼저 장애서사에 대하여 살펴보기로 한다. 이 서사에 해당되는 대표작이자 문제작은「神仙 在坤이」와「石女 한물宅의 한숨」이다.「神仙 在坤이」에서 중심 인물은 재곤이다. 그는 지상에서 살 자격이 있다는 뜻이 그 이름 자체에 포함되어 있는 인물로서 태어나면서부터 앉은뱅이의 처지이다. 작품에 따르면 그런 그는 성한 두 손으로 마을에서 이런저런 사소한 일거리를 맡아서 해보지만 그것으로 끼니를 해결하며 생존하는 것은 불가능하다. 이런 운명적이며 현실적인 장애로부터 작품 속의 서사가 시작되고 전개되거니와 그 서사는 마침내 마을 사람들의 승화된 마음과 그 노력에 의하여 발전되고 성숙된다.

마을 사람들은 서사의 중심인물인 재곤이에게 보이지 않게 약속이나 한 듯이 그의 기본적인 의식주의 해결 방안을 제공해준다. 그럼으로써 서사는 전반부와 다른 국면을 맞이하게 되는데 여기에 깃든 마을 사람들의 승화의 심리이자 기제는 다음과 같은 것이다.

"在坤이가 만일에 제 목숨대로 다 살지를 못하게 된다면 우리 마을 人情은 바닥난 것이니, 하늘의 罰을 면치 못할 것이다." 마을 사람들의 생각은 두루 이러하여서, 그의 세 끼니의 밥과 추위를 견딜 옷과 불을 늘 뒤대어 돌보아 주어 오고 있었읍니다.

— 「神仙 在坤이」 부분[11]

여기서 마을 사람들이 마을의 인정을 지켜야 한다고 생각하는 것과 하늘이 상징하는 바에 대하여 두려움을 갖는 의식은 재곤이의 장애서사에 깃든 운명성과 비극성을 마을 사람들 전체가 고양된 인간의식으로 해결해가는 서사의 모습을 창조한다. 그럼으로써 재곤이를 통하여 나타난 신체적 장애라는 운명적이며 대체할 수 없는 시련이자 난제는 일단 마을의 현실 속에서 해결의 장으로 전환되는 모습을 취한다.

그러나 이 작품에서 재곤이의 신체적 장애는 이차적인 운명성과 비극성을 맞이하면서 서사의 복합성을 창조한다. 그것은 마을 사람들의 이와 같은 배려에도 불구하고 재곤이는 마침내 현실적인 죽음을 맞이하게 되었다는 절망적인 사실 때문이다. 이 작품 속에서 재곤이의 죽음의 원인은 소상하게 밝혀져 있지 않지만, 짐작하건대 그것은 마을 사람들의 보살핌이 불가피하게 현실적 한계를 드러내게 되었고 그것은 드디어 재곤이의 죽음이라는 비극으로 이어졌던 것이라 생각된다.

이런 이차적인 비극성 앞에서 마을 사람들은 다시 새로운 차원의 승화의 방식을 모색하고 내면화한다. 그렇지 않고서는 마을 전체가 감당해야 할 죄책감과 무력감을 극복할 수 없기 때문이다. 이런 상황에서 마을 사람들에게 승화의 새로운 차원이자 방법으로 나타난 것은 '신선도'에 식견이 있다는 조선달 영감의 '신선사상'을 이끌어오는 것이다. 이 신선사상에서 핵심을 이루

---

11 서정주, 『질마재 神話』, 40쪽. 앞으로 인용되는 모든 작품은 1975년도에 일지사에서 발간된 『질마재 神話』의 표기를 원문 그대로 따를 것이다.

제1부 '환지본처'의 상상력과 영성 수행의 길

는 것은 시간의 확장과 지상세계라는 공간의 한계를 초월하고 확대시키는 것인데 그런 세계를 가리켜 이 작품은 '신선세계'라고 부른다.

> "在坤이는 생긴 게 꼭 거북이같이 안 생겼던가. 거북이도 鶴이나 마찬가지로 목숨이 千年은 된다고 하네. 그러니, 그 긴 목숨을 여기서 다 견디기는 너무나 답답하여서 날개 돋아나 하늘로 神仙살이를 하러 간 거여……"
>
> ―「神仙 在坤이」부분12

위 인용문은 조선달 영감의 신선사상이 담겨 있는 부분이며 마을 사람들이 이에 함께 동감하며 이의 없이 집단적으로 수용한 부분이다. 거북이 형상으로 생긴 재곤이는 목숨이 천년이나 되는 인간적 시간 너머의 시간을 사는 존재일 것이라는 생각, 그런 재곤이가 이 땅에서의 삶이 지루하여 스스로 날개를 달고 하늘로 신선살이를 하러 갔다는 생각, 이런 생각들이 인용문 속의 조선달 영감의 견해이며 마을 사람들이 함께 공감하고 받아들인 내용인 것이다. 이렇게 하여 재곤이의 비극적인 죽음은 자발적인 신선살이로 전변되고 승화되었으며, 그것의 진위와 관계없이 마을 사람들은 이 신선사상을 수용하고 내면화함으로써 지상의 비극성을 극복하고 일상생활을 다시 시작하게 되었던 것이다.

「石女 한물宅의 한숨」도 장애서사에 속한다. 한물댁은 아이를 낳을 수 없는 이른바 '석녀'이다. 이것이 그 당시에는 심각한 장애의 일종이었다. 이런 한물댁은 스스로의 운명적인 장애를 자인하고 남편에게 소실을 얻어준 후 마을 언덕 위 솔밭 옆에 홀로 살고 있다. 이 한물댁의 장애를 중심으로 시작된 마을서사는 두 가지 차원의 승화 과정을 거치면서 한물댁의 장애가 빚어낸 현실적 비애와 마을의 난제를 넘어서게 한다. 그 하나는 한물댁이 천성적

---

12 위의 책, 41쪽.

으로 지닌 아름다움과 웃음의 매력으로 인하여 마을의 자연과 곡물과 짐승들까지 힘을 얻으며 생기 넘치는 모양새를 드러내게 되었다는 것이고, 다른 하나는 한물댁의 한숨 소리가 한물댁의 뒷산 솔바람 소리와 포개어져 맑은 소리를 내는 우주적 신비를 지니고 있다는 것이다.

그런데 한물댁은 아이를 낳을 수 없다는 장애와 더불어 마흔몇 살쯤의 나이에 열병으로 죽음을 맞이하고 만, 이차적이며 중첩되는 비극적 장애의 서사를 만들어낸 주인공이다. 그러나 그의 어찌할 수 없는 현실적 좌절과 비애는 마을 사람들의 마음속에 살아 있는 자연과 자연사, 농작물과 동물이라는 인간 이외의 존재들과의 화응을 통하여 새 차원에서의 가치를 만들어내면서 승화의 길을 열어 보이고 서사를 해결의 장으로 전환시킨다.

요컨대 앞의 두 작품을 근거로 해서 볼 때『질마재 신화』속의 장애서사에서 문제의 한 영역을 이루는 것은 인간적 생존 현실이다. 그러나 다른 한 영역은 인간 이외 혹은 인간 너머의 시공간과 세계를 상상하고 그것을 적극적으로 의미화하여 공유하고 내면화하는 것이다. 말할 것도 없이 인간적 생존 현실의 비애와 비극은 인간적 차원에서 해결될 때 가장 직접적이고 만족스럽다. 하지만 이런 해결이 도저히 불가능하다면 이와는 다른 차원과 시각을 통하여 새로운 가치의 발견과 상상의 세계를 구축하는 것으로써 그 해결의 길을 만들어갈 수밖에 없을 것이다.

『질마재 신화』에서 장애서사 다음으로 살펴볼 것은 질병서사이다. 신체적 질병은 인간의 목숨과 직결된 위기상황이다. 서정주의『질마재 신화』에서 「내가 여름 학질에 여러 직 앓아 영 못 쓰게 되면」과「꽃」을 이와 관련하여 의미 있게 살펴볼 수 있다.

「내가 여름 학질에 여러 직 앓아 영 못 쓰게 되면」에서 서사의 주인공인 어린 소년은 여러 번 '학질'을 앓아온 터라서 몸이 아주 엉망이 되어 있는 형편이다. 그 신체적이며 현실적인 고통이 이 서사의 출발점이다. 그런 출발 지점

제1부 '환지본처'의 상상력과 영성 수행의 길

에서 어린 소년의 아버지는 산과 바다와 들녘과 마을로 통하는 외진 네 갈림길의 넓은 바위 위에 어린 주인공을 벌거벗겨 등에다 복숭아 푸른 잎을 밥풀로 이겨 붙이고는 엎드려 있으라는 처방을 하고 가버리는 것으로 이야기가 진행된다. 어린 소년은 아버지의 말씀이자 처방대로 이 장소에서 홀로 발열과 오한을 느끼며 앓고 있거니와 그것(곳)은 어느 어느 시점에 이르러 병세가 가라앉는 치유의 사건이자 장소가 된다. 어린 소년의 아버지는 이 무렵쯤 바위가 있는 장소로 돌아와 어린 소년을 등에 업고 가고 그럼으로써 어린 소년의 질병은 치유된다.

이 질병서사에는 질병을 치유하고 승화시키는 네 가지 세계가 등장한다. 그 하나는 산과 바다와 들녘과 마을로 통하는 갈림길이고, 그 둘은 그 갈림길의 하늘과 땅 사이에 놓여 있는 너럭바위이며, 그 셋은 그 너럭바위 위에 발가벗겨진 채 알몸으로 복숭아나무의 푸른 잎을 밥풀로 짓이겨 붙이고 엎드려 있는 어린아이이고, 그 넷은 그 어린아이가 견디며 통과해야 할 혼자만의 자연적이며 우주적인 시공간과 아버지에 대한 소년의 무모할 정도의 순정한 믿음이다.

이 네 가지는 다 조금씩 다른 의미와 정서를 불러일으키나 이 승화를 위한 세계를 거칠게 종합해보면 하늘과 땅, 지상과 인간 및 인간계의 온전한 열림과 소통의 장이라고 할 수 있다. 그러니까 어린 소년의 질병은 이와 같은 세계의 막힘에서 비롯된 것이고 그 막힘의 해소에 의하여 어린아이의 질병이 회복될 수 있다는 생각이 이 속에 담겨 있는 것이다.

『질마재 신화』 속에서 질병서사의 또 다른 작품으로 주목할 만한 것은 「꽃」이다. 여기서 꽃은 사람을 비롯한 다른 생명체들이 가까이 다가가면 눈병을 일으키는 신성하지만 두려운 존재이다. 이 사실은 마을 대대로 내려오는 경험적 진실이다. 그 진실이자 사실을 고스란히 믿고 존중하는 마을 사람들에게 질병은 꽃으로 표상된 최고의 미적 대상을 신성하고 두려운 외경의 존재로 여길 때에 해결되고 승화된다는 생각이 깃들여 있다. 따라서 여기서 질병 서사의 출발은 이 외경의 마음을 저버릴 때 시작되는 것이고, 그 회복은 이 외경과 같은 숭고한 마음을 간직할 때 이루어지는 것이다. 그런데 이 작품에 는 아주 특별한 한 예외가 있어서 흥미롭다. 그것은 송아지를 진정으로 사랑 하고 아끼는 사람이 그 송아지가 막 밭을 갈 만큼 자라게 되는, 만 두 살 정도 의 나이 때쯤이 되면 예외적으로 이 꽃들과 가까이 있어도 질병(눈병)이 발생 하지 않는다는 것이다. 이 '생명의 고조된 상태'야말로 어떤 대상과도 어긋나 지 않는 온전한 합일과 조화의 상태라는 생각이 그들 속에 깃들여 있는 것이 다.

요약하면 『질마재 신화』 속의 장애서사와 질병서사는 아주 현실적인 생명 체의 신체적 생존지점에서 시작됨으로써 삶의 첫 절박한 장면을 환기시켜주 는 한편, 그것의 해결을 위해서는 인간 생존이라는 좁고 닫힌 영역을 넘어서 서 보다 더 넓고 열린 세계를 상상하고 만나게 하는 승화의 가능성을 크고 다 양하게 열어놓은 모습을 띠고 있다. 인간에게 생존은 물질적 현실처럼 구체 적이지만 생존 너머의 생각의 세계는 환상이라고 불릴 만큼 비물질적이고 비현실적이다. 그러나 그 환상의 힘은 대단하다. 『질마재 신화』는 이 두 가지 점을 동시에 인식하고 그것을 한자리에서 융합시킨 마을서사의 모습을 보여 준다.

2) 생계서사와 생활서사

인간과 인류의 생존사에서 신체의 장애와 질병 다음으로 다급하게 해결되 어야 할 것은 그 생명을 유지하고 지속시켜 나아가는 생계와 생활의 문제이 다. 의식주로 표상되는 생계와 생활의 문제는 개인의 영역이기도 하지만 마 을이나 그보다 크고 작은 여러 무리와 집단 그리고 공동체의 영역이기도 하다. 그만큼 생계와 생활은 개인의 영역을 기본으로 하면서도 그 개인의 영역보다 더 큰 여러 무리와 집단 그리고 공동체에 연관된 인간과 인류사의 과제이다.

서정주의 『질마재 신화』에서 생계서사와 생활서사는 마을서사의 아주 중요한 부분을 이룬다. 본래 마을이란 것이 생존의 또다른 형태인 생계와 생활의 효율성을 위해 만들어지고 지속되는 세계라고 할 때 이 점은 매우 자연스럽다고 할 수 있다. 작품 「박꽃 時間」 「단골 巫堂네 머슴 아이」 「深思熟考」 「걸궁배미」 「大兇年」 「沈香」 「李三晚이라는 神」 등이 그 대표적인 작품이다.

먼저 「박꽃 時間」을 살펴보기로 한다. 여기서 생계서사와 생활서사의 중심축은 각 가정에 저녁밥을 지을 식량(양식)이 있느냐의 여부이다. 주지하다시피 의식주의 첫자리에 놓이게 되는 식량 문제는 수많은 생계서사와 생활서사의 보편적이며 직접적인 모티베이션이다. 이 점은 작품 「박꽃 時間」에서 그대로 드러나거니와 여기서 박꽃 시간은 마을 사람들이 식량을 살피고 확인하면서 저녁밥을 지을 때를 가리킨다. 작품에 따르면 마을의 꽃시계의 역할을 하는 박꽃이 하얗게 피기 시작하면 질마재 마을의 여인들은 그 자연물의 시간적 기호에 맞춰 저녁식사를 준비하기 시작하였던 것이다.

이런 질마재 마을에는 성찬은 아니어도 저녁식사를 건너뛰어야 할 정도로 궁핍한 가정은 많지 않다고 작품 속의 화자는 전한다. 그렇지만 그 작품 속의 화자는 아주 일부의 가난한 가정은 저녁밥을 지을 수 없는 안타까운 처지에 놓여 있는 것도 사실임을 밝히면서 이 일을 초점화하여 서사의 한가운데에 배치하는 가운데 그 생계서사이자 생활서사를 구축하고 있다.

> 그렇지만, 혹 興夫네같이 그 겉보리쌀마저 동나버린 집안이 있어 그 박꽃 時間의 한 귀퉁이가 허전하게 되면, 江南서 온 제비가 들어 그 허전한 데서 파다

거리기도 하고 그 파다거리는 춤에 부쳐 "그리 말어, 興夫네. 五穀百果도 常平
通寶도 金銀寶貨도 다 그 박꽃 열매 바가지에 담을 수 있는 것 아닌갑네" 잘
타일러 알아듣게도 했습니다.

　그래서 이 박꽃 時間은 아직 우구러지는 일도 뒤틀리는 일도, 덜어지는 일도
더하는 일도 없이 꼭 그 純白의 金質量 그대로를 잘 지켜 내려오고 있습니다.
— 「박꽃 時間」 부분[13]

　위에서 보이는 바와 같이 질마재 마을의 가난한 가정에선 '박꽃 피는 시간'
에 저녁밥을 지을 수 없는 생계의 극한상황을 맞이한다. 그러면 이 마을 사람
들은 강남서 온 제비와 같은 역할을 맡아서 보이지 않게 실질적 도움을 주기
도 하고, 또 그것으로 충분하지 않으면 새로운 정신적 차원인 '흥부 이야기'
의 담론적 의미를 공유하고 유포하기도 한다. 이것은 현실해결의 두 가지 길
로서, 궁극적으로 이 서사가 희망담론이 되도록 하는 데로 이끈다.

　다시 위 인용문이 담긴 작품 「박꽃 時間」을 보면 질마재 마을에는 하나의
불문율이 있다. 그것은 적어도 저녁밥을 거르는 사람이 없어야 한다는 불문
율이다. 작품에 따르면 질마재 마을에선 여태껏 그 불문율이 잘 지켜져 내려
왔고 그것은 저녁마다 찾아오는 박꽃 시간을 '순백의 시간'이 되게 하는 승화
의 기제로 사용되었다. 여기서 작품 속의 생계서사와 생활서사는 인간 생명
체에게 엄습하는 가난이라는 극한의 어려움을 한편으로는 사실적으로 관찰
하면서 해결하는가 하면 다른 한편으로는 정신적으로 탐구하고 승화시켜 나
아감으로써 해결하는 이중구조를 띠고 있다.

　방금 논의한 작품 「박꽃 時間」과 더불어 「大兇年」과 「걸궁배미」에서도 이
'밥'의 문제를 중심에 두고 생계서사와 생활서사가 전개된다. 「大兇年」은 흉
년마다 찾아오는 식량의 부족을 해소하고 승화시키는 과정을 담고 있으며,

───────────

13 위의 책, 22쪽.

「걸궁배미」는 식량의 생산을 위해 고단하고 궂은 농삿일을 고차원의 정신이 내재된 노래를 부름으로써 해소하고 승화시키는 서사적 구성을 보여준다.

서정주의 『질마재 신화』에서 '밥'이라는 직접적 생사 문제의 원인 다음으로 생계서사와 생활서사의 계기이자 중요 원인이 되는 것은 사회적 맥락과 심리적 차원에서 일어나는 생계와 생활의 문제이다. 여기엔 '밥의 사회화'와 '밥의 심리화' 과정이라고 부를 수 있는, 이른바 직접적인 생존 해결 문제 너머의 다른 차원이 작용하고 있다. 「단골 巫堂네 머슴 아이」「深思熟考」「沈香」「李三晚이라는 神」과 같은 작품이 이에 속하는 대표작들이다.

작품 「단골 巫堂네 머슴 아이」에서 주인공에 해당되는 인물인 단골 무당네 머슴 아이는 마을사회에서 가장 미천한 신분을 가진 존재이다. 더 정확히 말하자면 이 단골 무당네 머슴 아이를 중심에 두고 전개되는 「단골 巫堂네 머슴 아이」 속의 생계서사이자 생활서사에서 단골 무당네 머슴아이의 처지는 인간의 사회 속에서 더 이상 낮아지려고 해야 낮아질 수가 없는 무계급의 비존재이자 무존재와 같은 소외인물이다. 사회적 계층을 말할 때 일반적으로 사용하는 최하층이라는 표현도 적절하지 않을 만큼, 신분질서가 아예 적용되지 않는 바깥 지대의 인물과 같다.

그것을 이 작품은 다음과 같이 묘사하고 있다.

> 세상에서도 제일로 싸디싼 아이가 세상에서도 제일로 천한 단골 巫堂네 집 꼬마둥이 머슴이 되었습니다. 단골 巫堂네 집 노란 똥개는 이 아이보단 그래도 값이 비싸서, 끼니마다 은어먹는 물누렁지 찌끄레기도 개보단 먼저 차례도 오지는 안했읍니다.
>
> ―「단골 巫堂네 머슴 아이」 부분[14]

---

14 위의 책, 22쪽.

단골 무당네만 해도 무당의 일을 하고 있는 가정으로서 천하기 그지없는 최하층의 사회적 신분을 갖고 있는 형편인데, 바로 그 단골 무당네의 가족사회 속에서도 제일 밑바닥에 처해 있는 인물이 그 집의 꼬마 머슴이다. 이 작품에서 '꼬마둥이 머슴'으로 불리는 최하 밑바닥의 신분인 이 '꼬마둥이 머슴'은 위 인용문에 나와 있는 바와 같이 단골 무당네의 노란 똥개보다도 값이 싼 존재이다.

바로 이 단골 무당네라는 가족사회 속의 '꼬마둥이 머슴'이 인간 생명체가 보여줄 수 있는 사회적 삶의 극한이자 극단에서 일어나는 비애감의 원천이자 생계서사와 생활서사를 유발시키는 원천이다. 이 서사의 흐름에 작품은 많은 부분을 할애한다. 따라서 할애된 양에 비례하여 비애감도 커진다. 그러나 이 작품 속에서 서사는 반전을 일으키며 해결의 장으로 나아간다. 그것은 승화기제를 통하여 무거운 문제가 해결되는 방식이다. 구체적으로 작품의 중심인물인 꼬마둥이 머슴에게서 생겨난 '눈웃음'이 그 기제이자 기호이다.

> 단골 巫堂네 長鼓와 小鼓, 북, 징과 징채를 늘 항상 말아 가지고 메고 들고, 단골 巫堂 뒤를 졸래졸래 뒤따라 다니는 게 이 아이의 職業이었는데, 그러자니, 사람마다 職業에 따라 이쿠는 눈웃음— 그 눈웃음을 이 아이도 따로 하나 만들어 지니게는 되었읍니다.
>
> ─「단골 巫堂네 머슴 아이」 부분[15]

흥미로운 것은 꼬마둥이 머슴의 이 '눈웃음'은 그가 신분질서의 최하층이자 신분질서 바깥인 이역에서 익힌 기술이자 기교라는 것이다. 여기엔 삶의 수단이라는 도구적 속성도 강하게 배어 있지만 이는 그것 이상의 인간사와 우주사에 대한 통찰의 반영물이라는 의미를 환기시킨다. 이런 꼬마둥이 머

---

15 위의 책, 22쪽.

습의 '눈웃음'은 시간이 지남에 따라 점점 더 세련미와 깊이를 지니게 된다고 작품은 전하는데 그것은 어느 임계지점에 이르러 마침내 기성의 신분질서를 전복시키는 하나의 위력이 됨으로써 이 서사에 특별한 반전과 승화의 힘을 부여한다.

> 그리하여 이 아이는 어느 사이 제가 이 마을의 그 教主가 되었다는 것을 알았는지 몰랐는지, 어언간에 그 쓰는 말투가 홱딱 달라져 버렸습니다.
> "……헤헤에이, 제밀헐 것! 괜스리는 씨월거려 쌌능구만 그리여. 가만히 그만 있지나 못허고……" 저의 집 主人 — 단골 巫堂 보고도 요렇게 어른 말씀을 하게 되었습니다.
> 그렇게쯤 되면서부터 이 아이의 長鼓, 小鼓, 북, 징과 징채를 메고 다니는 걸음걸이는 점점 점 더 점잖해졌고, 그의 낮의 웃음을 보고서 마을 사람들이 占치는 가짓數도 또 차차로히 늘어났습니다.
>   ― 「단골 巫堂네 머슴 아이」 부분[16]

위에서 보는 바와 같이 꼬마둥이 머슴은 '교주'의 신분으로까지 격상되는 변전이 일어났고, 그것을 의식적으로 또는 무의식적으로 내면화한 꼬마둥이 머슴의 말과 행동은 점잖은 어른의 그것으로 승격되었다. 말하자면 그는 점점 더 신령한 존재로서 삶과 우주의 징후를 담고 있는 일종의 유력한 기호가 된 것이다. 이것이 바로 이 작품 속의 서사구조가 지닌 승화의 특수성이다.

다음으로 작품 「深思熟考」와 「沈香」을 함께 살펴볼 필요가 있다. 이 두 작품에서 생계서사와 생활서사는 심리적인 측면에 의하여 좌우된다. 먼저 「深思熟考」에서 서사는 뱃사람인 백문순 가정의 사형제 가운데서 맏형인 백문순이 봄날의 바다 풍랑에 휘말려 목숨을 빼앗기는 데서부터 시작된다. 이 현실에서 아직 살아 있는 삼형제는 그 현실을 심리적으로 해소하지 못하고 끝

---

16 위의 책, 23쪽.

을 알 수 없는 생계와 생활 파탄의 길로 접어든다. 그 심리적 비극성은 너무 심각하여 대물림하듯 이어지고 그것은 비합리적이기까지 하여서 마을 사람들의 동의를 얻기 어려운 지경까지 된다.

그러나 한 줄기 대반전의 빛이 나타나는데 그것은 백문순의 막내 아우인 백준옥의 가정에서 만들어진 '최고의 웃음과 아양'의 덕분이다. 마을 사람들을 가끔씩 환하게도 만드는 이 웃음과 아양은 마침내 백준옥의 아들 가운데서 가장 웃음과 아양이 훌륭한 백풍식을 통하여 바닷물에 배를 부리는 생계와 생활의 복원을 가능하게 한다. 여기서 생계서사이자 생활서사는 그 미해결의 어두운 시간을 마감하고 새로운 신생의 싹을 보이며 해결되는 건강한 생계와 생활의 장을 창조한다.

다음으로 「沈香」을 보면 여기서 생계서사와 생활서사의 중심은 사회적이면서 집단적인 심리와 정신이다. 질마재 마을 사람들은 침향을 만들기 위하여 산골물인 육수와 바닷물인 조류가 합수하는 지점에 굵직한 참나무 토막을 잠궈두는데 이것을 꺼내어 쓰기까지는 이삼백 년에서 천 년까지 걸린다. 그러니까 이 침향 만들기의 서사에서는 사회적, 집단적인 심리적 믿음과 지연, 인내와 연속의 시간이 기저를 이룬다. 이런 심리적 상태는 생계서사와 생활서사의 현실이면서 동시에 최고조의 승화의 결실을 만들어내게 하는 요인이 된다.

지금까지『질마재 신화』속의 생계서사와 생활서사에 대해 논의해보았다. 의식주의 해결을 위한 마을서사로서의 이 생계서사와 생활서사는 한 극단에서 생계현실과 생활현실의 어려움을 관찰하고 드러내면서 이를 다양한 방식과 새로운 차원의 시선으로 승화시키는 구조를 띠고 있었다. 한편으로는 현실을 관찰하고 드러내는 일이, 다른 한편으로는 어떤 방식으로든 승화의 길을 열어가는 시인의 안목과 지향성이 서사구조의 근간을 이루고 있다.

3) 성애서사와 혼인서사

서정주의 시집『질마재 신화』에서 양적으로 가장 많은 서사 양태는 성애서사와 혼인서사이다. 이것은 질마재 마을의 현실상일 수도 있고, 인간사의 보편성을 드러내는 것일 수도 있으며, 서정주가 시작 초기부터 관심을 가져온 육체성의 탐구라는 문제와 연관돼 있을 수도 있다.[17]

어쨌든『질마재 신화』에서 성애서사와 혼인서사에 해당되는 작품은 그 수가 상당히 많은 편에 속하고, 이들이 빚어내는 서사의 현실적 출발 형태뿐만 아니라 그 승화의 방식도 매우 다채로우며 그에 담긴 정신적 수준도 고차원의 높이를 지니고 있다. 대표작으로는「新婦」「海溢」「그 애가 물동이의 물을 한 방울도 안 엎지르고 걸어왔을 때」「姦通事件과 우물」「까치마늘」「말 피」「알묏집 개피떡」「金庾信風」「소×한 놈」「石女 한물宅의 한숨」 등을 들 수 있다.

성애서사와 혼인서사는 명확하게 구분되지 않을 때도 많지만 편의상 어디에 더 큰 비중을 두고 있는가에 따라 구분을 하기로 하고, 우선 성애서사에 해당되는 작품들의 성격을 살펴보기로 한다.「姦通事件과 우물」「말 피」「그 애가 물동이의 물을 한 방울도 안 엎지르고 걸어왔을 때」가 이에 속하는 대표작이다.

「姦通事件과 우물」은 작품 제목 그대로 '간통사건'을 중심에 두고 구성된 성애서사이다. 마을에서 간혹 일어나는 간통사건은 그야말로 질마재 마을 전체를 뒤흔드는 충격적이며 난감한 대사건이다. 이 작품의 내용에 따르면, 간통사건이 알려지는 날이면 마을 사람들은 말할 것도 없고 동물들까지 텅

---

17 서정주의 첫 시집『화사집(花蛇集)』에서부터 '육체성', '에로스', '성애' 등으로 불릴 수 있는 인간의 본능, 욕망, 운명적 조건은 시 창작과 인생 탐구의 원천이었다. 이 점은 그 이후 여러 가지 단계를 거쳐 승화의 길을 열어가며 더 높은 차원에서 해결된다.

겨져 나와 소문을 확산시키고 소요를 증폭시킨다. 마을은 이 소문과 소요로 뒤덮여 평정을 잃는다.

그런데 서사의 출발지점이면서 난제인 이 간통사건 앞에서 마을 사람들은 의연하게 고도의 승화 방식을 찾아내고 동원하여 해결해 나아간다. 그것은 첫째로 이 사건을 두고 하늘조차도 아파한다는 의식을 마을 사람들이 공유하는 것이다. 그 둘째는 마을 사람들 스스로가 만든 집단 전체의 속죄의식으로서 마을의 공동우물을 가축용 여물로 메우고 한 해 동안 각자 산골이나 들판에 생수 구멍을 찾아내서 마실 물을 조달해내는 것이다.

이 하늘에 대한 마을 사람들 전체의 외경 의식과 자발적인 속죄 의식은 이 작품의 성애서사를 짐승성에서 신성성으로, 반윤리의 감각에서 윤리의 감각으로, 개체의식에서 공동체의식으로 전환시키는 긴장력과 지향성과 고양감의 행위이다.

다음으로 『질마재 신화』의 성애서사와 관련해서 살펴볼 만한 작품은 「말피」이다. 이 작품은 성애서사 가운데서도 이별서사를 다루고 있는 것으로서 이별의 방법과 능력에 담긴 승화의 메커니즘이 서사구조를 지배한다. 「말피」에서 전해주는 질마재 마을의 오래된 이별 방식은 다음과 같다.

> 그런데 그것을 우리 질마재 마을에서는 뜨끈뜨끈하게 매운 말피를 그런 둘 사이에 좌악 검붉고 비리게 뿌려서 영영 情떨어져 버리게 하기도 했습니다.
> —「말 피」 부분[18]

그러니까 위의 인용문에 따르면 질마재 마을에서는 남녀간에 이별을 할 때에 "뜨끈뜨끈하게 매운 말피"를 확 뿌리는 것이 이별이라는 행위를 단호한 매듭의 장으로 만드는 의식이었던 것이다. 이런 말피를 뿌리는 행위는 위 작

---

18 서정주, 『질마재 神話』, 30쪽.

품 속에서 서사의 주인공으로 등장하는 모시밭골 감나뭇집 실막동이네 과부 어머니로부터 행해진다. 그녀는 사잇서방을 두고 연정을 나눈다는 소문이 파다한 인물인데 그 사잇서방은 물론 그를 함부로 찾아오는 남정네들을 멀리하기 위하여 대사립문에 인줄을 늘이고는 검붉은 말피를 흠뻑 뿌려놓았던 것이다. 이 행위에 대하여 작품 속의 화자는 다음과 같이 전하고 있다.

> 이 말피 이것은 물론 저 新羅 적 金庾信이가 天官女 앞에 타고 가던 제 말의 목을 잘라 뿌려 情떨어지게 했던 그 말피의 效力 그대로서, 李朝를 거쳐 日政 初期까지 온 것입니다마는 어떨갑쇼? 요새의 그 시시껄렁한 여러 가지 離別의 方法들보단야 그래도 이게 훨씬 찐하기도 하고 좋지 안을갑쇼?
>
> ―「말 피」 부분19

과부인 모시밭골 감나뭇집 실막동이네 어머니와 그의 사잇서방과의 성애에 관련된 소문들, 그리고 그를 찾아오는 다른 남정네들의 성적 침입은 이 말피를 뿌리는 행위를 통하여 말끔히 해소되고 방어된다. 그 말피의 의미를 질마재 사람들은 알아듣고 있으므로 가능했던 일이거니와, 그와 더불어 위 인용문이 전해주는 '말피'의 기원과 전통은 그 의미를 한층 높은 차원으로 들어올린다. 요컨대 감나뭇집 실막동이네 과부 어머니가 말피를 뿌린 행위는 단순한 이별의 선언이나 차단과 방어에 그치는 것이 아니라 김유신처럼 자신을 순정하게 지킨다는 자아 검열과 성찰의 의미까지 지니고 있는 것이다. 이렇듯 말피를 중심에 두고 있는 「말 피」 속의 성애서사는 동물적 육체성과 반윤리에 기반한 난제를 말피를 뿌린다는 몇 단계의 승화된 행위와 의미를 통하여 현실적으로 해결함은 물론 정신적 성장으로까지 나아가는 모습을 보여주고 있다.

---

19 위의 책, 31쪽.

이와 같은 성애서사와 더불어 혼인서사도 살펴볼 필요가 있다. 「新婦」「海溢」「까치마늘」「알묏집 개피떡」「金庾信風」「石女 한물宅의 한숨」 등이 그 대표적인 작품인데 이 중 「新婦」와 「海溢」 그리고 「까치마늘」을 특별히 주목해볼 필요가 있다.

「新婦」는 『질마재 신화』의 맨 앞에 수록된 작품이다. 이 작품은 혼인서사 가운데서도 중심서사인 소위 '첫날밤 서사'로 이루어져 있다. 이 서사에서 핵심 모티프는 첫날밤을 맞이한 신랑의 신부에 대한 오해와 불신, 그리고 이와 대조적으로 신랑에 대하여 갖고 있는 신부의 순정한 믿음과 그를 기다리는 마음이다. 이 두 인물이 보여주는 모습은 너무나 대조적이어서 그 대조적인 간극으로 인하여 작품의 서사 전개에 화해와 해결의 장면이 도래할 수 있을까 하는 의구심을 갖게 한다. 그러나 이 서사의 대조적인 간극과 갈등은 마침내 독특한 방식으로 해결되고 해소되는 데 도달한다. 그것을 승화의 방식이라고 부른다면 이 서사는 그로 인하여 특별한 감동의 순간을 가져온다.

구체적으로 기술하면, 이 작품의 '첫날밤 서사'는 소변을 보러 가던 신랑의 옷자락이 문틈에 끼인 것을 신부의 음탕함과 조급함으로 오해하는 데서부터 시작된다. 이 오해와 불신은 신랑으로 하여금 신부와 신방을 떠나게 만들고 신방과 신부는 결핍의 장소이자 인물이 된다. 이런 서사를 전환시켜 승화의 길을 열어가는 것은 신부의 의심할 줄 모르는 능력이다. 아예 의심이라고 하는 것을 지니고 태어나지 않은 사람처럼 믿음 그 자체로 신방과 신부의 자리를 무려 사오십 년이나 지키고 있는 신부의 행위가 이 작품을 해결의 장으로 인도하고 있다. 신부의 이와 같은 행위 위에 신랑의 일시적인 궁금증과 안쓰러움이 개입된다. 그것은 매우 낮은 수준의 마음이지만 이로 인하여 신부의 믿음과 기다림이 인간적 한계 너머의 차원으로 비상하게 하는 촉매가 된다.[20]

---

20 이 작품에서 '첫날밤 서사'를 이끌어가는 외형적 주체는 신랑이다. 그러나 내적 주체는

제1부 '환지본처'의 상상력과 영성 수행의 길

작품 「海溢」 속의 혼인서사도 문제적이다. 이 작품에서 서사의 출발은 어부였던 외할아버지가 바다로 고기잡이를 나갔다가 겨울의 모진 바람에 휘말려 그만 빠져버리곤 돌아오지 못하는 데서부터 시작된다. 이 작품에서 화자의 외할머니는 그 외할아버지를 잃고 살아가는 처지이다. 이 비극을 풀어줄 방안은 크게 나타나지 않는다. 외할아버지도, 외할머니 집의 생활도 회복되기는 어려운 상황이기 때문이다. 그러나 이 작품에 전환을 일으키는 사건이 도래하는 바, 그것은 해일로 인하여 바닷물이 외할머니 집의 마당에까지 몰려오는 일을 통해서이다. 마당까지 닥쳐오는 해일은 결코 환영할 만한 현실이 아니지만 외할머니는 이 해일을 맞이하면서 그 속에서 남편인 할아버지의 기운을 느끼고 신혼 시절처럼 얼굴이 붉어지고 마는 것이다. 해일을 통한 죽은 남편과의 사랑의 회복, 이것은 이 작품 속의 서사에 깃들인 수준 높은 승화의 장면이다. 요컨대 이 작품의 혼인서사는 극한의 비극과 아픔을 현실적인 모티프로 삼으면서, 현실 너머에서 발휘할 수 있는 우주적 몽상과 물질적 상상력의 힘을 환기시킴으로써 승화의 모티프를 만들어내고 있다.

지금까지 논의한 두 작품은 인간과 인간의 혼인이 이루어지는 서사로 구성돼 있지만 「까치마늘」은 인간과 동물의 혼인서사를 기본으로 삼고 있다. 「까치마늘」에서 그 기본이 되는 것은 단군신화의 서사이나 여기서는 그것의 이본처럼 유통되는 질마재의 단군신화 이야기를 새롭게 끌어들이고 있다. 말하자면 하늘의 아들인 환웅이 나라를 만들기 위해 인간계로 하강하는데 그 신붓감 지망생에는 곰과 호랑이뿐만 아니라 까치도 있었다는 것이다. 여기서 신적 인간인 환웅의 아내가 되어 혼인이 이루어지는 데는 일정한 절차(쑥과 마늘을 먹고 견디는 통과의식)가 요구된다. 그 절차를 견디며 통과한 자는 곰뿐이며 호랑이와 까치는 탈락자가 된다.

신부이다. 이 주체의 이중성이 이 작품의 서사적 구조에 장력을 더해준다.

작품 「까치마늘」은 이 탈락자 가운데 까치에게 주목한다. 까치가 탈락자임에도 불구하고 호랑이처럼 사납게 살아가지 않고 사람들의 호감을 받으면서 지내는 것은 조금 덜 아린 까치마늘을 먹었기 때문이라는 것이다. 이렇게 볼 때 작품 「까치마늘」에서 서사의 출발인 '동물이 인간 되기'의 모티프에서 탈락자의 아픔은 까치마늘이라는 대체물에 의하여 해결되고 승화된다. 대체물로서의 까치마늘이야말로 이 혼인서사에서 혼인의 실패가 완전한 실패가 되지는 않게 하는 미묘한 신물이다.

끝으로 「金庾信風」도 잠시 살펴볼 필요가 있다. 이 작품에서도 신물의 등가물인 계책은 혼인 문제를 해결해주는 하나의 기제이다. 보이지 않는 세계를 잘 믿는, 서정주의 표현으로는 형이상학적인 마음이 상당히 크게 깃들여 있는 질마재 마을 사람들이 가난한 과부의 아들인 황먹보가 계책이라는 신물을 써서 혼인에 성공하는 것을 가능하게 하였다는 것이다. 이 작품의 서사는 황먹보가 도저히 결혼이 불가능하다는 현실에서 출발하여 그것이 신물과 그에 깃든 마을 사람들의 형이상성에 의하여 해결되는 구조를 취하고 있다.

4) 교육서사와 교우서사

시집 『질마재 신화』에서 의미 있는 또 한 가지의 서사는 교육서사이다. 마을의 존재 의미가 인간 생명의 탄생과 양육 그리고 교육이라는 현실 문제에 있다고 볼 때 이와 같은 서사의 등장은 적절하고 자연스럽다. 「외할머니의 뒤안 툇마루」 「신발」 「小者 李 생원네 마누라님의 오줌 기운」 등이 이 서사의 대표적 실례이다.

「외할머니의 뒤안 툇마루」에서 서사는 어린아이를 향한 어머니의 호된 꾸지람으로부터 시작된다. 어머니가 아이에게 꾸지람을 하는 것은 교육을 위한 부모 된 자이자 어른 된 자로서의 의무이자 방편이다. 대체로 이런 교육은

흔한 일이다. 그런 것에 비하면 이 작품 속의 교육서사는 매우 특징적인 측면을 갖는다. 그것은 꾸지람으로 대표되는 일차적인 교육을 넘어서 이것이 그 이후의 장으로 이동하면서 새롭게 발전되고 성숙되어가고 있기 때문이다.

그러니까 「외할머니의 뒤안 툇마루」에서 교육과 서사는 일차적인 꾸지람으로부터 시작되지만 그것은 하나의 시작일 뿐 이차적인 교육과 장소를 통하여 새로운 차원의 교육과 서사가 형성되고 있다는 것이다.

그 이차적인 세계이자 교육의 장소는 작품 제목에 그대로 표출되어 있듯이 '외할머니의 뒤안 툇마루'이다. 이 뒤안 툇마루라는 교육 장소에는 외할머니가 있고, 외할머니와 그 딸들이 닦아내려온 툇마루의 윤기가 있으며, 외할머니가 장독대 옆의 뽕나무에서 따다 주는 오디 열매가 있다. 이 작품에서 이 뒤안 툇마루는 어머니의 꾸지람도 범접할 수 없는 '성소'이다.[21] 그곳에서 어린아이는 외할머니의 비호가 담긴 사랑을 받고, 툇마루가 발산하는 윤기의 역사성에 의지하면서 언어가 없는 교육을 받는다. 그것은 사랑과 역사성이 만들어낸 교육이다.

「신발」도 교육서사로서 의미 있는 작품이다. 특히 양육서사라고 불릴 수 있는 교육서사의 한 양태로서 이 작품 속의 이야기는 한 인간의 정서적 원체험이 무엇인지를 사유케 한다.

> 나보고 명절날 신으라고 아버지가 사다 주신 내 신발을 나는 먼 바다로 흘러내리는 개울물에서 장난하고 놀다가 그만 떠내려 보내 버리고 말았읍니다. 아마 내 이 신발은 벌써 邊山 콧등 밑의 개 안을 벗어나서 이 세상의 온갖 바닷가를 내 대신 굽이치며 놀아다니고 있을 것입니다.
> 아버지는 이어서 그것 대신의 신발을 또 한 켤레 사다 신겨 주시긴 했읍니다만, 그러나 이것은 어디까지나 대용품일 뿐, 그 대용품을 신고 명절을 맞이해

---

21 서정주, 『질마재 神話』, 15쪽.

야 했었읍니다.

　그래, 내가 스스로 내 신발을 사 신게 된 뒤에도 예순이 다 된 지금까지 나는 아직 대용품으로 신발을 사 신는 습관을 고치지 못한 그대로 있읍니다.

—「신발」 전문[22]

　위 인용시의 서사는 아버지가 명절을 맞이하여 어린 자녀에게 신발을 사주는 것으로부터 시작된다. 명절에 어린이에게 신발과 옷 등을 사주는 것은 단순한 물건의 제공이 아니라 의식으로서의 성격까지도 지닌다. 그것은 한 어린아이의 성장을 축원하는 어른들의 양육 행위이자 교육의 일인 것이다.

　위 인용시에서 이런 신발을 선사받은 어린아이는 개울물에서 놀다가 그만 신발을 떠내려보내고 만다. 신발의 분실과 그로 인한 상실감, 이것이 이 작품의 서사를 추동하고 발전시킨다. 그러면서 그 해결책을 끝까지 찾지 못하는 결말로써 서사의 특수성을 구축한다. 하지만 이 작품의 해결책은 외부에 있지 않고 내부에 있다. 그러니까 신발이 도구적인 물건이거나 소비품일 수 없다는 어린아이의 원체험이 끝까지 살아 있음으로써 이 작품의 해결책이 마련되는 것이다.

　위 인용시에서 아버지는 어린 자녀에게 새 신발을 다시 사다 준다. 그러나 그것은 대용품으로서의 감정만을 전달해줄 뿐 본래의 원체험을 대체하지 못한다. 첫 신발과의 만남은 불변의, 대체가 불가능한 첫 만남이자 그 감정이기 때문이다.

　이렇게 성장한 어린 자녀는 이 원체험을 성인이 된 뒤까지도 그대로 지니고 산다. 그것은 그를 지키는 감정과 내면세계의 핵이며 삶의 신성한 기억이자 영역이기 때문이다. 이것을 지니고 산다는 것은 부모의 의도와 무관하게 잘 양육되고 교육된 결실물이 깃들게 된 것이라고 할 수 있다.

---

22 위의 책, 15쪽.

『질마재 신화』에서 교육서사는 어린이의 미숙함을 일깨우고 수용하면서 그것을 현실적 차원과 더불어 현실 너머의 차원에서도 새롭게 성장시키고 성숙시킴으로써 중층의 효과를 유발한다. 「외할머니의 뒤안 툇마루」의 경우도 그러하고, 「신발」 역시 그러하다. 이것은 상세한 논의를 하지 않겠으나 「小者 李 생원네 마누라님의 오줌 기운」에서도 동일하게 나타난다.

다음으론, 교육서사에 이어서 교우서사 혹은 친교서사라고 부를 만한 서사 양태에 대하여 논의해보고자 한다. 『질마재 신화』 속에서 이 교우서사이자 친교서사라고 부를 수 있는 작품들은 특히 상당히 수준 높은 정신세계를 담고 있는 승화기제를 활용한다.

교육서사와 교우서사는 아주 직접적인 연관성 속에 있지는 않다. 그러나 교육의 마지막 성취라고 할 만한 정신적 승화기제의 발견이 이 속에 들어 있고, 교우와 친교의 문제야말로 교육의 사회적 주제라고 할 때 이를 본장에서 함께 논의하는 것도 무방하리라 생각된다.

시집 『질마재 신화』에서 교우서사 혹은 친교서사로 구성된 대표작은 「紙鳶勝負」 「風便의 소식」 「秋史와 白坡와 石顚」 「마당房」이다. 이들은 마을 전체의 정신적 수준을 최고의 단계로 들어올리는 승화기제를 보여주는 작품들로서 『질마재 신화』 속의 서사가 품격을 얻는 데 크게 기여한다.

「紙鳶勝負」는 음력 정월 대보름날, 마을 사람들이 모여서 교우이자 친교의 한 방식으로 연날리기 대회를 하는 것이 소재이다. 그 대회의 내용이 '지연 승부'인 것처럼 여기서 일차적 관심은 승부에 있다. 이 승부의 욕망은 서사를 전개시키는 원동력이 되거니와 마을 사람들은 승부에서 이기기 위해 다양한 노력을 기울인다.

그러나 이 작품은 승부를 통하여 이기는 것만큼 지는 것에도 등가의 의미를 부여한다. 그러니까 여기서 이기는 것과 지는 것은 대등한 일이다. 오히려 작품의 이면을 살펴보면 지는 것이 더 큰 의미를 부여받는 것으로 나타난다.

그렇지만 選手들의 鳶 자새의 그 긴 鳶실들 끝에 매달은 鳶들을 마을에서 제일 높은 山봉우리 우에 날리고, 막상 勝負를 겨루어 서로 걸고 재주를 다하다가, 한 쪽 鳶이 그 鳶실이 끊겨 나간다 하드래도, 敗者는 "졌다"는 嘆息 속에 놓이는 게 아니라 그 반대로 解放된 自由의 끝없는 航行 속에 비로소 들어섭니다. 山 봉우리 우에서 버둥거리던 鳶이 그 끊긴 鳶실 끝을 단 채 하늘 멀리 까물거리며 사라져 가는데, 그 마음을 실어 보내면서 "어디까지라도 한번 가 보자"던 전 新羅 때부터의 한결 같은 悠遠感에 젖는 것입니다.

그래서 그들은 마을의 生活에 실패해 한정없는 나그네 길을 떠나는 마당에도 보따리의 먼지 탈탈 털고 일어서서는 끊겨 풀려 나가는 鳶같이 가든히 가며, 보내는 사람들의 인삿말도 "팔자야 네놈 팔자가 상팔자구나" 이쯤 되는 겁니다.

—「紙鳶勝負」 부분[23]

위의 인용문에 잘 드러나 있듯이, 이기는 것도 좋고 지는 것도 좋은, 이른바 '이기고 지는 것'이 없는 '중도'의 안목과 견해가 이 작품에 깃들여 있다. 그것은 서정주가 『동천』에 이르기까지 탐구한 지혜 가운데 대표적인 불교적 세계관의 핵심 내용과 연관된다. 특별히 세속사에서 부정하고 싶어 하는 지는 일의 의미가 위 작품에서 크게 긍정되고 의미화된다. 자유와 해방, 영원과 무한의 의미가 여기에 깃들이는 것이다.

「紙鳶勝負」의 이와 같은 승화기제는 단순히 '지연 승부'에만 적용되지 않는다. 그것은 마을 사람들의 일상생활 전반에까지 확장되고 스며들어 어떤 사람의 어떤 실패도 긍정적으로 수용되는 대지혜의 장을 연다. 여기서 특별히 강조해야 할 것은 '패배'를 맞이하고 대하는 양측(떠나는 자와 떠나보내는 자)의 마음이 동일하다는 것이다. 그럼으로써 마을의 교우서사와 친교서사는 서로를 상생의 장으로 들어올리는 의식 향상의 길이 된다.

이런 교우서사와 친교서사는 작품 「風便의 소식」에서도 크게 두드러진다.

---

23 위의 책, 33~34쪽.

「風便의 소식」의 서사는 범속한 인간사회에서 참다운 삶을 살기가 어렵다는 인식에서부터 시작된다. 따라서 두 사내는 범속한 사회생활을 작파해버리고 심산으로 들어간다는 게 이 작품 속 서사의 다음 이야기이다. 그 두 사내는 각각 '기회 보아서'와 '도통이나 해서'라는 이름을 갖고 한 사람은 산의 북쪽에, 다른 한 사람은 산의 남쪽에 초막을 짓고 머물게 된다.

세속사회의 욕망과 규범을 저버린 이 두 친구는 특별한 교우관계를 맺는다. 이는 작품 「風便의 소식」의 이후 서사를 이어가는 내용으로서, 그 교우관계의 새로운 법은 일체를 자아중심주의와 인간중심주의에서 벗어나 수풀에 부는 바람에게 맡기는 것으로 표상된다. 이 수풀에 부는 바람은 그들의 교우서사를 이끌어가는 무위법의 주인공이다.

> "아주 아름다운 바람이 북녘에서 불어와서 山골짜기 수풀의 나뭇잎들을 남쪽으로 아주 이쁘게 굽히면서 파다거리거던, 여보게, '機會 보아서!' 자네가 보고 싶어 내가 자네 쪽으로 걸어가고 있는 줄로 알게." 이것은 '道通이나 해서'가 한 말이었습니다.
> "아주 썩 좋은 南風이 불어서 산골짜기의 나뭇잎들을 북쪽으로 멋들어지게 굽히며 살랑거리거던 그건 또 내가 자네를 만나고 싶어 가는 信號니, 여보게 '道通이나 해서!' 그때는 자네가 그 어디쯤 마중 나와 있어도 좋으이." 이것은 '機會 보아서'의 말이었습니다.
>
> ─「風便의 소식」 부분[24]

위 인용문은 무위법의 주인공인 수풀 속의 바람의 기호에 따라 두 친구가 인간적인 언어를 거치지 않고 만나면서 교류하고 상호 외경하는 모습을 보여주고 있다. 인간적인 말과 그 말의 심층인 욕망이 필요 없는 두 친구의 교우서사는 여기서 '도반'의 경지를 구현한다.

---

24 위의 책, 48~49쪽.

이들 사이엔 「紙鳶勝負」에서와 같이 이기고 지는 세속법이 무화되어 있다. 욕망 없이 사는 무위의 길이 깃들여 있고, 자유와 해방이라는 초탈의 길이 열려 있다. 이 두 작품 속의 서사에 담긴 교우와 친교의 경지는 인간들이 범속성을 벗어나서 어디까지 승화될 수 있는가를 보여준 한 실례라고 할 수 있다.

그런데 「風便의 소식」이 앞의 인용문을 전달하는 것으로 끝났다면 그 서사적 효과는 감소되었을 것이다. 이 작품은 앞의 인용문 이후에서 벌어진 마을의 사람들의 수준 높은 교우와 친교의 현장을 전해준다.

> 그런데 '機會 보아서'와 '道通이나 해서'가 그렇게 해 빙글거리며 웃고 살던 때가 그 어느 때라고. 시방도 질마재 마을에 가면, 그 오랜 옛 습관은 꼬리를망정 아직도 쬐그만큼 남아 있기는 남아 있읍니다.
> 오래 이슥하게 소식 없던 벗이 이 마을의 친구를 찾아들 때면 "거 자네 어딜 쏘다니다가 인제사 오나? 그렇지만 風便으론 소식 다 들었네." 이 마을의 친구는 이렇게 말하는데, 물론 이건 쬐끔인 대로 저 옛것의 꼬리이기사 꼬리입지요.
> ─「風便의 소식」 부분[25]

요컨대, '기회 보아서'와 '도통이나 해서'가 만들어낸 교우와 친교의 서사이자 수준이 질마재 마을 사람 일반에게도 지금까지 보이지 않게 내려와 작동하고 있다는 것이다. 여기서 교우와 친교의 장은 무위법의 세계를 이끌어 들임으로써 인간적 욕망과 가치의 한계를 넘어선다.

앞에서 논의한 두 작품 이외에 「秋史와 白坡와 石顚」이라는 작품이 담고 있는 교우서사와 친교서사는 또 다른 측면을 사유하게 한다. 그것은 이 시에 깃들인 민족성과 역사성의 가치이다.

「秋史와 白坡와 石顚」에서 서사의 중심인물은 추사와 백파와 석전이다.

---

25 위의 책, 49쪽.

제1부 '환지본처'의 상상력과 영성 수행의 길

그리고 장소는 질마재 마을의 절인 선운사이다. 이 작품의 내용에 따르면 선운사의 스님인 백파한테 어느 날 친구인 추사 김정희가 찾아왔다. 추사는 종이쪽지에 적어온 '돌이마(石顚)'라는 아호를 백파에게 주면서 누구 주고 싶은 사람이 있으면 주라고 하였다 한다. 그런데 흥미로운 것은 백파가 그것을 생전 그 누구에게도 주지 않고 아끼고 있다가 이승을 하직할 때쯤 "후세가 임자를 찾아서 주라"는 유언으로 남겼다는 것이다.

이 유언처럼 '석전'이라는 아호는 조선 말기를 거쳐 일제강점기에 이르러서야 박한영 스님에게 전해졌는데 그 박한영 스님은 이 땅의 불교를 지키며 대종정으로서 불교사를 발전시키고 또 불교의 일본화를 막는 데 기여했다는 것이다.

작품의 내용에 따르면 질마재 마을의 절 선운사 앞에는 백파의 비석에 추사가 쓴 "大器大用"이라는 말이 크게 새겨져 있는데 그것은 백파를 볼 수 있는 추사의 안목이 그대로 읽히는 문구라는 것이다.

백파와 추사 그리고 석전을 중심에 두고 전개되는 이 교우서사와 친교서사에서 시공간의 한계는 물론 인간적 친소관계에 깃들기 쉬운 사심이 온전히 사라져버린다. 오로지 서로에 대한 외경과 신뢰, 공의와 공심에 기반한 이 땅의 번영과 정신적 품격에 대한 기대만이 있을 뿐이다. 교우서사와 친교서사의 승화 방식은 여기서 하나의 절정을 이룬다.

3. 결론

지금까지 서정주의 시적 정수가 구현되었다고 판단되는 그의 제6시집 『질마재 신화』의 마을서사를 특별히 승화의 기제에 주목하면서 살펴보았다.

이런 일을 수행하면서 논의의 편의를 위하여 마을서사를 크게 네 가지 종류로 나누어보았다. 그 첫째는 장애서사와 질병서사이고, 그 둘째는 생계서사와 생활서사이며, 그 셋째는 성애서사와 혼인서사이고, 그 넷째는 교육서사와 교우서사이다.

이런 분류에는 한 가지 원칙이 있었는데 그것은 마을을 인류사 속에서 인간들이 진화의 과정을 거치며 만들어낸 '생존무리'라고 상정한 점이다. 마을은 인간사의 최소 단위인 가정보다 덜 운명적이고, 매우 큰 단위인 국가보다 덜 형식적인, 다소 느슨한 집단이고 사회이며 공동체이다.[26] 이런 관점에서 볼 때『질마재 신화』는 무엇보다 마을의 현실적 속성과 지점을 아주 잘 포착한 시집이다. 따라서 이 시집 속엔 마을이라는 인간무리의 원형이 모두 들어 있고, 그것은 앞서 분류한 네 가지의 유형으로 표출되고 설명될 수 있다.

『질마재 신화』의 서사가 힘을 갖고 독자들의 관심을 유발할 수 있는 까닭은 먼저 그 마을의 이와 같은 현실적 속성을 직시하여 포착하고 있기 때문이다. 이와 같은 마을의 현실적 속성은『질마재 신화』속의 서사가 시작되고 추동되는 출발지점이자 계기이다.

그러나 이 시집 속의 서사가 특별할 수 있었던 것은 이와 같은 현실에 대한 직시와 더불어 '승화'라고 부를 수 있는 해결의 방식과 인간적 고양의 메커니즘이 다채롭고도 수준 높게 작동하고 있기 때문이다. 현실성의 포착도 상당한 인간적 이해와 관찰이 있어야 가능한 것이지만, 승화의 기제를 발견하고 제시하는 데는 더욱 더 큰 인간적 고뇌와 정신적 탐구의 수준이 요구된다.

『질마재 신화』의 서사는 이 양자를 구비하고 있다. 전자가 세속적인 중력의 세계라면 후자는 세속사를 풀어내고 들어 올리는 성장과 해결의 세계이다. 그리고 전자가 생존의 영역이라면 후자는 의미의 영역이다. 생존은 그 자체로 리얼한 것이어서 다른 설명이 불필요하지만 후자는 인간을 정신적 영역

---

26 『질마재 신화』는 '마을학'의 관점에서 새롭게 논의될 만하다. 최근 '마을학'의 발전은 우리 시대가 처한 개인의 원자화와 글로벌 사회라는 거대세계 사이에서 불안정해진 인간들에게 '마을'의 재발견이 요구되고 있음을 시사한다.

으로 변전시키고 들어올리는 일이어서 많은 지적 고뇌가 필요하다.

서정주의『질마재 신화』의 서사는 이 두 가지 세계를 양극으로 삼으면서 이를 구조화하고 있다. 전자는 후자에 의하여 해결되고, 후자는 전자에 의하여 그 위상이 강화된다. 그러나 이 시집에서 더욱더 중요한 역할을 하고 있는 한 가지를 굳이 선택하여 제시하자면 그것은 후자이다.『질마재 신화』의 구조적 탁월성과 거기에 내재된 시적 호소력은 승화의 메커니즘이라고 부를 수 있는 후자의 수준에 보다 크게 의지하고 있기 때문이다.

여기서 잠시 서정주의 제5시집『동천』에 대해 언급할 필요가 있다. 서정주가 자신의 육성으로 이 시집에 그의 시적 정수가 깃들여 있다고 말한 것은 그가 첫 시집부터 문제 제기를 해온 많은 과제가 이 시집에 이르러 불교를 중심에 두고 세계와 인간 및 인간사를 바라보는 일종의 세계관과 가치관이 정립됨으로써 해결되었기 때문이다. 그런 점에서 서정주 개인에게『동천』은 지혜의 집적체이자 해결의 텍스트이다.

이런 토대 위에서 연속성을 갖고 출간된 시집이『질마재 신화』이다.『질마재 신화』는 그가『동천』에 이르기까지 탐구해온 지혜의 총체를 현실이자 그의 탄생지이며 고향인 질마재 마을에 대입하여 읽어내고 승화시킨 시집이다.

필자는 본고를 작성하면서『질마재 신화』속에서 포착된 인간 생존의 현실상도 타당하고 설득력을 갖고 있지만 그보다 이 시집을 구조적으로는 물론 시집 자체로서 탁월하게 만든 원천은 '승화의 기제'가 보여주는 수준과 다채로움에 있다고 판단하였다. 시라고 하는 양식 일반이, 그리고 서정주의 시 전체가 모두 승화의 기제에 기대고 있는 것이지만, 특별히 이 시집 속의 승화의 기제는 본고를 시작하면서 맨 앞의 문제 제기의 장에서 언급했듯이 이 시집을 '고전'의 반열에 들게 할 만큼 높은 수준을 보여주고 있다.

이 시집에서 보여준 그 높은 수준의 승화기제는 대체로 다음과 같이 요약된다. 공동체의식과 윤리의식, 경천의식과 겸허의 정신, 우주의식과 무경계의식, 무위의 세계와 무한의식, 형이상학적 믿음과 초월의식 등이다.

서정주는 『질마재 신화』에서 이와 같은 마음이자 정신세계를 알고 원용하고 작동시킴으로써 마을서사의 출발점이 되고 있는 현실의 문제이자 난제를 해결의 장으로 안내하고 풀어내면서 시의 구조적 특성과 더불어 공감의 수준을 드높일 수 있었던 것이다.

영성 수행으로서의 21세기 문학, 종교, 학문, 삶

― 불교적 담론을 중심으로

1. 문제 제기

    지구별의 현생인류인 '호모 사피엔스 사피엔스(Homo sapiens sapiens)'의 출현과 그 생존 및 진화 과정과 관련하여 아래와 같은 세 가지 사항에 대해 사유해보기로 합니다.

  ① 태양계의 일원인 지구별은 약 45억 년의 나이를 먹도록 무엇을 해왔고 앞으로는 무엇을 해 나아갈 것인가에 대하여 이른바 '빅 히스토리'의 관점에서 사유해봅니다.

  ② 동물계(動物界)의, 척삭동물문(脊索動物門)의, 포유강(哺乳綱)의, 영장목(靈長目)의, 사람과(科)의, 사람속(屬)의, 사람(호모 사피엔스) 중의 한 종류로 현존하고 있는 단일 인종이자 인류인 '호모 사피엔스 사피엔스'는 어떤 존재인가에 대해 사유해봅니다.

  ③ 현생인류는 약 20만 년 전에 출현하여 20세기 후반에 최대의 양적 번식과 성공을 이루었습니다. 구체적으로 1804년 세계 인구 10억 명 돌파, 1927년 20억 명 돌파, 1960년 30억 명 돌파, 1974년 40억 명 돌파, 1999년 60억 명 돌파, 2011년 70억 명 돌파, 현재는 76억 명을 돌파하였습니

다. 이에 대해 사유해봅니다.

**76억 현생인류의 의식 수준(정신 수준)에 대하여 두 가지 사항으로 나누어
사유해보기로 합니다.**

① 미국의 정신분석학자이자 임상의사인 데이비드 호킨스(David Hawkins)의
연구에 따르면 인간의 의식지수를 1에서 1000까지로 설정할 때 현재 인
류의 평균 의식지수는 207인데 그 가운데 85퍼센트가 200 이하이고 15
퍼센트가 200 이상이라고 합니다. 여기서 200은 에고 지점이라고 볼 수
있습니다. 이에 대하여 사유해보기로 합니다.

② 20세기 동안 전쟁 혹은 그에 준하는 사태에 의하여 인간은 약 1억 명 정
도가 죽었습니다. 영국의 철학자 조너선 글로버(Jonathan Glover)는 『휴머
니티-20세기의 폭력과 새로운 도덕』에서 1900년부터 1989년까지 전
쟁에서만 8,600만 명이 사망하였다고 말합니다. 그리고 미국의 인류학
자 마빈 해리스(Marvin Harris)는 『작은 인간 : 인류에 관한 102가지 수수께
끼』의 '전쟁'에 대한 항목에서 남성이 여성보다 유일하게 잘 할 수 있는
것은 '전쟁'이라고 말합니다. 이에 대해 사유해봅니다.

**현생인류의 특수성인 정신활동에 대하여 네 가지 영역에서 사유해보기로
합니다.**

① 문학의 영역 : 언어(말과 글)의 사용에 관한 것입니다. 인류는 언어를 통
하여 주/객의 분별을 심화시킨 측면이 있고, 상상력과 사회적 소통을 활
성화시킨 면이 있습니다. 이 문제에 대해 사유해봅니다.

② 종교의 영역 : 최고의(절대의) 진리라고 생각하는 것이 출현하였습니
다. 경전이 다양하게 탄생하였습니다. 대략 지금으로부터 2,000년 내지
2,500년 전 무렵입니다. 이에 대해 사유해봅니다.

③ 학문의 영역 : 이성, 지성, 영성이 발달하였습니다. 전통적인 경학(經學)과 근대 학문에서의 진리 탐구라는 이데아가 탄생하였습니다. 이에 대해 사유해봅니다.

④ 삶의 영역 : 인류가 아는 우주는 4.6%밖에 되지 않는 것으로 전해집니다. 나머지 약 95퍼센트는 모르는 세계입니다. 암흑물질(27%)과 암흑에너지(68%)의 정체를 알 길이 없습니다(리처드 파넥(Richard Panek)의 『4퍼센트 우주』 참조). 이에 대해 사유해봅니다.

(한국)근대인의 정신적 패러다임에 관하여 사유해보기로 합니다.

① 이른바 '여름문명'의 극단에서 보이는 특성이 드러납니다. 그러니까 극단적인 '장(長)'의 성격(생장수장(生長收藏)에서의 장(長))이 전면화되어 있습니다. 이에 대해 사유해봅니다.

② 임계지점에 와 있는 개체로의 분화와 양적 번식의 증대를 볼 수 있습니다. 개체성의 존중과 그 이면의 단절감, 자유의 확대와 그 이면의 경쟁성, 평등의 확장과 그 이면의 획일성이 치성합니다. 이에 대해 사유해봅니다.

③ 개인중심(우월)주의와 인간중심(우월)주의가 지배적입니다. 그야말로 오해와 불통의 시대입니다. 전일성을 상실하고 진정한 본성을 잊을 만큼 '중심주의'의 개인과 인간이 멀리 떨어져 나와 있습니다. 이에 대해 사유해봅니다.

④ 너무 성급하게 닥쳐온(성취한) 여름문명의 극단 속에서 그 한계와 모순이 심화되고 있습니다. 외화내빈의 상태, 야만성의 미정리 상태, 이성과 지성의 훈습이 허술한 상태, 영성을 상실한 상태라고 할 수 있습니다. 이에 대해 사유해봅니다.

2. 영성 수행을 통한 현생인류의 현실적인 문제 극복과 정신적 성숙에 이르는 길

의식의 '혁명'이 필요합니다 : 데이비드 호킨스의 '의식혁명'에 의거해서 설명해봅니다.

① 의식 수준의 향상 혹은 의식지수의 상승이 요청됩니다.

② 무서운 권력인 위력(Force)에서 감동의 권력인 파워(Power)로의 의식의 전환이 요청됩니다.

③ 신구의(身口意:행동, 말, 뜻) 삼업(三業)과 삼행(三行)에 내재된 의식지수를 과학적으로 측정하는 방안(근육 테스트 등)이 있습니다. 여기서 의식지수가 높게 측정될수록 그에 비례하여 좋은 문학, 종교, 학문, 삶이 구현될 수 있습니다.

④ 현재 전세계에서 의식지수 700이 넘는 사람은 12명입니다. 의식 수준에서 최고치인 1000에 이르는 사람은 크리슈나, 붓다, 예수입니다. 참고로 프로이트, 아인슈타인 등과 같은 석학들의 의식지수는 400대입니다. 인류의 의식지수는 500대가 시작되면서부터 그 안에 참사랑이 깃들고 감동의 힘인 파워가 강하게 생성됩니다.

⑤ 의식지수 700 수준 1명이 의식지수 200 수준 이하에 있는 7천만 명의 힘과 상쇄하고 의식지수 300 수준의 한 사람이 의식지수 200 이하에 있는 9만 명의 힘과 상쇄합니다.

⑥ 기독교/불교/힌두교/유대교/이슬람교에 내재된 본래적 수준에서의 의식지수와 그것이 현실과 사회적 변화를 겪으면서 부침하는 의식지수의 변화상을 참고해볼 필요가 있습니다.

자아성장의 원리를 파악하고 자아성장에 매진할 필요가 있습니다 : 숭산(崇

山) 선사의 자아서클과 자아성장의 원리에 의거하여 설명해봅니다.

① 숭산선사는 자아성장의 원리를 그의 자아서클을 통하여 제시하고 있습니다.

② 숭산선사의 자아서클은 0도에 해당되는 소아(小我, small I), 90도에 해당되는 업아(業我, karma I), 180도에 해당되는 공아(空我, nothing I), 270도에 해당되는 묘아(妙我, freedom I), 360도에 해당되는 대아(大我, big I)로 이어집니다.

③ 현각(玄覺)스님이 편저하고 허문명 기자가 번역한『선의 나침반』(김영사, 2010)을 참고하면 좋습니다.

④ 이 자아서클에서 '공(空, Śunya)'과 공성(空性)에 대한 이해와 통찰은 자아성장과 삶의 대전환을 가져오는 충격적인 계기입니다.

⑤ '공성(空性)'에 대한 깨침은 세계의 실상을 바로 보고 진아(眞我)인 무아(無我)를 깨닫게 하는 일입니다.

⑥ 인간들은 자아서클의 전모와 각 단계마다의 특성에 대하여 이해하고 숙고하여 진정한 자아실현과 자아구원의 길을 가야 할 것입니다.

'공(空)'의 발견과 그에 대한 철저한 이해가 필요합니다 : 불교경전과 용타(龍陀)스님의 '공(空)'에 대한 탐구에 의거하여 설명해봅니다.

① 공(空)은 불교의 근간이며 반야부 경전의 주된 가르침이자 사상입니다. 대표적인 것으로 우리에게 익숙한『마하반야바라밀다심경(摩訶般若波羅蜜密多心經)』과『금강반야바라밀경(金剛般若波羅蜜經)』을 생각해봅니다.

② 용타(龍陀)스님의 '공을 깨닫는 27가지 길'을 소개해봅니다: 연기고공(緣起故空), 방하현공(放下顯空), 무한고공(無限故空), 무상고공(無常故空), 성주괴공(成住壞空), 생멸고공(生滅故空), 불가득공(不可得空), 잔상고공(殘像故空), 가합고공(假合故空), 분석고공(分析故空), 억분일공(億分一空), 입

자고공(粒子故空), 파동고공(波動故空), 몽환고공(夢幻故空), 중중연공(重重緣空), 성기고공(性起故空), 자성고공(自性故空), 자체고공(自體故空), 자연고공(自然故空), 의근고공(依根故空), 심조고공(心造故空), 염체고공(念體故空), 파근현공(破根顯空), 파운현공(破雲顯空), 미시고공(微視故空), 원시고공(遠視故空), 영시고공(永時故空)

③ 선불교(禪佛敎)에서 '화두(話頭)'를 참구하여 조견(照見)하고자 하는 세계가 '공(空)'임을 생각해봅니다. 오온개공(五蘊皆空)과 제법공상(諸法空相)의 세계입니다.

④ 공성(空性)의 발견은 대승불교의 발달에 따라 공성(公性, 共性, 供性) 등의 의미를 지니고 현실 속으로 회향되었음을 생각해봅니다.

유식무경(唯識無境)과 전식득지(轉識得智)에 대한 사유가 필요합니다 : 불교의 유식론(唯識論)에 의거하여 설명해봅니다.

① 불교심리학이 등장하면서 인간심리의 고차원적인 이해가 이루어지고 치유방안이 제시되었습니다.

② 유식무경(唯識無境)에서의 '식(識)'의 주관성과 대상의 부재성을 떠올려봅니다.

③ 전식득지(轉識得智)에서 식(識)의 환상성을 지(智)의 실재성으로 전변시켜 실상에 도달하고자 하는 점에 대해 생각해봅니다.

④ 무경계와 무분별의 불성자리로 '환지본처(還至本處)'하였을 때 불교의 이상인 이고득락(離苦得樂)이 가능한 점을 생각해봅니다.

'수기(受記)'와 '화엄(華嚴)'의 대승불교적 인간관에 대한 사유가 필요합니다 :『법화경(法華經)』과『대방광불화엄경법화경(大方廣佛華嚴經)』에 의거하여 설명해봅니다.

① 이는 인간관 가운데서 인간신뢰와 인간존엄의 최고 단계를 보여주는 것이라 할 수 있습니다.

② 모든 중생(인간)이 부처가 될 수 있다는 수기를 주는『법화경(法華經)』의 '상불경보살품(常不輕菩薩品)'을 생각해봅니다.

③ 세계 전체가 진리의 몸인 진신(眞身)이자 법신(法身)이며 불화엄(佛華嚴)의 세계라는『대방광불화엄경(大方廣佛華嚴經)』의 관점을 떠올려봅니다.

④ 우리 모두는(모든 나는) 본래 부처이고 우리들의 세계는 본래 진신 그 자체라는 절대긍정의 인간관이자 세계관이 여기에 있습니다.

시심불심(詩心佛心) 혹은 불심시심(佛心詩心)이라는 관점을 사유할 필요가 있습니다. 석전(石顚)스님과 무산(霧山)스님의 견해에 의거하여 설명해봅니다.

① 석전 박한영 스님은 아래와 같이 '시선일규론(詩禪一揆論)'을 전개하였습니다.

㉠ 지극한 도는 말로 형용할 수 없어 전표詮表(표현)에 묶이지 않으나 먹물에 실려 말로 드러내게 되면 출세자出世者(승려)는 그것을 '선게禪偈'라 하고 세상 사람들은 '시가詩歌'라 한다. 그러나 시가 상승上乘에 이르게 되면 하나의 궤철軌轍(궤적)과 다름없게 된다.

—『석전문초(石顚文抄)』: 종걸(宗杰)·혜봉(慧峰),
『석전 박한영』, 신아출판사, 2016, 740쪽에서 재인용.

㉡ 그러나 예로부터 시인의 품성은 달라서 어떤 이는 신운(神韻)으로 표일(飄逸)함을 드러내고, 어떤 이는 정공(精工)으로 심묘(深妙)함을 드러냈는데 그 바라밀에 이르러서는 오히려 물가의 난초나 울타리의 국화가 저마다 절로 향기를 내는 것과 같다. 당송(唐宋)과 같은 경우로 미루어 보면 이백(李白)과 소식(蘇軾)은 천행(天行)이 승하였고 두보(杜甫)와 황정견(黃庭堅)은 인력이 뛰어났는데 그들의

공력이 이루어져 원대로 된 것이면 어느 것인들 비로자나가 아니겠는가.

— 위의 책, 741쪽에서 재인용.

② 무산 조오현 스님은 아래와 같은 '시선불이론(詩禪不二論)'을 전개하였
습니다.

㉠ 내 평생 찾아다닌 것은
　선의 바닥줄
　시의 바닥줄이었다

　오늘 얻은 결론은
　시는 나무의 점박이결이요
　선은 나무의 곧은결이었다

— 권영민 편, 『조오현 전집 : 적멸을 위하여』, 문학사상, 2012

㉡ 선(禪)은 다섯줄의 향비파(鄕琵琶)요
　시(詩)는 넉 줄의 당비파(唐琵琶)

— 조오현, 「무제(無題)」, 『유심』 23, 2005, 겨울호, 19쪽.

**도(道)정신치료와 공심(空心 혹은 公心)의 언어를 구현할 필요가 있습니다 :
이동식 선생의 '도정신치료' 이론에 의거하여 설명해봅니다.**

① 이동식 선생의 '도(道)정신치료'는 깨친 자와 수도하는 자만이 정신치료
를 하는 의사로서의 자질과 능력을 지닐 수 있다는 전제 아래 정신분석
의들의 도심과 수행의 중요성을 역설하고 있습니다.

② 프로이트와 융을 넘어서고자 하는 이동식 선생의 정신분석 이론은 매
우 동양적이면서 미래적입니다.

③ 문인, 학자, 승려, 사제 등은 물론 모든 공적 언어의 사용자는 수행이 이

루어지지 않을 때 그 언어가 사담(私談)의 성격에 기울게 됨을 경계해야 합니다.

중도성(中道性)에 대한 깊은 숙고가 필요합니다 : 불교의 중도론과『노자 도덕경』의 천지자연론을 생각하며 설명해봅니다.

① 개체성과 전체성, 가시세계와 불가시세계의 포월을 사유해야 합니다.

② 중도는 불교의 진실상을 드러내는 불이법문(不二法門)입니다.

③『노자 도덕경』25장을 양방향으로 읽어볼 필요가 있습니다. : 인법지(人法地) 지법천(地法天) 천법도(天法道) 도법자연(道法自然) ↔ 자연법도(自然法道) 도법천(道法天) 천법지(天法地) 지법인(地法人)

④「법성게(法性偈)」의 핵심 내용을 중도의 관점에서 사유해볼 필요가 있습니다.

자아정체성의 실상에 대해 사유할 필요가 있습니다 : 올더스 헉슬리의 '영원의 철학'에 의거하여 설명해봅니다.

① 올더스 헉슬리는『영원의 철학(The Perennial Philosophy)』을 통하여 동서고금에 존재하는 고전적 텍스트 속의 '영원성'을 재발견하여 역설합니다.

② 이 책 속의 수많은 텍스트들은 당신이 바로 신성한 실재(divine reality)이다, 당신이 바로 영원이다(That Art Thou)라고 자아정체성을 진리와 계합시키고 있습니다.

3. 맺음말 : 신심과 원력, 지혜와 자비, 진리와 '긔룬 님'

진리에 대한 믿음, 그 위에서의 원력이 필요한 시대입니다.

지혜와 자비를 구족할 시간입니다.

원력으로서의 '그룬 남'을 가질 때입니다.

앞서 언급한 내용들을 사유하며 아래의 자료들(박용하의 시 「남태평양」, 이문재의 시 「오래된 기도」, 한용운의 시 「심(心)」과 시집 『님의 침묵』 속의 「군말」)을 읽어봅니다.

남태평양

박용하

사람에게 존경심을 갖는 저녁이다

......

마더 테레사의
주름 높은
황혼의 얼굴을 보면
거기엔 어떤 미풍도 남아 있어 보이지 않지만,

그러나
거기엔 어떤 無限이 흐르고 있다

인종을 넘어간……
종교를 넘어간……
국가를 넘어간……
나를 넘어간……
사람에게만 존재하는 어떤 훈풍이 흐르고 있다

무한을 보여줄 수 있는 인류가 있다니!
훈풍을 보여줄 수 있는 죽음이 있다니!

마음을 무릎에 붙이고
아주 오랜만에
사람을 존경하는,

있을 수 없는 저녁이다
— 박용하, 『영혼의 북쪽』, 문학과지성사, 1999에서

오래된 기도

이문재

가만히 눈을 감기만 해도
기도하는 것이다

왼손으로 오른손을 감싸기만 해도
그렇게 맞잡은 두 손을 가슴 앞에 모으기만 해도
말없이 누군가의 이름을 불러주기만 해도
노을이 질 때 걸음이 멈추기만 해도
꽃 진 자리에서 지난 봄날을 떠올리기만 해도
기도하는 것이다

우리는 기도하는 것이다
음식을 오래 씹기만 해도
촛불 한 자루 밝혀놓기만 해도
솔숲을 지나는 바람소리에 귀기울이기만 해도
갓난아이와 눈을 맞추기만 해도
자동차를 타지 않고 걷기만 해도

섬과 섬 사이를 두 눈으로 이어주기만 해도
그믐달의 어두운 부분을 바라보기만 해도
우리는 기도하는 것이다

바다에 다 와 가는 저문 강의 발원지를 상상하기만 해도
별똥별의 앞쪽을 조금만 더 주시하기만 해도
나는 결코 혼자가 아니라는 사실을 받아들이기만 해도
나의 죽음은 언제나 나의 삶과 동행하고 있다는 평범한 진리를 인정하기만
해도

기도하는 것이다
고개 들어 하늘을 우러르며
숨을 천천히 들이마시기만 해도
　　　　　　　— 이문재,『지금 여기가 맨 앞』, 문학동네, 2014에서

心

萬海

心은心이니라
心만心이아니라非心도心이니心外에ᄂᆞᆫ何物도無ᄒᆞ니라
生도心이오死도心이니라
無窮花도心이오薔薇花도心이니라
好漢도心이오賤丈夫도心이니라
蜃樓도心이오空華도心이니라
物質界도心이오無形界도心이니라
空間도心이오時間도心이니라
心이生ᄒᆞ면萬有가起ᄒᆞ고心이息ᄒᆞ면一空도無ᄒᆞ니라
心은無의實在오有의眞空이니라
心은人에게淚도與ᄒᆞ고笑도與ᄒᆞᄂᆞ니라
心의墟에ᄂᆞᆫ天堂의棟樑도有ᄒᆞ고地獄의基礎도有ᄒᆞ니라
心의野에ᄂᆞᆫ成功의頌德碑도立ᄒᆞ고退敗의紀念品도陳列ᄒᆞᄂᆞ니라
心은自然戰爭의總司令官이며講和使니라
金剛山의上峰에ᄂᆞᆫ魚蝦의化石이有ᄒᆞ고大西洋의海底에ᄂᆞᆫ噴火口가有ᄒᆞ

니라

心은何時라도何事何物에라도心自體쑨이니라

心은絕對며自由며萬能이니라

— 萬海, 「心」, 『惟心』 창간호(1918. 9)에서

군말

韓龍雲

「님」만님이아니라 긔룬것은 다님이다 衆生이 釋迦의님이라면 哲學은 칸트의님이다 薔薇花의님이 봄비라면 마시니의님은 伊太利다 님은 내가사랑홀쑨아니라 나를사랑ᄒ나니라

戀愛가自由라면 님도自由일것이다 그러나 너희는 이름조은 自由에 알쓸한 拘束을 밧지 안너냐 너에게도 님이잇너냐 잇다면 님이아니라 너의그림자니라

나는 해저문벌판에서 도러가는길을일코 헤매는 어린羊이 긔루어서 이詩를 쓴다

– 著者

— 韓龍雲, 『님의 沈黙』, 회동서관, 1926에서

한용운의 시를 통하여 치유의 원리를 발견하고 구현하는 일
― 두 가지 차원의 치유와 그 회통의 길

1. 문제 제기

한용운의 시는 치유의 근본 원리와 그 구현의 실제를 담고 있는 대표적인 텍스트입니다. 이 점이 가능하게 된 것은 시 창작의 주체인 한용운이 득도한 고승이자 원력에 의하여 시(문학)를 현실 속에서 방편행으로 훌륭하게 창작하고 활용한 대승적 보살로서의 시승(詩僧)이기 때문입니다.

치유란 무엇인가에 대하여 본격적으로 사유해보기로 합니다.
① WHO에서 정의를 내린 내용에 의거하자면, 건강이란 신체적, 정신적, 사회적, 영성적 차원의 안녕(wellbeing)을 뜻합니다. 이 네 가지 가운데서 앞의 세 가지가 직접적인 생존 욕구와 관련된 문제라면 맨 마지막의 한 가지는 깨침의 문제와 관련돼 있습니다. 그러나 이들 모두는 결국 불교의 존재 의미이자 궁극인 '이고득락(離苦得樂)'의 문제로 수렴된다고 볼 수 있습니다.
② 치료(cure)와 치유(healing)의 개념을 구분해보는 것이 유익합니다. 치료는 육체적 질병(disease)으로 인한 고통(pain)과 내면세계의 파탄(mental disor-

der)으로 인생을 영위하는 것이 불가능한 것을 낫게 하는 것이고, 치유는 대상에 의한 인간의 '정신, 곧 수상행식(受想行識)의 고뇌(suffering)'를 완화 및 감소시키고 제거하는 것을 의미합니다.

③ 일시적 치유와 근본적 치유를 구분해보는 것이 유익합니다. 그러니까 생업(生業)과 생존 욕구에 기반한 에고(我相)를 치유하는 일시적 치유와, 도업(道業)과 도심(道心)에 기반한 참나(본성품)의 치유라는 근본적 치유를 나누어 생각해보는 것입니다.

㉠ 일시적 치유인 에고(我相)를 치유하는 일의 중요성은 다음과 같습니다. 현실적으로 에고가 갈망하는 '생존 욕구(신체적 안전과 정신적 자존심의 유지 그리고 영생에 대한 희망)' 충족에 유리한 환경을 조성해주어야 합니다. 찰스 다윈이 말하는 자연선택과 성선택의 차원을 이해하고 그 차원에서의 만족을 도와줄 필요가 있습니다. 부연하자면 이것은 에이브럼 매슬로가 말하는 5가지 단계의 욕구를 모두 충족시켜주는 일입니다. 그리고 데이비드 호킨스가 말하는 '위력(force)'의 결핍을 충족시켜주는 일입니다.

㉡ 근본적 치유인 참나(본성품) 차원의 치유가 지닌 중요성은 다음과 같습니다. 에고의 치유는 개체와 인간중심적인 인식 내에서 이루어지는 것으로서 한계가 있는 치유입니다. 따라서 생사 문제를 비롯한 세계와 우주의 본질적인 문제와 이치를 이해하고 깨침으로써 에고 차원의 치유에서는 끝나지 않는 '불안'을 제거해줄 필요가 있습니다. 이는 데이비드 호킨스가 말하는 '힘(power)'의 강화와 성장에 의한 치유라고 볼 수 있습니다.

④ 근대시라는 시 텍스트가 지닌 치유 가능성에 대한 의문과 한계에 대해 사유할 필요가 있습니다. 이는 근대의 한계이자 근대시의 한계이고 근대시인의 한계라고 할 수 있습니다.

⑤ 한용운 시의 치유의 원리와 그 가능성을 적극적으로 사유해볼 필요가 있습니다. 한용운의 시는 불교적 자아 이상의 형성과 완성을 향한 도정(탄생, 출가, 구도, 오도, 교화)이 고스란히 체화된 텍스트입니다. 그러니까 한편으로는 중생심이라고 불리는, 생존 욕구에 바탕을 둔 에고에 대한 인식이 아주 정확하고 치밀하며, 다른 한편으로는 그 중생심의 원천이자 에고를 넘어선 세계에 대한 통찰이 아주 객관적이고 실제적인 텍스트입니다. 이와 같은 한용운의 시는 에고의 일시적 치유와 참나의 근본적 치유가 동시에 가능한 텍스트입니다. 특별히 그의 시집 『님의 침묵』이 지닌 '지혜/자비/원력'을 바탕으로 한 '화작(化作)'의 방식에 주목한다면 상당한 성과를 거둘 수 있을 것이라 생각합니다.

치유의 담당자 혹은 연구자의 자격은 어떠해야 하는가에 대하여 새롭게 사유해보기로 합니다.

① 수도인, 수행자, 도인의 길을 심층적으로 이해하고 체화할 필요가 있습니다. 이른바 생업과 도업, 에고와 참나, 인간적 진리와 우주적 진리, 세간적 현실과 출세간적 진리, 인격회복과 도격(道格) 회복을 동시에 알고 갖추는 일이 필요합니다. 이에 대해서는 정신분석의이자 연구자인 이동식 선생의 '도정신치료'를 참고하기 바랍니다.

② 의식지수가 일정한 수준을 넘어서야 합니다. 데이비드 호킨스는 최소 200 이상(지성)인 자, 더 나아가 500 이상(영성)인 자가 되어야 한다고 말합니다. 이와 관련해서는 데이비드 호킨스의 '의식지수 이론'과 다양한 저서들을 참고하기 바랍니다.

③ 인간, 인생, 인성, 세계, 우주 등의 이치를 알고 체화하는 것이 필요합니다. 이를 위하여 주류심리학과 자아초월심리학을 동시에 이해하고 융합하는 것이 요구되며 동서고금의 철학과 지혜서(경전)에 대한 종합적인 이

해와 증득이 필요합니다.

④ 한용운 시를 치유 텍스트로 다루기 위해서는 다시 특별한 조건이 요청됩니다. 이를 구체적으로 열거하자면 불교적 지식과 불심(佛心), 시에 대한 지식과 시심(詩心)이 그것입니다.

2. 한용운의 시 1 : 인간관, 인생관, 사회관, 세계관을 바르게 정립한 담론

1) 인간관과 인생관

① 불교적 자아완성과 그 형성의 실제 및 이에 대한 단계적 인식이 체화돼 있습니다. 이를 편의상 숭산(崇山)스님의 자아 서클(0도 : 小我(small I)/90도 : 業我(karma I)/180도 : 空我(nothing I)/270도 : 妙我(freedom I)/360도 : 大我(big I))로 설명해본다면 이의 전모와 단계적 인식이 공존하고 있다는 것입니다. 또한 여러 차례 언급한 데이비드 호킨스의 의식 지수 이론을 빌려 설명해본다면 1에서 1000에 이르는 전 과정과 그 단계적 인식이 모두 깃들여 있다는 것입니다.

② 본질과 현상계에 대한 종합적 이해가 담겨 있다는 것입니다. 달리 말하면 오도의 길과 윤회의 길, 해탈의 길과 회향의 길, 자력의 길과 타력의 길이 모두 담겨 있다는 것입니다.

③ 보살사상과 원력사상이 궁극을 이루고 있습니다. 이른바 소승적 깨침에서 더 나아가 불성사상과 자아 구원의 길, 보살심과 중생 구원의 길을 추구하고 있습니다. 이는 '님'을 갖고 사는 원력의 삶으로 표현돼 있습니다.

④ 대표적인 작품으로 「오도송」 「心」 「심우도」 『님의 침묵』의 「군말」 등등

을 들 수 있으나 사실은 거의 모든 작품을 통하여 이들을 말해볼 수 있습니다.

2) 사회관(역사관, 시대관)과 세계관(우주관)

① 사회관 : 한용운은 계율사상과 '불교사회주의'에 기반한 사회참여와 사회운영에 대하여 말하고 있습니다.
② 세계관(우주관) : 한용운은 우주적 대승(일승)사상과 일심사상 그리고 화엄사상을 중핵으로 삼고 있습니다.
③ 실천론 : 한용운은 '지혜와 자비' 위에서 원만한 방편과 방편행을 활용하고 있습니다. 그는 수행의 일환으로서 시(문학)쓰기, 잡지 발간, 독립운동, 사회활동 등을 두루 행한 불교 수행자입니다.

3. 한용운의 시 2 : 불법과 불교에 기반한 포교와 수행으로서의 시쓰기(문학하기)

1) 생업(生業)에 대한 통찰

① 한용운은 '고제(苦諦)'에 대하여 철저하게 인식하고 있습니다. 인간종에 대한 근본적인 이해를 하고 있는 것입니다. 이는 다위니즘 및 진화생물학, 그리고 진화심리학과 연관지어 설명할 수 있습니다.
② 한용운은 인간종의 생존 욕구와 그 카르마에 대한 철저한 인식을 기본으로 삼고 있습니다. 이는 불교유식론을 통해 더 넓은 이해를 가능케 합니다.

③ 한용운은 민족과 조국 현실에 대한 깊은 이해를 하고 적극적으로 참여하고 있습니다. 그러나 이는 민족과 조국을 포월한 용심(用心)과 실천입니다.

2) 도업(道業)에 대한 통찰

① 한용운은 존재로부터의 해방을 핵심에 두고 있습니다. 그러니까 아공법공(我空法空)으로 표상되는 존재와 세계의 무상성, 무아성, 해탈성을 핵심에 두고 그를 증득하고 있는 것입니다.
② 한용운은 이른바 원력보살로서의 존재의 새로운 재구축과 회복에 전력을 다하고 있습니다. 이른바 대승적인 자비와 구제, 무아적 공심(空心)의 대승적 일심으로의 전변, 우주의 실상과 실제에 근거한 현실적 삶의 구현을 실천하고 있는 것입니다.
③ 한용운은 1917년에 이룬 '오도' 이후에 수행과 포교로서의 삶과 문학을 적극적으로 펼쳐 나아갔습니다. 그의 「오도송(悟道頌)」은 매우 중요한 작품인데 그는 이 이후 시쓰기와 문학 활동을 활발하게 전개했습니다. 시집 『님의 침묵』으로 대표되는 근대시를 비롯하여 시조, 한시, 소설, 수필 등, 다양한 장르로 창작을 하였습니다.

4. 근대적 문학치유의 점검과 극복을 위한 제언

1) 텍스트(도구) 선정

① 근대적 이성과 개인성을 중심에 두고 이루어진 시가 어떤 한계를 지니고 있는지에 대하여 진단하고 이를 넘어설 방안을 찾을 필요가 있습니

다. 불교의 공성과 불성에 의한 시의 적극적 이해와 수용은 그 한 가지 방안이 될 수 있을 것입니다.

② 생존 욕구와 생존사 속에서 나타난 인간 생명체의 카르마와 그것이 작동한 시작품들의 특성과 한계를 인식할 필요가 있습니다. 그 한계를 극복하기 위하여 오도와 깨침에 기반한 시의 세계를 적극적으로 재발견해보는 일이 필요합니다.

③ 경계와 상상력에 기반한 시에 대한 재검토가 필요합니다. 그러면서 무경계와 유심의 시를 사유해보는 것이 필요합니다.

④ 쟁취와 성취의 시가 지닌 한계를 인식해보는 일이 필요합니다. 아울러 성도와 회향의 시에 대한 새로운 이해를 보완해보는 것이 요구됩니다.

⑤ 등단이라는 제도적 차원에 근거한 시 전문가의 시가 지닌 한계를 인식해보는 일이 필요합니다. 이는 오도한 인생 전문가의 시가 지닌 다른 차원을 이해하고 재발견하는 일과 연관됩니다.

2) 치유 담당자와 연구자(안내자)의 조건

① 자아정체성에 대한 바른 이해가 있어야 합니다.
② 도리(道理), 도체(道體), 도심(道心)에 대한 공부와 터득이 필요합니다.
③ 수행자의 안목과 자세 그리고 그 체화가 필요합니다.

3) 시인(창조자)과 독자(수용자 및 공저자)의 자질 및 자세

① 시인의 경우는 카르마를 넘어선 다르마의 시를 창조하는 것이 필요합니다.
② 독자의 경우는 일시적 위로를 넘어선 근본적 치유를 꿈꾸고 실현하는

것이 필요합니다.

4) 관점의 재구축

① 존재론, 인식론, 가치론, 실천론 등에 대한 근본적인 재검토가 필요합니다

② 근대적 관점의 유용성과 공헌을 인정하면서도 그것을 넘어서는 관점의 재구축이 필요합니다.

5) 두 가지 차원의 치유

① 인간종이라는 별상(別相)으로서의 치유와 진신(眞身)이라는 총상(總相)으로서의 치유가 함께 이루어져야 합니다.

② 인간과 세계의 특수성과 보편성을 함께 고려하되, 보편성을 궁극으로 삼아야 합니다.

1920년대 시가 발견한 '들'의 표상성과 그 의미

1. 문제 제기

개인과 집단, 한 시대와 사회는 그들 자신도 모르는 사이에 어떤 대상이나 소재를 발견하고 선택하여 그에 대해 큰 의미를 부여하면서 애착을 보이고 문제화시키는 경향이 있다. 이것은 문학 일반에서도 동일하게 나타나거니와 우리 근현대시사의 전개 과정을 보더라도 마찬가지이다. 이와 같은 것을 가리켜 문학적 관습(literary convention)[1]의 별명이자 한 형태로서 시적 관습, 소재적 관습, 무의식적 관습, 문화적 관습 등과 같은 말로 불러볼 수 있을 것이다.

우리 근현대시사의 경우, 1908년도에 최남선의 「海에게서 少年에게」에서 근대시의 첫 문을 열기 시작한 이래 1910년대의 10년간을 지나고 1920년대로 접어들면서 이와 같은 경향의 일환으로서 일종의 시적 대상이자 관습적 소재들이 발견되는데[2] 그중 주목할 만한 것 가운데 하나가 본 논문의 제목에

---

1 '문학적 관습'의 다양한 면모를 논의하여 기술한 유종호의 『시란 무엇인가』라는 저서 속의 '관습과 모티프' 장은 참고할 만하다. 유종호, 『시란 무엇인가』, 민음사, 1995, 191~213쪽.

2 님, 연정, 사랑, 이별, 달(달빛), 바다, 사적 공간(병실, 침실 등) 등을 우선 제시해볼 수 있

서 이미 명시적으로 드러난 '들'이다. '들'은 노동요와 같은 민요를 제외한 고전시가에서도 크게 문제적인 대상으로 주목받지 못했던 대상이자 소재이며 1920년대의 초기 시단이 형성되기 이전의 계몽시편들에서도 역시 크게 관심을 끌지 못했던 대상이자 세계이다. 그와 같았던 '들'이 1920년대로 오면서 시와 시인들에게 비중 있는 문제적인 존재로 발견되고 선택되기 시작하였으며 1920년대 시단의 문학적, 시적, 소재적 관습의 일종이 되기에 이르렀다는 것은 주목하여 살펴볼 만하다.

그렇다면 왜 이와 같은 현상이 나타났을까? 이와 관련하여 모든 이유나 근거를 포괄적이면서도 명료하게 다 밝힐 수는 없겠지만 우선 거친 대로 1920년대는 농경시대적 삶을 근저에 지니고 있으면서도 근대문명이 확장돼 나아가기 시작하던 단계이고 일제강점기하에서의 왜곡된 삶이 점점 심화돼가던, 이른바 문명사적 특수성과 시대사적 특수성을 동시에 지니고 있던 시기였다는 점을 먼저 언급해볼 수 있을 것이다.

일반적으로 '들'은 자연과 인간, 자연사와 인간사가 중첩되는 지점에 놓이는 공간이자 장소이고 지대이다. 이곳은 인간이 자연인으로서의 삶과 문명인으로서의 삶을 동시에 영위하는 것을 가능하게 해주며, 인간들로 하여금 이른바 내적인 차원에서 무위의 길과 유위의 길을 동시에 경험하게 하는 영역이다. 이러한 '들'은 인류사적 관점에서 볼 때 유목민적인 수렵/채취 시대를 지나 정착민으로서의 농업/목축의 시대로 진입하면서 이전과 구별되게 특별히 인간들에게 최고의 안정감과 안심의 마음을 선사한 물적, 심리적, 생활사적 토대라고 할 수 있다. 지금은 이와 같은 시대를 지나서 산업혁명을, 그것도 제4차 산업혁명을 논의하며 맞이하고 있는 시대인 만큼 그러한 '들'의 성격도 상당히 바뀌었지만, 그렇더라도 우리들의 무의식이 구성하고 있

을 것이다.

는 두텁고 깊은 성충의 그리 멀지 않은 지점에는 '들'에 대한 농업/목축 시대의 심리와 정서가 여전히 깃들여 있다.

1920년대 시에서 이와 같은 '들'의 발견과 그것에 대해 시인들이 보여준 관심과 애정은 앞에서도 시사했듯이 단순한 시적 표현상의 표면적 차원을 넘어서서 당대의 복합적인 문명사적, 시대사적 저변을 읽어내게 하는 자료이다. 그리고 1920년대 초기 시단과 그 주변의 예술성과 정신성을 읽어보게 하는 한 현상이다.

1920년대 시단에서 시집『봄잔듸밧위에』(1924)[3]를 출간한 조명희,『아름다운 새벽』(1924)과『三人詩歌集』(3인 공저, 1929)[4]을 출간한 주요한,『진달내꽃』(1925)[5]을 선보인 김소월, 작고(1943) 이후에 발간된 시집『尙火詩集』[6]의 저자인 이상화는 이런 문제와 관련하여 논의할 만한 시작품을 창작한 대표적인 시인이다. 이들 각각의 시집들 속에서 특별히 조명희의 작품「成熟의 축복」「驚異」「봄」「봄잔듸밧위에」, 주요한의「농부」「드을로 가사이다」「늙은 농부의 恨歎」「풀밧」, 김소월의「들도리」「바리운몸」「바라건대는 우리에게우리의 보섭대일짱이 잇섯더면」「밧고랑우헤서」「나무리벌노래」「저녁쌔」「돈과밥과맘과들」「無心」 등, 이상화의「쌔앗긴들에도 봄은오는가」 등은 무게를 두고 논의할 만한 대표작들이다.

본 논문은 이러한 시인들과 그들의 대표적인 작품들을 대상으로 삼아 각각의 시인들과 이들의 대표작들이 드러낸 '들'의 표상성과 그 의미를 하나의 흐름과 연관성 속에서 살펴보고자 한다. 이와 같은 작업은 1920년대 시가 구축

---

3   趙明熙,『봄잔듸밧위에』, 춘추각, 1924.
4   주요한,『아름다운 새벽』, 조선문단사, 1924; 주요한·이광수·김동환,『三人詩歌集』, 삼천리사, 1929.
5   金素月,『진달내꽃』, 매문사, 1925.
6   이상화 시집은 여러 곳에서 출간되었으나 그 초기의 출간은 백기만이 편한『尙火와 古月』(청구출판사, 1951)과 정음사에서 출간한『尙火詩集』(정음사, 1973)이 대표적이다.

한 의미장의 한 모습을 읽어보는 일이면서 '들'을 중심으로 형성된 이들 간의 내적 질서와 구조성을 만나보는 일이 되기도 할 것이다.

본 논문의 주제와 관련하여 연구사를 살펴보면 지금까지 우리 시학계에서 김소월의 '들'에 관해서는 피식민지인의 국가 상실 문제와 관련하여 논의된 글들이 있다. 이때 그것은 주로 김소월의 시가 낭만적인 사랑이나 전통적인 정한의 영역을 넘어선 현실적인 리얼리즘의 문제에 닿아 있는 부분을 강조하기 위한 것이었다.[7] 그리고 이상화의 '들' 역시 피식민지인의 고뇌와 관련되어 논의되거나 공간적 특수성의 관점에서 주로 논의된 바 있다.[8] 이에 반해 조명희와 주요한의 시를 논하는 글에서는 '들'의 문제가 중요한 문제로 주목받은 바가 거의 없다. 그러니까 지금까지 이루어진 논의들은 개별적인 차원에서 '들'에 부분적 관심을 보인 데 그쳤으며 1920년대 우리 시의 일반적이며 지배적인 한 현상으로서 '들'을 발견하고 그 의미장을 만든 것에까지 논의를 진척시키지는 못했던 것이다.[9]

---

7 정효구, 「빼앗긴 땅, 꿈꾸는 노동」, 『현대문학』 2002년 8월호, 214~218쪽.

8 송명희, 「이상화 시에 나타난 공간 이미지와 시간의식」, 『비교문학』 6, 1981, 123~ 146 쪽; 송명희, 「이상화 시의 장소와 장소상실」, 『한국시학연구』 23, 2008, 219~242쪽.

9 서범석은 '농민시'의 개념을 그의 관점으로 정립하고 그에 해당되는 해방 이전 시기까지의 작품을 집대성하였으며 또한 이에 대한 연구를 하였다. 그가 집대성한 이른바 '농민시' 작품을 바탕으로 연구한 논문과 저서에는 '들'이 등장하는 경우가 다소 있으나 이것은 '농민시'라는 틀 속의 것으로서 본고에서 다루고 있는 '들'이라는 소재의 발견과 표상 문제와는 구별된다. 그렇더라도 서범석의 작업 가운데 '농민시' 작품을 집대성한 일은 노작에 해당된다. 서범석 편, 『한국농민시』, 고려원, 1993; 서범석, 『한국농민시연구』, 고려원, 1991.
   또한 성기각은 해방 후부터 30여 년간에 이르는 시기의 '농민시'를 대상으로 연구작업을 하였다. 이 역시 '농민시'의 개념 속에서 이루어진 일이어서 '들'의 자유로운 발견 문제를 논하는 본고의 방향과는 궤를 달리 한다. 그러나 이 작업은 서범석이 다룬 시기 이후의 '농민시'를 통시적으로 고찰한 공로가 있다. 성기각, 『한국 농민시와 현실인식』, 국학자료원, 2002.

이와 같은 점을 염두에 두고 아래의 본문에선 1920년대 우리 시에서 '들'이 지닌 중요성과 그 의미장이 구축된 실상에 대하여 살펴보기로 한다.

2. 조명희와 주요한의 시

조명희는 1924년도에 춘추각을 통하여 『봄잔듸밧위에』라는 첫 시집을 출간한다. 이런 조명희는 시인으로서의 명성이나 관심보다 소설작품 「낙동강」과 희곡작품 「김영일의 死」 등을 쓴 소설가이자 희곡작가로서 더욱 더 큰 주목을 받았다. 그리고 특별히 그는 일제의 폭압에 대한 깊은 고뇌와 사회주의 사상에 대한 동경으로 인하여 조선 땅을 떠나 러시아로 망명한 후 비극적 죽음을 맞이한 소위 디아스포라의 문제적인 작가로서 주목을 받았다.[10]

그러나 그는 시인으로서도 상당한 관심의 대상이 될 만한 부분을 적잖게 지니고 있다. 그 첫째는 이미 그는 소설작품 「낙동강」을 쓰기 이전인 1923년부터 본격적으로 시를 발표하였으며 일찍이 1919년도에 도일하여 일본의 동양대학 철학과에 적을 두고 철학 공부를 한 지식인답게 그의 시세계에 남다른 절실함과 깊이를 지닌 철학성과 형이상성을 담고 있다는 점이다. 그리고 그 둘째는 생명 감각, 생명 의식, 생명애 등으로 부를 수 있는 자연적이며 우주적인 생명 에너지의 체득과 발현 및 교감이 구체적인 실감 속에서 격정적이나 생생하게, 투박하나 진솔한 언어로 형상화되고 있다는 점이다.

물론 조명희의 시집 『봄잔듸밧위에』에는 조명희를 말할 때 먼저 떠올리는 일제강점기 피식민지인의 고뇌와 사회주의적 계급의식 또한 내재해 있다. 그러나 이런 점들은 이미 널리 알려진 바이고, 그가 러시아로의 망명을 감행

---

10 여러 가지 글이 있으나 『조명희선집 : 洛東江』을 출간하고 그 뒤에 해설 겸 조명희론을 쓴 임헌영의 글이 참고할 만하다. 임헌영, 「조명희론」, 『조명희선집 : 낙동강』, 풀빛, 1988, 285~302쪽.

제1부 '환지본처'의 상상력과 영성 수행의 길

한 이후의 작품들이 발표되기 이전엔 이런 문제를 다룬 다른 시인들과 특별히 구별되는 어떤 관점이나 미학적 특성을 드러내지는 않고 있다.

조명희의 시집 『봄잔듸밧위에』에는 앞서 언급한 바와 같은 몇 가지 대표적인 특징이 내재해 있지만 이들과 더불어 본 논문의 관심사인 '들'의 발견이자 만남으로 인한 주요한 내면세계의 개성적 표출이 드러나 있는 점이 언급될 필요가 있다.[11] 이 시집의 맨 앞에 수록된 작품 「成熟의 축복」과 이어서 수록된 작품 「驚異」, 그리고 「봄」과 「봄잔듸밧위에」는 이런 사실들을 논의하기에 적절한 작품이다. 먼저 작품 「成熟의 축복」을 보면 그는 여기서 다음과 같이 말하고 있다.

가을이 되었다. 마을의 동무여
저 넓은 들로 향하여 나가자
논길을 밟아가며 노래 부르세
모든 이삭들은
다북다북 고개를 숙이어
"땅의 어머니여!
우리는 다시 그대에게로 돌아 가노라" 한다.

동무여! 고개 숙여라 기도하자
저 모든 이삭들과 함께…

— 「成熟의 축복」 전문[12]

---

11 여기서 카프 시인들의 '농민시'를 다루면서 실제로 그 가운데는 카프의 사회주의 의식이나 공산주의 의식 그리고 계급 문제 등이 아닌 이른바 목가적 농민시나 풍속사적 농민시 등이 있고, 집단성 이상으로 개별성이 있음을 말한 박경수의 견해는 참고할 만하다. 박경수, 「카프 농민시 연구」, 『牛岩斯黎』 5, 1995, 149~194쪽.
12 임헌영 편, 『조명희선집 : 洛東江』, 풀빛, 1988, 11쪽; 趙明熙, 『봄잔듸밧위에』, 춘추각, 1924.

가을은 위 인용시에서 성숙의 시간이다. 시인은 그 시간의 축복된 감정을 '저 넓은 들'로 나가서, '논길을 밟아가며,' 동무들과 노래를 부르자는 권유를 통하여 표현하고 있다. 그러면서 그는 모든 들녘의 이삭들이 고개를 숙이고 '땅의 어머니'를 향하여 다시 회귀하는 가을의 모습이야말로 찬탄할 만큼 감격적이고 심오한 풍경임을 시사한다. 그의 이런 찬탄과 감격은 위 시의 마지막 연에서 인간적 차원을 넘어서서 '기도'를 하는 신비의 차원으로 상승하고 있는데 그의 이런 기도는 인간과 가을의 이삭들이 함께 드리는 우주적 의식 행위가 됨으로써 성숙의 시간인 가을을 성화(聖化)시킨다.

이런 가운데 위 시의 인상적인 표현인 '넓은 들을 향하여 나아가는 일', '논길을 밟는 일', '땅의 어머니에 대한 경외와 감사'를 보내는 일 등은 '들–논길–땅'으로 연계되고 중첩되면서 시인의 철학적이며 형이상학적 탐구 속에서 '들'의 새로운 표상성을 창조한다.

조명희의 다른 작품 「驚異」[13]에서 '들'은 '땅'으로 변주되어 나타난다. 여기서 시인은 담 아래 서 있는 밤나무에서 아람이 땅으로 떨어지는 소리에 주목한다. 그러면서 이것이야말로 우주가 새아들을 낳은 것과 같은 것이니, 모두가 등불을 켜들고 이 손님을 맞으러 가야 하지 않겠느냐고 권유한다. 이 시의 핵심은 생명의 탄생과 그에 대한 경이 그리고 찬탄이지만 이런 일의 무대가 '땅'이라는 점은 달리 주목하여 살펴볼 만하다.

또한 그는 시집 『봄잔듸밧위에』 속의 작품 「봄」[14]과 「봄잔듸밧위에」[15]에서 '들'의 변주 양태인 '잔디밭'에 큰 관심을 보이고 의미를 부여하고 있다. 여기서 잔디밭은 크나큰 봄을 낳는 땅이요, 천진한 존재의 본원상(本原相)을 그대로 보여줄 수 있는 곳이다. 조명희에게 이런 땅은 봄이라는 자연사가 현현

---

13 위의 책, 11~12쪽; 조명희, 「驚異」, 『廢墟以後』 1924. 1.
14 위의 책, 12쪽; 조명희, 『봄잔듸밧위에』, 춘추각, 1924.
15 위의 책, 13쪽; 조명희, 「봄잔듸밧위에」, 『開闢』 1924. 4.

제1부 '환지본처'의 상상력과 영성 수행의 길

되는 원천이며, 존재의 천진성을 구현할 수 있는 우주적인 유토피아의 장이다.

지금까지 조명희의 시에 등장하는 '들'의 표상성에 대하여 살펴보았다. 존재와 그 존재의 이상성, 그리고 그런 존재의 근원과 원천 등에 대하여 형이상학적 탐구를 실행하고 있는 조명희의 시에서 '들'은 성화된 땅이며, 경외의 지대이고, 존재의 탄생지이며, 존재의 만개지이다.

이와 같은 '들'은 주요한의 시에서도 흥미롭게 나타나고 있다. 주지하다시피 주요한의 첫 시집 『아름다운 새벽』은 조명희의 『봄잔듸밧위에』와 마찬가지로 1924년도에 출간되었다. 그리고 이광수, 김동환과 함께 출간한 『三人詩歌集』은 1929년도에 삼천리사에서 출간되었다. 이 두 시집 가운데서 특히 『아름다운 새벽』에서 가장 눈길을 끄는 대상이자 두루 나타나는 소재는 '들'이라기보다 '물'이라고 보는 편이 옳다. 이것은 주요한의 대표작이자 문제작이기도 한 「불놀이」만 보더라도 쉽게 이해되고 공감되는 부분이다. 그의 이 시집에서 이런 '물'에 비하면 '들'은 그렇게 빈번하게 드러나지는 않는다. 그렇지만 작품 첫 시집 『아름다운 새벽』 속의 「농부」[16]와 「풀밧」[17]은 '들'과 관련하여 살펴볼 만한 내용을 담고 있으며 『三人詩歌集』 속의 「늙은 농부의 恨歎」[18]과 「드을로 가사이다」[19] 등도 역시 '들'과 관련하여 살펴볼 만한 내용을 담고 있다.

「농부」에서 주요한은 '들'의 표상을 다음과 같이 그려 보이고 있다.

　　비개인뒤에 농부는 논에나갓다.

16　주요한, 『아름다운 새벽』, 조선문단사, 1924, 88~89쪽; 주요한, 「농부」, 『開闢』 1924년 2월호.
17　위의 책, 86~87쪽; 주요한, 「풀밧」, 『開闢』 1923년 2월호.
18　주요한, 「늙은 농부의 恨歎」, 『朝鮮之光』 1928년 12월호.
19　주요한, 「드을로 가사이다」, 『東亞日報』 1925.11.23.

바람이 산봉오리로 내려와서
김오르는 밧이랑과 논드렁으로
춤을추며 지나갓다.

검은 물새가 논에서 논으로
놀리는듯이 소리치면서 나라갓다.
기나긴 녀름해가 말업시 쪼이는것은
농부의 속을 헤아려 보랴는 것이다.

그러나 기다릴줄 아는 우리 농부는
자랑하듯 긴한숨을 드리마시고
시방은 무섭게도 푸르른 넓은벌에
금빗 물결이 흐늑일 가을을 확실히 보앗다.

　　　　　　　　　　　　　　　　　　　—「농부」 전문

　위 시의 제1대상은 농부이다. 시인은 어려운 처지의 농부가 맞이할 가을
의 수확을 애써 희망적으로 기대함으로써 농부의 고달픈 삶을 긍정의 세계
로 전변시키고자 한다. 그러나 이와 같은 농부가 뿌리를 내리고 사는 구체적
이며 물질적인 토대는 상상이나 기대 이전의 자리인 '들'이다. 들은 농부의
생존 터이자 삶의 근거인 것이다. 위 시에서 이와 같은 들은 시의 배경이면서
동시에 전경이다. 들은 농부의 뒷자리에 있으면서 동시에 농부의 앞자리에
있는 세계인 것이다. 위 시에서 보이는 논, 밭이랑, 논두렁, 푸르른 넓은 벌,
금빛 물결의 가을 등은 이런 두 세계를 동시에 표상하고 있는 '들'의 등가물
들이자 계열체들이다.

　농부의 삶에 대한 주요한의 위와 같은 관심은 작품 「늙은 농부의 恨歎」에
서 더욱 리얼하게 드러난다. 그러나 이 시에선 늙은 농부로 표상되는 농부의
한탄스러운 삶이 인간사적 차원에서만 너무 격하게 표면적으로 드러나고 있

　　　　　　　　　　　제1부　'환지본처'의 상상력과 영성 수행의 길

어서 '들'의 중층적인 역할과 표상성은 숨은 곳에서 미미하게 전달돼 올 뿐이다. 그렇더라도 여기서 이 '들'의 역할은 적지 않다.

앞서 열거한 네 편의 작품 가운데 아직 논의하지 않은 「풀밧」과 「드을로 가사이다」는 앞서 논의한 「농부」와 「늙은 농부의 恨歎」과는 그 관점이 아주 상이하다. 「농부」와 「늙은 농부의 恨歎」이 인간사의 현실적 모순과 아픔에 초점을 맞추고 있다면 후자는 대지와 자연인 '들', 그 자체에 대한 무한의 애정 표현이자 찬가의 형태를 띠고 있다.

먼저 「풀밧」에서 주요한은 풀밭에 누워 대지의 검은 흙 속에서 무수한 생명들이 때를 헤아리며 내는 신비의 소리를 듣는다. 그리고 이 소리야말로 하나의 강력하고 기적과도 같은 힘으로서 자신의 영혼을 정화시키는 위력을 지니고 있다고 전해준다. 현실적인 삶이 제외된 이 시에서 '들'의 변주형이라고 할 수 있는 대지의 검은 흙은 생명력의 처소이자 은유이고 존재를 맑혀주는 '중생(重生)의 에너지'이다. 이와 같은 점은 작품 「드을로 가사이다」에 이르러 보다 고조된다. 시인은 이 작품에서 도회문명과 전원으로서의 '들'을 서로 대비시키는 가운데 자신이 읽어내고 느낀 '들'의 진선미를 무한으로 찬탄하며 사람들을 이 전원인 '들'의 세계로 초대한다. 여기서 '들'은 현실 생활이 빠진 '들'의 모습을 하고 있지만, 그럴수록 묘사된 작품 속의 '들'의 풍경은 싱싱하고 찬란하며 아름답다. 참고로 밝히면 이와 같은 「드을로 가사이다」는 이후의 그의 작품 「田園頌」으로[20] 이어진다.

이러한 두 가지 관점 속에서 '들'은 주요한의 작품을 통하여 일정한 역할을 한다. 그러나 주요한이 바라보고 형상화한 '들'은 매우 단순하다. 농부로 표상되는 현실 문제와 관련시켜 다루어질 때도, 도회문명과 대비시켜 다루어질 때도 '들'은 추상적이고 패턴화되어 있다. 그것은 주요한에게 농부와 자연

---

20 주요한, 「田園頌」, 『文藝公論』 1929년 6월호.

이 모두 진정한 경험의 대상이라기보다 일정한 거리를 지니고 바라보는 이른바 대상화된 풍경으로서의 세계이기 때문이라 생각된다.

하지만 주요한의 이와 같은 '들'에 대한 친연성은 1920년대 초기 시단의 '들'의 표상성을 논하는 데 밑거름이 된다. 비록 그것이 고차원의 통찰력과 세계 인식의 내용을 담고 있는 것은 아닐지라도 '들'이 당시의 시인들에게 소재적 관습이나 문학적 대상으로 익숙하게 수용되는 한 모습을 여기서 볼 수 있기 때문이다.

3. 김소월의 시

김소월의 시집 『진달내꼿』은 1925년도에 발간된다. 앞의 조명희나 주요한의 시집과 비교하면 일 년쯤 뒤가 되는 셈이다. 그러나 이들이 활동한 초기 시단의 일반적 정황은 대동소이하다.

이런 김소월의 시에서 이별과 전통, 님과 정한, 근대와 탈근대 등등의 문제는 매우 많은 논자들이 오래전부터 관심을 갖고 논의해온 테마이다. 그러나 '들'과 관련된 논의는 아직 제대로 이루어지지 않아 여분을 남기고 있다.

김소월의 시에서 이러한 '들'의 발견과 관련된 작품들은 「들도리」 「바리운 몸」 「바라건대는 우리에게우리의 보섭대일짱이 잇섯더면」 「밧고랑우헤서」 「저녁째」 「無心」 「나무리벌노래」 「돈과밥과맘과들」 등이다. 이들 중 상당 부분은 '바리운몸'이라는 시집 속의 한 장의 대표제목 아래 소속되어 배치된 작품군들이다.

위의 '바리운몸'이라는 장에서 시인(화자)은 자신을 "바리운몸"으로 표상하고 있다. 버려진 몸, 버린 몸, 상실의 존재 등과 같은 뜻이 여기에 들어 있다. 그와 같은 자기인식과 규정 속에서 시인은 '들'을 통하여 자기 자신의 현재를 진단하고 위로하며 극복하고자 한다.

시집 속 한 장의 대표 제목이면서 작품 제목이기도 한 「바리운몸」[21]을 보면 여기서 화자는 꿈에 울고 일어나서 다른 곳이 아닌 바로 '들'로 나온다. 그랬더니 그 들에는 소슬비가 내리고, 개구리가 울고 있으며, 풀 그늘이 어둡다. 화자는 이런 들에서 뒷짐을 지고 땅을 바라보며 머뭇거리고 있는데 누군가가 반딧불이가 모여드는 수풀 속에서 '간다, 잘 살아라' 하는 내용의 노래를 부르는 소리가 들려온다. 방금 살펴본 바와 같이 여기서 '들'은 그가 '꿈 속의 울음'으로 표상되는 슬픔, 비애, 상실감 등을 완화시키고 해결하며 발효시킬 수 있는 무의식적인 현실 지대이다. 물론 그의 이런 소망은 온전히 성취되지 않았지만 그의 막힌 마음이 향할 수 있고, 향한 곳이라는 점에서 '들'은 의미가 있다.

　더 나아가, 김소월은 이런 들에서 희망을 찾고 힘을 내고자 한다. '들놀이'라는 뜻의 작품 「들도리」에서도,[22] 「저녁째」에서도[23] 그는 "바리운몸"의 처지를 넘어서려고 한다.

　「들도리」를 보면 화자는 들에 나가 들꽃이 피어 흐드러져 있는 것을 본다. 그리고 들풀이 들녘으로 가득히 높게 자란 것을 본다. 이런 것들에서 그는 "저보아, 곳곳이 모든 것은/번쩍이며 사라잇서라./두나래 펼쳐썰며/소리개도 놉피써서라"라는 구절에서 보여주듯이 살아 있음의 환희와 활력을 기대하고 소망한다. 이런 점은 그 뒤의 연에도 이어져 그는 비록 가다가 또다시 쉬는 몸이 될지라도 숨에 찬 자신의 가슴은 기쁨으로 채워져 아주 넘칠 것이라고 말한다. 그에겐 "바리운몸"의 상태를 넘어서서 이 시의 마지막 연의 내용처럼 "거름은 다시금 쏘더 압프로……" 가고자 하는 의지를 잃지 않는 것

21　김용직 편저, 『김소월전집』, 서울대학교출판문화원, 2001, 130쪽; 金素月, 『진달내꼿』, 매문사, 1925.
22　위의 책, 128쪽. 여기서 '들도리'는 '들노리'이다.
23　위의 책, 136쪽; 金素月, 「저녁째」, 『開闢』 1925년 1월호.

이 무엇보다 소중하기 때문이다.

그러나 그는 이런 의지만으로 자신을 되돌릴 수 없다. 작품 「저녁쌔」를 보면 마소의 무리와 사람들도 들녘에서 돌아오고, 개구리 울음 소리도 요란하며, 드높은 나무가 서 있고, 그 속에 새도 깃들이는 들녘이지만 그는 이 '넓은 벌'에서 그 벌의 물빛을 들여다보며 긴 한숨을 짓지 않을 수가 없다.

이와 같은 김소월의 시작품들에서 '들'을 발견하여 현실의 아픔과 꿈을 한꺼번에 보여준 최고의 작품은 「바라건대는 우리에게우리의 보섭대일쌍이 잇섯더면」[24]과 「밧고랑우헤서」[25]이다. 그러나 이 두 작품의 저변과 주변에는 앞서 논의한 것과 같은 작품들과 아직 논의하지 않은 작품들이 함께 어울려서 전사와 후사를 이루거나 상호텍스트적 관계를 형성한다.

김소월은 「바라건대는 우리에게우리의 보섭대일쌍이 잇섯더면」에서 다음과 같이 쓰고 있다.

> 나는 쑴쑤엿노라, 동무들과내가 가즈란히
> 벌까의하로일을 다맛추고
> 夕陽에 마을로 도라오는꿈을,
> 즐거히, 쑴가운데.
>
> 그러나 집일흔 내몸이어,
> 바라건대는 우리에게 우리의보섭대일쌍이 잇섯드면!
> 이처럼 써도르랴, 아츰에점을손에
> 새라새롭은歎息을 어드면서.
>
> 東이랴, 南北이랴,

---

24 위의 책, 132쪽; 金素月, 『진달내꼿』, 매문사, 1925.
25 위의 책, 134쪽; 金素月, 『靈臺』 3, 1924. 10.

내몸은 써가나니, 볼지어다,
希望의반짝임은, 별빛치아득임은.
물결쌘 써올나라, 가슴에 팔다리에.

그러나 엇지면 황송한이心情을! 날로 나날이 내압페는
자츳가느른길이 니어가라, 나는 나아가리라
한거름, 쏘한거름, 보이는山비탈엔
온새벽 동무들 저저혼자…… 山耕을김매이는.
　　　　　 ― 「바라건대는 우리에게우리의 보섭대일쌍이 잇섯더면」 전문

위 시에서 화자는 자신을 "집일흔 내몸"으로 표현한다. 그리고 이어서 떠도
는 자, 탄식하는 자로 부연한다. 그러니까 위 시의 출발은 화자의 "집일흔 내
몸"으로의 자기인식이다. 집을 잃은 그는 이 현실과 심정을 보상받을 수 있
는 세계이자 상황을 꿈꾼다. 그러면서 그곳으로 나아갈 수 있는 희망의 길이
자 미래의 길을 실낱같이 가느다란 길이나마 찾아 이어가고자 다짐한다.

이런 위 작품에서 제1연의 동무들과 화자가 가지런히 벌가의 하루 일을 다
마치고 석양에 마을로 즐겁게 돌아오는 꿈은 집 잃은 자로서 보상받고 그런
자가 치유받을 수 있는 정경이다. 이런 정경은 제2연에서 "우리에게우리의 보
섭대일쌍이 잇섯더면" 이런 떠돌이 신세는 되지 않았을 것이라는 데로 이어
진다. 그리고 이것은 다시 마지막 연의 온 새벽 동무들이 저마다 산경(山耕)을
김매는 풍경을 기대하고 기원하는 데로 이어진다. 요컨대 땅이 있다면, 더 정
확히는 농사짓고 살아갈 수 있는 '들'이 있다면, '집 잃은 자'의 상실감과 떠도
는 자의 아픔은 위로받거나 얼마간이라도 해결될 수 있을 것이라는 말이다.

그러나 이것은 희망이고 기대일 뿐 현실이 아니다. 이런 가운데 화자는 마
지막 연의 다른 부분에서처럼 희망의 "가느른길"이라도 이어가야 할 것이라
고 기대하며 다짐한다.

'들'은 김소월의 시에서 이와 같이 중요하다. 그리고 절박하며 절실하고 현실적 토대와 틈 없이 결합돼 있다. 이런 그의 '들'의 발견은 앞서 언급한 다른 작품 「밧고랑우헤서」에서 환상과도 같은 유토피아를 그려보는 데로 나아간다.

우리두사람은
키놉피가득자란 보리밧, 밧고랑우헤 안자서라.
일을畢하고 쉬이는동안의깃븜이어.
지금 두사람의니야기에는 꼿치필째.

오오 빗나는 太陽은 나려쏘이며
새무리들도 즐겁은노래, 노래불너라.
오오 恩惠여, 사라잇는몸에는 넘치는恩惠여,
모든은근스럽음이 우리의맘속을 차지하여라.

世界의끗튼 어듸? 慈愛의하눌은 넓게도덥혓는데,
우리두사람은 일하며, 사라잇서서,
하눌과太陽을바라보아라. 날마다날마다도,
새라새롭은歡喜를 지어내며, 늘 갓튼쌍우헤서.

다시한番 活氣잇게 웃고나서, 우리두사람은
바람에일니우는 보리밧속으로
호믜들고 드러갓서라, 가즈란히가즈란히,
거러나아가는깃븜이어, 오오 生命의 向上이어.

— 「밧고랑우헤서」 전문

위 시의 두 사람은 '키 높이 가득 자란 보리밭 밭고랑' 위에서 일을 마치고 이야기를 하며 기쁜 시간을 보내고 있다. 그들에게 하늘의 찬란한 태양과 땅의 활기찬 새들로 표상된 들(보리밭과 밭고랑 주변)을 감싼 풍경은 은혜로움을 느낄 만큼 감동적이다. 이런 그들은 세계의 끝에 대해 질문하고 자애의 드넓은 하늘을 상상하며 살아 있음의 환희를 더욱 크게 확인한다. 그런데 여기서 중요한 것은 그와 같은 감동과 확인이 '늘 같은 땅 위에서' 이루어진다는 것이다. 그러니까 '키 높이 가득 자란 보리밭 밭고랑'으로 표상된 일터이자 생활터전으로서의 '들'이야말로 그들에겐 다른 모든 것이 가능하게 만드는 지성소이자 중심처소와 같은 곳이라는 말이다.

이런 '들'을 확인하며 그들은 다시 보리밭 속으로 호미를 들고 나란히 일하러 걸어 들어가는 자의 기쁨을 들려준다. 그런 내용은 위 시의 마지막 연에서 인상적으로 드러나거니와 이때의 기쁨은 단순한 감정적 기쁨을 넘어서서 '생명의 향상'을 느끼게 하는 거룩하고 고차원적인 기쁨이다.

앞에서도 언급했듯이 위 시의 황홀하고 건강한 풍경은 김소월의 현실적 풍경이라기보다 회복하고 싶은 이상향으로서의 환상적 세계이다. 『김소월전집』을 편저한 김용직은 이 시를 두고 주석을 달면서 '이례적이라고 할 정도로 소월의 작품 가운데서 건강한 색조를 띤 시다'라고 평가하고 있다.[26]

위 시를 "바리운몸"의 상태, "집일흔 내몸"의 상태인 김소월이 마음속 깊은 곳에서 회복하거나 도달하고 싶은 이상향으로서의 환상적 세계라고 할 때 이런 이례적인 모습은 이해될 수 있을 뿐만 아니라 의미 깊다고 할 수 있다.

이처럼 '들'을 중심으로 전개되고 있는 김소월의 현실 인식과 이상향의 표현은 그의 작품 「돈과밥과맘과들」[27]을 보면 무리 없이 상호 관련된 가운데 종합적으로 이해될 수 있다. 김소월은 「옷과밥과自由」라는 시를 썼고 이것을 대표 제목으로 삼아 출간된 시집도 있다.[28] 그리고 「生과돈과死」라는 시를 쓰

---

26 위의 책, 135쪽.
27 위의 책, 340~343쪽; 金素月, 『東亞日報』 1926. 1. 1.
28 유종호 편, 『김소월 시집 : 옷과 밥과 自由』, 민음사, 1973. 여기서 유종호는 김소월 시

기도 하였다. 「돈과밥과맘과들」은 이 두 편의 시를 결합시켜놓은 듯한 제목이다. 여기서 '돈과 밥과 맘과 들'을 키워드로 삼아 김소월의 시세계를 논할 수도 있을 것이다.

총 7장으로 구성된 비교적 긴 분량의 이 시는 1926년도에 『동아일보』에 발표된 것인데 돈과 밥으로 표상되는 현실과, 그 사이에서 일어나는 인간들의 마음 및 들로 표상된 비현실성과 탈현실 혹은 초현실성의 의미를 한자리에서 표현하고 있다. 긴 작품이므로 앞 부분만 옮겨보기로 한다.

一

얼골이면거울에빗추어도보지만하로에도몃번식빗추어도보지만엇제랴그대여
우리들의쯧갈은百을산들한번을빗출곳이잇스랴

二

밥먹다죽엇스면그만일것을가지고
잠자다죽엇스면 그만일것을가지고서로가락그럿치어쎠면우리는쯕하면제몸
만을내세우려하드냐호뮈잡고들에나려서곡식이나길으자

三

순즉한사람은죽어하늘나라에가고
모질든사람은죽어지옥간다고하여라
우리나사람들아그쏸아라둘진댄아무런괴롭음도다시업시살것을머리숙우리고
안잣든그대는
다시 "돈!" 하며건넌山을건느다보게되누나

_____

의 키워드를 '임과 집과 길'로 설정하여 해설을 쓰고 있다.

제1부 '환지본처'의 상상력과 영성 수행의 길

四

등잔불그무러지고닭소래는자즌데
옛태자지안코잇드냐다심도하지그대요밤새면내일날이쪼잇지안우
— 「돈과밥과맘과들」 부분

위에서 보이듯이 제1장에선 인간들의 얼굴은 거울에나 비추어볼 수 있으
나 그들의 성질(마음)은 비추어볼 곳이 없어서 답답하고 안타깝다는 사실을,
제2장에선 아예 밤에 자다가 저도 모르게 죽는 것이 나을 것을 이렇게 살아
가지고 서로가 걸핏하면 자기주장만 내세우며 싸우고 있으니 호미나 들고
들녘에 나가 곡식이나 기르는 것이 좋지 않겠느냐는 자문과 권유를, 제3장에
선 착한 사람은 천당에 가고 악한 사람은 지옥에 간다는 단순한 이치만 알아
도 인간들의 삶은 괴롭지 않을 터인데 그것을 모르고는 매순간마다 돈에 매
여 살아가는 인간들의 비애가 얼마나 안타까운지를, 제4장에선 벌써 새벽이
다가왔는데 그때까지도 근심걱정 속에서 다심(多心)한 삶을 살아가는 인간들
의 단견과 한계가 빚어내는 비애의 아픈 삶을 각각 그려 보이고 있다.

요컨대 위 시는 '돈과 밥과 맘과 들'을 키워드로 삼아 인간과 인간사의 모
순과 아픔, 비애와 한계, 극복과 가능성의 다각적인 드라마를 실감나게 펼쳐
보이고 있다. 여기서 이 글의 관심사인 '들'은 인간적 모순과 아픔, 비애와 한
계 등을 넘어서거나 비켜설 수 있는 하나의 대안이자 장소이고 공간이다. 이
점은 같은 작품의 마지막 장인 제7장에서 돈에 대한 집착과 대비되며 산마루
에 핀 꽃의 영원성을 말하는 데서도 동일하게 나타난다.

위에서 살펴보았듯이 김소월의 시에서 '들'은 다른 어떤 시인의 경우에서
보다 삶에 밀착돼 있으며 그 삶이 빚어내는 현실적 모순과 고통을 위로하거
나 치유하며 미래로 나아갈 길을 상실하지 않게 하는 터전이자 '길'의 역할을
하고 있다. 부연하면 '들'은 "바리운몸," "집일흔 내몸"과 같은 시인 자신의 자

기인식과 처한 현실은 물론 이의 확장적 의미를 가진 인간사 일반의 현실과 시대고에 짓눌린 피식민지인의 비극적 상황을 위로하며 치유하고 극복하게 하는 하나의 뜻 깊은 대상이자 소재이고 세계인 것이다.

4. 이상화의 시

지금까지 앞장에서 '들'의 발견이라는 관점에서 조명희, 주요한, 김소월의 시에 대하여 논의하였다. 그런데 조명희의 순수하고 순정한 철학성과 형이상성, 주요한의 단순하며 추상적인 현실 및 세계 인식, 김소월의 무르익은 현실감각과 진지한 모색 등은 다 그 나름의 어조와 수사학적 방법을 동반하고 있다.

이 점은 매우 당연한 것인데도 불구하고 여기서 새삼스럽게 언급하는 까닭은 본장에서 논의할 이상화의 시만큼 뜨겁고 격하며 직정과 순정의 태도 및 문체를 보여준 경우가 드물기 때문이다. 그런 점에서 이상화의 시는 대체로 단순하다. 그렇지만 이 단순성은 주요한의 그것과 구별되는 단순성이다.

이와 같은 이상화의 시편들에서 널리 알려진 「나의 寢室로」와 「쌔앗긴들에도 봄은오는가」, 그리고 「金剛頌歌」는 이상화다운 태도와 문체가 만들어낼 수 있는 수작이다.[29] 그 가운데서 「쌔앗긴들에도 봄은오는가」는 본장에서 본격적으로 논의될 작품인데 방금 말한 바와 같은 점은 논의에 참고할 만하다.

주지하다시피 이상화가 생전에 출간한 시집은 없다. 그리고 창작 시 전체도 약 70편이 조금 못 되는 정도이다. 그러나 그는 초기 시단의 선두주자로서 시작 활동을 하였으며 1926년도에 『개벽』을 통하여 발표한 「쌔앗긴들에도

---

29 일찍이 송명희가 이 세 작품을 수작으로 평가하고 이를 대상으로 공간과 시간 문제를 다룬 것은 의미 있는 연구이다. 송명희, 「이상화 시에 나타난 공간 이미지와 시간의식」, 『비교문학』 6, 1981, 123~146쪽.

제1부 '환지본처'의 상상력과 영성 수행의 길

봄은오는가」는 초기 시단의 완성을 이룩하는 데 기여했다고 평가될 만큼 높은 수준의 작품이다.

이 작품에서 '들'은 우리 근현대시사에서 찾아보기 어려울 만큼 인상적이면서도 고차원의 역할을 한다. 적어도 우리 근현대시사에서 '들'이 이 작품에서만큼 화자에게 절박성과 간절함, 애틋함과 사랑스러움의 감정 속에서 이른바 동일성의 대상이 되는 가운데 시대적 고민과 더불어 정신적, 미학적 감동을 자아낸 경우가 없을 것이다.

그런데 흥미로운 것은 이상화의 다른 시작품에는 '들'이 거의 출현하지 않는다는 점이다. 오직 이 작품에서만 '들'이 전면적으로 드러나고 그 기능이나 역할 및 작용도 그 수준에 있어서 비교할 데가 없을 만큼 드높다.

그렇다면 이상화의 이러한 '들'의 발견은 어떻게 이루어진 것일까? 이 물음에 대한 답을 실증적으로 찾아내기는 어렵다. 다만 앞서 논의해온 바와 같이 1920년대의 우리 시단에서 '들'이 의식적, 무의식적 차원에서 일종의 관습적 소재이자 대상으로 하나의 문제적인 '세계'를 형성하고 있었다는 점을 조심스럽게 거론해볼 수 있을 것이다. 1920년대의 전반적인 문맥에서 볼 때, '들'은 농경사회적 삶의 오래된 터전이자 공간이고 장소이며, 피식민지인으로서의 자신과 동일시할 수 있는 물질적이며 정신적인 세계이고, 근원적으로 떠돌이의 불안감을 안고 살아가는 인간들의 안심처이자 정착지이며, 단절된 자의 고독감을 의탁하여 감소시킬 수 있는 열린 지대이다. 이와 더불어 한 가지 덧붙이자면 '들'은 인간 자신을 자연이자 우주적 존재로 인식하게 하는 대상이자 장소이며 세계일 수 있다.

이런 점들을 염두에 두면서 이상화의 시에서 유일하게, 그리고 혜성처럼 등장한 '들'의 출현과 그 높은 수준의 역량 및 문제성에 대하여 논의해보기로 한다.

지금은 남의쌍- 쌔앗긴들에도 봄은오는가?

나는 온몸에 해살을 밧고
푸른한울 푸른들이 맛부튼 곳으로
가름아가튼 논길을짜라 쑴속을가듯 거러만간다.

입술을 다문 한울아 들아
내맘에는 내혼자온것 갓지를 안쿠나
네가쓸엇느냐 누가부르드냐 답답워라 말을해다오.

바람은 내귀에 속삭이며
한자욱도 섯지마라 옷자락을 흔들고
종조리는 울타리넘의 아씨가티 구름뒤에서 반갑다웃네.

고맙게 잘자란 보리밧아
간밤 자정이넘어 나리든 곱은비로
너는 삼단가튼머리를 깜앗구나 내머리조차 갑븐하다.

혼자라도 갓부게나 가자
마른논을 안고도는 착한도랑이
젓먹이 달래는 노래를하고 제혼자 엇게춤만 추고가네.

나비 제비야 깝치지마라
맨드램이 들마꽃에도 인사를해야지
아주까리 기름을바른이가 지심매든 그들이라 다보고십다.

내손에 호미를 쥐여다오
살찐 젓가슴과가튼 부드러운 이흙을
발목이 시도록 밟어도보고 조흔쌈조차 흘리고십다.

강가에 나온 아해와가티
쌈도모르고 싯도업시 닷는 내혼아
무엇을찻느냐 어데로가느냐 웃어웁다 답을하려무나.

나는 온몸에 풋내를 씌고
푸른웃슴 푸른설음이 어우러진사이로
다리를절며 하로를것는다 아마도 봄신령이 접혓나보다.
그러나 지금은— 들을쌔앗겨 봄조차 쌔앗기것네.

— 「쎄앗긴들에도 봄은오는가」 전문 [30]

위 시에서 '들'은 '빼앗긴 들'이다. 이 점은 김소월의 「바라건대는 우리에게
우리의 보섭대일쌍이 잇섯더면」의 경우와 얼마간 상통한다. 이 두 시인은 '빼
앗긴 들'로 인식된 그 들 앞에서 들뿐만 아니라 국가와 자아정체성을 상실한
자의 고뇌로 괴로워한다. 그 괴로움은 이상화에게서 위와 같은 시로 나타났
고 김소월의 경우에선 앞장에서 다룬 바와 같이 나타났다.

위 시는 먼저 '남의 땅'이 되어버린 '빼앗긴 들'에도 '봄'이 오느냐는 물음을
제기하는 것으로 시작한다. 그 시작은 놀랍고 비장하다. 역설과 아이러니가
동시에 들어 있는 이 시에서 '봄'은 '역사의 봄'이자 '시대의 봄'이라고 인간사
적 해석을 하면 봄의 도래는 기대하거나 예측하기 어렵다. 그러나 그 '봄'을
'자연의 봄'이자 '우주의 봄'이라고 천지자연의 시간으로 해석하면 봄은 이미
와 있고 내일도 올 것이며, 실은 어제도 와 있었던 것이다. 천지자연의 시각
에서 몰고 오는 봄은 인간사의 그것과 다르게 어느 곳도 편애하지 않기 때문
이다.

이와 같은 '빼앗긴 들'의 '봄'의 이중성을 사유하면서 위 시는 절망과 희망,

---

30 이상규 편, 『李相和詩全集』, 정림사, 2001, 149~150쪽; 李相和, 「쎄앗긴들에도 봄은오
는가」, 『開闢』 70호, 1926.6.

상심과 기대, 어려움과 당연함 사이의 감정을 느끼는 것에서 시작된다. 그러면서 시인이 '빼앗긴 땅'을 '빼앗긴 들'로 등식화한 것에 대한 물음을 즉시 해결하며 그 등식화의 자연스러움 앞에서 공감하게 한다.

이처럼 '빼앗긴 들'은 '빼앗긴 땅'이 되어 위 시에서의 '들'은 비장함과 숭고성을 발하기에 적절해진다. 위 시의 화자는 이 '빼앗긴 들'을 그와 같은 느낌과 심정 속에서 걷는다. 그때 화자와 '빼앗긴 들'은 일체화되고 동일시된다. 그리고 '빼앗긴 들'에 대한 감정은 시인의 자기애와 동일한 감정이 된다.

이런 가운데 이제 화자가 '빼앗긴 들'을 걸으며 보인 여러 가지 구체적인 모습을 만나보기로 하자. 우선 제2연을 보면 화자는 '들'의 끝 지점에서 하늘과 땅이 만나며 만들어내는 지평선을 향하여 온몸에 햇살을 가득히 받아 안은 채 논길을 마치 꿈길인 양 걸어간다. 이런 화자에게 '들'은 그것이 꿈속의 일과 같은 것일지라도 그 자체로 진선미의 현실적인 세계로 여겨진다.

이런 화자는 제3연에서 그가 이토록 들길을 걷는 것이 아무래도 자신의 뜻이나 인간적 의지를 넘어선 어떤 신비한 존재의 관여에 의한 것만 같다고 자신의 일을 신비화시킨다. 하늘이나 들이, 말은 하지 않고 있지만, 자신을 끌어들인 것만 같다고 생각하는 것이다. 하늘과 들은 여기서 화자를 이끌고 동행하며 안내하는 초월자의 모습을 하고 있다.

또다시 화자는 제4연에서 들길을 걷는 자신의 조언자이자 동행자들을 만난다. 들녘의 식구들이라고 할 수 있는 바람은 화자의 발길을 격려하고 재촉하며, 종달새는 반가운 웃음으로 그를 맞이한다. 그야말로 들길에서 만나는 일체가 그의 후원자이자 우호적 존재이다.

화자는 이제 제5연에 가서 들, 들녘, 들길 등으로 표상될 수 있는 '들'과 틈없는 일체화의 심정을 경험한다. 화자는 들녘의 보리밭을 보며 '고맙다'는 감정을 느끼고, 지난밤의 봄비로 인해 말끔해진 보리밭의 모습에, 마치 자신의 몸이 말끔해진 것과 같은 동질감을 느낀다. 이제 화자는 여기서 '들'의 풍경

제1부 '환지본처'의 상상력과 영성 수행의 길

으로부터 무엇인가를 받는 소극적인 자세가 아니라 '들'의 풍경을 자신의 몸처럼 사랑하고 아끼는 능동적인 마음이 된 것이다.

이런 능동적인 사랑과 애정의 마음은 그다음 연에서도 계속된다. 화자는 들에서 메마른 논을 안고 도는 '착한' 도랑을 발견하고, 그 도랑에서 '젖먹이 달래는 노래 소리'와 같은 최고의 보호와 애정이 담긴 소리를 듣는다. 이런 가운데 화자는 혼자서라도 가쁘게 길을 가자는 다짐을 할 수 있게 된다. 이제 그는 혼자서 들길을 걷는 것을 편안한 가운데 심지 깊은 부동심을 가지고 받아들이고자 하는 것이다.

이런 화자는 그 다음 연에서 들녘의 식구들에게 보다 더 적극적인 사랑과 보살핌의 마음을 보인다. 나비와 제비를 부르면서 그들에게 너무 까불지 말라고 자애의 마음을 지닌 어른처럼 조심의 말을 건네고, 아주까리와 들마꽃 같은 풀들과 꽃들에게도 인사를 하라고 일러준다. 여기서 화자는 나비와 제비로 표상된 들녘 식구들의 부모이자 보호자 같은 마음이 된다. 이렇듯 들녘의 식구들을 품안에 품게 된 화자는, 그로부터 더 나아가 들이야말로 이 땅의 어머니와 여인들이 김을 매던 곳이기 때문에 빠짐없이 다 보고 싶다고 소망을 확대한다. 여기서 들은 화자에게 사랑의 대상을 넘어 감동과 헌신의 대상이 된다.

이런 화자는 그 다음 연에서 보다 적극적이고 간절한 마음으로 들과 들의 식구들을 만난다. 마침내 화자는 호미를 쥐고 김을 매고 싶은 마음이 되고, 들에서 '살찐 젖가슴과 같은 부드러운 흙'의 관능적이며 살아 있는 생명의 느낌을 전달받는다. 이 관능적이며 에로스적인 화자의 감정은 자신과 들 사이의 관계를 모성애 혹은 이성애와 같은 느낌의 장으로 만든다. 이런 가운데 그는 발목이 시도록 들녘의 흙을 밟아보고 싶고, 좋은 땀을 흘려보고 싶다고 고백조의 말을 내놓는다. 그는 이 흙의 들과, 들녘과, 들길을 너무나도 아끼고 사랑하며 사모하는 것이다.

화자는 그다음 연에서 자신을 관조하며 대상화시켜본다. 더 이상 갈 수 없는 지점까지 자신의 마음을 헌신한 흙의 들과 들녘과 들길에서 자신을 거리를 두고 바라보는 것이다. 여기서 화자가 발견한 것은 자신의 영혼이 어린아이처럼 끝을 모르고 내닫고 있는데 도대체 자신이 무엇을 찾고자 하는 것이며 어디로 가고자 하는 것인지를 모르겠다는 '극지의 마음'이다.

따라서 화자는 이쯤 해서 수습을 한다. 그다음 연을 보면 화자는 오늘 하루 동안 자신은 유치하지만 싱싱한 기운 속에서 다리를 절 만큼 들길을 걸었는데 아마도 그것은 봄신령이 지펴서 그랬던 것 같다는 것이다.[31] 하지만 여기서 중요한 것은 그의 이런 자기진단 속에서 화자가 들길을 걷는 자신의 걸음이 '푸른 웃음'과 '푸른 설움'이 섞인, 이른바 기쁨과 아픔의 이중주 속에서 이루어졌음을 인지하고 있다는 것이다. 그것은 그의 '극지의 마음' 속에 여전히 현실의 현실성이 숨어 있었다는 뜻이다.

앞에서 말했듯이 역사와 시대의 인간사적 관점에서 보면 화자의 '빼앗긴 들'엔 '봄'이 쉽게 올 수 없다. 그러나 자연과 우주의 무위적 관점에서 보면 이 들엔 이미 봄이 와 있고 그 봄이 온 하루를 화자는 꿈속처럼 황홀한 기쁨과 감동 속에서 환상이 아닌 사실로서의 일로 그대로 걸은 것이다.

위 시의 마지막 마무리는 첫 연의 변주이자 화응으로 이루어져 있다. 화자는 이 마지막 연에서 "그러나 지금은— 들을빼앗겨 봄조차 빼앗기것네"라는 말로 역사의 봄을 빼앗겨 자연의 봄조차 빼앗기겠다고 현실의 어두움을 심각하게 토로한다.

지금까지 이상화의 작품 「빼앗긴들에도 봄은오는가」의 '들'에 대하여 상세

---

31 정유화가 이것을 가리켜 '푸른 하늘 푸른 들이 맞붙은 곳'으로 가는 일이 불가능하여 '몸의 보행'에서 '꿈의 보행'으로의 전환이 일어났다고 읽은 것은 공감이 가고 또한 참고할 만하다. 정유화, 「꿈의 침실과 꿈의 보행을 위한 시적 코드—이상화론」, 『어문연구』 37권 4호, 2009, 257~284쪽.

하게 분석하며 논의해보았다. 이상화의 이 시에서 '들'은 참으로 여러 가지 역할을 하면서, 나라를 빼앗긴 화자이자 시인의 내면세계를 간절하면서도 사실적으로 반영하고 있다. 이 시에서 '들'은 나라와 등가로, 또 그 '들'은 화자나 민족과 한몸으로, 그리고 그 '들'의 식구들은 화자의 조언자나 동지 혹은 가족이나 보살핌의 대상으로 나타나며 '들'이라는 한 존재만으로도 국권의 회복과 인간 존재의 삶의 깊이를 그대로 보여주고 있다.

위 작품에서 '들'의 발견은 매우 적절하며 그 역할은 인상적이고 높은 수준의 공감을 자아내고 있다. '들'의 발견이 아니었다면 위 시가 이토록 문제적일 수 있을까 하는 가정을 해볼 수 있게 할 만큼 위 시에서 '들'의 존재와 기능은 의미 깊다.

이와 같은 '들'을 보면서, 이상화의 시 「빼앗긴들에도 봄은오는가」의 '들'은 분명 표면적으로는 이상화 자신이 발견한 것이지만 앞서 논의한 시인들—조명희, 주요한, 김소월—의 작품과 이른바 상호텍스트적인 관계망 속에 놓여 있는 것이며, 1920년대라는 문명사적, 시대사적, 문화사적, 생활사적 문맥과의 동행 속에서 이루어진 것임을 떠올려볼 수 있다.

그런 점에서 이상화의 「빼앗긴들에도 봄은오는가」는 당대의 다층적인 콘텍스트 속에서 피어난 하나의 빛나는 텍스트라고 할 수 있다.

5. 결어

이 글은 개인적으로 이상화의 대표작이자 문제작인 「빼앗긴들에도 봄은오는가」를 읽을 때마다 이 시의 지배소이자 우성소이고 나아가 중심 상징인 '들'의 출현과 작용이 마치 '돌출 현상'과 같은 외형을 취하고 있지만, 실은 이이면과 주변에 어떤 준비된 맥락이나 전사 및 후사가 있을 것이라는 생각 아래 그 상호텍스트성과 의미장을 찾아보려는 노력에서 시작되었다.

그 결과 1920년대의 이른바 초기 시단이라고 부를 수 있는 우리 시단에서 '들'의 발견이 두루 의미 있게 이루어지고 있었으며 그것은 문학적 관습의 일종으로서 관습적 소재, 무의식적 대상, 문화적 기호가 되어 있음을 알게 되었다. 그리고 이와 같은 현상이 출현하게 된 이면에는 문학 너머의 문명사적, 시대사적 정황과 맥락이 함께 작동하고 있음을 알게 되었다.

'들'은 문명사적 맥락에서 볼 때 농경사회적 삶의 토대를 이루는 대표적 '환유물'이다. '들'이 있다는 것은 생존상의 안정과 생활상의 안심은 물론 정신적, 문화적 세계가 구축되었다는 것을 뜻한다. 이와 같은 의미에서의 '들'은 근대 도시 산업 문명이 시작되어 조금씩 확장되어가기 시작하는 1920년대의 상황에 비추어보면 징후적으로는 다소 구시대적인 것이다. 그렇지만 이는 당시의 실제 현실에서 여전히 살아 있던 실체이고 인간사의 심층에 아주 오랫동안 익숙한 것으로 자리 잡은 자아정체성의 실체이다. 요컨대 인간들은 들과 일체화 내지 동일시의 감정을 오랫동안 지니고 살아왔던 것이다.

또한 '들'은 시대사적 정황에 비추어볼 때 일제강점기라는 국권상실의 시대에 친연성을 가지고 자신과 동일시하거나 자신의 정체성을 위로하거나 회복시킬 수 있는 아주 좋은 대상이자 세계이다. 이처럼 인간들에게 오래된 자아정체성의 실체이자 국권 확인의 근간이며 국토 감각의 주요 영역인 '들'은 시대적 상황이 어려워지고 특히 국권 상실의 정도가 심각해지면 그런 만큼 그에 비례하여 물적 대상이자 생활 감성의 대상으로서 더욱 가까이 다가오는 존재가 된다.

뿐만 아니라 '들'은 구체적인 감각 속에서 자연과 우주를 인식하고 만나기에 좋은 대상이며, 이것은 개인으로서의 근대적 지성의 활동이 본격화되는 당대에 근대를 넘어 자아 탐구와 세계 탐구의 매개물로 작용하는 데도 의미 있는 소재가 된다.

요컨대 이와 같은 상황 속에서 '들'은 조명희, 주요한, 김소월, 이상화 등의 시에서 매우 중요한 역할을 하고 있으며 특히 그간 논의된 바 거의 없는 조명희와 주요한의 시가 '들'의 발견을 통하여 성취한 토대는 초기 시단의 '들'의 발견과 의미화에 한 부분을 이루고 있다.

김소월도 거의 비슷한 시기부터 '들'을 발견하여 의미화하였다. 특히 그는 여러 작품들에서, 그리고 꽤 긴 기간 동안 '들'의 표상성을 심각하게 발전시켜 나아가고 있으며 그것을 자아정체성, 국가정체성과 같은 문제는 물론 인간 존재의 참된 삶과 내면의 완성에 이르는 데까지 확대시켜 탐구하고 있다. 김소월의 '들'은 김소월의 세계가 다른 시적 영역에서 고평을 받는 것 못지않게 그 자신의 시는 물론 우리 시단의 질적 수준을 높이는 데 크게 기여하고 있다.

이런 가운데 이상화의 「빼앗긴들에도 봄은오는가」는 '들'의 시대성과 정신성 그리고 미학성을 단연 빛나는 수준으로 구현한 대표작이며 문제작이다. 물론 관점에 따라서 김소월의 '들'과 관련된 시편들이 보다 포괄적이고 원숙한 세계를 구현하고 있다는 평가가 가능하다. 그러나 한 편의 작품만을 독립시켜 놓고 보면 이상화의 「빼앗긴들에도 봄은오는가」의 우수성은 분명하다. 이상화의 이와 같은 성취는 이상화 자신은 물론 우리 근현대시사 속의 '들'의 의미를 수렴시켜 그 장을 하나의 텍스트 속에서 입체화시키고 마침내 복합성의 시학을 창조한 한 예라고 할 수 있다. 이상화의 이 시에서 '들'은 어떤 소재이자 대상이 유형/무형의 시적 흐름과 상호텍스트성 속에서 어떻게 강력한 에너지장을 형성하며 질적 도약을 이루어내는지를 보게 한다. 그런 점에서 이상화의 「빼앗긴들에도 봄은오는가」의 '들'은 그 저변이 넓고 입체적이다.

이렇게 쓰고 보니 이 글이 「빼앗긴들에도 봄은오는가」를 논의하는 데에만 집중되는 인상을 줄지 모르겠다. 그러나 그것은 그렇지 않다. 1920년대 시는 '들'의 발견으로 인하여 자신들도 모르는 사이에 소재적 측면은 물론 정신적, 미학적 측면에서 새로운 영역을 각자의 방식으로 개성 있게 구축해내었던 것이다. 다만 특별히 「쌔앗긴들에도 봄은오는가」에서의 '들'의 출현을 좀 더 넓은 맥락 위에서 설명해보고자 한 것이다.

그런데 1930년대로 가면 우리 근현대시사에서 '들'은 이전처럼 자주, 중요하게 나타나지 않는다. 이 점은 달리 그 이유를 찾아가며 논의해볼 문제이다. 이런 '들'은 거칠게 말하면 1960년대 이후 우리 시사의 소위 '민중시' 속에서 새로운 방식으로 수용되고 차용된다.

그렇게 볼 때 1920년대의 '들'은 당시의 문명사적, 시대적 상황과 깊은 관련을 맺고 있는 듯하다. 아직도 의식의 심층 가까운 곳에 남아 있는 '들'에 대한 농경사회적 감각, 그리고 국권의 회복을 꿈꾸는 희망과 간절함이 여전히 가능성의 자리에 남아 있는 심리적 상태, 이와 같은 것이 1920년대의 '들'의 적극적인 수용과 형상화를 가능하게 한 것이 아닌가 하는 생각이다.

그런 점에서, 1920년대의 시단에서, '들'은 시인들을 포함한 민족 구성원들에게 동일시의 대상이며 위로를 주는 존재이고 치유의 주체이며 의지의 대상이었다. 그리고 무엇보다 중요한 것은 그것이 자기 존재를 지상에 뿌리내리게 하는 토대로서의 거처의 표상이었다는 점이다. 그와 같은 점이 1920년대 시에서 '들'의 수용과 표상을 시적으로, 정신사적으로, 미학적으로 의미 있는 일로 만들게 한 원인이 아닌가 생각된다.

'호모 스피리투스'의 상상력과 무유정법의 길

시—유성출가, 그 난경[1]의 미학

1. 유성출가를 꿈꾸는 심층의식

유성출가(踰城出家)란 인도 석가족의 왕자인 고타마 싯다르타가 왕궁의 성벽을 몰래 뛰어넘고 출가한 일을 가리킨다. 왕궁과 왕자란 세속인이 도달하고 싶은 최고봉이다. 오욕락(五慾樂)으로 표상되는 세간의 욕망과 즐거움을 온전히 성취한 곳의 표상이 왕궁이요, 그런 욕망과 기쁨을 넘치도록 성취한 자의 표상이 왕자이다.

우리는 누구나 왕궁과 왕자를 꿈꾼다. 인류사의 그 장구한 세월 동안, 혈연에 기반하여 로열 패밀리가 유지되고, 로열 패밀리의 전당인 왕궁이 신성화되고, 로열 패밀리로의 편입을 갈망하는 인간들의 무의식이 강력하게 작동해온 것을 보면, 세간의 욕망의 환유물은 왕궁과 왕자라는 두 단어로 압축될

---

1 '난경(難經)'은 원제목이 『황제팔십일난경(黃帝八十一難經)』이다. 한의학의 고전으로 『황제내경(黃帝內經)』과 나란히 중시되는 책이며, 81가지 어려운 문제들을 문답 형식으로 논하고 있다. 이 '난경'이란 제목으로 한영옥이 쓴 시작품이 있다. 그리고 이 시를 받아서 정진규 시인이 쓴 시론 「난경(難經)의 환한 길」이 있다. 여기서 이 두 분이 쓴 '난경'이란 말을 다시 한번 새로운 맥락 속에서 사용해본다.

수 있다.

이런 왕궁에서 왕자의 신분으로 살다가 29세가 된 어느 날, 고타마 싯다르타는 부모 몰래 말을 타고 카필라성을 빠져나온다. 더군다나 결혼한 부인 아쇼다라와 아들 라훌라가 있음에도 불구하고 그는 성벽을 넘어 유성출가를 감행한 것이다.

출가란 왕궁과 왕자라는 세속적 욕망과 차별상의 모순과 한계를 인식하고 우주와 우주적 실상의 자리로 거처를 옮기는 일이다. 이것은 한편으로 육신의 출가라는 점에서 신출가(身出家)이고, 마음의 출가라는 점에서 심출가(心出家)이다. 그리고 또한 현상계를 넘어선다는 의미에서 법계출가(法界出家)이다.

어쨌든 출가는 세간의 성벽을 부수거나 넘어서서 진리인 실상의 자리로 육신과 마음과 가치관을 전변시켜 앉히는 일이다. 혈연이라는 본능의 일에 집착했던 육신의 한계를, 그와 같은 육신에 기초하여 영위되었던 세속적 심상(心相)을, 보이는 현상계가 모든 것인 줄 알았던 일체의 단견을 벗어나는 일이다.

이와 같은 출가, 아니 유성출가를 하였을 때, 한 인간은 비로소 본능적인 소아의 자리를 탈출하여 지적이며 영성적이고 우주적인 대아의 자리로 이동하고, 그곳을 사유하며 그곳의 마음인 '공심(空心)'이자 '공심(公心)'을 쓰기 시작한다. '공심'은 오직 본능적인 소아만으로 꽉 차서 아무 틈도 없던 캄캄한 자아가 그 자리에 허공의 구멍을 내면서 그 구멍으로 세상을 바라다보고 그 구멍을 점점 키워가는 수행의 길을 가다가 드디어 '일심'만으로 존재 자체를 탈색시키는 존재의 온전한 전환상이다. 이것을 가리켜 '발심수행(發心修行)'의 길이라고 부를 수 있는 바, 여기서 원효대사의 그 유명한 「발심수행장(發心修行章)」을 떠올려볼 수도 있을 것이다.

'발심'이란 '유성출가'를 감행했다는 것과 같다. 본능적인 소아의 담벼락을 부수고 넘어서서 있는 그대로의 세상을 바라보고자 큰마음을 내기 시작했다

제2부 '호모 스피리투스'의 상상력과 무유정법의 길

는 것이다. 자칫했다면 캄캄한 본능의 소아적 동굴에서 한 치의 밝음도 보지 못하고 한평생을 살았을 인간에게 이 발심의 유성출가는 복음과도 같은 큰 소식이다.

발심의 유성출가를 한 사람은 그가 누구든지 다시 본능적인 소아의 동굴로 후퇴하는 패자의 '가역성'을 실행하기 어렵다. 이미 발심의 유성출가를 통해 경험한 그 환희의 전율감은 그것이 크든 작든 간에 출가의 발걸음을 떼어 놓은 자에겐 결코 잊을 수가 없는 마약과도 같기 때문이다. 오히려 그 환희의 전율감은 중독성을 지닌 물질이 그러한 것처럼 점점 더 강도 높은 길을 요구한다. 그것이 고행이든, 난행이든 수행의 길을 더 치열하게 떠나라고 추동하는 심층의식의 동력을 제어할 수가 없는 것이다.

나는 이 세상에서 진정한 시인이 되고자 한다는 것, 그런 시를 쓰고자 한다는 것이야말로 '발심의 유성출가'를 감행한 자가 되고자 하는 일과 같다고 생각한다. 이 땅에서 시인이 된다는 것은 적어도 본능적인 소아의 그 캄캄한 동굴을 벗어나고자 하는 일이요, 시를 쓰며 생을 영위하겠다는 것은 동굴 바깥의 밝은 영역을 보다 넓고 아름답게 밝히며 가꾸어가겠다는 소망이기 때문이다.

좋은 시인과 좋은 시 앞에서 사람들이 사랑과 외경의 마음을 보이는 것은 이 때문일 것이다. 그것이 무엇인지를 사람들이 분명하게 분석하여 인지한 것은 아닐지라도 사람이라면 누구나 몸속에 이와 같은 것들에 접선되는 신성하고도 놀라운 능력을 지니고 있기 때문이다.

시인들을 '발심의 유성출가'를 한 자라고 규정할 때, 그들은 고타마 싯다르타가 6년간의 고행을 한 것처럼 실로 고행의 길을 자청해서 가는 것이다. 아니 자청해서 간다기보다 그 간절한 속마음 때문에 고행을 멈출 수가 없는 것이다. 본능의 소아적 시각에서 보면 이는 '사서 고생하는 일'이다.

그렇다면 시인들은 '발심의 유성출가'를 감행한 후에 얼마나 진도를 나간 것일까? 그야말로 얼마나 공부가 무르익은 것일까? 달리 말해 고처(高處)의 마음과 미학적인 완성에 얼마나 가까이 다가간 것일까?

나는 여기서 먼저 만해 한용운 시인을 떠올린다. 우리 시사에서 한껏 존경받는 한용운도 승려로서 39세가 되어서야 오도를 하였고 47세가 되어서야 무르익은 자비의 시집『님의 침묵』을 출간하였다. '발심의 유성출가'도 어렵지만 이후의 공부는 이처럼 진도가 더디고, 그것도 잠시만 방심하면 본능의 소아적인 습성에 잠식당하는 게 시인들을 포함한 인간들의 공부길인 것이다.

자발적으로 출가하여 시를 쓰는 시인들을 보는 일은, 그래서 존경스럽지만, 그렇기 때문에 안쓰럽다. 타협하지 않고 '궁극'을 향하여 가는 일은 고행의 난경을 자청하는 일이기 때문이다. 세상과 시단에 이런 사람들이 많을수록 우리는 삶에 대한 신뢰와 인간사에 대한 희망을 키워가게 된다. 오직 일념으로, 오직 직심으로, 오직 진심으로 정진하는 자가 넘치는 세상에서 우리의 삶과 인생은 주변의 기운으로 인해 저도 모르게 안심과 평화 속의 행복을 경험하게 되는 것이다.

2. 유성출가, 그 이후의 여정

11월 1일은 이 땅에서의 '시의 날'이다. 1908년, 최남선의「해에게서 소년에게」가『소년』지 창간호의 권두시로 발표된 날을 기념하며 만든 날이라고 한다. 나는 그때로부터 지금까지 110년의 연륜을 기록한 한국 근현대시사가 낸 길을 출발 지점부터 빠르게 더듬으며 시인들의 고행과 그 미학에 대해 언뜻언뜻 사유해본다. 그간 시 공부를 하면서 너무나도 자주 드나든 길이라서 이 길과 일은 익숙하고 다정하다.

첫째, 유성출가, 그리고 수행으로서의 고행과 관련하여 사유할 때 맨 먼저

제2부 '호모 스피리투스'의 상상력과 무유정법의 길

마음에 안겨오는 시인이 1930년대의 이상이다. 이상은 혈연적 본능성을 사회화시킨 대표적 환유물로서의 성(姓)까지 과감하게 떨쳐버리고자 작정한 듯이 본명인 '김해경'이라는 성명 대신 '이상'이라는 이름으로 통용되고 있다. 그는 생물학적 혈연의 본능성을 가장 강하게 지닌 '가족'의 실상에 대하여 누구보다 차원 높은 지성으로 의심하고 그것을 해체한 시인이다. 그야말로 이 땅에서 '성까지 갈아버린 자의 불손하고 과감한 지성'을 가족 문제에 적용하였던 것이다.

이상에게 이 지성의 위력은 불가의 선객이 화두를 받아 지니고 품는 '대의심(大疑心)'과 유사하다. 그는 작품 「오감도 시제2호」에서 왜 내가 '아버지의 아버지의 아버지의 아버지' 노릇을 한꺼번에 해야 하느냐고, 당연시되어왔던 혈연의 계보학적 견고함과 비장함에 대하여 의심하며 저항하였다. 또한 그는 작품 「문벌」에서 돌아가신 조상이 왜 나에게 '혈청의 원가상환'을 요구하면서 두려움의 대상으로 군림하느냐며 수직적인 조상의 강요된 혈연적 힘의 위력에 반기를 들었다. 그뿐 아니다. 이상은 「지비(紙碑)」라는 시편들을 통하여 부부 사이야말로 종이로 만든 비석, 곧 '지비(紙碑)'처럼 불안정하고 위태로운 절름발이와 같은 기형적 관계가 아니냐고 사랑 아래 잠복해 있는 불편한 그림자를 들춰보였다. 그리고 세상이란 외면상으로는 한껏 고요하고 평화로워 보이는 건강한 세계 같지만, 실은 부부로 표상되는 인간관계처럼 불안하고 위태로운 질병을 앓는 자들의 병원과도 같은 곳이라고 지적하고 있다. 그런 그에게 세상은 '치료를 기다리는 무병'의 역설적인 장이다.

인간들은 지성을 강조한다. 그리고 그것을 인간의 우월적 지표물로 삼고자 한다. 그러나 이 지성은 다른 존재를 향하기는 쉬워도 앞서 언급한 가족, 그리고 특별히 자기 자신을 향하기가 쉽지 않다. 이상은 이런 어려운 일을 실행한 시인이다. 그는 가족은 물론 자기 자신을 지성으로 비추어보고 객관화시킨다. 말하자면 그는 '나는 누구인가'라고 묻는 물음을 끝까지 밀고 나갔고,

가족이라는 '세속 동물원'을 끝까지 해부하였던 것이다. 여기서 그가 만족할 만한 답과 해결책을 얻은 것은 아니지만 이 질문과 탐구 속에서 그가 세상을 밝힌 공로는 크다.

이상의 「오감도(烏瞰圖)」 연작 15편은, 앞서 그 한 작품을 언급했지만, 실제로는 전체적으로 묶어 따로 살펴볼 만한 한 뭉치의 종합적인 텍스트이다. 이상은 여기서 최고의 지성을 가동시킨다. 「오감도」라는 제목의 주어인 까마귀가 지상에서 높이 올라가 바라본 그 높이와 자리는 지성의 높이와 자리라고 바꾸어 말해도 무방할 것이다. 그는 이 높이와 자리에서 세상을 조감한다. 그 방식은 일종의 'top down' 방식이다. 그 바라다봄에는 '지적 거리와 넓이'가 설정되어 있다. 그렇게 바라다본 이상에게 세상은 서로가 서로에게 '무서운 사람과 무서워하는 사람'이 되어서 살아가는 '질주'의 땅이다. 여기서 질주는 '병든 내달림'이다. 그리고 세상은 이런 사람들이 살아가는 '환자'들의 땅이다. 이상은 여기서 의사의 입장이 되어 '환자들의 용태'를 진단한다. 그 진단 결과는 「오감도 시제4호」에서 '0 : 1'로 표상되고 기록되었다. 이 표현을 정확히 해석하기는 어려운 일이겠으나 이는 디지털의 암호인 '0 : 1'을 떠올리게 하기도 하고, 대립의 이분법을 생각하게도 한다. 소위 현상계의 문법이자 근대의 문법인 배타적 이분법의 질병을 상기하도록 해주는 것이다.

너무나 잘 알려진 사실이지만, 이런 이상은 「오감도」를 신문에 연재하면서 대중 독자들로부터 '미친 자의 잠꼬대'와 같은 시를 쓰는 것이 아니는 식의 거친 비난과 항의를 받기도 하였다. 그러나 이에 대한 이상의 반응은 태연하였다. 그는 이런 비난과 항의 앞에서 19세기를 사는 대중들이 20세기를 사는 선진적인 자신의 모던한 내면을 이해하지 못하는 현실을 한탄하였다. 이상의 이와 같은 지성과 그로 인한 고단한 여정과 개척의 길은, 확신 속에서 외길을 가고자 하는 자의 타협하지 않는 '일념'과 '정진'의 표상이다. 나는 지성의 시인 이상에게서 근대인 되기에 걸었던 희망과 노력을 본다. 그러나 동시에 근대인이 된 자의 고통과 그림자도 함께 본다. 여기서 보듯이 그는 지성 너머로까지 나아가지는 못했지만 혈연적, 소아적 본능이 주류가 되어 살아가던 당대를 세련된 의식의 장으로 안내한 시인이다.

지금도 그의 시를 읽고 좋아하는 사람들이 아주 많다. 학계에서는 '이상학회'까지 만들어졌다. 이상을 연구하겠다고 시간과 노력을 바치는 전문가들이 거기에 모여 있다. 나는 여기서 생각한다. 아직 이 땅의 현실은, 이상의 지성 정도도 구현되지 못한, 이름만의 21세기라고 말이다. 더욱이 포스트모더니즘이니 해체주의니 하며 현란한 이름들을 사용해왔지만 실로 아직도 이 땅은 모더니즘조차 제대로 통과하지 못한 땅이라고 말이다.

마치 혜초의 구법 여행길을 따라 사람들이 순례길에 오르듯이 지금도 유성출가 후 이상이 간 길을 수많은 사람들이 따라가 보며 흥분하는 것은 그의 길이 아직도 한참 더 가야 할 선진의 길이기 때문이라 볼 수 있을 것이다.

둘째, 김종삼 시인의 비현실적인 자유와 예술적인 유미성의 세계가 떠오른다. 김종삼 시인 또한 유성출가를 감행하고 고행과도 같은 수행을 자청하여 먼 곳까지 진도를 나아간 시인이다. 현재 조계종단의 소의경전이기도 한 『금강경』의 첫 장을 보면 출가인의 맨 앞줄에 선 석가모니 붓다의 일상은 '차제걸식(次第乞食)'하고 집으로 돌아와 발을 씻은 후에 고요히 입정하는 것이다. 언제나 아무 일 없이 '무사(無事)'한 것이다.

나는 김종삼 시인의 비현실적인 자유는 아무 일 없는 '무사'의 세계에 대한 동경이라고 본다. 그의 작품 「시인학교」에서 그는 이 점을 여실히 보여준다. 이 세상의 대예술가들―폴 세잔, 에즈라 파운드, 모리스 라벨 등―이 시인학교의 선생들이지만 그들은 수시로 아무렇지도 않게 '결강'을 공고한다. 그리고 그의 제자들인 학생들―김소월, 김수영, 김관식, 전봉래―또한 우리 시사의 출중한 예술가들이지만 그들 역시 아무렇지도 않게 '휴학계'를 제출하고 공부 또한 자습이 주된 학습법이다. 그야말로 선생도, 학생도 오든 가든 아무 일이 없다. 그들은 가르치지 않고도 가르치며, 배우지 않고도 배운다. 그와 같은 시인, 예술가들이 모여 있는 예술학교(시인학교)는 '아름다운 레바논 골짜기'에 있다. 비약이 심하다고 할지 모르겠으나 내가 보기에 이들의 공동체는 '승가 공동체'의 변형 같다. 나는 여기서 퇴임한 지 오래된 한 불문학자가 정담을 나누는 자리에서 우리 학교의 인문대학을 저 대청호 부근이나 금강이 보이는 언덕쯤으로 이전하여 세워야 하지 않겠느냐고 비현실적인 주장을 진지하게 던지던 어느 날의 풍경이 떠오른다.

대청호도 좋고, 금강가도 좋고, 레바논 골짜기도 좋다. 인문대학을 넘어서서 모든 대학의 교정엔 비현실적일 만큼의 '자유'와 무용할 정도의 '여백'이 살아 있어야 한다. 그래야 꿈을 꿀 수 있지 않은가. 그래야 대학을 '승가 공동체'와 같은 '진리 탐구의 전당'이라고 부를 수 있지 않겠는가. 대학에 시장성이 너무나도 과도하게 진입하여 마치 시장의 진입이 '침입'처럼 느껴지는 현실의 갑갑함 속에서 이런 이야기를 꺼내본다. 이제 대학에서조차 이상의 지성은 물론 김종삼의 자유와 유미주의도 기력을 잃고 허덕인다.

김종삼 시인의 예술적인 유미성은 그가 자신의 죽음을 가리켜 '모차르트를 못 듣는 것'이라고 규정한 일이나 그의 작품 전반에 스며 있는 수사학적 절제와 여백 속에서도 찾아볼 수 있다. 이런 죽음에 대한 견해와 수사학은 불가에서 말하는 '탐진치' 삼독의 거풍이 가능해야만 이루어지는 일이다. 참으로 인간 욕망의 은유인 '탐진치' 삼독은 인간 존재의 구석구석에 암흑에너지처럼 깊고 짙게 드리워져 있다. 이것은 생의 동력원이기도 하지만 삶의 탁기를 없앨 수 없게 만드는 난처한 요인이 되기도 한다.

김종삼 시인의 시관을 보여주는 대표작 가운데 하나인 「누군가 나에게 물었다」는 이런 점과 연관시켜 읽어볼 만하다. 그의 작품 치고는 설명적이며 문장이 긴 이 시에서 김종삼은 두 가지 심오하고 신선한 말을 전달하고 있다.

그 하나는 누군가 자신에게 시가 무엇이냐고 물었는데 나는 시인이 못 되므로 잘 모른다고 대답하였다는 것이다. 여기서 시인이 못 되었다는 것은 무엇인가, 아니 역으로 시인이 되었다는 것은 무엇을 뜻하는가라고 질문을 해볼 수 있다. 나도 그 뜻을 직접 이 자리에서 직설법으로 명료하게 밝히는 것이 어렵고 주저되는 일이나, 위험을 무릅쓰고 짐작하여 말해본다면, 그것은 '유성출가한 자의 도달점'과 같은 것이 기준점으로 되어 있는 것이 아닌가 생각된다.

다른 하나는 엄청난 고생이 되어도 순하고 명랑하고 마음 좋고 인정이 있으므로 슬기롭게 사는 사람들이, 그런 사람들이 이 세상의 알파이고 고귀한 인류이고 영원한 광명이며 다름 아닌 시인이라는 내용이다. 요컨대 '슬기롭게 사는 사람들'이 시인이고, 그런 시인들이 있다면 그들은 세상의 알파이며 고귀한 인류이고 영원한 광명이라는 것이다. 이것 역시 김종삼 시인이 꿈꾸는 지점이자 세계를 말해준다.

김종삼의 이런 관점은 예술적 자유와 유미성을 '슬기'인 '지혜'와 연관시키게 하고, 시와 시인을 통하여 세상의 으뜸과 고귀한 인류와 영원한 광명을 지향하게 한다.

이쯤 되면 김종삼 시인이 유성출가 이후에 나아간 길은 아주 본질적이면서도 먼 길이다. 그런 그의 모습을 좋은 표현으로 보여준 문제작 가운데 하나가 「나의 본적(本籍)」이다. 시인은 여기서 그의 본적을 여러 가지 은유로 표상한다. 그 은유를 읽다 보면 이 우주 전체가 그의 본적임을 알 수 있다.

> 나의 본적은 늦가을 햇볕 쪼이는 마른 잎이다. 밟으면 깨어지는 소리가 난다.
> 나의 본적은 거대한 계곡이다.
> 나무 잎새다.
> 나의 본적은 푸른 눈을 가진 한 여인의 영원히 맑은 거울이다.
> 나의 본적은 차원을 넘어다니지 못하는 독수리다.

시―유성출가, 그 난경의 미학

나의 본적은
몇 사람밖에 안 되는 고장
겨울이 온 교회당 한 모퉁이다.
나의 본적은 인류의 짚신이고 맨발이다.

— 「나의 본적」 전문

그러나 위와 같은 시보다 김종삼 시인의 유성출가 이후의 여정과 성취한 길을 더 잘 알려주는 작품이 있다. 그것은 작품 「제작」이다. 그는 이 시의 첫 연에서 이렇게 쓴다. "그렇다/비시(非詩)일지라도 나의 직장(職場)은 시(詩)이다"라고 말이다.

아쉽지만 이쯤 해서 김종삼 시인의 유성출가 이후의 이야기를 그쳐야 할 것 같다. 그는 이제 방황하던 자가 환지본처(還至本處)하듯이 '직장이 시'라는 데까지 와 있다.

셋째, 2018년 세상을 떠난 이승훈 시인의 유성출가와 그 이후를 생각해보고자 한다. 이승훈 시인은 '나는 누구인가'라는 물음을 시인 생활의 전 기간에 걸쳐 계속 던지며 그 궁극의 해결지점을 찾아보고자 한 시인이다. '나는 누구인가'라는 이 질문은 그 자체가 이미 혈연적 본능의 소아적 동굴을 넘어서게 하는 '대의심의 화두'이다. 이런 화두로 인하여 질문하는 자와 질문 받는 대상 사이엔 놀라운 거리가 창조된다. 그 거리는 우리를 '혈연적 본능의 소아적 동굴'로부터 벗어나게 하는 지적이고 미적인 거리이며 숨통을 트이게 하는 생명의 거리이다.

이승훈은 공과대학 섬유공학과 학생이던 학부 시절, 국문과 교수인 박목월 시인의 추천을 받고 시인으로 등단한다. 그리고 전공을 바꿔서 국문과 학생이 된 이후 마침내는 이상 연구로 문학박사 학위를 받고 평생을 시인이자 시학자로 살아간다. 그런 그는 시인 생활의 첫 자리에서 '나는 누구인가'라는 물음을 던졌으며 그 결과로서 이른바 '비대상시(非對象詩)'를 쓰고 '비대상시론(非對象詩論)'을 구축하였다. 생각하면 이것은 청년다운 모험과 진지함과 패기의 소산이다. 그러나 이런 결과는 충격적이고 신선하지만 유성출가 이후에 그가 가야 할 길이 '난코스'임을 미리 알려주는 기호와 같다. 대상은 없고 오직 자신의 내면만이 있다는 내면세계(무의식)의 발견은 그의 시의 현대성과 참신성을 입증하는 것이나 그것은 존재의 실상과 너무 먼 자리에서 자아의 '아상'을 견고하게 한 일이기 때문이다. 그러나 그는 거기서 시작한 것이다. 그것을 운명이라 부르든 업보라 부르든 그곳이 그의 길의 출발점이다.

이승훈은 시인으로서, 또 평론가이자 시학자로서 참으로 많은 말을 하였다. 그것은 그의 업적이고 공로이기도 하다. 60여 권이 넘는 저서들이 이를 입증한다. 그러나 이것은 가치 판단의 문제가 아니라 그가 가야 했던 길과 실제로 간 길이 험로였음을 알려주는 표상이다. 그리고 험로를 통과한 사람일수록 고행의 수행자처럼 삶의 깊이를 보여주고 향기를 발한다는 역설을 알려주는 것이기도 하다.

이렇듯 시작의 첫 자리에서 비대상시와 비대상시론을 썼던 이승훈은 그 길을 밀고 나아가다 막다른 어느 지점에서 '너'를 발견한다. 그러나 그때의 '너'는 내가 있는 너이다. 그러므로 이승훈이 발견한 '너'는 나의 고통과 아픔을 온전히 해결해줄 수 없는 '너'이다. 그런 그는 다시 '너'와 함께 가는 길의 어느 막다른 지점에서 '그'를 발견한다. 그렇지만 그런 '그' 또한 '나'가 있는 '그'이다. 이승훈은 다시 '그'와 함께 길을 떠나면서 어느 막다른 지점에서 '언어'를 발견한다. '나'도, '너'도, '그'도 없고 실로 있는 것은 '언어'라는 것이다. 이때 시인은 '언어가 시를 쓴다'고 말하면서 시니피앙의 유희를 강조하였다. 그러나 언어가 있다는 사실도 실은 부담스러운 것이다. 하지만 그는 여기서 해체시와 해체시론을 구축하며 유성출가 이후 길고 먼 길을 달려온 사람답게 상당한 정도로 '자유'의 영역을 넓히고 그것을 체화하는 가벼움을 보여준다.

애초부터 시작된 '나는 누구인가'라는 물음과 처음으로 시도한 비대상시와 비대상시론 역시 그 저변엔 '자유'에 대한 갈망을 두고 있는 물음이자 시작행위요 시론의 구축이었거니와, 그 후로 그는 아주 멀고 긴 길을 고행승처럼 건너뛰지 않고 꾸준히 달려온 결과 '자유'의 폭과 넓이, 높이와 깊이를 놀라울 정도로 넓히고 예각화하는 경지에까지 도달한 것이다.

그러나 그런 그에게 그의 장모님의 49재 의식의 자리에서 우연히 거기 펼쳐져 있던『금강경』'대승정종분(大乘正宗分)'과 만나게 된 인연은 점차 무르익어 그로 하여금 언어도 버리고 마침내 '시도 없다'는 질적 전환과 도약을 감행하게 만든다. 언어도 그러하지만 '시가 없다'는 발견이자 선언은 '모든 것이 시이다'라는 발견이자 선언으로 이어지며 그를 크게 해방시킨다. 이승훈은 이 단계에서 존재론 자체에 회의를 느낀 것이다. 이른바 존재가 무엇이냐는 데에서 존재로부터의 이탈과 해방을 엿본 것이다. 모두를 놓음으로써 모두를 얻는 역설, 나라고 할 것이 없다고 함으로써 나를 찾는 역설을 보게 된 것이다.

이 단계를 거치면서 나온 이승훈의『영도의 시쓰기』와 '선'을 앞세운 저서들은 그가 시인으로 들어선 1960년대의 어느 날부터 걸어온 '험로'에 대한 보상과도 같다. 그는 적어도 인식의 측면에서는 '나는 누구인가'라는 물음의 고차원으로까지 비약한 것이다.

하지만 누구에게나 시와 삶, 시론과 일상은 또 다른 차원의 것이어서 인식이 삶과 나날의 행(行)으로 구체화되는 일은 새롭게 시작하는 초발심자에게처럼 그 앞에 다른 험로를 예비해놓은 것으로 생각된다. 인식의 문제만큼 어려운 것이 실천의 문제인 것이다.

이렇게 삶은 갈 길이 멀다. 그래서인지 유성출가 이후에 시인은 물론 우리들 모두가 가야 할 길은 한 생애로는 어림도 없어서 불가에선 겁(劫)이니 겁외(劫外)니 하는 인식과 상상 너머의 시간들을 상정하며 우리가 서두르거나 포기하지 않고 '정진'하기를 요청한다.

그 끝을 나도, 너도, 알 수 없고 볼 수 없지만, 이런 '무한의 감각'은 우리를 견인하고 추동하며 앞으로 나아가게 하는 원천이기에 그 자체로 소중하고 의미가 깊다.

3. 글을 맺으며

이 글을 시작할 때, 앞장에서 다룬 세 명의 시인 이외에도 박남철 시인, 허수경 시인, 함민복 시인, 김민형 시인에 대하여서도 생각해보고자 하였다. 그러나 이미 글이 너무 길어져버렸다.

나는 끝까지 이른바 '해체의 길'을 간 박남철 시인이 유성출가 이후 걸어간 고독한 험로에 대해 늘 아픈 마음이 있다. 그는 너무 외길로 격하게 내달렸고 이승과 너무 빠르게 작별하였다.

그리고 '90년대 시인들'이라는 큰 제목으로 연재를 하면서 내가 '신음하며 감싸 안는 대모여신'이라는 제목 아래 글을 썼던 허수경 시인에 대해서도 언제나 아픈 마음이 있다. 그의 유성출가 이후의 길은 지리적으로도 너무 먼 곳(독일)까지 가는 여정이었고, 그의 전공 또한 너무나도 아득한 곳(근동 고고학)까지 거슬러 올라간 여정이었다. 허수경 시인이 시에서 감싸 안은 영역은 아주 넓다. 그것이 그를 신음하게 했고 아름답게 했다. 이런 허수경 시인도 너무 빠르게 이승과 작별하였다. 얼마 전 들려온 그의 부음 앞에서 흔들린 나의 마음은 아직도 가라앉지 않은 상태이다.

함민복 시인에 대해서는 굳이 말할 필요가 없을 것이다. 그러나 그런 그의 시인 생활에서 나는 그의 '강화도'가 늘 아프면서도 신선하다. 이렇게 설명조차 불필요할 만큼 잘 알려진 함민복 시인 옆에 그렇게 널리 알려진 시인은 아니지만 김민형 시인도 함께 언급해야겠다. 나의 강의를 들었던, 『경향신문』

신춘문예로 등단하여 시집『길 위에서 묻는 길』을 출간한 김민형 시인은 10여 년 전 출가하여 서울 북쪽의 한 사찰에서 스님 생활을 하고 있다. 가끔씩 그가 쓴 글을『불교신문』에서 읽으며 그의 삶을 만난다.

위의 시인들은 모두들 유성출가 이후에 그들만이 간 진선미의 길을 보여준다. 아직 가야 할 길이 아득하지만, 그들이 간 길만큼 우리 시가 발전하고 성숙해졌을 것이다. 그러나 어디 이들뿐인가. 모든 시인들이 각자의 방식대로 유성출가를 하였고 그 이후의 길을 갔거나 가고 있을 것이다.

시—'호모 스피리투스'의 마음 혹은 '심우도'의 길

1. '호모 스피리투스(Homo Spiritus)'의 마음

인간에 대한 규정은 참으로 많다. 호모 파베르, 호모 에코노미쿠스, 호모 사피엔스, 호모 렐리기오수스, 호모 루덴스, 호모 심비우스, 호모 폴리티쿠스, 호모 데우스, 호모 디지쿠스(디지털), 호모 아카데미쿠스, 호모 스피리투스 등, 그야말로 인간의 변별성과 특수성을 여러 가지 방면에서 드러내며 인간종의 규정이 이루어져왔다.

이 가운데 미국의 영성적인 정신분석 분야의 임상 의사이자 학술적 연구자인 데이비드 호킨스(David Hawkins, 1927~2012)에 의하여 명명되고 널리 알려진 '호모 스피리투스'라는 인간 규정을 사유하며 이 글을 전개해보기로 한다. 호킨스의 여러 저서 가운데 아예 제목을 '호모 스피리투스'라고 붙여서 국내에 번역된 책이 있거니와 호킨스는 이 책에서뿐만 아니라 그의 저서 대부분을 통하여 인간의 영성에 대한 외경과 기대와 옹호의 마음을 간절한 심정으로 역설하며 전달하고 있다.

실로 인간의 영성은 그 이름을 무엇이라고 붙이든 간에 직관력과 통찰력이 있는 많은 지혜인, 공부인, 성현, 예술가들에 의하여 발견되고 증득되어 텍스트화되었다. 특별히 기축시대(機軸時代)의 많은 경전들이 그 대표적인 예가 되며, 서양에서의 기독교 성경을 비롯한 명상록과 철학서들, 동양에서의 유불선 삼가의 경전과 논서들이 이에 속한다.

이들 텍스트의 공통점은 현상계의 육안으로 보이는 개체성만을 전부로 알고 있는 사람들에게 보이지 않는 실재계의 전체성과 일원성과 연기공성(緣起空性)을 가리키며 실은 이것이 세계의 진실상이고 당신을 포함한 인간 존재 모두는 이 실상과 등가라고 말한다는 점이다. 그러면서 이 실상을 자기 자신과 일체화시킨 한마음으로 인생 여정은 물론 생사 문제를 비롯한 존재 전체의 근원과 궁극의 문제를 풀어가라고 알려준다는 점이다.

나는 이 영성의 다른 말인 전체성과 일원성과 연기공성을 직시하고 통찰하며 구현하는 일은 단절된 개체성의 한계이자 닫힌 세계를 벗어나 '출가인'의 마음을 낼 때 비로소 가능하다고 생각한다. 앞서 「시-유성출가, 그 난경의 미학」에서 시와 시인됨의 출발점을 '유성출가'에서부터 찾았듯이 에고 확장과 에고중심주의를 넘어서 전체성과 일원성에 가까이 다가가기 위해 파편화되고 방어적(혹은 공격적)이 된 마음을 열어야만 인간의 잊혔던 영성은 깨어나고 발현되기 시작한다. 에고와 아상(我相)이라는 작은 자기의식의 닫힌 감옥을 넘어서는 일, 그것이 영성세계로의 진입과 그 구현을 가능하게 하는 첫 지점이다.

그러니까 이와 같은 영성은 외부에서 가져오거나 주어지는 것이 아니라 우리들 내면에서 창조되고 생성되고 성숙해가는 것으로서 존재와 세계의 실상은 무한 연기의 장이며 근본적으로 일체이자 일심의 장이라는 것을 절감함으로써 본래의 심연에서 깨어나는 인간 존재의 새로운 에너지 장이다.

이것은 세계가 개체와 개인을 중심으로 움직이고 있다는 오해 속에서 살던 인간들에게, 그리하여 하는 일마다 실상과 어긋나는 데서 오는 고통을 경험해야 하는 인간들에게 본처(本處)를 찾고 그곳에서 살게 함으로써 인간의 참

모습을 발현하고 발휘하게 하는 길이다. 이렇게 됨으로써 인간들의 감각과 감정과 사고와 사유와 담론은 이전과 다른 차원 변이를 하게 되고 그것은 본인 자신은 물론 다른 사람들과 다른 존재들까지를 밝고 평화로운 세계 속으로 안내하는 일이 된다.

인간의 영성이 깨어나서 본격적으로 작동하기 시작할 때 호킨스의 의식지수 구분표를 빌려 표현해본다면 인간의 의식지수는 500 이상으로 비약하기 시작하고 '사랑'의 마음이 봄기운처럼 피어나 작동하기 시작한다. 물론 이 때의 사랑은 소아적인 에고의 이기적인 집착심과 애착심을 뜻하는 것이 아니라 대아적인 에고초월의 전일적인 연민심, 측은지심, 자비심 등을 말하는 것이다. 실로 사랑이라는 이름 아래 빚어지는 내용의 진폭은 너무나도 엄청나서 호킨스의 의식지수표를 빌리면 가능태로는 1에서부터 1000에 이르는 전 영역에 걸쳐 있을 수 있다. 그만큼 사랑이라는 동일한 언어 속에는 지독한 자기애로부터 무한의 온사랑에 이르기까지 서로 다른 차원의 구별성과 차별성이 내포돼 있는 것이다.

그가 누구든지 진정 시를 오래 창작하거나 연구해온 사람들은 차원 높은 사랑의 마음과 에너지장이 시의 원천이자 원동력이며 궁극임을 알 것이다. 사랑하지 않고서는 시도 학문도 한계 내에 머무른다는 것, 사랑의 수준과 질량만큼 좋은 시와 좋은 학문이 창조된다는 것, 사랑의 드높은 힘에 의한 시창작과 시 공부는 우리를 신명 속으로 안내한다는 것, 사랑할 때 비로소 실상이 보이고 언어가 살아나고 인간된 자의 정신적 충만감이 상승하며 밀려올라온다는 것, 그리고 사랑의 힘은 인간으로 하여금 죽음의 시간이 오기까지 정진하고 탐구하게 만든다는 것, 이런 것들을 공통적으로 느낄 것이다.

시와 시 연구가 이 땅에서 가치를 갖고 있다면 그것은 다른 게 아니라 앞서 말한 바와 같은 드높은 의식 수준 속에서 비롯되고 창조되며 구축되기 때문이다. 특별히 그 시와 시 연구가 고전이자 경전의 반열에 들 만큼 존중받게 된다면 그것은 500대 이상의 영성적 마음에 어떤 방식으로든 닿아 있기 때문이다. 이런 마음 상태에서 사람들은 세상을 내 몸과 같이 일체화하는 파장 속에 들어가 있다. 그야말로 '네 이웃을 네 몸처럼 사랑하라'는 비유적 문구가 실제 속에서 일시적이든, 부분적이든, 영속적이든 작동하는 것이다. 이때 우리는 세상을 애틋하게 볼 수 있고, 내 몸과 내 집을 보살피듯 세상을 보살피는 데로 나아가게 된다.

얼마 전 책꽂이에서 다른 일로 복간된 『유심』지 과월호를 보다가 2003년도에 유심평론상을 수상한 이남호 교수의 수상 소감을 읽게 되었다. 소감은 매우 인상 깊었고 감동적이었다. 그것은 자신이 과연 상을 받을 만한 자격이 있느냐 하는 자아성찰과, 세상을 '유심'의 땅으로 선언한 석가모니 붓다의 대담함에 대한 놀라움과, 다른 것은 말할 것도 없고 유심의 세계조차 유물화하려는 현실에 대한 안타까움을 드러낸 내용이었다.

나는 크게 공감하고 동의하였다. 세상에 존재하는 유형·무형의 모든 것을 할 수만 있다면 에고화하고 도구화하며 이른바 '소유권'을 주장하는 가운데 단절과 지배의 금을 긋는 지금 이곳에서의 우리의 현실상을 너무나도 아프게 바라보고 있던 참이었기 때문이다. 조금 과장이 허용된다면 시와 문학과 시를 연구하는 일조차도 이런 유혹과 경향의 흐름 속으로 적잖게 접어든 것을 부정할 수가 없으며 그로 인해 시와 문학과 시 연구의 사회적 역할과 기여가 점점 축소되어 가고 있는 현실을 안타까워하고 있었기 때문이다.

나는 여기서 석가모니 붓다가 말씀하신 이른바 '말법시대'의 모습을 떠올린다. 불법이란 이름조차 듣거나 아는 이가 없어져 가는 시대, 달리 말하면 붓다와 불성의 이름을 우연히 들었다 하더라도 그것조차 에고화되고 사유화하며 도구화되고 그 일이 일상처럼 여겨지는 시대, 팔 수 있으면 영혼조차도 팔겠다고 나서는 사람들이 점점 수와 세력을 늘려가고 있는 시대, 의식지수가 낮은 사람들이 권력과 권위를 가지고 오히려 의식지수가 높은 사람들을 그들의 기준으로 해석하고 평가하며 힘을 행사하는 시대, 타인의 욕망을 나의 욕망으로 여기며 스스로를 교언영색의 도구적 존재로 장식하고 수식한 채 살아가는 시대 등이 떠오른 것이다.

에고와 영성, 소아와 대아, 소유와 사랑, 생계와 초월은 인간사의 양면성이다. 누구나 이 두 가지 서로 다른 요소를 함께 지니고 있으며 이 두 가지 속성의 길항 속에서 시달리고 고달파한다. 시인들도 마찬가지이다. 다만 시인들은 이 두 가지 가운데 후자 쪽에 마음과 비중을 두고 길을 걸어가는 사람이라는 전통과 기대가 있다. 그럼에도 불구하고 오늘날의 시인들과 시단은 양적 확대가 질적 향상으로 이어지지 못한 가운데 오히려 후자가 전자에 의하여 포섭되는 위험 속에서 외화내빈의 불구성을 적잖게 보이고 있는 것도 현실이다.

이런 혼란 속에서 불교계의 대표적인 학승이자 선승으로 통도사 내 암자인 서축암에 주석하고 계신 종범(宗梵)스님의 간결하나 심오한 인생관의 분석은 큰 도움이 된다. 종범스님은 인생의 목표에 따라 삶을 두 가지 길로 나누어 규정한다. 그 하나는 생존을 위한 삶이요, 다른 하나는 성도(成道)를 위한 삶이라는 것이다. 나는 앞에서 여러 가지 말로 인생의 양면성을 설명하였거니와 그 모든 것을 압축하면 종범스님이 제시한 생존과 성도라는 두 가지 말로 대체하여 요약될 수 있을 것이다. 여기서 생존의 주인은 에고이다. 에고는 사는 것이 목적이다. 그리고 성도의 주인은 영성적 자아인 대아이자 참나이다. 영성적인 대아는 진리인 도심(道心)과 계합되어 사는 것이 목적이다. 인간종의 조건을 안고 태어나서 생존을 건너뛴 삶이란 불가능하지만 성도를 위한 대아이자 참나의 꿈이 부재할 때 인간의 삶은 동물적인 일반론으로부터 벗어나기 어렵다. 그러나 굳이 어느 것이 더 강력하냐고 묻는다면 현상적으로는 생존의 힘이 더욱 강력하다. 그리고 본질적으로는 원하든 원치 않든 성도의 삶 속으로 편입될 수밖에 없다.

나는 생각한다. 시와 시인들의 마음과 활동에 가치가 있다면 그것은 '성도'를 향한 길 위에 놓여 있는 인간의 의식이자 문화이기 때문이라고 할 수 있지 않느냐고 말이다. 시인들을 포함한 인간 모두가 생존의 조건을 만족시키지 않고는 이 땅에 존재할 수 없는 게 사실이지만, 시인들에게 남다른 점이 있다면 그들의 삶은 생존조차도 성도를 위한 여정이 되는 대전환을 소망한다는 것이라 할 수 있다. 성도를 위한 생존, 그러니까 성도화된 생존이 시인과 그에 연관된 사람들의 삶인 것이다. 이를 불가에서는 원력의 삶이자 회향의 삶이라고, 기독교에선 소망의 삶이자 사랑의 삶이라고 부른다.

어느 때인들 인간사에서 조용한 날이 있었겠는가마는 지금이야말로 인간들의 에고화 정도가 과잉 나르시시즘의 심리적 편향성과 맞물리면서 너무나도 크게 확장되고 강화되는 것이 현실이다. 더욱이 개개인의 에고는 물론 인간종인 인류의 집단화된 에고가 지구별을 덮고 파괴할 만큼 강력하고 난폭하다. 여기서 우리는 지구별의 쓸쓸하고 고독한 개인이자 난처한 인간종이 되어가고, 그런 것을 반영이라도 하듯이 이 시대의 어디를 가나 사람들은 '소통'이란 글자를 가장 잘 보이는 자리에 구호처럼 큰 글자로 써 붙이고 살아간다. 이것은 그만큼 '소통'이 안 되고 있다는 반증이다.

나는 최근의 우리 시단과 시적 경향이 걱정스럽다. 특별히 대략 2000년 이후의 시단과 새로운 시작 경향이 걱정스럽다. 시단의 엄청난 양적 팽창에도 불구하고 의식 수준은 낮아져 있고, 새로운 시적 경향은 그 새로움에도 불구하고 사적 방언처럼 언어와 상상이 자기 속에 갇혀 있기 때문이다. 나는 이런 시단과 시적 경향을 에고화의 정도가 커진 시단이자 '중얼거림'의 언어 상태 속에 놓여 있는 모습이라고 지칭해본다. 그렇다면 이런 시단과 시적 경향을 어떻게 돌파하고 개선할 수 있을까?

인류사가 그렇듯이 시문학사도 하나의 생명체로서 꽃이나 나무들의 삶처

제2부 '호모 스피리투스'의 상상력과 무유정법의 길

럼 그 나름의 내적 수순이나 운명이 있는 것 같기도 하다. 그렇지만 인간적 노력에 의하여 이것을 적극적으로 바꾸어볼 수 있는 가능성이 있다면, 그리고 그런 노력조차 내적 수순이나 운명의 한 모습이자 과정이라고 한다면, 그 것은 다름 아닌 인간이 지닌 '호모 스피리투스'의 자질을 개발시키는 것이라고 말하고 싶다.

인간이란 근대의 위대한 발견물인 이성과 지성조차도 에고화시키는 바람에 엄청난 그림자를 안고 살아야 했다. 이와 마찬가지로 '스피리투스'라는 놀라운 능력이자 영역 역시 에고화시킴으로써 또 다른 그림자를 만들어낼지도 모른다. 하지만 그런 안타까움을 상상하고 그 위험을 무릅쓰면서라도 이 능력이자 영역은 발견되어야 하고 발달해야 한다. 그래야 시단과 우리들의 삶은 류시화의 번역으로 국내에서도 꽤 많은 독자들이 읽고 공감한 에크하르트 톨레의 책 제목 그대로 '새로운 지구(A New Earth)'의 모습을 만드는 데 기여할 수 있다.

2. '심우도'의 길 혹은 '십우도'의 시학

만해 한용운이 말년에 거주했던 성북동 소재의 자택 당호가 '심우장(尋牛莊)'임을 아는 사람은 아주 많을 것이다. '소를 찾는 집'이라는 이 당호는 들을 때마다 그 집과 주인장의 지향점과 철학성 그리고 영성을 느끼고 사색하며 전율하게 한다. '소'로 표상된 '진리'의 소식은 그만큼 많은 사람들에게 언제나 의식적인 차원에서든 무의식적인 차원에서든 그리움의 세계이다.

불가에는 인간을 '호모 스피리투스'와 유사한 존재로 인정하고 그 높은 자질을 발견하며 성장시켜 나아가는 방편으로 만들어낸 문화 양식이 여럿 있다. 그 가운데 일반인들에게까지도 널리 알려진 것이 붓다의 깨달음의 여정을 여덟 폭으로 그린 '팔상도'와 심우도(尋牛圖) 혹은 십우도(十牛圖)라고 불리는 열 편의 연작 그림이다.

불교 가운데서도 대승불교의 소식은 대담하고 파격적이다. 모든 사람들이 붓다가 될 수 있다는 소식이 대승불교의 대표적 경전인『법화경』의 요체이자 대의이다. 아마도 인류사 속에서 이곳 이상으로 인간을 긍정하고 인간에게 복음에 가까운 희소식을 전한 사례도 달리 없을 것이다. 그런 점에서 모든 존재가 붓다가 될 수 있다는 수기를 받게 되는『법화경』의 인간관과 존재관은 인간사의 미래를 희망과 대긍정의 마음으로 바라보게 하는 사건이다.

어쨌든 인간들이 '호모 스피리투스'로서 진리인 '소'를 찾기 위하여 길을 떠날 수 있다는 것, 그리고 일정한 정진의 단계를 거쳐 진리를 찾을 수 있다는 것, 그것을 심우도와 십우도는 보여주고 가르쳐준다.

나는 시인과 시 연구자야말로 '심우'의 길을 떠난 사람이라고 생각한다. 그렇지 않고서야 신문들이 발표하는 연봉 순위표에서 최하위를 차지하고 있는, 이른바 생존에 지극히 무력한 시인들의 시가 이 거친 현실세계에서 제 역할을 할 수는 없기 때문이다. 그런데 심우의 길이란 참으로 놀라운 것이어서 일단 그 길로 들어서면 심우의 궁극에 이를 때까지 그 길을 지향하지 않을 수 없게 되고, 자신이 간 길이 얼마나 된 것인가는 길 떠난 사람 스스로가 참마음의 반응에 의하여 짐작할 수 있는 것이다. 하지만 문제는 그 길을 가는 여정이 결코 쉽지 않고, 진도 또한 너무나도 잘 나아가지 않는다는 것이며, 도상에서 유혹에 의하여 퇴행이 일어날 수 있을 만큼 방해 세력 또한 대단하다는 것이다. 그래서인가. 시인들이나 시 연구자들은 무리를 지어 승가 공동체처럼 시단이니 학계니 하며 함께 서로를 부추기고 살피면서 동행의 길을 가는 것인지 모르겠다. 혼자서 그 길을 가기에는 엄습하는 유혹의 힘을 제어하기가 너무나도 힘든 것이다.

어쨌든 '심우'의 마음을 내고 그 길을 간다는 것만으로도 삶은 다른 방향과 새 차원을 열어 보이는 일이 된다. 그럼으로써 그 길에 들어선 자의 정신과 언어가 달라지고, 의식과 표현이 달라지고, 기쁨과 보람이 달라진다.

심우도의 길과 십우도의 방편은 이렇듯 시와 시 연구 일반에 적용될 수 있는 고급하고 견고한 기본 매뉴얼이자 텍스트이다. 그런데 특별히 이 제목으로 시를 써서 자신이 이해하고 체득한 심우도와 십우도의 길을 보여준 시인들의 시를 살펴보는 일도 흥미롭다.

널리 알려진 바와 같이, 심우도와 십우도는 선불교 전통의 수행 방식이자 지도서 같은 것으로서 그중 송나라 시대 확암(廓庵)스님의 십우도와 보명(普明)스님의 목우도가 대표적이다. 이런 소를 찾는 수행 전통 속에서 많은 심우도 혹은 십우도 시편들이 나왔거니와, 그 가운데 우리 근현대시사 속의 심우도 혹은 십우도 시편도 한 흐름을 형성하고 있다. 대표적인 경우를 들어보면 만해(萬海) 한용운 시인의 작품을 비롯하여 무산(霧山) 조오현 시조시인, 법산(法山) 김용태 시인, 그리고 불교철학자인 고영섭 시인의 작품을 들 수 있다. 이들은 모두 불교와 관련된 선사, 승려, 학자 등의 삶을 살았거나 살고 있는 사람들이다.

잠시 이들의 작품에 대해 살펴보기로 한다. 만해 한용운은 그의 성북동 자택인 '심우장'의 이름을 설명하는 「심우장설」(1937)이라는 글 속에서 확암 선사의 「십우도송」을 교설한 후 이를 차운하여 「십우도송」을 지어 보이고 있다. 만해의 수필인 「심우장설」은 매우 흥미로운 점을 갖고 있는데 그 하나는 심우장이라는 당호가 익숙하지 않아 지나가는 사람들이 현판의 당호를 보고 '심우장? 심우장? 아마 이것이 목장인가 보다'라고 말하며 가기도 한다는 내용이다. 다른 하나는 이에 심우장의 '소' 혹은 '심우'와 관련된 무수한 전거들을 문헌학적으로 찾아내어 '소'와 '심우'가 어떤 역사적 맥락 위에 있는가를 학자처럼 드러내 보이고 있다는 점이다. 만해가 제시한 수많은 전거 가운데 확암 선사의 「십우도송」도 등장하는 바, 앞서 언급했듯이 만해는 이를 교설한 연후에 차운의 방식으로 글의 마지막 부분을 할애하여 자신의 「십우도송」

을 지어 보이고 있는 것이다.

만해의 이「십우도송」을 모두 제시하고 살펴보는 데는 시간이 너무나 많이 걸린다. 그래서 대신「십우도송」과는 다른, 그러나「십우도송」의 내용과 연관돼 있는「심우장」이라는 시조 한 편을 살펴보기로 한다.

잃은 소 없건마는
찾을 손 우습도다.
만일 잃을시 분명하다면
찾은들 지닐소냐.
차라리 찾지 말면
또 잃지나 않으리라.

— 「심우장」 전문

소의 속뜻인 진리는 본래 지니고 있는 것이어서 잃은 바가 없으므로 찾는다고 소란을 피우는 것이 우습다는 것이다. 그러니 이것을 찾아서 지닌다느니, 찾았는데 잃었다느니 하고 인간적 소견을 낸다면 그것은 아예 찾지 않음으로써 잃지 않은 것만 못하다는 것이다. 역설과 아이러니 속에서 진리의 원상이 지닌 속성을 모르고 허둥대며 소란을 피우는 인간들의 희극적인 모습이 잘 드러나 있다.

지난 2018년 입적한 설악산 백담사 조실스님이었던 무산 조오현 시조시인의 연작시조「심우도」도 인상적이다. 조오현 시조시인의 첫 시조집 제목이『심우도』(1978)인데 그의「심우도」는 발상이 흥미롭다. 말하자면 '소를 찾는 자기 자신'을 '이마에 손도장이 찍힌 현상수배자'로 비유하고 있다. 그러니까 진리를 찾을 수밖에 없는 운명을 지닌 현상수배자, 그것이 출가자이고 자기 자신이라는 것이다.

이런 사실에 근거해보면 시인들 역시 '진리인 소를 찾아 나설 수밖에 없는

제2부 '호모 스피리투스'의 상상력과 무유정법의 길

현상수배자의 운명'을 지닌 자들이다. 조오현 시조시인의 말처럼 천만금 현상으로도 찾기가 그리 쉬운 것은 아니지만 말이다.

그런가 하면 일찍이 「반야의 문학적 의미」라는 평론으로 『현대문학』을 통하여 등단하기도 한 평론가이자 승려이고 또 학자인 법산 김용태 시인의 「십우송」과 「목우송」도 흥미롭다. 1978년도에 출간된 그의 제3시집 『송뢰(松籟)의 소리』는 선시집이라는 이름을 달고 첫 부분에 「십우송」에 이어 「목우송」을 각각 10편의 연작으로 창작하여 수록하고 있다.

김용태 시인의 「십우송」에서는 심우의 마지막 단계인 「입전수수(入廛垂手)」편이 특별히 흥미롭다. 여기엔 저잣거리에서 손자를 업고 있는 노인이 등장하는데 그 노인과 손자는 각각 보현보살과 문수보살이라는 것이다. 그리고 「목우송」에서는 특별히 목우의 네 번째 단계인 「회수(廻首)」에서 "돌아오는 길은/돌아가는 길"이라는 깨침이자 표현이 눈에 띈다. 또한 여덟 번째 단계인 「상망(相忘)」에서 "내 나라 우리집에/무슨 계단 있으랴"라면서 '계단'의 높낮이를 부순 평등심의 제시가 이채롭다.

그리고 현재 동국대학교 불교학부의 교수로 재직하고 있는 고영섭 시인의 「십우도」도 흥미롭다. 고영섭 시인은 그간 총 다섯 권의 시집을 출간하였는데 그에게 학문 연구와 시쓰기는 다 같이 불심을 증장시키고 표현하며 나누는 담론이자 대화의 한 방식이다.

2017년도에 출간된 고영섭 시인의 제5시집 『사랑의 지도』에서는 그가 이전 시집 여기저기에서 형상화하곤 했던 심우의 문제를 열 편의 완결된 형식으로 담아내고 있다. 이 시집의 서문에서 시인은 '이 시대의 삼대목'을 생각하며 '향가'를 쓰고 싶은 마음이 이 시집 속에 담겨 있다고 전한다. 『삼대목』과 향가를 이 시대의 문맥으로 재문맥화하려는 의도가 인상적이다.

위에서 말한 바와 같은 '온고지신'의 정신 속에서 탄생된 시집 『사랑의 지도』 속엔 「나를 찾아가는 열 편의 노래 십우도」라는 제목의 시가 수록돼 있다. 이 시에서 흥미로운 것은 첫째 편 「심우(尋牛)」에서 "남산은 남산이고 한강은 한강"이라는 막막함이 아홉 번째 편 「반본환원(返本還源)」에서 다시 "남산은 남산이고 한강은 한강"이 되어 밝은 트임으로 전변되고 있는 점과 마지막 열 번째 편인 「입전수수」에서 자신의 몸 안에서 길들인 소를 불러내어 "사람들과 더불어 나눠 먹었네"라는 행위이자 표현이다. 진리의 현상적 물체인 짐승으로서의 소를 사람들과 식용으로 나눠 먹은 데까지 나아간 마음의 자유와 현장성은, 진리란 현실 속에서 나눠 먹기 위해 존재한다는 신선한 충격을 안겨준다.

요컨대 심우도 혹은 십우도라는 수행과 깨침의 한 정전이자 문학 양식은 구도의 마음길을 가는 자에겐 누구든 자신만의 방식으로 다시 쓰기를 해보고 싶은 충동을 느끼게 하는 매력적인 원전이자 기틀이다. 그야말로 심우도와 십우도는 진리인 소를 찾고 소를 보고 소를 기르고 소와 하나가 되고 소를 일상생활로 되돌리는 '진리 탐구'의 전 영역을 포괄하고 있는 온전한 마음경(經)이다.

나는 본장에서 시를 가리켜 '소'를 찾아나서는 일로부터 시작된다고 말하였다. 병적일 만큼 주관적인 자아중심주의와 자기애 과잉의 삶을 넘어서서 길을 떠날 때 시는 진부한 사유와 상상의 언어로부터 벗어날 수 있기 때문이다. 만약 시가 현실추수적인 차원에서 한낱 자기 에고를 강화시키고 자아중심성에 빠지는 역주행의 길을 가고 있다면 시쓰기는 생의 범속한 일상사이거나 낭비에 지나지 않을 것이다.

원하든 원하지 않든, 이 세상은 점점 더 파편화된 소아 안에 갇혀 생존의 유혹과 압력을 강하게 받도록 하고 있다. 그렇게 갇힌 자와 압력 받는 자들이 저도 모르게 다양한 병적 징후를 드러내고 있는 현실을 어떻게 타개하고 개선할 것인가는 너무나도 중요한 과제이다. 시가 그렇게 유력한 존재가 될 수는 없을지 모르겠으나 시까지도 그 현실 속으로 휩쓸려 들어간다면 시는 말할 것도 없고 현실 역시 더욱 불행한 지경으로 떨어지고 말 것이라 생각한다.

나는 여기서 인간 규정의 최고 차원에 있는 '호모 스피리투스'라는 말을 떠올린다. 그리고 '심우의 길'을 그리워하고 그 길을 가고 싶어 하는 인간 영혼의 최고 자질을 떠올린다. 이 두 가지 규정과 자질을 신뢰하고 음미하며 우리 시가 흩어졌던 마음을 추스르고 새 길을 떠난다면 기왕에 축적된 시적 자산 위에서 우리 시는 보다 빛나고 견고한 세계를 이 세상에 열어 보일 수 있을 것이라 생각한다.

시―만행의 길, 화엄의 꿈

1. 근대시(학)의 한계 앞에서

현재의 우리 시단과 시학계뿐만 아니라 인류 전체가 처한 근현대문명은 이른바 '새 길'이자 '블루 오션'이라고 부를 수 있는 새 차원의 세계 혹은 영토를 찾지 못하여 방황 중이다. 방황도 인류문명사가 가는 노정의 한 형태라면 현재의 방황은 그 나름의 의미가 있을 것이다.

그러나 방황하는 삶과 영혼은 힘들다. 방황의 주체는 물론이고 그것을 바라보는 사람들까지도 힘이 든다.

어림잡아 2000년대로 들어오면서부터일까? 포스트모더니즘이라는 말로도 커버가 불가능한, '포스트포스트모더니즘'이라고 불러야 될 만큼 격한 문명사의 해체와 변화의 에너지장 속에 우리 시단과 시학계도 예외 없이 편입되면서 한편으로는 이에 적응하려고 노력하는 동시에 다른 한편으로는 이런 격변의 장을 창조적으로 재구축하며 이끌어 나아가는 주체가 되기 위해 고심하였다. 이를테면 외적으로는 시 잡지, 시집, 시작품 등의 디자인, 형태 등과 같은 외형에 충격적인 변화를 가하면서 새로운 문명사적 변화상에 발맞추려고 애를 썼고, 내적으로는 소위 '뉴웨이브'라고 불리는 새로운 감수성과

　제2부　'호모 스피리투스'의 상상력과 무유정법의 길

상상력 및 언어 감각의 시가 출현하는 것을 의미 있게 발전시키고 정착시켜 보려고 안간힘을 썼던 것이다. 이런 노력과 안간힘을 바라보는 마음은 일면 안쓰러우면서 또한 기대감을 갖고 미래를 지켜보게 하는 어떤 것이었다.

하지만 그로부터 적잖은 시간이 지난 지금, 이런 노력과 안간힘은 소기의 성과를 거둔 것이라고 평가할 수 있을까? 책의 크기를 키웠다 줄였다 하고, 문장과 글자의 표기를 예측 불가능한 방식으로 변용시키고, 그림과 사진 등의 화보를 과도할 정도로 비중 있게 배치하고, 시의 언어가 지닌 시니피앙을 어느 때보다 현란하고 소란스럽게 구사한 우리 시단과 시학계의 노력은 소기의 성과를 거둔 것일까? 이런 변화상과 거기에 기울인 노력의 저변을 충분히 이해하면서도 그런 노력 가운데서 만들어진 시 잡지나 시집 그리고 시작품을 대하고 난 다음에 찾아오는 느낌이 충만하게 차오르지 못하는 것은 도대체 무엇에 기인하는 것인가? 그야말로 '외화내빈'이니 '야단법석'이니 하는 말을 떠올리게 할 만큼 쉽게 극복할 수 없는 결핍감이 마음속 깊은 곳에서부터 솟아오르는 이 느낌은 정말로 어떤 것일까?

필자는 이런 답답한 현실 속에서 우리 시단과 시학계가 오늘날의 제반 현상과 내외적 정황을 바르게 진단하고 그 문제를 풀어갈 수 있는 진정한 길이 무엇일까를 고민하며 이 글을 썼다. 참으로 그 수와 분량에 있어서 전례 없이 엄청난 시 잡지와 시인과 시작품들이 출현하였지만 그것이 해결책이 되기보다 하나의 '현상'을 제시하는 것만으로 끝나고 있는 이 현실을 어떻게든 넘어서야 한다는 간절한 생각이 이 글을 쓰게 만든 동기였다.

거칠게 표현한다면 근대 혹은 모더니즘에 기반한 주체성, 감수성, 언어관, 세계관을 가지고는, 그것이 '포스트모더니즘'이라는 이름을 달고 있든, '포스트포스트모더니즘'이란 이름을 달고 있든, 또 다른 어떤 명칭을 지어서 달고 있든 우리 시단의 새 차원이 열리기는 어렵다는 생각이다. 크게 보아 현재의 시인들은 1930년대 시인 이상의 모더니즘을 뛰어넘지 못하고 있으며, 서정주의 초기시가 보여준 또 다른 의미의 모더니즘을 뛰어넘지도 못하고 있다. 이들에게서 맹아가 보였던 밀도 있는 모더니즘의 건실한 세계는 현재에 이르면서 마침내 한 유기체가 탄생 이후 노병사(老病死)의 길을 걸어가다 마지막 단계인 병사(病死)의 주변부를 맴돌고 있는 것과 같은 느낌을 준다. 요컨대 모더니즘의 죽음, 모더니즘의 파탄, 모더니즘의 소진과 소멸 단계에 와서 그 막다른 지점의 어떤 현상을 드러내고 있는 느낌이다.

지금 이런 우리 시대의 시단과 시는 은퇴한 고령자가 이전의 삶을 추가적으로 재활용하는 것과 같은 무기력함 그리고 절박하지 않은 취향의 유희를 느끼게 하는 것과 같은 모습이다. 위에서 모더니즘의 말기 현상이라고 표현했지만 실은 이런 말로 표현해도 적절치 않은 어떤 부실하고 답답하며 기이하고 지리한 기운과 언어가 시단과 시학계를 휩싸고 있다. 앞서 언급했듯이 이런 현상도 문명사나 인류사의 한 단계이고 필연적인 진행 과정의 일환이라면 그 자체로 의미가 있을 것이다. 그러나 이런 과정을 오래도록 보는 일은 힘겹고, 이런 가운데서 뭔가 새 차원의 감수성과 언어와 세계관을 창조하고 개척해야 한다는 내면의 소리가 절실하게 들려온다.

이런 현실을 이 시대의 문명이 보여주고 있는 일반적인 모습과 연관시켜 본다면 그것은 우리의 시인들과 시작품들이 뿌리와 근간, 본성과 본체라고 부를 수 있는 세계로부터 너무나도 멀리 떨어져 나와 작고 파편화된 개체성을 전체성으로 오인하며 그 작은 자아 개념 속에서 어쩔 줄 몰라 하는 소위 '여름문명'의 극단적 형국이 아닌가 한다. 개체는 본처로부터 멀어질수록 그에 비례하여 자신의 온전한 모습을 드러내기 위한 과도한 자기 집착과 과시 그리고 과잉 나르시시즘이라는 역작용을 보여주기 쉽다.

그렇다면 과연 우리는 어떻게 해야 이 가볍고 넘치며 소란스럽고 공허한 현실로부터 벗어나 새로운 길을 열어갈 수 있을까? 그리하여 우리 시사와 문명사의 다음 단계를 건강하고 수준 높게 창조할 수 있을까? 필자는 여기서

제2부 '호모 스피리투스'의 상상력과 무유정법의 길

모든 답을 압축하여 '근본'으로 돌아가라는 말을 하고 싶다. 외형과 현상이 어떠하든 이 근본을 이해하고 그에 뿌리박고 있을 때 시단과 시작품은 생명체로서의 생로병사와 같은 외형적 변화상에 따르면서도 '실다운' 언어와 세계를 놓치지 않고 붙잡을 수 있다.

근대로 접어들면서 시는 대체로 재능과 직관의 영역이라는 소문이 그간 우리 시단을 정설처럼 힘을 갖고 지배하였다. 일면 맞는 말이다. 그러나 재능은 '카르마'의 치우침일 뿐 그 이상이 아니며 직관 역시 일시적인 빛과 찬란함을 드러내는 개체의 능력일 수는 있어도 믿기 어려운, 위태로운 속성이자 재능이다.

또한 근대로 접어들면서 시는 개인성(개성)의 영역이며 자유혼의 발현물이라는 소문이 그간의 우리 시단을 정설처럼 지배하였다. 역시 부분적으로 맞는 말이기도 하다. 개성은 존중되어야 하고 개인의 자유는 '혼'이라는 말과 섞어서 써야 할 만큼 소중하다. 그리고 근대와 근대시는 이것을 발견하여 성장시킨 일정한 성과를 갖고 있다. 하지만 앞서 말한 '근본'을 모르고 그에 뿌리내리지 않은 상태의 개성이나 자유는 깊이와 넓이가 부재한 특이함이나 특수함과도 같아서 신뢰할 수 있는 저변과 수준이 허약하다.

현재 인류 사회 전체의 모습도 그렇지만 우리 시단과 시학계의 경우에도 근본에 대한 공부의 수준이 너무 낮다. 도서관은 기증도서조차 받지 않겠다고 할 만큼 양적 팽창을 이루었고, 스마트폰 안에는 세계의 모든 지식이 모여든 슈퍼플랫폼의 형태가 자리 잡고 있지만 근본에 대한 공부의 수준은 그에 비례하지 않는 것이다. 재능과 직관, 개성과 자유라는 부분적이며 특수한 요소들이 발견되고 강조되기 이전부터 존재했고 그 이후에도 존재하는 근본에 대한 공부가 제대로 이루어지고 있지 않다. 이런 세계와 차원에 대한 공부가 철저하게 이루어질 때 재능과 직관이라고 부르든, 개성과 자유라고 부르든, 또 다른 무엇이라고 부르든 인간의 특별함은 보다 튼실하고 진정한 토대 위에서 보편적 설득력을 갖고 빛날 수 있다.

이런 '근본'을 가리키는 대표적 형태로서 인류사 속에 '경전'과 '고전'이 있다. 그것은 인간들의 삶과 인생의 내비게이션이자 로드맵 같은 텍스트이다. 그러나 그것은 길의 안내자일 뿐 그 길의 지도를 실제로 구하고 그 지도를 읽으며 길을 가는 것은 우리들 각자의 몫이다. 이 길은 끝이 없는 무한의 지점을 가리키고 있는 것으로서 제아무리 문명사와 시대사의 외형이 달라져도 그것들이 본처에 뿌리내리고 그로부터 출발하며 그와 더불어 살게 하는 원천이며 궁극에 도달하기가 어려운 세계이다. 이런 차원에서의 인간의 발전을 가리키는 여러 가지 말이 있다. 수행, 수도, 수신, 영성 능력의 향상, 지혜의 발달, 의식 수준의 향상 등과 같은 말이 그 대표적 실례이다.

이들은 모두 인간의 근본에 대한 공부 능력이 향상되고 발달되기를 꿈꾸는 언어들이다. 필자가 이전 글에서도 몇 번 언급한 데이비드 호킨스가 측정해 보인 '의식지수(의식 수준)'의 향상이 이루어지기를 꿈꾸는 것이다. 의식 수준이 향상되지 않는 한 우리들의 시도 삶도 현재의 의식 수준과 카르마의 결합에 의한 동어반복의 상태를 벗어날 수 없다. '근본'에 대한 공부와 통찰과 증득을 통해 의식지수를 높임으로써 비로소 다른 차원의 시작품과 시 담론이 창조될 수 있는 것이다.

근대에는 근대의 의식 수준과 카르마가 있었다. 이제 그것은 그것이 드러낼 수 있는 빛과 그림자를 그대로 드러내고 시효가 다 된 지점에 와 있다. 이 '끝물'과 같은 지점에서 근대의 카르마가 도모했던 감탄도 불러일으키지 않는 기존의 관습적 제스처를, 감동은 더구나 부재하는 개체의 자기탐닉적 개인성을 우리 시가 자유라는 이름으로 반복하고 확대재생산하는 일은 이제 공허하고 피로하다.

일반적으로 문명이란 일단 소중했던 어떤 것이 대중화의 길로 접어들면 그 효용성이 다한 것으로 보고 마무리한다. 이른바 '로열 패밀리'의 전유물이었던 특별하고 고귀한 것이 대중의 수중에 들어가서 만인의 것이 되었을 때 문명은 이전의 것을 무가치한 것으로 만들고 새로운 것을 기대하며 만들어내고자 하는 것이다. 그러나 그것은 무의미한 것이 아니라 고귀한 것의 대중화만큼 집단의 문명사에 향상된 인프라를 구축한 공이 있다.

나는 지금 우리 시단과 시학계의 근대적인 맥락 위의 시 잡지, 시인, 시작품도 그런 단계에 접어들었다고 생각한다. 셀 수도 없는 수와 양의 시 잡지, 시인, 시작품의 출현도 그러하거니와, '첫 마음'을 상실한 시단과 시학계의 왜곡상과 사적 도구화의 말할 수 없는 확장은 근대시와 시학이 마침내 대중화의 길로 접어들며 그 유효기간을 넘어서게 된 현상이라고 본다.

앞서 말한 문명사의 일반 법칙에 비추어볼 때 이것은 나쁜 것이 아니라 자연스러운 것이다. 다만 이런 자리에서 우리 시단과 시학계가 새 차원을 열어가는 일이 필요하고 그것을 어떻게 열어갈 것인가에 대한 모색이 이루어져야 한다는 것이다. 물론 문명사의 이치에 따르면 그것은 그냥 두어도 그것대로 어떤 길을 찾아가게 되어 있다. 하지만 근대문명 자체의 한계를 인식하고 그 이후에 전개될 더 높은 세계를 그리워하며 우리 시단과 시학계의 높은 수준을 계속 유지하고 싶어 하는 마음이 있다면 인간의 특수한 정신성에 근거하여 다음 시대를 준비해야 할 것이다.

부연하자면, 어느 문명이든 그대로 두면 자연의 이치를 따른다. 그러나 인간의 유일한 정신적 능력인 근본에 대한 공부가 이루어지면 인간사는 자연의 이치를 넘어설 수 있다. 우리 시단과 시학계가 만약 그런 능력으로 인간의 인간다움을 최고조로 들어 올리는 길에 앞장서고자 한다면 그 방안 중의 유력한 것은 '근본에 대한 공부'를 하는 것이다. 이때 우리 시단과 시학계 속의 시는 근대가 말하는 개인적 자유 이상의 자유를, 감탄 이상의 감동을, 표현 이상의 해방을 창조하고 전달할 수 있을 것이다.

2. 시의 길, 만행의 길

'시의 길, 만행의 길'이라는 본장의 제목을 보고 대뜸 거부감을 가질 시인이나 독자들도 있을 것이다. 뭐 시가 그렇게 진지한 것이냐고, 시란 자신의 감정과 생각을 미적으로 표현하면 되는 것이 아니냐고, 자신의 소견을 드러내면서 말이다. 물론 이런 소견도 틀린 것은 아니다. 그러나 시의 궁극을 논하고자 하는 입장에서 보거나 우리의 근현대시가 처한 한계를 돌파하고자 하는 심정에서 보면 '시의 길, 만행의 길'이라는 다소 무겁지만 중후한 본장의 제목은 신선한 충격을 주거나 애매했던 방향감각에 밝은 빛을 제시해줄 수도 있을 것이다.

시의 길을 묻는 물음은 인생의 길을 묻는 물음과 동일하다. 따라서 시란 무엇인가라는 물음은 인생이란 무엇인가라는 물음과 동궤에 있다. 인생에 대한 답을 찾은 만큼 시에 대한 답도 찾을 것이요, 시에 대한 답을 얻은 만큼 인생에 대한 답도 얻을 것이다.

필자는 그간 시에 대한 이상한 관념이 널리 유포된 결과 인생과 시가 서로를 소외시키거나 서로 무관한 자리에 놓여 있는 것처럼 오해한 경우가 많았던 점을 안타까워한다. 특히 재주로서의 시, 천재성으로서의 시와 같은 그간에 유포된 소문 혹은 관념은 인생과 시에 대한 보다 근원적이며 심층적인 인식이 이루어지지 않은 시론이자 시관 가운데 하나로서 부정적인 영향을 많이 끼쳤다. 시란 무엇인가라는 물음 앞에서 인생이란 무엇인가라는 물음이 제기되고 탐구되어야 하며 이에 대한 본질적이고도 심층적인 탐구가 이루어졌을 때 시를 쓰는 일과 읽는 일에 대한 견해도 제대로 정립될 수 있다.

인생에 대한 무수한 탐구를 진행한 끝에 내려진 결론들 가운데 인생이란 생존 욕구를 위한 것만도 아니요, 재주나 천재성의 차원에 속하는 것만도 아닌, 이른바 성도(成道)의 과정이고 수행의 길이라는 견해는 단연 고차원에 속하는 것으로서 그 내적 설득력이 상당하다. 인생이 본능적인 생존 욕구나 카르마의 작용을 넘어선, 우주적 진리와 계합되는 도리와 도심의 구현 과정이자 그에 이르는 길이라는 견해야말로 인간 존재의 가능성을 가장 깊은 데서 관조한 결과이며 그것을 가장 높은 차원으로 고양시키려는 의지의 소산이기 때문이다.

다들 아시다시피, 한국의 불가(佛家)에서는 동안거(冬安居)와 하안거(夏安居)라는 소위 '집중 수행 코스'를 일 년에 두 번씩 중대한 의식의 일종으로 진행한다. 여기서 안거란 진리의 마음인 진심과, 본래의 마음인 본심자리에 거주하는 일이다. 이를 위해 존경받는 은사스님이나 선배스님은 결제법문과 해제법문을 은혜처럼 선사하고, 수행자들은 그 법문을 품고 고시원에서 고시 공부하듯 본래자리에 안거하는 연습을 하며 '근본'인 자신의 본래면목을 맑고 밝고 건강하게 키워간다.

이런 수행승들이 해제의 의식을 치르고 세간 속으로 들어와 수행의 길을 열어가는 일은 특별히 '만행'이라고 불린다. 어느 때의 삶과 생활인들 수행승에게 만행의 시간과 삶이 아닌 경우가 있겠는가마는 특히 이런 때의 삶과 생활을 가리켜 만행이라는 말로 구별하여 사용하며 주목하게 한다. 이런 동안거나 하안거의 해제가 될 무렵이면 사찰 부근의 시내나 읍내의 풍경은 이채롭다. 걸망을 진 수행승들이 각자의 밝아진 표정으로 그들만의 길을 떠나는 광경을 볼 수 있기 때문이다. 이러한 결제와 해제 사이의 기간은 압력밥솥 같은 '진공'의 기운이 활발해질 때이고, 그런 때는 시의 세계에 견주어본다면 진정 시심이 무르익어가는 시간과 다르지 않다. 그런 시간을 마치고 밖으로 나왔을 때, 그리고 그런 충전된 에너지로 '길 위의 길'을 찾고 가꾸는 만행의 길을 떠나갈 때, 그때는 참으로 시적인 순간 혹은 시적 분출의 시간이라고 부를 어떤 시간과 다르지 않다.

이런 맥락에서 볼 때 결제와 해제 같은 수행의 마음과 수행의 시간이 온축

되지 않고서는 자신과 세계를 충격으로 전변시키고 일깨우는 시가 쓰여지기 어렵다. 그런 수행의 시간을 거친 경우에만, 더 나아가 그런 시간이 누적된 경우에만 진정 좋은 시를 쓸 수 있다고 말하는 게 과도한 일은 아닐 것이다. 복잡한 시의 이론이 있고 창작기법이 있는 것 같지만 본질적인 차원에서 보면 좋은 시야말로 진심과 본심이 터치될 때 탄생되고 솟아나는 샘물(새물)과 같은 것이다.

진심과 본심의 터치! 다시 말해 '근본'이 터치되어 움직이기 시작할 때 좋은 시가 출현하게 되는 것이다. 그러므로 수행의 문제에 대하여 사유하지 않거나 그런 길을 가지 않는 시인들의 시는 한계가 있다. 그의 재주, 천재성, 카르마가 다하면 시는 그 이상의 단계로 상승되기 어려운 것이다. 그런 점에서 근대 초기에 등장한 자유와 개성의 개념조차도 실은 그 깊은 차원에서 나름의 수행의 성격을 지니고 있다고 볼 수 있다. 그러나 그 진정한 자유와 진정한 개성이 변질된 어떤 시점에서 수많은 시인들이 '근본'을 잊고 자신의 사적 느낌과 생각을 급하게 쏟아놓는 동안 근대적 자유와 개성의 깊이는 얕아지기 시작했던 것이다. 더욱이 근대적 주체의 왜곡된 변이 양태인 에고의 만족이나 강화를 위해 시를 쓰는 경우가 많아지면서 이런 시들이 많아진 시단은 그것에 의하여 정화되고 고양되기보다 그것이 빚어낸 탁기를 정화시키고 낮은 영혼을 끌어올리는 데 힘을 들여야 했다.

좀 거창한 제안일지 모르겠으나 수행의 자리, 만행의 자리는 시의 자리가 되어야 한다. 그리고 수행의 길, 만행의 길은 시의 길이 되어야 한다. 그렇지 못할 때 시와 시의 길이란 최대치로 보아도 지금까지 성취한 것의 동어반복이요, 시라는 이름을 가진 소요로 그치게 된다.

최근 서양사회는 물론 우리 사회에서도 명상이 조금씩 관심을 끌고 있다. 본격적인 수행이자 만행의 일이라고는 하기 어려우나 명상은 그런 길을 바라보는 예비적 혹은 근사적 소망이자 행위이다. 이런 명상 속에서 인간들은

제2부 '호모 스피리투스'의 상상력과 무유정법의 길

우선 일체의 식작용(識作用)을 내려놓는다. 불교식으로 말한다면 '색수상행식(色受想行識)'이라는 오온의 작용을 일단 대담하게 멈춰보는 것이다. 일체의 대상화된 이미지와 관념을 내려놓고 그저 숨만 쉬어보는 것이다. 숨만 쉬는 것으로써 존재하게 될 때 삶은 표층적으로나마 대상을 지운 절대의 상태가 된다. 절대가 되어 숨을 쉬어보고, 그리하여 치성하던 생존 욕구와 카르마가 빚어내던 일체의 공격과 방어 및 습관의 메커니즘을 무력화시켜버릴 때, 그동안 상대화로 인하여 생겼던 긴장의 후유증과 주관적 해석과 왜곡의 연속으로 인해 누적되었던 불순물을 잠시나마 가라앉힐 수 있다.

아, 그간 우리 몸은 하나의 생명체로서 무조건적이라고 할 만한 생존 욕구의 그 엄청난 에너지와, 경계를 대상화함으로써 내가 살고자 하는 에고의 활동이 치성해짐에 따라 얼마나 자신과 세상을 담보로 잡고 피 흘리는 투쟁을 하였으며 수를 헤아릴 수 없는 상처를 남겼는가. 그리고 그 흙탕물같이 어지러운 내면세계를 자신의 소유물이라고 애지중지하며 존재의 비만감을 얼마나 끝도 없이 더해갔는가.

명상은 집안 대청소를 하는 일과 같다. 아니 하루쯤이라도 대문을 닫고 불출동구(不出洞口)하듯이, 이른바 '색수상행식'의 문을 닫고 자발적인 죽음의 세계로 들어가 눈을 감고 죽어보는 일과 같다. 그럼으로써 자신의 본모습을 조금이나마 살려내보고자 하는 방편으로서 근본을 향한 첫 단계의 준비를 하는 일과 같다.

나는 우리 시단과 시인들과 시작품들이 이 명상이 상징하는 바와 같은 세계로 잠시나마 들어갈 시점이 절박하게 다가왔다고 생각한다. 언제까지 대상화의 폭력을 견디거나 증식시키면서 말과 뜻과 생각을 '상상력'이라는 거창한 이름 아래 바깥으로 쏟아낼 것인가. 의식 수준 혹은 영성지수가 상승되고, 도심 혹은 일심의 층위가 터치되고 깨어나지 않는 한 말은 그것이 아무리 많고 다채로워져도 울림이 크지 않다.

앞서 잠시 스치며 언급했던 소위 여름문명의 극단은 유기체의 생존 프로그램에 의하여 속에 있는 것들이 모두 바깥으로 형상을 만들면서 뛰쳐나온 단계이다. 나무로 비유하자면 이파리들이 너무 많고 무성하여 나무의 뿌리는 고사하고 줄기조차 보이지 않게 된 시기이며, 물로 비유하여 말한다면 강물이나 호숫물이나 끓어오르느라 근원을 못 보다가 마침내 죽음과 같은 바닥을 드러내게 되는 때이다.

앞서 말했듯이 거시적인 차원에서 본다면 이런 여름문명의 극단적 현상을 지금 우리 시가 따르거나 통과한다고 하여 크게 문제가 되는 것은 아니다. 그러나 시가 정신의 고처를 꿈꾸며 감동의 한가운데에 서려는 인류의 소망이 되고자 한다면 이런 유기체의 프로그램을 그대로 따라가기만 하는 데는 문제가 있거나 아쉬움이 남는다는 것이다.

우리 시는 이런 여름문명의 극단 속에서 '동안거'와 '하안거'를 하듯 본심자리에 거주하여 여름문명의 표면성과 치우침의 무상함을 극복하고 근원에 기반한 모습을 드러낼 필요가 있다. 그렇게 할 때 우리 시는 근대시가 이뤄낸 성취와 더불어 그 한계까지 포월하면서 새 단계의 시를 열어갈 수 있을 것이다.

만행은 첫걸음을 떼기가 쉽지 않다. 근원과 방향을 알지 못하는 사람은 발걸음을 어디로 떼어야 할지 모르기 때문이다. 아니 근원과 방향에 대한 간절함을 지니지 않은 사람은 아무리 속세에서 활기 넘치는 성공적인 삶을 살아간다 하더라도 발걸음을 바른 곳이 아닌 다른 곳으로 분주하게 떼어놓음으로써 언젠가 그 한계에 맞닥뜨리게 된다.

그러나 첫걸음을 바르게 떼기 시작하면 걸어간 만큼 시도 삶도 깊어지고 아름다워진다. 의식 수준과 영성 수준이 향상되고 도심과 일심이라고 부를 그 어떤 것의 힘이 움직이며 작동하는 만큼 우리의 생각과 말과 행동은 달라진다. 이렇게 보면 시라는 언어적 표현 이전에 시인 자신이 스스로 걸어간 길

만큼의 아우라를 몸으로 드러낼 것이고, 시인 이전에 시단이 또한 그런 아우라를 먼저 세상에 전달할 것이다.

근원에 닿은 시의 파장, 근원에서 비롯된 시의 파동은 근대의 막다른 지점에서 허둥대는 우리 시의 현실과 이 복잡다기하고 현란하여 눈을 뜨기조차 어려운 인간사의 언어와 마음들을 잠재우며 제 길로 안내하는 힘을 가질 수 있을 것이다.

3. 시의 꿈, 화엄의 꿈

왜 시를 쓰는가? 시쓰기의 꿈은 무엇인가? 허만하 시인의 시론에 들어 있는 한 구절처럼 시가 '인간과 짐승을 구별하는 지점'(『시인세계』 2008년 가을호)에 있는 것이라면 시는 짐승의 본능인 생존의 에고중심주의를 넘어서거나 넘어서고자 하는 데 그 동인과 꿈이 있다고 볼 수 있다. 여기서 조금 더 나아가 공자가 『시경』의 시편들을 두고 정리하여 핵심을 말한 '시삼백(詩三百) 사무사(思無邪)'라는 시관에 기대어본다면 '사무사'는 시쓰기의 동인이자 꿈이라고 할 수 있다. 아니 시쓰기의 동인이자 꿈은 '사무사'로 가는 데 있다고 할 수 있다.

나는 시가 에고의 강화를 위해 존재할 수도 있다고 본다. 인간이란 종의 에고는 그만큼 강력한 진화의 산물이고 그것이 개인의 에고이든 집단의 에고이든, 또 인류라는 종(種)의 에고이든 그 에고의 활동이 시를 낳았을 가능성이 크기 때문이다. 실제로 어용시편이나 프로파간다로서의 시, 또는 자기과시를 목적으로 하는 시편들은 이런 에고에 토대를 두고 활동한 결과물들이다.

그러나 에고중심주의로서의 시쓰기는 시를 너무 동물적이고 세속적인 것으로 만든다는 문제점을 갖고 있을 뿐 아니라, 동물계와 세속 사회에서의 생존경쟁력으로 본다면 그 위력이 그렇게 크지도 않다. 시는 오히려 인류 역사를 통해서 보더라도 에고중심주의를 벗어나고자 하는 안간힘에서 그 존재의 의미와 위의가 살아났고, 그 지점을 가리킬 때 세속 사회에서도 일정한 자리를 부여받고 기능하는 처지였다.

적어도 이런 인간종(호모 사피엔스 사피엔스)이란 참으로 특이하다. 한편으로는 생존 욕구에 처절하게 저당 잡혀 있으면서도 다른 한편으로는 궁극적 진리와 근본적 진실을 알고 그에 맞는 진심을 구현하고자 하는 특별한 소망을 갖고 있기 때문이다. 이 양자는 각각 그 욕구가 성취되었을 때 인간들에게 기쁨을 주는데 전자가 'force'의 만족에서 오는 기쁨이라면 후자는 'power'의 만족에서 오는 기쁨이다. 그러니까 전자가 소아인 에고의 기쁨이라면 후자는 대아인 진아의 기쁨이다. 전자는 모든 생명들의 욕구이자 기쁨이다. 그러나 후자는 인간이 가진 독자성이다. 인간이 이처럼 후자의 삶을 그리워하고 그 앞에 마음의 무릎을 꿇을 수 있는 존재라는 사실은 인간종의 발전적 가능성과 미래를 기대하며 의욕을 가져볼 수 있게 만드는 요인이 된다.

실로 대부분의 경전들은 이 지점에 초점을 맞추고 있다. 그리고 설득력 있는 경전을 바탕으로 형성된 모든 고등 종교들도 역시 이 지점에 초점을 맞추고 운영되고 있다. 진리와 앎의 환희심, 진심과 실천의 감동, 이런 것이 가능한 차원이 있음을 알고 그것의 구현에 정진하는 것이다.

나는 그동안 시에 관해 꽤 오래 공부를 하고 글을 쓰면서 무수한 탐구와 고민 끝에 시의 근원이자 궁극은 경전이나 종교의 근원이자 궁극처럼 진리와 진심, 영성과 신성이라는 확신에 이르게 되었다. 그것은 관념이 아닌 체험의 소산이며 외부로부터 배운 것이 아니라 내적인 소리의 발현이었다. 그리고 인간의 생이란 의식 수준과 영성 수준이 상향되지 않는 한 나이나 지위와 관계 없이 다른 반복을 계속할 뿐이거나, 노력을 하지 않을 경우 이들 수준은 오히려 전보다 더 낮아지고 그것은 삶의 질적 저하로 이어진다는 사실도 깨닫게 되었다. 그러나 이런 내용을 언표화하고 공적 글쓰기로 논리화하는 데는 적잖은 주저의 시간과 많은 검증의 과정이 필요했다. 지금도 여전히 미숙하고 미흡하지만 이 확신은 절실하고 절박하여 보다 깊은 탐구의 과정을 기다리고 있을 뿐 입장이 달라지지는 않을 것이다.

이 진리와 진심, 영성과 신성의 지점을 지향하거나 그 지점이 작동하는 가운데 탄생하지 않고서는 시란 세속의 많은 언어나 상품들과 구별되지 않는다고 본다. 그런 언어나 시들도 때로 감정이입이나 생각이입이 되며 세상과 소통할 수 있으나 그것은 일시적이고 도구적인 것일 뿐 세상의 참된 밝음과 따스함으로 이어지거나 피어나지 못한다.

그러나 여기서 분명히 기억해야 할 것이 있다. 경전의 지식이나 언어들을 시 속에 담아내거나 그런 소재들을 도입한다고 해서 그 순간 바로 이런 세계에 도달하거나 이런 세계로부터 출현했다고 보기는 어렵다는 점이다. 이는 누군가가 어떤 주제나 분야에 대한 책을 많이 가지고 있을 뿐 그 책의 체화와 증득이 삶 속에서 이루어지지 않은 자리에서 그 책의 정보들을 거론하는 것과 다르지 않다. 말이 나온 김에 좀 더 노파심을 담아 표현해본다면 불교 문화의 이모저모를 시 속에 언급하거나 기독교 문화의 이모저모를 시 속에 언급한다고 해서 차원 높은 시, 감동의 시가 창조되는 것은 아니라는 말이다.

실로 높아진 의식 수준과 영성 능력, 깊어진 도심과 일심은 인간들의 심신의 세포 하나하나에 그대로 스며들듯이 시작품의 어느 곳에도 스며들어 그 시의 품격과 감동의 질을 결정한다. 이런 의식의 수준, 영성의 수준을 우리는 직감으로도 느낄 수 있지만 이를 과학적인 실험을 통해 수치로 산출하고 정립하는 데 성공한 데이비드 호킨스는 모든 문장, 문단, 글, 책, 담론 등의 의식지수(영성의 무게)를 측정해낸다. 시작품뿐만 아니라 유형의 것이든 무형의 것이든 이 세상에 나타난 모든 것은 마음의 반영이자 의식의 형태화이기에 그 속에 담긴 의식지수 혹은 영성지수를 잴 수가 있는 것이다.

그런 점에서 좋은 시는 좋은 마음의 산물이다. 세상은 언제나 이와 같은 좋은 시를 기다리고 있다. 바로 앞 문장에서 언급한 바와 같은 자리에서 탄생되고 그곳을 가리키는 시들에 세상은 목말라하고 있다. 최근 우리 시가 읽히지 않는다면 그것은 세상과 독자들이 시를 읽지 않는 것이 아니라 시가 읽히지 않는 것이 아닌가 하는 생각을 해볼 필요가 있다. 인간들은 소아인 에고의 욕구를 만족시켜주는 글만큼 대아인 진아의 욕구를 충족시켜줄 글을 기다리고 있다.

본장의 제목은 '시의 길, 화엄의 길'이다. 나는 시가 앞장의 제목에서 사용한 만행이나 수행의 마음과 길을 통해서 불교경전의 최상위에 존재하는 화엄의 세계를 보고 그 화엄의 세계를 그려 보여주기를 기대한다. 무한과 무변 속에서 세계 전체를 아우르며 세계 전체가 금강의 진리로 이루어진 한바다임을 보고 느끼고 감동하는 일, 그 일이 시를 쓰는 일이 되기를 기대하는 것이다. 아니 협소하고 믿을 수 없는 그 주체라는 이름의 개인을 좀 더 확장시키고 드높여서 세계의 진실상을 우리에게 전해주기를 기대한다. 그러나 늘 경계해야 할 일이 있다. 에고는 진리니 경전이니 화엄이니 하는 세계조차도 자기 강화를 위해 늘 도구화하려 들 만큼 오래된 생존 관습을 버리기가 어렵다는 사실이 그것이다. 그런 경계 속에서 아주 조금을 가더라도, 아니 제자리에서 그런 곳을 바라보기만 하고 끝나더라도 진심의 자리를 거친 참다운 언어들이 시라는 이름으로 이 세상에 선물처럼 나오기를 기대한다. 그때 우리의 시는 현재의 막힌 길 위에서 기교적인 언어에 탐닉하거나 알 수 없는 중얼거림처럼 자신의 때 묻은 안쪽을 절제 없이 드러내는 고달픔과 소모전으로부터 벗어나 새 영역과 차원을 열어갈 수 있을 것이기 때문이다.

이 길을 가는 일은 결코 쉽지 않지만 그래도 나는 이 길이 지름길이라고 생각한다. 그리고 조금밖에 갈 수가 없겠지만 간 것만큼의 감동과 아름다움이 있는 세계를 창조할 수 있다고 생각한다. 언어뿐만 아니라 모든 삶의 행위 하나하나가 사실은 다 정직하다. 그가 쓴 마음, 곧 '용심(用心)'의 모습이 거기에 담겨 있으며 그가 자리 잡고 체화한 마음의 실제가 거기에 담겨 있기 때문이다.

지금 우리가 살아가고 있는 근현대문명의 도시, 그 속에서 영위되는 우리들의 삶, 그 가운데서 쓰여지는 시인들의 시는 이 시대의 욕망과 관습의 한계를 알아차리고 '근본'자리에서 '화엄의 꿈'을 실현하는 새로운 길로 발걸음을 내어 디뎌야 할 것이다. 그래야 우리의 도시도, 삶도, 시도, 인간들이 그토록 그리워하는 참자유와 참평화 그리고 참행복에 이르는 길을 열어줄 것이다.

허의 미학을 창조하는 일

홍수 속에서 식수난을 겪는다는 말이 있는 것처럼, 도처에서 언어가 넘쳐 나는데도 우리들의 살림살이는 부박하고 가난하기가 이를 데 없다. 언어가 우리를 구원해줄 것이라는 기대를 하기에는 이미 우리들의 언어는 너무나 깊은 상처를 입고 객지에서 허덕인다.

도대체 무엇이 이런 현실을 만들어낸 것일까? 나는 이 지점에서 언어를 발하는 사람들의 마음자리를 살펴본다. 언어란 마음이 만든 산물이자 마음의 연장(延長)이기 때문이다.

이 시대, 우리들의 마음자리를 살펴볼 때, 그곳엔 허심이자 허공이라고 할 수 있는 이른바 '허(虛)'의 총량이 마이너스 지점을 가리키며 위태롭다. '허'란 빈 공간이며, 빈 터이며, 빈 세계이다. 무위의 영역이고, 자연성의 길이며, 무상의 시간이다. 이런 '허'의 결여와 부재는 언어의 생명력을 고갈시킨다.

우리 시단의 언어 문제를 살펴볼 때도 위와 같은 언어 일반의 현실에 대하여 보낸 우려는 고스란히 겹쳐진다. 그야말로 모든 것을 '리셋'시키고 처음부터 다시 시작해야 할 것처럼 우리 시단의 언어들도 혼란스럽기 그지없고, 그 엔트로피는 극점을 앞에 둔 듯하다.

이런 안타까움 속에서 나는 '허의 효용성과 그 미학'을 사유해본다. '허'에 대한 바른 앎을 구비하고, 그 허를 제대로 증장시켜 나아갈 때 우리들의 언어는 우리의 마음자리와 더불어 소생과 신생의 기미를 보일 수가 있을 것이기 때문이다.

이런 맥락에서 우리 불교사의 고승인 네 분의 호를 음미하면서 '허의 성장과 성숙'을 말해보고자 한다. 그 네 분의 호는 탄허(吞虛), 경허(鏡虛), 함허(涵虛), 운허(耘虛)이다.

여러분은 탄허스님을 잘 알 것이다. 화엄학의 대가이자 유불선 삼교를 회통시킨 고승대덕이다. 이분의 호인 탄허는 '허를 마신다'는 뜻이다. 허를 마심으로써 그분은 승려의 본분을 닦아가고자 한 것일 터이다.

또한 여러분은 경허스님도 잘 알 것이다. 경허선사의 「참선곡」은 아주 널리 알려진 게송의 고전이자 시작품이다. 만공(滿空)스님의 은사이기도 한 경허스님의 이 호는 허를 언제나 거울에 비추어보고자 한다는 의미로 읽힌다. 다른 일체의 것들이 사라지고 오직 허만이 거울에 가득하게 될 때까지 허를 키워가고자 하는 숭고한 원력을 담은 것이리라.

함허스님도 아는 사람들이 많을 것이다. 함허득통(得通)으로 당호와 법호가 함께 어우러져 불리어지곤 하는 함허스님은 조선조의 배불정책에 항거하며 '현정론(顯正論)'을 펼친 분이다. 그분은 용기가 있었고, 소신이 있었고, 실력이 있었다. 함허라는 당호이자 별호의 함의처럼 허에 젖어든 삶에의 희구와 그것을 위한 정진이 이런 용기와 위력을 낳았으리라.

운허스님을 아는 사람은 특히 문단에 상당히 많을 것이다. 경기도 광릉의 봉선사에 주석하였던, 소설가 이광수의 8촌 동생이기도 한 운허스님은 팔만대장경의 번역에 헌신한 역경불사의 대가이다. 운허스님의 호는 허를 경작한다는 뜻인데, 이는 허를 온전하게 밭 갈고 농사짓는 경지를 염원한 심중의 표상이리라.

지금 우리 시단은 무엇보다 허를 공부하는 일이 절박하게 요청된다. 탄허의 의미처럼 허를 일상으로 마시는 일, 경허의 뜻처럼 허를 날마다 거울에 비추어보는 일, 함허의 지향처럼 허가 몸에 젖어들게 하는 일, 운허의 함의처럼 허를 경작하는 일 등이 필요한 것이다. 이렇게 될 때, 우리의 마음자리엔 허의 총량이 늘어나게 될 것이고, 우리 시단과 그 언어에는 저도 모르는 사이에 품격이 깃들게 될 것이다.

제2부　'호모 스피리투스'의 상상력과 무유정법의 길

무한함의 현상학과 무유정법의 해탈감

— 시성(詩性)의 두 차원

1. 무한함의 현상학

인간의 상상과 인식이 만든 최고의 세계는 무한이다. 시인들은 그 무한을 '몽상'하는 현상학자들이다. 무한이 상상되고 인식되고 몽상됨으로써 인간들은 3차원의 시간과 공간이 주는 제약과 억압의 한계에서 해방될 수 있고, 시비와 분별, 계산과 거래, 주관과 객관의 대립으로부터 벗어날 수가 있다.

무한은 인간으로서는 어찌해볼 수 없는 지점을 가리키며 인간들에게 포기의 순간을 선사한다. 그 포기는 불가항력의 내려놓음과 놓아버림이 주는 감미로움의 감정으로 이어지고, 이를 경험한 인간들은 마침내 그 포기를 적극적으로 방문하고 사랑하는 포기의 자발적 예찬자가 된다.

이런 무한함의 감각을 경험하고 사랑하며 활용하는 최고의 인간적 양식이 예술이다. 예술의 한 영역인 문학과 시 역시 그와 같은 무한의 힘에 의하여 인간을 해방시키고 무한의 감각을 선사한다.

나는 매 학년도 2학기가 되면 우리 학과의 3학년 학생들을 대상으로 '현대시 강독' 과목을 개설하고 강의한다. 지난 학기의 '현대시 강독' 과목을 강의하면서 나는 유난히 '무한의 감각과 힘'이 우리 시사 속의 문제작들 속에서 일관된 특성으로 비중 있게 작동하고 있음에 주목하지 않을 수가 없었다. 우리 근현대시사의 첫 자리를 마련한 최남선의 「해에게서 소년에게」에서부터 이상화의 「나의 침실로」, 김소월의 「산유화」, 한용운의 「알 수 없어요」, 김영랑의 「돌담에 소색이는 햇발같이」, 정지용의 「백록담」, 윤동주의 「서시」, 이육사의 「광야」 등등, 이곳에 열거할 수 없는 수많은 문제작 속엔 그야말로 무한의 감각과 그 힘이 신비롭게 숨 쉬고 있었던 것이다.

그런 점에서 이 무한의 감각은 시인됨의 자질이라고 할 수 있다. 시인은 어떻게 시인이 되는가, 시는 어디에서 오는가와 같은 질문이 주어진다면 우리는 시인과 시야말로 무한의 감각과 그 힘을 알고, 느끼며, 가꾸고 사용함으로써 시인이 되고 시가 되는 것이라고 답할 수 있다.

무한은 인간으로서 어찌해볼 수 없는 느낌이자 세계이다. 더 정확히 말한다면 인간의 유위적인 능력으로 어찌해볼 수 없는 현상이고 차원이다. 그 현상과 차원이 생성되고 열림으로써 인간은 의지와 관계 없이 무위의 세계로 문득 들어선다. 이 세계 속에서 인간들은 비로소 색다른 기분에 빠져든다. 그것은 자유, 평화, 순수, 해방, 이완, 여유, 평안, 평정, 고요, 안심, 일심, 비아, 무아, 몰아, 무사, 초월, 비움, 하심, 벅참, 희열 등과 같은, 범속한 일상과 반복적인 인간사 속에선 좀처럼 찾아오기 어려운 특이한 느낌이다. 이는 한마디로 말해 'small I'라고 부를 수 있는 에고의 생존 욕구와 그에서 비롯된 수많은 인간적 장치들이 사라지는 느낌이다.

여러분들도 아시다시피 에고는 인간 진화사의 특별한 한 산물이다. 그리고 수많은 인간적 장치들 역시 인간 진화사의 놀라운 산물들이다. 그들은 생존하고자 하는 에고의 욕구에 따라 활발하게 활동한다. 그리고 인간사 전체를 압도할 만큼 확장되고 강화되면서 인간들로 하여금 인간적 한계 안에 적응하며 집착하도록 한다.

무한은 바로 이런 지점에서 에고를 무력화시키고, 인간적 장치들을 해체시키며, 집착을 털어낸다. 이런 무력화와 해체와 털어냄은 한순간의 일이어서, 무한의 감각이 지닌 힘은 '신비적'이다. 이런 무한의 감각을 불러내는 일이 자력으로는 쉽지 않기 때문에 인간들은 그 순간을 타력에 의존하여 불러내는 방법을 터득해서 지니고 있다. 여기서 타력은 환경을 말하는데, 가령 바다의 수평선, 하늘의 무궁함, 사막의 광막함, 초원의 수평선, 우주의 무변광대함 등이 그것이다. 우리는 이들 앞에 섰을 때 노력하지 않아도 한 찰나에 무한을 감각하게 되고, 무한자가 되며, 제 이름조차 잊은 무한인이 된다. 드디어 우리는 인간적 실체감과 인간계의 긴장감으로부터 벗어나는 것이다.

사람들은 이와 같은 물리적이며 구체적인 환경 이외에 두뇌를 통하여 우주적이며 추상적인 세계로서 무한의 감각과 그 힘을 상상하기도 한다. 수학에서의 무한대를 가리키는 개념, 특수한 숫자로서의 '0'의 발견, 현상학에서의 판단중지의 개념, 기독교에서의 전지전능한 신(성)의 개념, 불교에서의 '공성(空性)'의 세계, 노장에서의 '무위자연'의 세계, 역(易)사상에서의 무극의 세계 등이 그것이다.

사람들은 이런 세계를 통하여 우리를 그토록 억압하고 고통스럽게 만드는 범속한 일상과 의식세계로부터 벗어난다. 말하자면 3차원 세계에서의 인간적 삶의 가치와 희로애락으로부터 벗어난다. 3차원 세계에서의 우리들의 나날의 삶은 하나의 분명한 현실이자 수용할 수밖에 없는 현안이지만, 그것의 비중과 위치를 정확히 가늠하게 되고, 그것에 매몰되며 그를 절대화하는 오류에서 벗어나게 되는 것이다.

예술은, 문학은 그리고 시는 이러한 무한의 감각과 힘을 태생적으로 혹은 경험에 의하여 알고 느낌으로써 이를 불러내고 활용하여 우리를 세속과 일상 너머의 세계로 진입하게 하는 특이한 양식이다. 이를 통하여 우리는 '출가'를 하게 되고, 마침내 '출가인'의 계보에 들게 된다. 사람들이 동서고금을 통틀어서 좋은 예술과 문학 그리고 시에 대하여 아낌과 사랑의 마음을 헌정하는 것은 이들이 그와 같은 출가의 순간과 출가인의 삶을 가능하게 하기 때문이다.

출가의 순간에, 그리고 출가인의 계보에서 인간들은 드디어 소외 없는 자유를 경험하고 자유인이 된다. 그 자유와 자유인의 경험은 우리로 하여금 우리 자신이 세속의 승리자나 패배자가 아니라 본래부터 온전한 존재임을 깨닫게 하고, 인간사가 죽음이라는 허무의 결말로 이어지는 아픈 길이 아니라 허무를 거두어내고 진실을 마주할 수 있는 발견의 길임을 알게 한다.

그래서일까? 고급한 지혜서와 경전들은 책갈피마다에서 무한의 감각과 그 힘을 선사한다. 그러면서 우리의 삶이 신비이자 묘용이고 더 나아가서는 축복임을 느끼게 한다. 예술과 문학 그리고 시도 이런 반열에 서 있는 텍스트이다.

2. 무유정법의 해탈감

저 이스라엘의 예루살렘에 있는 히브리대학교의 역사학과 교수인 유발 하라리의 『사피엔스』가 이 땅에서 몇 년째 다양한 계층과 영역의 사람들에 의하여 애독되고 있다. 일종의 사회적, 한국적 현상이라고까지 할 수 있는 이 책에 대한 폭발적인 사랑 속엔 우리 사회가 스스로를 '빅 히스토리' 속의 '인간종'으로 재문맥화하고 일정한 지적 거리 속에서 인간종으로서의 자신을 객관적으로 바라볼 수 있을 만큼 성장했다는 의미가 담겨 있다.

사피엔스! 그는 인식과 관념, 상상과 의식이 출중한, 지구별의 생명체이다. 이를 통하여 인간종은 문명과 문화, 사회와 역사를 구축하였는 바, 그것은 인간종의 안전과 해방을 도모하는 것이면서 동시에 인간종의 불안과 구속을 만들어내는 원천이기도 하다. 그러니까 인간종인 우리들의 문명과 문화, 사회와 역사는 인간들의 보호 장치이면서 동시에 구속 장치인 것이다. 인간종의 최고 발명품인 예술과 문학 그리고 시도 냉정하게 말한다면 이런 문명과 문화, 사회와 역사의 속성을 지닌다.

유발 하라리의 더욱 흥미로운 저서는 『호모 데우스』이다. '신이 되고자 하는 인간'이란 뜻의 제목을 지닌 이 책에서 저자는 '신을 상상하고 인식하고 의식하는 인간종'에 집중한다. 인간들은 신이 되고자 노력할 것이고, 언젠가는 신이 될 수 있을 것이라는 견해가 여기에 담겨 있다. 그러나 그것이 인간에게 무엇을 가져다줄 것인가 하는 물음 앞에서 저자는 긍정적이지 않다.

나는 여기서 '신이 되고자 하는 인간'에 대하여 사유해본다. 사실, 인간들의 궁극적인 꿈과 갈망은 '신과 같이 되는 것'에 있기 때문이다. 우리는 전지전능하고 싶고, 가능하다면 전지전능하면서 또한 전선(全善)하고 싶은 것이다. 인간은 탄생 이후 지금까지 이것을 성취하기 위해 달려왔고, 그런 욕망의 투사적 실제가 수많은 신과 신적인 세계를 만들어냈다고 볼 수 있다.

어쨌든 현생인류인 우리들이 신이 되고자 하는 궁극적 욕망 속에서 살아왔다는 점은 인정하지 않을 수 없다. 우리의 속마음을 들여다보면 누구나 이 점을 부정할 수 없을 것이다.

이런 자리에서 나는 신이 되고자 하는 인간적 욕망의 두 가지 모습을 생각해본다. 그 하나는 정신분석 임상의이자 영성 수행자인 미국의 데이비드 호킨스가 'force'라고 명명한 세속적 욕망의 완벽한 상태를 성취하고자 하는 것이요, 다른 하나는 그가 'power'라고 이름 붙인, 깨침의 궁극에 이르고자 하는 정신적, 영성적 욕망이 달성된 상태이다. 전자에서 사람들은 불교적 용어를 빌리면 '전륜성왕'이 될 수 있다. 그러니까 세속적으로 전지전능한 존재가 되는 것이다. 그런 반면 후자에서 사람들은 역시 불교적 용어로 표현하자면 '법륜성왕'이 될 수 있다. 우주적 실상의 관점과 차원에서 전지전능할 뿐만 아니라 전선한 존재가 되는 것이다.

전자도 후자도 모두가 '무유정법(無有定法)'이라고 부를 만한 '대자유'를 품고 있다. 전자의 대표적 표상인 '짐'이 곧 '법'이 되는 경우, 이때의 '짐'에게 세상은 그가 정하는 그대로 법이 된다는 의미에서의 '무유정법'의 세계이다. 그는 자신의 즉흥적이고 세속적인 욕망대로 무엇이든 할 수 있는 절대군주가 되는 것이다. 그의 자유는 그 총량이 무한에 이르고 있다. 하지만 그의 법과 자유는 자기중심적이고 우월적이고 차별적이고 배타적이고 일방적이며 파괴적이다. 그 속엔 호승심과 공격성, 살생심과 죽음의 힘이 작동한다. 만약 모든 사람들이 이와 같은 자유의 대열에 합류하고자 한다면 세상은 해결할 수 없는 '긴장'과 '두려움'의 바다가 된다. 그러나 인간사를 보면 인간들은 아직도 그런 꿈에 지배당하고 있으며 그것을 넘어설 길은 매우 미약하다.

이런 가운데 후자의 '무유정법'을 이야기할 필요가 있다. 후자의 '무유정법'이란 불교의 '공(空)사상'을 기반으로 삼은 우주적 진실을 드러내는 데서 나온 말이다. 우주적 관점에서 보면 이 세상엔 고정된 법이자 진실이 없다는 것이다. 보는 자에 따라서, 놓인 맥락에 따라서 우주는 '무한하다'고 말할 수밖에 없는 진실로서의 법을 지니고 있다는 것이다. 굳이 이것을 인간적 언어로 표현해본다면, 문장의 근본 문법인 'A는 B이다'에서, 응시하는 A도 무한하고 해석되는 B도 무한하다는 것이다. 결국 이 세상엔 무한의 관점이 있고 무한의 해석이 있으며, 그때의 관점과 해석은, 인간 개개인은 말할 것도 없고 인간계를 넘어선 우주적 존재 전체, 그리고 그 우주적 존재 전체의 찰나마다의 맥락에 따라 달라진다는 것이다. 이렇게 볼 때 세상은 진실과 법을 고정시켜 놓는 것이 불가능한 '정해진 바가 없는 세계' 곧 '공성'의 세계이다.

문학은, 시는, 더 나아가 예술 일반은 이 우주적 차원의 '무유정법'을 꿈꾸는 대표적인 인간적 양식이다. 문학사에도, 시사에도, 예술사에도 세속적 무유정법을 통한 전제군주적 지배력을 도모하거나 과시한 경우가 없는 것은 아니지만 적어도 근대적 개인과 자유를 이상으로 삼고 전개된 문학사, 시사, 예술사는 이 우주적 차원에서의 무유정법의 양과 질을 확장하고 드높여온 과정이라고 볼 수 있다.

　나는 앞장에서도 언급했던 이번 학기의 '현대시 강독' 교과목을 설강하고 강의하면서 이 '무유정법'의 양과 질의 확장 및 고양이 이루어지는 우리 근현대시의 여정에 특별히 주목하였다. 우리 근현대시사는 다소의 부침은 있었으나 이 무유정법의 양과 질을 확장하고 드높이는 '발전 과정'을 보여주었으며 그것은 우리 문학과 시뿐만 아니라 우리 문명사와 문화사 그리고 인간사회 전반에 자유의 총량을 증가시키는 일과 이어졌다.

　자유란 우주적 차원의 전체성을 직시하면서 시선의 무한성과 해석의 무한성을 이해하고 그 무한함이 차이와 평등의 감각으로 이어지게 하는 일이다. 시인들은 이 무한의 감각을 인간적 차원은 말할 것도 없거니와 인간 너머의 세상으로 확대하며 그들 각각의 자리에 서보는 일이 가능해지는 그만큼 자유의 전달자이자 창조자가 될 것이다. 말할 것도 없이 우리는 인간종으로서 인간의 일을 해결해 나아가는 데 우선 집중하는 '인간적 시선과 해석'을 중시해야 하겠지만 그것은 오직 제한된 인간적 진실에 불과하므로 우주적 진실과 합치되지 않는다. 시인들이 창조의 선구자이고 자유의 전도사라면 그 시인들의 관점은 방편으로서의 인간적 진실을 고려하되 실제로서의 우주적 진실을 향하여 끝없이 달려 나아가야 할 것이다.

　일반적으로 대학에서 시를 창작하고 가르치고 연구하는 곳은 예술대학과 인문대학이다. 예술로서의 시가 지닌 예술성과 인문학문으로서의 시가 지닌 인문성은 그간 인간적 진실과 의미의 탐구에 크게 집중해왔다. 그러나 이제 시는 여기서 더 나아가야 할 때가 되었다고 본다. 인간적 진실이 언젠가 자연적 진실이자 우주적 진실과 하나가 될 때 인간의 삶은 진정으로 보다 편안하고 순조롭고 무사한 일이 될 것이기 때문이다.

　우리에게 자유가 필요한 것은, 그리고 그 자유의 창조에 앞장서고 있는 문학과 시, 예술 일반에 대한 인간들의 존중이 지속돼온 것은 그 자유를 통하여 인간들의 삶이 더욱 나아질 것이라고 기대하였기 때문이다. 여기서 더욱 나아진다는 것은 생존의 지속성이 가능하면서도 일체의 속박으로부터 벗어나는 '해탈감'이 찾아오는 일일 것이다. 나는 방금 생존의 지속성과 속박으로부터 벗어난 해탈감을 한자리에 위치시켰다. 어려운 일이지만 전자의 인간적 꿈과 후자의 우주적 꿈은 동행할 수밖에 없다. 그 동행이 얼마나 품격 있는 동행이 될 수 있을 것인지가 우리에게 다가오는 문제이고 해결해 나아가야 할 과제이다.

글이 길어졌다. 세상에 있는 모든 나뉘어진 선(線)과 배척하는 금(禁)들을 해체하고 세상이 온전하게 하나의 꿰맨 자국도 없는 무봉(無縫)의 우주가 될 수 있도록 만드는 일, 그런 일들을 수행하는 가운데서 선물처럼 찾아오고 주어지는 자유의 소중함을 생각하면서 박용하 시인의 시 「남태평양」(『영혼의 북쪽』, 문학과지성사, 1999)을 한 번 음미해보고자 한다. 마더 테레사 수녀의 부음을 듣고 쓴 이 작품은 읽을 때마다 무한함의 감각, 자유혼의 평화, 무아의 해탈감을 은혜처럼 선사한다.

사람에게 존경심을 갖는 저녁이다

……

마더 테레사의
주름 높은
황혼의 얼굴을 보면
거기엔 어떤 미풍도 남아 있어 보이지 않지만,

그러나
거기엔 어떤 無限이 흐르고 있다

인종을 넘어간……
종교를 넘어간……
국가를 넘어간……
나를 넘어간……
사람에게만 존재하는 어떤 훈풍이 흐르고 있다

무한을 보여줄 수 있는 인류가 있다니!
훈풍을 보여줄 수 있는 죽음이 있다니!

마음을 무릎에 붙이고
아주 오랜만에
사람을 존경하는,

있을 수 없는 저녁이다

위 시의 주인공인 마더 테레사 수녀는 세상의 모든 경계를 '해체시키고' '넘어간' 사람이다. 그는 '해체시키고' '넘어감'으로써 '무한'을 창조하였고 '무유정법'을 시현하였다. 그리고 그 분량만큼 자유와 평화, 해방과 환희심을 선사하였다. 위 시의 창작자인 박용하는 이런 마더 테레사 수녀에게서 우리들의 범속한 인생 속에서는 좀처럼 만나기 드문 '존경심'의 순간을 경험하면서 그로부터 인간적 진실과 우주적 진실이 합치된 빛의 순간을 본다.

시인의 존재 의미가 앞 작품 속의 마더 테레사 수녀가 보여준 것과 같은 인식과 의식의 차원을 앞서서 열어 보이고 구현하는 데 있다고 한다면 너무 무리한 주장일까? 그렇더라도 인간의 발전적인 진화가 자유의 총량과 비례하고, 인간적 진실과 우주적 진실이 가까워지는 데 있다고 한다면 이런 무리한 주장도 한 번쯤 꺼내볼 수 있을 것이다.

무한함의 현상학과 무유정법의 해탈감

불교적 생태시의 회향담론에 대한 사유
— '우주적 진리'와 '인간적 진실'은 어떻게 일치할 수 있을까?

1. 불교는 인간과 생태계를 편애하는가

불교는 우주적 진리 혹은 우주적 진실을 염두에 두고 있는 종교이자 사상이고 철학이다. 우주의 관점에서 세계와 만유를 바라볼 때 그것은 우리가 이 글에서 주제로 삼고 있는 생물학적 관점, 생태적 관점, 인간종(특별히 호모 사피엔스)의 관점에서 이들을 바라보는 경우와 꽤 다르다.

따라서 우주적 진리와 진실을 근간에 두고 있는 불교적 관점은 생명과 생명체 그리고 생태계와 인간종에 대하여 무한한 애정과 집착을 보내며 편애의 길을 가고 있는 인류에겐 쉽게 이해되기도 어렵고 흔쾌히 환영받기도 어렵다. 그러나 인류 지혜사의 특출한 관점으로 검증되고 자리매김된 불교적 관점을 밀고 나아가 보면 우주적 실제 속에서 생명과 생태계 그리고 인간종이 특별히 우대되거나 편애되지 않는다는 사실이야말로 '불편한 진실'이지만 인류가 세계를 이해하는 데 큰 안목을 열어주고 있다.

하지만 약 2,500년 전에 탄생한 불교는 인간사 속에서 출현한 종교이자 사상이고, 인간사를 위하여 나타난 담론이자 철학이다. 그러므로 불교는 인간들의 일상적인 삶은 물론 인간사 전체의 바람직한 전개를 위하여 노심초사하며 그 메시지를 지속적이면서도 간절하게 전하고자 하였다.

이와 같은 불교가 이 글의 주제인 생태학적 차원으로의 회향을 실현했다면 거기에서는 우주적 진실과 생태학적 진실 사이의 차이를 알린 점이 최우선 자리에 놓인다고 할 것이며, 그 다음으로는 인간적 윤리이자 생태학적 윤리로서 손색이 없는 불교의 방편행 가운데 대표적인 존재로 거론될 수 있는 '계율(특별히 5계)'과 '바라밀행(특별히 6바라밀)'이 놓인다고 할 수 있을 것이다.

지금까지 많은 연구자들은 불교가 생태계 문제의 인식과 해결에 기여할 수 있는 것으로 불교의 대표적 세계관인 '연기법'을 주로 거론하였다. 필자도 여기에는 일단 동의한다. 그러나 불교의 연기법만을 거론하는 경우 그 연기법의 내용이 매우 추상적이라는 점이 문제이다. 구체적으로 연기의 실상과 실체가 어떻게 이 세계에서 움직이고 나타나며 작동하는가를 알기에는 자료가 너무 적다.

따라서 연기법 혹은 '인드라망'의 원리를 잊지 않으면서도 더욱더 직접적으로 생태학적 차원에 기여하고 회향할 수 있는 불교의 가르침을 다른 불교적 담론에서 찾아볼 필요가 있다. 그런 것으로 불교의 '계율'과 '바라밀행'을 가장 먼저 제시해볼 수 있다.

불교에 다소라도 관심이 있는 사람이라면, 불교의 계율 중 근간을 구성하는 5계(불살생, 불투도, 불망어, 불사음, 불음주)와 바라밀행의 근간을 구성하는 6바라밀(보시바라밀, 지계바라밀, 인욕바라밀, 정진바라밀, 선정바라밀, 지혜바라밀)을 알고 있을 것이다. 이들은 불교의 본질 자체는 아니지만 그 본질에서 탄생하고 그 본질로 들어가는 숙고된 선방편(善方便)들이다. 이 계율과 바라밀행은 생태학적 차원에 다양한 기여를 하고 그 차원으로의 회향을 가능하게 하는 훌륭한 지침과 교훈의 텍스트가 된다.

이 글에선 5계 가운데서도 특별히 불살생계와 불투도계, 그리고 6바라밀 가운데서도 특별히 보시바라밀과 인욕바라밀에 관심을 기울이면서 이들 계율과 바라밀행이 생태계의 문제에 기여할 수 있는 역할을 논의해보기로 한다.

2. 불살생(不殺生), 방생, 생명 감수성

생태계를 구성하는 생명과 생명체의 가장 근본적이고 오래된 욕망은 '살고자 하는 것'이다. 살고 싶다는 이 욕망이야말로 우주사와 지구사 속에서 생명과 생명체들이 불교의 첫 화두에 속하는 이른바 '한 생각'을 내게 한 원천이자 그 순간에 만들어진 첫 카르마이다. 이는 생명과 생명체들이 죽음과 해체의 시간을 맞이할 때까지 그들을 움직이게 만드는 질기고 강한 원천이자 중핵이다.

이런 생명과 생명체들로 이루어진 생태계는 '살아 있어야만' 그 존재가 현상적으로 유효하다. 따라서 생태계의 제1원리는 '불살생계'를 어떻게 운용하고 지키느냐 하는 것이다. 특히 생태계는 물론 지구별의 최고 성공자이자 포식자의 자리에 등극한 인간들에게 이 '죽이지 말라', '살생하지 말라'는 불살생 계율은 제도적, 법적 차원을 넘어선 절대적 명령어로서의 자격을 가질 만큼 강하게 작용한다.

그러나 인간들의 몸속엔 '살생심'이 깊게 배어 있다. 지구사의 전 과정, 생명사의 전 과정, 인류사의 전 과정을 거치면서 인간들은 이 살생심을 진화의 산물로서 세포 속에 내재화시키고 사는 것이다. 그러므로 죽고 싶지 않은 생명의 욕구와 죽이고 싶은 생명체 및 인간종의 살생심 사이에는 해결할 수 없는 갈등과 긴장이 존재한다.

불교는 이 살생심에 주목하면서 이를 첫 번째 금지 계율의 대상으로 설정하였고, 더 나아가 이 살생심을 방생심으로 전환시키고자 하는 마음길의 창조에 최선을 다해왔다. 소극적인 전자의 방법도, 적극적인 후자의 방법도 모두 생명을 살리는 일에 기여하며 인간들로 하여금 생명 감수성을 증진시키도록 한다.

생명 감수성은 생명 감각의 탄생이자 생명애의 구체적 발현상이다. 생명 감수성이 증진될 때 인간들은 인간 자신은 물론 인간 이외의 생명들을 향한 동반자로서의 감각과 그 인식을 확대시킬 수 있으며, 생태계의 실상과 그 의미에 대하여 새로운 각성의 눈을 실감 속에서 뜨고 새사람이 된다. 그리고 자아정체성의 영역이 모든 생명들과 생태계 전반으로까지 확대되며 이들을 내 몸과 같이 감수하는 전변을 체험하게 된다.

우리 시단에서 불교적 직관과 통찰, 이의 체득과 증득에 기반하여 생명 감수성을 키우고 불교적 생태시를 창조한 대표적 시인은 말할 것도 없이 최승호이다. 이는 불교적 이해와 증득 없이 생명 감수성을 키워온 경우와 구별되거니와 이것은 그가 불교에서 가르치는 우주적 관점과 공성(空性)을 말하면서도 구체적인 생명 감수성의 현실성을 지금, 이곳에서 역설하고 있기 때문이다. 최승호의 많은 시집 가운데서 『달맞이꽃에 대한 명상』과 『그로테스크』는 이와 관련하여 특별히 언급하고 싶은 시집이며 그의 여러 작품 가운데서도 「이것은 죽음의 목록이 아니다」는 대표적인 예로 제시하면서 논의하고 싶은 작품이다.

최승호 시인은 「이것은 죽음의 목록이 아니다」에서 '동강유역 생태보고서'에 등장하는 수많은 동식물들의 이름을 A4 용지 석 장이 넘는 분량으로 남김없이 호명하면서 이들은 모두 '살아 있는 것들'임을 일깨워줌으로써 그의 생명 감수성을 감동적으로 보여준다. 자신의 목숨 이외에는 모든 생명과 생명체들을 도구화하고 대상화하며 마침내 살생심의 욕망으로 오염시키고자 하는 인간종의 버리지 못한 유산을, 시인은 우주적 진리와 인간적 진실을 깨친 자의 생명 감수성으로 제자리에 회복시켜 돌려놓고 있는 것이다. 최승호의 이런 생명 감수성에 의하여 이 작품 속의 수많은 생명들은 죽음의 공포를 잊고 살아 있는 생명이 되어 재약동한다.

그런데 이 작품에서 최승호 시인은 이들 수많은 생명들을 인간종의 생명성과 '평등심'으로 바라본다. 이때의 평등심은 불교적 함의를 지닌 평등심으로서 생명의 장과 생태의 장을 '평등성의 장'이자 '다양성의 장'으로, 더 나아가 '화엄의 장'으로 읽게 하는 큰 힘을 갖고 있다.

3. 불투도(不偸盜), 지족, 공양 감수성

인간의 유전자 속에 깃든 어두운 유산 가운데서 살생심 다음으로 불편한 것은 투도심이다. 그러니까 노력하지 않고 다른 생명과 존재들의 재물이나 에너지를 훔쳐오고 싶은 마음이 원죄처럼 스며들어 있는 것이다.

이는 생명과 생명체가 살림살이에 필요한 원료로서의 생명 에너지를 저축하고 아끼고자 하는, 저급하나 오래된 기법이다. 이 기법은 그것이 드러나는 순간 다른 생명과 생명체들의 주목과 감시 그리고 질타를 받는다. 하지만 이들의 오래된 '투도심'은 쉽게 사라지지 않는다. 그것은 그의 일차적 욕망이 좌절되면 다시 그보다 조금 더 먼 생명종으로부터 점차 아주 먼 생명종으로 반경을 달리하여 이동될 뿐이다.

불교는 이 투도심에 주목하여 그것을 두 번째 계율의 대상으로 설정하고 이를 경계하도록 가르치면서 동시에 투도심을 지족감, 검박심, 베풂의 마음 등으로 승화시키게 이끈다. 그리고 마침내 이를 '공양 감수성'이라고 부를 만한 무주(無住)의 살림의 감각으로 발전시킨다. 말하자면 이 세상의 모든 존재를 진리의 화신으로 보고 그들을 살리는 마음으로 음식을 비롯한 무엇인가를 바쳐서 보답하고 살려내고자 하는 것이다.

공양 감수성은 생태계의 차원에 다함이 없는 긍정적 회향의 순환성을 창조한다. 서로가 서로에게 공양을 하고 공양을 받는다는 이 마음이 만개될 때,

생태계의 삶은 진리를 중심에 두고 일어나는 생명에너지의 고차원적 교류이자 나눔의 세계가 되기 때문이다.

투도심의 환유물인 '밥'을 진리의 화신으로 보면서 이를 지족감과 검박심 그리고 공양 감수성으로 들어올린 대표적인 예가 불교의 시가 가운데 하나인「공양게」이다. 모든 심각한 종교가 '밥' 앞에서 고급한 문화와 예의를 창조하듯이, 불교도 '밥'을 앞에 두고「공양게」를 창조하였거니와 이는 그 깊이가 매우 빛난다.

"이 음식이 어디서 왔는고,/내 덕행으로는 받기가 부끄럽네./마음의 온갖 욕심 버리고/몸을 지탱하는 약으로 알아/도업을 이루고자 이 공양을 받습니다"가 전문인 불교의「공양게」는 이른바 '밥값'도 못하고 공양을 받는 것이 아닌가 하는 인간 생명으로서의 자발적 성찰과, 그럼에도 불구하고 공양을 받을 수밖에 없다면 이를 도업을 성취하고자 하는 방편으로 삼고자 한다는 수도를 향한 원력을 담고 있다.

이런 공양 감수성은 우리 시단에서 '밥'을 한가운데 두고 여러 편의 작품을 창작한 정진규의 시에서 최고의 수준으로 형상화된다. 그의 많은 '밥시' 작품 가운데서 시집『율려집 : 사물들의 큰언니』속에 수록된「율려집 2 : 밥을 멕이다」라는 작품을 보기로 하자.

어둠이 밤새 아침에게 밥을 멕이고 이슬들이 새벽 잔디밭에 밥을 멕이고 있다 연일 저 양귀비 꽃밭엔 누가 꽃밥을 저토록 간 맞추어 멕이고 있는 겔까 우리 집 괘종 봉알시계에게 밥을 주는, 멕이는 일이 매일 아침 어릴 적 나의 일과였던 생가(生家)에 와서 다시 매일 아침 우리 집 식구들 조반을 챙기는 그러한 일로 하루를 열게 되었다 강아지에게도 밥을 멕이고 마당의 수련들 물항아리에도 물을 채우고 뒤꼍 상추, 고추들 눈에 뜨이게 자라오르는 고요의 틈서리에도 봄철 내내 밥을 멕였다 물밥을 말아주었다

위 시는 단순한 생태적 차원의 생명계를 직관하는 단계를 넘어서서 우주적 차원에서의 공양 감수성을 구현하고 있다. 따라서 그 이념의 형이상성까지도 크게 느껴진다. 이상적인 꿈을 갖고 말한다면 생태적 차원의 공양 감수성이란 우주적 차원의 진실과 공명하지 않을 경우 그 수준이 제한적일 수밖에 없다. 위 시에서 우리는 정진규 시인이 세계를 일체의 장으로 보고 또한 그 장에서 공양의 교류와 순환이 놀랍게 일어나는 신령한 기틀을 감지하는 우주적 공양 감수성에 직입해 있음을 본다.

4. 보시, 인욕, 포월 감수성

불교는 무주의 보시행을 강조하고 가르친다. 이것이 제대로 이루어질 때 보시행은 마침내 '바라밀다'라는 '저 언덕'으로 우리를 인도한다. 여기서 '저 언덕'은 우주적 관점에서 본 진리의 세계라고 할 수 있다.

이런 보시행은 우주적 차원의 진리를 언급하지 않더라도, 우선 '생태계의 회복과 발전'을 이룩하고자 하는 데에 태생적으로 유익하다. 베푼다는 것, 나를 너에게 열어서 생명 에너지를 자발적으로 공여하겠다는 것, 그것이 기쁨임을 알고 있다는 것, 이것이 보시행의 근본이기 때문이다.

이와 같은 보시행은 에고 문명이자 에고 사회이자 에고 문화라고 할 수 있는 이 시대의 문명사와 사회사 그리고 문화사 속에 깃든 에고의 독소를 약화시키고 옅어지게 하는 데 참으로 효과적이다. 필자는 방금 우리 문명과 사회 그리고 문화를 가리켜 에고 문명이자 에고 사회이고 에고 문화라고 말하였다. 따라서 이 난감하기 짝이 없는 '에고의 탄생' 및 그것의 강화와 확장으로 인한 생태계의 위기와 비극을 관련시켜 잠시 사유해볼 필요가 있다.

에고의 탄생은 어떻게 이루어졌을까? 불교의 '고(苦)사상'의 원천이기도 한 이 중생심의 기원은 어디일까? 현대의 지식으로 말한다면 그것은 인간 진화사의 산물이다. 국내에『자아폭발』이라는 제목으로 번역된 영국의 심리학자 스티브 테일러의 저서『The Fall』이 전하는 바에 의하면 에고는 약 6천 년 전 극심한 기후 악화로 인하여 탄생하였다는 것이다.

이 견해를 어느 정도 신뢰할 수 있는가는 차치하고 보더라도 이 시대의 현생인류가 에고의 지배를 강력하게 받고 사는 인종임은 사실이다. 이 에고는 불교가 그토록 극복하고자 노력하는 중생심의 상징물인 아상(我相)을 존재의 한가운데에 구축하고 그것에 의거하여 삶을 영위하는 생명의 힘이다. 부연하자면 불교유식론이 그토록 전식득지(轉識得智)의 길을 안내하고자 하는 과정에서 주목하여 분석한 제7식의 아만(我慢), 아견(我見), 아애(我愛), 아치(我癡)에 의거하여 살림살이를 꾸려가는 관성이자 존재이다. 이런 에고에 기반하여 우리의 문명과 사회 그리고 문화가 만들어진 까닭에 현재의 우리 생태계의 문제도 더욱 악화되었고 그것의 회복도 어렵다는 판단을 할 수 있다.

이런 에고로 구축된 문명과 삶 속에서 그와 함께 왜곡된 생태계의 현실은 에고를 넘어서는 '보시행'이 가진 포괄적인 작용에 의하여 상당히 교정되고 치유될 수 있을 것이다. 그리고 일체를 포용과 너그러움, 이해와 수용과 화해의 마음으로 해결하고 넘어서고자 하는 인욕행에 의해서도 또한 그 교정과 치유가 상당히 이루어질 수 있을 것이다. 이와 같은 보시행과 인욕행은 '포월 감수성'이라고 부를 만한 우리 안의 감수성을 키우고 증장시키는 데 기여한다. 포월이란 현실을 그대로 포함하면서 그것을 넘어서는 마음의 다른 차원이라고 볼 때 포월 감수성의 형성은 생태계의 문제를 위대한 모성의 힘으로 풀어가는 길을 열어줄 수 있다고 보인다.

이런 포월 감수성과 관련하여 박용하의 시를 떠올려본다. 박용하는 어떤 종교나 이념으로 규정지을 수 있는 시인이 아니지만 우리 시단에서 '무한'을 누구보다 오래 겨누고 바라보며 사랑한 시인이라고 할 수 있다. 어느 것 앞에서도 비판의 화살을 누그러뜨리지 않는 비타협의 시인 박용하가 이 '무한' 앞에서만은 고요해진다. 그리고 한 가지 더 들어보자면 '나무' 앞에서만 조용해진다. 그는 '무한'과 '나무'가 가르치는 우주의 궁극이자 한가운데를 그리워하는 시인이다. 이와 같은 박용하 시인이 최근에 시집『이 격렬한 유한 속에서』와『저녁의 마음가짐』을 출간하였다. 그러면서 유한을 '무한 너머 유한'이라고 규정해버렸다. 이때의 유한은 무한을 거쳐온 유한이며 포월의 유한이다.

그런데 여기서 예를 들어가며 애정을 담아 논의하고 싶은 그의 작품은 그의 이전 시집『영혼의 북쪽』에 수록된「남태평양」이다. 이 작품 속의 주인공이자 미적 대상은 마더 테레사 수녀인데 박용하는 여기서 테레사 수녀의 보시행과 인욕행 그리고 포월의 감수성에 감동 이상의 마음으로 예의를 표한다. 이 작품의 전문을 인용해보기로 한다.

사람에게 존경심을 갖는 저녁이다

……

마더 테레사의
주름 높은
황혼의 얼굴을 보면
거기엔 어떤 미풍도 남아 있어 보이지 않지만,

그러나
거기엔 어떤 무한(無限)이 흐르고 있다

인종을 넘어간……
종교를 넘어간……
국가를 넘어간……
나를 넘어간……
사람에게만 존재하는 어떤 훈풍이 흐르고 있다

제2부 '호모 스피리투스'의 상상력과 무유정법의 길

무한을 보여줄 수 있는 인류가 있다니!
훈풍을 보여줄 수 있는 죽음이 있다니!

마음을 무릎에 붙이고
아주 오랜만에
사람을 존경하는,

있을 수 없는 저녁이다

위 시에 묘사된 마더 테레사 수녀는 보시행과 인욕행 그리고 포월 감수성
이라는 말로도 다 설명할 수 없는 우주적 진리의 화신이다. 출가인을 가리켜
우주적 진리를 법으로 삼고, 우주 전체를 가정으로 삼으며, 우주만유를 식구
로 삼아 사는 사람이라고 규정해본다면 위 시의 마더 테레사 수녀는 진정한
출가인이다. 그는 불교의 관점에서 보아도, 또 그가 속한 가톨릭의 관점에서
보아도 진정한 출가인이다. 우주적 관점을 지니면서 현실 속에서 구체적으
로 포월 감수성 속에서 살아가는 사람, 그런 사람을 불교를 포함한 진지한 종
교들은 중심에 두고 있다.

5. 불교가 전해주는 '빅 히스토리'의 공부를 권유함

불교는 스케일이 크다. 그 스케일이 너무나 크기 때문에 진정한 이해 속에
서 동지들을 갖기가 어려울 정도이다. 보이는 세계와 보이지 않는 세계 전체
를 아우르며 무한 차원을 직관하는 불교의 우주적 관점은 '살고자 하는 생명
감각과 그 욕망'에 '끄달려서' 지금/이곳에서의 생존을 두고 초긴장을 해야
하는 인간종에게는 너무 벅찬 안목이자 소식이기도 하다.
그렇더라도 인간적 진실이나 해석과 더불어 우주적 실상은 깊이 알수록 유

익하다. 그럴 때 인간종의 현실은 물론 생태계의 왜곡과 파괴 문제도 좀 더 거시적이면서 또한 미시적인 해결책을 찾아낼 수 있을 것이라 생각한다.

여기서 나는 최근 우리 지식계에도 조금씩 그 모습을 드러내는 '빅 히스토리'에 대한 관심을 가지라고 권유해본다. 우리는 지금까지 대부분 너무 좁은 안목으로 자아와 세계를 바라보았다. 이제 그 좁은 안목을 깨뜨리고 넘어서서 더 큰 안목을 가져볼 때가 되지 않았는가 하는 생각이다. 불교는 빅 히스토리를 아끼고 존중하며 탐구한 대표적 종교라고 볼 수 있다. 그런 가운데서 새로운 관점과 담론, 새로운 통찰과 깨침이 일어났고 그것은 우리를 자유롭고 건강한 존재로 살게 하는 데 크게 기여하였다.

이 빅 히스토리는 끝이 없는 무한의 길을 더듬어보는 여정이어서 지금까지의 우리의 생각과 삶을 전혀 다른 문맥 위에 올려놓아 보도록 이끈다. 문맥이 달라지면 동일한 세계도 다르게 작동하고 해석된다. 생태계의 문제는 단순한 생명애나 생명사상으로는 그 접근과 해결에 한계가 있다. 이제 이를 빅 히스토리의 문맥 위에 올려놓고 중층적으로 재진단하고 재해석해볼 때가 되었다고 여겨진다.

그런 점에서 우리 시단의 생태시인들은 불교를 비롯한 빅 히스토리의 담론을 좀 더 깊이 있게 공부할 필요가 있다고 생각된다. 시인의 직관은 예민하여 이런 공부가 없이도 그 지점에 닿을 때가 있으나 이제 시인들도 공부를 해야만 그 감수성의 최대치를 설득력 있게 열어갈 수 있다고 본다.

인간의 앎과 실천이 어디까지 가능할 수 있을지, 우주는 인간의 길을 어떻게 열어가도록 할 것인지 알기 어려우나, 이미 인류사 속에 출현한 지식과 지혜를 최대한 찾아서 공부하는 것은 더 나은 생태시의 단계를 열어가는 좋은 방안이라고 생각한다.

문명으로서의 근현대시가 가는 '무상의 길'

지금 우리 시는 어디에 있는 것일까? 이렇게 질문을 하면 우리 시의 공간성이 궁금해진다. 이에 반해 지금 우리 시는 어디쯤 와 있는 것일까? 이렇게 물으면 우리 시의 시간성이 궁금해진다. 공간성의 다른 말인 공시성과 시간성의 다른 말인 통시성을 제대로 포착할 수 없을 때 우리들의 인식세계는 대혼란을 겪게 되며, '우리가 무슨 일을 하는지 모르겠다'는 의문과 자탄이 일어나게 된다.

최남선의「해에게서 소년에게」로부터 시작된 우리 근대시, 아니 현대시는 지금 어디에 있으며 어디쯤 와 있는 것일까? 개인의 개인성과 자유인의 자유로움을 앞세우고 출발한 우리 근대시와 현대시의 '지금, 이곳'을 한 번 점검해볼 필요가 있다.

하나의 문명은 그것이 무엇이든지 간에 '생장수장(生長收藏)'의 길과 '엔트로피의 원리'를 따르게 된다. 그리고 문명의 다양한 영역들은 각자 홀로 길을 가는 것이 아니며, 문명 전체가 하나의 거대한 흐름을 형성하면서 대하가 되어 흘러가는 것이다. 우리의 근대시, 아니 현대시 역시 이런 길과 원리와 흐름에서 벗어나지 않았다.

편의상 다음과 같이 우리 근현대시의 단계를 구분해볼 수 있다. 해방 전까지를 '생(生)의 시기'로, 해방 이후 1980년대 말까지를 '장(長)의 전기 단계'로 그리고 1990년대 이후 지금까지를 '장(長)의 후기 단계'로 파악할 수 있는 것이다. 지금 우리의 시는 '장의 후기 단계' 가운데서도 그 현상이 아주 멀리까지 나아간 모습을 보여주고 있다. '장의 단계'의 마지막 지점에서 해당 문명은 여름의 끝자락처럼 극단적으로 개체화되고 분자 활동이 놀라울 정도로 빨라지며 서로의 관계가 외적으로는 아주 무성하다. 이것은 그다음 단계를 준비하는 마지막 열정이 표출되는 모습이다.

이를 언어기호학적으로 풀어본다면, 하나의 문명이 언어 구조의 근간인 'A는 B이다'에서 응시의 대상인 A와 해석의 실제인 B가 하나같이 무한을 가리킬 정도로 많아지고 다채로워지는 것이다. 현재 우리 시단에서 가장 젊은 세대의 시를 보면 1990년대부터 본격화되기 시작한 이런 징후가 이제는 진부한 시적 관습이 되었다고 할 만큼 낯익은 것으로 자동화되어 있다. 이것은 자연스럽게 그 다음 단계를 꿈꾸며 그리로 나아가게 한다.

이를 엔트로피의 원리로 설명해보자. 우리의 근현대시는 그 초창기의 엄청나게 건강하고 저력이 충만한 파워에너지를 100년이 좀 넘는 기간 동안 써오다가 지금쯤 와서는 재생 불가능한 에너지의 총량이 너무나 많은 상태로 변해버리고 만 것이다. 이것은 좋은 일도, 나쁜 일도 아니고, 문명이라는 하나의 존재가 '무상(無常)의 길'을 가는 모습이다.

재생 불가능한 에너지의 총량이 상당히 커진 현재의 우리 시단은 기력이 약화되어 있고, 그 언어들도 사적 방언처럼 산만하게 흩어져 있다. 그러나 흥미로운 것은 비슷한 세대에 속한 사람들끼리는 이 사적 방언을 서로 느끼고 있다는 것인데, 나는 이를 보면서 '알지만 이해는 할 수 없다'는, 『퀀텀의 세계』의 저자인 카이스트의 이순칠 교수가 양자의 세계를 두고 한 말이 떠오른다. '알기는 하는데 이해할 수 없는 세계'를 그들은 서로 나누고 있는 것이다.

그러나 우리들의 현재 문명 전반을 찬찬히 들여다보면 이런 느낌으로부터 벗어날 수 있는 곳이 거의 없다고 생각된다. '알지만 이해할 수 없는' 문명이 우리의 삶 전반에 마치 안개꽃의 개별성과 그 아스라함처럼 깃들어서 작용하고 있는 것이다.

이제 우리가 근대시 혹은 현대시라고 불러왔던 '시적 관습'도 서서히 새로운 정신과 형태의 시를 창조하며 해체의 여정을 가고 있는 듯하다. 이것은 제법 큰 사이클의 시적 변화이다. 그러나 새로운 시 정신과 시 형태의 출현은 언제나 기대할 만한 것이다. 그것의 아침은 여전히 '생장(生長)'의 싱그러움과 의욕을 갖고 있으며 문명사가 진화한다면 이것 역시 진화의 한 형태일 것이라 생각되기 때문이다.

나는 이런 시절에 우리 시단을 향하여 한 가지 제안을 하고자 한다. 각종 문명과 현상계의 현상들은 이런 길과 원리를 따르며 흘러가지만 그 심층엔 이들 모두를 아우르는 하나의 성품이 존재한다는 사실을 인식할 필요가 있다는 것이다. 그것을 본처라고 하든, 본심이라고 하든, 본래자리라고 하든, 전체성이라고 하든, 도심(道心)이라고 하든, 또한 일심(一心)이라고 하든, 아니면 서양말로 'holistic mind'라고 하든, 'divine reality'라고 하든 이들을 통찰하고 직관할 수 있을 때 각종 문명과 현상계의 현상들도 진광(眞光)의 빛을 발할 수 있기 때문이다.

본심이 부르는 소리, 본심에 다가가는 시간
— 홍사성 시집 『터널을 지나며』

1. 본심을 보는 마음

언제나 본심이 문제이다. 본심은 처음부터 그 자리에 그대로 있으면서 한 번도 다른 기색을 보인 적이 없지만 사람들은 언제나 본심과 먼 거리에서 날마다 다른 생각으로 천변만화의 표정을 지으며 얼룩덜룩하다.

홍사성 시인은 본심을 본 사람이다. 아니 본심을 보고자 하는 사람이다. 본심은 본 것 같지만 그 전모를 드러내기 어렵고, 보지 않고서는 내면의 갈증을 영원히 해결하기 어려운 신비한 존재이다.

내가 홍사성 시인을 남다르게 여기는 데는 뚜렷한 한 가지 이유가 있다. 그것은 그가 우리 시단의 많은 다른 시인들과 구별되게 본심을 시쓰기의 본처에 두고 있는 드문 시인이기 때문이다. 본심을 보고, 본심을 마음의 한가운데에 품어 안고 사는 사람이나 시인은 그가 무슨 일을 하고 어떤 형태의 시를 창작하든지 간에 이미 그 자체로 어떤 뛰어난 언어학이나 수사학도 감당할 수 없는 '좋은 힘'을 갖고 있는 것이다. 특히 시를 두고서 시의 일이야말로 언어와 기교의 차원이 아니라 무엇보다 정신의 일이고 의식의 일이며 영혼의 일이라고 말하는 것이 허용된다면, 본심을 심중에 두고 시를 쓰는 시인은 시

제2부 '호모 스피리투스'의 상상력과 무유정법의 길

의 본질에 남 먼저 깊이 다가가 있는 셈이다.

조금 과격하게 말하자면 나에겐 시나 문학에서의 언어와 수사의 문제도 실제로는 그 이전의 정신의 일이자 의식의 일이고 영혼의 일이라고 생각된다. 언어와 수사란 그것이 어떤 마음을 거쳐서 나왔느냐 하는 것이 문제이고 어떤 마음자리에서 탄생하였느냐 하는 것이 본질적이기 때문이다. 따라서 본심을 심중에 두고 시쓰기를 하는 시인은 그 언어와 수사가 화려하지 않더라도 그 언어와 수사에 깃든 기운이 좋고 또한 매력적이다.

홍사성 시인의 제3시집에 해당되는 이번 시집 『터널을 지나며』에서는 특별히 제1부에 수록된 작품들이 본심을 보고, 본심을 아끼고, 본심을 사랑하고, 본심을 소중히 여기며, 본심과 동행하고자 하는 시인의 각성된 심경을 간절하게 담고 있다. 이 글의 첫 문장에서부터 키워드로 삼아서 사용하고 있는 '본심'이란 말을 홍사성 시인이 전 생애에 걸쳐 적을 두고 일구며 살아온 불교 혹은 불교문화적 함의 속에서 사용해본다면, 이 시집의 제1부에 수록된 작품들은 그가 아주 오랜 기간 동안 심혈을 기울여 탐구해온 본심의 경지를 여실하게 반영한 불교시이다. 이 제1부를 통하여 나타난 그의 본심 탐구와 본심에 대한 사랑은 이를 불교시의 영역에서 사유할 때 더욱 깊게 이해된다.

제1부의 맨 앞에 수록된 작품은 「불사(佛事)」이다. 실로 불교인과 불교시의 궁극은 삶과 시 전체가 '불사'가 되기를 소망하는 것이다. 그렇다면 '불사'란 무엇인가? 그것은 붓다의 일, 붓다를 위한 일, 붓다를 닮는 일, 붓다를 행하는 일이다. 달리 말하면 '본심'으로 일체의 삶과 시가 물들고 중생(重生)되는 일이다.

홍사성 시인은 제1부의 맨 앞을 장식하고 있는 「불사」라는 작품에서 '불사'의 본원을 '살림'의 마음으로 해석하여 전달한다. 김천 직지사의 중창불사를 하던 중에 '황학루'를 비스듬하게 지은 것은 그 연원이 이미 그곳에 있었던 개살구나무 한 그루를 살리기 위한 처사였다는 것이 이 시의 전언이다. 개살구나무 한 그루는 여기서 사찰의 중심 누각인 황학루와 대등하다. 아니 황학루와 동행하는 '화엄세계'의 '불화(佛華)'이다.

이렇게 시작된 제1부의 '불사 전언'이자 '불사 담론'은 이후의 작품으로 가면서 계속하여 진경을 펼쳐 보인다. 두 번째로 수록된 작품 「어느 가을밤」에서는 달 밝은 가을밤 산속의 암자에 들어온 도둑을 잡기는커녕 그의 지게를 밀어주며 달빛을 따라 조심히 내려가라고 했다는 어느 사찰의 '무외시(無畏施) 담론'을, 세 번째로 수록된 작품 「진신사리(眞身舍利)」에서는 고아 출신으로 쪽방에 살던 중국음식점 배달원이 교통사고로 사망한 후에 발견된 그가 도와준 고아들의 명단과 써놓은 장기기증 서약서야말로 진국의 '진신사리'라는 참다운 '보시 담론'을, 네 번째로 수록된 작품 「발밑을 살피며」에서는 '조고각하(照顧脚下)'의 발걸음에 깃든 실행하기 어려우나 그것만이 진실인 '만행 담론'을. 다섯 번째로 수록된 작품 「한 말씀」에서는 통도사 큰스님이었던 경봉스님께서 길을 떠나며 법문을 청하는 제자에게 들려주셨다는 오직 한 가지 말씀이 '한눈 팔지 말고 똑바로 가라'는 '일념 담론'이었음을 들려주고 감동적으로 전해주고 있다.

제1부의 이와 같은 본격적 '불교시'는 탐진치의 오염된 마음의 자리에서 세상을 보았던 사람들의 묵었던 본심을 죽비소리나 범종소리처럼 일깨우고 그들로 하여금 본래자리로 되돌아가게 한다. 그러면서 평소에 쓰지 않았던 참마음의 근육을 써보게 하고, 사라진 듯 막연했던 참다운 자신을 뜨거운 마음으로 맞이하게 한다.

어찌 보면 불교시는 어렵다. 그러나 그 어려움은 언어의 어려움이 아니라 마음의 어려움이자 관점의 어려움이다. 마음 한 번 돌리고, 관점 한 번 이동해서 보면, 불교시는 쉬우면서 감동적이다. 그것은 이미 불심의 다른 이름인 본심이 우리 안에 생래적으로 구비되어 때를 기다리고 있기 때문이다.

2. 본심을 듣는 마음

본심을 보는 것과 듣는 것은 사실상 동일하다. 본심을 시각적인 언어로 표현하면 보는 것이 되고, 청각적인 언어로 표현하면 듣는 것이 된다. 눈이 열리든, 귀가 트이든, 감각의 바른 깨어남은 마음의 참된 깨어남이다.

그러나 굳이 구별하자면 본심을 본다고 할 때엔 적극적인 의지나 의욕 같은 주체의 마음이 느껴지고, 그것을 듣는다고 할 때엔 무심하고 여유로운 청자의 기대와 수용의 마음이 느껴진다. 이 둘은 모두 보통 사람들이 '나'라고 하는 좁고 협소한 분별적 자아가 활동을 멈출 때 가능하다. '나'라고 불리는 좁고 협소한 자아는 '에고이즘'의 속성을 안고 있는 존재여서 본심을 바로 보고 듣는 일을 어렵게 한다.

앞장에서 필자는 시집 『터널을 지나며』의 제1부에 해당하는 작품들을 '본심을 보는 마음'이라는 관점에서 읽어보았다. 그러나 미진한 부분이 남아 있다. 그것은 제1부에 깃든 본심의 탐구에 담긴 시인의 공력과 사랑 때문이다. 그리하여 다시 '본심을 듣는 마음'이라는 한 장을 마련하고 제1부의 시를 보충해서 읽어 나아가기로 한다.

'본심을 듣는 마음'은 본인이 청자가 되고 상대가 화자가 될 때 가능하다. 청자로서의 내가 좁고 협소한 에고이즘의 집적물들을 내 안에서 버리면 버릴수록 내 안에 깃드는 청자의 방은 크고 넓고 밝아진다. 가능태로만 말한다면 이와 같은 성격을 지닌 청자의 방은 무한의 넓이와 무변의 공간까지 확대될 수 있다. 그리고 허공처럼 맑아지고 밝아질 수 있다.

시집 『터널을 지나며』의 제1부를 보면 여러 작품에서 훌륭한 수준의 청자가 등장하여 본심의 소리를 듣는다. 그 소리는 평소에 자신의 소리에 집착하느라고 제대로 듣지 못하던 실제의 소리이자 타자들의 소리이다.

이와 같은 제1부의 작품 가운데 먼저 「난청(難聽)」에 관심이 간다. 시인은 이 작품에서 우리들이 처한 난청의 현실을 지적하며 참다운 소리들을 열거해 보인다.

들어보셨는지

낙산 봄바다 밤마다 출렁대는 소리
여름 설악산 비바람 몰아치는 소리
포천 명성산 억새 몸 부비는 소리
청주호 살얼음 위 눈 내리는 소리
섬진강 칠백 리 강물 흘러가는 소리
순천 선암사 뒷간 똥 떨어지는 소리

그 소리가 뭐라 말하는지

— 「난청(難聽)」 전문

　여러분들은 이런 소리를 들어보았는지요? 자신을 비워 스스로 만든 크고 넓은 청자의 방 안에 이런 소리들이 찾아오게 한 적이 있는지요? 또한 자신이 내는 소음에 가까운 소리가 잦아질수록 이런 소리들이 주인공이 되어 살아 생동하는 현장을 경험해보았는지요? 내친 김에 한 가지 더 질문한다면, 이런 소리들이 우주의 실제라고, 자신의 우주관과 세계관을 재정비해보았는지요?

　앞의 인용시가 언표 아래 담아놓고 있는 숨은 전언을 필자가 대변인처럼 전달해보면 위와 같은 물음들이 나올 것이다. 그러나 앞의 인용시 속에 드러난 세계의 참된 소리들의 목록은 지극히 적은 일부분에 불과하다. 세상은 소리들의 바다이고, 그 소리들의 목록은 무한하다. 하지만 하나를 깨우치면 모든 것에 도달하는 것이 깨침의 이치이니 앞의 인용시 속의 목록들은 오히려 너무 많고 수다스러운 것인지도 모를 일이다.

　　　　제2부　'호모 스피리투스'의 상상력과 무유정법의 길

홍사성 시인은 제1부의 또다른 작품 「영은암(靈隱庵)」에서 이런 소리를 새로운 차원에서 다시 엿듣게 해준다. 그러고 보면 그는 소리의 '소식통'으로서의 시인이다.

솔밭 사이 바람 지나가는 소리

마루 밑에 귀뚜라미 우는 소리

창호문 위 달빛 쏟아지는 소리

빈방 가득 혼자 끓는 찻물 소리

— 「영은암(靈隱庵)」 전문

소리는 물론 다른 것들을 소리로 치환시켜서 들을 수 있는 능력이 위 시에 있다. 사실 과학자들에 의하면 세상은 진동과 울림의 장이다. 쉽게 말하면 소리들의 향연장이다. 그런 향연의 장으로 위 시는 우리를 초대하고 싶어 한다.

시집 『터널을 지나며』의 제1부에서 '본심을 듣는 마음'을 사유할 때 다시 관심을 강하게 이끄는 작품은 맨 마지막에 수록된 「청우(聽雨)」이다. 빗소리를 듣는다는 뜻의 제목을 가진 이 작품에서 시인이자 화자는 옛 절 마루에 앉아 시든 파초 잎에 떨어지는 가을비소리를 혼자 듣는다. 옛 절의 깊이, 그 절 마루의 편안한 열림, 시든 파초 잎의 순한 넓이, 혼자 듣는 이의 고적한 자유, 이런 것들이 어우러지면서 '가을비소리'가 본심의 떨림과 울림을 알린다.

제1부에서 본장의 주제와 관련하여 읽고 넘어가야 할 또 다른 작품이 「염화미소를 보다」이다. 서울 삼각산 삼천사 마애불의 '염화미소'를 그려 보인 작품인데 이 마애불의 염화미소야말로 오직 세상을 '듣기만 하는 청자'의 표정이다. 자기 자신이 아무런 말을 하고자 하지 않고 허공 같은 청자의 방에 본심의 소리를 들여앉히기만 할 때, 그때 나타나는 표정이 '염화미소'라고 볼

수 있기 때문이다.

염화미소의 자리에선 나와 너, 이 말과 저 말, 이 해석과 저 해석이 필요하지 않다. 그냥 세계는 하나의 참다운 소리들의 장이고, 그 소리들의 장에서 모든 존재들은 기쁨의 미소를 지으며 흘러갈 뿐이다.

3. 본심을 행하는 시간

홍사성 시인의 시집 『터널을 지나며』에서 제1부의 작품은 '불교이론'과 같은 '이판(理判)'의 세계에 해당된다. 그리고 나머지 작품들은 '실천불교'이자 '생활불교'와 같은 '사판(事判)'의 세계에 해당된다.

무슨 과목에서든 이론과 실제가 상호 융합하며 상생해야 하는데 실로 이 일은 쉽지 않다. 특히 이론을 정통으로 수준 높게 공부하였다 하더라도 실제의 영역에 가면 뜻대로 되지 않는 경우가 대부분이다. 그만큼 인간이란 존재는 진화사의 관점에서 보더라도 생존 카르마와 생명 카르마에 갇혀 있으며 현상계의 개아(個我)와 실제계의 참나 사이의 깊은 심연과도 같은 거리를 감내해야 하기 때문이다.

개인적으로 말한다면 이론 과목은 쉽다. 그러나 실천 과목은 어렵다. 더군다나 그것이 생활 실천의 영역으로 진입하면 정말로 이론 공부가 무색해진다. 그렇더라도 본심을 아는 이와 그것을 모르는 이 사이엔 천지간의 차이처럼 큰 격차가 있다. 그리고 그것을 지향하는 이와 그렇지 않은 이 사이엔 시간이 흐를수록 강폭처럼 넓은 거리가 생긴다.

홍사성 시인의 시집 『터널을 지나며』의 제1부에 이어지는 작품들을 읽으면서 우선은 '본심을 행하는 시간'이란 관점 아래서 그 작품들을 만나보기로 한다. 삶 속으로, 생활 속으로, 일상 속으로, 거리 속으로 내려온 그의 이 작품들은 한결같이 어떻게 하면 본심을 행하는 시간이 될 수 있을까를 고민하며

제2부 '호모 스피리투스'의 상상력과 무유정법의 길

그 순간들을 표현하고 있기 때문이다.

　생활과 거리 속에서 본심은 인간적 생존 카르마와 생명 카르마에 쫓기어 그 자취를 찾기 어려울 때가 대부분이다. 매순간 깨어 있으라는 경전의 말씀은 잠시 동안조차 깨어 있기도 어려울 만큼 무력해지기 쉽다. 그런 점에서 본심을 행하는 시간에 초점을 맞추어 시를 쓰고 삶을 되돌아보는 일은 수행의 시간이다. 그렇게라도 멈추는 시간을 마련하지 않고서는 수행은 우리의 동행자가 되기 어렵다.

　홍사성 시인은 곳곳에서 본심이 행해진 표정들을 찾는다. 그는 이런 표정들을 전하는 '본심의 배달부'이다. 작품 「따뜻함의 힘」을 보면 따뜻함의 위력을, 「선인장 사랑」을 보면 '무심'의 공덕을, 「동행」을 보면 동지에 이르는 인내를, 「꽃들에게」를 보면 수희찬탄(隨喜讚嘆)의 감격을, 「산이 산에게」를 보면 위로와 포용의 위대함을, 「날마다 좋은 날」을 보면 살아있음의 가피를, 「북경 서커스」를 보면 연민심의 전율을, 「예쁜 꽃」을 보면 지족(知足)의 여유와 격조를, 「애감자」를 보면 목숨에 대한 연민심의 아름다움을, 「책 두 권」을 보면 삶이란 '덕분'의 연속임을, 「문밖에는 함박눈이」를 보면 포용의 기적을, 「심인(尋人) 1」과 「심인(尋人) 2」를 보면 무주(無住)의 이타적 공덕을, 「공양」을 보면 자발적 살림의 감격을, 「발바닥에 대한 예의」를 보면 낮은 것의 근본 공덕을, 「성자의 길」을 보면 부성의 성스러움을, '본심'에서 나아가고 본심으로 수렴되는 드문 수행의 표정들로 알려주고 있다.

　본심은 매일 방문하고, 매일 사용하며, 매일 행동으로 옮겨야 그 존재를 지키고 키우고 풍요롭게 할 수 있는 공터와 같다. 그것은 숨김없는 진실로서 우리가 행한 그대로 우리 몸과 우주 속에 기억되고 체크되고 살아 활동하는 다르마의 인과율이다.

　홍사성 시인에게 이런 본심의 체화와 그 정진의 과정은 '시쓰기'를 통해 도약한다. 그에게 시쓰기와 본심으로 가는 길은 다르지 않기 때문이다.

이렇게 말하고 보면 홍사성 시인이나 우리 모두나 할 일과 갈 길은 많고 멀지만 그 일과 길을 통해 인간된 자의 보람을 조금이나마 느낄 수 있는 것이다. 실로 본심이 우리를 부르지 않고 그 본심으로 우리가 다가가는 시간이 없다면 삶도 시도 얼마나 허약하고 부박하겠는가. 홍사성 시인의 '본심을 행하는 시간'들은 이런 우리의 보람을 새롭게 자각하고 가꾸도록 이끈다.

4. 본심을 전하는 시간

홍사성 시인의 시집 『터널을 지나며』는 앞장에서의 '본심을 행하는 시간'을 '본심을 전하는 시간'으로 연속시킨다. 사람들은 수많은 것들을 정보의 이름으로, 지식의 이름으로, 진실의 이름으로 전한다. 그렇지만 그 가운데서 가장 강력하고 환희로운 전달은 '본심'을 전하는 일이다.

본심을 전하는 것을 가리켜 '도(道)를 전한다'는 뜻에서의 '전도'라고 말하기도 한다. 진리의 다른 이름인 '도'는 그만큼 묵은 과제이자 현재의 과제이고 동시에 미래의 과제이다.

어떻게 하면 이 진리를 전할 수 있을까? 그것은 이를 본 사람이, 이를 들은 사람이, 이를 행한 사람이 자발적인 소망 속에서 시도할 때 가능한 일이다. 이런 진리 혹은 본심은 아무리 전해도 끝이 없다. 작고 협소한 에고이즘의 자아를 넘어서서 크고 광대한 전체성의 자아이자 우주적인 자아의 마음을 쓰고 전하는 일은 '나'의 무한한 확장과 지혜를 만나게 하는 일이기 때문이다.

홍사성 시인의 시집 『터널을 지나며』의 뒷부분에 수록된 작품에선 이런 '본심을 전하는 시간들'이 대부분을 차지한다. 그는 일상의 평범한 소재를 사용하는 것 같으면서도 그 안에 이런 시간을 마련하고 있다.

작품 「지중해」에선 바다처럼 깊은 삶의 깊이를, 「설악산 소나무」에선 언제나 푸르고 큰 소나무의 항상심을, 「장백폭포」에선 처절한 수행의 영원성을,

제2부 '호모 스피리투스'의 상상력과 무유정법의 길

「함경도 누이」에선 만유의 불이성(不二性)을, 「벽」에선 어떤 벽도 무너지게 되어 있는 생성과 해체의 무상성을, 「진부령」에선 자연스러운 본심의 속도를. 「홍생전」에선 자기 긍정과 위안을, 「맷집」에선 기교보다 소중한 저력을, 「수제비돌 초상(肖像)」에선 둥글어지고 자연스러워진 삶의 품격을, 「고물 자동차」에선 현실의 편안한 수용과 그 지혜를, 「안녕, 늙은 텔레비전」에서는 만남과 헤어짐의 묘용을, 「사족」에선 시시한 것들의 크나큰 역할을, 「분홍고마리」에선 겨우 피어난 자신의 시쓰기에 대한 애정을, 「답안지」에선 이기영 선생이 들려준 죽음론의 고처(高處)를, 「나무아미타불」에선 아미타불이란 먼 곳이 아닌 가까운 자신의 집에 있음을 통하여 본심을 전하고 있다.

이렇게 '본심을 전하는 시간'의 관점에서 홍사성 시인의 시를 이야기할 때 시집의 제목이기도 한 작품 「터널을 지나며」를 따로 살펴볼 필요가 있다.

터널은 어둠의 길이다

서울에서 양양까지 가는 고속도로
수도 없이 거푸 입 벌리고 있는
터널 속에서는 속도제한이 안 된다
자동차들은 어둠에서 벗어나려고
꼬리에 불붙은 노루처럼 기를 쓰고 달린다

터널 뚫던 사내들이 그랬을 것이다
하나를 뚫으면 다시 맞대면해야 하는
막장, 그 막막한 어둠은
절망과 한숨의 은산철벽이었다
그럴수록 어금니 악물어야 했다
땀 묻은 곡괭이질로 곰 굴 파듯 악착같이
파나가야 했다 다른 수가 없었다
그 끝, 손바닥만 한 하늘에서 쏟아지는

황금화살에 꽂혀 금빛 고슴도치가 되는
고통의 순간만이 위로였다

오늘도 늑대처럼 쫓아오다 사라지는
공룡뱃속 같은 긴 어둠의 길
백미러로 힐끔 돌아보며
사내들은 다시 악셀레이터를 밟는다

터널은 어디에나 있지만 어디에도 없다

— 「터널을 지나며」 전문

위 시에 기대어본다면 홍사성 시인도 우리들 모두도 끊임없이 맞대면해야만 하는 터널들의 연속 속에서 살아간다. 그 터널들은 언제나 '절망과 한숨의 은산철벽'처럼 만만하지 않은 장벽으로 눈앞에 두렵게 다가서지만, 사람들은 그것을 타파하지 않으면 터널 바깥은 말할 것도 없고 다음 터널조차도 맞이할 수 없기에 앞을 보고 달려간다. 이 즐비한 도전의 길 위에 우리 모두는 꼬리를 문 대열처럼 늘어서서 달려가는 것이다. 그것은 아픔이기도 하고 비애이기도 하지만 희망이기도 한 것이라고 시인은 은밀히 전한다. 그러면서 우리들의 마음속에 본심이 부르는 소리가 있고 그것을 향하여 다가가는 시간이 있는 한, 터널은 어디에나 있지만 어디에도 없는 역설의 존재라고 말한다.

홍사성 시인의 이번 시집을 통하여 필자를 포함한 독자 여러분들의 마음속에, 그리고 우리들이 살아가는 이 세상에 '본심'이 봄날의 꽃동산처럼, 가을날의 성숙한 강물처럼 넘치게 피어나고 푸르게 흘러갔으면 하는 바람을 가져본다.

산중실록(山中實錄), 심중유사(心中遺事)
― 지안스님 시집 『바람의 자유』

1. 산중에서 불어오는 소식

무슨 말을 더할 것이 있겠는가?

지안(志安)스님의 시집 원고를 읽으면서 나는 그저 청취자의 자리에 머무르는 기쁨의 시간을 한껏 가졌다. 본래 시란 '기(氣)로 교감하는 양식'이거니와, 법담(法談)이자 선담(禪談)과도 같은 고승의 시를 읽을 때엔 더욱이나 기감(氣感)의 공명이 필요할 뿐 그 밖의 다른 것은 가외의 일이다.

청취의 기쁨! 그것은 말하는 사람에 대한 크나큰 신뢰와 외경이 만드는 고차원의 경험이다. 그렇게 상대를 온전히 믿으면서 자기 자신을 무장해제하듯 열어놓고 비워놓을 때, 그 자리엔 새 소식이 흠결 없이 첫날의 언어처럼 찾아와 안기면서 그 새 소식을 듣는 이의 귀뿐만 아니라 속마음까지 맑혀주고, 속마음뿐만 아니라 세계와 일상까지 맑혀준다.

사실 이런 청취의 기쁨과 그 시간을 모든 사람들은 저도 모르게 그리워한다. 그런 그리움이 뭇 사람들로 하여금 새 소식이 불어오는 곳으로 귀를 기울이게 만들고, 먼 길을 떠나는 순례객처럼 어느 땐 목적지도 없이 무작정 길을 나서게 한다. 이 땅에서 그런 새 소식의 오래된 산실이자 진원지를 꼽아본다면 '명산(名山)'과 '산사(山寺)', 그리고 '산승(山僧)'과 '시승(詩僧)'이 머무는 곳이 대표적이다.

이들을 모두 일컬어 '산중(山中)'이라는 한마디 말로 표현하는 것이 허락된다면, 지안스님의 이번 시집은 '산중 소식지'이자 '산중실록집'이다. 지안스님은 이번 시집을 통하여 뭇 사람들이 존재의 심연 속에서 무엇인가를 그리워하며 찾아가고 싶어 하는, 덧나지 않은 오지(奧地)의 진실한 산중 소식들과 그 기록들을 봄날의 미풍처럼, 여름날의 해풍처럼 배달해주고 있다.

도대체 산중에선 무슨 일이 벌어지고 있나? 지안스님의 소식지이자 실록집에 의하면 그곳에선 하루 종일 아무 일도 일어나지 않는다. 산중은 개산(開山)의 그 시절부터 아무 일도 일어나지 않는 무사(無事)의 전통을 유지하고, 산중은 언제나 적멸을 주인공으로 품어 안고 살며, 산중은 어떤 일이 일어나도 아무 일도 되지 않는 묘용을 함께 공부하는 곳이다.

그러고 보면 뭇 사람들이 그토록 그리워하며 귀를 기울이고, 때론 먼 길을 마다하지 않으면서 연인이라도 만나러 가듯 발길을 뜨겁게 내딛는 그 산중의 중차대한 소식은, '아무 일이 없다'는 그 단순하나 심오한 무사의 소식이다. 그러니까 이것이 산중에서 불어오는 소식이자 새 소식인 것이다. 그러나 사람들은 이런 소식을 들음으로써 마치 잘 달여진 탕약을 먹은 것처럼 안심을 하고 일상을 다시 사는 힘을 얻는다.

지안스님은 당신의 시집에서 영축산과 운장산의 소식을 가장 많이 전한다. 그 산들은 누구도 편애하지 않는 '불인(不仁)'의 '평등성(平等性)'을 지닌 무심과 무위의 산이지만, 지안스님은 그 산에서 보배로운 소식을 「법성게」의 보배비를 받아 안듯 진정 큰마음의 그릇으로 받아 지니고 산다. 이런 일은 지안스님이 산과 깊이로 산 세월의 용량과 그 산과 한마음으로 산 세월의 무게와, 그 산과 도반이 되어 길을 걸어간 세월의 너비를 알려준다.

지안스님이 전하는 산중의 새 소식은 다음과 같은 것들이다. '아무 일이 없는' 이곳엔 봄이 오니 산천의 축제가 벌어진다, 날마다 산간의 새벽은 천지인의 깨어남을 지키고 있다, 불어난 계곡물 위의 꽃잎은 어디로 가고 있는지 묻고 또 묻는다, 나뿐만 아니라 꽃들도 나를 붙들고 얘기 좀 하자고 그런다, 눈(雪)이 내려 일색이 되니 눈(眼) 밖에 나는 것이 하나도 없다, 눈 내려서 백화도량이 되니 감로의 향기만이 가득하다, 산물을 다 내려 보낸 골짜기는 혼자서 쉴 수 있는 은신처이다… 등과 같은 것이다.

위의 실례들은 시집에서 필자의 눈길이 머무는 대로 적어본 내용들이다. 이런 '아무 일이 없는' 산중의 소식은 그야말로 상대(相對)의 문법에 갇혀서 아프게 살아가는 세상 사람들에게 절대(絶對)의 실상세계를 알려줌으로써 그들을 일깨우고 안심시키는 양약이자 치유제이다.

2. 심중에서 우러나는 소리

지안스님의 시집 속엔 아주 인간적인 면모들이 꾸밈없이 자연스럽게 깃들여 있다. 시라는 세속 양식에 어울리는 언어와 그 구체화 과정을 거치는 데서 나타난 하나의 모습이라고 생각된다.

시란 그것이 시선일규(詩禪一揆)요, 시심선심(詩心禪心)이며, 시선불이(詩禪不二)라는 견지에서 볼 때, 상대의 세계에서 빚어지는 인간적인 면모를 절대의 세계로 청정하게 하는 일이요, 절대의 세계가 전하는 소식을 상대의 세계가 지닌 인간적 언어로 재생시키는 일이다. 절대와 상대, 상대와 절대가 서로 만나는, 아슬아슬하지만 가능한 일이 여기서 탄생하고 있다.

지안스님의 머리말을 보면 스님은 출가 전에 시인이 되려고 한 적이 있었으나 빨리 도(道)를 알아야겠다는 생각 때문에 시를 잊게 되었다고 한다. 그러면서 지금 돌이켜보니 반은 잘했다고 생각되면서도 반은 후회스럽기도 하다고 한다.

산중실록(山中實錄), 심중유사(心中遺事)   287

그러나 참으로 다행스럽게도 시선일규요, 시심선심이며, 시선불이라는 경지를 통찰하고 닦아놓은 전통이 있지 않은가. 필자의 경우 꽤 긴 시간 동안 시를 공부하면서 '도'에 대한 갈망을 지니고 살아온 셈인데, 그야말로 상대의 세계에서 시작하는 시는 궁극적으로 도에 이르게 되고, 절대의 세계에서 시작하는 도는 현실세계로 나오고자 하면 어떤 다른 양식보다 시를 만나기가 쉽다는 말을 할 수 있다. 특별히 불가의 게송들을 보면 이런 생각은 아주 짙어진다.

언어와 언어 너머, 언어 너머와 언어 현실, 이 둘은 도심(道心)과 시심(詩心)이 인간계를 떠날 수 없는 한 타협하고 화해하고 격려하며 사랑할 수밖에 없는 포월(包越)의 도반이다. 이 포월의 묘용에서 시와 도, 시심과 도심은 본질과 현상을 함께 끌어안을 수 있다.

지안스님의 심중에선 어떤 소리들이 우러나오고 있는가. 스님의 시집 속에선 인간적인 소리와 각성의 소리가 늘 이중주처럼 흘러나온다. 전자의 소리가 뭇 사람들의 감성에 동질감을 느끼게 한다면 후자의 소리는 그들로 하여금 저도 모르는 사이에 낯설지만 신선하고 편안한 본래자리를 만나게 한다.

가령 지안스님은 당신의 시 「살지 않았으면 있을 수 없는 일」에서 '살지 않았으면 있을 수 없는 일'들을 열거한다. 그때 삶은 현실의 언어처럼 구체적이고, 그런 경험은 뭇 사람들과 함께하는 동질감의 요소이다. 그러나 그 살지 않았으면 있을 수 없는 일의 '삶'에 대한 각성된 통찰은 보통사람들의 삶이 지닌 상대성을 초탈하게 한다. 또한 지안스님은 작품 「구름처럼 물처럼」에서 인생이란 정처 없는 떠돌이이자 운수행각과 같은 것이라는 말을 통해 뭇 사람들의 동질감을 환기시킨다. 그러나 그 떠돌이 의식과 운수행각의 심층은 세상사 전체를 염주처럼 목에 걸고 길을 떠나가라는 작중 화자의 말에 의해 객수(客愁)의 길이 아닌 주인의 길로 전변된다. 객수인의 방랑과 주인 된 자의 밝은 무상성이 여기서 하나로 만나며 차원 변이를 일으킨다.

　　　　　제2부 '호모 스피리투스'의 상상력과 무유정법의 길

이와 같은 두 가지 심중의 넘나듦과 공존은 색(色)이 공(空)이며 공(空)이 색(色)이라는 불가의 중도 법문에 닿아 있다. 그 중도의 묘용은 상대의 세상과 절대의 세계를 함께 직시하며 포월하는 것이고, 이들 사이의 일그러진 틈을 편안하게 이어주는 일이다.

필자는 지안스님의 시집을 청취하는 동안 산중과 사하촌을 연결하는 불가의 많은 다리들을 떠올렸다. 그 이름이 무엇이든 불가의 다리들은 이쪽과 저쪽을 표 나지 않게 하나로 이어주는 신비의 길이다. 특별히 필자가 해인사를 처음 방문하였을 때 보았던 사찰 초입의 '허덕교'는 글을 쓰는 지금 이 순간에 너무나 생생한 '신비의 길'의 표상으로 기억된다.

허덕(虛德)! 그 허의 덕이 상대의 세계와 절대의 세계를 이어준다. 그리고 상대의 소리와 절대의 소리를 하나가 되게 한다. 지안스님의 이번 시집은 이런 든든하고 편안한 불가의 다리와 같다. 시와 도를, 세상과 산중을 한자리에 무사히 앉힌 고승의 무르익은 시법(詩法)이자 시어(詩語)이다.

유심(惟心)의 길에서 부른 유심(唯心)의 노래
— 박호영 시집 『아름다운 적멸』

1. 유심(惟心)의 길로 접어든다는 것

　박호영 시인이 한국 현대시를 가르치는 대학교수로서의 임무를 다 마치고 서울을 훌쩍 떠나 강릉으로 이주하였다는 소식을 들었을 때 나는 백두대간 너머의 신화 지대를 상상하였다. 나에게 백두대간 너머의 영동 지역은 언제나 역사 이전 혹은 인간사 이후를 떠올리게 하는 신화 지대로 내재돼 있었고, 나는 난처한 역사와 인간사 앞에서 허둥댈 때마다 그 신화 지대에 살을 대고 숨을 고르며 살아갈 힘을 얻곤 했다.

　심상지리를 동원해서 말한다면 백두대간은 이 땅에서 엔트로피의 첫새벽이자 출발 지점과 같은 곳이다. 그런 맥락에서 볼 때 백두대간 너머는 아예 엔트로피의 작동기제가 사라져버린 '무(無)'의 땅이자, '영원'의 땅이고, '공(空)'의 땅이다. 반복한다면 '무심(無心)'의 땅이고, '본원(本源)'의 땅이며, '신화'의 땅이다. 보통 사람들도 이런 기미를 직감으로 눈치채고 살아가는지, 그들 또한 이 백두대간 너머의 땅을 순례하듯 찾아가거나 동해바다를 사무치는 마음으로 옆구리에 끼고 해안도로를 마구 질주한다.

　의식의 차원에서 볼 때 이와 같은 장소로의 간절한 이주는 그 사람의 정신적 토대라고 할 수 있는 무의식의 이동이 이루어졌다는 것과 같다. 누군가의 무의식이 신화 지대에 자리를 잡고 있을 때, 그가 누구든 이 목소리를 거부할 수가 없다. 그런 점에서 박호영 시인이 강릉으로 거처를 옮기고 그 거처의 당호인 '의산재(宜山齋)'의 주인이 된 것은 하나의 개인사적 사건이자 문학적 사건이라 할 수 있다.

강릉 의산재의 주인인 박호영 시인은 이곳에서 다른 것이 아닌 '유심(惟心)'의 시간을 무르익힌다. 유심이란 말은 문자 그대로 해석할 때 '진리를 생각한다는 것'이다. 이 '유심'은 만해 한용운이 오도(悟道) 이후(1918년)에 창간한 잡지의 이름이기도 하다. 만해는 유심을 '惟心'이라 표기하고 이 말의 함의처럼 '진리 탐구'의 대중화와 사회화의 길에 나섰다.

박호영 시인이 강릉 의산재에서 이와 같은 '유심'의 시간을 가진 결과가 이번 시선집 『아름다운 적멸』의 근간을 이룬다. 짐승의 피가 짙은 인간은, 이 진리를 생각하기 시작할 때 철학자가 되고, 시인이 되고, 명상인이 되면서 짐승의 피를 승화시킨다. 그야말로 인간이라는 종(種)의 그 지긋지긋한 중생심(衆生心)과 중생성(衆生性)을 벗어나서 잃어버린 본성의 참모습을 만나기 시작한다. 이런 유심의 시간을 갖기에 백두대간 너머의 시원의 땅처럼 적절한 곳은 달리 없을 것이다. 그곳은 한국의 바라나시이고 세도나이다.

박호영 시인의 시선집 『아름다운 적멸』 속의 제1부와 제2부에 수록된 작품들엔 이런 유심의 본처를 탐구한 시들이 밀집돼 있다. 그는 맨앞에서 말하기도 읽기도 조심스러운 불가의 '적멸'을 불현듯 꺼내고는 이후에도 지속적으로 이를 언급하고 있으며, 해공(解空) 제일의 수보리존자를 불러내어 공성의 비유처인 '빈 거울'의 절박성을 역설하는가 하면, 동아시아 선종사의 제2조에 해당되는 혜가(慧可)선사를 떠올리며 진리를 위해 단호하게 죽는 일의 비장함과 신비함을 말하기도 한다.

또한 그는 '절'이란 물리적 형태나 공간이 아니라 심층의 보이지 않는 마음이라는 사실을 깨우쳐주고 있으며, 현상계 너머를 관통한 자의 화두이자 『금강경』 어법의 일미인 '즉비(卽非)'의 논리를 펼쳐 보이기도 한다. 그뿐만이 아니다. 그는 '월인천강(月印千江)'의 비유를 통하여 진리의 무아성과 무한성을 강조하기도 하며, 공안집인 『벽암록』 속의 주조음인 선사들의 살불살조(殺佛殺祖)의 놀라운 부정성을 활발하게 드러내 보이기도 한다.

그런가 하면 그는 악다구니하면서 사는 중생들의 마음과 삶을 일시에 무력화시키는 '바다의 설법'에 대해서도 이야기하고, 스님 없는 빈 절의 쓸쓸함과 허술함 가운데서도 변함없이 진리가 살아서 활동하는 이른바 '진리의 평등성'에 대해서도 이야기하고 있다. 이와 같은 박호영 시인의 '유심의 시간'은 '불출동구(不出洞口)'의 부동성과 자족성을 전해주는 데로 나아가기도 하고, 밤 속에 깃든 우주만유의 무심한 덕행을 발견하게 해주는 데로 나아가기도 한다.

'유심의 시간'은 끝이 없다. 그것은 깊어질수록, 오래될수록 다채로워진다. 그야말로 보이지 않던 세계가 시인의 눈에 보이기 시작하기 때문이다. 그러고 보면 시는 노력의 소산이라기보다 '유심의 소산'이라고 말하는 것이 적절할지도 모른다.

조금 더 이어가자면 박호영 시인은 그의 시에서 어떤 것 앞에서도 태연해지는 하산과 낙법의 길을 보여주고 있으며, 만상과 만뢰의 엄습을 '반야봉'이라는 산봉우리 이름처럼 반야의 단호함으로 해체시키는 일도 전해준다.

지금까지 언급한 실례들은 제1부의 작품들을 순서대로 자료로 삼아 제시한 것이다. 따라서 글의 호흡과 균형을 맞추기 위하여 제2부에 수록된 몇몇 작품들을 조금 더 언급하기로 한다.

그는 제2부의 첫 작품인 「현자」에서 지혜인이 되는 일과 지혜인이 만들어내는 음덕으로서의 그림자에 대하여 이야기하고 있다. 지혜란 유심의 시간을 보낸 자만이 갖출 수 있는 것으로서 지혜의 부족은 우리의 인생 전체를 고통스럽게 만든다.

이어서 그는 「월정사 전나무숲을 찾아서」에서 전나무숲의 심연을 보고 거기서 들려오는 무정설법에 감응한다. 그리고 「중도(中道)」라는 작품에서는 생사유무의 초월과 부재를 깨침으로써 스스로의 삶이 부끄러워지는 현실을 고백하고 있다. 중도야말로 유심의 시간을 거친 이가 만나는 진리의 한가운데이다. 또다른 작품 「어느 화제(畵題) 1 – 깊은 숲속의 절」에서는 보이는 것만을 전부라고 생각하며 단견 속에서 사는 인간들을 안타까워하고 있다. 그리고 이 작품과 연작을 이루는 「어느 화제(畵題)2 – 허공」에선 허공이란 단순한 없음이 아니라 묘유(妙有)의 한 모습임을 보여주고 있다.

이 정도만 해도 박호영 시인이 탐구한 진리의 모습과 그 특성을 그려볼 수 있을 것이다. 그는 진리 가운데서도 불가의 진리를 중점적으로 탐구하였고 그에 의거한 진리의 실상들을 시로 형상화하여 드러낸 것이다. 생각해보면 우주의 진리는 하나이다. 그 가운데 불가에서 본 진리의 형상은 인류가 '유심'의 시간을 통하여 통찰한 매우 고급스럽고 체계적인 양태를 갖고 있다. 그런 진리와 박호영 시인의 만남이 이 시선집에 깊이를 더하고, 언어를 다채롭게 해주고 있다.

2. 유심(唯心)과 유식(唯識) 사이에서 자재해진다는 것

불가는 유심(惟心)의 끝에서 유심(唯心)을 말하였다. 그리고 이 유심(唯心)과 대비되는 한 세계로서 유식(唯識)을 말하였다. 따라서 '유심(惟心), 유심(唯心), 유식(唯識)' 사이의 상호성을 이해할 때 불가의 인식론과 세계관을 심층적으로 만날 수 있다.

유심(唯心)은 『화엄경』의 '일체유심조(一切唯心造)'라는 구절에 근거를 두고 있다. 그때 유심은 '오직 진리'라는 뜻으로 해석할 수도 있지만 식심(識心)과

지심(智心)이라는 두 가지 마음을 모두 포함하는 뜻으로 볼 수도 있다. 마음엔 두 가지가 있는데 그 하나는 식(識)의 마음이고 다른 하나는 지(智)의 마음이라는 것이다. 식의 마음이 인간 존재의 진화과정에서 만들어진 '아상(我相)'의 마음이라면 지의 마음은 인간 존재의 생존이나 아상 등과 같은 협소한 세계를 넘어서서 영원처럼 존재하는 '진리의 세계'이다. 이런 진리의 세계는 인간 존재의 삶 속에 그대로 들어 있다는 것이 불가의 견해이다. 그러나 인간들은 생존과 아상에 의하여 만들어진 식의 마음을 주인으로 삼고 그것에 매달려 사느라고 이 진리의 세계를 모르는 자가 된다는 것이다.

불가에서는 이와 같은 인간 생존과 아상에 의하여 만들어진 인식 작용을 '유식론(唯識論)'이라는 매우 심도 있고 설득력 있는 관점에 입각하여 체계적으로 설명한다. 그리고 이 인식 작용의 산물이 환영임을 말해준다. 말하자면 그것은 인간 존재가 살기 위하여 만들어낸 하나의 '상(相)'에 불과하다는 것이다.

그러나 이 상은 힘이 있고 오래된 것이며 인간들은 이 인식 작용을 그치기가 어렵다. 비록 이 상과 인식 작용이 주관적이며 반딧불과 같은 밝음밖에 갖지 못한 불구의 것이라 하더라도 인간들은 이것에 의지하여 살아왔고 이것을 통하여 인간사를 만들어왔던 것이다. 이를 가리켜 인간의 조건이자 숙명이라고 한다면, 인간들은 이런 조건과 숙명을 온전히 떠나서 살기 어렵다.

시를 쓴다는 것은 이와 같은 인간들의 인식 작용과 상의 창조에 의해 가능하다. 그런 점에서 시는 생존의 장르이고 인간의 장르이며 아상의 장르이다. 그러나 고차원의 시는 이와 같은 인식 작용과 상의 창조를 넘어서고자 한다. 말하자면 지심(智心)으로서의 유심(唯心)의 세계를 만나거나 통과하거나 그리워하는 것이다. 요컨대 대상을 두고 있다는 의미에서의 상대성에 의한 인식 체험을, 대상을 끊었다는 의미에서의 절대성에 의한 일심의 체험으로 전변시키는 것이다. 이런 전식득지(轉識得智)의 세계를 알 때, 식심으로서의 유심과 지심으로서의 유심은 회통될 수 있다. 전식득지의 고전적인 길뿐만 아니라 전지득식(轉智得識)의 가역적인 길도 가능한 것이다. 식과 지, 유식과 유심, 인간적 현상계와 우주적 실상계가 서로를 탄생시키며 만날 수 있는 것이다.

박호영 시인의 시선집 『아름다운 적멸』 속에서는 이와 같은 두 차원이 편안하게 만나며 교호작용을 하고 있다. 지심의 세계를 거쳐서 나온 식심의 세계와 식심의 세계를 창조한 지심의 세계가 어우러져 있는 것이다.

시승(詩僧)들의 시에서, 또 시심(詩心)과 도심(道心)을 한자리에 앉힐 수 있는 다양한 지혜인들의 시에서 이런 모습은 일상처럼 나타난다. 근대에 들어와 이와 같은 전통이 약화되기는 했지만 마음의 고처(高處)를 동경하는 시인들의 시에선 여전히 이런 모습이 살아있다.

박호영 시인의 시선집 『아름다운 적멸』 속의 제3부와 제4에서 이런 작품들을 많이 만나볼 수 있다. 사실 그의 시선집 어느 곳에서도 이런 모습은 근간을 이루고 있지만 앞장에서 다룬 제1부와 제2부가 진리 자체를 탐구하는 데 주력함으로써 마치 불가의 '반야부'와 같은 역할을 한다면 제3부와 제4부는 인간적 현실에서 시작하고 그리로 돌아와 포월(包越)의 길을 가는 초기 아함부나 후기 법화부 혹은 정토부 등과 같은 역할을 한다.

박호영 시인은 그의 작품 「따뜻한 고독」에서 허름한 차림의 노인과 일행을 잃은 것 같은 비둘기 한 마리가 늦은 오후의 공원에서 서로의 외로움을 위로하듯 '공양(供養)'의 수묵화를 창조하고 있는 모습에 대하여 이야기하고, 「동강할미꽃—동강할미의 말씀」에선 슬픔과 한숨의 땅인 동강의 현실을 극복하고자 하는 할미꽃 한 송이가 일어서는 '심지(心志)'의 위대함을 이야기하며, 「목민심서를 읽다 1」과 그 후속편에선 역천의 현실 속에서 애를 태우는 유배지의 진인(眞人)을 전한다. 그리고 「고봉(高捧)」에선 고봉에 담긴 인간들의 마음에 깃든 초월적 질량을, 「그리움」에선 부재와 떠남이 단절이 아니라 그리움으로 이어지는 연속의 원천임을, 「블랙」에선 개인적, 시대적 어둠이 실은 광명의 가능태임을 말하고 있다.

　현실과 진실, 현상과 실상, 이곳과 본처(本處), 중생과 붓다가 서로에 의지하여 하나로 이어지며 존재와 삶을 긍정과 조화의 경지로 들어올리는 모습이 앞에서 열거한 작품들은 물론 그의 다른 작품들 속에서도 큰 힘을 발휘하며 시인의 정신세계를 가늠하게 한다.

3. '아름다운'이라는 형용사를 바칠 최후의 세계를 만났다는 것

　박호영 시인의 시선집『아름다운 적멸』을 만났을 때, 무엇보다 먼저 많은 생각을 하게 하는 것은 그 제목에서 느껴지는 과감함과 다소 어색한 듯한 두 언어의 결합상이다. '적멸'은 그 말을 마주하는 사람에게 큰 충격을 주기에 부족함이 없는 우주적 언어이자 세계이고, 이 '적멸'을 수식하는 말로 선택된 '아름다운'이라는 형용사 역시 낯을 가릴 만큼 조심스러운 인간계의 숨어 있는 은어이자 세계이기 때문이다. 따라서 이러한 '적멸'과 '아름다운'이라는 두 언어가 결합되어 만들어진 '아름다운 적멸'이라는 제목 앞에서 우리는 한동안 말을 잊고 다른 세계를 이국처럼 거쳐 나와야만 비로소 시집과 함께할 수 있을 것 같은 느낌을 갖게 되는 것이다.

　실로 우주적 진실상인 '적멸'도, 인간적 진실상인 '아름다움'도 우리에겐 도달하기 어려워서 추상화만 같게 느껴지는 고처이다. 그러나 우리는 이들이 있고 이들을 안다고 생각함으로써 앞으로 향하는 발걸음을 지속적으로 내디딜 수 있고. 이들에 의지하여 인생의 완주자가 될 수 있다.

　박호영 시인의 이번 시선집과 관련하여 이 '적멸'과 '아름다움,' 그리고 이 둘의 결합상인 '아름다운 적멸'이라는 말이자 세계는 새로운 주목을 받을 필요가 있다. 그것은 이번 시선집이 박호영 시인에게 도저히 구체적 현실이라고 받아들일 수 없는, 사랑하는 큰아드님을 지난 늦은 봄날 무력하게 떠나보내야만 했던 이승에서의 뼈아픈 이별과 연관돼 있기 때문이다.

우리들 모두는 죽음의 문제 앞에서 허둥댄다. 이 난제를 풀기 위해 사전에 공부를 제아무리 많이 하여도 그것이 임박한 현실로 다가올 때 우리는 숨이 막힌다. 그렇다면 이 문제를 어떻게 풀고 해결해야 할까? 쉬운 답이 없다.

그러나 그런 가운데 한 가지 오래된 답이 '적멸'을 직시하고 포착하고 신뢰하는 것이다. 이는 불가에서 진리를 표상하는 대표적인 표현이거니와 이는 우리에게 잘 알려진 반야부 경전의 핵심 경전인 이른바 「반야심경」의 주제인 '공(空)'의 세계와 같다. 우리가 불가의 경전들 가운데서 매우 익숙해하는 이 「반야심경」은 '공'의 세계를 통하여 일체의 고액(苦厄)을 넘어설 수 있다고 전한다. 그러면서 그 공의 세목으로 불생불멸(不生不滅), 불구부정(不垢不淨), 부증불감(不增不減)과 같은 것들을 열거한다.

공의 세계, 다시 말하면 일어난 것도 사라진 것도 없는 세계, 가치가 더 있는 것도 그렇지 않은 것도 없는 세계, 늘어났다고 할 수도 없고 줄어들었다고 할 수도 없는 그 중도의 세계를 직시할 때 인간의 시각과 문법에 갇힌 인간적 현상계의 파도와 해일은 멈추게 된다는 것이다.

그런 점에서 석가모니 붓다를 '의왕(醫王)'이라고 부르듯이 '적멸'은 인간적인 일체의 파도와 해일을 본처로 되돌려 잠재울 수 있는 '지혜의 신'이다. 수많은 사람들이, 수많은 시간 동안, 수많은 인간적 파도와 해일을 잠재우고자 노력해온 것이 인간들의 정신사이고 지혜사이거니와, 그 가운데서도 '적멸'을 발견한 불가의 직관과 상상력은 실로 놀라운 힘을 갖고 있다. '적멸'은 그동안 수많은 사람들을 치유해주었고, 지금도 그러한 역할을 하고 있으며, 앞으로도 그 역할은 줄어들지 않을 것이라고 여겨진다.

박호영 시인은 이 '적멸'이란 말이자 세계 앞에 '아름다운'이라는 형용사를 바쳤다. 그것은 큰아드님과의 이별을 그가 승화시키고 긍정하며 해결할 수 있는 최선의 길이었으며 이승과 본처를 하나로 결합시켜 생사를 넘어설 수 있는 오래된 지혜와의 만남이었다.

'적멸'은 어떤 말로도 수식이 불가능하지만, 처한 자리에 따라서는 또 어떤 말로도 수식이 가능한 대처(大處)이다. 그 대처에 박호영 시인은 '아름다운'이라는 수식어를 바침으로써 그의 아픔을 의미의 차원으로 전변시켰다. 그리고 세상과 화해할 수 있었다.

벚꽃 떨어지고 있다

소리 없이 가는 하얀 적멸

한 순간의 삶에도 아무 미련 없으니

땅 위에 누운 모습마저 아름답다

— 「아름다운 적멸(寂滅)」 전문

위의 인용시는 이번 시선집의 제목으로 선택된 작품이자 맨 앞에 수록된 작품이다. 시인은 봄날에 떨어지는 벚꽃잎을 보며 그것을 "소리 없이 가는 하얀 적멸"로 읽는다. 벚꽃의 개화도 그러하거니와 낙화 또한 '적멸'의 한 양태로 보는 것이다. 실로 삶과 세계 전체를 적멸의 운행으로 볼 때 우리는 초연한 자리를 얻는다.

위의 인용시에서 시인은 이어 벚꽃의 낙화야말로 한 찰나에도 미련을 두고 집착하지 않는 '무주행(無住行)'의 길을 가는 것이라고 본다. 세계를 머무르게 하며 집착하는 것은 인간의 허술한 인식 작용이 빚어내는 해프닝일 뿐, 세계는 한 순간도 머무름이 없이 흘러가고 있다는 것이 과학적 진실이자 우주적 진실임은 여러 곳에서 언급되고 있다.

다시 위 인용시에서 시인은 이 적멸의 운행, 무주의 길을 감으로써 마침내 완전히 대지와 하나가 된 낙화의 최후가 '아름답다'고 말한다. 불가에서 그토록 강조하는 대로 차별심, 취사심(取捨心), 간택심(揀擇心)을 내려놓으니 낙화의 최후조차 아름다운 모습으로 적멸상을 구현하고 있는 것이다.

지금까지의 글을 읽어온 사람이라면 '적멸'과 '아름다움' 그리고 이 둘을 결합시킨 '아름다운 적멸'이라는 말의 함의를 이해할 뿐만 아니라 전율과 감동이 함께하는 공감의 시간도 가졌을 것이다. 그러면서 우리가 살고 있는 이 인간계뿐만 아니라 중생계의 당혹스러움과 난처함을 해결하고 극복하는 하나의 오래된 길을 보았을 것이다.

4. 글을 마치면서

일찍이 1979년에 신춘문예(『조선일보』)를 통해 문학평론가로 등단하여 평론 활동을 하였고, 평생을 시학자이자 시를 강의하는 대학교수로 살아온 박호영 시인이 뒤늦게(?) 2002년도에 시인으로 등단하여 시작 활동을 하며 시를 써온 것은 무슨 의미를 갖는 것일까? 나는 그 속내를 다 알 수 없으나 다음과 같은 몇 가지 의미를 짐작해본다.

그 하나는 과학을 자처하는 학문의 언어와 어쩔 수 없이 2차 텍스트의 운명을 지니고 있는 평론의 언어로는 감당할 수 없는 몸의 언어와 체험의 언어 그리고 무의식의 언어가 강하게 칭얼대며 그 존재를 알려온 것이 아닌가 한다. 이것의 노크가 약하면 어느 정도 시쓰기를 포기하고 살아갈 수도 있지만 그 노크가 강하고 지속적이면 그것에 굴복하지 않을 수가 없기 때문이다. 그런 점에서 박호영 시인에게 뒤늦게 시를 쓴 일은 그의 실존을 조화롭게 만드는 한 길이었다고 생각된다.

그 둘은 이 글을 시작하는 앞자리에서 언급한 이른바 '신화 지대'가 그의 무의식의 지배적인 영토가 될 만큼 그 비중을 크게 하고 있었다는 것이다. 박호영 시인의 시가 지닌 성격을 볼 때 이 점은 쉽게 이해가 되거니와, 신화 지대, 달리 말하여 영성(靈性)의 영역이 심중의 저변을 구성하고 있을 때 시쓰기를 하지 않고 삶의 길을 건너뛰기는 어렵다. 그런 점에서 영성의 영역은 시성(詩性)의 영역이다.

마지막으로 한 가지 더 언급한다면 박호영 시인에게 시쓰기는 수행의 일종이라는 생각이 든다. 근대 학문과 평론의 힘으로 구현하기 어려운 수행의 길은 인간사의 매우 오래된 전통인 시쓰기의 행위를 통하여 그 뜻을 실현하는 것이 적절하다. 많은 이들이 공감할 것이라 생각하는데, 자유와 개성을 최우선의 자리에 둔 근대시의 문법으로는 이 점이 온전하게 이룩되지 않을 때가 많다. 그런 점에서 박호영 시인이 직·간접으로 시심과 도심을 한자리에서 아우르는 이전의 시적 전통에 맥을 대고 있다는 것은 눈여겨 보아야 할 부분이다.

박호영 시인은 서문에 해당되는 「시인의 말」에서 이제 더 이상 시를 쓰지 않을 것처럼 전하였다. 그러나 그가 시를 쓰든 쓰지 않든 그의 마음자리는 신화 지대이자 영성의 지대에서 무르익어갈 것이라 생각되며, 그것이 그의 삶에서 발하는 환한 빛을 더 환하게 만들어주는 원천이 될 것이라 여겨진다.

삼업을 닦으며, 삼보를 꿈꾸며

― 윤효 시집 『참말』

1. 시가 뭐냐고?

　윤효의 제4시집 『참말』에 대한 해설의 첫 문장을 그의 시 「김종삼(金宗三) 3」 속에 들어 있는 마지막 연을 음미하는 것으로부터 시작하기로 한다. 윤효는 이 작품의 마지막 연에서 다음과 같이 쓰고 있다.

> 　오늘도
> 　누군가
> 　그에게
> 　물었다.
> 　―― 시가 뭐냐고?

　김종삼이 그의 시 「누군가 나에게 물었다」에서 전해준 말은 수많은 사람들로 하여금 거듭 공감의 박수를 보내면서 그들 자신의 시론과 시인론을 성찰하고 수정하게 만드는 부분이다. 김종삼은 이 시에서 다음과 같이 적고 있다 : "누군가 나에게 물었다. 시가 뭐냐고/나는 시인이 못됨으로 잘 모른다고 대답하였다./무교동과 종로와 명동과 남산과/서울역 앞을 걸었다./저녁녘 남대문 시장 안에서/빈대떡을 먹을 때 생각나고 있었다./그런 사람들이/엄청난 고생 되어도/순하고 명랑하고 맘 좋고 인정이/있으므로 슬기롭게 사는 사람들이/그런 사람들이/이 세상에서 알파이고/고귀한 인류이고/영원한 광명이고/다름아닌 시인이라고." 위 시의 핵심은 고생스러운 삶 속에서도 순함, 명랑함, 좋은 마음씨, 인정 등을 잃지 않고 슬기롭게 사는 사람들이 바로 시인이라는 것이다. 그리고 보면 김종삼에게 시인이란 '슬기인'이다.

김종삼의 이런 시인됨의 규정에 기대어 앞에서 윤효가 던진 질문에 대하여 생각해보자. 그는 앞의 인용문에서 문면을 뛰쳐나올 듯 강한 어조로 '시가 뭐냐고' 강슛을 던진다. 말할 것도 없이 그 질문의 일차적 수신자는 윤효 자신일 것이다. 그러나 사실 이 질문은 이 땅의 모든 시인들을 새삼 일깨우면서 그들의 긴장된 시쓰기를 가능케 하는 원동력이자 견인력이 되기도 한다.

도대체 시가 무엇일까? 정답은 없지만 물음을 계속하고 답안을 거듭 작성할수록 그 내용이 깊어지고 풍요로워지는 이 신비로운 질문은 시를 견고하게 만들고 시인을 성장하게 만드는 만트라와 같은 진언이다. 윤효는 이런 진언 앞에서 의미심장한 답안을 내놓는다. 그것은 시야말로 마음과 언어와 삶이라는 삼업(三業)을 정화하여 그들을 삼보(三寶)로 만드는 수행의 과정과 같다는 것이다.

시쓰기가 수행의 여정이 되면 시쓰기는 도저히 멈출 수 없는 예불(禮佛)이 된다. 더 맑고 강한 금강석의 창조를 위한 매일매일의 언어공양이요, 더 고요하고 원만한 거울의 발견을 위한 매 순간의 마음챙김이며, 더 자유롭고 평화로운 삶을 위한 매사마다의 하심(下心)이다.

그런 점에서 윤효의 이번 시집 『참말』의 맨 앞에 수록된 작품 「죽비」는 특별히 음미될 만한 가치를 갖고 있다.

복도로 나가서

꿇어앉아
종이 울릴 때까지

왜 그랬는지
까맣게 잊었지만

아직도 울리지 않고 있는
그 종.

—「죽비」 전문

지금 시인은 복도에 나가 꿇어앉아 벌을 받고 있다. 종이 울려야 그 벌의 시간도 끝날 터인데 어찌된 일인지 그 종소리가 좀처럼 나지도, 들리지도 않는다. 짐작건대 벌을 탕감할 만한 시간이 아직 흘러가지 않았기 때문이리라. 아니 아직도 잘못을 온전히 참회할 만큼 그가 내면을 다스리지 못하였기 때문이리라. 이런 내용의 위 시는 시인이 지금 죽비의 경책을 들으며 수행자와 같은 자기점검 속에 있음을 알려주고 있다.

윤효의 이번 시집에 담겨 있는 세 가지 키워드는 마음, 언어, 삶이다. 그는 이 세 가지를 완전한 단계에 올려놓고 싶어한다. 시가 뭐냐고 그에게 묻는다면 그는 자신에게 있어서 시란 이 세 가지를 완성시키는 일이라고 답할 것이다. 이것은 그가 한 인간이자 시인으로서 품어 안은 시적 과제로서의 삼업이자 삼보이다. 말하자면 세 가지 짐이자 집인 것이다.

2. 참마음을 위하여

좋은 시는 선한 본성을 거처로 삼는다. 그리고 인간의 선한 본성을 일깨운다. 시가 이 세상에 존재하는 까닭을 말하고자 한다면 이 선한 본성과의 관계를 맨 앞자리에서 언급해야 할 것이다.

선한 본성이란 무엇인가. 그것은 사(私), 사(邪), 잡(雜)이 제거된 마음이다. 에고를 중심으로 암산을 일삼는 시비분별, 그것을 넘어서는 마음이다. 이 마음이 발현되지 않는 한 시는 발아되지 않는다. 그런 점에서 시쓰기의 원천은 참마음이다.

윤효의 시집『참말』은 이 참마음에 토대를 두고 창조되며 사람들을 그곳으로 이끈다. 따라서 그의 시 전체를 읽고 나면 우리들의 마음은 한결 부드러워지고, 넓어지고, 따스해지고, 맑아지고, 환해지며, 평등해진다. 그러면서 인간과 세계에 대한 이전보다 높은 애정과 신뢰감을 맛보게 된다. 그리고 '궁핍한' 삶의 저변에도 온전한 신성이 내재해 있음을 보게 된다.

윤효는 작품「생업」에서 사람들이 저마다 최선을 다하는 생업 현장의 놀라운 평등성의 세계를,「팜프 파탈」에서 장미가 지닌 아름다움의 극단적 황홀함을,「성(聖) 걸레」에서 성자가 된 걸레의 숨은 신비를,「시인」에서 자신의 목소리가 지닌 원음을 회복하려는 시인(매미의) 간절함을,「남행」에서 자연과의 화음 속에서 살아가는 복효근 시인에 대한 무한한 애정을,「고마운 일」에서 타인을 배려하는 야간도로 포장공사장의 자발적 고난에 대한 찬탄을,「애수」에서 까마귀의 슬픔과 한마음이 되어 살고 있는 버즘나무의 아름다운 연민심을,「이월」에서 산수유 열매와 한몸이 되어 내리는 하얀 눈발의 포용적인 사랑을,「꽃」에서 비둘기와 동행하며 그의 상처를 함께 품는 시인의 가슴을,「평전」에서 증조할머니가 만든 환한 삶의 빛을,「은총」에서 사람이 사는 일에 대한 무한의 측은지심을,「오래된 슬픔」에서 마음속에 각인된 할아버지에의 무의식적 사랑을,「사무침이 뭔지도 모르고」에서 어머니의 남편에 대한 속 깊은 사무침의 감정을,「어머니의 걸음마」에서 아픈 노모의 보호자가 된 아들의 마음을,「완생(完生)」에서 어머니의 죽음을 완생으로 읽는 시인의 차원 높은 해석을,「낯선 어둠」에서 어머니의 죽음을 문득 잊거나 생각해내곤

제2부 '호모 스피리투스'의 상상력과 무유정법의 길

소스라치듯 놀라는 이별 후의 잔상을 전하고 있다.

방금 열거한 것은 이번 시집 『참말』의 앞부분부터 거의 순서대로 작품을 읽어가며 찾아낸 것들이다. 이런 마음결은 그의 시집의 끝부분까지 계속하여 이어진다. 이처럼 시집의 처음부터 끝까지 거의 모든 작품을 통하여 계속되는 참마음의 자리를 만나다 보면 독자인 우리들은 반복이 누적됨으로써 만들어내는 깊이와 무게를, 그리고 그 누적의 어느 임계 지점에서 발생하는 질적 도약을 경험하게 된다. 마치 아름다운 꽃밭이나 꽃길을 한없이 느긋하게 오랜 시간 꽃과 더불어 거닌 자처럼 탁한 마음이 물러나고 청정한 마음이 생기하는 것을 느끼게 되는 것이다.

우리들의 마음은 잠시라도 돌보지 않으면 금세 얼룩덜룩해진다. 시를 쓰는 일도, 시집을 읽는 일도 이런 마음을 돌보는 일에 다름 아니다. 또한 우리들의 마음은 잠시라도 돌보지 않으면 어느새 길을 잃고 만다. 조금 늦거나 방황하며 길을 간다 하여도 그 목표 지점이 분명하고 바르면 그런 늦음이나 방황은 크게 문제가 되지 않는다. 그러나 그렇지 않은 경우의 혼란스러움은 매우 심각하다. 선한 본성을 지향하고 작동시키며 시를 쓰고, 시를 읽는 일, 그것은 우리의 마음이 가야 할 목적지를 거듭 확인시켜주는 일이다. 망각과 딴생각에 집 나간 줄을 모르고 아무 데서나 떠도는 우리 마음을 제자리로 돌려놓는 데 이보다 더 좋은 방법도 달리 찾아보기 어렵다.

윤효의 시는 그런 점에서 참마음이 쓰는 시이며 참마음으로 이끄는 시이다. 언어가 시를 쓴다는 말보다, 재주가 시를 쓴다는 말보다, 마음이 시를 쓴다는 명제를 선뜻 내놓아도 좋은 그런 경우이다.

그러니 그의 마음공부가 깊어질수록 그의 시는 발전할 것이다. 마음공부란 가식을 허락하지 않으니 그의 시는 마음공부가 된 만큼 앞으로 더 큰 빛과 감동을 선사해줄 것이다. 우리는 그것을 기대하고 있다.

삼업을 닦으며, 삼보를 꿈꾸며

3. 참말을 위하여

윤효만큼 언어 일반은 물론 시어에 대한 자의식이 강한 시인도 드물다. 그는 '채송화 씨앗'(그가 공들여 운영하는 동인지가 '작은 詩앗·채송화'이다)처럼 과장과 어설픔을 경계하는 작고 까만 언어의 씨앗에 도달하고자 하며, 그 씨앗이 피워낼 꽃들의 만개를 꿈꾸고 있다.

그러므로 그의 시는 언어를 아낀다. 그 아낌은 결여가 아니라 '자발적 가난'이다. 이런 점을 그는 이번 시집에서도 유감없이 보여주고 있는데, 시집 속의 작품 전체가 갖고 있는 특징도 그러하지만 특별히 '시를 위하여' 연작은 그의 이런 언어관을 가장 뚜렷하게 드러낸다.

윤효는 만약 자신이 시론집을 낸다면 그 제목은 '언어경제학서설'이 될 것이라고 이미 시를 쓰기 시작하던 스무 살 무렵에 정한 바 있음을 그의 작품 「시를 위하여 4」에서 고백하고 있다. 시의 언어는 경제성을 지녀야 한다는 것, 그것이 그가 시를 쓰며 언어에 대해 갖게 된 생각의 핵심적인 내용이다.

여기서 잠시 언어 문제에 대해 사유해보기로 한다. 사실 언어란 욕망의 산물이다. 욕망이 없다면 언어가 필요하지 않다. 그런 점에서 언어란 나와 너 혹은 주관과 객관의 분리가 만들어낸 인공적 도구이다. 언어가 없다면 이 세상은 얼마나 '고요'할까? 아니 이 세상의 인간들이 진정 '고요' 속에서 살아간다면 어찌 언어가 필요하겠는가? 언어가 고요를 깨고 소란한 마음이 언어를 낳는다.

이런 언어를 시는 도구로 삼는다. 언어가 없다면 어떻게 시가 가능할 수 있겠는가. 그런데 흥미로운 것은 시쓰기야말로 언어를 통하여 언어를 넘어서고자 하는 행위요, 언어를 통하여 고요에 도달하고자 하는 특수한 활동이라는 것이다. 이런 긴장된 길 위에 시인들이 있다. 그리고 무엇보다 윤효의 언어와 시에 대한 자의식이 놓여 있다.

우리가 내놓는 공해 물품 가운데 으뜸가는 것을 들라면 아마도 그것은 말일 것이다. 그만큼 인간들의 말은 '참말'이기가 쉽지 않고 그 말들은 실상으로부터 벗어나 있기가 일쑤이다. 그러니 삶도, 시도 이 언어와의 싸움이다. '참말'을 구사할 능력이 갖추어진 자, 그가 삶의 길과 시의 길에서 성공인이 되는 것이다.

그러면 이제 윤효의 언어관을 압축하고 있는 '시를 위하여' 연작을 살펴보기로 하자.

　① 접시 위에
　　　등뼈와
　　　가시만
　　　추려내시던

　　　잇몸으로도
　　　등뼈와
　　　가시만
　　　용케도 발라내시던

　　　어머니같이

—「시를 위하여 8」 전문

　② 낮에 쓴
　　　시는
　　　달빛에
　　　헹구고

　　　밤에 쓴
　　　시는

햇빛에

말리고

— 「시를 위하여 7」 전문

　인용한 두 작품 모두 매우 인상적이다. 언어의 경제성에서도 그러하거니와 그 언어를 통하여 드러내는 시관과 시어관이 모두 예사롭지 않다. 먼저 인용시 ①에서 시인은 생선에서 등뼈와 가시만 용케도 발라내시던 어머니의 식사 장면을 회상하며 진정한 시어의 고수와 드높은 시의 창조자가 어떤 존재인지를 밝히고 있다. 꼭 필요한 것만 남기고, 꼭 필요한 것은 다치지 않게 그 자리에 둘 줄 아는 자, 그런 자가 삶의 지극한 경지에 이른 자요, 시의 드높은 세계를 창조하는 자라는 것이다.

　인용시 ② 또한 많은 생각을 가능케 한다. 낮과 밤, 햇빛과 달빛의 대비 구조도 그러하거니와, 시와 언어를 달빛에 헹구고 햇빛에 말려야 한다는 그의 시관이자 시작관이 주목을 끈다. 헹군다는 것은 무엇인가. 그것도 달빛에 헹군다는 것은 무엇인가. 다들 짐작하시겠지만 이것은 맑음의 극단과 깊이를 꿈꾸는 세례 행위이다. 또한 말린다는 것은 무엇인가. 그것도 햇빛에 말린다는 것은 무엇을 뜻하는가. 이 역시 짐작하시겠지만 그것은 가을 열매가 가리키는 바와 같은 밀도와 밝음의 극단을 꿈꾸는 중생(重生)의 의식이다. 이렇게 헹구고 말린 언어는 본질 그 자체가 된다. 더할 것도 뺄 것도 없는 본질 그 자체, 어떤 경계나 인위도 만들지 않는 자연 그 자체가 되는 것이다. 이쯤 되면 언어는 욕망의 산물이 아니라 참마음의 나툼(revelation)이 된다.

　윤효에게 앞의 인용시를 통해 살펴본 바와 같은 그런 언어는 '참말'이다. 그의 시집 제목이 '참말'인 것도 이런 점과 관계가 있으며 그가 「참말」이라는 시를 쓴 것도 또한 이와 관계가 있다. '참말'은 그에게 있어서 시이며, 시를 쓴다는 것은 이 '참말'을 향해 가는 여정이다.

9년에 걸쳐
히말라야 14좌에 오른 산악인이
대답하였다.

열네 번 모두
더 이상 오르지 않아도 된다는 안도와
내려갈 걱정뿐이었다고.

참말은 참 싱겁다.

　　　　　　　　　　　　　　　—「참말—박영석 대장」 전문

　위 시의 핵심은 "참말은 참 싱겁다"는 마지막 연의 한 문장 속에 들어 있다. 본심이 들려주는 말, 본심에서 나온 말, 본심과 하나가 된 말은 아무런 색(色)과 상(相)이 그곳에 작용하지 않은 원음(圓音)과 같다. 그것은 염색되지 않은 진심의 말이며, 오염되지 않은 순수의 말이고, 꾸미지 않은 자연과 질박의 언어이다. 그런 말은 맹물처럼 싱겁다. 무미의 맛이라고 할 수 있을 것이다. 이쯤 되면 언어는 주객 이분법의 산물이 아니라 주객 일심의 산물이다. 그저 바람소리나 새소리처럼 '하지 않는 가운데 하는' 무위이화(無爲而化)의 언어가 된다.

　윤효의 모든 시가 이런 경지를 구현하고 있는 것은 아니다. 그러나 그의 '참말'에 대한 자의식은 여기까지 발전해왔고 그는 언어가 가야 할 길을 알고 있는 것이다.

4. 참삶을 위하여

　참마음도, 참말도 실은 참삶을 위한 길이다. 그런 점에서 참삶은 종합예술 작품 같다. 이 화엄적 전일성(全一性)을 근저로 삼고 있는 참삶의 세계를 이 땅에서 실현한다는 것은 정말로 어려운 일이다. 우리는 이런 삶을 살고 있거나 살다 간 드문 사람들에게 성인, 현인, 지인(至人), 진인 등과 같은 변별된 이름을 선사한다.

윤효의 시집 『참말』 속에는 이런 참삶을 살다 간 사람들에 대한 찬탄과 그에 대한 경외감이 가득하다. 그러나 이것은 대상에 대한 단순한 찬탄과 경외가 아니라 그 자신 또한 참삶을 살고 싶다는 깊은 소망을 반영한 것이라 생각된다.

사실 윤효가 아니더라도 인간은 누구나 그 깊은 무명의 두께를 열고 존재의 심층을 들여다보면 이 참삶에의 동경이 거기서 아침빛처럼 움트고 있음을 알 수 있다. 우리는 누구나 잘 살고 싶고, 더 잘 살고 싶고, 더 더욱 잘 살고 싶은 것이다. 여기서 잘 산다는 것은 말할 나위도 없이 '참삶'의 이음동의어이다.

윤효가 그의 시집 『참말』에서 찬탄과 경외심을 보인 참삶의 주인공들은 교황 프란치스코, 법정스님, 오산학교의 인물들, 조병화 시인과 그의 어머니, 시인(윤효) 자신의 어머니, 화가 이중섭, 산악인 박영석 대장, 노용덕 선생님, 교사에서 선생님이 된 분들, 서울대공원의 자이언트 코끼리, 그리고 꽃과 나무 같은 수많은 자연물들이다. 그는 이들을 통하여 학생처럼 참삶에 대해 공부한다. 그리고 교사처럼 참삶이 어떤 것인지를 알려준다. 그런 그의 공부와 가르침 사이에서 독자들 또한 참삶에 대해 눈뜨게 된다. 이런 그의 시적 특성은 그의 시 전반에 신성성을 덧입히는 중요한 요인이다.

윤효는 교황 프란치스코의 참삶을 다룬 작품 「교황 프란치스코 1세」에서 그의 겸손과 청빈, 검소함과 연민심을 참삶의 항목으로 강조하였고, 법정스님의 참삶을 다룬 작품 「화중생련(火中生蓮)」에서는 죽음이 '연꽃'으로 화생할 수 있는 존재의 놀라운 승화에 대하여 역설하였다. 또한 그는 오산학교 창립 100주년 기념일에 부친 「뜬눈」이란 시에서 설립자 남강 이승훈의 깨어 있는 정신과 그 정신을 이어받은 각자(覺者)들의 계보를 제시하였으며, 작품 「난실리에 가면」을 통하여 조병화 시인의 어머니와 조병화 시인이 합작하듯 만들어낸 참삶의 감동을 보여주었다. 그뿐 아니다. 윤효는 그의 어머니를 소재로 다룬 '어머니' 시편들을 통하여 고단함 속에서도 구십이란 나이로 삶을 마감한 그의 어머니의 생애를 '완생(完生)'이라 해석하며 찬탄하였고, 작품 「명작」을 통하여 김재율 선생의 말을 받아 적는 방식으로 화가 이중섭이 짧은 생애 속에서도 놀라운 정신력과 창작력을 보여준 것에 대해 찬탄하였다.

참삶은 어디서나 감동적이다. 사람들을 깨어나게 하고, 그들을 고양시킨다. 이렇게 살면 되겠다는 길잡이가 되어주고, 이렇게 살고 싶다는 목적지가 되어준다.

윤효는 앞에서 예로 든 것 이외에도 많은 작품들에서 참삶의 모습을 그려보이고 있다. 참삶의 현장은 그의 시심을 불러일으켰고, 그의 시심은 참삶의 현장을 민감하게 찾아내었던 것이다. 조금만 더 실례를 들면 윤효는 「참말」이란 작품에서 산악인 박영석 대장의 최선을 다한 삶과 정신적 성장을, 「노용덕(魯容德) 선생님」에서 삼라만상을 신성과 연기(緣起)의 무게로 섬길 줄 아는 노용덕 선생님의 진실과 지혜를, 「화살표의 힘」에서 교사에서 평교사를 거쳐 다시 막교사가 된 후 마침내 정년을 맞이하고 선생님이라는 가장 아름다운 이름으로 불리는 참다운 스승의 길을, 「어느 부음」에선 동물원에서 수행하듯 살다간 58세의 자이언트 코끼리의 생애를 찬탄하고 있다.

참삶에 대해선 대강 이 정도 언급하는 것으로 그치고자 한다. 그러면서 윤효가 자연과 우주에서 읽어낸 참삶의 표정 또한 인간들의 그것 못지않게 인상적이고 감동적이라는 점만 이야기하고자 한다.

모든 존재는 참삶을 삶으로써 삼업을 삼보로 바꿀 수 있다. 그리고 참삶을 볼 줄 알고 찾아낼 줄 앎으로써 소아적(小我的)인 삶과 카르마의 삶을 수행자의 삶으로 전변시킬 수 있다. 삶의 궁극은 지혜의 완성에 있다. 불교식으로 말한다면 전식득지(轉識得智)에 있고, 기독교식으로 말한다면 하나님의 자녀로 거듭나는 데 있다. 그리고 노장(老莊)식으로 말한다면 무위진인(無爲眞人)이 되는 데 있고, 유가식으로 말한다면 성현(聖賢)이 되는 데 있다.

윤효의 시집 『참말』은 이런 세계를 그리워하고 있다. 그리고 그런 세계를 향하여 발걸음을 옮기고 있다. 한없이 궁핍한 영혼들이 부박한 삶을 소란스럽게 살아가는 이 시대에 윤효가 보여주는 탈속적인 마음의 결은 우리로 하여금 진정 '마음이 가난한 자'의 품격과 풍류와 기쁨이 어떤 것인지를 깊이 생각해보도록 만든다.

'호모 사피엔스 사피엔스'의 난처한 과제와 주체 형성의 길고 과격한 길

— 김종해론

1. 지구별에 인간이란 종으로 태어난다는 것

김종해 시인을 생각하면서 제일 먼저 떠오르는 것은 지구라는 행성에 인간이란 종으로 태어난다는 것이 무엇인가 하는 본질적인 의문이자 질문이다.

인간종은 생물학적으로 두 남녀의 몸을 빌려서 지구별에 오거니와 그 최초의 모습은 아무것도 할 수 없는, 무력하기 그지없는 '알몸' 상태 그 자체이다. 신생아는 말을 할 수도, 일어설 수도, 먹을 것을 마련할 수도 없는, 그야말로 우는 일 이외에 아무것도 할 수 없는, 생존 영역에서 극단적으로 '무력한' 실존일 뿐이다. 이런 무력한 실존으로서의 인간종에게, 생물학적 차원의 두 남녀이면서 사회적으로는 부모가 된 두 사람은 '절대적' 의지처이자 구원처이고 그 정도에 비례하여 애증의 양면 감정을 갖게 하는 권력자가 된다.

정신분석학자들의 설명을 듣지 않아도 인간종의 삶은 본질적으로 이 권력자와의 관계 속에서 이루어지고 이런 관계의 변이와 변주 양태는 죽는 순간까지 계속된다. 요컨대 인간종은 누구나 생물학적이며 사회학적인 부모와 그 환유물들을 찾아 걸어가는 길고 과격한 여정을 살고 있는 것이다. 그 여정 속에서 우리는 실존의 한계를 극복하며 생물학적이고 사회적인 주체로 자신을 성장시켜 나아감으로써 권력자의 역할을 감소시키지만, 그렇더라도 완전한 독존의 자립은 불가능에 가까운 영역이라서 권력자에 대한 그리움은 사라지지 않는다. 만약 누군가가 그의 생애에서 권력자의 필요성을 느끼지 않는 단계까지 나아갔다면 그를 가리켜 우리는 '주체의 형성'을 넘어서 '주체의 완성'에까지 도달했다고 말할 수 있다.

김종해 시인에게 생물학적 차원의 권력을 지닌 자이면서 부모라는 사회적 이름을 지닌 이들은 '생존'에 너무나도 허약한 의지처였다. 그는 일찍이 상심하였고, 두려웠고, 불안하였고, 분노하였으며, 자탄하였다. 이것이 그의 시 전체를 지배하며 등장하고 있는 어머니와 아버지, 아니 아버지와 어머니의 현실적인 모습이며 그것은 그의 시정신을 이끌어가는 원천이자 장애가 되었다.

일반론적으로 말하자면 이 지구별에 인간종으로 태어나 권력자의 환유인 '남녀' 혹은 '부모'의 문제를 온전히 해결하고 이승을 떠나는 사람은 많지 않다. 그러면서 또한 인간종은 스스로 또 다른 인간종을 낳아 권력자의 자리에 올라서면서 해결될 수 없는 문제를 상속시키는 모순의 생을 산다. 그러나 삶은 이런 모순과 충동 속에서 연속되고 영속된다. 그러니까 어찌 보면 인간사에서의 연속과 영속의 원천은 모순과 충동인 것이다.

김종해 시인은 그의 주체 형성 과정과 주체 완성의 과정 속에서 정말로 길고 긴 시간 동안 이 권력자인 '남녀' 혹은 '부모'의 문제를 앞에 두고서 생명 에너지를 키우고 발산해왔다. 냉정한 진화론자인 찰스 다윈식으로 바꾸어 말한다면 그의 삶의 원천적 상황은 자연선택과 성선택에 있어 불리한 자리에 떨어지고 말았다는 것이었고 그에게는 이 불리함을 극복하고 해결하는 것이야말로 시와 삶의 과제였던 것이다.

김종해 시인은 이런 생존 환경의 제일 책임자인 남자이자 아버지를 향하여 누구보다 복잡하고 아픈 심사를 내보인다. 김종해 시인에게 아버지는 수많은 심리적 굴곡의 과정을 거친 후 마침내 '그 사내'로 객관화되기에 이르고

제2부 '호모 스피리투스'의 상상력과 무유정법의 길

그것은 하나의 전기가 되어 부성 부재와 부성 부정을 부성 긍정으로 이끄는 단초를 마련해주고 있다.

이런 부성 부재와 부성 부정이 심화될수록 권력의 대리자로 최전선에 나선 어머니에 대한 그의 애착은 복잡하게 강화된다. 김종해 시인에게 어머니는 한 여인이자 가모장으로서 남자이자 아버지가 담당해야 할 몫까지 감당하며 시인의 주체 형성을 난처하게 할 만큼 크나큰 생의 과제가 된다. 그야말로 이 여인이자 어머니의 문제를 어떻게 승화시킬 것인가 하는 점이 김종해 시인의 인간적, 시적 주체 형성의 지배소였던 것이다.

김종해 시인은 아우인 김종철 시인과 더불어 시집『어머니, 우리 어머니』(2005)를 출간하면서 이 문제의 무게로부터 상당히 자유로워지기 시작한다. 그는 비로소 일차적인 주체 형성의 다음 단계로 진입할 수 있게 된 것이다. 여기서 그는 자신을 지구별에 인간종으로 보내준 '남녀' 혹은 사회적 관계자로 맺어진 '부모'의 문제와 관련된 그간의 긴 과업을 성취하고 개인으로서의 자유를 얻기 시작한 것이다.

자유! 자유인! 그러니까 김종해 시인이 개인적 자유와 자유인의 내면세계를 갖게 되는 데까지는 어림잡아 생물학적 탄생(1941년) 후 65년, 시인으로서의 등단(1963년) 이후 40여 년이 걸렸던 것이다.

2. 지구라는 행성에서 시인이 되어 산다는 것

시인이란 무엇인가? 그것은 사회적 이름이다. 생물학적 조건을 넘어서거나 승화시킬 수 있는 사회적 장치로서의 명명이다. 그러나 원래 이 사회적 이름이라는 것만큼 허약한 것도 달리 없다. 어떤 사회적 명명도 생물학적인 생로병사와 그 이면의 충동을 온전히 해결하기는 어렵기 때문이다. 하지만 이 사회적 명명을 통하여 인간들은 비로소 '인간'으로서의 삶을 살아가기 시작하고 '주체' 형성과 그 완성의 길을 모색해 나아갈 수 있다.

'시인'은 이런 일을 하기에 꽤 괜찮은 사회적 이름이다. 김종해 시인이 일찍이 23세에『자유문학』으로 등단한 일, 이후 다시 25세에『경향신문』신춘문예로 등단한 일은 그의 탄생과 더불어 시작된 아픔과 고됨, 주체 형성의 미로를 벗어나 새 단계의 삶을 펼쳐 나아가게 한 '새 길'이자 '은총의 길'이었던 것이다.

시인이 된 그는 누구보다 치열하고 간절한 언어로 그의 운명적(?) 삶을 승화시켜 나아가기 시작한다. 사회적 명명으로서의 시인이란 이름은 적어도 이 지구별의 근현대사 속에서 인간종이 자신의 문제를 승화시켜 나아가기에 아주 훌륭한 도구가 되어준다. 시인에게 부여된 사회적 지위는 물론 그에게 주어진 자유의 언어와 자유혼은 다른 경우와 비교할 때 생의 과제를 해결하고 과업을 성취하기에 상대적으로 좋은 환경이 되는 것이다.

앞질러 말하자면 김종해 시인은 이런 환경 속에서 '주체 되기'에 성공하였다. 그는 그의 오랜 과제였던 '남녀'와 '부모'의 문제를 해결하고 스스로 우뚝 서서 견고한 성인으로서의 주체가 되었으며, 가족사를 넘어서 사회사와 시대사를 품고 해결해 나아가는 보다 큰 주체로서 창조적 담론의 리더가 되었고, 인간종 일반의 생은 물론 지구라는 행성 속에서의 '지상의 삶'의 문제 전반을 숙고하며 넘어서는 또 다른 차원의 우주적 주체가 되었던 것이다.

김종해 시인에게『賤奴, 일어서다』(1982),『항해일지』(1984),『바람부는 날은 지하철을 타고』(1990),『별똥별』(1994) 등은 생물학적 삶과 사회적 삶, 가족사적 삶과 시대사적 삶을 교차시키며 그 자신을 보다 보편적이고 대사회적인 시인으로 확장시켜 나아간 중요한 시집들이다. 그리고 이어서 출간된『풀』(2001)은 인간사와 시대사 이전과 이후의 영역에 존재하는 자연과 자연사의 가치와 묘용을 발견하고 이 지상에서의 삶이 이루어지는 동안 가장 가치 있는 일은 '사랑'이라고 규정하는 비약적 전환의 자세를 선언한 문제적 시집이다. 이 시집에서 김종해 시인은 생의 이전 단계를 발효시키고 통과하면서 인간으로서 또 시인으로서 새 차원을 열기 시작한다.

이후 김종해 시인의 시는 이 새 차원을 토대로 삼아 질적 도약을 먼 데까지 감행한다. 그는 『봄꿈을 꾸며』(2010), 『눈송이는 나의 각을 지운다』(2013), 『모두 허공이야』(2016) 등과 같은 시집을 출간하면서 '봄꿈과 같고' '둥글며' '허허로운' 자신을 만들어 온전한 주체 형성의 높은 단계에 도달하고 있는 것이다.

이쯤에 이르러서 김종해 시인은 그가 지구라는 행성에 탄생하면서부터 형성되었던 '내면의 상처받은 아이'를 상당 부분 치유하고 당당한 사회적 주체를 형성함은 물론 대모적(大母的) 대부(代父), 혹은 대부적(大父的) 대모(代母)라고 불릴 수 있을 만큼 너그럽고 돈독하며, 널리 베푸는 가운데 '봄꿈'을 전파하는, 지상의 삶을 이해하면서도 그것을 넘어서는, 새 차원의 포월적 주체가 되어 스스로를 거듭나게 하고 있는 것이다.

그는 참으로 길고 과격하며 먼 지상의 길을 충실하게 걸어온 끝에 지상 너머까지 볼 수 있는 큰 마음과 안목을 지니게 된 것이고, 시집 『봄꿈을 꾸며』와 그 이후의 시선집 『그대 앞에 봄이 있다』(2017)에서 보듯, 봄이 오기 이전의 2월을 가장 사랑한다고, 고통을 포함한 일체를 긍정하는 큰 긍정의 말을 내놓을 수 있게 된 것이다. 2월을 가장 사랑하는 달로 삼게 되기까지 그가 인생과 자연과 우주 속에서 경험한 내용은 독자들이 보기에도 함께 '힘들다'는 느낌을 갖게 하는 것이었고, 그 이치를 음미하며 승화시켜 나아간 그의 여정은 또한 독자들이 보기에도 감동적인 것이었다.

이 지상의 삶에서 예외인 자가 어디 있겠는가마는 김종해 시인이 걸어온 생의 시간도 참으로 길고 아픈 것이었다. 그러나 그는 이 길고 아픈 시간 속에서 대모적 대부, 아니 대부적 대모가 되는 대사(大事)를 이룩하였고 그는 한 인간이자 시인으로서 '성공적'이라고 이야기될 만한 삶의 길을 모범적으로 보여주었다고 할 수 있다.

서향(書香)과 문향(文香),
시향(詩香)과 예향(藝香)의 여정
— 은사 김용직 선생님을 추모하며

1. 인문대학 3층의 남향 연구실

인문대학 3층의 남향에 자리 잡고 있는 선생님의 연구실은 언제나 맑고 밝았다. 남향이 주는 양명한 기운이 은혜처럼 하루 종일 비추는 곳이었다.

창가에 있던 몇 분의 난분, 그리고 꽃대를 힘차게 밀어 올리는 꽤 큰 군자란 화분과 오랜만에 꽃을 피우던 석류 화분은 사방이 책으로 둘러싸인 서가와 더불어 선생님의 연구실을 무척이나 고상하고 평화롭게 만들었다.

선생님의 연구실은 내 인생에서도 참으로 소중한 공간이다. 그야말로 '장소성'이 살아 있는 정신적이며 생명적인 공간이다.

1981년 5월, 나는 선생님께 지도를 받는 대학원 석사과정 학생으로서 선생님의 연구실에 들어가 공부할 수 있는 행운을 얻게 되었다. 지금 강원대학교 국문과의 명예교수이신 김용구 선생님과 나중에 동양공전에서 시를 가르치신 이재오 선생님의 뒤를 이어 나는 선생님의 연구실에서 공부할 수 있는 세 번째 학생의 행운을 얻게 되었던 것이다.

선생님의 연구실에서 내가 머문 것은 2년 반 정도이다. 나는 선생님의 슬하에서 공부를 하며 참으로 많은 것을 배웠다. 무엇보다 학자로서 학문 탐구에 온전하게 헌신하고 일념으로 집중하는 정진력을 배우게 되었다. 선생님은 단 하루의 예외도 없이 스쿨버스를 타고 아침 8시 50분이면 학교에 시계처럼 정확히 도착하셨다. 그리고 오전 내내 원고를 쓰시다 낮 12시가 되면 달팽이처럼 코일이 둥글게 감긴 작고 동그란 전기 곤로에 도시락을 데워서 혼자 점심을 잡수셨다. 그러고 나선 잠시 교수휴게실에 들러서 휴식을 취하시다가 다시 돌아오시면, 또다시 연구를 하시거나 원고를 쓰셨다. 그런 선생님의 퇴근 시간은 또한 출근 시간만큼이나 정확하였다. 선생님은 5시 50분이 되면 스쿨버스를 타러 연구실 문을 나서셨고, 선생님의 퇴근은 언제나 정확한 시계처럼 동일하였다.

오전 8시 50분 출근, 원고 집필, 낮 12시의 도시락 식사, 교수 휴게실 방문, 원고 집필과 연구, 오후 5시 50분의 퇴근, 이것의 반복이 선생님의 삶의 전부였다.

1981년 무렵, 선생님은 「한국근대시사」를 월간 『한국문학』지에 연재하고 계셨다. 선생님의 역작이자 최고작이 『한국근대시사』와 『한국현대시사』라면, 선생님의 시사 집필은 이때부터 본격화되기 시작하였던 것이다. 나는 선생님의 원고 심부름을 많이 하였다. 지금처럼 이메일이나 통신수단이 발달돼 있던 때가 아니어서 선생님의 원고와 교정지를 가지고 잡지사에 적잖게 드나들었다. 그러는 동안 나는 잡지사의 풍경도 조금씩 엿보게 되었고, 선생님의 역작이 출산되는 현장을 지켜보는 감동을 공유하기도 하였다. 이런 일들은 정말로 나에게 너무나 큰 공부의 기초를 쌓고 학문적 깨침의 시간을 갖게한 것들이었다. 선생님의 연구실에서 공부하는 행운을 얻지 못하였다면 가능할 수 없었던 일들이었다.

선생님께서 시사를 쓰시던 무렵의 연세가 50세쯤이다. 까마득하게 멀고 높은 선생님이 항상 저쪽에 계시었다. 나는 선생님의 모습이 너무나 어렵고 존경스러워서 선생님의 내면과 삶의 표정을 짐작할 수가 없었다. 오직 선생님이 계셔서 든든하였고, 선생님의 모습을 가까이서 배워가며 나도 저렇게 훌륭한 학자가 되고 싶다는 소망을 열심히 마음속에 새기고 있을 뿐이었다. 그런 먼 나라 같은 선생님의 세계는 아직도 나의 마음속에 여전히 신화처럼 존재한다.

2. 바둑과 서화(書畵)에 대한 열정

오직 학문에 대한 일념 속에서 사시는 선생님이었지만 선생님은 그 무렵 두 가지 취미에 빠져 계셨다. 하나는 바둑을 두는 일이고, 다른 하나는 서화를 연마하는 일이었다. 선생님의 이 두 가지에 대한 열정은 대단했던 것으로 생각된다. 그리고 나는 이를 취미라고 표현하였지만 실로 선생님께 이것은 취미를 넘어선 어떤 정신세계의 향상을 도모하는 일이었다고 생각된다.

한 번은 이런 일도 있었다. 퇴근 무렵이 되었는데도 선생님께서 연구실로 돌아오시지를 않는 것이었다. 책상 위의 책도 그대로 펼쳐져 있고, 가방도 그대로 있으며, 선생님의 바바리 코트며 모자도 그대로 두고 선생님은 나타나시지를 않는 것이었다. 나는 궁금하기도 하고 의아스럽기도 하고 걱정도 좀 되는 마음으로 선생님이 오실 때를 기다리며 공부를 하고 있었다. 그런데 시간이 자꾸 지나도 선생님은 오시지 않는 것이었다. 그러던 중 거의 9시가 다 넘은 것 같은 어느 무렵에, 선생님은 옆 연구실에 계시는 고영근 선생님과 함께 상기된 모습으로 연구실로 들이닥치시는 것이었다. 나는 어리둥절하며, 또 안심하며 두 분 선생님의 모습을 못 본 체하고 책을 들여다보는 시늉을 하고 있었다. 그런데 이게 웬일인가. 두 분 선생님께서는 바둑을 더 두고 가야 하는가의 여부 문제로 옥신각신하셨다. 나는 웃음이 나왔다. 마치 승부욕에 빠진 어린 학동들처럼 두 분은 마침내 합의를 하셨는지 바둑돌을 옮기며 시

　　　　　　　　제2부 '호모 스피리투스'의 상상력과 무유정법의 길

간 가는 줄을 모르고 계셨다. 나는 두 분의 바둑이 일찍 끝날 것 같지 않아 가방을 정리해가지고 먼저 연구실 문을 나와 스쿨버스를 타고 귀가하였다. 그날 두 분 선생님께서 몇 시까지 바둑을 두시다 가셨는지 나는 지금도 알 수가 없다. 아마도 꽤 오랜 시간까지 바둑을 두고 가셨을 것이고 사모님께서도 많이 기다리고 계셨을 것이다.

또한 선생님은 서화에 전념하셔서 1990년대 후반기쯤, 마침내 명동의 한 갤러리에서 전시회를 갖기에 이르는 경지에 도달하셨다. 나는 그때 전시회를 관람하면서, 선생님의 선비적이며 예술적인 교양 앞에서 무척이나 큰 감동과 충격을 받았다. 얼핏 보면 건조하고 단순한 것 같은 선생님의 내면에 저런 예술적이며 정신적인 세계가 살아 꿈틀대고 있다는 것을 본 데서 오는 감동이자 놀라움이었던 것이다. 자식은 부모를, 젊은이는 어른을, 제자는 스승을 참으로 모르면서 살아간다고 하더니, 나는 선생님의 경지를 너무도 모르고 살았던 것이다. 그런데 그것은 지금도 마찬가지이다. 지난해 가을까지 끊임없이 저술 활동을 하시며 향상일로의 길을 중단 없이 걸어가신 선생님의 경지를 나는 제대로 알 수가 없다.

1982년, 선생님은 일본의 동경대학교 비교문학 연구실로 연구를 하러 떠나셨다. 나는 종종 연구실 근황이며 나의 근황을 담아 선생님께 편지를 보내곤 하였다. 그 당시만 하더라도 외국은 이국의 정서를 불러일으키는 공간이라서 늘 보던 선생님이었지만 편지라는 형식으로 소식을 주고받는 일은 특별한 느낌을 불러일으키는 일이었다.

대부분의 학생들이 그러하듯이 나도 선생님께 편지를 보낼 때는 내가 아주 열심히 공부하고 있는 모습을 보여드리고 싶었다. 그래서 하루 일과를 실제보다 조금 과장해서 소식을 전하고 싶은 유혹 속에서 글을 쓰곤 하였다. 마치 이른 아침부터 밤늦게까지 공부만 하는 학생처럼, 그렇게 공부에 대한 애착심을 가진 나의 모습을 보여드리고자 하였던 것이다.

그런 어느 날이었다. 선생님께서 긴 답장을 보내오셨다. 나는 황송함과 설렘 속에서 선생님의 편지를 읽어내려가다가 그만 한 구절 앞에서 한참을 머무르며 전율 같은 충격 속에서 성찰의 시간을 가져야 했다. 선생님께서는 나의 속마음을 알아채셨는지 공부란 평생을 하는 것이니 너무 그렇게 서두르지 말고 찬찬히 해 나아가라는 취지의 말씀을 전해주셨다. 나는 '평생'이라는 말 앞에서 그만 헐떡이던 숨을 고르며 나의 학문에 대한 조급증과 단견을 재조정할 수 있게 되었던 것이다. 선생님께서 말씀하신 '평생'이라는 '길고 숭고한 시간'을 학문의 분모로 삼으니 학문탐구에 대한 마음가짐이 정말로 다른 경지에서 구축될 수 있었다.

선생님은 일본에서의 연구를 마치고 연구실로 다시 돌아오셨고 나는 석사과정을 마치고 그 다음 단계를 준비하고 있었다.

3. 짧은 말씀, 속 깊은 제자 사랑

선생님은 무슨 일을 시키실 때든, 전화를 하실 때든, 또한 어느 장소에서 뵐 때든, 서너 마디 안에 하실 말씀을 다 담으셨다. 그래서 어느 때는 선생님의 말씀을 잘못 알아들었을까 봐 걱정이 됐고, 또 어느 때는 조금 멋쩍기도 하며 서운한 느낌이 오기도 했고, 또 어느 때는 해방감이 느껴지기도 했다. 분명 선생님은 겉으로 보아선 과묵한 선비였다. 그런 선생님으로부터 나는 자상하나 표내지 않는 엄부의 느낌을 많이 받곤 했다.

정확하게 기억나지는 않지만, 언젠가부터 선생님은 내가 부족한 나의 책을 보내드리면 책을 잘 받았다며 전화를 하시곤 하였다. 나는 너무나 황송하여 몸둘 바를 모르면서도 선생님의 전화와 격려 속에서 큰 힘을 얻곤 하였다. 그러면서 책을 보내드릴 선생님이 계시다는 것과 그런 선생님께 격려의 말씀을 들을 수 있다는 것이 참으로 든든하고 행복하였다. 그러나 그런 경우에도 선생님은 짧은 몇 마디 말씀밖에 하시지 않는다. 그러곤 전화를 사모님(고전문학 학자인 이영희 선생님)께 바꿔주시면 사모님과 오히려 더 많은 대화를 하곤 하였다.

그런 어느 날이었다. 내가 대강 50대로 막 접어들 무렵이었던 것 같다. 그날따라 선생님께서는 큰 교훈의 말씀을 전하셨다. 50대에 역작을 세상에 내놓아야 하니 시간과 에너지와 주제를 집중할 때가 되었다는 것이었다. 나는 나이가 들어가는지도 모르며 이런저런 작은 일들과 글쓰기에 산만하게 살던 터였다. 마치 젊음이 계속될 것 같은 환상에서 헤어나지 못하고 막연한 미래를 기대하고 있던 때였다. 또한 50대가 어떤 때인지도 그렇게 실감이 나질 않아 모든 게 낙관적이기만 하였던 때였다.

나는 선생님의 말씀을 듣고 정신이 버쩍 들어 그날 저녁 많은 생각 속에서 서성이고 뒤척였다. 50대라는 10여 년의 기간을 어떻게 보낼 것인가에 대해 사유해야만 했다. 그렇다고 학문이 마음대로 전개되고 성취되는 것은 아니지만 50대를 보내는 일이 새로운 과제로 다가왔다.

작년 늦여름인가 초가을쯤이었다. 나는 꿈에도 생각하지 않던 시집을 두 권이나 연달아 출간하게 되는 일을 맞이하고 말았다. 학문 탐구의 한 지점에서, 그리고 불교 공부를 하던 어느 지점에서 논문이나 비평의 언어로 말할 수 없던 것들이 숨어 있다 흘러나온 것이었다. 부끄럽지만 이전 시대의 선비나 학자들이 모두 문집을 가지고 있었던 사실을 떠올리면서, 그리고 우리 시대의 학계나 평론계의 학자나 비평가들께서도 종종 시집을 출간한 일이 있던 것을 기억하면서, 나의 시집 출간을 민망한 가운데서도 편안하게 받아들이기로 하였다.

나는 선생님께 시집을 보내드렸다. 조금 있다 언급하겠지만 선생님께서 한시를 오랫동안 써오셨고 그것을 몇 권의 시집으로 출간하신 것에 이상한 동질감을 느끼며 부끄러운 마음을 접고 시집을 보내드렸던 것이다. 선생님께 서는 전화를 주셨다. 너무나 익숙한 선생님 목소리였다. 나는 예전과 마찬가지로 선생님께서 짧은 몇 마디의 말씀을 담백하게 하시고 전화를 끊으실 줄 알았다. 그런데 그게 아니었다. 선생님은 너무나 기뻐하시며 이전과 다르게 말씀을 길게 하셨다. 나는 여태껏 선생님께서 이렇게 좋아하시는 모습을 처음 보았다. 그리고 그토록 사랑스러워하시는 말씀도 처음 들었다. 전화를 끊고 나서 나는 선생님의 달라진 모습에 대해 생각하지 않을 수가 없었다. 그러나 생각 이전에, 선생님이 얼마나 좋아하시는지 나는 그만 가슴이 환한 생명감으로 가득 찼다. 그러면서 선생님께서 연세가 드셔서 달라진 것이라고 소박한 생각을 하고 말았다. 나는 이 감동을 잊을 수가 없어서 다음 날 학교에 가서 지인에게 이 말을 전하며 어제의 흥분을 이어갔다. 사제지간이 이런 것인가 하는 것을 나는 최초의 경험처럼 다시금 느꼈던 것이다.

그러나 그로부터 몇 달이 지난 다음 선생님의 별세 소식을 듣고 보니 선생님께서는 그때 이미 당신의 몸 상태를 알고 계셨던 것 같다. 당신이 떠나실 날을 가슴속에 숨기며 그토록 기쁜 마음을 제자에게 전해주셨던 것 같았다. 마치 100점 맞은 성적표를 부모 앞에 내놓은 자식에게 대하듯, 선생님은 그렇게 부족한 제자에게 한없는 기쁨의 마음을 전해주셨던 것이다.

선생님의 제자에 대한 깊은 사랑은 안동대학교 한문학과에 계시다가 작고하신 주승택 선생님의 학문 세계와 사제지간의 정에 대해 쓰신 글에서도 진하게 묻어나온다. 선생님은 당신의 책 『한국 현대시와 문화전통』에 수록된 「주승택 교수의 인간과 학문」에서 정말로 제자에 대한 학문적, 인간적 애정을 너무나도 진지하며 따뜻하게 보여주고 계신다. 나는 그 글을 읽으면서 선생님의 과묵한 엄부 같은 표정 아래의 깊고 따스한 정을 다시금 진하게 느끼며 한동안 말을 잊고 자리에 앉아 있었다.

　　　　　　　　　　　제2부 '호모 스피리투스'의 상상력과 무유정법의 길

4. 퇴임 이후에 더욱 빛난 선생님의 업적

선생님은 퇴임 이후에 서울대학교의 명예교수이자 학술원 회원이 되셨다. 이로부터 선생님의 학자로서의 새 단계의 삶이 시작된다. 선생님은 명예교수로서 서울대학에서 제공하는 명예교수실에 정기적으로 나가서 연구와 집필을 하셨고, 학술원 회원으로서 시학계의 학술적 발전을 위해 기여하셨다.

많은 분들도 생각하고 계시겠지만, 우리 문학계와 문학연구계에서 1930년 대에 출생하신 선생님들은 특별한 세대적 특징을 갖고 계신다. 퇴임 직후는 물론 80세가 넘은 연세에 이르기까지도 마치 현역처럼 끊임없이 지적 탐구를 계속하며 저술 작업과 학술 활동으로 학계를 선도하고 있다는 것이 대표적인 측면이다. 김용직 선생님은 물론 이어령, 김윤식, 김학동, 조동일, 유종호, 김우창, 이상섭, 윤홍로, 주종연 선생님 등, 여기에 일일이 열거할 수 없는 많은 선생님들이 연세를 잊고 학문의 최전선에서 활동하신다.

나는 이런 선생님들을 바라보면서 일제강점기와 6·25전쟁을 체험한 세대의 사명감과 정신적 건강성 그리고 강한 의지를 동시에 읽는다. 그분들에게 저술 작업과 학술 활동은 독립운동, 애국운동, 건국운동 등과 동일한 일이었다는 세대적 내면을 읽는 것이다. 그러면서 이런 체험과 공적 의식에서 벗어난 우리 세대의 사치스러움과 협소함을 반성한다.

선생님은 퇴임(1998년 2월) 이후 정말로 많은 업적을 세상에 내놓으셨다. 그 목록을 열거해보면 다음과 같다 : 『해방기 한국시문학사』(1999), 『벽천집(碧天集)』(1999), 『한국현대시인연구』(2000), 『안동(외내, 군자리)』(2000), 『한국 현대 경향시의 형성/전개』(2002), 『송도집(松濤集)』(2004), 『해파리의 노래(외)』(2004), 『이육사전집』(2004), 『한국문학을 위한 담론』(2006), 『김태준 평전 : 지성과 역사적 상황』(2007), 『회향시초(懷鄕詩鈔)』(2008), 『북한문학사』(2008), 『원본 한용운 시집 :『님의 침묵』 원본 및 주석본』(2008), 『한국 현대문학의 좌표』(2009),

『한국시와 시단의 형성 전개사(해방 직후 1945~1950)』(2009), 『『님의 침묵』총체적 분석 연구』(2010), 『먼 고장 이웃 나라 내가 사는 땅』(2011), 『채정집(採情集)』(2012), 『시각과 해석』(2014), 『문학사의 섶자락』(2014), 『한국 현대시와 문화전통』(2016), 『동쪽에 모국어의 땅이 있었네』(2016) 등.

놀라운 열정이며 집중이다. 평균 1년에 1권 이상의 저서를 작년 가을까지 출간하셨던 것이다. 이것은 큰 공심(公心)의 원력이 작동하지 않으면 어려운 일이다.

나는 선생님의 위와 같은 퇴임 이후의 저술 활동 가운데서 특별히 네 권의 한시집을 가장 사랑하며 남다른 깊은 감명과 더불어 만났다. 선생님께서 서화에 한 경지를 이룬 것은 앞서 말한 바와 같지만 시 창작에서도 이런 경지를 성취하셨다는 사실 앞에서 또다른 놀라움과 감동을 느끼지 않을 수 없었던 것이다. 선생님은 현대시를 전공하셨지만 시 창작은 '한시' 양식을 통한 것이었다. 그리고 직접 지으신 한시를 우리말로 번역하시는 일이었다. 1999년에 선생님의 제1한시집이자 자작 번역시집인 『벽천집』이 출간된 이래, 『송도집』(2004), 『회향시초』(2008), 『채정집』(2012)이 잇따라 출간되었다. 이 네 권의 한시집 속에는 선생님의 숨은 내면세계가 고스란히 담겨 있었다. 우주, 자연, 철학, 역사, 사회, 인물, 고향, 인정, 서정 등에 관한 선생님의 감각과 사색이 유려한 언어로 표현되고 있다. 나는 한시에 대해 전문적 안목이 없기 때문에 그 세밀한 면모를 제대로 읽어내기가 어려우나 선생님께서 직접 번역하신 자작 번역시를 참고해가며 읽어볼 때 선생님의 한시가 주는 매력은 대단하다. 아니 한시를 모르고 자작 번역시만 읽어도 그 흡인력은 대단하다. 거기엔 높은 기상과 지조, 정신적 해탈과 무심, 인간역사와 자연서정 등이 유려한 언어의 수사학과 더불어 녹아 있다.

선생님께서 1983년도에 만들어진 한시창작모임인 '난사(蘭社)' 시회(詩會)의 회원으로 30여 년 이상 활동해오신 것은 적잖게 알려져 있다. 난사회 회원들의 활동이 신문에 기사화된 적도 있고, 그곳에서 활동했거나 하고 계시는 분들의 사회적 명성도 상당하기 때문이다. 우리가 존함만 들어도 금방 알고 있는 조순(전 부총리), 이우성(전 성균관대 교수), 김종길(시인, 전 고려대 교수), 고병익(전 서울대 총장), 김호길(전 포항공대 총장), 이용태(삼보컴퓨터 설립자), 유혁인(전 문공부 장관), 이헌조(전 럭키그룹 사장), 이종훈(전 한전 사장) 등과 같은 분들이 난사회 회원이다.

선생님은 이렇게 학문과 더불어 시·서·화의 영역에서 일가를 이루셨다. 이것으로 선생님은 당신의 이번 생의 성과를 이 나라와 인류에 회향하셨다. 1932년에 태어나 2017년에 이르는 86년간, 선생님은 오직 세상엔 하나의 길만이 있는 것처럼 '외길'을 정도(正道) 속에서 일념으로 걸으며 당신만이 창조할 수 있는 서향(書香)과 문향(文香), 시향(詩香)과 예향(藝香)의 세계를 세상 속으로 널리 퍼져나가게 하였던 것이다.

글을 마치며, 선생님께서 서울대학교에 근무하시며 40여 년간 바라보신 관악산을 소재로 읊은 5언 절구의 한시 한 편을 소개하기로 한다. 이 작품은 선생님의 제3시집 『회향시초』의 맨 앞에 수록된 작품이다.

望冠岳山(관악산을 바라보며)

嶺上白雲行 뫼 위에 흰 구름 흐르나
不知其路程 누구라 가는 곳 알리야
萬相元自在 만상(萬相)은 원래가 제 스스로인 것
天地長太平 길이 고즈넉한 하늘과 땅

위 시의 내용처럼 선생님께서 '자재(自在)'한 곳에, 그리고 '태평(太平)'한 곳에 머물고 계시리라 생각한다. 오고 감이 없는 곳, 나고 죽음이 없는 곳, 줄어들고 늘어남이 없는 곳에 선생님의 거처가 마련되었으리라 확신해본다.

그리고 첨언으로 한마디 더 붙이고자 한다. 선생님은 내가 선생님을 지도교수로 모시고 박사학위를 받았을 때(1989년), 서예 한 점을 직접 쓰셔서 선물로 주셨다. 글귀는『논어』「위정편(爲政篇)」에 나오는 '詩三百 思無邪'이다. 이 글을 액자에 담아 나는 한동안 연구실에 걸어두고 보다가, 지금은 집에 걸어놓고 보고 있다. '사무사(思無邪)'의 경지, 그것이 시의 경지요, 삶의 경지요, 학문의 경지가 되기를 바라는 선생님의 마음을 다시금 기억하고 음미한다.

업식(業識)으로서의 장녀 의식과 구도 의식
— 나의 비평의 순간

1. 장녀 의식의 안과 바깥

이 글을 청탁한 취지는 내가 문학평론을 하면서 평론 활동의 동력원이라고 할 수 있는 의욕, 기쁨, 보람, 전율 등을 어느 순간에 느끼는지 고백해주기를 바라는 데 있는 것으로 여겨진다.

그러나 나는 사실 나를 잘 모르기에 이런 글을 쓰는 일이란 상당히 위태롭고 거칠어질 수밖에 없다는 속사정을 앞자리에서 고백하지 않을 수가 없다. 실로 누구든 잠시만이라도 자기 자신을 가만히 들여다보고 관찰해보면 이 자기(自己)이자 자신(自身)은 그 정체를 알기 어려운 기체 같기도 하고, 유동하는 액체 같기도 하며, 보이지 않게 조용히 모양을 바꾸며 흩어지거나 사라지는 이상한 물질 같기도 하여 그 실상을 포착하기란 여간 어려운 일이 아니다.

그럼에도 불구하고 자기 자신을 가장 잘 아는 자가 자기 자신일 것이라는 일반적이며 확률적인 믿음에 근거하여 사람들이 조금이나마 평론가와 그 활동에 대해 이해하고 성찰하는 데 참고자료가 되기를 바라는 마음을 내어 서툴게 몇 가지 나의 내면을 드러내본다.

공식적으로 1985년도부터 이루어진 나의 평론가 생활을 되돌아볼 때, 나의 평론쓰기를 추동한 중요한 원동력은 '장녀 의식'에 있었던 것 같다. 나는 실제로 가족사에서 종가의, 동생이 네 명이나 아래로 있는 장녀이다. 나는 어머니와 나 자신을 상당 부분 동일시하며 지내는 가운데 네덜란드의 작가이자 저술가인 리세터 스하위테마커르와 비스 엔트호번이 공저한 책『첫째 딸로 태어나고 싶지는 않았지만 : 큰딸로 태어난 여자들의 성장과 치유의 심리학』(이상원 역, 갈매나무, 2018)에서 분석하여 제시한 바와 같은 장녀의 특질을 고스란히 내면화하고 있었다.

이 책에서 제시된 장녀의 특성은 책임감, 의무감, 진지함, 당당함, 성실함, 따뜻함 등과 같은 성격이다. 이러한 항목들은 장녀의 매우 긍정적인 특성만을 부각시킨 것 같지만, 부제에서 이런 특성들로 인한 성장의 이면에 있는 치유의 문제를 거론한 것처럼 장녀 의식은 그 자체로 한 인간이 사회적 삶 속에서 형성시킨 특성일 뿐 상대적 차별성을 지닌 개념은 아니다. 한마디로 요약한다면 장녀 의식은 '리더이자 서포터'로서의 마음을 강하게 지니고 있는 것이라고 할 수 있다.

나는 이런 나의 장녀 의식의 연장선 혹은 투사적 기제 속에서 우리 시단을 하나의 가정처럼 대하고 파악했던 것 같다. 거기서 나는 수많은 시인들을 동생으로 둔 장녀와 같은 마음이 되어 그들의 활동을 바라보았고, 가정이 잘 되기를 바라듯 우리 시단이 잘 되기를 바라는 마음이 참으로 컸던 것 같다. 그러다 보니 동생들과 같은 시인 한 사람 한 사람이 훌륭한 시인으로 성장하기를 바라는 마음이 간절했고 그런 나의 소망이 성취되지 않을 때에는 안타깝고 속상한 마음이 밀려와서 고통스러웠다.

장녀 의식을 마음속에 둔 나는 또한 우리 시단을 바르게 진단하고 공정하게 평가하며 수준 높게 재해석하고 의미화하려고 노력했다. '그늘'과 '주변'에 있는 시인들을 찾아내고자 하였으며, 과도하게 평가되고 있는 시인들을 제어하고자 하였고, 무리를 지어 정실비평을 하거나 문단의 평화를 깨뜨리는 일들에 대하여 분개하였다. 동생들 모두가 빠짐없이 평등하게 대접받기를 바라는 마음처럼, 가정이 어느 한 사람으로 인하여 균형과 평화를 깨트리지 않게 되기를 바라는 마음처럼 우리 시단의 시인들과 시단 자체의 공의로움과 건강함에 대하여 간섭에 가까운 애착을 보였던 것 같다.

내가 1980년대 시인들과 1990년대 시인들에 대하여 각각 긴 연재를 하고 평론집을 낸 일, '우주공동체'라는 크나큰 공동체를 상정하고 애를 쓴 일, 문명사의 바른 길을 모색하며 에콜로지 문제에 진지한 관심을 가진 일, 페미니즘 의식을 앞서서 드러낸 일 등은 위와 같은 점들과 관련이 있다.

장녀 의식을 가진 나에게 문예지나 시집 등을 통하여 좋은 작품과 시인을 만나는 일은 너무나도 흥분되는 일이었다. 나는 그런 작품과 시인을 발견한 날이면, 마치 동생들이 큰 발전을 보였거나 대단한 상이라도 받아온 것처럼 함께 기뻐하고 신뢰 속에서 가슴이 충만해졌다. 그러나 이와 반대일 경우에는 기운이 빠지며 마음에 찾아오는 무기력함을 견뎌야 했다. 『시 읽는 기쁨 1-3』 속에 있는 글들을 쓸 때 나는 내가 찾아낸 시와 시인들에 대해 무한한 격려를 보내며 기쁨의 마음을 공유하였다.

그러나 동생들도 시인들도 다 '그들의 길'이 있는 것이어서 나의 장녀 의식이란 일종의 괜한 '환상'이자 '업식(業識)'에 불과한 것임을 나는 그리 많지 않은 시간이 흐른 시점에서 다 알게 되었다. 그렇더라도 나는 이 장녀 의식 덕분에 '고단한 보람,' '타협하지 않는 엄격함,' '사심 너머의 공심(公心)' 등과 같은 세계를 나름대로 지키고 가꿀 수 있었다.

2. 구도 의식의 이면과 심층

다음으로 나의 평론활동을 추동하고 이끈 의식은 '구도자 의식'이었던 것 같다. 나는 정말로 남의 말을 잘 듣지 않으며, 대책 없이 자존심이 강하고, 홀로 나의 길을 가는 독자적 인간의 기질이 강하다. 그러나 이런 나의 판타지와 카르마를 일거에 거둬내고 '항복'하게 만드는 것이 있었으니 그것은 바로 '구도의 세계'이다. 나는 오직 구도, 구도인, 구도의 길 앞에서만은 내 의지와 관계없이 즉각 굳고 강한 마음을 내려놓고 자기라는 아상(我相)이 없는 사람처럼 항복하고 말았다. 그야말로 모든 것을 다 봉헌할 것 같은, 그렇게 되고 마는 '항복기심(降伏其心)'의 '무아(無我)'가 되는 것이다.

나는 평론을 하면서 나의 이런 속성을 시간이 갈수록 더 짙게 발견하고는 처음부터 '평론가'의 길이 아닌 '종교인'의 길을 갔어야 하지 않았을까 하는 자문을 할 때가 꽤 있었다. 어느 단계에서부터는 시집보다 경전이 훨씬 흥미로웠고, 평문보다 법문이 훨씬 감동적이었다. 그러나 나는 이미 시단 속에 들어와 오랜 시간을 머물러 있었고 또한 구도의 세계에 대하여 현실적으로 아는 것이 너무 없거나 얕았다. 그러니 이번 생은 시단 속에서 시인과 시와 더불어 나의 삶을 완주해야 한다는 현실을 받아들일 수밖에 없었다.

이런 나에게 구도 의식이나 구도자의 길을 참답게 담아낸 시인들과 작품들은 도반의 느낌을 불러일으킬 만큼 각별한 것이었다. 나는 나의 구도 의식이 터치되거나 충족될 때 자발적으로 글을 쓰며 그것을 알리고 의미화하고자 애를 썼다. 이때 나의 의식세계는 신성한 광휘가 주는 밝음과 맑음, 따스함과 중후함으로 중생(重生)되는 기쁨 속에서 크게 고양되곤 했다. 나는 이 구도 의식이 터치되는 때의 그 질 높은 환희심과 무한히 비약하는 생명감을 잊을 수가 없다.

그러나 구도 의식, 구도자 의식 등과 같은 말은 개인과 인간을 중심에 놓고 살아가는 이 시대의 사람들에게 낯선 느낌과 거부감을 줄 때가 적지 않다. 하나의 인간종으로 생존해야만 하는 다급한 과제 앞에서, 정념과 사념이 세상 전체를 움직이는 원동력인 것처럼 여겨지는 인간세상에서, 더욱이 인간적 성공이 생의 근간이자 삶의 목표인 것처럼 유통되고 있는 현실 속에서 구도 의식 혹은 구도자 의식이란 비현실의 영역인 것만 같이 여겨지기 쉽기 때문이다.

이런 사정을 반영이라도 하듯이 우리 시단 역시 당면한 인간문제와 현실 문제에 관심을 기울이는 것에 비하면 구도 의식이니 구도자 의식이니 하는 문제는 다소 주변부에 두고 있는 게 사실이다.

그러나 구도 의식과 구도자 의식이 부재하는 의식이나 삶은 한계가 있다. 어느 지점까지는 큰 일을 할 수 있을지 모르나 그것은 이내 한계상황에 봉착하고 만다. 나는 우리 근현대시와 평단의 한계도 이와 큰 관련이 있다고 생각한다.

구도 의식과 구도자 의식, 그것은 본능을 넘어, 이성과 지성을 넘어, 영성과 사랑의 단계로 진입하는 일이다. 여기서 시는 언어의 일이 아니라 마음의 일이 되고, 시의 높낮이는 기법이 아니라 의식 수준에 의하여 결정된다. 이른바 의식 수준의 최고 단계인 영성의 수준과 사랑의 수준이 시를 결정하는 원동력이 되는 것이다.

이 단계의 마음이 작용할 때 시는 감동의 세계를 창조한다. 시작품은 너무나도 정직하게 한 인간의 의식 수준을 거울처럼 반영하여 드러내고 있기 때문에 어떤 언어적 장치로도 그 마음의 수준이나 심상을 숨길 수가 없다. 단순히 인간의 문화를 다각도로 이해하는 차원에서 본다면 어떤 시작품도 연구되고 소개될 필요가 있으나 이 감동의 순간을 그리워하는 사람들에겐 의식 수준의 최고단계를 체화한 시만이 가슴속에 귀인처럼 와서 안긴다.

나는 이런 순간을 잘 알면서도 나 자신이 구도 의식과 구도자 의식을 드높게 체화하고 증득하지 못한 처지라서 2000년대 전반까지 많이 허둥대며 평론활동을 하였다. 길은 보이지만 그 길을 다 간 자의 세계를 온전히 평론의 언어로 말하기 어려웠다. 나는 분심 속에서 공부를 계속하였다. 진도는 빨리 나아가지 않았지만 집중하고 전념하는 시간이 더해질수록 나의 구도 의식과 구도자 의식도 발전하는 모습을 보이기 시작하였다. 그 발전의 정도만큼 나는 구도 의식과 구도자 의식이 드높게 드러난 작품들과 더 깊은 대화를 하기 시작하였고 그것은 나의 평론 생활의 제2기를 구축하게 해주었다. 그러니까 나는 장녀 의식에서 구도자 의식으로의 전변을 이룩하게 된 것이다.

영성의 세계, 경전의 세계, 지혜와 지혜서의 세계, 이런 세계들과 한 몸이 된 듯 공부하고 생활을 하면서 나는 '시심(詩心)'이 곧 도심(道心)'이라는 확신이 찾아오는 경험을 하게 되었다. 시와 도, 시심과 도심, 평론 활동과 영성 공부가 실로 둘이 아닌 하나라는 깨침이 찾아온 것이다. 나는 이때에서야 비로소 나에게 오래전부터 저도 모르게 구도 의식이 터치되었을 때의 그 고양감과 환희심을 구체적인 시인들 및 시작품과 결부시켜 논리적으로 논의할 수 있었고 그에 기반한 시론을 만들어볼 수 있게 되었다.

그러니까 영성, 도심, 지혜심, 일심, 본심 등과 같은 말로 부를 수 있는 세계이자 에너지장(場)은 나에게 엄청난 파워를 제공하며 평론쓰기에 전념할 수 있도록 하였다. 나는 이 힘의 추동력에 의하여, 그 힘의 시적 현현과 시인들에 의한 화현(化現)의 실상을 드러내 보여주기 위하여 청탁서 없는 글들을 여럿 쓰게 되었던 것이다. '중(中)과 화(和)의 시학'이라고 부제목을 붙인『정진규의 시와 시론 연구』를 쓰는 데서 시작이 이루어진 이래『한국 현대시와 평인(平人)의 사상』,『일심의 시학, 도심의 미학』,『한용운의『님의 침묵』, 전편 다시 읽기』,『붓다와 함께 쓰는 시론』,『불교시학의 발견과 모색』의 책을 쓰는 데로 나아가게 되었던 것이다. 이 가운데서도『한용운의『님의 침묵』, 전편 다시 읽기』를 쓸 때의 내 마음은 시심과 도심의 '원융상섭(圓融相攝)'이 어떤 것인지를 알게 하는 최고의 열락 상태에 들어 있었다.

나는 이와 같은 평론쓰기 혹은 비평쓰기로 나의 영성적 에너지장의 추동을 다 달래볼 수가 없었다. 평론이니 비평이니 또는 학술논문이니 하는 것은 그 추상화의 한계를 그대로 인정해야만 하는 거친 언어적 그물망이었다. 정말로 나는 의도한 바 없이 『마당 이야기』, 『맑은 행복을 위한 345장의 불교적 명상』, 『다르마의 축복』 같은 전작 에세이집을 통하여 그 거친 언어적 그물을 촘촘하게 만들게 되었고, 『신월인천강지곡』, 『님의 말씀』과 같은 시집을 통하여 시와 평론의 경계를 해체하게 되었다.

최근 나는 또 다른 글쓰기 양식인, 이른바 작은 명상록을 쓰게 되었다. 이역시 정말로 의도하지 않은 채 내 내면의 영성적인 에너지장이 길을 트며 그대로 글의 형태를 빌려서 나온 것이다. 이쯤해서 나는 학문으로서의 글쓰기와 평론 및 비평으로서의 글쓰기 그리고 에세이를 비롯한 시와 명상록으로서의 글쓰기가 결국은 한 몸의 다른 표현에 불과하다는 것을 말하지 않을 수가 없다. 앞서 말한 바와 같이 이 모든 것은 나의 의도와 무관하다. 나를 추동하게 만든 동력원으로서의 도심, 일심, 영성, 본심 등이 그렇게 나타났을 뿐이다. 나는 이들이 내 삶의 하나의 '연습 과정'이었다고 생각하며 이런 글들조차 불필요한 어느 단계가 오기를 소망한다. 그러나 이는 소망일 뿐, 나는 나의 앞날을 계산하여 청사진을 그려볼 수가 없다. 정직한 내면의 충동이자 동력은 그것이 환상인 카르마의 것이든 진실인 다르마의 것이든 내 노력이나 의지만으로 될 수 없는 어떤 모습을 지니고 있다고 생각되기 때문이다.

제3부

'철목개화'의 상상력과 회향의 미학

바다의 철학, 수평선의 미학

수평선

천양희

누가
바라만 보라고 바다라 했나
바라만 보다가 바보가 되어도 좋다고 했나
수평선이 있으니까 괜찮다고 했나
참으로 큰 것에는 끝이 없다고 했나
끝없는 것에는 대상도 없다고 했나

누가
모든 것 다 받아준다고 바다라 했나
받아만 주다가 바보가 되어도 좋다고 했나
수평선이 있으니까 괜찮다고 했나
참으로 넓은 것에는 한이 없다고 했나
한없는 것에는 시공이 없다고 했나

바라만 보다가 수심 깊어지는 나여
저 바다에도 들어찰 것은 다 들어차

물방울 하나 바람 한 점 들어낼 수 없네
수평선이 기울어질 것 같아
수평선이 기울어질 것 같아

—『유심』 23호, 2005. 12에서

천양희(1942~) 시인이 시를 쓴 지도 50년이 넘었습니다. 그가 『현대문학』을 통하여 시인으로 등단한 것이 1965년도의 일이니까요. 시력 50여 년! 이 '역사'이자 '흔적'으로서의 크나큰 시간은 고딕체의 느낌표를 붙여서 표현할 수밖에 없는 무겁고 긴 여정입니다. 그는 이 시간 동안 누구보다도 비장한 시인됨의 자세를 견지하며, 누구보다도 철저한 시인다운 길을 걷고자 혼신의 힘을 바쳤습니다. 그리고 최근(2017)에는 여덟 번째 시집인 『새벽에 생각하다』를 출간하고 이 시집으로 유치환 시인과 그 문학을 기리는 '청마문학상'을 수상하였습니다.

이러한 천양희 시인의 위 시는 수작이자 문제작입니다. 그는 이 시를 통하여 그가 고투의 긴 여정 속에서 비로소 보게 된 바다와 수평선의 비의를, 바라보는 일과 받아주는 일의 속뜻을, 무한과 무변의 놀라움을, 일체와 일심의 구경을, 모든 존재의 본래적인 완전성을 전하고 있습니다.

위 시의 소재이자 주제이며 키워드인 바다는 지구별의 가장 큰 경전이며 대설법의 장입니다. 지구의 삼분지 이를 차지하는 양적 우월성에서도 그렇거니와 하나가 된 푸르름의 몸으로 영원처럼 밀물과 썰물의 운율을 창조하고 그 품안에서 파도의 이랑을 경작해 나아가는 능력은 놀랍기만 합니다. 이런 바다 앞에선 누구라도 귀를 기울이고 마음을 열어놓을 수밖에 없습니다. 그야말로 속수무책의, 무방비 상태가 되고 마는 것입니다.

이런 상태에서 우리는 치유됩니다. 그 지독했던 '아상(我相)'의 감옥이 무너지고 마는 것입니다. 이런 바다이기에 사람들은 부르지 않아도 바다를 찾아가고 바다를 만나고 온 날은 숙면을 취합니다.

위 시의 제목은 '수평선'입니다. 이 지구에서 가장 놀라운 선은 수평선과 지평선일 것입니다. 땅의 식구인 바다가 천상의 존재인 하늘과 하나가 되는 선, 또한 땅의 몸인 대지가 천상의 세계인 하늘과 하나 되는 선이 바로 수평선이고 지평선이기 때문입니다. 사람들은 이 선 앞에서 '하나'가 주는 감격과 짐작조차 할 수 없는 가시적인 세계 너머의 무궁함을 직면하며 막막함이자 먹먹함 속에서 '방하착(放下着)'하듯 마음을 내려놓습니다. 이런 수평선과 지평선으로 인하여 지구별은 순간적으로나마 얼마나 고요해지고 평화로워지는지요.

천양희 시인은 위 시의 바다 앞에서 인간적 한계를 무수히 부숩니다. 소유하지는 말고 바라만 보라는 바다의 소리를 듣는 일, 바라만 보다가 바보가 되어도 좋지 않겠느냐는 자발적인 자아소멸의 길을 가는 일, 끝을 사유할 수 없게 만드는 광대함의 위력을 절감하는 일, 그 광대함의 세계가 발산하는 무대상(無對象)의 경지를 보는 일, 어떤 것도 다 받아주는 무조건적인 포용의 세계를 만나는 일, 그런 대포용의 힘으로 자발적인 바보가 되는 일, 무한의 길이 있을 뿐 시간과 공간이란 말을 아예 없애보는 일, 그런 일들이 위 시에서 벌어지고 있는 것입니다.

인간적인 한계를 부수고 나면 인간의 영역은 부순 만큼 크고 넓고 깊은 세계로 확장되는 것이지요. 그야말로 다시 태어나는 것이지요. 그리하여 위 시의 마지막 연에서처럼 세상을 있는 그대로 온전하게 바라보고 수평선이 아무렇게나 그어진 기하학적 선이 아니라 우주적 실재로서의 생명선임을 보게 되는 것이지요. "수평선이 기울어질 것 같아/수평선이 기울어질 것 같아" 생심(生心)을 내지 않는 무심(無心)의 자리에 서서 일체를 만나게 되는 것이지요.

봄이 오는 이치, 봄이 온다는 믿음

봄바람의 이치

박재삼

그 괴롭고 지겨운
찬바람만 씽씽 보내던 하늘에서
이제 신기하게도
그것을 많이 누그럽히더니
남쪽 바닷가에서나
연약한 풀잎 근처에 와서는
그동안 잘못했다고
한정없이 빌며
이렇게 부드러운 바람을 빚고 있는
눈물겨운 기적을 느껴 보아라

이 잘못을 용서해 주기 바라는
그 하늘이 차츰
화창한 기운을 찾고서야
세상은 어느새 풀리고
비로소 바쁘게 우리 앞에

봄 천지가 열리노니.

―『허무에 갇혀』, 시와시학사, 1993에서

봄만큼 기다려지는 계절도 달리 없을 것입니다. 무겁고 차가운 침묵의 겨울날은 누구에게도 친절하지 않기 때문입니다.

바람을 평생 그려온 저의 지인이자 한 화가는, 정담을 나누는 사석에서 사람들은 봄이라는 계절 앞에만 '새'라는 접두사를 붙여서 쓴다고 흥미로운 소식을 전했습니다. 듣고 보니 정말 그랬습니다. 새여름, 새가을, 새겨울이란 말을 들어보지 못했기 때문입니다. 우리는 유독 봄 앞에만 '새' 자를 붙여서 '새봄'이란 말을 쓰고 있는 것입니다.

봄은 그토록 우리에게 기다려지는 계절이고 새봄은 '첫'기운을, '새'기운을, 사람들에게 반갑게 전달합니다. 그 봄 앞에서, 아니 새봄 앞에서 우리는 흥분하며 겨울날의 묵었던 마음을 한껏 펴고 밝힙니다. 그리고 김유정의 소설 작품「봄봄」의 제목처럼 봄은 한 번 발음하는 것만으로 그 반가움을 표현하기 어려워 '봄봄'이라고 반복하여 부르기도 합니다.

이제 입춘(立春)이 지나고 우수(雨水)가 가까이 다가왔으니 곧 3월의 경칩(驚蟄)도 찾아올 것입니다. 농부들은 씨앗을 고르기 시작할 것이고, 모든 학교는 새내기들을 품어 안을 것이며, 직장인들은 책상 주변을 정리하면서 새 계획을 세울 것입니다. 모두들 새봄과 더불어 다시 시작하며 새롭게 태어나는 것이지요.

위의 시를 쓴 박재삼(1933~1997) 시인은 계절에 관한 작품을 많이 썼습니다. 자연의 대표성을 띤 사계절이야말로 그에게는 천지와 우주와 삶의 이치를 알려주는 기호이자 텍스트였던 것 같습니다. 그 가운데서도 봄에 관한 시가 적지 않은데 위의 시「봄바람의 이치」는 특별한 울림을 전달합니다.

위 시에서 계절을 주관하는 주인공은 '하늘'입니다. 사실 계절은 지구별에

봄이 오는 이치, 봄이 온다는 믿음

'천시(天時)'를 알리는 징표이지요. 그런 하늘을 향하여 시인은 아주 흥미로운 태도를 보입니다. 겨울 내내 찬바람만 씽씽 보내던 하늘이 무슨 일인지 그 기운을 서서히 누그러뜨리면서 남쪽 바닷가라든지 연약한 풀잎 주변 같은 데 와서 한정 없이 잘못했다고 빌며 부드러운 봄바람을 빚어내는 기적을 행한다는 것입니다. 시인은 그 기적을 '눈물겨운 기적'이라고 말하며 봄소식의 감동에 젖어듭니다.

더 나아가 제2연을 보면 하늘은 용서를 바라며 화창한 기운을 찾았고 그 바람에 세상은 어느새 풀리면서 인간의 세상 앞에 '봄 천지'를 바쁘게 열어놓기 시작하였다는 것입니다.

위 시가 아니더라도, 생각해보면 봄은 하늘이 만들어내는 기적입니다. 하늘의 마음과 시간표가 봄을 가져다주는 것입니다. 이 봄을 우리는 얼마나 간절하게 기다리고 있는지요. 겨울의 끝자락에서 새봄을 언어로 성급하게 불러내기도 하고, 그 새봄의 꽃들과 풀들을 상상하며 창문을 미리 넓게 열어놓기도 하고, 점점 온화해지는 공기 속에서 새사람이 된 듯 이전보다 평화롭고 너그러워지게 되는 것이지요.

박재삼 시인의 봄을 노래한 다른 작품도 함께 읽어보면 좋습니다. 그는 「봄맞이 감격」에서 봄에 대한 감격과 찬탄을 다음과 같이 표현합니다. "이런 곳에 두루/하늘의 손길이 미쳐/세상은 바야흐로 숨을 트고,/아, 해마다 보내주는 이 감격을//그럴 수 없이 고마워하는 것이/쌓이고 쌓여/나이 육십에/그 은덕에 제일 귀한 눈물을 비치노니."라고 말입니다.

또한 그는 「무언(無言)으로 오는 봄」에서 이렇게 봄을 노래합니다. "그 무지무지한/추위를 넘기고/사방에 봄빛이 깔리고 있는데/할 말이 가장 많을 듯한/그것을 그냥/눈부시게 아름답게만 치르는/이 엄청난 비밀을/곰곰이 느껴보게나."라고 말입니다.

우리는 봄이 오지 않는 새해를 생각할 수 없습니다. 언제나 봄이 올 것을 믿으며 우리는 그 믿음 속에서 살아갑니다. 봄이 반드시 올 것이라는 믿음만큼 우리를 안심시키는 큰 믿음도 달리 없을 것입니다.

곧 3월입니다. 봄은 따스한 바람을 소식처럼 세상으로 배달할 것입니다. 이 봄소식 속에서 모두가 선인(善因)을 뿌리고 가꾸는 한 해의 농사를 시작하기 바라는 마음입니다.

우주의 이치에 전율하는 고요한 밤

적요(寂寥)의 밤

임 보

적요의 밤
내 등이 가렵다
히말라야의 어느 설산에
눈사태가 나는가 보다

적요의 밤
귀가 가렵다
남태평양의 어느 무인도에
거센 파도가 이는가 보다

적요의 밤
잠이 오지 않는다
내 은하계의 어느 행성에
오색의 운석들이 떨어지고 있나 보다

적요의 밤

어디선가 밀려오는 향훈…
내가 떠나왔던 아득한 전생의 종루에서
누군가 지금 종을 울리고 있나 보다

—『푸른솔 문학』 2018년 가을호에서

임보(林步, 1940~) 시인은 본명이 강홍기입니다. 문학청년 시절, 프랑스의 시인 랭보(A. Rimbaud)를 사모하여 그의 이름을 음차하듯 '林步'라고 적어 이를 평생 필명으로 삼아 시를 쓰고 있는 시인입니다. 조금 유치해 보이지만 낭만적인 풍경이기도 하지요.

오늘은 그의 최근작 「적요의 밤」을 함께 읽어보기로 합니다. 요즘은 조금 낯설어진, 그러나 심오하고 철학을 가진, 그래서 되살려 널리 쓰이도록 하고 싶은 어휘가 이 시의 제목 속에 들어 있는 '적요'라는 말입니다. 적요란 우리의 육안으로 본 현상계 너머의 참다운 실상 혹은 근원적인 진리의 풍경을 가리키는 말입니다. '고요하고 텅 비어 있다'는 뜻입니다. 그러나 이로써 실상과 진리의 풍경을 다 표현했다고 하기는 어렵습니다. 그만큼 실상과 진리의 풍경은 말의 한계를 넘어서 있으니까요.

야보도천(冶父道川)이라는 중국 송나라 때의 대선사는 『금강경』에 주해를 다는 한 부분에서 "山堂靜夜坐無言(산당정야좌무언)/寂寂寥寥本自然(적적요요본자연)/何事西風動林野(하사서풍동림야)/一聲寒雁唳長天(일성한안려장천)"이라고 게송을 읊었습니다. 이 게송에서 핵심은 적요의 시적 표현인 '적적요요(寂寂寥寥)'입니다.

적요! 이는 일상어로도 그렇거니와 시로써 실감 있게 드러내기도 어려운 세계입니다. 그것을 임보 시인은 위 시에서 아주 잘 구체화시켜 보여주고 있습니다.

자신의 등이 가려운 것과 저 머나먼 히말라야 설산에 눈사태가 나는 것이 서로 연결돼 있다는 것, 자신의 귀가 가려운 것이 남태평양의 어느 무인도에 거센 파도가 일어나는 것과 관계가 있다는 것, 자신이 불면의 밤을 보내는 것이 저 은하계의 어느 행성에 오색 운석이 떨어지는 일과 교응하고 있다는 것, 어디선가 밀려오는 향훈이 자신이 떠나왔던 전생의 어느 범종 누각에서 누군가 지금 범음을 꽃피우며 종을 치고 있는 까닭이라는 것, 이런 연기법과 일체법과 통일장 이치의 구체화로 시인은 '적요'의 세계상을 알려주고 있습니다.

어떻게 생각하십니까? 적요를 직시하거나 그 관점으로 보면 세상이 실은 중중무진의 연기의 장이요, 서로가 서로에게 상호 의지하여 살고 있는 상의상존(相依相存)의 땅이란 사실에 대해서 말입니다. 이 세상의 어떤 것도 배타적 개체가 아니라 서로 연결돼 있는 상호 교응의 존재라는 사실을 여기서 절감하게 됩니다.

자신을 단절된 개체처럼 생각하는 것이 인간종의 본래적인 큰 한계입니다만, 이런 한계와 그로 인한 부작용은 현대사회에 와서 더욱더 심각해졌습니다. 단절된 개체로서의 자아 인식은 분명 착각이고 단견입니다만, 그 착각과 단견이 우리 삶에 너무 깊숙이 들어와 우리를 고독감과 단절감 속에서 아프게 하고 있는 것입니다.

'나는 나이지만 동시에 너'라고, '너는 너이지만 동시에 나'라고, '인간은 인간이지만 동시에 자연'이라고, '자연은 자연이지만 동시에 우주'라고, '먼 곳이 실은 가까운 곳'이라고, '무관한 것이 실은 유관한 것'이라고 아무리 눈 밝은 연구자들이나 경험자들이 이야기해도 우리는 그것을 현실에서 즉각 실감하기 어렵도록 개체화되어 있습니다.

그렇더라도 세상은 위 시에서 말하듯이, 너무나도 깊이 연결돼 있으며 너무나도 놀랍게 교응하고 있습니다. 그것이 우리의 주관적 해석과 무관한 세계의 실제상입니다.

제3부 '철목개화'의 상상력과 회향의 미학

오늘 밤 당신이 노래를 부르고 싶다면 저 머나먼 어느 먼 도시에서 누군가 생일잔치를 하고 있는지도 모를 일입니다. 또한 오늘 밤 당신에게 알 수 없는 아픔이 찾아온다면 저 먼 어느 오지에서 누군가 실연의 편지를 쓰고 있는지도 모를 일입니다. 그것이 진실입니다.

지혜인의 감동적인 사랑론

사랑하는 까닭

한용운

내가 당신을 사랑하는 것은 까닭이 없는 것이 아닙니다

다른 사람들은 나의 홍안만을 사랑하지마는 당신은 나의 백발도 사랑하는
까닭입니다

내가 당신을 기루어하는 것은 까닭이 없는 것이 아닙니다

다른 사람들은 나의 미소만을 사랑하지마는 당신은 나의 눈물도 사랑하는
까닭입니다

내가 당신을 기다리는 것은 까닭이 없는 것이 아닙니다

다른 사람들은 나의 건강만을 사랑하지마는 당신은 나의 주검도 사랑하는
까닭입니다

—『님의 침묵』, 회동서관, 1926에서

이 땅에서 의무교육을 받은 사람이라면 누구나 만해(萬海) 한용운(韓龍雲,
1879~1944) 시인에 대하여 알고 있을 것입니다. 그는 본래 수행하는 출가 승

려이지만 근대시를 비롯하여 시조, 한시, 소설, 수필 등의 다양한 문학 양식을 통하여 자신이 닦은 정신세계를 미학적으로 표현하고 그것을 사회적으로 선용(善用)한 분입니다.

지금까지 만해 한용운의 시는 시대적 요청과 한국적 교육 현실에 의하여 아주 경직되고 협소한 수준에서 읽히고 가르쳐졌습니다. 그러나 그의 시는 고승대덕에게서나 볼 수 있는 특별히 깊고 높은 차원의 철학이자 종교성을 내재하고 있으므로 가르치는 사람들과 독자들 또한 그에 걸맞은 정신세계를 닦아 나아갈 때 이전과 다른 새 차원의 수준 높은 독서와 시 읽기의 기쁨 및 보람을 느낄 수 있습니다. 위 시는 한용운의 사상적, 철학적, 종교적 탐구의 최종 지점이라고 할 수 있는 이른바 '사랑'의 문제를 다룬 작품입니다. 그러나 실제로 한용운의 시집 『님의 침묵』 전체가 '사랑론'이자 '사랑학'으로 구성돼 있으므로 시집의 어느 페이지를 펼쳐도 시인 정신의 핵심인 '사랑'의 본질을 만날 수 있습니다.

한용운에게 사랑이란 세계의 실상과 진실에 다가갈 수 있는 최고의 마음이자 행위요, 인간 존재의 근원과 계합할 수 있는 최고의 지름길이자 정도(正道)이고, 인간 사회를 정토이자 희망의 땅으로 만들 수 있는 지고의 방안이었습니다.

그렇다면 한용운이 생각한 사랑이란 어떤 것이었을까요? '사랑'이란 말만큼 대중화되고 그 진폭이 엄청나게 크고 넓은 경우도 달리 없어서 사랑이란 말 앞에서 많은 사람들은 자신의 방식으로 오해를 하거나 중층적인 현실상 앞에서 혼란을 경험합니다.

그렇습니다. 사랑은 소아(小我)의 작고 이기적인 에고적 애착으로부터 세계 전체를 자신과 동일시하며 아끼고 보살피는 큰나의 전일적, 영성적, 무아적 사랑에 이르기까지 그 진폭이 대단합니다. 그리고 이 가운데 사랑의 드높은 차원은 지해(知解)의 힘을 빌리면 그리 어렵지 않게 이해하고 수용할 수 있으나 몸과 마음으로 진정하게 실천하고 실행하기는 너무나도 어려운 경지입니다.

그렇더라도 우리는 그런 사랑을 알아보고 외경하며, 그런 사랑의 마음과 행위 앞에서 전율하고 감동하며, 그런 사랑인의 삶을 한없이 존경하고 사모합니다. 이것은 노력과 의도의 차원 이전에 내재하는 인간 존재의 참마음이 움직이는 일입니다.

위 시를 좋아하는 사람이 상당히 많습니다. 결혼식장에서 낭독하는 분들도 있고, 친구들에게 편지를 쓰며 감정을 이입하여 덧붙여 보내는 이들도 많습니다. 그것은 한용운의 심오한 사랑론을 다 이해하고 있지는 못한다 하더라도 위 시에서 환기되는 분위기와 사랑의 아우라가 저절로 전달돼 오기 때문입니다.

위 시에서 시인은 말합니다. 진정한 사랑은 한 존재의 '홍안'은 물론 '백발'도 사랑하는 것이며, 한 인간의 '미소'뿐만 아니라 '눈물'도 사랑하는 일이고, 한 사람의 '건강'만이 아니라 '주검'도 사랑하는 것이라고 말입니다. 요컨대 존재의 모든 것을 사랑할 때 그것을 참다운 사랑이라고 부를 수 있다는 것입니다.

이런 사랑은 한 존재에 대한 절대적 긍정과 포용에 의해서 가능합니다. 빛과 그림자가 한 몸임을 이해하고 체득할 때 가능합니다. 조금 어려운 말로 전하자면 생이란 뫼비우스의 띠와 같은 것임을, 시비분별을 넘어선 중도(中道)적 일체의 세계임을 사무치게 터득할 때 가능한 것입니다. 그렇더라도 이런 사랑은 하기엔 힘이 들고 받는 일만 기쁘고 감동적이니 그 실현과 성취의 길은 멀기만 합니다. 그래도 지혜인들은 '낙숫물이 바위를 뚫듯이' 정진하라고 하니 그 말에 의지해서 길을 가는 것이 현명하지 않을까요?

소박하나 신선한 행복의 풍경

행복

김종삼

오늘은 용돈이 든든하다
낡은 신발이나마 닦아 신자
헌 옷이나마 다려 입자 털어 입자
산책을 하자
북한산성행 버스를 타 보자
안양행도 타 보자
나는 행복하다
혼자가 더 행복하다
이 세상이 고맙다 예쁘다

긴 능선 너머
중첩된 저 산더미 산더미 너머
끝없이 펼쳐지는
멘델스존의 로렐라이 아베마리아의
아름다운 선율처럼.

— 『누군가 나에게 물었다』, 민음사, 1982에서

언제나 '현실'이 문제입니다. 목숨을 가진 인간종으로서 생명을 유지하며 살아간다는 것, 75억 인류가 서로 다른 욕망과 생각을 조절하며 살아간다는 것은 인간 현실의 묵은 난제입니다.

그런 가운데서 '현실 너머'를 꿈꾸며 가꾸어가는 사람들이 있습니다. 시인들은 그런 계보의 앞자리에 서 있습니다. 그리고 위 시를 지은 김종삼(1921~1984) 시인은 그런 시인들 가운데서도 아주 앞자리에 서 있는 시인입니다. '비현실'의 시인이라고 할까요? '초현실'의 시인이라고 할까요? 아니면 '반현실'의 시인이라고 할까요? 그는 좀처럼 우리가 주변으로 밀어내기 어려운 '현실'을 주변화시키고 '시와 음악'에 깃든 순정한 영혼을 대책 없이 사랑하고 노래하다 떠난 시인입니다.

김종삼 시인의 위 시는 그가 실직 상태에 있던 중 오랜만에 얼마간의 수입이 생기게 된 데서 비롯된 작품입니다. 위 시의 창작 배경을 설명한 주석란에는 "십여 년간 직장 생활을 하다가 밀려난 후 이 년 가까이 놀고 있다. (중략) 그러나 그동안 고마운 일이 몇 번 터졌다. 몇몇 문예지에서 고료를 후하게 받아본 적이 있었다. (중략) 딴 데 비하면 얼마 안 되는, 아무것도 아닌 액수이지만 나로서는 정신적 희열이기도 했다."라는 내용이 담겨 있습니다.

그러니까 위 시는 오랜만에 후한 원고료를 받고 용돈이 든든해진 시인이 펼친 '행복론'입니다. 그는 그때의 자신의 충만한 감정을 '행복'이라고 적어 넣고 그 행복의 기운을 동심원처럼 확장해가며 '행복의 창조자'가 된 듯이 위 시를 전개하고 있습니다.

행복이란 무엇일까요? 요즘처럼 '행복'이란 말이 우리들의 삶과 언어 생활의 한가운데로 진입한 때도 달리 없었던 것 같습니다. 그러나 분명한 것은 아무리 이름 좋은 행복이라 하더라도 그것이 욕망이 되거나 목표가 된다면 부담이 되고 만다는 것입니다.

위 시에서 시인은 얼마간의 용돈으로 행복해진 처지에서 낡은 신발이나마 닦아 신자고, 헌 옷이나마 다려 입고 털어 입자고 자신에게 제안하고 권유합니다. 그런 후에 그는 산책도 해보자고, 북한산성행 버스도 타보자고, 안양행 버스도 타보자고 더 제안하며 권유합니다. 그런 제안과 권유와 상상 속에서 그는 '나는 행복하다'고, '혼자이어서 더 행복하다'고, '이 세상이 고맙고 예쁘다'고 단순하지만 신선한 행복론을 제시합니다.

이런 시인의 말을 듣고 있자면 한편으로 현실의 무게를 잊은 듯 가벼워지면서 다른 한편으로 행복이란 사소하지만 싱그러운 것임을 실감하게 됩니다. 그런데 위 시는 이런 제1연에 이어 제2연으로 가면서 시인의 행복론이 실로 얼마나 깊고 전문적인 것인가를 알게 합니다. 어쩌면 시보다 음악을 더 사랑했고, 시의 기쁨보다 음악의 환희에 더 사로잡힌 시인이 김종삼인데 그는 이 제2연에서 그의 이런 면모에 의한 행복의 진경을 여실하게 보여줍니다.

그의 행복이 "긴 능선 너머/중첩된 저 산더미 산더미 너머/끝없이 펼쳐지는/멘델스존의 로렐라이 아베마리아의/아름다운 선율"과 같은 것이라는 이 제2연의 내용이야말로 얼마간의 용돈으로 충만해진 시인의 행복이 실은 얼마나 웅숭깊고 미학적인 것인지를 알게 합니다.

여기서 우리는 행복의 내질(內質)을 생각해볼 수 있습니다. 행복은 욕망이 아니라 꿈이라는 것, 그 행복은 쾌락(향락)이 아니라 미학이자 영혼의 울림이라는 것, 그때 행복은 시가 되고 음악이 된다는 것을 생각할 수 있는 것입니다.

김종삼 시인은 1960년대 중반부터 1970년대 중반까지 동아방송에서 전문적인 음악 담당자였습니다. 그의 첫 시집 제목이 『십이음계』인 데서도 짐작할 수 있듯 그는 많은 작품에서 시와 음악을 이중주처럼 화응시켰습니다. 그는 이런 일을 통해 그가 꿈꾸던 현실 너머의 '불멸의 광명'을 보고자 하였고 그는 이 '불멸의 광명'을 보는 대가로 언제나 '현실'의 도전을 받아야 했습니다. 그러나 그가 본 '현실 너머'는 우리 시사의 무모하나 위대한 꿈이었고 도약이었습니다.

Gobi의 로드맵, 고비의 내비게이션

고비(Gobi)의 고비

최승호

고비에서는 고비를 넘어야 한다
뼈를 넘고 돌을 넘고 모래를 넘고
고개 드는 두려움을 넘어야 한다

고비에서는 고요를 넘어야 한다
땅의 고요 하늘의 고요 지평선의 고요를 넘고
텅 빈 말대가리가 내뿜는 고요를 넘어야 한다

고비에는 해골이 많다
그것은 방황하던 엉덩어리들의 잔해

고비에서는 없는 길을 넘어야 하고
있는 길을 의심해야 한다
사막에서 펼쳐진 지도란
때로 모래가 흐르는 텅 빈 종이에 불과하다

길을 잃었다는 것

그것은 지금 고비 한복판에 들어와 있다는 것이다

—『고비(Gobi)』, 현대문학, 2007에서

사막에 다녀오신 경험이 있는지요? 위 시의 장소이자 무대인 고비사막에 다녀오신 적이 있는지요?

사막이란 참으로 묘한 지리적 공간이자 상상력의 세계이고 삶의 처소입니다. 모든 것의 극한과 본질을 주저함이나 잉여 없이 직설법으로 알려주는 곳이 바로 사막이기 때문입니다. 대부분의 사람들은 이런 사막을 여행하고 돌아온 날이면 이전과 다르게 한없이 단순해지고 저절로 견고해지는 자신을 만나게 됩니다. 이것이 사막의 힘이고 매력이라고 하면 될까요?

위 시는 최승호(1954~) 시인이 적잖은 기간 동안 고비사막을 탐험가처럼 횡단하고 답사한 경험 위에서 쓴 시입니다. 그러니까 단순한 관념의 시가 아니라 고된 탐험과 여행이 만들어낸 구체성의 시입니다. 이 시가 수록된 시집 『고비』는 전편이 이런 경험 위에서 창작된 것들입니다. 그 시집의 어느 페이지를 펼쳐도 고비사막의 모래바람이 눈앞까지 불어오는 것만 같고 그 특유의 모래 냄새가 코끝까지 스며드는 것만 같습니다.

위 시의 제목은 '고비의 고비'입니다. 고비의 고비! 이렇게 제목을 발음해 보는 데서 작은 기쁨을 느낍니다. 고비사막의 고비와 인생의 허들인 고비가 나란히 배치된 언어 감각의 흥미로움 때문입니다. 그러나 이것은 제목이 주는 표면적 감흥이고 시의 본문으로 진입하면 그 진입의 시간이 더해질수록 시의 내용은 우리를 심각하게 만듭니다. 시인의 본격적인 사막론과 고비론이 여기서 전개되고 있기 때문입니다.

그러면 이제 위 시의 본문에서 시인이 전해주는 소위 'Gobi의 로드맵'과 '고비의 내비게이션'을 만나보기로 합시다. 사막과도 같은 난처한 세계 속에서 좌충우돌하는 우리들에게 이 로드맵이자 내비게이션은 매우 유익한 구실을 할 것입니다.

먼저 고비사막에선 고비를 넘어야 한다고 전언이 들려옵니다. 뼈와 돌과 모래와 같은 보이는 고비와 더불어 보이지 않는 내면에서 솟아나는 두려움이란 고비를 넘어야 한다는 것입니다.

그리고 두 번째로는 이 고비사막에선 '고요'라는 특별한 세계를 넘어야 한다고 말합니다. 이때의 고요는 인간의 힘으로 어찌해볼 수 없는 무한과 무궁의 표정이자 그 영역입니다. 그리고 '텅 빈 말대가리가 내뿜는 고요'와 같은 오래된 죽음의 시간이자 그 에너지입니다.

셋째는, 고비사막에선 없는 길을 넘어야 하고 있는 길을 의심할 수 있어야 한다고 합니다. 누구나 알다시피 사막의 지도는 바람이 만드는 것이니까요. 매순간 로드맵과 내비게이션을 다시 조절하고 조정해야 하는 곳이 사막이니까요. 이런 곳에선 마침내 지도조차 없이, 자력으로 지도를 만들며 가는 방법을 익히는 것이 최고의 지도를 갖는 일일 것입니다.

끝으로 고비사막에선 길을 잃었다고 포기하거나 좌절하지 말라고 전합니다. 사막에선 어느 곳도 길이 아니지만 어느 곳도 다 길이 될 수 있다고 보기 때문입니다. 바로 우리가 서 있는 그 자리를 중심으로 삼아서 다시 길을 만들며 나아가면 된다는 뜻입니다. 이 부분은 매우 깊은 세계 인식을 담고 있습니다. 마치 불교의 공성(空性)에 의거한 무유정법(無有定法)의 세계 혹은 중도론의 세계처럼 모든 곳이 중심이며 정도(正道)가 될 수 있는 이치를 전해주고 있습니다.

아, 그러고 보니 사막에서의 삶과 그 이법을 마스터한다면 우리는 어느 곳에서도 살아갈 수 있을 것 같습니다. 우리들의 삶 속에 찾아오는 웬만한 고비는 어느 것이라도 넘을 수 있을 것 같습니다. 사막은 고단한 삶의 현장이지만 지혜를 담고 있는 오래된 텍스트입니다.

이제 한 해도 하반기로 접어드는 시간입니다. 각자의 로드맵과 내비게이션을 점검하며 사막 여행을 떠나보면 어떨까요? 그러면서 위 시가 전하는 메시지도 참고해보면 어떨까요?

'엄마의 품', 온전한 믿음과 안심의 소우주

아, 둥글구나
— 알 34

우리는 똑같이 두 팔 벌려 그 애를 불렀다 걸음마를 가르치고 있었다 그 애가 풀밭을 되뚱되뚱 달려왔다 한 번쯤 넘어졌다 혼자서도 잘 일어섰다 그 애 할아버지가 된 나는 그 애가 좋아하는 초콜릿을 들고 있었고 그 애 할머니가 된 나의 마누라는 그 애가 좋아하는 바나나를 들고 있었다 그 애 엄마는 아무 것도 들고 있지 않았다 빈 손이었다 빈 가슴이었다 사실 그는 그럴 필요가 없었다 달려온 그 애는 우리들 앞에서 조금 머뭇거리다가 초콜릿 앞에서 바나나 앞에서 조금 머뭇거리다가 제 엄마의 품으로 뛰어들었다 본시 그곳이 제자리였다 알집이었다 튼튼하게 비어 있는, 아, 둥글구나!

—『알시(詩)』, 세계사, 1997에서

정진규(1939~2017) 시인으로 하여금 독자적인 시인의 집을 구축하게 한 정점에 그의 시집『몸시』와『알시』가 있습니다. 어느 일이든 다 그러하지만 시인의 길도 이 독자적인 세계를 구축하는 정점에서 가장 아름답고 탄력 있는 생명의 숨결을 느끼게 합니다.

‘몸시’ 연작으로만 구성된 시집『몸시』, 그리고 ‘알시’ 연작으로만 구성된 시집『알시』에서 정진규 시인은 ‘몸’과 ‘알’을 화두로 삼고 있습니다. 이 ‘몸’과 ‘알’을 천착하면서 그는 잉여와 기교를 벗어나 오직 본질과 본체만으로 이루어진 참된 삶과 그 세계를 사랑하며 그려보이고 있습니다.

　잉여와 기교가 없는 본질과 본체만의 삶! 그것은 얼마나 자연스럽고 진실된가요? 이 세계 앞에서 사람들은 틈 없는 믿음이 무엇이며 심층에서 번지는 감동이 어떤 것인지를 알게 됩니다. 믿음과 감동! 그것은 불신의 혼탁한 세계를 살아가게 하는 희망의 빛이자 샘물입니다.

　위 시의 장면은 눈에 잡힐 듯 선명합니다. 풀밭이 있고, 걸음마를 배울 나이의 어린 손자가 있고, 그의 엄마가 있고, 할아버지와 할머니가 있습니다. 걸음마란 한 생명이 직립에 성공하는 대사건이지요. 인류사가 직립의 단계에 이르기까지 어마어마한 시간을 필요로 하였듯이 한 인간이 직립하여 두 발을 마음대로 떼어놓고 길을 가기 시작한다는 것은 놀라운 진화의 표상입니다.

　이렇게 걸음마를 가르치는 풀밭에서 할아버지인 시인은 인간사와 세상의 진실을 발견합니다. 어린 손자가 좋아하는 초콜릿과 바나나를 들고 있는 할아버지와 할머니의 부름 앞에서 손자는 그만 조금 머뭇거리다가 돌아가버리고, 실은 아무것도 들고 있지 않은 빈 몸인 엄마의 품으로 뛰어들더라는 것입니다. 초콜릿과 바나나의 위력은 그것이 아무리 대단한 물질이라도 인위이고 기교입니다. 그에 반해 엄마의 품은 무위의 본질이고 본체이며 본처입니다. 서로는 대체할 수 없는 양면입니다. 물론 보완할 수는 있겠지만요.

　정진규 시인은 이런 엄마의 품을 위 시의 마지막 부분에서 아주 멋지게 의미화하고 있습니다. 엄마의 품은 어린 손자가 있었던 생명의 제자리였고 온전한 알집과 같은 것이었다고 말입니다. 제자리는 본래의 자리로서 누구에게나 자연스럽고 편안하며 안심이 되는 곳입니다. 알집은 잉여가 없는 참다운 생명의 소우주로 절대적 보호와 사랑이 있는 곳입니다.

　정진규 시인은 이런 엄마의 품에 대하여 좀 더 철학적이며 정신적인 의미를 부연합니다. 그러나 이것은 부연이라기보다 본문과 같습니다. 아, 엄마의 품은 튼튼하게 비어 있는 세계이고 둥근 세계라는 것입니다. '비어 있음'은 정진규 시인이 이전의 여러 작품들에서 스스로도 감격하며 사용해온 '비어 있음의 충만'을 연상시킵니다. 그러나 여기에서의 '비어 있음'은 이와는 조금 달리 무장이 해제된 포용의 빈 터와 같습니다. 그렇다면 '둥글다는 것'은 어떻게 읽어볼 수 있을까요?

　위 시의 제목이면서 시의 맺음말인 '둥글다는 것' 앞에서 시인은 감탄사를 진하게 붙입니다. '둥글다는 것'은 온전한 것, 달리 장식이 필요하지 않은 것, 인간의 사심이 깃들지 않은 진심의 세계, 어떤 도구로도 틈을 낼 수 없는 '무봉(無縫)'의 소우주, 이런 세계를 가리킨다고 읽어보면 될까요?

　어린 아이에게 엄마의 품은 힘이 셉니다. 무위의 자리, 포용의 자리, 믿음의 자리, 안심의 자리가 그곳이기 때문입니다. 이런 자리가 있음으로써 어린 생명은 자라날 수 있습니다. 어른 또한 옛일을 기억하며 작은 위로를 받을 수 있습니다.

아름다움에 대하여 사유하는 시간

아름다움으로

정현종

아낄 만한 걸 많이
만들어야 해요
사람이든 문화 예술이든 그 무엇이든
소중한 게 있어야 해요

가령 당장 부숴버려도 좋을
건물 천지라고 해 봅시다
누가 그곳을 아끼고 소중히 여기겠어요

한반도 말씀인데요
미사일이다 핵이다
전쟁이다 잿더미다 하는데
저절로 아끼고 싶은
아름다움으로 요새화하는 수밖에
다른 길이 없어요 ― 그렇게
마음과 몸을 드높이는 수밖에

―『갈증이며 샘물인』, 문학과지성사, 1999에서

어떻게 하면 아름다운 세상에서, 아름다운 삶을 살다가, 아름답게 인생을 마칠 수가 있을까요? 아름다운 세상과 인생을 말하기엔 인간사와 인간들의 현실이란 너무나도 난폭하고 혼탁합니다.

그렇더라도 인간들은 '아름다움'을 발견하였고, 그 '아름다움'을 추구하고 있으며, 그 '아름다움' 앞에서 자발적으로 마음의 무릎을 꿇는 놀라운 능력을 갖고 있습니다. 여기에 인간사와 인류사의 가능성과 미래가 있다고 본다면 지나친 낙관이나 과언이 될까요?

이런 인간들은 아름다운 도시, 아름다운 자연, 아름다운 거리, 아름다운 상점, 아름다운 공원, 아름다운 건물 등등을 꿈꿉니다. 세상의 어느 것 앞에도 '아름다운'이라는 고차원의 수식어가 전제되면 세계는 아연 다른 높고 진정한 곳을 가리킵니다. 이런 아름다운 것들을 생각하고 몽상하는 것만으로도 인간의 삶은 달라집니다.

인간의 최고 발명품 가운데 하나가 아름다움이라면 그 '아름다움'에 눈뜬 사람들이 '미학(美學, aesthetics)'이란 분야를 만들어서 탐구하고 연마합니다. 그리고 아름다움의 이치와 그 효용성을 경험한 사람들이 아름다움의 가치와 윤리를 전파합니다.

위 시를 지은 정현종(1939~) 시인은 서울예술대학 문예창작과와 연세대학교 국어국문학과에서 시를 가르친 시인입니다. 그의 주된 시세계를 한 마디로 요약해본다면 생명의 신비로움과 아름다움을 찬탄하고 그리워하며 노래한 것이라고 할 수 있습니다. 생명의 이런 신비와 아름다움은 위 시가 수록된 시집의 제목처럼 도달하고 싶은 '갈증'이며 도달하게 하는 '샘물'입니다.

이런 정현종 시인은 위 시에서 아름다움의 세계를 전파하는 전도사입니다. 아름다운 것만이 인간을 구원할 수 있고, 아름다운 것만이 세상을 치유할 수 있으며, 아름다운 것만이 인간을 인간답게 만들 수 있다는 그의 전언이 들려옵니다. 실로 인간들이란 묘용의 존재인지라 이 아름다운 것 앞에서 저절로 감탄하고 감동하며 '존재의 전환'을 경험합니다. 시킨 이 없이 저절로 하나가 되고, 스며들고, 삼가고, 아끼며, 고아해집니다. 아름다움에 의하여 우리는 이렇듯 다른 존재가 되는 것입니다. 이런 아름다움은 좋은 파장과 아우라를 발하고 있습니다.

이런 아름다움의 힘을 아는 정현종 시인은 위 시에서 간곡하게 제안하고 계몽합니다. 아낄 만한 아름다운 것들을 많이 만들어야 한다고, 소중하게 여길 만한 아름다운 것들을 많이 창조해야 한다고, 아름다움으로 요새화하여 전쟁과 폭력의 인간사를 무력화시켜야 한다고, 아름다움에 의해서만 인간의 몸과 마음이 높은 차원을 경험할 수 있다고 말입니다.

요즘처럼 혼란스럽고 폭력적인 뉴스가 몰려오는 때도 달리 없는 듯합니다. 평범한 시민들까지도 미사일이니, 핵폭탄이니 하는 군사용어와 그 현실에 노출돼 있고, 인터넷을 비롯한 각종 미디어들은 들여다보기가 무서울 만큼 그 안쪽이 공격적이며 파괴적인 언어들로 가득 차 있습니다.

인간이 인간사와 인류사를 아름답게 만들 수 있는 현실적 능력이 있는지는 알 수 없으나, 그 가능성만은 버리고 싶지 않은 것이 속마음이고, 정현종 시인이 위 시에서 제시한 열쇠어로서의 '아름다움'을 하나의 화두처럼 오래 들고 살아가고 싶은 게 사실입니다.

언제쯤 인간은 아름다움에 깊이 눈뜨고, 아름다움을 일상 속에서 습관처럼 창조하고, 삶 전체를 아름다움에 기반하여 영위해 나아갈 수 있을까요? 이 어려운 시대에, 삶이 영 파탄나지는 않게 하기 위해서라도, 아름다움에 대해 다시 사색하고 탐구하는 시간을 가져보자고 저에게, 또 여러분들에게 제안합니다.

하늘을 마시고 능금처럼 익어가는 가을날

하늘

박두진

하늘이 내게로 온다
여릿 여릿
머얼리서 온다.

하늘은, 머얼리서 오는 하늘은,
호수처럼 푸르다.

호수처럼 푸른 하늘에,
내가 안긴다. 온 몸이 안긴다.

가슴으로, 가슴으로,
스며드는 하늘,
향기로운 하늘의 호흡,

따거운 볕,
초가을 햇볕으론

제3부 '철목개화'의 상상력과 회향의 미학

목을 씻고,

나는 하늘을 마신다.
자꾸 목말라 마신다.

마시는 하늘에
내가 익는다.
능금처럼 내 마음이 익는다.

—『해』, 청만사, 1949에서

    인간사의 얕고 불안정한 역사성과 달리 오래된 자연사의 질서는 믿음직스럽고 안정돼 있습니다. 이런 자연사의 질서가 부재한다면 인간사의 격한 파고 속에서 흔들리며 불안해하는 우리들의 삶이 안정을 찾기란 쉽지 않을 것입니다.

    자연사의 질서 가운데서도 특히 사계절의 운행은 언제나 반듯하고 예측가능합니다. 봄 다음엔 여름이 오고, 여름 다음엔 가을이 오고, 가을 다음엔 반드시 겨울이 옵니다. 이런 계절이 주는 예측 가능함과 그 신뢰감은 얼마나 평안하고 고마운 것인지요.

    이달엔 젊은 날의 양희은 씨와 서유석 씨가 함께 노래로 불러서 대중적으로도 널리 알려진 박두진(1916~1998) 시인의 문제작인 「하늘」을 함께 읽어보도록 하겠습니다. 박두진 시인도, 양희은 씨와 서유석 씨도, 그리고 함께 읽어볼 작품인 「하늘」도 탁하고 독한 세상을 정화시키는 데 적잖은 공헌을 한 문화적 기표입니다. 문화의 수준이 정화의 정도에 비례한다면 우리들의 삶과 세계가 정화되는 만큼 그 작품의 문화적 높이를 가늠해도 될 것입니다.

    가을은 뭐니 뭐니 해도 하늘과 햇살과 곡식들로부터 옵니다. 하늘은 점점 맑고 높아지며, 햇살은 점점 투명하고 쨍쨍해지고, 곡식들은 익으며 안쪽으로 단단해지는 계절이 가을입니다. 이것을 과학적으로 설명한다면 분자 활동이 빠른 데서 느린 데로, 생명 에너지의 기운이 생장(生長)의 방향에서 수장(收藏)의 방향으로 전환되는 현상이지만, 그런 과학적 사실의 산문성과 달리 가을 풍경은 우리를 절제의 아름다움과 내면화의 깊이로 안내하는 철학적이며 시적인 풍경입니다.

위 시에서 시인은 아주 먼 곳에서 다가오는 호수처럼 푸르른 하늘을 발견하고 그를 맞이하며 그 품에 온전히 안깁니다. 그는 이런 놀라운 일체감 속에서 하늘의 향기로운 호흡이 자신의 가슴으로 스며드는 것을 느낍니다. 그리고 마침내 하늘의 향기와 호흡에 취한 황홀경을 경험합니다.

이런 시인은 하늘을 영접하듯 다시 맞이할 준비를 합니다. 그것은 따가운 초가을의 햇볕으로 자신의 목을 씻는 '의식'을 치르고, 그 하늘을 가장 깨끗한 마음과 몸으로 맞이하는 것입니다. 시인은 이것을 두고 '하늘을 마셨다'고 하였습니다. 그가 느낀 갈증이 어떤 것인지 알 수 없으나 그는 자신에게 닥친 갈증을 '하늘을 마시는 일'로 해결하였습니다. 목이 마를 때마다 하늘을 마시는 시인! 박두진 시인이 갈증을 해결하였다고 전해주는 이 방법과 형상이야말로 너무나도 순정하고 간절하며 우주적입니다.

시인은 이렇게 가을 하늘을 마시고 나니 그 자신이 가을 능금처럼 익어가더라고 말합니다. 인간이 자신을 무르익도록 만들기 위해 노력하는 방법은 다양합니다. 그러나 그 어떤 방법으로도 인간들이 참다운 무르익음의 경지에 도달하는 일은 쉽지 않습니다. 인간을 언제나 난처하게 만드는 그 질긴 에고의 나르시시즘과 프라이드에 시달리는 인간들의 마음은 나이가 들어도 설익은 떡처럼 푸석거리고, 덜 절여진 배추처럼 푸들거리고, 잘못 다룬 생선처럼 비릿합니다.

그런 점에서 위 시의 시인이 푸르고 드높은 가을 하늘을 연거푸 마시고 마음이 능금처럼 곱고 향기롭게 익어간 경험을 전해준 부분은 각별한 감흥을 불러일으킵니다. 더군다나 초가을 햇볕으로 목을 씻고 가을하늘을 마셨다는 그 지극한 가을 하늘에 대한 감격이야말로 전율 섞인 감동을 자아냅니다.

　이제 가을 하늘을 볼 계절입니다. 어떻게든 가을 하늘을 만나면서 지상의 인간들과 인간세상도 맑고 환하게 정화되었으면 좋겠습니다. 그리고 가을이 된 만큼 우리들의 살림살이도 가을 열매처럼 안쪽으로 단단해지며 둥글어지는 시간이 되었으면 좋겠습니다.

마음속에 그린 은혜로운 집과 삶의 풍경

살고 싶은 집

김남조

나지막한 산기슭
숲 하나 가까이 있는 곳의
집 한 채.
좋은 책들과 안락의자 몇 개
간혹 울리는 전화
정다운 손님 몇이 왕래하고
음악과 영상기기
「예수의 두상」 작품 하나
꽃은 사방에서 피고
마음에서도 피고

죄 없이 살면서, 는 아니고
가급 죄 짓지 않으면서
나 혼자여도
은혜롭게 살아갈
그런 집 한 채

—『충만한 사랑』, 열화당, 2017에서

위 시가 들어 있는『충만한 사랑』은 김남조(1927~2023) 시인의 열여덟 번째 시집입니다. 김남조 시인이 시단에 나온 것이 1950년도의 일이니까 그의 시인 생활은 올해(2019)로 70년이 되는 셈입니다. 그는 참으로 오랫동안 시를 간절하게, 멈춤 없이 창작해온 우리 시단의 존경받는 원로이자 노경의 현역 시인입니다.

　이런 김남조 시인은 그의 시인 생활 전체를 통하여 인간이 '사랑'의 힘으로 어디까지 나아갈 수 있는가를 수행하듯 탐구해왔습니다. 사랑의 수준은 아주 낮은 차원에서부터 그 높이를 가늠할 수 없을 만큼의 무한 지점에 도달한 것에 이르기까지 그 영역을 헤아리기 어려울 만큼 넓고 다채롭습니다. 그러므로 사랑의 궁극을 꿈꾸는 사람에게 참답게 사랑하는 일이란 그야말로 한 생애로는 어림도 없는 다겹생의 인간적 과제이자 과업입니다.

　위 시집『충만한 사랑』에서 김남조 시인의 사랑은 아주 깊이 곰삭아 발효된 향기를 품고 있습니다. 제목처럼 '충만한 사랑'이 어떤 것인지를 작품마다에서 고스란히 느끼도록 하고 있습니다.

　우리가 함께 읽어보기로 한 위 작품「살고 싶은 집」은 이런 충만한 사랑의 집과 삶이 어떤 것인지를 조용하고 정갈한 언어로 들려줍니다. 나지막한 산기슭에 자리 잡고 있으며 그 가까이엔 숲을 하나 두고 있는 집, 좋은 책들이 있고 안락의자가 몇 개 있으며 간혹 전화벨 소리가 들리는 집, 방문객이라면 정다운 손님들이 몇몇 왕래하고, 음악과 영상기기와 예수의 두상이 있는 집, 그리고 사방에서 꽃이 피어나며 집주인의 마음속에서도 꽃이 피어나는 집, 그런 곳이 위 시의 시인이 꿈꾸는 충만한 사랑의 집입니다.

　그러나 어찌 보면 이런 집의 표정이자 풍경은 외면적인 것입니다. 그는 이 집에서 '죄 없이' 아니 '가급적 죄 없이,' 혼자일지라도 '은혜롭게 살아갈' 그런 참삶을 소망합니다. 이로 인하여 시인의 집은 외형적인 아름다움과 내적인 아름다움, 보이는 은혜로움과 보이지 않는 은혜로움을 함께 갖춘 온전한 집이 됩니다.

그렇다면 이런 집과 삶은 어떻게 가능해지는 것일까요? 집이란 그것이 우리가 꿈꾸는 상상 속의 집이든, 아니면 현실 속의 실제의 집이든 한 사람의 의식과 영혼이 그대로 담겨 있는 공간이자 세계입니다. 인간들은 그들의 내적 살림살이의 모습만큼씩 그들의 집을 짓고 삶을 기획하며 살아갑니다. 그런 점에서 집은 곧 인간들 자신이고 인간들의 내면 그 자체입니다.

그러고 보면 김남조 시인이 위 시에서 보여준 '살고 싶은 집'은 그의 사랑의 힘과 수준이 구축하고 그려낸 집입니다. 산기슭, 숲, 책, 안락의자, 전화, 손님, 음악, 영상기기, 예수의 두상, 꽃들의 피어남과 같은 것들이 보여주는 순정한 자연성과 평화로운 휴식, 드높은 인간 정신과 따스한 우정의 교류, 고양된 예술혼과 영성의 울림은 그의 집의 내면입니다. 그러나 이 집은 앞에서도 잠시 말했듯이 이러한 것들과 더불어 무엇보다도 '죄 없이' 아니 '가급적 죄 짓지 않으면서' 살아가고자 하는 은혜롭고 성스러운 삶의 공간입니다.

죄 짓지 않고 사는 삶이란 얼마나 고귀하면서도 지난한 것인가요? 독실한 가톨릭 신자인 김남조 시인에게 생의 궁극은 죄짓지 않는 삶이며 은혜로운 삶일 것입니다. 그의 이런 삶은 지고한 사랑의 힘으로만 가능할 수 있는 세계입니다.

우리는 위 시에서 집이 은혜로운 삶의 처소이자 생성지임을 봅니다. 집을 통하여 삶의 최고 단계인 은혜로운 삶이 가능해지는 모습을 봅니다.

집이 이처럼 은혜의 공간이자 삶의 세계가 되는 것은 드물지만 우리 모두가 도달하고 싶은 지점입니다. 우리들 마음속에 숨어 있는 종교적 신성과 순정한 영혼은 언제든지 고처(高處)에서 깨어나고 싶고, 피어나고 싶은 것이 사실이기 때문입니다.

문명의 달력, 인생의 달력, 자연의 달력

은현리 달력

— 인디언 달력을 흉내 내어

정일근

1월, 은현리에 봄까치꽃 맨 처음 피는 달

2월, 철새 까마귀 떼 시베리아로 돌아가는 달

3월, 엄나무 단단한 가시 가시 물올라 스스로 붉어지는 달

4월, 벚나무 아래 앉아 연필로 밑줄 치며 그리운 시집 읽는 달

5월, 내 꽃밭으로 백모란 찾아오시는 달

6월, 새벽에 감꽃 주워 그대 목걸이를 만드는 달

7월, 밤마다 은현리 개구리 합창단이 공연하는 달

8월, 대운산 넘어 동해 바다로 마구 달려가고 싶은 달

9월, 맨발로 무제치늪 걸어보는 달

10월, 은현리 산길 들길에서 쑥부쟁이 꽃 만나는 달

11월, 늙으신 어머니 곁에서 함께 자는 달

12월, 얼음 어는 밤 잠들지 못하며 그 사람 생각하는 달

—『기다린다는 것에 대하여』, 문학과지성사, 2009에서

12월입니다. 12월은 고딕체로 진하게 표기해야만 할 것 같은 특별한 달입니다. 일 년 중의 어느 달보다도 상념과 사념이 짙어지고 깊어지는 달입니다. 이 12월 앞에서 우리는 누구나 다 조금씩 심각해지고 심오해집니다.

여러분들의 올 한 해는 어떠셨는지요? 새로 다가올 내년의 계획은 원만하게 세우고 계신지요? 이번 달엔 일 년 열두 달을 '인디언의 달력'으로부터 영감을 받아 신선하게 그려 보인 정일근(1958~) 시인의 작품 「은현리 달력」을 함께 읽어보고자 합니다.

정일근의 시 「은현리 달력」에서 제목으로 사용된 '은현리(銀峴里)'는 정일근 시인이 교사생활과 기자생활을 하던 대도시를 떠나 육체의 병고를 달래고 영혼의 심층을 들여다보기 위해 찾아간 울산시 울주군 웅촌면의 한 작은 시골 마을 이름입니다. 그는 이곳에서 귀뚜라미 소리를 듣는다는 의미의 '청솔당(聽蟀堂)'이란 당호를 짓고 소박한 거처에서 자신을 다시 태어나게 하는 자연인의 삶을 자연처럼 살았습니다.

그가 그곳에서 10여 년의 삶을 산 후에 내놓은 시집이 위의 작품 「은현리 달력」이 수록된 『기다린다는 것에 대하여』입니다. 이 시집 속의 작품들은 은현리의 대지와 바람과 햇살과 생명들을 숨결처럼 품고 있습니다.

여러분들은 '인디언의 달력'에 대하여 알고 계신지요? 류시화 시인과 김욱동 교수는 각각 『나는 왜 너가 아니고 나인가』와 『인디언의 속삭임』이라는 책을 통하여 이 인디언의 달력을 매력적인 세계로 소개하였습니다. 인디언의 달력은 그들의 부족 수만큼이나 많은 형태를 띠고 있으나 공통점이 있다면 그 달력들이 한결같이 그들의 삶의 중심에 자연과 우주를 초대하거나 우러르며 시적이고 영성적인 감각 속에서 만들어졌다는 점입니다. 그들의 달력은 문명화된 숫자로서의 달력이 아니라 그들의 삶과 자연과 우주가 공저자처럼 공생하고 공명하는 달력입니다.

실례를 조금 들어보도록 하겠습니다. 그들에게 1월은 마음 깊은 곳에 머무는 달이며 2월은 강에 얼음이 풀리는 달이고 3월은 바람이 속삭이는 달이며 4월은 머리맡에 씨앗을 두고 자는 달입니다. 그리고 5월은 말이 털갈이를 하는 달이고 6월은 나뭇잎이 짙어지는 달이며 7월은 사슴이 뿔을 가는 달이고 8월은 옥수수가 은빛 물결을 이루는 달입니다. 또한 9월은 도토리 묵을 해 먹는 달이며 10월은 바람이 세게 부는 달이고 11월은 모든 것이 사라지는 것은 아닌 달이며 12월은 침묵하는 달입니다.

정일근 시인의「은현리 달력」도 이런 인디언의 달력들 한 옆에 놓아 손색이 없습니다. 앞서 밝혔듯이 10여 년 정도의 은현리 생활 경험을 가진 정일근의 작품「은현리 달력」에 깃든 생명 감각과 자연 감각도 꽤 육화된 토박이나 토착민 같은 느낌을 주고 있기 때문입니다.

앞에 제시한 시작품에서 볼 수 있듯이 정일근 시인에게 1월은 봄까치꽃이 맨 처음 피는 달입니다. 그리고 2월은 까마귀 떼가 시베리아로 돌아가는 달이며 3월은 엄나무 가시마다 붉게 물이 오르는 달입니다. 그런가 하면 4월은 벚나무 아래서 그리운 시집을 읽는 달이고 5월은 하얀 모란이 자신의 꽃밭으로 찾아오는 달이며 6월은 감꽃을 주워 그대라고 부르는 사람의 목걸이를 만드는 달입니다. 더 열거하자면 정일근 시인에게 7월은 은현리의 개구리들이 합창 공연을 하는 달이고 8월은 동네의 큰 산인 대운산 너머의 동해바다로 달려가고 싶은 달이며 9월은 맨발로 무제치늪을 걸어보는 달입니다.

9월까지의 '은현리 달력'을 열거해보았습니다. 어떻습니까? 정일근 시인의 「은현리 달력」을 다달이 짚어가며 읽어보니 그곳의 삶이 내밀한 사적 편지처럼 전달돼 오지 않습니까? 우리도 겉으론 문명화된 달력을 걸어놓고 살아가지만 자신만의 하나뿐인 달력을 안쪽에서 독자적으로 만들어가며 자율적이고 창조적인 삶을 열어 나아가 보는 것은 어떨까요?

물처럼, 강물처럼 하나 되어 흘러가는 시간

강물이 되어 흐르라 하네

김종해

서로가 서로를 품고
함께 흐르는 것은 물밖에 더 있으랴
넉넉한 품으로
물과 물이 서로 어깨를 겯고
함께 바다로 동행하는
저 표표한 품세를 보아라
까마득한 수직 절벽 폭포든
험산 준령 골짜기
광야의 지평 어디서든
깊고 얕고 구석지고 외진 어느 곳이든
따지지 않고
서로서로 부둥켜안고 바다로 가는
저 사랑의 억만 년 도반(道伴)을 보아라
사람 살아가는 세상
제 뜻 낮추어 물이 되어 흘러가는 곳
서로간의 각진 마음 내리고

물처럼 살아가라 하네
강물이 되어 흐르라 하네
　　　　　　　—『늦저녁의 버스킹』, 문학세계사, 2019에서

'각진 마음'을 '둥근 마음'으로, '모난 마음'을 '원만한 마음'으로 만들어가고 자 하는 길고도 먼 시쓰기의 도정 위에서 김종해(1941~) 시인은 이달에 함께 읽어보고자 하는 작품 「강물이 되어 흐르라 하네」와 같은 무르익은 시를 내놓았습니다.

물은 인류사 속에서 아주 다양하면서도 심오한 상징성을 부여받은 특수한 물질이자 존재입니다. 물은 실제로는 뜻 없이 무심하게 흘러가는 세상의 질료이자 형상에 불과하지만 인간들은 이 물을 향하여 수많은 인간적 의미를 부여하며 그들의 정신세계와 문화생활을 수준 높게 구축해왔습니다.

일반적으로 존재와 세계를 구성하는 요인으로 사람들은 지수화풍(地水火 風 : 흙, 물, 불, 바람)을 듭니다. 이들 중 어느 하나도 중요하지 않은 것이 없지 만 특별히 물은 생명 창조의 원천으로서 우리들이 살고 있는 지구별을 생명의 세계로 생성시키고 진화시킨 놀라운 주인공입니다. 따라서 사람들은 이 물 앞에서 남다른 찬탄과 감동이 섞인 경외감을 표현합니다. 이런 찬탄과 감동을 담은 경외감이 마침내 수준 높은 형이상성을 부여하는 데까지 나아가게 되면, 물은 아연 오래된 경전이나 신뢰할 만한 고전처럼 지혜의 텍스트로 인간의 마음속에 들어옵니다. 물 앞에서 인간들은 무수한 지혜의 소리를 듣는 데까지 나아갔던 것이고, 그것은 이미 2,500여 년 전 『노자 도덕경』에서 '상선약수(上善若水 : 최고의 선은 물과 같다)'라는 잠언과도 같은 말씀을 낳게 하는 데까지 이르게 된 것입니다.

위 시를 보면 김종해 시인은 물 중의 물이라고 칭할 수 있는 '강물' 앞에서 이런 물의 지혜담을 유달리 귀가 크거나 눈이 밝은 사람처럼 아주 깊고도 넓게 청취합니다. 그가 청취한 물과 강물의 지혜담은 '각진 마음'을 '둥근 마음'으로, '모난 마음'을 '원만한 마음'으로 전변시키고자 하는 그의 시적 소망처럼 삶의 날카롭고 거칠며 어두운 부분을 해결하고 또 초탈하고자 하는 의지를 담고 있습니다. 그런 그에게 강물은 서로가 서로를 품어 안고 함께 흐르는 크나큰 포용의 존재입니다. 또한 강물은 서로서로 어깨를 겯고 바다로 동행할 줄을 아는 품격과 멋스러움을 지닌 존재입니다. 뿐만 아니라 강물은 어떤 시간과 공간 속에서도 첫 마음을 잃지 않고 부둥켜안은 채 도반이 되어 대모(大母)의 바다로 흘러가는 진실의 동행자입니다. 또한 이런 강물은 제 뜻을 낮추어 하심(下心)의 길을 원만하게 열어갈 줄 아는 존재입니다.

　김종해 시인은 이와 같은 강물의 지혜담을 청취하고 발견하면서 인간인 우리들의 세상도 달리 보고자 합니다. 어쩌면 겉으론 한없이 어긋나고 대립하며 소란스럽기 짝이 없는 인간세상도 그 심층을 보면 제 뜻 낮추어 물이 되어 흘러가려고 하는 것 같은 참마음이 스며 있다는 것입니다. 그러면서 그는 강물에게서 전해들은 지혜의 말을 우리에게 전달합니다. 서로 간의 각진 마음을 내려놓고 물처럼 살라 한다고, 강물처럼 흘러가라 한다고, 그렇게 전하는 것입니다.

　물의 하나됨! 강물의 흘러감! 이 둘은 물이 지닌 일심과 강물이 지닌 동행의 미덕을 보여줍니다. 물은 지구별의 어느 한 곳 남김없이 실핏줄처럼 퍼져 생명의 물길을 열어가는 가운데 지구별을 살리며 연결시킵니다. 또한 강물은 지구별의 중심을 잡으며 동맥처럼 근간을 형성하는 가운데 물길 따라 인간과 생명들이 모여들어 살아가게 합니다.

　그래서 물을 바라보는 일은 평화롭고 싱그럽습니다. 강물을 바라보는 일은 특별히 고요하고 충만합니다. 우리의 몸과 마음이 메마를 때 물을 찾고 강물을 방문하는 것은 이런 물의 묘용 때문일 것입니다. 새로 시작하는 한 해가 물처럼, 강물처럼 하나 되어 흘러가는 시간이 되었으면 좋겠습니다.

여행, 길에서 '길'을 찾는 발견의 시간

여행자의 노래

문태준

나에게는 많은 재산이 있다네
하루의 첫 걸음인 아침, 고갯마루인 정오, 저녁의 어둑어둑함, 외로운 조각달
이별한 두 형제, 과일처럼 매달린 절망, 그럼에도 내일이라는 신(神)과 기도
미열과 두통, 접착력이 좋은 생활, 그리고 여무는 해바라기
나는 이 모든 것을 여행가방에 넣네
나는 드리워진 커튼을 열어젖히고 반대편으로 가네
이 모든 것과의 새로운 대화를 위해 이국(異國)으로 가네
낯선 시간, 그 속의 갈림길
그리고 넓은 해풍(海風)이 서 있는 곳

—『우리들의 마지막 얼굴』, 창비, 2015에서

인간에게 여행은 생존의 차원을 넘어선 문화이자 철학이고 수행입니다. 이 일을 위하여 인간들은 끊임없이 떠납니다. 가보지 못했던 곳을 새롭게 만나기 위하여, 갔던 곳을 다시 보기 위하여 인간들은 언제나 떠날 준비가 되어 있습니다.

떠남으로써 인간들은 자신을 확장시키고, 그 길 위에서 자아와 세계의 진실을 만납니다. 이런 여행을 통하여 인간들은 몰라보게 성장하고 이전과 다른 사람이 되어 그들이 떠났던 첫자리로 돌아옵니다.

지금도 수많은 사람들이 떠나고 있습니다. 자동차로, 버스로, 비행기로, 기차로 어딘가를 향하여 길을 떠나고 있습니다. 그런 사람들이 떠나기 위하여 해야 할 첫 번째 과제는 여행가방을 꾸리는 일입니다. 여행가방이란 한 사람의 육신의 살림살이와 마음의 살림살이가 들어 있는 사적인 집과도 같으니까요.

위 시에서 문태준(1970~) 시인은 여행가방의 목록을 사려 깊게 챙겨보는 것으로부터 시를 시작합니다. 이런 일 앞에서 시인은 낯선 듯이 자신의 놀라운 살림살이 목록을 발견합니다. 자신에겐 정말로 많은 '재산목록'이 있다는 사실을 발견하는 것입니다.

그가 들려주는 재산 목록을 한 번 언급해보기로 합니다. 새로 시작되는 아침, 한낮의 정오, 어둑어둑해지는 저녁, 밤하늘의 조각달, 이런 자연사의 시공간들과 사물들이 우선 그의 재산 목록으로 제시됩니다. 시인의 이런 재산 목록은 이채롭습니다. 누구도 좀처럼 자신의 재산이라고 여기지 않는 자연사의 표상들이 그의 재산 목록의 앞부분을 차지하고 있으니까요.

그러나 잘 생각해보면 이들보다 더 큰 재산 목록도 달리 없습니다. 특별히 여행자에게 이들은 가방의 소중한 곳에 담고 싶을 만한 재산 목록입니다. 이들로 인하여 여행의 길은 한층 우주적이고 초월적일 수 있으니까요.

시인은 다시 여행가방에 넣을 재산 목록들을 열거합니다. 이별한 두 형제, 과일처럼 매달린 절망, 내일이라는 신(神)과 기도, 미열과 두통, 접착력이 좋은 생활, 여무는 해바라기 등이 그 목록들입니다. 그는 이 현실적인 목록들을 소중하게 자신의 여행가방에 꾸려 넣고자 합니다. 이들은 희망의 목록이기도 하고 또 아픔의 목록이기도 하지만 그는 이들을 품어 안고 여행길을 떠나

제3부 '철목개화'의 상상력과 회향의 미학

려 합니다. 여행은 그에게 다른 시간과 다른 공간, 다른 사람들과 다른 문화, 다른 방향과 다른 시각을 선사할 것이기 때문입니다.

위 시의 뒷부분에서 시인은 이런 여행가방을 들고 '정반대쪽'으로, '이국의 땅'으로 가겠다고 말합니다. 정반대쪽은 우리가 모든 것을 정반대로 놓아볼 수 있는 곳이며, 이국이란 모든 것을 익숙한 자아가 아닌 타자의 눈으로 바라볼 수 있는 곳입니다.

콘텍스트가 텍스트를 바꾸고, 달라진 시간과 공간이 문제를 재해석하게 만들듯이, 여행은 우리가 다른 콘텍스트 속으로 자발적인 이동을 하는 일이고, 다른 시공간 속으로 기꺼이 자리바꿈을 해보는 수련입니다.

그런 점에서 위 시의 제목이기도 한 '여행자의 노래'는 유연함과 너그러움, 자유로움과 자연스러움, 가벼움과 무집착의 초탈한 기운을 품고 있습니다. 여행을 떠나는 사람에게서도, 여행으로부터 돌아오는 사람에게서도 다른 기운이 느껴진다면 그것은 여행이 지닌 이와 같은 속성 때문일 것입니다.

바야흐로 여행의 시대입니다. 여행을 통해 인간과 인간사가 차원 변이를 이룩하는 인류사의 한 사건을 만들어냈으면 하는 바람입니다.

전나무 숲속에서 들려오는 3월의 법문

월정사 전나무숲을 찾아서

박호영

삼월이 와도 겨울은 끝나지 않았다
문득 그대 부르는 소리 들려
추위에 한껏 몸을 움츠리고
구부정히 그대를 찾아간다
그동안 이곳에 와도
무심히 지나치기를 몇 번이던가
이제야 비바람을 견뎌낸
그대의 거친 피부가 보인다
오랜 세월 꼿꼿함을 위해
미처 추스르지 못한
그대의 살과 **뼈**도 보인다
아직도 봄이 멀었다는 소문 속에서
나는 오늘 비로소
그대의 무정설법(無情說法)과 마주하고 있다

—『저 너머』, 책만드는집, 2019에서

강원도 오대산의 명찰인 월정사에 가보셨는지요? 그곳에 이르는 길고 푸르른 전나무 숲길도 걸어보셨는지요? 강원도도, 오대산도, 월정사도, 전나무도, 그리고 그 전나무들이 만들어내는 숲속과 숲길도 거대도시의 일상 속에서 허둥대는 도시인들에겐 휴식과 여유, 치유와 회복, 사색과 성찰의 시간을 선사하는 존재입니다.

　박호영(1949~) 시인은 우리 현대시를 연구하는 시학자이자 문학평론가입니다. 그런 그가 2002년도에 시인으로도 등단하였고 지난해에는 위 작품이 수록된 네 번째 시집으로『저 너머』를 출간하였습니다. 그런 그는 몇 해 전에 거대 도시인 서울을 떠나 강원도의 강릉으로 이주하여 새 단계의 인생을 살아가고 있습니다.

　박호영 시인이 사는 강릉에서 월정사는 그리 멀지 않습니다. 아직도 추위가 가시지 않은 이름만의 봄날인 3월에 이 시인은 불현듯 월정사의 전나무숲이 부르는 '소리'를 듣습니다. 그는 월정사 전나무 숲을 '그대'라고 부르며 '그대'가 부르는 '소리'에 이끌려 그곳을 찾아갑니다. 그곳에서 박호영 시인은 새로운 발견을 합니다. 그것은 전나무숲이 달라졌기 때문이 아니라 그의 삶과 눈이 이전보다 밝아지고 깊어졌기 때문입니다.

　우리의 눈과 마음은 제멋대로여서 존재의 실상을 보기가 쉽지 않습니다. 자신이 보고 싶은 것, 다른 사람들이 보았던 것, 어디선가 풍문처럼 들었던 것들을 자신의 것으로 착각하고 존재의 실상과는 먼 곳에 머무는 경우가 대부분이지요. 그런 점에서 우리는 어떤 존재의 참모습과 너무나도 멀리 떨어져 사는 사람들입니다.

　박호영 시인은 이와 같은 자신의 지난날을 돌아보며 월정사 전나무숲을 정면에서 진지하게 만나기 시작합니다. 그의 이런 진심에 비친 월정사 전나무숲은 비바람을 견뎌내느라 '거친 피부'를 가진 나무들의 숲이며, 오랜 세월 동안 꼿꼿함을 잃지 않기 위하여 속내의 아픔조차도 추스르지 못한 '고단한

살과 '뼈'를 가진 나무들의 숲입니다.

박호영 시인이 월정사 전나무숲에서 본 것은 그 외형의 싱그러움 안에 감추어진 '고행'과도 같은 생명의 여정입니다. 그런 나무들에게 시인은 귀를 기울이며 점점 가까이 다가갑니다. '상록침엽교목'이라고 불리는 전나무들, 오대산이라는 강원도의 큰 산에서 살아온 나무들, 특별히 월정사라는 지혜와 자비의 고찰이자 대사원에 몸을 기대고 사는 나무들에게서 그는 남다른 진실을 들을 수 있을 것 같기 때문입니다.

박호영 시인은 이와 같은 나무들을 향하여 '그대의 무정설법(無情說法)'을 마주하고 있다고 고백합니다. 무정설법이라는 말은 감정과 인지작용이 있는 유정물만이 아니라 산천초목은 말할 것도 없고 만유일체가 진리를 드러내고 있다는 불가의 중요한 견해를 담고 있습니다. 실로 눈을 뜨고 보면 이 우주 속에서 진리의 드러냄을 시현하고 있지 않은 것이 없다는 이 소식을 박호영 시인은 월정사 전나무 숲 앞에서 깨닫고 있습니다.

3월은 마음의 봄과 신체의 봄이 종종 어긋나는 시기입니다. 마음은 벌써 봄을 품고 있으나 계절은 더디기만 하여 아직도 추위가 우리의 몸속으로 파고드는 시절입니다. 이런 봄날 박호영 시인은 월정사 전나무숲을 찾아가 사계절 내내 푸르고, 이파리도 예리하고, 키가 아주 큰 교목 앞에서 진담(眞談)이자 법담(法談)을 청취합니다.

여러분들은 이 3월에 무엇을 찾아가 어떤 소리를 듣습니까? 시끄럽고 제멋대로이기 쉬운 우리들의 묵고 탁한 마음을 봄청소하듯 비워보고 천지자연(天地自然)과 두두물물(頭頭物物)이 전하는 '무정설법'을 들어보는 것은 어떨까요? 인간의 소리와는 다른 소리가 그곳에서 들려올 것이라 생각합니다. 그리고 그 소리에 여러분들이 새로운 차원으로 깨어나는 기쁨이 있을 것이라 생각합니다.

　제3부　'철목개화'의 상상력과 회향의 미학

4월의 지리산 벚꽃길에 관한 명상

쌍계사 십 리 벚꽃

고두현

쌍계사 벚꽃길은 밤에 가야 보이는 길
흩날리는 별빛 아래 꽃잎 가득 쏟아지고
두 줄기 강물 따라 은하가 흐르는 길

쌍계사 벚꽃길은 밤에 가야 빛나는 길
낮 동안 물든 꽃잎 연분홍 하늘색이
달빛에 몸을 열고 구름 사이 설레는 길

쌍계사 벚꽃길은 둘이 가야 보이는 길
왼쪽 밑동 오른쪽 뿌리 보듬어 마주 잡고
갈 때는 두 갈래 길, 올 때는 한 줄기 길

꽃 피고 지는 봄날 몇 해를 기다렸다
은밀히 눈 맞추며 한 생을 꿈꾸는 길.

— 『달의 뒷면을 보다』, 민음사, 2015에서

바야흐로 벚꽃의 시간입니다. 벚꽃이 필 때면 다른 꽃들은 잠시 주변으로 물러나야 합니다. 벚꽃의 전경화(foregrounding)를 위하여 다른 꽃들의 후경화(backgrounding)가 자발적으로 이루어져야 하는 것이지요.

이 지구별의 꽃들은 모두가 제각각의 고유한 특성을 갖고 있습니다. 그런 꽃들이 자신만의 숨겨진 진면목을 드러내는 방식은 참으로 다채롭습니다. 꽃과 나무를 사랑하고 관찰하는 데 놀라운 안목과 마음을 갖고 살았던 법정(法頂)스님은 '매화는 반만 피었을 때 보기가 좋고, 벚꽃은 활짝 피었을 때 볼 만하고, 복사꽃은 멀리서 바라보아야 환상적이고, 배꽃은 가까이서 보아야 자태를 알 수 있다'고 '꽃의 사생활'을 법문 속에서 인상 깊게 들려준 바 있습니다. 그러나 법정스님이 아니더라도 꽃과 나무를 사랑하는 모든 이들은 꽃들과 만나는 사적인 비밀이자 방식을 갖고 있을 것입니다.

실로 이 세상에서 꽃만큼 우리를 강력하게 이끄는 매혹적인 생명체도 달리 없습니다. 꽃 앞에서 우리는 화를 낼 수가 없고, 꽃이 피는데 우리는 절망할 수가 없으며, 꽃밭을 거닐면서 우리는 가난한 표정을 지을 수가 없습니다. 그만큼 꽃은 강력한 생의 에너지이자 하이라이트입니다.

저 남쪽의 지리산에 가 보셨는지요? 그 무던하고 후덕한 지리산에 들어서면 누구나 오래 달인 탕약을 먹은 것처럼 마음이 안정되는 것을 느낄 것입니다. 그 산의 여유가 넘치는 허리 둘레도, 뿌리 깊은 봉우리들의 원만한 조화로움도, 바라보면 바라볼수록 방심에 가까운 안심을 선사하기 때문입니다.

이 지리산의 명소 가운데 '쌍계사 십리 벚꽃길'이 있습니다. 이 길은 지리산을 장식하는 문채(文彩)와 같기도 하지만, 그 자체로 시적이며 미학적인 세계입니다. 여기서 길은 목적지에 이르는 수단이 아니라 과정 전체를 향유하는 도정입니다.

고두현(1963~) 시인은 이 길을 보고 우리가 이달에 함께 읽고 있는 작품 「쌍계사 십 리 벚꽃」을 창작하였습니다. 두 편의 연작 가운데 우리가 읽고 있는 작품은 두 번째 작품에 해당되는 것인데 그는 여기서 쌍계사 벚꽃길을 다양하게 그려 보이고 있습니다. 눈에 띄는 대로 열거해보면 '그 길은 밤에 가야 보이는 길이며, 꽃잎이 가득히 쏟아지는 길이고, 두 줄기 강물에 은하가 흐르는 길이며, 밤이라야 빛나는 길이고, 연분홍 하늘이 설레는 길이며, 둘이 가야 보이는 길'입니다. 그리고 한 가지 더 보태자면 '인간의 한 생을 꿈꾸게 하는 길'입니다.

길에서 이런 사색과 만남이 가능하다면 그 길은 물리적인 길이 아니라 정신적이며 우주적인 세계입니다. 그런데 말입니다, 이런 벚꽃길이 어디 쌍계사 벚꽃길만이겠습니까? 이 땅의 곳곳에는 물리적인 길을 넘어서게 하는 수많은 벚꽃길들이 있습니다. 또한 어디 벚꽃길뿐만이겠습니까? 다른 나무나 꽃들로 장엄된 길들도 무수히 많습니다.

그러니 쌍계사 벚꽃길은 정신적이며 우주적인 길의 한 상징이자 은유입니다. 그렇더라도 지리산의, 섬진강으로 흘러드는 쌍계의, 벚꽃으로 장엄된, 십 리나 되는 이 길은 지리산과 쌍계와 벚꽃과 십 리의 거리가 어울려서 빚어내는 색다른 면모를 지니고 있습니다. 특히나 밤이면 더욱 신비롭고 환하게 밝아지는 봄날의 벚꽃을 중심으로 새롭게 탄생된 지리산 쌍계사 십 리 벚꽃길은 자연사가 빚어내는 놀라움 앞에서 인간들이 만나는 천지인(天地人)의 신비와 속뜻을 보게 합니다.

참으로 어수선한 가운데 맞이한 이 땅의 4월이고 봄날입니다. 고두현 시인이 들려주는 벚꽃길에 의지하여 잠시나마 위로를 받을 수 있게 되었으면 좋겠습니다.

4월의 지리산 벚꽃길에 관한 명상

들꽃과 자전거가 동행하는 '야생'의 길

들꽃에 관한 명상
— 자전거의 노래를 들어라 5

유하

지도에도 없는 무명의 길을 달린다
속도의 권력을 갖지 않는 자
더 많은 것을 만나고 벗하게 되리라
내 친구인 강바람이여
바람을 따라 따뜻한 인사를 보내는
사려 깊은 억새풀이여
벌개미취여
쑥부쟁이여
달개비여
노루귀여
속도의 권력이 허가한 세상
밖에 있는 것들이여
길들여지지 않는 들꽃의 길이여
그러니 대저 길의 경계가 어디 있겠는가
스스로 길을 만들지 않아도
자전거는 달린다

그 모든 야생(野生)이 우정으로 내어준 그 길을

　　　　　　　　—『천일마(馬)화』, 문학과지성사, 2000에서

　유하(1963~) 시인이 시단을 떠나 영화계로 이주한 지도 꽤 오래되었습니다. 그러나 유하는 여전히 우리 시사의 한 영역을 개척한 주목할 만한 시인이고, 그의 시는 최전선의 '아방가르드'이며 동시에 '오래된 미래'의 속성을 지니고 있습니다.

　유하는 영화감독으로서 〈결혼은 미친 짓이다〉 〈말죽거리 잔혹사〉 등의 작품으로 유명해졌고, 2006년도에는 한국영화평론가협회가 주관하는 감독상을 받기도 하였습니다. 그러나 저는 그를 영화감독보다는 시인으로서 아끼는 마음을 더욱 크게 갖고 있으며, 특별히 그의 시 전반에 강물처럼 푸르게 스며 있는 노자적(老子的) 사유와 상상력을 소중하게 생각합니다.

　모더니즘을 넘어 포스트모더니즘의 극한을, 휴머니즘을 넘어 포스트 휴머니즘의 극단을, 도시화를 넘어 디지털 제국의 판타지를 형성하고 있는 이 시대에 오래된 노자적 사유와 상상력을 말하는 것은 조금 어색할 수도 있습니다. 그러나 가만히 생각해보면 노자적 사유와 상상력은 우리를 본향으로 귀가시키는 치유의 힘을 갖고 있습니다. 그야말로 인류 문명사의 엔트로피가 가파르게 수직으로 솟구쳐 오르는 이 시대에 이는 엔트로피의 과도한 흥분과 과열을 막아주는 진정제이자 해열제입니다.

　유하는 우리가 이달에 함께 읽어보고자 하는 작품 「들꽃에 관한 명상—자전거의 노래를 들어라 5」에서, 우리를 야생(野生)의 들꽃 세계로 안내하며 명상의 시간을 경험하게 합니다. 우리는 그 어떤 것 앞에서도 '명상'의 시간으로 접어들 수 있습니다. 풀꽃뿐만 아니라 하늘도, 바람도, 강물도, 학교의 교정도, 공부하는 책상 등도 우리를 고요하고 싱싱한 본래의 첫자리로 안내하기에 충분합니다. 이런 명상의 순간을 통하여 우리는 혼란스럽고 무력해진

들꽃과 자전거가 동행하는 '야생'의 길

생명 에너지를 정돈하고 충전시킬 수 있습니다.

유하는 우리가 함께 읽는 작품 「들꽃에 관한 명상―자전거의 노래를 들어라 5」에서, 들꽃이 만든 '지도에도 없는 무명(無名)의 길'을 따라 '자전거'를 타고 '노자풍'의 포즈로 달립니다. 여기서 들꽃과 자전거는 '노자적 사유와 상상력'의 환유입니다. 그들은 인공의 지도책과 제한된 칸막이의 협소한 도로를 벗어난 무위와 자율과 해방의 열린 길을 알고 살아가는 존재입니다. 그런 '야생의 길' 위에서 시인은 수많은 것들을 순정한 마음으로 기쁘게 만나며 벗으로 삼고 있습니다. 강바람을, 강바람에게 인사를 보내는 억새풀과 벌개미취와 쑥부쟁이와 달개비와 노루귀들을 그는 우정 속에서 만나며 감격스러워합니다.

유하는 이들이야말로 현 시대의 문명이 가세하거나 지배당하고 있는 속도의 문법과 권력이 좀처럼 닿을 수 없는, 이 땅에 아직 남아 있는 숨은 오지이자 은거의 자연 지대라고 생각합니다. 실로 이런 속도의 문법과 권력은 끝을 알 수 없는 인간 욕망의 산물입니다. 우리는 더 빠르게 어딘가에 도달하고자 하고 그 가운데서 스스로를 과도하게 흥분시키거나 소진시킵니다.

이런 우리들의 삶 앞에 「들꽃에 관한 명상―자전거의 노래를 들어라 5」라는 작품은 '노자의 길'을 간곡하게 제안합니다. 조금 느리게 가보라고, 경계를 의심하고 해체해보라고, 당신의 심장박동과 생체리듬의 참소리를 들어보라고, 야생의 들판에 한 번 나가보라고, 우리들 이전부터 존재했고 우리들 이후에도 존재할 길을 알려주는 것입니다.

저는 노자의 언어 가운데 '인법지(人法地) 지법천(地法天) 천법도(天法道) 도법자연(道法自然)'이라는 구절을 가장 좋아합니다. 사람이 땅을 따르고, 땅이 하늘을 따르며, 하늘이 도를 따르고, 도가 자연을 따라야만 삶이 순행할 수 있기 때문입니다. 이 어려운 시절, 자전거를 타고 들꽃이 낸 야생의 길을 한번 시대를 '역행하듯' 달려보면 어떨까요? 막힌 어혈이 시나브로 풀릴 것입니다.

청녹색, 우리가 아껴야 할 선량한 색상

청녹색

천상병

하늘도 푸르고
바다도 푸르고
산의 나무들은 녹색이고
하느님은 청녹색을
좋아하시는가 보다.

청녹색은
사람의 눈에 참으로
유익한 빛깔이다.
이 유익한 빛깔을
우리는 아껴야 하리.

이 세상은 유익한 빛깔로
채워야 하는데
그렇지 못하니
안타깝다.

—『천상병은 천상 시인이다』, 오상출판사, 1984에서

요즘 사람들처럼 색상을 과감하고도 자유분방하게 표출하고 즐기며 살아가는 경우도 달리 없을 것입니다. 마치 색상이 폭발한다 혹은 용출한다고 말하는 것이 적절할 만큼 현시대의 사람들은 색상에 대하여 가졌던 기존의 경계와 억압을 해체하고 넘어섰습니다. 이른바 색채의 해방과 창조가 일어난 것이지요.

그러나 인간들이 아무리 모험적이고 도전적으로 색상의 세계를 화려하게 창조한다고 하더라도 천지우주, 아니 천지자연의 그것을 따라가기는 어렵다고 말해야 할 것입니다. 이른바 묘용(妙用)에 속하는 천지우주와 천지자연의 색채 연출은 무한의 것이라고 할 수밖에 없으니까요.

그렇더라도 이 지구라는 별 속의 인간종인 우리 현생인류에게는 신의 축복처럼 가시권 속에 '빨주노초파남보'의 무지개색이 질서 있게 빛나고 있습니다. 인간들은 이 제한된, 그러나 아름다운 색상들을 보면서 그들만의 놀라운 상상력을 가동시키고 그들만의 독특한 문화를 열어갑니다.

천상병(1930~1993) 시인의 시 속에는 '녹색'에 관한 시적 감성과 표현이 아주 많습니다. 그는 자신이 살았던 서울의 북쪽 너머, 의정부를 따라 내려온 수락산 자락과 그 산자락 아래에 있는 그의 작은 집을 지극히 아끼면서 때론 자부심까지도 드러냅니다. 천상병 시인이 세속 생활인의 자격을 자진반납하고 아내의 인사동 찻집('귀천」)에 의지하여 살아갔다는 사실은 모두가 알고 있습니다. 그런 그가 수락산 자락과 그 산자락 아래의 작은 집에서 '프라이드'까지 느낀 것은 바로 '녹색의 권력' 때문이었습니다. 수락산은 그를 '녹색 부자'로 만들어주었고, 그 산자락 아래의 작은 집 뜨락은 그에게 '녹색 행복인'을 자처하게 하였습니다.

이달에 우리가 함께 읽고 있는 그의 시 「청녹색」은 이런 사실을 알고 있을 때 더욱 입체적으로 실감을 주며 다가옵니다. 녹색에서, 아니 청색과 녹색에서, 아니 청록색에서 남다른 천지의 이치와 생의 기쁨 및 그 가치를 발견하고 있는 천상병의 시는 단순한 듯하나 의미심장합니다.

그가 이 시에서 전하듯이 지구별의 전부라고 해도 과언이 아닌 거대한 하늘도 푸르고 바다도 푸릅니다. 그리고 하늘과 바다 사이에 존재하는 들녘과 산과 나무들은 녹색입니다. 시인은 이런 사실을 보면서 하느님은 청록색을 좋아하시는 것 같다고 어린이들의 어법으로 천진의 진면목을 드러냅니다.

천상병 시인은 이 청색과 녹색, 아니 청록색이야말로 사람에게 정말로 도움을 주는 빛깔이라고 말합니다. 특별히 그는 사람들의 눈을 언급하면서 청록색은 인간들의 눈에 아주 유익하다고 말합니다.

실로 모든 색상은 다 등가의 평등성을 지닌 것입니다. 어느 것이 다른 것보다 우월한 지위를 가질 수 없습니다. 그럼에도 녹색, 아니 청록색에 이토록 애정을 보내는 것은 청록색이야말로 지구별에서 살아가는 인간들에게 너무나도 익숙해진 생명의 색상이며, 인간들이 인지하는 무지개색 스펙트럼에서 양극단을 포용하며 이어주는 중도성(中道性)의 색상이기 때문입니다. 빨강에서 시작되어 보라색으로 끝나는 무지개 색상의 한 중간에서 자신을 열어놓고 포용하는 중색상이 바로 청록색입니다.

천상병 시인은 이런 유익한 중도성의 색상으로 우리들의 세상이 가득 차야 하는데 그렇지 못한 현실이 안타깝다며 시의 마지막 연을 마칩니다. 너무나도 탁하고 거친 인간세상을 청록색으로 치유하고 싶은 그의 간절한 소망이 담겨 있는 것이지요.

생명의 살아 있음과 살려냄의 표상인 푸른색과 녹색과 청록색은 이 지구별의 '선량한' 색상들입니다. 그런 색상이 세상의 주류를 이루어서 우리들 모두의 나날이 6월의 청록빛 산하처럼 건강했으면 좋겠습니다.

'선우(善友)'가 되어 '선연(善緣)'으로 만나는 생명들

쑥부쟁이밭에 놀러가는 거위같이

송찬호

오늘도 거위는 쑥부쟁이밭에 놀러간다야
거위 흰빛과
쑥부쟁이 연보랏빛,
그건 내외지간도 아닌 분명 남남인데

거위는 곧잘 쑥부쟁이 흉내를 낸다야
쑥부쟁이 어깨에 기대어 주둥이를
비비거나 엉덩이로 깔아뭉개기도 하면서
흰빛에서 연보랏빛으로 건너가는 가을의 서정같이!

아니나 다를까, 거위를 찾으러 나온 주인한테
거위 그 긴 목이 다시
고무호스처럼 질질 끌려가기도 하면서

그래도 거위는 간다야
흰빛에서

더욱 흰빛으로

한 백년쯤은 간다야

—『분홍 나막신』, 문학과지성사, 2016에서

독문학을 전공한 송찬호(1959~) 시인의 시를 읽다 보면 독일어 문법처럼 쉽게 언어 구조의 심층을 허락하지 않는 웅숭깊은 내면이 느껴집니다. 대처에 나가 독문학을 전공하고서도 자신의 산골 고향마을(보은)로 자발적인 귀가를 감행한 송찬호 시인에게선 독자적인 회귀의 발길을 무심히 본처로 되돌릴 수 있는 사람에게서만 발견되는 건강한 자신(自信)의 기운도 느껴집니다.

또 있습니다. 오직 시쓰기만이 평생의 직업인 송찬호 시인에게선 좌고우면하지 않고 자기다운 자리에 정주하여 30년이 넘도록 시정신의 집을 한결같이 반듯하게만 지어온 예술인에게서 느껴지는 '수행의 외길' 같은 것도 전해집니다.

우리가 이달에 함께 읽고 있는 그의 작품 「쑥부쟁이밭에 놀러가는 거위같이」는 이 시인이 등단 이후 30년을 맞이하던 해에 출간한 시집 『분홍 나막신』 속에 들어 있습니다. 시인 생활뿐만 아니라 산골 생활도, 산골 생활뿐만 아니라 외길 인생도 꽤 무르익은 지점에서 출간된 이 시집 속의 작품들은 고요하지만 유머러스하고, 긴장이 있지만 여백이 가득하며, 심오하지만 평범한 일상을 품고 있습니다.

이런 그의 작품 「쑥부쟁이밭에 놀러가는 거위같이」는 제목부터가 흥미롭습니다. 거위가 쑥부쟁이밭에 놀러 간다는 뜻밖의 사건, 아니 엉뚱한 조합과 융합이 유쾌한 파격을 만들어냅니다. 시골에 살아보았거나 자연에 관심이 있는 사람들은 거위와 쑥부쟁이에 대하여 잘 알 것입니다. 날개 달린 조류라고 하기에는 몸이 너무나 크고 무겁지만 백조처럼 흰털이 눈부신 거위! 쑥을 닮았지만 조신한 품격 속에서 가을이 되면 보랏빛 꽃들을 대책 없이 피워내는 쑥부쟁이! 이 둘은 실로 무정한 먼 곳의 얼굴조차 모르는 타인들 같습니다. 그런데 시인은 이 둘을 유정한 지척의 연인 관계처럼 한자리에서 동거하게 합니다.

시인에 따르면, 거위가 연인의 마음으로 쑥부쟁이밭에 놀러가면 거위의 눈부신 흰빛과 쑥부쟁이의 환상적인 보랏빛은 보기 드문 서정적인 풍경화가 됩니다. 아마도 거위의 흰빛과 쑥부쟁이의 보랏빛이 둘 다 오염되지 않은 자연의 순정과 순수의 마음빛인 까닭입니다.

이렇게 쑥부쟁이밭을 찾아간 거위는 쑥부쟁이 흉내를 내면서, 쑥부쟁이의 어깨에 주둥이를 비비기도 하고, 아예 쑥부쟁이밭을 엉덩이로 뭉개기까지 하면서 그들 사이에 일심의 장을 만듭니다. 투박하고 순진하나 진심이 가득한 거위와 쑥부쟁이의 사랑입니다. 시인은 이런 그들을 바라보면서 '흰빛에서 연보랏빛으로 건너가는 가을의 서정' 같은 신비를 느낍니다.

그러나 이런 사실에 무지한 거위의 주인은 이들의 존재와 사랑을 거칠게 다룹니다. 주인의 마음엔 거위에 대한 자신의 소유권만이 강할 뿐, 이들 두 생명체들 사이의 선한 사랑의 인연은 보이지 않기 때문입니다.

시인은 이와 같은 현실 앞에서 참혹한 비애감에 빠지지만 그만이 지닌 시인의 눈으로 이들 두 생명들의 드물고 아름다운 사랑을 포착하고 기리면서 연장시킵니다. 시인은 이 시의 마지막 연에서 그것을 거위의 마음이 된 듯, 단호한 어조로 힘주어 외칩니다. '그래도 거위는 쑥부쟁이밭으로 간다야!', '흰빛을 더욱 희게 만들면서 거위는 앞으로도 한 백년쯤은 쑥부쟁이밭으로 계속 간다야!'라고 말입니다.

거위가 쑥부쟁이밭으로 놀러 가는 일은 인간 너머의 자연의 일입니다. 아니 인간 이전의 생명들의 삶이자 진실상입니다. 인간의 단견과 소심함으로는 온전히 포착하고 헤아리기 어려운 영역입니다. 그 영역에서 생명들은 선우가 되어 선연으로 만나고 있습니다. 다만 우리의 눈이 어두울 뿐이지요.

산들이 창조한 감동과 영원의 풍경

산이 산에게

홍사성

큰 산
작은 산이
어깨 걸고 살고 있다
작은 산은 큰 산을 병풍으로 두르고
큰 산은 너른 품으로 작은 산을 안고

꽃필 때면
큰 산이 작은 산에게 먼저
단풍들 때면
작은 산이 큰 산에게 먼저
애썼다 수고했다고 말없이 위로하며

언제나 그 자리에서
천만년 그렇게
큰 산은 큰 산대로
작은 산은 작은 산대로

그윽한 얼굴로 오래, 서로 오래 바라보며

—『시와 시학』 2020년 가을호에서

지구라는 행성에서 산들은 단연 돋보입니다. 높이도, 넓이도, 부피도 뭇 생명들의 마음을 주저 없이 열게 하는 놀라운 힘을 갖고 있습니다. 특별히 사람들은 산의 높이 앞에서 신성성을 느끼고, 그 넓이 앞에서 안정감을 느끼며, 그 부피감 앞에서 너그러움을 배웁니다.

오늘도 사람들은 산을 찾아갑니다. 그러나 전 국토의 70퍼센트가 산인 한국 땅에서 산은 굳이 찾아가지 않아도 만나고 볼 수 있는 이웃들과 같습니다. 그렇더라도 사람들은 특별한 마음이 되어 산을 찾아 떠납니다. 산에 대한 외경심과 그리움, 그리고 그와 같은 산들과 일체감을 느끼고 싶은 간절한 속마음 때문일 것입니다.

산과 인간의 만남은 길고 수준 높은 역사성을 지니고 있습니다. 따라서 산과 인간 사이에서 그동안 만들어진 언어와 담화들은 무척이나 많고 의미심장합니다. 이런 산을 찾아가서 두 발로 산정을 향해 오르는 것을 사람들은 등산(登山)이라고 부릅니다. 인간이 주체가 되어 있는 근대적이며 서구적인 용어이지요. 그러나 이런 근대적인 산행의 언어 이외에도 본성의 자리에서 산을 바라본다는 뜻의 관산(觀山), 그런 산으로 수행하듯 초연한 마음으로 들어간다는 입산(入山), 그리고 그런 산을 우주법계의 한 차원으로 공경하며 허심함 속에서 사랑으로 만난다는 요산(樂山) 등이 있습니다. 한 가지 더 예를 든다면 불가의 대승경전인『화엄경』의 서두에서 이런 산들을 불러내어 세상의 진리를 장엄하는 '주산신(主山神)'으로 명명하고 있다는 것입니다.

산은 이렇듯 물리적 세계를 넘어선 인간사적, 문화사적 의미를 크게 지닌 존재입니다. 이런 산의 의미화와 문화화에 앞장 선 장르로서 당연히 예술이 있습니다. 우리가 이달에 함께 읽어보는 홍사성(1951~) 시인의 작품「산이 산에게」도 이런 예술사적 맥락 위에 놓여 있습니다. 그러나 이 시에서 산은 예술사적 맥락 너머의 지혜사의 흐름 위에까지도 놓아볼 수 있는 면모가 있습니다. 말하자면「산이 산에게」에서 산은 시인에게 예술서이자 지혜의 산경(山經)과도 같습니다. 그는 산이라는 텍스트에서 순리로 밝아지는 순간을 경험하고, 조화경으로 통일되는 감동을 느끼며, 부동심으로 영원을 사는 지혜의 길을 봅니다. 홍사성 시인에게 이런 산은 부박한 현실을 넘어서게 하는 힘이자 그 현실로 되돌아오게 하는 힘입니다.

여러분들은 어떤 마음으로 산들과 만나고 있는지요? 냉정한 시선으로 바라본다면 산이란 하나의 물질이자 자연물이고 지리적 세계에 불과하지만 그산을 어떤 마음으로 만나는가 하는 것이 그 사람의 생을 다르게 만듭니다.

지금까지 사람들은 산에 대하여 매우 호의적이었습니다. 그만큼 산은 인간생존에 이로운 존재였던 것이지요. 생존뿐만 아니라 정서적, 정신적 욕망을 충족시켜주는 데도 만족스러웠던 것이지요. 홍사성 시인의 시 속에 표현된 산의 모습도 이런 호의적인 해석학적 맥락 위에 있습니다.

「산이 산에게」의 앞부분에서 시인은 작은 산과 큰 산이 서로 기대고 품어안으며 살아가는 모습을 그립니다. 이른바 '상의상존(相依相存)'하는 산들의 존재 방식이자 삶의 방식입니다. 두 번째로 시인은 시의 중간 부분에서 작은 산과 큰 산이 서로를 배려하고 위로하며 격려하는 공감의 세계를 그립니다. 산들의 삶 속에 스며 있는 '사랑의 질서'입니다. 마지막으로 시인은 작품의 끝 부분에서 작은 산과 큰 산이 자신의 모습을 그대로 유지하면서도 시간과 언어를 넘어서서 온전한 풍경으로 영원처럼 살아가는 모습을 그립니다. 산이 지닌 무위성과 항상성의 미덕을 본 것입니다.

산은 이렇게 시인의 마음 한가운데로 들어와서 숭고한 존재가 되었습니다. 시인 또한 그런 산으로 인해 숭고한 시간 속의 존재가 되었습니다. 보는 자와 보이는 세계의 호혜적인 공명현상을 공부하게 하는 장면입니다.

인간은 언제 둥근 수박만큼 진화할까

수박

박용하

폭양이 소나기처럼 흐르는 대낮이다

조각달처럼 아슴한 수박 한 조각을 입 속으로 가져갈 때

좁쌀만한 씨의 기적!

뙤약볕 아래서 이 자그마한 씨는 시원한 별이 된다
식도를 타고 들어가 요도로 나오는 청량한 별 말이다

도대체 그 자그마한 씨가
어떻게 그리도 커다란 물통을 마른 땅 위에 창조할 수 있는지
고개가 저절로 숙여진다

땡볕을 옥샘으로 바꾸는 연금술이라니!
숙연해질 뿐이다

그까짓 수박 한 통 갖고 뭘 그러냐고 빈정거릴지 모르지만
내 눈엔 성자가 따로 없다

인간이 수박만큼 진화하려면
앞으로도 천만 년은 더 걸릴 것이다

―『영혼의 북쪽』, 문학과지성사, 2000에서

박용하(1963~)는 엄격한 시인입니다. 그는 좀처럼 타협하지 않습니다. 그는 또한 무척이나 뜨겁고 격한 시인입니다. 그의 시엔 언제나 청년 같은 순정의 열기가 가득합니다. 박용하는 아주 질박한 시인이기도 합니다. 그의 시엔 원석 같은 직심(直心)이 흐르고 있습니다.

이런 시인답게 박용하에겐 세상의 웬만한 것들이 모두 답답하고 안타깝습니다. 그래서 그는 늘 바쁘고 심각합니다. 하지만 이런 박용하에게도 모든 걸 내려놓고 온전한 외경과 찬탄을 바치게 하는 존재들이 있습니다. 그것은 바로 '나무'와 '자연'과 '성자'입니다.

우리가 함께 읽어보는 이달의 작품 「수박」은 그가 이런 나무와 자연과 성자 앞에 바쳤던 최고의 거룩한 마음 상태를 그대로 담고 있는 작품입니다. 박용하는 이 작품의 모티프이자 모티베이션인 수박 앞에서 수박이 탄생시킨 '기적'과 '연금술'과 '성스러움'이라는 생명 진화사의 고처(高處)를 봅니다. 구체적으로 그는 수박이 불러일으킨 '좁쌀만한 씨앗의 기적'을 보고 찬탄하며, 그 수박이 유려하게 창조한 '청량한 별'의 세계에 감동하고, '땡볕을 옥샘(玉泉)으로 바꾸는' 탁월한 수박의 연금술 앞에 머리를 숙입니다.

실로 그렇습니다. 박용하 시인뿐만 아니라 많은 사람들이 수박 앞에서 이와 유사한 감정들을 느꼈을 것입니다. 여름날의 수박이란 참으로 놀랍고 특별한 존재인지라 시인은 물론 보통 사람들의 마음속에도 그들만의 '수박의

몽상'이 오래된 추억처럼 자리하고 있습니다.

이런 박용하 시인의 '수박 찬탄'과 수많은 사람들이 가졌을 법한 '수박의 몽상'에 대해 한 번 가벼운 마음으로 '음양오행론'에 의거하여 독해해보고자 합니다. 이를 통해 작품 「수박」과 수박에 대한 감상이 보다 두터워질 수 있을 것입니다.

사전을 펼쳐보면 수박은 채소 열매입니다. 그러나 붉고 둥근 수박은 채소 열매라고 부르기보다 과일이라고 부르고 싶어집니다. 이 수박 앞에서 시인과 더불어 많은 사람들이 환호하며 행복한 몽상의 시간을 경험하는 것은 다른 여러 가지 이유로도 설명이 되겠지만 수박이 지닌 '음양오행의 구족성'으로 깔끔하게 설명될 수 있습니다.

음양오행론은 동아시아 사상의 토대를 이루는 세계 인식의 오래된 패러다임이자 방법입니다. 이 음양오행론은 언제나 '중화(中和)'와 '화평(和平)'의 상태를 지향합니다. 수박은 바로 이런 중화와 화평의 상태를 최적으로 구현한 대표적 표상물이라고 볼 수 있습니다.

왜 그럴까요? 먼저 수박은 외피의 진초록으로 봄날과 같은 목성(木性)의 기운을 환기시킵니다. 그리고 붉은 속살로 여름날과 같은 화성(火性)의 기운을 뿜어냅니다. 그런가 하면 붉은 속살을 채우고 있는 엄청난 수분으로 겨울날과 같은 수성(水性)의 기운을 전달합니다. 그리고 속살의 안쪽에 보석처럼 박힌 까만 씨앗들로 가을날과 같은 금성(金性)의 기운을 전합니다. 그러니까 수박은 '봄/여름/가을/겨울'에 상응하는 '목/화/금/수'의 성격을 골고루 다채롭게 지닌 화려한 열매입니다.

그러나 수박의 기운이 여기서 멈췄다면 수박이 위 시에서처럼 최고의 존칭인 '성자'와 같다고 불리거나 사람들의 행복한 몽상의 한가운데에 머물기 어렵습니다. 수박이 그런 칭송을 받고 인간의 마음을 사로잡는 것은 수박이 지닌 참으로 크고 무겁고 둥글고 묵묵한, 그 인상적인 형태에 깃든 토성(土性)

의 작용 때문입니다. 이 토성은 수박의 발랄하고 다채로운 '목화금수'의 기운들을 중화와 화평의 상태로 안정되게 포용하고 일체화시키는 중심입니다.

수박이 지닌 이런 온전함 때문에 사람들은 수박을 만날 때마다 결핍이 없는 열린 충만감을 느낍니다. 그리고 수박에 대하여 시를 쓰고 그림을 그리며 수박을 앞에다 놓고 친교를 합니다. 이런 수박은 언제나 '혼자 먹으면서 함께 먹어야 하는' 멋진 역설과 중도의 교훈서 같습니다. 누구도 수박만은 고독하게 먹을 수가 없고, 독재적으로 혼자 먹을 수가 없습니다.

현실, 그 너머를 꿈꾸고 사랑하는 인류의 영혼

Job 뉴스

장정일

봄날,
나무벤치 위에 우두커니 앉아
「Job 뉴스」를 본다.

왜 푸른하늘 흰구름을 보며 휘파람 부는 것은 Job이 되지 않는가?
왜 호수의 비단잉어에게 도시락을 덜어주는 것은 Job이 되지 않는가?
왜 소풍온 어린아이들의 재잘거림을 듣고 놀라는 것은 Job이 되지 않는가?
왜 비둘기떼의 종종걸음을 가만히 따라가 보는 것은 Job이 되지 않는가?
왜 나뭇잎 사이로 저며드는 햇빛에 눈이 상하는 것은 Job이 되지 않는가?
왜 나무벤치에 길게 다리 뻗고 누워 수염을 기르는 것은 Job이 되지 않는가?

이런 것들이 40억 인류의 Job이 될 수는 없을까?
　　　　　　　　　　　　　　　　　　—『서울에서 보낸 3주일』, 청하, 1988에서

장정일(1962~)은 우리 시단의 누구보다도 자유인의 성품을 강하게 지닌 시인입니다. 그는 앞장서서 세상의 평범한 규범들을 의심하고, 기존의 익숙한 관념들에 균열을 내며 자유의 새로운 지대를 열어 나아갑니다. 그런 점에서 그는 만년 '문청(文靑)'인 시인입니다.

이달에 함께 읽는 그의 시 「Job 뉴스」는 이런 자유인이자 만년 '문청'의 시인이 쓴 작품답게 모든 사람들에게 당연시되고 모든 사람들이 적응하며 수용하고 있는 이른바 'Job'의 문제에 대하여 본질적인 의문을 제기합니다. 왜 'Job'이란 우리를 도구화하고 고단하게 하며 쓸쓸하게 만드는 것이어야만 하는지 알 수가 없다는 난감함 때문입니다.

그는 조숙한 어린이나 엉뚱한 학생처럼 질문을 던집니다. '푸른 하늘 흰구름을 보며 휘파람 부는 것'은 Job이 될 수 없을까요, '호수의 비단잉어에게 도시락을 덜어주는 것'은 Job이 될 수 없을까요, '소풍 온 어린아이들의 재잘거림을 듣고 놀라는 것'은 Job이 될 수 없을까요, '비둘기떼의 종종걸음을 가만히 따라가 보는 것'은 Job이 될 수 없을까요, '나뭇잎 사이로 저며드는 햇빛에 눈이 상하는 것'은 Job이 될 수 없을까요, '나무벤치에 길게 다리 뻗고 누워 수염을 기르는 것'은 Job이 될 수 없을까요라고 실례를 들어가면서 말입니다.

말할 것도 없이 이들은 Job이 될 수 없지요. 누구도 이들을 돈을 지불하며 사 가지 않을 테니까요. 하지만 그렇지 않을 수도 있지요. 이들도 언젠가는 Job이 될 수 있지 않을까요? 누군가의 욕망을 충족시켜 그들이 지갑을 열고 이들을 소비하거나 구매하게 하면 될 터이니까요.

그러나 이런 가정과 사유는 너무 유치합니다. 결국 Job이라는 것을 욕망의 충족 문제로 수렴시키는 정도에서 머물고 있으니까요. 그렇다면 어떻게 위 시를 다른 차원에서 읽어볼 수 있을까요?

실로 'Job'이란 목숨 가진 생명으로서의 인간들의 원초적인 과제의 한 양태입니다. 생명의 핵심 욕망이자 조건은 목숨을 유지하는 생존에 있고 그 생존을 위해서 생명체들은 밥과 집과 옷으로 상징되는 현실적 생존 도구를 필요로 합니다.

인류의 역사는 기나긴 시간을 두고 흘러왔지만 그 시간의 대부분은 이 생존 욕구에 기반하여 현실적 생존 도구를 마련하는 데 바쳐져왔습니다. 만일 그것이 아무렇지도 않다고 생각한다면 문제는 아무것도 없습니다. 하지만 '호모 사피엔스 사피엔스'인 이 지구별의 우리 현생 인류들에겐 이것이 언제나 문제입니다. 우리는 '빵'만으로 살 수 없다고 하면서, '빵 너머'의 자유와 자율과 자족과 무상성을 꿈꾸고 있기 때문입니다. 이 자유와 자율과 자족과 무상성을 그리워하고 사랑하는 데서 인간의 영혼과 삶은 비약합니다. 그러면서 가을날의 순수한 허공과도 같은 숨길을 마련합니다. 마치 흥분되었던 자율신경이 제자리를 찾아가 제 리듬으로 흐르며 작동할 수 있게 하듯, 긴장된 심신이 명상으로 정화되고 고요해지게 하듯, 그렇게 우리를 일차적 욕망과 도구성의 소외로부터 벗어나게 합니다.

분명 장정일 시인이 Job이 될 수 없겠느냐고 물으며 열거한 목록들은 '지금, 이곳'에서 Job이 될 수 없습니다. 인간들의 생존 욕구가 현실적으로 해결되지 않는 한 그것들을 흔쾌히 사 갈 사람은 없을 것이기 때문입니다. 아니 그런 것들을 사 간다 하더라도 그것이 목숨을 유지하게 하는 데 직접적으로 기여하지는 못하기 때문입니다.

하지만 아주 많은 시간이 지난 어느 날, 우리의 직업을 빼앗아갈지도 모른다며 많은 사람들이 걱정하고 있는 'AI' 같은 도구가 모든 일차적인 생존 문제를 해결해주는 날이 온다면, 장정일 시인이 열거한 목록들은 그야말로 최신의 직업이자 인생사로 환영받게 될지도 모를 일입니다. 그러나 미래는 아무도 알 수 없는 것이니, 이 가을 장정일 시인이 열거하는 목록들을 틈나는 대로 삶 속에 품어보는 건 어떨까요? 이 가을이 조금 더 가볍고 유쾌해질 것입니다.

제3부 '철목개화'의 상상력과 회향의 미학

고요하고 적막한 우리들의 '등(背)'을 만난다는 것

나는 나의 뒤에 서고 싶다

신달자

멀고 먼 외톨이 섬

쌍칼을 들이대도 고요함만 지키는

까무룩한 등

내가 닿지 않는 곳

눈(眼) 하나 달아 주고 싶은 곳

나는 나의 뒤에 서서 나의 허리를 향해

왈칵 …… 가던 두 손 멈추고

성스럽게 한번 바라보고 싶다.

—『간절함』, 민음사, 2019에서

지난해(2020) 늦가을, 신달자(1943~) 시인은 열다섯 번째 시집 『간절함』을 출간하였습니다. 언제나 작품 속에 일정한 정도의 미열이 스미어 있는 그의 시는, 읽고 나면 읽은 이의 몸과 마음도 덩달아 아픈 듯 뜨거워지게 합니다. 이번 시집도 그와 같아서 시집을 다 읽고 나면 미열을 식히느라 허공이라도 한동안 바라보아야 할 것입니다.

신달자 시인은 한 사람의 시인이자, 특별히 여성시인으로서 그 '미열'을 '금강석'으로 만드는 길고 긴 수련의 길을 걸어왔습니다. 이 수련은 어느 날 '수행'과도 같아져서 그의 '미열'은 '아름다움의 연금술'을 이루어내는 심미적 원천이 되고 말았습니다. 우리가 이달에 함께 읽는 작품 「나는 나의 뒤에 서고 싶다」도 그런 맥락 위에 놓여 있습니다.

우리의 신체엔 우리가 영원히 만나볼 수 없는 두 곳이 있습니다. 여러분들은 그것을 알고 계시는지요? 그 하나는 '얼굴'이고 다른 하나는 '등(背)'입니다. 거울이 발명되기까지 인간들은 평생 자신의 얼굴을 못 본 채 살아가야 했으며, 거울이 발명되고 나서도 인간들은 '등'을 제대로 보지 못한 채 생활해야 했습니다. 그러니까 '등'은 현대적인 거울의 발명으로도 해결될 수 없는 인간 신체의 가장 멀고 외진 곳입니다.

우리에게 『털 없는 원숭이』의 저자로 유명한 영국의 동물학자 데즈먼드 모리스는 『바디 워칭(*Body Watching*)』이라는 책을 낸 바 있습니다. 그곳엔 인간 신체의 거의 모든 곳이 동물학자의 시선으로 분석되고 있습니다. 그러나 그는 인문학자처럼 곳곳에서 '신체의 인문학'을 울림 있게 펼쳐 보입니다. 그 가운데서 '등'을 다룬 부분도 아주 매력적입니다. 모리스는 이 등을 다룬 부분에서 '등'이야말로 '가장 일을 많이 하면서도 가장 적게 알려진 부위'이고, '눈에서 멀어지면 마음이 멀어진다는 속담을 생각나게 하는 곳'이라고 하였습니다. 정말 그렇습니다. '등'은 멀고 외진 곳에서 '소외와 진실'에 대한 사유와 철학을 가능케 합니다.

신달자 시인의 시 「나는 나의 뒤에 서고 싶다」를 읽는 데엔 이런 '등에 대한 탐구'가 도움이 됩니다. '등'은 인간종의 진화사 속에서 육신의 영역을 넘어 문화적인 공간이 되어 있기 때문입니다. 신달자 시인은 이런 등을 가리켜 '멀고 먼 외톨이 섬', '쌍칼을 들이대도 고요함만 지키는 존재', '도저히 닿을 수 없는 시선 너머의 이역', '눈(眼)이라도 하나 달아주고 싶은 무심과 적막의 지대'와 같다고 안타까움과 미안함을 담아서 전합니다. 시인의 '등'에 대한 이와 같은 마음과 발견은 그의 정신적 높이와 관련돼 있습니다. 그는 신체의 마지막 소외 지대를 만나고 품어 안음으로써 마침내 온전한 자기애와 인간애를 갖게 된 것입니다.

이 시에서 구체적으로 신달자 시인은 그와 같은 자신의, 아니 우리들의 '등' 뒤에 서서 우리들의 허리를 왈칵 끌어안아주고 싶다고 말합니다. 이것은 우리가 우리 자신을 온전히 인정하고 사랑하는 성숙한 방식입니다. 그리고 그는 이어서 덧붙입니다. 나는 나의 등 뒤에 서서 이런 나를 '가던 두 손을 멈추고', '성스럽게 바라보고 싶다'고 말입니다. 자기 자신을 끌어안는 것은 물론 미적 거리 속에서 자신을 성스러운 마음으로 품어보고 싶다는 것입니다.

우리는 너 나 할 것 없이 자신을 온전하게 만나고 싶어 합니다. 그러나 이런 일은 참으로 어려운 과제라서 우리는 때로 과도한 나르시시즘에 경사되기도 합니다. 이런 우리들에게 신달자 시인이 멀고 외진 곳의 '등'을 발견함으로써 자신을 바르게 사랑하고 만나는 고차원의 길을 열어 보인 것은 무척이나 시사적입니다. 여기서 '눈에서 멀어지면 마음이 멀어진다'는 속담은 일차적 진실만을 전하는 세속의 언어가 됩니다.

이 늦은 가을날에, 이제 한 해도 얼마 남지 않은 11월을 맞이하면서, 우리의 '멀고 외진 곳'에 있는 '등'을 따뜻하게 바라보는 시간을 가져보면 어떨까요? 늘 불안하고 초조했던 우리의 영혼이 한결 평화로워질 것입니다.

고요하고 적막한 우리들의 '등(背)'을 만난다는 것

낯설고 신선한 이역, 우리들의 유년 시절

티눈과 난로와

김춘수

너무 어려서
너무 어리석었던 그 시절
걷다 걷다
발가락의 티눈 보고 울어버린
그 시절
난롯불에 손 데고
주전자의 물 끓는 소리 듣던 그 시절
마당가의 금잔화
눈 한 번 맞춰보지 못하고
여황산에 놀이 지던
그 시절
너무 낯설어
슬픔이 멧닭으로 보이던 그 시절

—『거울 속의 천사』, 민음사, 2001에서

우리들에게 「꽃」의 시인으로 널리 알려진 대여(大餘) 김춘수(1922~2004) 시인은 노년까지도 그의 시 속에서 지성과 현대성을 구현하고자 노력한 시인입니다. 그런 점에서 그는 만년 '현대적인' 시인이었습니다. 그는 자신의 시에서 감정과 관념의 넘침을 경계하였으며, 계몽과 교훈의 어색함을 배제하고자 하였습니다.

　우리가 함께 읽는 이달의 시 「티눈과 난로와」는 김춘수 시인이 80세가 넘은 시기에 창작한 작품입니다. 그는 노경(老境)의 한쪽 극단에서 지극히 먼 시간적 거리 속의 다른 한쪽 극단인 유년 시절을 떠올리고 있습니다. 그러나 그 시절은 관습적인 유년의 풍경이 아니라 '낯설고 신선한 이역(異域)'으로서의 유년입니다. 그러므로 이 작품을 읽으면서 우리는 우리 안의 '이역'을 새롭게 맞이하게 됩니다.

　김춘수 시인은 이와 같은 '이역'을 그의 시세계를 언급하는 자리에서 '천사'라는 상징어로 표현했습니다. 그러니까 '낯설어서 신선한 것,' '낯설지만 신선한 이역'을 김춘수 시인은 '천사'라는 말로 부른 것입니다. 그렇다면 이 '천사'라는 말을 왜 여기서 음미해야 할까요? 그것은 김춘수 시인에게 시를 쓰는 일이란 이 '천사'를 찾고, 만나고, 그려 보이는 일이었기 때문입니다. 그는 고백하기를, 당신의 시적 여정 속에 세 가지 결정적인 '천사'가 찾아왔는데 그 하나는 유년 시절 호주 선교사네 집이었고, 그 둘은 청년 시절 릴케의 작품 속에서 만난 특별한 존재로서의 천사였으며, 그 셋은 노년 시절 자신보다 먼저 세상을 떠난 아내가 새로운 존재로 다가온 모습이라고 하였습니다.

　'낯설고 신선한 이역'으로서의 천사! 이런 천사를 찾아다니며 형상화한 김춘수의 작품들은 어느 시편을 읽어도 '천사의 감각'을 불현듯 일깨웁니다. 낯설어지면서 신선해지는 묘한 느낌 속에서 시적 충격의 순간을 경험하게 하는 것입니다.

　「티눈과 난로와」에서 김춘수 시인은 너무나 어려서 어리석었던 유년 시절,

작은 보폭으로 걷고 또 걸어야 하는 길 위에서 드디어 발의 티눈을 보고 울어 버렸던 유년 시절, 세상 사는 방법에 서툴러서 그만 난롯불에 손을 데곤 했던 유년 시절, 난로 위에서 주전자 속 물 끓는 소리를 노래처럼 듣곤 했던 어린 시절, 마당가의 금잔화도 볼 줄 모른 채 여황산(통영의 주산)에 노을이 질 때까지 무작정 놀던 유년 시절, 세상사가 모두 처음인 것만 같아 슬픔조차도 멧닭(산닭)처럼 보이던 유년 시절을 그려 보입니다. 우리 모두는 이런 김춘수 시인의 유년 풍경에 동의하며 진한 공감을 할 것입니다. 여러분들도 저도 김춘수 시인과 같은 유년 시절을 그대로 경험하고 통과해 왔으니까요.

그러나 이 작품은 우리의 유년 시절을 미화하거나 그 시절에 대한 감상적인 그리움을 표현하는 것으로부터 비켜 서 있습니다. 그는 유년 시절에 깃들기 쉬운 관습적 감성이나 기억을 넘어서서 유년 시절을 '있는 그대로' 그려 보입니다. 인간의 생애사 속에서 기성사회에 진입하느라 '입사식'을 호되게 치러야 하는 유년 시절, 모든 입사식이 그러하듯이 실수와 혼란으로 좌충우돌하며 당황하는 유년 시절, 서툴지만 규율에 길들지 않은 천진(天眞)의 순수와 자유가 살아 있는 유년 시절, 그런 유년 시절의 사실적 풍경이 이 작품 속에 들어 있습니다.

우리는 그러한 이 작품을 읽으면서 가슴 한쪽이 찡해지는 가운데 애정이 듬뿍 담긴 사랑의 웃음을 웃게 됩니다. 그것은 이 땅에 나약한 하나의 생명체로 도착하여 기성사회의 일원이 되고자 애쓰는 인류의 어린 시절이 안쓰럽고, 그럼에도 불구하고 그 어린 시절에 담긴 생명들의 순수와 자유와 생명력이 소중하기 때문입니다.

우리는 그렇게 성장하여 어른으로 살아가고 있습니다. 그리고 그런 생명들을 낳고 돌보며 인류사의 물결을 만들어가고 있습니다. 이 신비롭고 장엄한, 그러나 때로 불가해한 길 위에서 우리는 금년도 한 해를 마무리하고 새해를 맞이할 시점에 서 있습니다.

흰빛의 매화가 피고, 매화빛의
눈이 내리는 새해 첫날

매화

김종길

해마다 새해가 되면
매화분엔 어김없이 매화가 핀다.
올해는 바로 초하룻날 첫 송이가 터진다.

새해가 온 것을 알기라도 한 듯,
무슨 약속을 지키기라도 하듯,
설날에 피어난 하얀 꽃송이!

말라 죽은 것만 같은 검은 밑둥걸,
메마르고 가냘픈 잔가지들이
아직 살아 있었노라고,

살아 있는 한 저버릴 수 없는 것을
잊지 않았노라고, 잊지 않았노라고,
매화는 어김없이 피어나는데,

밖에선 눈이 내리고 있다.

매화가 핀 것을 알기라도 한 듯,
밖에선 매화빛 눈이 내리고 있다.

—『달맞이꽃』, 민음사, 1997에서

지구별의 78억 인류가 어려운 시절을 견디고 새해를 맞이하였습니다. 그런 점에서 이번 새해는 남다릅니다. 새해는 그냥 오는 것이 아니라 견뎌야 오는 것임을 실감한 한 해였습니다.

이런 금년 새해의 남다름을 기억하며 김종길(1926~2017) 시인의 시「매화」를 읽어봅니다. 매화는 '매화, 난초, 국화, 대나무'라는 이른바 사군자(四君子)의 첫 자리에 놓여 있는 꽃으로서 희망과 탄생, 생성과 움틈의 상징입니다.

실로 매화꽃은 그 자신도 간절하게 기다리고 있었다는 듯이 새해가 되면 서둘러 꽃망울을 터뜨리는 꽃입니다. 청매화, 홍매화, 백매화 등의 색에 따른 이름을 가진 꽃들이, 조매(早梅), 동매(冬梅), 설중매(雪中梅) 등의 시기에 따른 이름을 수반하면서 차갑고 무거운 겨울날의 한기를 뚫고 화사하게 피어납니다.

김종길 시인은「매화」에서 먼저 해마다 새해가 되면 어김없이 피어나는 매화꽃의 한결같은 개화의 율동을 전합니다. 그리고 그로 하여금 시를 쓰게 한 그해엔 특별히 새해 가운데서도 '첫날'에 매화꽃이 첫 송이를 터뜨렸다는 점을 강조합니다. 새해의 첫날에 첫 송이가 피어난다는 것은 그에게 예사로운 일이 아니었습니다. 이른바 하나의 '사건'이 되었던 것입니다.

이런 놀라운 '사건'을 두고 시인은 여러 가지 즐거운 상상을 해봅니다. 그 상상의 내용은 아마도 새해가 온 것을 매화가 안 것은 아닐까 하는 것입니다. 또한 매화가 새해의 약속을 지키려고 한 것은 아닐까 하는 것입니다. 어찌 그러할까요? 매화는 그저 매화의 내적 질서에 따라 새해인 줄도, 새해의 첫날인 줄도 모르고, 모르는 채로 아름다운 꽃을 피운 것이겠지요.

그러나 김종길 시인은 매화의 이와 같은 '무위(無爲)의 길' 위에 아름다운

'유위(有爲)의 길'을 더합니다. 매화꽃은 그냥 새해에, 그것도 새해의 첫날에 첫 송이를 피워낸 것이 아니며 거기에는 무엇인가 우주적이며 인간적인 의미가 들어 있는 것만 같다는 생각입니다. 모를 일이지요? 우주를 운행하는 거대한 힘과 숭고한 뜻이 있다면 매화꽃이 이 땅에 피어나는 일 하나에도 알 수 없는 그 힘과 뜻이 내재해 있겠지요.

우리는 이와 같은 생각에 도달하게 되면 우주 만유의 움직임에서 신성한 비의를 봅니다. 이 세상의 움직임은 함부로 이루어지는 것이 아니라 뜻과 신성성을 지니고 있다는 것입니다. 그런지 모르지요. 다만 우리의 어두운 눈과 단견이 문제일 뿐인 것이지요.

김종길 시인은 이런 매화의 개화에 대한 사색과 더불어 그 매화나무의 죽은 것만 같은 겨울날의 밑둥걸과 메마르고 가냘픈 잔가지가 실은 살아 있는 것임을 전합니다. 여기서는 그 살아 있음의 소식이 매화꽃의 개화로 나타납니다. 시인은 이런 매화를 보고 생명의 웅숭깊은 안쪽을 봅니다. 생명의 일은 그렇게 단순하고 표면적인 일이 아니라는 것입니다.

묵고 마른 나무에서 꽃이 피는 일! 살아 있다면 피할 길 없이 꽃을 피우게 된다는 것! 그 일은 난해하고 고단하지만 신비롭고 아름답다는 것! 이런 것들을 시인은 생각하고 있는 것입니다.

김종길 시인의 「매화」에서 특별히 마지막 연은 시의 품격을 드높입니다. 새해 첫날에 매화꽃의 첫 송이가 피었는데 우연을 가장한 필연으로 밖에서는 눈이 내리고 있다는 것입니다. 그것도 '매화빛'의 눈이 내리고 있다는 것입니다. 이런 일이자 풍경이야말로 드문 우연인 것 같지만 실은 잦은 필연에 해당되는 모습입니다. 새해가 되고, 첫날이 오고, 매화의 첫 송이가 벙글고, 매화빛의 눈발이 밖에서 내리는 이 광경은 진정 상서롭고 아름답습니다.

우리들의 새해가 이와 같이 상서롭고 아름다운 광경과 함께 멋지게 펼쳐지기를 소망합니다.

새들을 예찬하는 특별한 마음

새들은 초록의 주인이 된다

이기철

저렇게 높고 따뜻한 집을 가진 것은
새뿐이다

눈썹새가 한 번 올 때마다 가시나무 뒤에서
단추꽃이 한 송이씩 핀다
수평의 낙하를 위해 비둘기들은
은빛 날개를 가지고 있다
산의 주인인 숲속에서
새들은 숲의 주인이 된다

그날의 맨 처음 달려온 햇빛에
새들은 부리를 씻고
하늘 위의 식사가 노래처럼 즐거움을
사람이 알아듣지 못하는 말로
나무 잎에 새겨 놓는다

유리새의 멱감는 소리에
나무들이 키를 높이고
딱따구리의 나무 쪼는 소리에
산이 즐거워한다

산에 들면 사람의 얼굴이 모두 초록이 된다
둥치 하나에 수천의 잎을 단 나무와
날개 아름다운 새들이 초록의 주인이 된다

—『열하를 향하여』, 민음사, 1995에서

어찌 보면 현실은 늘 탁하고 혼란스럽지만, 그런 가운데서도 예찬하고 싶은 것들이 세상 곳곳에 보석처럼 숨어 있습니다. 우리들은 그런 것들 앞에서 감탄하고 감동하는 예찬의 순간을 맞이합니다.

하늘, 바다, 별, 강, 구름, 노을 등과 같은 자연물들에서부터 입춘, 하지, 추분, 동지 같은 절기들, 그런가 하면 나비, 새, 꽃, 나무, 풀잎 등과 같은 지척의 생명들로부터 새벽, 아침, 정오, 저녁, 밤 등과 같은 하루의 시간들 앞에서까지 우리는 자발적인 예찬의 심정을 바칩니다.

이와 같은 예찬의 목록들을 상상하면서 이달에 함께 읽고 있는 작품 속의 주인공인 '새들'에 대한 예찬의 언어를 전해봅니다. 새들은 하늘과 땅 사이에서 가장 자유롭게 비상하며 유영하는 존재들이고, 우리들의 생활 곁에서 식구들처럼 혹은 가까운 이웃들처럼 함께 살아가는 존재들입니다. 그들은 떨어져서 아득하기만 한 하늘과 땅을 이어주고, 고적한 지상의 정적을 일깨우며, 반복되어 진부해진 일상에 활력을 선사합니다. 이런 것은 모두 새들이 천성적으로 지닌 놀라운 '양의 기운', 곧 '양기(陽氣)' 때문입니다. '양기'는 살림과 살려냄의 에너지이며, 거듭하여 다시 시작하며 탄생시키는 에너지이고,

새들을 예찬하는 특별한 마음

더 높고 더 넓게 발전시키는 에너지이며, 의욕과 의지로 명랑하게 일어서도록 하는 에너지입니다. 이와 같은 새들의 양의 기운과 짝을 이룰 만한 것으로는 꽃들이 있습니다. 여러분들도 알다시피 목숨을 가진 초목들은 아주 작은 것들까지도 꽃을 피우지요. 우리는 이러한 새들과 꽃들을 가리켜 '화조(花鳥)'라고 부르며 그들을 생활뿐만 아니라 문화사와 예술사 속에서도 지극히 사랑합니다.

이기철(1943~) 시인은 자연 감수성과 생명 감수성이 탁월한 시인입니다. 그리고 세계에 대한 긍정과 포용의 힘이 큰 시인입니다. 그의 이런 감수성의 수준과, 긍정과 포용의 용량은 그가 만들어내는 '예찬'의 공간을 더욱 풍요롭고 섬세하며 깊이를 지닌 것으로 만들고 있습니다. 우리가 함께 읽는 이달의 시 「새들은 초록의 주인이 된다」에서도 그의 '새에 대한 예찬'은 상당한 수준을 보여주고 있습니다.

이기철 시인은 이 시에서 가장 높고 따뜻한 집을 가진 생명이 바로 새들이라고 말합니다. 그리고 그 새들은 산과 숲과 나무와 초록 이파리들로 상징되는 이른바 '초록 세상'의 주인공이라고 말합니다. 그는 이런 크나큰 찬사를 새들에게 보내면서 이렇게 넘치는 찬사를 바칠 수밖에 없는 새들의 여러 정황과 풍경들을 보고합니다. 이를테면 눈썹새가 한 번 울면 가시나무 뒤에서 단추꽃이 한 송이씩 피는 신비와 화응이 일어난다는 것입니다. 그리고 비둘기는 수평의 낙하를 위해 은빛 날개를 지니고 있다는 것입니다. 또한 숲속의 새들은 태양으로부터 맨 먼저 달려온 첫 번째 햇빛으로 부리를 씻고 하늘 위에서의 식사를 노래처럼 즐겁게 한다는 것입니다. 또한 그들은 이 노래와 같은 하늘식사에서의 즐거움을 사람들이 알아듣지 못하는 언어들로 나뭇잎에 새겨놓는다는 것입니다. 또 있습니다. 유리새가 멱을 감는 소리는 산과 숲의 나무들의 키를 높게 키워내고 딱따구리의 나무 쪼는 소리는 산들을 너무나도 즐겁게 한다는 것입니다.

　　　　　　　　　　제3부　'철목개화'의 상상력과 회향의 미학

이런 그의 보고(?)를 받다 보면 여러분들도 저도 덩달아 새의 예찬론자가 되지 않을 수 없을 듯합니다. 새들이 지닌 우주적, 자연적, 생명적 활동과 신비가 세상에 대한 찬탄과 애정을 불러일으키고 우리들의 주변을 긍정하며 포용하도록 하기 때문입니다. 이기철 시인의 이 시를 읽다 보면 '눈썹새', '단추꽃', '유리새' 등과 같은 평소에 잘 들어보지 못한 이색적인 새들과 꽃들을 만나는 놀람이 있습니다. 저도 놀라며 사전을 찾아보니 눈썹새는 눈썹이 이색적이고, 단추꽃은 단추처럼 예쁘고, 유리새는 유리처럼 몽환적이더군요. 힘든 이 시절, 우리 곁의 새들과 더불어 작은 기쁨과 위로의 시간을 맞이했으면 좋겠습니다.

쇠로 된 나무에 꽃이 피는 비경

철목개화(鐵木開花)

헐떡거리던 지난해의 마음을
탁 놓아버린 곳에
새싹이 호젓이 솟아났다

갖은 흙탕물 속에서
쉬고 또 쉬며
흙들을 가라앉히자
쇠로 된 나무에 꽃이 피었다

얽힌 실타래와 깨어진 유리조각들을
나무하고 밥 짓고 빨래하듯
단순 반복의 불도저로
깔끔하게 밀어버리자

텅 빈 내 마음의 벌판 위에
온갖 빛들이 쏟아져 내리며

새 세상을 연출하는 이 봄날.

―『황금똥에 대한 삼매』, 연기사, 2008에서

이달에 함께 읽는 고영섭(1963~) 시인의 작품 「철목개화(鐵木開花)」는 그 제목에서부터 우리를 낯설게 하고, 난감하게 하고, 난처하게 하는 어떤 측면을 갖고 있습니다. 제목을 읽는 순간 금세 '철목개화(鐵木開花)라니요?', '쇠로 된 나무에서 꽃이 핀다니요? 하면서 우리는 일상어법과 상식적 의미를 벗어난 제목의 일탈성에 당황하며 의문을 가질 수밖에 없기 때문입니다.

그렇습니다. 이 시의 제목은 지금까지 우리가 주변에서 보았던 일반적인 시들의 제목과 상당히 다른 측면을 갖고 있습니다. 이 제목은 동아시아의 대표적인 종교이자 사상 가운데 하나인 선불교의 화두와 같은 것으로서 그 공안(公案) 주석서인『벽암록(碧巖錄)』제40칙(則)의 서문에 들어 있는 '선구(禪句)' 입니다. 이해를 위하여 이 선구의 전후 맥락을 조금 보충해본다면 "휴거헐거 (休去歇去) 철목개화(鐵木開花)"가 함께 어우러져 이 선구를 구성하고 있습니다. 이를 해석해보면, "쉬고 또 쉬면 쇠로 된 나무에도 꽃이 핀다" 정도가 될 것입니다.

그런데 이렇게 풀이된 문장을 보아도 궁금증과 의문은 여전히 남습니다. 도대체 '쉰다는 것'이 무엇인가, 쉬게 되면 어떻게 쇠로 된 나무에서 꽃이 피게 된다는 것인가 하는 물음이 사라지지 않기 때문입니다. 이런 의문을 풀기 위해 거칠지만 약간의 설명을 덧붙이고자 합니다. 여기서 '쉰다는 것'은 주관적이고 왜곡된 인간들의 인식 작용을 온전히 내려놓고 우주적 실상 그 자체를 본다는 것이며, '쇠로 된 나무에서 꽃이 핀다는 것'은 그런 실상을 통찰하면 그 자리에서 우주가 한 몸이 되어 경계 없이 묘용의 춤을 추게 되는 것이 체감된다는 것입니다.

이와 같은 경지는 종교적 영역에 속한 것 같지만 실은 시를 포함한 예술이

쇠로 된 나무에 꽃이 피는 비경

출발하고자 하는 원점이며 도달하고자 하는 궁극이기도 합니다. 이런 자리에서 무한의 상상력과 무상의 자유가 구현되기 때문이지요. 그러니까 시를 포함한 예술의 본질은 '쉼'으로써 '쇠로 된 나무에서도 꽃이 피게 하는 데 있다'고 볼 수도 있습니다.

고영섭 시인은 그의 시 「철목개화」에서 세 가지 메시지를 전달합니다. 그 첫째는 제1연에 드러나 있듯 헐떡거리던 지난해의 마음을 탁 놓아버리니 그곳에서 새싹이 호젓이 솟아나더라는 것입니다. 여기서 '헐떡거리던 지난해의 마음'이란 탐욕으로 구하면서 의존하고자 했던 낡은 마음이라고 할 수 있습니다. 그 둘째는 제2연에서 보이는 것처럼 흙탕물 같은 현실에서 쉬고 또 쉼으로써 실상의 진정한 자리로 돌아가 혼란스러움을 가라앉히자 쇠로 된 나무에서도 꽃이 피게 되는 비경(秘境)이 탄생했다는 것입니다. 여기서 흙탕물 같은 현실이란 욕망으로 들끓고 시끄러워져서 바닥의 근원적인 맑음과 고요가 보이지 않는 상태이지요. 그 셋째는 제3연과 제4연에 걸쳐서 드러나는 바와 같이 실타래처럼 얽혀 있고 유리 조각처럼 깨어져버린 마음을 단순함을 중심에 둔 일념의 힘으로 불도저처럼 밀어버리니까 텅 빈 마음의 벌판이 비로소 드러나며 그 위에 온갖 빛들이 쏟아져 내리고 새봄의 풍경이 연출되더라는 것입니다. 여기서 실타래처럼 얽히고 유리 조각처럼 깨어진 마음이란 상대성의 대립적인 이해관계로 인하여 길을 잃고 파편처럼 나뉘어져 고통스러운 미망과 통증의 현실입니다.

바야흐로 무척이나 춥고, 길고, 답답했던 겨울이 지나가면서 봄날이 지척에 와 있습니다. 그 봄기운 속에서 해마다 그러했듯이 영춘화가 피고, 진달래가 붉어지고, 새싹이 돋고, 우리들도 새로운 계획을 안은 채 발걸음을 재촉합니다. 이런 봄과 더불어 올해에는 고영섭 시인이 전달해주는 위와 같은 또 다른 차원의 봄과 비경을 보고 만나는 시간을 가지면 어떨까요? 인류사의 봄만이 아닌 자연사의 봄을, 인간사의 봄만이 아닌 우주사의 봄을, 내 생각만의 봄이 아닌 실상과 실재의 봄을 만남으로써 우리는 우리의 봄을 몇 겹의 풍요로움과 깊이를 가진 고차원의 것으로 만들 수가 있으니까요. 그렇게 된다면 우리는 이 봄에 보다 넓어지고, 자유로워지고, 평안해질 것입니다.

봄날이어서 가능한 비현실의 꿈길

이런 봄날

김형영

날씨 화창하여 몸 늘어지니
갈 길도 늘어져
나는 나를 걷어치우고
무엇에 홀린 듯 꿈길을 간다

허공을 열고 나와
하늘의 춤을 추던 나비
내 어깨 위에서 나인 듯 따라 졸고,

산들바람 남실바람은 나비와 어우러져
불다 날다 불다 날다
제 세상 만난 듯 논다.

몸 두고 떠나는 여행
이런 봄날 아니면 언제 맛보리.
길이 아니면 어떠랴.

길이 없으면 또 어떠랴.

─『나무 안에서』, 문학과지성사, 2009에서

김형영(1944~2021) 시인은 봄에 관한 시를 많이 창작하였습니다. 시인들마다 특별히 마음이 가는 세계가 있다면 김형영 시인에겐 그중 하나가 바로 '봄'입니다. 「봄, 일어서다」 「봄바람」 「그래도 봄을 믿어봐」 「봄나비처럼」 「봄·봄·봄」 「화살시편 8 : 봄」 「화살시편 26 : 봄날」 등과 같은 작품이 봄을 노래한 그의 대표작입니다.

봄은 한 해의 시작이며 죽음과도 같은 겨울날이 실은 영원하지 않다는 희망의 메시지를 전달하는 교훈의 시간이자 지혜의 텍스트입니다. 봄이 다가옴으로써 사람들은 삶을 다시 시작할 수 있게 되고, 이 땅이 그렇게 가혹하고 난처한 곳만은 아님을 느끼며 새로운 생의 계획표를 작성하게 됩니다.

이런 봄이 너무나도 반가워서 사람들은 '봄'이라고 단음(單音)을 내는 데 그치지 않고 '봄봄'이라고 반복하여 리듬을 만들어내고, 그것도 부족해서 김형영 시인의 봄시 가운데 한 편처럼 「봄·봄·봄」이라고 세 번씩이나 반복하며 삼박자의 리듬을 만들어냅니다.

봄은 발산하며 상승하는 확산과 분출의 계절입니다. 이 계절에 우리는 누구나 조금씩 흥분하게 되고, 찬탄과 감동의 시간을 이전보다 많이 갖게 되며, 현실조차 슬그머니 놓아버리고 싶은 비현실의 꿈을 꾸게 됩니다.

우리가 함께 읽어보고 있는 이달의 작품 「이런 봄날」에도 이와 같은 봄의 상념이자 심리상태가 고스란히 담겨 있습니다. 시인은 제1연에서 너무나도 화창한 봄 날씨에 취하여 자신조차 잊어버리고 무엇인가에 홀린 사람처럼 '꿈길'을 가는 자신의 모습을 전합니다. 그리고 제2연에서는 이런 꿈길을 가는 자신의 길 위에 역시 봄을 맞이하여 허공을 열고 나온 나비가 춤추며 동행하는 모습을 그려 보입니다.

봄날이어서 가능한 비현실의 꿈길

이런 시인의 꿈길은 제3연에 이르러 보다 화려해집니다. 산들바람과 남실바람이 등장하고 그 바람들이 춤추는 나비와 어우러져 "불다 날다 불다 날다" 자신들은 물론 갈 길조차 잊은 듯이 제 모습 그대로 봄 속에서 유유자적하며 놀고 있기 때문입니다.

시인은 이런 환희로운 장면에서 제4연에서와 같은 초탈한 경지의 고조된 의미를 읽고, 터득하고, 전달합니다. 봄날이 아니라면 우리가 이처럼 제 존재를 잊고 떠나는 여행의 참맛을 어떻게 맛볼 수 있겠느냐고, 봄날에 비로소 우리는 제 존재를 잊음으로써 몰아(沒我)와 같은 꿈길을 걸어볼 수 있는 것이 아니냐고 말을 건네는 것입니다.

그렇습니다. 봄엔 모든 사람들에게 '봄바람' 같은 바람의 기운이 감돌고, 그것은 무겁고 답답하고 왜소하기만 했던 지상의 우리들의 현실을 잠시나마 잊고 해방과 해탈의 가벼움과 활달함을 맛보게 해줍니다.

그런 해방과 해탈의 가벼움과 일탈을 시인은 마지막 연인 제4연의 뒷부분에서 잠언과도 같은 신선하고 충격적인 말로 전합니다. '길이 아니면 어떠냐고', '길이 없으면 또 어떠냐고' 해체와 부정의 어법을 사용하면서 그는 지상의 인간적인 길의 중력에 매여 노심초사하며 사는 우리들을 자유의 지대로 안내합니다.

길을 버리는 일, 길을 부정하는 일, 그럼으로써 길이라는 말을 아예 잊어버리는 일, 그렇기에 모든 길이 길이 될 수 있는 기적이 우리 앞에 다가올 때 길의 참뜻은 몇 배나 상승하며 깊어지고 풍요로워집니다.

김형영 시인은 봄날을 맞이하여 이런 길의 사유와 철학에까지 도달합니다. 그리하여 마침내 독자인 우리들도 잠시나마 '길'의 당위성과 무게감으로부터 벗어나게 하고, '길'이라는 말조차 잊은 자리에서 봄을 마음껏 향유하게 됩니다. 이것이 선물처럼 다가온 봄과 우리들이 일체가 되어 만나는 상춘(賞春)의 시간일 것입니다.

머무르지 않는 바람의 설법

바람은 멋쟁이야요

서림(瑞林)

바람은 바람은 감성만 살짝
건드리고 가는 멋쟁이야요
이 강산 저 들녘 세상일 돌아보고
내 작은 꽃봉창을 스쳐가는 기척에
내다보면 버얼써 바위나무 산너머 가며
소식은 말로 전하는 게 아니라며
느낌만 흘리고 불어갑니다

바람은 바람은 머물지 않는
멋쟁이야요
봄에는 분홍바람 여름은 푸른바람
가을엔 붉은바람 겨울엔 하얀바람
꽃봉창 열고 반가워라면
바람은 버얼써 하늘바람 불어가며
소식은 눈귀로 전하는 게 아니라며
고요한 정서만 놓고 갑니다

—『편지가 그립다』, 사유수, 2020에서

서림(1965년 출가) 시인은 시승(詩僧)입니다. 시승이란 시를 쓰는 승려를 가리킵니다. 출가한 사람에게 세속적인 장르에 속하는 시를 쓰는 일이란 가외의 것이자 군말과도 같은 것일 수밖에 없습니다. 시인이 된다는 것, 시집을 출간한다는 것, 시를 발표한다는 것은 그들에게 본처로 가는 하나의 방편과도 같은 것에 지나지 않기 때문이지요.

그럼에도 불구하고 인류의 종교문화사를 보면 시승이라 불리는 불가의 승려 시인들은 물론 유교, 기독교, 힌두교 등등의 도인이나 지혜인 그리고 사제에 해당되는 출가인들이 시를 써온 경우가 조용한 전통을 이루고 있습니다. 그만큼 시는 출가인의 관점에서 보면 방편의 한 문화양식에 불과한 것이면서도 그 본질이 본심에 닿아 있는 특별한 문화예술로서 고급한 정신 영역을 감당할 만한 힘을 지니고 있습니다.

이달에 우리는 서림 시인의 작품 「바람은 멋쟁이야요」를 함께 읽어봅니다. 작년(2020)에 두 권의 시집을 함께 출간한 서림 시인의 시는 우리 시단의 많은 시들과 조금 다른 경험과 언어적 맥락을 갖고 있습니다. 이런 색다른 시들이 있음으로 해서 시단은 다양해지고 그 생태계도 건강해집니다.

바람은 우리가 살아가는 세상에서 가장 몸이 가벼운 존재입니다. 허공이 그의 처소이고, 그의 발길은 어느 곳에도 머무르지 않는 무주(無住)의 길에 있습니다. 우리는 그런 바람을 만져보기도, 붙잡아보기도, 그려보기도 어렵습니다. 분명히 그 존재를 느낄 수는 있지만 실체를 포착할 수가 없습니다.

서림 시인은 이런 바람을 그의 시 「바람은 멋쟁이야요」에서 다룹니다. 제1연에서 바람은 시인의 감성만 살짝 건드리고 진정 가벼워진 자만이 보여줄 수 있는 무심의 표정을 지으면서 떠나갑니다. 시인은 이렇게 스쳐 지나가는 바람을 아쉬워하며 꽃봉창을 열고 내다보지만 바람은 어느새 저만큼 멀어진 채 다른 길 위를 가고 있습니다. '소식은 말로 전하는 게 아니라고' 한소식 깨우쳐주면서 말입니다.

이런 바람의 소리를 들을 줄 아는 시인은 '바람은 멋쟁이야요'라는 말로 화답을 합니다. 그러면서 제2연에 이르러 보다 감동적인 진경(進境)을 펼쳐 보입니다. 바람은 계절마다 각기 다른 새로운 모습을 하고 시인의 꽃봉창가를 스쳐 지나가는데 시인은 그런 바람의 본질을 읽을 뿐만 아니라 사랑하지 않을 수가 없는 것입니다. 여기서 바람의 본질이란 한 마디로 말하면 '어느 곳에도 머무르지 않는 것'입니다. 그리고 '소식은 눈귀로 전하는 게 아니라'는 말을 구현하는 일입니다. 시인은 그런 바람의 초탈한 삶과 향기를 사랑합니다.

그렇다면 바람은 시인의 마을에 무엇을 남기고 떠나가는 것일까요? 분명 왔지만 머문 바가 없는 바람으로부터 시인은 살짝 건드려진 감성을 느꼈다고 고백하며, 바람이 남긴 고요한 정서를 간직하게 되었다고 전해줍니다. 이런 바람과 시인의 차원 높은 만남은 읽는 이들의 가슴까지도 뜨겁게 만듭니다. 스치며 머무르지 않고 떠나는 바람도 대단하지만, 그런 바람의 소식을 듣고 화답할 줄 아는 시인의 경지도 놀랍기 때문입니다.

머무르지 않고 오직 길 위에서 전 생애를 살아가는 바람, 그런 삶을 통하여 세상에 무언의 무정설법(無情說法)을 하는 바람, 그런 바람을 기다리며 계절마다 꽃봉창을 처음인 듯 언제나 열어보며 바람의 길과 선담(禪談)을 나누는 시인. 이런 바람과 시인의 삶은 무게 없는 초탈의 향기를 발하면서 세상을 정화시킵니다.

5월입니다. 훈풍(薰風)이 불기 시작하는 계절입니다. 5월의 훈풍이 우리들에게 전하는 속엣말을 청취해보면 어떨까요? 그리고 그 훈풍의 속엣말과 삶에 화답하는 시간을 가져보면 어떨까요? 그러면서 삶의 무게를 조금씩 줄여보는 것은 어떨까요?

내일을 그리며 사는 인간만의 특별한 능력

어떤 내일

신현림

내일은 아무도 자살하지 않는다
내일은 아무도 배고프지 않는다
내일은 힘겨운 일 찾기도 없고
누구든 고된 일로 울지 않는다
삽과 펜도 물고기처럼 숨을 쉬고
내일은 에어컨 수리 기사가
난간에서 추락하지 않는다
내일은 자폭 테러와 어떤 총소리도 들리지 않는다
내일은 야채 장사 할머니도 점포를 얻을 것이다
내일은 외로워 떠는 이를 껴안아 줄 것이다

잃어버린 죄의식의 안경알을 되찾아
가슴을 치며 반성하는 이들도 있고
달라지지 않을 거라 여기는 내일만큼은
죽음이 쌓여 만든 내일만큼은
없을지도 모를

내일만큼은

—『반지하 앨리스』, 민음사, 2017에서

인간들이 기나긴 진화사 속에서 만들어낸 가장 중요한 두 가지 정신적 세계는 '사랑'과 '희망'이라고 생각합니다. 사랑은 인간들이 집단적 존재로서 함께 살아갈 수 있는 안정과 포용의 작동기제이고, 희망은 인간들이 오지 않은 내일을 상상하며 현재를 견디고 미래를 그려볼 수 있게 하는 밝은 꿈의 인력입니다.

우리들이 어려운 현실 속에서도 시를 쓰고, 아이를 낳고, 일을 하고, 공부를 하는 것은 아마도 이 '사랑'의 힘 때문일 것입니다. 또한 인간들이 고단한 오늘을 마감하며 일기장을 뒤적이고, 계획표를 점검하고, 추억의 과거를 불러내 보는 것도 '희망'의 불빛이 이끄는 오래된 힘 때문일 것입니다.

이와 같은 인간들에게 가장 난감한 것은 '사랑'과 '희망'의 힘을 차단당하거나 상실하는 것입니다. 이 두 가지 세계가 살아있는 한, 인간들은 어떤 역경과 혼돈 속에서도 주변을 살피며 앞을 향해 나아갑니다.

이달에 우리가 함께 읽어보는 신현림(1961~) 시인의 시「어떤 내일」은 이런 '사랑'과 '희망'의 뿌리를 만나보게 합니다. 사랑도, 희망도 만들어진 인간사의 한 정신세계에 불과한 것일 수 있겠으나, 그것은 인간들이 이 세상에서 생존의 힘과 더불어 인간다움의 품격을 지키게 하는 원천입니다.

저는 이 시 속에서 신현림 시인이 전해주는 사랑과 희망의 메시지를 들으며 그의 삶과 시적 여정을 동시에 떠올립니다. 개인적인 사연을 이야기하자면, 저는 신현림 시인의 첫 시집에 해설을 쓴 바 있고, 한 사람의 평론가로서 그의 삶과 더불어 시에서의 성장과 성숙의 여정을 남다른 마음으로 아끼며 바라보아온 경우입니다. 시인과 평론가의 소중한 인연 가운데 하나라고 할 수 있지요.

내일을 그리며 사는 인간만의 특별한 능력

신현림 시인은 정말 치열하게 살았습니다. 그처럼 치열하게 산 사람이 사랑과 희망의 메시지를 전할 때 그것은 경험의 콘텍스트가 스스로 만들어내는 힘의 탄력을 받으면서 매우 강한 울림을 동반합니다. 그는 시인으로, 사진작가로, 사진과 시를 융합하는 예술가로 그리고 한 사람의 생활인으로 정말 뜨겁게 살았습니다.

이 시가 수록된 시집의 제목인 '반지하 앨리스'는 그의 삶을 그대로 반영한 표현이며, 그는 반지하 앨리스의 우울한 삶과 내면을 사랑과 희망의 힘으로 승화시키는 데 성공한 시인입니다. 그런 그의 승화와 전변의 시적 언어가 그의 시 「어떤 내일」에 고스란히 담겨 있습니다.

신현림 시인은 「어떤 내일」에서 내일이 상징하는 미래의 참다운 사랑과 희망의 장면을 동화처럼 그려 보입니다. 내일은 아무도 자살하지 않고, 아무도 배고프지 않고, 아무도 일거리를 구하기 어렵지 않고, 누구도 고된 일로 울지 않고, 삽과 펜조차도 물고기처럼 숨을 쉬고, 에어컨 수리기사도 난간에서 추락하는 일이 없고, 자폭테러와 총소리도 들리지 않고, 야채 장수 할머니도 어엿한 점포를 갖고, 외로워 떠는 이를 누군가가 껴안아주고, 잃어버렸던 우리의 죄의식을 찾아서 거울처럼 닦아놓고, 그 되찾아 닦은 거울로 사람들이 반성을 하는 일이 일어나는 시간이기를 소망하는 것입니다.

그러나 그는 인간사를 통찰하는 시인답게 이런 내일을 단순하게 믿지 않습니다. 그 내일이란 사람들이 쉽게 달라지지 않을 거라며 불신을 보냈던 내일이고, 죽음과 같은 고통이 쌓여서 만들어진 내일이며, 아예 다가오지도 않을 그런 내일일지도 모르기 때문입니다. 하지만 그는 '그럼에도 불구하고' 내일을 기대하며 '어떤 내일'을 위한 사랑과 희망의 메시지를 전합니다.

정말 신현림 시인이 소망하는 그런 내일이 왔으면 좋겠습니다. 보이지 않는 것을 믿을 수 있는 인간의 능력이 인간사를 발전시켰다고 하듯이, 미래의 사랑과 희망을 사실처럼 믿는 인간의 능력이 더 나은 내일을 만들어내었으면 좋겠습니다.

「조종현의 연작시조「백팔공덕가」의 공덕행 담론과 그 미학」:『개신어문연구』44집(2019.
    8).

「정진규 시에 나타난 '귀가(歸家)'의 상상력」:『한국시학연구』64호(2020. 11).

「정진규 시의 '정원'과 생태인문학」:『인문학지』57집(2020. 12).

「서정주 시집『질마재 신화』의 마을서사와 승화의 메커니즘」:『한국문학논총』89호(2021.
    12).

「영성 수행으로서의 21세기 문학, 학문, 삶―불교적 담론을 중심으로」:한국문학과종교학
    회 2019년 겨울 전국학술대회(2019. 1).

「한용운의 시를 통하여 치유의 원리를 발견하고 구현하는 일」:한국문학치료학회 제190회
    학술대회(2019. 8).

「1920년대가 발견한 '들'의 표상성과 그 의미」:『한국시학연구』56호(2018. 11).

「시―유성출가(踰城出家), 그 난경(難經)의 미학」:『시와 시학』2019년 봄호.

「시―'호모 스피리투스'의 마음 혹은 '심우도(尋牛圖)'의 길」:『시와 시학』2019년 여름호.

「시―만행의 길, 화엄의 꿈」:『시와 시학』2019년 겨울호.

「허(虛)의 미학을 창조하는 일」:『문학의 집·서울』236호(2021. 6).

「무한함의 현상학과 무유정법(無有定法)의 해탈감―시성(詩性)의 두 차원」:『서정과 현실』
    40호(2023. 4).

「불교적 생태시의 회향담론에 대한 사유―'우주적 진리'와 '인간적 진실'은 어떻게 일치할
    수 있을까?」:『신생』2023년 여름호.

「문명으로서의 근현대시가 가는 '무상(無常)의 길」:『문파』2022년 겨울호.

「본심이 부르는 소리, 본심에 다가가는 시간」(원제:「본심(本心)에 공명하는 시간」):홍사
    성 시집『터널을 지나며』해설, 책만드는집, 2020. 12.

「산중실록(山中實錄) 심중유사(心中遺事)」:지안(志安)스님 시집『바람의 자유』해설, 사

유수, 2021. 8.

「유심(惟心)의 길에서 부른 유심(唯心)의 노래」: 박호영 시집『아름다운 적멸』해설, 동학
　　사, 2021. 10.

「삼업(三業)을 닦으며, 삼보(三寶)를 꿈꾸며」: 윤효 시집『참말』해설, 시학, 2014. 3.

「'호모 사피엔스 사피엔스'의 난처한 과제와 주체 형성의 길고 과격한 길－김종해론」:『시
　　인동네』2019년 5월호.

「서향(書香)과 문향(文香), 시향(詩香)과 예향(藝香)의 여정－은사 김용직 선생님을 추모
　　하며」:『시와 시학』2017년 여름호.

「업식(業識)으로서의 장녀 의식과 구도 의식－나의 비평의 순간」:『시인동네』2019년 6월
　　호.

제3부의 글들: 월간『언론사람』2019년 2월호～2021년 6월호.

인물

영성 수행으로서의 시읽기와 시쓰기

작품 및 도서

영성 수행으로서의 시읽기와 시쓰기

영성 수행으로서의 시읽기와 시쓰기

영성 수행으로서의 시읽기와 시쓰기

정효구 鄭孝九

1958년 출생. 충북대학교 사범대학 국어교육과를 졸업(1981)하고 서울대학교 대학원(국어국문학과)에서 석사학위(1983)와 박사학위(1989)를 받았다. 1985년 『한국문학』 신인상을 수상하며 문학평론활동을 시작하였다. 대한민국문학상 신인상, 시와시학상, 현대불교문학상을 수상하였다.

저서로는 『존재의 전환을 위하여』(청하, 1987), 『시와 젊음』(문학과비평사, 1989), 『현대시와 기호학』(느티나무, 1989), 『광야의 시학』(열음사, 1991), 『상상력의 모험 : 80년대 시인들』(민음사, 1992), 『우주공동체와 문학의 길』(시와시학사, 1994), 『20세기 한국시의 정신과 방법』(시와시학사, 1995), 『백석』(편저, 문학세계사, 1996), 『20세기 한국시와 비평정신』(새미, 1997), 『몽상의 시학 : 90년대 시인들』(민음사, 1998), 『한국 현대시와 자연 탐구』(새미, 1998), 『시 읽는 기쁨』(작가정신, 2001), 『한국 현대시와 문명의 전환』(국학자료원, 2002), 『시 읽는 기쁨 2』(작가정신, 2003), 『재미 한인문학 연구』(2인 공저, 월인, 2003), 『정진규의 시와 시론 연구』(푸른사상사, 2005), 『시 읽는 기쁨 3』(작가정신, 2006), 『한국 현대시와 평인(平人)의 사상』(푸른사상사, 2007), 『마당 이야기』(작가정신, 2009), 『맑은 행복을 위한 345장의 불교적 명상』(푸른사상사, 2010), 『일심(一心)의 시학, 도심(道心)의 미학』(푸른사상사, 2011), 『한용운의 『님의 침묵』, 전편 다시 읽기』(푸른사상사, 2013), 『붓다와 함께 쓰는 시론』(푸른사상사, 2015), 『신월인천강지곡』(푸른사상사, 2016), 『님의 말씀』(푸른사상사, 2016), 『불교시학의 발견과 모색』(푸른사상사, 2018), 『다르마의 축복』(푸른사상사, 2018), 『바다에 관한 115장의 명상』(푸른사상사, 2019), 『파라미타의 행복』(푸른사상사, 2021), 『사막 수업 82장』(푸른사상사, 2022), 『영성 수행으로서의 시읽기와 시쓰기』(푸른사상사, 2024)가 있다.

충북대학교 인문대학 국어국문학과 교수로 재직하고 있다.